国家社科基金重大项目
20世纪美国文学思想研究

● 主编 蒋洪新 ●

卷二

20世纪20至40年代
美国文学思想

叶 冬 等著

上海外语教育出版社
SHANGHAI FOREIGN LANGUAGE EDUCATION PRESS

图书在版编目（CIP）数据

20世纪20至40年代美国文学思想 / 叶冬等著 . -- 上海：
上海外语教育出版社，2024
（20世纪美国文学思想研究 / 蒋洪新主编）
ISBN 978-7-5446-6690-9

Ⅰ . ①2⋯ Ⅱ . ①叶⋯ Ⅲ . ①文学思想史—美国—
20世纪 Ⅳ . ①I712.09

中国国家版本馆CIP数据核字(2023)第121825号

出版发行：**上海外语教育出版社**
（上海外国语大学内） 邮编：200083
电　　话：021-65425300 (总机)
电子邮箱：bookinfo@sflep.com.cn
网　　址：http://www.sflep.com
责任编辑：田慧肖

印　　刷：上海中华商务联合印刷有限公司
开　　本：635×965　1/16　印张 26.75　字数 360 千字
版　　次：2024 年 6 月第 1 版　2024 年 6 月第 1 次印刷

书　　号：ISBN 978-7-5446-6690-9
定　　价：108.00 元

本版图书如有印装质量问题，可向本社调换
质量服务热线：4008-213-263

总　序

　　当今世界百年未有之大变局加速演进,人类正面临许多共同的矛盾和问题。中国和美国是世界两大超级经济体和联合国安理会常任理事国,两国关系是世界上最重要、最复杂的双边关系之一。中美之间如何加强沟通合作,尊重彼此的社会制度和发展道路,尊重双方核心利益和重大关切,尊重各自发展权利,已经成为全球关注的焦点问题。当前,中美关系经历诸多曲折,但越是处于艰难的低谷时期,我们越是需要通过对话、沟通与交流的方式,共同探寻解决问题的方案。

　　习近平总书记指出,"国之交在于民相亲,民相亲在于心相通"①。民心相通既是中国倡导的新型国际关系的组成部分,也是中美关系向前发展的社会根基。只有民心相通,才能消除中美之间的误读、误解和误判,才能增加中美双方的战略互信。因此,我们应通过多种途径推动中美之间民心相通。实现民心相通的方式多种多样,最重要的无疑是开展多层次、多领域的人文交流与合作。党的十八大以来,习近平总书记从构建人类命运共同体的高度出发,先后在多个重要场合提出要加强文明交流对话和互容互鉴,指出文明交流互鉴是推动人类文明共同进步与世界和平发展

---

　　① 习近平:《习近平在中国国际友好大会暨中国人民对外友好协会成立60周年纪念活动上的讲话》,https://www.gov.cn/xinwen/2014−05/15/content_2680312.htm,访问日期:2023年12月28日。

的重要动力。

　　人文交流与合作是双向的、平等的,美国需要深入了解中国,中国亦需要进一步了解美国。诚如亨利·艾尔弗雷德·基辛格(Henry Alfred Kissinger)所说:"从根本上说,中美是两个伟大的社会,有着不同的文化、不同的历史,所以有时候我们对一些事情的看法会有不同。"①我们相信,文明多样性是人类社会的基本特征。当今世界有 200 多个国家和地区、2 500 多个民族,②有 80 多亿人口③和数千种语言。如果这个世界只有一种信仰、一种生活方式、一种音乐、一种服饰,那是不可想象的。无论是历史悠久的中华文明、希腊罗马文明、埃及文明、两河文明、印度文明,还是地域广阔的亚洲文明、欧洲文明、美洲文明、非洲文明,都既属于某个地区、某个国家和某个民族,又属于整个世界和全人类。不同文明在注重保持和彰显各自特色的同时,也在交流与交融中形成越来越多的共有要素。来自不同文明的国家和民族交往越多越深,就越能认识到别国、别民族文明的悠久传承和独特魅力。换句话说,各民族、各地域、各国的文明相互依存、相互渗透、相互交流,你中有我、我中有你,各自汲取异质文化的精华来发展自己的文明。有容乃大,方可汇聚文化自信之源,事实上,中华文明 5 000 余年的演进本身就是一部"有容乃大"的交响曲。只要我们深深扎根于中华优秀传统文化,抱定马克思主义指导思想,坚持"以我为主、为我所用"的原则,就一定会在与世界其他文明的交流互鉴中焕发更加旺盛持久的生命力。在这个意义上,我们对美国人文思想的研究,不仅能让我们反观中华文明的流变,还能给今天的中美人文交流带来

---

　　① 基辛格:《基辛格:世界的和平与繁荣,取决于中美两个社会的互相理解》,《新京报》2021 年 3 月 20 日。

　　② 邢丽菊、孙鹤云:《中外人文交流的文化基因与时代意蕴》,《光明日报》2020年 2 月 26 日,第 11 版。

　　③ 联合国:《全球议题:人口》,https://www.un.org/zh/global-issues/population,访问日期:2024 年 4 月 18 日。

重要启示,在"和而不同"中找寻"天下大同",追求心灵契合与情感共鸣。

　　人文交流的内涵很丰富,其中,文学既承载着博大壮阔的时代气象,也刻写着丰富深邃的心灵图景。文学是时代精神的晴雨表,在人文交流中占有独特的突出地位。钱锺书先生在《谈艺录》里说:"东海西海,心理攸同;南学北学,道术未裂。"①文学具有直抵人心的作用,能唤起人们共同的思想情感,使不同民族和文化背景的人们能够彼此了解、增进友谊。在中国文化语境中,"文学"一词始见于《论语·先进》:"文学:子游、子夏。"当时的文学观念"亦即最广义的文学观念;一切书籍,一切学问,都包括在内"②。钱基博则言:"所谓文学者,用以会通众心,互纳群想,而兼发智情;其中有重于发智者,如论辩、序跋、传记等是也,而智中含情;有重于抒情者,如诗歌、戏曲、小说等是也。"③在西方文化语境中,文学指任何一种书面作品,被认为是一种艺术形式,或者任何一种具有艺术或智力价值的作品。"文学"的英语表达 literature 源自拉丁语 *litteratura*,后者就被用来指代所有的书面描述,尽管现代的定义扩展了这个术语,还包括口头文本(口头文学)。进入 19 世纪,由于语言学的兴起和发展,文学被看作一种独立的语言艺术,尤其在受到分析哲学影响后,更是呈现出语言学研究的片面趋势。那么,究竟依据什么来判定"什么是文学"或者"哪些作品可列入文学范围"呢?这往往与某社会、文化、经济、宗教环境中某个人或某一派在某一时间、地点的总体价值观相关联。用总体价值观来判断文学性的有无,这也符合我国历代主流文学理论家强调作品思想性的传统。从这个意义来讲,我们对文学的研究应集中于文学思想。

---

①　钱锺书:《序》,载《谈艺录》,北京:生活·读书·新知三联书店,2019 年,《序》第 1 页。

②　郭绍虞:《郭绍虞说文论》,上海:上海古籍出版社,2000 年,第 17 页。

③　钱基博:《中国文学史》(上册),北京:中华书局,1993 年,第 3 页。

文学思想不是文学与思想的简单相加,而是文学与思想的内在契合和交融。文学思想有两种基本指涉:一指"文学作品中"的思想,即文学作品是文学家观念和思想的直观呈现;二指"关于文学"的思想,即在历史发展的各个阶段中,对文学学科的发展具有重要意义的文学观念和文学思想意识,包括文学批评和文学创作两个方面。此外,文学思想还可以是"与文学相关"的思想。一般而言,文学总是与一定的社会文化思潮和哲学思想的兴替紧密联系在一起,具有较鲜明的文学价值选择倾向,并且这种倾向常常给当时的文学创作以直接或间接的深刻影响。作为人类社会中重要的文化活动和文化现象,文学思想主要体现在关于文学的理性思考上,集中体现在对文学的本质、使命、价值、内涵等重大问题的思考和言说上。除了体现文学主体对文学自身构成和发展现状的认识,文学思想也反映一个社会特定时期的政治、经济、文化等各个方面的情形,并且深受这些因素的影响。因为某一具体文学思想的提出和演变,都有当时的社会环境和人文思潮作为背景,离开具体的历史文化语境,该思想就会成为无源之水、无本之木。可以说,对美国文学思想的研究,也就是对美国人文思潮的发现与揭示。

回溯历史,20世纪世界的发展洪流在各种矛盾的激荡中奔涌向前。借用 F. S. 菲茨杰拉德(F. S. Fitzgerald)总结爵士时代的话说,20世纪是一个"奇迹频生的年代,那是艺术的年代,那是挥霍无度的年代,那是嘲讽的年代"①。从经济大萧条到两次世界大战,从社会主义国家的横空出世到全球范围的金融危机,政治经济无不在人们思想的各个方面留下烙印;从工业革命到人工智能,从太空登月到克隆生命,科技发展无不从根本上改变着人们的生活形态;从"上帝已死"的宣言到包罗万象的后现代主义,从亚文化运动到

---

① F. S. 菲茨杰拉德:《崩溃》,黄昱宁、包慧怡译,上海:上海译文出版社,2011年,第23页。

生态思想,频发的文化思潮无不使这一世纪的思想都面临比前面几千年更为严峻的挑战。审美体验方面,从精神分析到神话原型批评,从语言学转向到文化批评,人们通过各种各样的方式来解读和阐释自己的心灵产物。这个世纪将人们的想象和思维领域无限拓宽,文学思想因此而变得流光溢彩、精彩纷呈,尤其是美国文学,在这个世纪终于确立了自己的地位,形成了自己的体系。以上种种都在文学的各个层面或隐或现地得到投射或展露。

20世纪美国社会风云激荡、波澜壮阔,对美国文学和文学思想的发展影响深远。2014年,我主持的"20世纪美国文学思想研究"课题入选国家社会科学基金重大项目。由此开始,我和我的学术团队全面梳理20世纪美国文学思想的发展脉络,系统阐述各个时期的文学思潮、运动和流派的性质与特征,并深入探讨代表性作家的创作思想、审美意识和价值取向。这套"20世纪美国文学思想研究"丛书就是我们这个课题的结项成果。丛书分为五卷:卷一是刘白、简功友、宁宝剑、王程辉等著的《19世纪末至20世纪20年代美国文学思想》,围绕现实主义、自然主义、印象主义、"文学激进派""新人文主义"等方面的文学思想进行深入研究;卷二是叶冬、谢敏敏、蒋洪新、宁宝剑、凌建娥、王建华、何敏讷等著的《20世纪20至40年代美国文学思想》,通过对代表性文学家的创作理念、文学思想、艺术风格等进行分析与阐释,研究这一时期美国主要文学思想的缘起、内涵、演变和影响;卷三是张文初、黄晓燕、何正兵、曾军山、李鸿雁等著的《20世纪40至50年代美国文学思想》,研究该时期美国注重文学自身构成的特殊性的文学思想;卷四是郑燕虹、谢文玉、陈盛、黄怀军、朱维、张祥亭、蔡春露等著的《20世纪60至70年代美国文学思想》,研究该时期在与社会现实显性的互动和复杂的交织关系中形成的文学思潮;卷五是龙娟、吕爱晶、龙跃、凌建娥、姚佩芝、王建华、刘蓓蓓等著的《20世纪80年代至世纪末美国文学思想》,全方位、多角度地对该时期的文学思想进行了解析。

需要指出的是,这样的年代划分并非随意为之,而是有其内在的逻辑理路。19 世纪末至 20 世纪 20 年代,美国处于"第一次文艺复兴"之后的民族性格塑造、自我身份确立的过程中,文学思想的发展态势和内涵呈现出两个较为明显的特征:一方面本土性文学思想应运而生,另一方面文学思想又表现出对社会、历史等外在因素的关注。这一阶段的文学思想大致可概括为"外在性"的坚守与"美国性"的确立。20 世纪 20 至 40 年代,美国经历了"第二次繁荣",这一阶段美国文学家的思想在现代危机之中展现出了"先锋性"和"传统性"双重特质,即摆脱旧传统、开拓文学新思维的品质及坚守文学传统的精神。20 世纪 40 至 50 年代,知识分子在经历第二次世界大战和冷战后,越来越关注文学的本体性,将审美价值置于其他价值之上。当然,也有一些知识分子受到社会矛盾的影响,将文学视为表现社会的重要载体。这种"审美自律"或"现实关注"也成为这一时期众多文学流派思想中最为显性的标记。20 世纪 60 至 70 年代的文学家继续之前文学界对现实的关注,同时又表现出对传统的"反叛"以及对一些中心和权威的"解构"。这种鲜明的反叛与解构集中体现在黑色幽默小说家、科幻小说家、"垮掉派"、实验戏剧家、解构主义批评家的思想之中。20 世纪 80 年代至世纪末,经历解构主义思潮之后的美国文化走向多元。在这一时期,不同族裔、不同性别和不同阶层的"众声喧哗"使文学思想也呈现出不一样的特质。

本丛书以全新的理论范式对纷繁复杂的 20 世纪美国文学思想进行了逻辑分明的系统整理,并力求在以下四个方面有所突破或创新。一是研究视角创新。丛书研究视域宏阔、跨度宽广,范畴超越传统的文学史观。它以"文学思想"的广阔视野整合、吸纳了传统的"文学创作""文学理论"与"文学批评",涵盖了文学活动的特点、风格、类型、理念等诸方面,不仅深入探究文学创作主体,而且从美学、哲学、政治、文化、宗教和道德层面充分揭示作家的文学思想特点与创作观念。这一研究力图丰富和发展目前的美国文学研究，探索文学的跨领域交叉研究，拓展 20 世纪西方乃至世界文学及其思想的研究范畴，以期建立一种创新性的文学思想研究架构。二是研究范式创新。丛书以"时间轴+文学思想专题"的形式建构，各卷对各专题特点的概括和凸显、对各文学思潮的定性式说明、对 20 世纪美国文学思想发展线索的初步认定，都是全新的实践与探索。比如，用不同于新批评所用内涵的术语"外在性"来概括 20 世纪前期美国文学思想的特征，用"先锋性"来凸显美国现代主义文学思想的特色，用"审美自律"来描述美国新批评或形式主义文学思想的发展，这些观点都凝聚了作者开创性的妙思。三是研究内容创新。丛书系统研究 20 世纪美国文学思想，研究对象从时间来说，跨越从 19 世纪末到 20 世纪末共百年的时间；从思想主体来说，包括文学家的文学思想，批评家的文学思想，以哲学、心理学、社会学等为专业的理论家的文学思想等。研究对象的包容性和主题的集中性相得益彰。四是研究方法创新。丛书综合运用了现象学方法、历史主义方法、辩证方法、比较诗学方法等。

一个时代有一个时代的文学，一个时代有一个时代的思想。在特定时代的思想前沿，文学总是能够提出、回应并表达生活中那些内在的、重大的和切身的问题，也生成了该时代最敏锐、最深邃和最重要的思想。20 世纪美国文学思想的演变进程体现了时代大潮中涌动的美国文化观念，对美国的社会思潮、文化特征、国家形象及全球影响力有重要的形塑作用。他山之石，可以攻玉。新时代中国创造了中国式现代化新道路，创造了人类文明新形态。我们系统、全面、深刻地梳理研究了 20 世纪美国文学思想，回望审视，更希冀新时代中国文学继续心怀天下、放眼全球，向人类的悲欢、世界的命运敞开胸怀，在继承深厚的中华优秀传统文化的基础上守正创新，并以理性、平视的目光吸收借鉴人类文明的优秀成果，以自信的态度塑造中华文化形象，充分展现新时代中国文学的"中国特色、中国风格、中国气派",为丰富中国文学思想、促进中华民族文化复兴和构建人类命运共同体发挥思想伟力,为人类文明进步贡献中国智慧。

文学如水,润物无声。文学滋养人生,思想改变世界;世界因文学而多彩,人生倚思想而自由。谨以一首小诗献给读者,愿我们都能在文学的世界里拥抱自由与释放、追求美好与大同:

溯回百载美利坚,遥望九州气定闲。

文明西东能相益,华章千古在人间。

谨以此丛书致敬伟大的文学思想先哲!

蒋洪新

2024 年 4 月

目　录

绪　论　1

第一章　20 世纪 20 至 40 年代美国小说家的文学思想　19

第一节　格特鲁德·斯泰因：美国现代主义文学之母　26

第二节　舍伍德·安德森：浓缩的现实与本质　40

第三节　辛克莱·刘易斯论美国文学的生存境遇与书写方式　53

第四节　F. S. 菲茨杰拉德："用文字记录他的爵士时代"　69

第五节　欧内斯特·海明威：冰山原则——文学创作的现代策略　90

第六节　威廉·福克纳：文学书写人性　105

第七节　约翰·斯坦贝克：创作中的多元化思想　126

第二章　20 世纪 20 至 40 年代美国诗人的文学思想　141

第一节　埃兹拉·庞德：现代主义诗学先锋　147

第二节　T. S. 艾略特的诗学思想与非个性化理论　167

第三节　罗伯特·弗罗斯特：传统诗艺与现代表达　194

第四节　威廉·卡洛斯·威廉斯：地方主义与形式创新　211

第五节　E. E. 卡明斯的视觉诗与诗歌实验　228

第六节　兰斯顿·休斯：黑人布鲁斯　241

第三章　20 世纪 20 至 40 年代美国戏剧家的文学思想　257

　第一节　尤金·奥尼尔的现代悲剧思想:"生活即悲剧"　263

　第二节　克利福德·奥德茨与团体剧院:革新实验与戏剧表达　277

　第三节　苏珊·格拉斯佩尔的先锋戏剧:面向未来的历史书写　300

第四章　20 世纪 20 至 40 年代美国批评家与理论家的文学思想　321

　第一节　乔治·桑塔亚纳的自然主义诗学思想　329

　第二节　埃德蒙·威尔逊的文学思想:人文主义的坚守　344

　第三节　约翰·杜威对自然主义经验论的革故鼎新　357

主要参考文献　381

绪　论[①]

---

① 　绪论由叶冬撰写,部分内容曾作为课题阶段性成果发表在《外国语言与文化》2018 年第 2 期上。

　　文学思想作为国家主流意识形态和价值观体系的组成部分,是文学在社会文化中的价值呈现。它既反映了文学家个体的人生观和价值观,也体现了作为群体的"文学家共同体"在特定历史时期对自然环境、社会生活和国民意识的洞察与思考。美国文学思想是为美国文学界所共享的、带有强烈美国"本土性"的文学观念。不同时代的历史环境、文化氛围、经济条件以及艺术观念等方面的差异使得"文学生态"也发生相应的变化。因此,尽管"美国文学思想"的内核具有恒常性与持久性,但它却显现出差异化的时代表征。在美国文学发展历史进程中,以美国作家威勒德·索普(Willard Thorp)为代表的众多学者认为:"从1912年直到第二次世界大战结束,新一代的作家给小说、诗歌、戏剧和文学批评等各个方面带来了非凡的繁荣景象。在此之前,这样辉煌的文学成就在美国历史上仅有过一次,即在十九世纪四十年代和五十年代……时间也许会证实,第二次繁荣甚至要比第一次给人更深刻的印象。"①以下将以美国20世纪20至40年代文学思想及其风格演变为研究对象,分析这一时期美国文学思想产生的时代背景与特征,进而探讨推动美国文学思想发展的内在机制及其在世界文学中产生广泛影响的历史动因。

---

　　① 威勒德·索普:《二十世纪美国文学》,濮阳翔、李成秀译,北京:北京师范大学出版社,1984年,第3页。

一、20 世纪 20 至 40 年代美国文学思想的时代特征

20 世纪即将来临之际,美国文学在走向世界的运动中所体现的另类风采和独特魅力引起了人们的强烈关注。它既具有"多元异质"的世界性"文化基因",又具有"交互通融"的本土性"文化认同"。"多样性往往是进步的佐料"①——对于美国文学的发展来说更是如此:就其别样的"艺术性"气质而言,它既带有"新大陆"的风采和特质而呈现出与众不同的文学"样态",又以其包容性的文学"新生态"推动着文学流派的恣意繁衍和文学艺术观念的多样繁盛,从而在 20 世纪世界文学的总体框架内以"美国性"的名义完成了自身文学价值的建构。

(一)价值观裂变下的美国文化

客观地说,"世界观""意识形态观"以及"价值观"对文学艺术的影响是十分深刻的。其原因在于文学家与社会和时代必须保持密切的互动以及观念上的"共振",才能使自身价值得到认同和接受。19 世纪末至 20 世纪初,西方社会进入大工业时代,文学艺术的发展上也相应出现了"现代性"的转向。此时的美国已经在政治、经济与文化上开始与欧洲和世界全面对接,新的世界观、意识形态观、价值观不断地影响和冲击着美国传统的以"清教主义"为核心的宗教与价值观念——变革已经势不可挡。

首先,社会危机催生了新的政治哲学和意识形态观念。两次世界大战期间,社会矛盾更加尖锐,人与人、人与社会、人与自然和人与自我的关系受到强烈的扭曲和异化。大众消费时代的来临、殖民扩张、十月革命、世界大战、经济危机、劳资冲突等,导致了人们对旧有宗教信仰的怀疑,对科学真理追求的动摇,以及对传统价值观念的抛弃。对于意识形态与文艺之间的关系,阿诺德·豪塞尔(Arnold Hauser)曾

---

① 海斯、穆恩、韦兰:《世界史》,冰心、吴文藻、费孝通等译,北京:世界图书出版公司,2011 年,第 49 页。

精辟地指出:"在历史上前进的时期中出现的不只是一种意识形态,而是多种意识形态——同样也不只存在一种艺术,而是多种艺术,或者说有着多种相关而能分辨的艺术潮流,它们各自都与不同的但有着影响的社会阶层相适应。"①的确,复杂的社会文化与思想背景必然渗透到文学思想领域:众多而又迥异的意识形态观念对欧美文学家产生了深刻的影响,左右着他们的文学创作观念。与此相应地,20 世纪 20 至 40 年代的美国产生出诸多文学流派与思潮,如现代主义文学、现实主义文学、左翼文学及文学批评、批判现实主义文学等。

其次,西方非理性主义的文化转向派生出了新的艺术观。社会与时代的急速变革不可避免地推动了意识形态的新生与文化的转向。就文学艺术而言,新的时代需要新的语言、新的形式和新的标志——一场割裂传统、创新求变的现代主义运动由此产生。在 20 世纪初欧美文学走向"现代"的过程中,西方非理性主义哲学的兴起对其观念上的影响极为突出,甚至可以说起到了强有力的支撑作用。19 世纪中期以后,西方资本主义社会正处于上升时期,而与此同时,社会发展中灾难性和毁灭性的后果也清晰地呈现出来,不可克服的社会矛盾愈发激烈。非理性主义思潮是对当时社会现实的一种反映,是"精神危机"的哲学。它高度赞扬人的主体性,在某种程度上体现了现代人的价值与精神,具有一定的积极意义。当欧美的社会矛盾演化为信仰、精神与观念的混乱时,矛盾、断裂、冲突、对抗、反叛、调和等现象屡见不鲜。而非理性主义所强调的"非理性的内在性""知识的相对化""个体存在"和"绝对自由"等颠覆性观念,为文学家们冲破传统束缚提供了有力的工具,并激励着他们在文坛上吹响属于"新时代"的号角:他们为新生的社会观念和社会力量呐喊;以具有荒诞性和叛逆性的风格嘲讽传统与古典;发表宣言与"精致"的保守主义美学观和文学观决裂;通过自己的文学作品提出改变社会和文学的济世良策⋯⋯总之,20 世纪

---

① 阿诺德·豪塞尔:《艺术史的哲学》,陈超南、刘天华译,北京:中国社会科学出版社,1992 年,第 27 页。

上半叶的美国文学因名目繁多的"现代派"的纷纷涌现而与欧洲现代文学艺术运动互为呼应,它标志着美国文学开始融入世界文学体系之中,并以一种前所未有的姿态展现了独具特色的美国文学思想和价值。

（二）冲突与对抗中的美国文学

毫无疑问,20世纪20至40年代是美国文学史以及美国文学思想史上一个举世公认的"高峰时期"。在这一时期,美国不仅出现了大量优秀的文学作品,也出现了众多在世界文学史上有着突出贡献和地位的文学家、批评家,他们造就了美国文学史上的"第二次繁荣",或称美国"20世纪文艺复兴"。具有标志性意义的事件是1930年诺贝尔文学奖首次授予美国作家辛克莱·刘易斯(Sinclair Lewis),这充分说明了美国文学不再是英国或欧陆文学的附庸,而是有着旺盛生命力和独特气质的民族文学。需要关注的是,在这些灿若星辰、英才云集的作家群中,其价值观念、文学思想、艺术风格却表现出截然不同的倾向。

两次世界大战之间,正是西方现代主义文学与艺术风起云涌的时候。在这个世界极为动荡、思想空前混杂、变化炫目剧烈的时期,众多美国作家对传统的理性主义和人文主义的文学观念进行了"反拨",对文学的价值、内涵、创作观念、表现形式进行了深度挖掘,在彰显美国文学思想的本土性、独特性、开创性的同时,将一个"激扬个性"的"表现主义"时代呈现在世人面前。如体现象征主义立场的T. S. 艾略特(T. S. Eliot)、意象主义领袖埃兹拉·庞德(Ezra Pound)、倡导"面具论"的尤金·奥尼尔(Eugene O'Neill)、代表"迷惘的一代"的欧内斯特·海明威(Ernest Hemingway)、坚持意象主义原则的威廉·卡洛斯·威廉斯(William Carlos Williams)、探索非理性主义的乡土派诗人罗伯特·弗罗斯特(Robert Frost)等。这一时期美国文学的开拓性和先锋性特征,借用意大利著名艺术理论家廖内洛·文杜里(Lionello Venturi)评论20世纪初绘画领域革命的话语来总结是再恰当不过的了:

从社会条件方面来看,……是追求那种自本世纪[20世纪]开始就已成为我们这个时代特征的激进主义的结果。

从哲学方面来看,它们是对理性的反抗,和柏格森直觉主义的胜利。

从道德方面来看,它们代表不惜牺牲一切地追求率真的渴望,反对一切习俗,而又不去建立新的道德原则。

最后,从文化方面来看,它们强调了人道主义的危机,强调了用不着参照旧的东西,甚至反对旧的东西就可以建立一种新的秩序的信念。①

另一方面,美国现代派文学家在追求艺术先锋性的同时,仍然恪守着自身的文化传统。这突出地表现在两个方面。首先,"先锋性"与恪守传统并不矛盾,两者在现代主义文学家身上融汇为一:文学传统是支撑他们艺术创新的动力,也是他们"先锋性"特征的有机组成部分。例如,艾略特是开现代主义一代诗风的主将,但他的文学思想与诗歌作品中却蕴含着深厚的欧洲与"新英格兰"文学传统;庞德被誉为西方现代派的领军人物,但他吸纳和借鉴了欧洲文学与东方文学的元素;威廉·福克纳(William Faulkner)采用意识流现代小说的叙述技巧,但他的文学思想与情感却始终保持着对美国南方保守传统的眷恋。其次,在这一时期,复杂的社会语境并没有影响传统的古典主义与现实主义文学的发展,反而在现代主义之外,现实主义、浪漫主义文学传统也在许多作家的作品中有丰富的表达,比如南方"逃逸者"(the Fugitive group)的诗歌、赛珍珠(Pearl S. Buck)的小说创作以及约翰·多斯·帕索斯(John Dos Passos)、约翰·斯坦贝克(John Steinbeck)等作家的文学思想都表现出这一特征。这充分说明,维系传统、笃信道德、关注现实、洞察时代、透视社会、暴露阴暗、拷问良心的现实主义文学创作与批评,是美国文学的一个极其重要的源流和特

---

① L. 文杜里:《西方艺术批评史》,迟轲译,海口:海南人民出版社,1987 年,第278—279 页。

征,也是"美国文学思想"文化基因的构成板块之一。现实主义的文学作品是对美国社会与现实的反映与反思,是美国文学中"美国性"特质得以凸显的前提,也是美国文学得以确立的基石。

事实上,在美国文学史的发展历程中,文学传统中的"英格兰"与"新英格兰"、文学创作中的"再现"与"表现"、文学追求中的"外在"与"内在"、文学批评中的"他律"与"自律"、文学观念中的"理性主义"与"非理性主义"、文学功用中的"反思、批判"与"先锋、前卫"等诸多对立"基因"始终共存于"美国文学思想"这一"母体"之中。就其本质而言,"美国文学思想"中一直存在着这种"二元对立"的价值取向,随着20世纪美国社会文化与文学的发展变化而共生共存、共振共通。

二、对文学本体价值的先锋性探索

20 世纪 20 至 40 年代,西方科学和技术的迅猛发展,极大地改变着整个世界的面貌,也改变着人们对世界的认知。但与技术和物质文明的迅猛发展相比,人们在观念和思想上的改变明显滞后,两者之间不协调的发展使得矛盾日趋激烈——人们在精神文化领域需要一个与新的时代相契合的思想架构。于是,在这个美国文坛走向繁盛,美国社会的价值观、意识形态以及社会秩序却最为混乱的时期,美国文学界开始了自觉的转型与探索。

(一)形式与风格的创新

美国 20 世纪 20 至 40 年代文学中的先锋派运动的直观特征,表现在文学的语言、形式与风格的巨变上。正如庞德在其诗作《休·塞尔温·莫伯利:生活与联系》(*Hugh Selwyn Mauberley: Life and Contacts*,1920)中写道的:"我们的时代呼唤一种新的意象/使它从加剧的痛苦走出深渊/这是现代的艺术召唤/它,无论如何,也不是古希腊的翻版。"①1913

---

① Ezra Pound, *Hugh Selwyn Mauberley: Life and Contacts*, London: Ovid Press, 1920, p. 11.

年 3 月号的《诗刊》(*Poetry*)上发表了意象派的第一个宣言——F. S. 弗林特(F. S. Flint)的《意象主义》("Imagisme")和庞德的《意象主义者的几"不"》("A Few Don'ts by an Imagiste"),强调抛弃传统的节奏、韵律,改用自由诗体进行创作,为美国现代诗歌的发展扫清了道路。威廉斯也在自己的长诗《佩特森》(*Paterson*, 1946—1963)的序言中直言:"我必须发明我的形式……我决心要以我自己的世界对传统进行界定。"①他的口号是"要事物,不要思想"。"把诗歌当成实实在在的实体"的 E. E. 卡明斯(E. E. Cummings),则在字母的乱排和词性的乱用间找到了属于自我的诗意形式。因此,不难看出 20 世纪美国文学思想的变革,一开始就表现在对传统文学形式与法则的反叛上。这一反叛的结果导致了美国文学家对自我的个性、差异化的风格以及鲜明的流派特征的极端探索与追求。

即使现代诗坛巨匠艾略特也不例外:他既是一位优秀而多产的诗人,同时又是一位杰出的文学理论家和批评家,但这位美国现代派诗人的精神和灵魂却是面向过去的。1928 年,他在《致兰斯洛特·安德鲁斯》(*For Lancelot Andrewes: Essays on Style and Order*)一书序言中写道:"宗教上,我是英国国教徒;文学上,我是古典主义者;政治上,我是保皇派。"②对此,人们十分震惊与困惑。尤其在艾略特诗歌艺术创作的后期,单纯的艺术维度和标准已经加入宗教信仰的尺度——文学作品的伟大与否并不完全由文学的艺术性来决定。"艾略特对艺术的评判标准和宗教信仰直接影响到他的诗歌创作,他的诗歌所展示的正是他长期痛苦思索、寻求拯救的心灵之路。"③但思想的保守并未妨碍他风格与形式的创新,艾略特坦言:"艺术家的成长过程是持续扬弃个人的过程,是持续消灭个性的过程。"④

———————

① William Carlos Williams, *Paterson*, New York: New Directions, 1992, p. xiii.

② T. S. Eliot, *For Lancelot Andrewes: Essays on Style and Order*, London: Faber and Gwyer, 1928, p. vii.

③ 蒋洪新:《论艾略特后期诗风转变的动因》,《湖南师范大学社会科学学报》1997 年第 6 期,第 100 页。

④ T. S. Eliot, *Selected Essays*, rev. ed., New York: Harcourt, Brace and Company, 1950, p. 10.

在这段被称为"文艺复兴"的大写新诗的历史时期,美国新诗的最大收获之一就是形式上的百花齐放:象征派、印象派、未来派、超现实主义诗、日本俳句(Haiku)、五行诗、多音散文诗、散文诗、新吟游诗和跳跃幅度大而诗行破碎的自由诗……它们不但构成了新诗的新范式,而且提供了新诗的多样化的新方法,表现了新诗的创造性和活力,从而把新诗提高到了空前的地位。①

客观地说,美国 20 世纪现代主义文学的兴起,是美国文学与世界文学之间充分融合和对流的结果。首先,单从文学形式与风格的创新来看,欧洲的现代主义艺术运动(包括文学、音乐、戏剧、美术以及电影等)和亚洲、非洲文学艺术的引入,为美国现代主义文学的先锋性探索提供了众多可资借鉴的样式,否则风格的突变与持续创新就无从谈起;其次,在这场文学变革的洪流中,大量的美国文学家主动接触欧洲与世界,极大地拓展了美国文学家的视野,将一个相对封闭的美国文学体系推向了世界。这种开放性使其获得了新的生命力,而这一切都为美国文学在 20 世纪 20 至 40 年代风格与形式的创新突破奠定了基础。

(二) 观念与思想的求变

美国著名艺术理论家威廉·弗莱明(William Fleming)的一段话非常准确地揭示了 20 世纪初弥漫于欧美文人心态中的矛盾与冲突:

自由与权力、民主与独裁、个人主义与集体主义、自由市场与经济垄断、科学进步与传统宗教信仰、思想自由与唯理性主义倾向等之间的矛盾在 19 世纪尚能相安无事,但是这

---

① 杨金才主撰:《新编美国文学史》(第三卷),刘海平、王守仁主编,上海:上海外语教育出版社,2002 年,第 15 页。

些潜在的矛盾到了 20 世纪就发展成了公开的冲突……是顺应还是改革，是压抑还是表现自己，或是再次试图缩小正在日益扩大的现实和理想之间的差距，对此，人们必须做出选择。①

　　发生于文学艺术领域里的先锋派运动，仅仅是这场思想与观念变革运动中的一部分，或是表象的部分。正如沃浓·路易·帕灵顿（Vernon Louis Parrington）在《美国思想史》（*Main Currents in American Thought*, 1927）一书中所言：政治、经济和社会这些文学流派和运动之外的力量"所创造的思想最终导致了文学文化的产生"②。帕灵顿的观点说明了一个基本的事实：文学无疑与人类的哲学、宗教、意识形态、价值观念等精神领域的关联度更高，其影响已经超越了文学形式与技艺。基于影响美国文学思想的社会性因素来考察，20 世纪初的美国文学，尤其是先锋派诗歌中风格与形式变化的原因，即是社会观念与社会生活的巨大变化所导致的美学与艺术观念的变革。战争的残酷、信仰的破灭、贫富的分化、社会的震荡，使得欧美传统的宗教观、价值观和美学观显得虚伪，沦为被嘲讽的对象。随后，现代主义的先锋派运动以"感性直觉"的名义，完成了对传统文学范式的唾弃和对自身美学体系的建构。正如赫伯特·马尔库塞（Herbert Marcuse）所言："个体感官的解放也许是普遍解放的起点，甚至是基础。"③显然，感性与形式的解放成为美国文学思想解放的一条重要的路径。此外，大工业革命改变了欧美中世纪以来"田园牧歌"般的生活，加之人与自然的联系被割裂，使"诗化的自然与生活"忽然幻灭。新的时代衍生出了新的生产方式、生活观念和生活节奏，而节律严谨、音步与押韵严格的传统诗难以

---

　　① 威廉·弗莱明：《艺术和思想》，吴江译，上海：上海人民美术出版社，2000 年，第551 页。

　　② 沃浓·路易·帕灵顿：《美国思想史》，陈永国、李增、郭乙瑶译，长春：吉林人民出版社，2002 年，第5 页。

　　③ 赫伯特·马尔库塞：《审美之维》，李小兵译，桂林：广西师范大学出版社，2001 年，第132 页。

表达诗人们的新思想、新生活和新情感,诗人们急切地寻找一种能反映这个激荡的时代和表现思想激情的新风格。同时,随着一战前后美国国家实力的提升,美国社会精英阶层拥有了前所未有的自信。这一时期的美国诗人或隐或现地认为:源自欧洲的传统诗体学应该也必须被抛弃,况且那种强调格律的音步并不适合美国语言。在他们看来,创造新的风格与形式也是建构美国现代"新诗体学"的文学使命。

因此,身处20世纪20至40年代的美国先锋派作家们,其艺术形式、美学观念与文学思想所表现出来的"前卫"与"先锋"、"颠覆"与"反叛"必然与这个变革的时代所出现的种种不同的观念、思想(或新或旧,或激进或保守或折中)相联系,甚至后者是前者的"中枢"和"智库"。

三、对美国文学本土价值的恪守

19世纪末至20世纪初,开始走向世界的美国文学初步奠定了它在现代文学体系中的地位,并逐步形成了"世界性"的影响。而在两次世界大战期间,美国文学除了在"现代主义"先锋派文学实验中与欧洲有着深度互动与共振之外,美国传统的"浪漫主义""自然主义""现实主义"文学和极具本土情怀的"乡土文学"逐步向外推介,形成了美国影响世界并让世界了解美国的"文学现象"。其中,美国"现实主义小说"是这一时期美国文学中最具代表性和影响力的文类。

(一) 美国现实主义文学传统的价值延宕

从美国文学的传统来看,以坚守"外在性"来反映、反思和批判社会的"现实主义"文学,始终是美国文学的一大特色。当然,"现实主义"文学在美国的发展未必只有一种形态。

美国评论家托尼·希尔福(Tony Hilfer)认为美国小说可以分为四个模式:一、自然主义的社会抗议;二、诗化或现代派的现实主义;三、传统现实主义(这一模式从未消失过);四、后现代主义。不难看出,在上述四种模式中,有三

种是现实主义的创作模式,涵盖了 20 世纪美国除后现代小
说以外几乎所有的小说创作形式。①

可见,从美国文学史的角度来审视,现实主义的文学作品不仅使美国文学的"民族性"和"本土性"特征得到彰显,同时也使美国文学的价值和地位得到了"世界性"的认同。

美国"现实主义"文学传统出现及在 20 世纪初盛行的原因主要在于以下几个方面:首先,现实主义文学是美国实用主义价值观念在文学中渗透和影响的结果。从美国文学思想的源头来看,现实主义文学的盛行,恰恰是实用主义哲学中关注现实的务实传统、脚踏实地的求真态度、冒险进取的实证精神在美国文学中的具体显现。其次,它反映了 19 世纪末至 20 世纪初美国社会现实的激荡及其对美国作家的魅惑。不同于诗歌、散文与戏剧,小说这种文体天然地与现实有着密切的关联,是现实的"镜像"呈现。自美国建国以来,尤其是进入 19 世纪以后,新大陆炫目而又充满生机的现实生活为现实主义的文学创作提供了丰富的题材——不是作家关注现实,而是现实本身就值得关注。最后,现实主义文学是美国文学基因中欧陆及"新英格兰"传统文学思想的延续。自北美"新英格兰"殖民地存在开始,欧陆古典主义、现实主义与浪漫主义的文学流派对美国文学思想的形成产生了极为重要的影响。以沃尔特·惠特曼(Walt Whitman)、马克·吐温(Mark Twain)、威廉·迪安·豪威尔斯(William Dean Howells)、亨利·詹姆斯(Henry James)、西奥多·德莱塞(Theodore Dreiser)等文学巨匠的作品为代表的美国现实主义文学,一直是美国文学思想的源流和精神衣钵——这是思想的延续和价值的维系。

随着 19 世纪中叶美国文学中现实主义小说这一文体的兴起,弥漫于美国早期文学中的欧陆"浪漫主义"诗歌式微。美国的作家们随

---

① 转引自李公昭:《20 世纪美国现实主义小说的发展与复兴》,《四川外国语学院学报》2000 年第 3 期,第 7 页。

即开始高举"现实主义"(或"自然主义")的旗帜,在小说这一领域对工业革命后的美国社会与现实进行了深入的洞察与深刻的反思。这种执着的关注与洞察表现在从哈姆林·加兰(Hamlin Garland)的"真实主义"到小厄普顿·辛克莱(Upton Sinclair Jr.)、杰克·伦敦(Jack London)、辛克莱·刘易斯、西奥多·德莱塞等人的现实主义或自然主义的创作追求中;表现在范·威克·布鲁克斯(Van Wyck Brooks)、H. L. 门肯(H. L. Mencken)等人捍卫文学现实精神作用的文学批评中;表现在 20 世纪 20 年代初欧文·白壁德(Irving Babbitt)、保罗·埃尔默·摩尔(Paul Elmer More)等人注重文学道德价值的具有古典主义倾向的新人文主义思想中。而这一切都为 20 世纪 20 至 40 年代的美国"现实主义"小说打下了思想与理念的基石。再者,"现实主义"文学奠定了"美国文学"的特色和价值。这种"现实"是带有强烈的美国特色并被世人所关注的"美国现象"。

　　[20 世纪]二、三十年代是一个被马尔科姆·布莱德伯里(Malcolm Bradbury)称为"文化沸腾"的时期……时代的变迁与人的思想、与文化传统之间的各种矛盾,在这二十年强烈地碰撞摩擦,产生出高能的热量,几乎完全重塑了年轻一代的文化态度和行为模式——同时也在另一层面上改变了文学的主题和形式。二、三十年代是美国文学的黄金年代。[①]

　　由此可以看出,美国 20 世纪初现实主义文学的发展与当时激荡人心的美国社会是紧密相连的。从 19 世纪末开始,美国社会政治、经济、文化的发展步入"现代转型期",诸多的社会现实问题不断地引起人们的关注与思考。而美国文学,尤其是直面现实的"现实主义"文学,拥有了强烈的"话语权力",并引领着人们对美国社会、人类未来以

---

　　① 虞建华:《20 世纪二、三十年代美国文学断代史研究之我见》,《外国文学研究》2004 年第 5 期,第 25 页。

及普遍的人性问题进行深刻反思。从文学史的角度来看,美国现实主义文学的产生、发展及其影响,既具有独特的"美国性",也具有体现人类共同价值的"普世性"。

(二) 对文学使命的恪守与现实主义的嬗变

与 20 世纪初美国先锋派文学的兴起及其如火如荼的发展相比,美国"现实主义"文学的繁荣与勃兴同样毫不逊色。如果说"现代主义"先锋派文学将文学的本体价值视为文学创新的目的,在美学理念、文学风格、艺术语言与形式上进行大胆创新,从而开启了美国现代文学之门,那么"现实主义"的文学家们则在艺术风格求变的同时,更关注文学的社会价值。无论是个体的自觉还是群体的共鸣,文学家们都将道德律令、价值信仰、社会责任视为文学创作的生命,由此才能将一个美国现实主义文学高峰呈现在我们面前。

的确,与诗歌和戏剧中出现的"现代主义"先锋派不同,美国"现实主义"的文学成就主要体现在小说上。值得关注的是,现实主义在美国的发展并非只存在着单一的模式,事实上,美国文学尤其是美国小说中的现实主义风格是多元而丰富的。20 世纪 20 至 40 年代的美国小说家充分展示了这种风格的多样性:如以探查社会不公、揭露社会丑恶、拷问社会弊端而闻名,以"新闻体"进行写作的"黑幕报道者"(muckraker)厄普顿·辛克莱;以弗洛伊德"精神分析学说"为依据,注重对人物内心和潜意识进行刻画,充分展示了现代人的孤独和灵魂异化的作家舍伍德·安德森(Sherwood Anderson);抨击传统的社会道德、保守陈旧的社会势力,赞扬反落后、反乡村、反传统精神的辛克莱·刘易斯;以呈现信仰幻灭和个体悲剧意识而著称的 F. S. 菲茨杰拉德(F. S. Fitzgerald);以"冰山理念"作为创作原则,以"电报式语体"作为写作风格,以"硬汉"为形象和精神代言的欧内斯特·海明威;当然还有在情感上依恋乡土、在文学思想上皈依传统、在写作风格上凸显现代性的"南方作家"威廉·福克纳;将非目的论与超验主义和普世情感相结合,借此来表达对生态和谐、政治公正和人伦和睦向往的作家约翰·斯坦贝克等。这充分说明"现实主义"小说在美国的发展存在着多元的模式和多样化的形态。两位获得诺贝尔文学奖大师的作品尤其值得深思：辛克莱·刘易斯笔下的乡村充斥着令作者感到厌恶和反感的"乡村病毒"，而威廉·福克纳作品中的乡村却弥漫着一种浓厚的历史意识和深厚的乡土情怀。在20世纪20至40年代这样一个充斥着压抑、失落、亢奋、惊惧、愤懑、迷惘等意绪的时代里，作家所表现出来的差异性必然更加强烈。

这一时期美国"现实主义"作家的差异化、个性化的探索，拓展了现实主义的内涵，丰富了现实主义的风格，为后来美国"现实主义"文学蓬勃发展打下了坚实的基础。正如李公昭所言：

> 现实主义已不再是一个内容单一的标签，而是一个涵盖面极广的多元（plural）概念。从这个意义上我们可以谈论自然现实主义、乡土现实主义、社会现实主义、道德现实主义、方言现实主义、都市现实主义、心理现实主义、象征现实主义（麦卡勒斯语）、魔幻现实主义、超市式现实主义、沉思式现实主义、后现代现实主义等等。①

从美国文学史的角度来审视20世纪上半叶，尤其是20至40年代美国文学的发展，它存在着以下几个其他时代所不具备的特点：

首先，这是一个社会风云激荡、意识形态变幻的时代。20世纪上半叶是现代西方社会发展的重要转型阶段。除了社会进入大工业时代之外，欧美的文化也同时进入了一个全面转型的时期。面对社会疾风骤雨般的变革，以及层出不穷的新的文化与意识形态观念，身处此刻的美国文学家们不得不进行抉择：他们或维护传统而执着恪守，或顺应变革而成为创新先锋，抑或游走于其间而寻求折中。而从美国文

---

① 李公昭：《20世纪美国现实主义小说的发展与复兴》，《四川外国语学院学报》2000年第3期，第10页。

学思想史的角度来看,这个时代的文学家们不管选择如何,都无愧于这个时代——他们创造了美国文学史上的一个难以企及的文学高峰。

其次,这是一个文学流派纷呈、竞相争鸣的时代。在这一时期,"先锋"与"创新"是文学艺术中最具概括性和时代气息的两个词汇。所谓"先锋",体现为众多的"现代主义"流派在文学观念与思想上所展现出的"反传统""反保守""反古典"的意识和勇气:由此开始,一大批"新观念""新思想""新流派"和"新形式"不断涌现——无论是"现代主义",还是"现实主义",或是坚持传统的"古典主义"和"浪漫主义",在这个时代里都有着不同程度、不同类型,或是不同角度的风格与形式上的变革或颠覆。可以说"创新"既是这个变化着的时代所提出的要求,也是文学家们自身文学价值得以实现的一个重要标志。

最后,这是一个大师云集、文学门类全面繁荣的时代:

> 这短短的二十年涵盖了美国文学中最丰富的部分,文坛上群星灿烂,佳作迭出。七位诺贝尔文学奖获得者在此期间发表了他们的作品:小说家辛克莱·刘易斯、福克纳、海明威、斯坦贝克、赛珍珠,剧作家尤金·奥尼尔和诗人 T. S. 艾略特。正是这些文学家,以及许许多多与他们一起活跃于二、三十年代美国文坛上的作家和诗人,引导着美国文学走向真正的成熟和真正的繁荣,使之成为世界文学的重要组成部分。[①]

这个时期美国文学的所有门类(诗歌、小说、戏剧以及文学批评)中都诞生了卓有影响的文学作品、文学理论和卓越的文学大师。他们为美国 20 世纪文学的繁荣与发展打下了坚实的基础,也为美国 20 世纪文学思想的建构定下了基调,并将引领美国文学走向世界。

---

① 虞建华:《20 世纪二、三十年代美国文学断代史研究之我见》,《外国文学研究》2004 年第 5 期,第 26 页。

第一章

20 世纪 20 至 40 年代美国小说家的文学思想

　　从一战结束到二战开始这 20 年的时间是美国 20 世纪最为复杂的时期之一。在这两个十年中，美国社会经历了巨大的反差性变化，呈现出纷繁复杂、矛盾丛生的局面。在经济领域，战后的繁荣持续仅十年左右便迎来断崖式崩溃。不幸的是，这个时期危机的冲击面绝非仅仅局限于经济领域。一战以一种前所未有的方式大规模展示了人类的动物性和原始性，长期信奉清教主义道德观的美国人民无法相信，人类会如此彻底地偭背上帝要求人人互爱的旨意。西格蒙德·弗洛伊德（Sigmund Freud）在《为什么要战争》（"Why War?", 1933）中谈到战争的本质："人与人之间的利益冲突在原则上是依赖暴力解决的，这与动物界的情况并无二致。"① 从弗洛伊德的立场来看，战争完全摧毁了人类文明，人性已经退化殆尽。从 20 世纪 20 年代起，美国文化亦步入转向时期，"一种新的强调及时行乐的'消费者伦理'和'闲暇伦理'取代了强调工作、存钱和自律与自我约束的'工作伦理'"②。通俗文化、工业文化、高雅文化、享乐主义以及战争创伤的交织与碰撞使民众的思想发生了前所未有的动荡。

　　复杂的历史时期往往酝酿着文学运动的爆发。这个时期也是欧

---

　　① 西格蒙德·弗洛伊德：《一种幻想的未来：文明及其不满》，严志军、张沫译，石家庄：河北教育出版社，2003 年，第 26 页。

　　② 萨克文·伯科维奇主编：《剑桥美国文学史》（第六卷），张宏杰、赵聪敏译，蔡坚译校，北京：中央编译出版社，2009 年，第 118 页。

美现代主义运动的高峰时期。雷纳·韦勒克(René Wellek)看到了文学形式在世纪之交的微妙变化,他认为"逆反力量已经跃跃欲动"①。战争则加速了逆反力量的壮大,从涓涓细流开始融汇并涌穴而出。阿瑟·林克(Arthur Link)和威廉·卡顿(William Catton)在合著的《一九〇〇年以来的美国史》(*American Epoch: A History of the United States since 1900*, 1955)中对两战之间的社会文化特征作出了这样的总结:

> 第一次世界大战停战和第二次世界大战之间的二十年,虽然也是社会上和知识界动乱的时期,但它是一种不同性质的动乱,其标志是道德标准的变化、知识分子中新信仰的出现和反对风雅传统的文学运动的勃兴。这种知识界的反叛对群众影响到什么程度,说不清楚,但是,很大一部分开创新思想的人否定传统价值并因而摧毁战前时期思想上的一致性,这件事肯定是值得注意的。②

可以肯定的是,在这20年间,文学领域发生了形式危机,思想界出现了解构和重构的现象,过去的观念和价值被抛弃,新的标准开始流行。由象征主义、印象主义等多种运动汇聚而成的现代主义在两战之间迎来了鼎盛,成为美国第二次文艺复兴的重要催化剂。在现代主义运动的催发下,两战间的小说在形式和主题上都展现了新的特点。这种新特点的主要表征就是先锋性。它既包含小说家在形式和内容上的激进和创新,也意指对传统欧洲文学尤其是英国文学影响的突破,转而注重对美国社会、美国人民生活的厚描,形成自身的文学话语和文学特色,从而助推本土民族性(或称为美国性)走向成熟。

---

① 雷纳·韦勒克:《近代文学批评史》(第六卷),杨自伍译,上海:上海译文出版社,2009年,第2页。

② 阿瑟·林克、威廉·卡顿:《一九〇〇年以来的美国史》(上册),刘绪贻等译,北京:中国社会科学出版社,1983年,第319页。

　　小说家哈姆林·加兰在 19、20 世纪之交时通过《文学的预言》（"Literary Prophecy"，1894）一文表达了对文学走向的预判，他认为"传统的力量逐年衰减"，未来的小说"在观点上更加民主，在方法上更加个性"①。他的眼光是独特和准确的，看到了文学新旧势力之间不可避免的冲突对抗。越来越多的现代派作家意识到传统小说形式和技巧已经变成了僵化的肌体，亟待治疗。为此，他们开始不遗余力地对小说形式、结构等方面进行实验与革新，为传统的痼疾开出了处方。弗吉尼亚·伍尔夫（Virginia Woolf）在谈到现代小说时，用了一个非常巧妙的比喻来探讨小说革新的重要性。她要我们把小说艺术想象成一个有生命的、站在我们中间的活人，而这个人"肯定会叫我们不仅崇拜她、热爱她，而且威胁她、摧毁她。因为只有如此，她才能恢复其青春，确保其权威"②。这段看似矛盾的话语却点出了小说发展的内在动力。在伍尔夫看来，小说只有不断革新，才能不断勃发出生机和希望。她甚至认为，在小说的革命上，"没有一种'方式'，没有一种实验，甚至是最想入非非的实验——是禁忌的"③。这种开放、现代的理念为小说形式的革新与重塑赋予了无限可能。以舍伍德·安德森、欧内斯特·海明威、F. S. 菲茨杰拉德、威廉·福克纳为代表的美国主流小说家们的种种行为似乎都在回应着伍尔夫的号召，但他们并未如 19 世纪的前辈一样视欧洲大陆文学为圭臬，狂热效法，而是将美国特质和个人特质一起熔铸到作品中，进一步摆脱欧洲式的写作痕迹。

　　两战之间也是现代小说与传统小说进行正面激烈交锋的时期。这段时期的小说展现出了两个明显的特质：一个是直截了当的戏剧性描述，另一个则是意识之流的完整呈现。传统小说的语言经过一

---

　　① Hamlin Garland, *Crumbling Idols: Twelve Essays on Art, Dealing Chiefly with Literature, Painting and the Drama*, Chicago: Stone and Kimball, 1894, pp. 43, 50.

　　② 弗吉尼亚·伍尔夫：《论小说与小说家》，瞿世镜译，上海：上海译文出版社，1986 年，第 43、50 页。

　　③ 同②。

代又一代的继承和裂变,越来越趋向于冗长和精致。F. R. 利维斯(F. R. Leavis)批评亨利·詹姆斯后期的文字简直"细腻微妙得令人疲惫"①。但是经过战争、消费文化和通俗文学的磨蚀,现代人的思维能力发生了倒逆,时间观出现了扭曲,心理亦出现了异化,按照保罗·瓦莱里(Paul Valéry)的说法,"现代人已经对非缩略性的东西无能为力了"②。与此同时,小说主题也发生了显性的变化。这也与当时的社会语境密切相关。艾伦·布卢姆(Allan Bloom)在《美国精神的封闭》(The Closing of the American Mind, 1987)中谈到"美国人的虚无主义是一种情绪,一种喜怒无常的情绪,一种不知所以然的焦虑。这是一种没有深渊的虚无主义"③。把这段话放在两战间的美国小说家身上,再合适不过。他们见证了一战,对于人性和秩序的怀疑达到一种极致,后又切身感受到了经济危机的残酷,然后生活又被二战的阴影所笼罩,这种独特的体验投射到作品中就成了主题异变的催化剂。在20 世纪以前,当清教主义还未受到消费文化和工业文化的强力挑战时,人们很难看到小说如此集中且大张旗鼓地呈现出悲观、大胆、晦涩甚至是古怪的主题。应当说,这些作家使读者,尤其是经历了世纪之交的人,获取了一种不同的甚至是难以承受的阅读体验。挖掘作品人物的痛苦和病态似乎成为这群作家的共识之一。他们不约而同地通过隐喻的方式将主题的异变指向了社会失调和人性失格的终端。

然而,这一时期,农业型美国的传承与工业化美国的走向之间的另类冲突却使得美国特有的传统文学得以与现代主义文学同行向前。以罗伯特·潘恩·沃伦(Robert Penn Warren)、约翰·克劳·兰色姆(John Crowe Ransom)为代表的南方作家团体不愿摒弃南方历史遗留给他们的心理积淀,坚持以南方农业社会为尺度来评价、批判现代美

① F. R. 利维斯:《伟大的传统》,袁伟译,北京:生活·读书·新知三联书店,2009 年,第 215 页。

② 转引自 Walter Benjamin, *Illuminations: Essays and Reflections*, New York: Schocken Books, 1968, p. 92。

③ 艾伦·布卢姆:《美国精神的封闭》,战旭英译,南京:译林出版社,2011 年,第 109 页。

国资本主义社会,成为维护南方传统文学的中坚力量。以兰色姆等人为核心的"南方重农派"(Southern Agrarians)所发表的《我要采取我的立场》(*I Will Take My Stand*,1930)就体现了南方保守主义在文学土壤中的深厚根系。另一南方文学的领军人物福克纳虽然在其文学作品中融入了许多新颖的现代创作技巧,但仍然可以明显地看出他在作品中注入南方传统的道德意义和文化基因方面所做出的努力。同时,美国文学的本土性特征也愈发明显。众多优秀作品都根植于美国本土文化和特有现象。舍伍德·安德森和辛克莱·刘易斯的作品多以美国小镇为故事背景,而菲茨杰拉德和海明威常以美国 20 世纪 20 年代民众迷惘和失望的战后情绪为母题进行挖掘。美国文学的个性特征对构建民族身份起到了至关重要的作用。

　　总而言之,两战间美国小说创作思潮呈现出来的转向特征实质上是小说家们面对文学发展停滞时的良知和职责,是为了更好地构建现实与文学的联系。值得指出的是,小说的"先锋性"并不等同于与小说传统的决裂,而是一种在继承基础上的创新和变化。正如埃德蒙·威尔逊(Edmund Wilson)所言,在文学运动的发展过程中,并"不是一套方法论或价值观完全被另一种取代,相反,一切是在反复对抗和修正中生长的"①。优秀的传统是具有连续性的,无法割裂。正是通过对传统的继承,作家才能更好地重构文本中的世界,更为清晰地反映现代混乱中个体的异化遭遇,并为重新找到秩序和意义发现更多的可能,进而解决现代人的危机。从更广阔的范围来看,这些小说创作的转向也是经济社会演变在文化领域的一种投射和互动性影响的结果,而这种变化为"美国世纪"(American Century)的开创发挥了很好的策应作用。该时期的美国文学也在现代和传统的两股共存力量的拉动下,以多样的文学形式和丰富的文学内容综合地显现了美利坚民族整体的文化意识,并且以"成年"姿态迎接着美国文学的"第二次繁荣"。

---

　　① 埃德蒙·威尔逊:《阿克瑟尔的城堡:1870 年至 1930 年的想象文学研究》,黄念欣译,南京:江苏教育出版社,2006 年,第 9 页。

第一节

格特鲁德·斯泰因：美国现代主义文学之母[①]

　　20世纪初,美国文学主流由19世纪的现实主义开始向现代主义转向。在经历一战和科技发展之后,文学家们关于真理和社会现实的思想空前混杂,众多美国作家开始在文学手法和风格上革新和实验,进而形成了20世纪20至40年代的现代主义文学高峰。在此之前,除了像亨利·詹姆斯那样长期生活在欧洲的美国作家开创了美国文学的早期现代主义思潮,格特鲁德·斯泰因(Gertrude Stein,1874—1946)更是培养和影响了一大批20世纪上半叶最伟大的作家,被誉为"美国现代主义文学之母"。她在20世纪美国文学史中独树一帜,对现代主义和后现代主义文学运动的发展起到了助推的作用,是20世纪初美国文学的传奇人物之一。

　　格特鲁德·斯泰因1874年2月3日出生于美国宾夕法尼亚州阿勒格尼的一个犹太家庭,童年时期成长在加州奥克兰。因家境富裕,她自幼随父母旅游,接受了欧洲文明的熏陶,并酷爱阅读,这促使斯泰因形成一种自由、多元的文风,以表达内心独特的感受。1893年,斯泰因进入拉德克利夫学院,在美国心理学界泰斗威廉·詹姆斯(William James)门下攻读心理学。她对人脑进行的科学实验与对描写现实的兴趣对她日后的文学创作有着深远的影响。1903年她随兄长里奥移居至巴黎,从此将其视为第二故乡。她经常在巴黎弗勒吕斯大街27号的寓所举办沙龙,网罗了一大批当时追求现代主义的文艺界人士,如毕加索、马蒂斯、庞德、海明威、菲茨杰拉德、刘易斯、安德森等等,使得该处成为20世纪先锋艺术家的汇聚地。斯泰因于20世纪20—30年代期间在英国、美国等地巡回演讲。尤其是从1934年10月到1935年5月,她回到阔别30

　　[①]　本节由叶冬、陈思瑶撰写。

年之久的美国,所到之处受到极大的关注,甚至受邀与罗斯福总统夫人埃莉诺一起喝茶,与卓别林一起探讨电影的未来发展。在她半年后返回巴黎之际,《芝加哥每日论坛》(*Chicago Daily Tribune*)评论说:"多年以来,还没有哪位作家受到过如此广泛的讨论、讥讽和热切的追捧。"①

斯泰因最广为人知的身份是美国现代主义文学的教母,也被称为"迷惘的一代"这一标签的创立者。一战后,有一大批美国文学家和艺术家或在战争中遭受了不同程度的精神创伤,他们或对美国社会的发展和现状感到失望和不满,或因战争给世界带来的灾难与自己的理想产生的矛盾而深感痛苦,纷纷离开美国,来到欧洲文化中心巴黎,企图在反思中寻找生活的方向和精神的追求。斯泰因在巴黎的 27 号寓所成为这批人的聚集之地,沙龙女主人成了他们的精神导师和资助者。一天,斯泰因听到车行老板在教训一个技术不熟练、态度不认真的工人说"你们是迷惘的一代",她回去对海明威说:"你们就是这样的人,你们全是这样的人,你们所有在战争中当过兵的人,都是迷惘的一代,不尊重一切,醉生梦死,你们就是迷惘的一代……"②后来,海明威把这句话作为《太阳照常升起》(*The Sun Also Rises*,1926)的题词,从此成为这批美国现代主义文学先驱的代名词。

斯泰因本人在文学上涉猎甚广,她不仅是诗人、小说家,还创作了 70 余部剧本。她在和兄长里奥收集与资助现代派艺术作品的同时,受塞尚、毕加索、马蒂斯等印象派和先锋派画家的影响,也形成了自己的艺术观,并在自己的文学创作中大胆实验与革新,成为这一时期"先锋性"文学革新派的倡导者和推动者,其影响甚至跨越到了后现代主义时期。威尔逊说:"我们把她当成壮丽的金字塔式女神。"③马尔科

---

① Megan Gambino, "When Gertrude Stein Toured America," https://www.smithsonianmag.com/arts-culture/when-gertrude-stein-toured-america-105320781/, accessed May 7, 2021.

② 海明威:《太阳照常升起》,赵静男译,上海:上海译文出版社,2004[2009]年,第 1 页。

③ 埃德蒙·威尔逊:《阿克瑟尔的城堡:1870 年至 1930 年的想象文学研究》,黄念欣译,南京:江苏教育出版社,2006 年,第 179 页。

姆·布莱德伯里认为"正如埃兹拉·庞德之于美国诗歌,斯泰因标志着美国小说现代化进程的核心阶段"①;哈桑则在其《后现代的转折》(*The Postmodern Turn*, 1987)中,中肯地提出"斯泰因对现代主义和后现代主义均有所贡献"②。如同惠特曼是自由体诗歌的实验家一样,斯泰因是现代主义叙事方式的实验大师。她在创作理念、语言革新、技巧突破以及艺术意识等方面甚至做出了超越现代主义的尝试,对许多作家和艺术家产生了重要影响。

一、立体主义文字画

在 20 世纪的文学史中,作家们用自己的方式表达着其所身处的时代和世界。西方现代工业文明的发展对现代人的思维与艺术创造的影响是潜移默化的。斯泰因深受其导师——实用主义哲学家、心理学家威廉·詹姆斯思想的熏陶,也受到一批年轻现代主义艺术家的影响,开始了将绘画艺术的理论引入文字画的实验之路。

斯泰因在 1911—1932 年间,对文学中的"立体主义"风格进行摸索与实验。其文学革新时期正处于立体主义绘画的形成与发展期,时势造就斯泰因独特的立体主义文字革新。正如迈克尔·霍夫曼所指出的,"当一个人面对格特鲁德·斯泰因写作中的'肖像'和'静物'时,尝试这种类比是难以避免的"③。深受立体主义画作的影响,斯泰因大胆地把领悟到的绘画技巧和方法用到了自己的写作中,这种艺术类比是人们容易去尝试的,但也同样需要勇气。斯泰因以一种绘画的手法书写,这与早期她受立体画的影响脱不了关系。斯泰因定居巴黎后开始关注现代艺术的发展,甚至在她的住所里挂了许多幅毕加索、马蒂斯和塞尚等的绘画,现代主义的创作方式极大地影响了斯泰因的

---

① Malcolm Bradbury, *The Modern American Novel*, rev. ed., New York: Viking Adult, 1993, p. 50.

② Ihab Hassan, *The Postmodern Turn: Essays in Postmodern Theory and Culture*, Columbus: Ohio State University Press, 1987, p. 23.

③ Michael J. Hoffman, *The Development of Abstractionism in the Writings of Gertrude Stein*, Philadelphia: University of Pennsylvania Press, 1965, p. 161.

文学创作。其中立体主义又极大地影响了斯泰因的写作和她对于表达的理解。绘画通过立体主义来捕获抽象的艺术,斯泰因通过文字实验来捕获文字的艺术。

安德烈·吉鲁(Vincent Andre Giroud)的著作《毕加索与格特鲁德·斯泰因》(Picasso and Gertrude Stein,2007)详细论述了斯泰因与毕加索的相互影响,以及那幅被斯泰因放在沙龙中的肖像画。斯泰因被这幅画中"前卫"的表现手法所吸引,把它挂在客厅的墙上。毕加索在画作《格特鲁德·斯泰因》中尝试以切割的块面去表现斯泰因的头部、面部以及五官,而这种画法不仅有塞尚的味道,更是"立体派"的一大特色。斯泰因的代表作《软纽扣》(Tender Buttons,1914)可以说是斯泰因的立体主义文字作品中一个毫无争议的顶峰,被威尔逊认为是"散文中的静物写生,与毕加索与布拉克(Braque)相对照。不同字词的组合与配衬,以传统观点来看或许有点语无伦次,但的确与立体主义的油画互相发明,两者皆由不能辨认的碎片组合而成"。① 又如在塞尚的作品中人们可以看到长宽一致的方形笔触充斥于整个画面,这种反传统的笔触可以说是斯泰因语言革新灵感的发源地。斯泰因重复的文字、词组、段落等就如同塞尚长宽一致的笔画,每一次的出现都使得整个现实的轮廓更加清楚,这样重复出现的文字不是复制,而是有意义地针对特定主题的一笔一画地刻画,是在用文字创作立体画。"在写作中,一件事同别的事同等重要,每一部分与整体同等重要。这一观念大大影响了我,于是我开始创作《三个女人》(Three Lives,1909)。"②

"重复"是斯泰因反复强调的重要概念,贯穿于她创作思想的始终。于她而言,重复就像是一栋房子上不同位置的窗口,像是同一个事物的不同视角,彼此独立而相互联系,并且出现在同一个整体上,因

---

① 埃德蒙·威尔逊:《阿克瑟尔的城堡:1870年至1930年的想象文学研究》,黄念欣译,南京:江苏教育出版社,2006年,第172页。

② 转引自Robert Bartlett, ed., *A Primer for the Gradual Understanding of Gertrude Stein*, Los Angeles:Black Sparrow Press, 1971, p. 15。

此斯泰因的重复不是"复制"（repetition），而是"刻画"（portrait）。斯泰因在《三个女人》中反传统地利用简化法、重复法等描绘出社会底层妇女的苦难人生。例如，对安娜打理的马蒂尔达小姐掌管的房子的刻画："这是一栋很有趣的小房子，和它同排的房子都是一个样式，就像孩子推倒的一排多米诺骨牌那样紧挨在一起。这些房子都沿街造起，小街到了这儿就顺着一个陡峭的丘岗而下。"①在文字画立体主义中，最为显目的是肖像画。《埃达：一本小说》（*Ida: A Novel*，1941）是斯泰因的一部非常出名的文字画作品，从中不难看出立体主义的绘画不再局限于像焦点透视法那样观察物体，而是以一种多视角的方式将对象打散和重组。斯泰因消解了《埃达》中的主体，专注于主人公以外的其他人物，如埃达的兄弟、父亲、母亲等，因此对于埃达这个主人公的描写就变得模糊且失焦，直至故事临近结束才说明埃达的身份，这就是一个典型的打散重组的人物肖像画。埃达的人物形象分散在对众多其他人物的描述中，这种写作手法与毕加索对于立体主义绘画的认识一致："从多个视角同时观察一个物体，以表现同一物体的不同面，这样就打破了以逼真为目的的传统绘画模式，改变了被观察对象的自然形象，重新组合了物体。"②他们认为，艺术家不受空间和客观对象的限制，强调艺术家主观意绪的表现，以从多维、多元的视角去拆解和重构世界。

斯泰因在戏剧方面还特意提到了"风景戏剧"。和她运用在小说上的理念一脉相承，风景戏剧打破传统的叙事情节和对时空的运用，提倡每个部分都很重要，不存在叙事焦点，各部分相互联系但却不是一种线性次序的联系；同时摒弃语法规则和叙事情节，进一步推广与实践对小说的文学实验。斯泰因一直很努力地进行文字画和风景戏剧的实验，她的尝试无疑为后世提供了一种别样的文学创作方式与思路。

---

① Gertrude Stein, *Three Lives*, Norfolk：New Directions, 1933, p. 24.
② 转引自舒笑梅：《像驾驭画笔那样驾驭文字：评斯泰因的〈毕加索〉》，《外国文学研究》2002 年第 4 期，第 76 页。

　　除此之外,斯泰因的创作是一种绘画型的自动写作。通过一点一点地刻画人物,每次写作发生微小的变化,就如同是自动化地刻画出了一个人物。斯泰因试图用新的艺术表达形式反映新的社会现实,她还说过:“我们每个人都必定以自己的方式表达我们所生活的世界在做什么。”①

　　斯泰因的心理学背景影响到她的艺术表达与艺术欣赏的角度,她比较重视作品是否从心理与情感方面进行了表达,而且这种表达是根据意识流动的。不难看出,斯泰因的“持续现在时”反映了她的现实观。她认为心理时间对于个人的经验是非常重要的。她也受到法国哲学家亨利·柏格森(Henri Bergson)的“真实存在于意识的不可分割的波动之中”这一理念的影响。作家的创作应该表现人的心理时间,捕捉人的瞬间意识,这才是现实的。既然真实存在于绵延的当下,为了让写作真实,斯泰因使用一种持续的现在时。她对事物有着独特的认识,在创作中频繁地使用现在分词、动名词等动词的变化方式来强调人生不间断的流动。她打破传统叙事对时间的束缚,转用一种持续的、绵延的、流动的自动写作来传递。她的文学创作背离了逻辑与因果的思维创作过程,取消了情节在文学创作中的首要地位,把文学作品变成动态的、当下的。作者对于事物的真实感受就是由一系列的瞬间组成,是一种流动的意识。这也与斯泰因对待艺术的观点相一致。“对于她来说,艺术是非常心理的——它能够抓住她的注意和迎合她的情感。”②总之,写作在斯泰因这里变成了立体主义的风景画,字词就如同画笔笔触一般,作家可以通过多次描摹来加深主题。而且她的文字注重对心理时间流动的刻画,不拘束于历史与客观时间,就如同意识流动于由同样粗细的笔触构成的风景里,它的痕迹是按照直觉呈现的形象。

---

　　① Gertrude Stein, *Lectures in America*, New York：Random House, 1935, pp. 294 - 296.

　　② Gertrude Stein, *The Autobiography of Alice B. Toklas*. New York：Harcourt, Brace and Company, 1933, p. 83.

二、形式与力量——永恒的重复赞歌

斯泰因对于现代文学创作的一大贡献在于她对语言特性的创新。她把语言作为文学作品的表现对象和实验对象,大量的重复已然成为其语言的一大重要特征。重复作为斯泰因小说的一大特征与创作手法,有其存在的必然理由。从宏观来看,从一日三餐、昼夜更替到四季轮回、斗转星移等,重复作为客观存在无不体现出来其形式与力量。可以说任何艺术家都无法避免重复,但斯泰因的重复不仅仅是客观存在上无法避免的,更是作家的刻意为之,显示出其特殊地位。新批评派代表人物 I. A. 瑞恰兹(I. A. Richards)提出,"一个词的意义在语境中是复义的"①。这一言论刚好说明了语言的多义性与不确定性。人们对于真理的认识不再有统一的标准,每个人都可以发表对于现实的认识。对于斯泰因来说,重复是帮助认清现实的手段,也有利于让文字带上类似诗歌的韵律。没有重复,也就没有叙事的手段。

一方面,重复有助于人们认清现实。斯泰因认为"重复也就存在于每个人的身上,存在于每一个人的存在、感觉和他们认知一切的方式上,而每一个人又通过重复表现了他们自己。这样一来,每一个人也就得以变得对某个人来说是愈加清晰起来"②。重复使得人物形象生动真实。词句的重复显示出不变化的性质,但同时人对事物的认知变化让每一次重复都有了新的意义。作家通过重复来强调一个统一的全面的认识,通过重复对所要表达的对象进行多方位、立体化的感知,进一步挖掘读者对于重复存在的感受,从而加强阅读体验。重复是一条通向理解的道路。根据马克思主义认识论所揭示的客观认识规律,从未知到已知要经过多次反复才能完成。因此人们对于一个对象的认知是多次反复的。斯泰因还揭示道:"语句的重复并不是文字本身的简单重复,而是为了加强句子的内在意义,同时强化

---

① 朱立元:《现代西方美学史》,上海:上海文艺出版社,1996 年,第 412 页。
② 格特鲁德·斯泰因:《软纽扣》,蒲隆、王义国译,北京:作家出版社,1997 年,第 132 页。

读者对某种存在的情感。"①她的作品如《美国人的成长》(*The Making of Americans*, 1925)、《三个女人》《软纽扣》《艾丽斯·B. 托克拉斯的自传》(*The Autobiography of Alice B. Toklas*, 1933)、《雷诺兹夫人》(*Mrs. Reynolds*, 1952)等都大量使用了"重复"的艺术手法。另外,她的诗句"Rose is a rose is a rose is a rose." 可以被看作充分利用重复来帮助人们更好地全面认识事物的一个例证。第一个 Rose(罗斯)是一位姑娘的名字,第二个是玫瑰,即姑娘是一朵玫瑰。最后两个 rose 可以理解为对于词语的一种能指游戏,可以无限循环。看似充满重复词语的一句话,其实把"罗斯姑娘"描写得越来越清晰、美丽。

另一方面,文字成为语音的表达媒介。斯泰因热衷于在作品中使用词语、句子和句段的重复,从而增强语言的韵律美。在长篇小说《美国人的成长》中,斯泰因重复手法的使用显而易见。

> 我认识许多人,他们知道这一点。他们所有的人都在重复,而我听见这重复。我喜欢此事而且我讲述此事。我喜欢此事,现在我将写出此事。这就是我现在钟爱此事的一部历史。我听见此事,我热爱此事,我写出此事。他们重复此事。他们这样活着,我看见了它并且听见了……②

这是由略微不相同的词语、句子重复而组成的段落,而且这样的段落在作品中重复出现。这就体现了斯泰因对重复艺术手法的极致性发挥。她还解释说:"一次描写不是描述,是由每次的描写构成的,我做了很多次,这么说,是这样的,每次都有差异,只要差异足够大,就可以继续下去,成为在场的一些事情。"③

---

① Gertrude Stein, *The Making of Americans*, New York: Vintage Books, 1972, p. 266.

② 格特鲁德·斯泰因:《软纽扣》,蒲隆、王义国译,北京:作家出版社,1997 年,第 163—164 页。

③ Gertrude Stein, *Lectures in America*, New York: Random House, 1935, pp. 294‑295.

除了上述语言上的重复,还有延伸至作品的故事和情节的重复,用以加深作品的主题意蕴。《雷诺兹夫人》中,斯泰因就实现了对事件、情节和故事场景的重复手法的使用。书中多次出现的古代圣徒的预言,以及在战争的三个阶段局势的变化中对多瑙河战况的具体刻画,可以使人看出来雷诺兹夫妇在战争年代中每日重复着日常生活,连做梦的情节都是大致一样的。此外,对于典型类型的女性人物的刻画,斯泰因也是通过创作同样的主题来实现的。对于同样主题的重复,斯泰因曾这样解释过:"乍一看,它的重复显得古怪而粗疏,细读之后,人们会发现它的微妙之处,旋转、介入、反反复复地重复着一个主题,使之在好奇的读者眼前飘浮。"①重复的艺术手法用在绘画中比较易于理解,画家通过相同粗细的笔画去刻画人物和事情,但是放在小说中,让事件、情节、人物、场景在一个开放性的文本中重复出现,这会让读者无可避免地感受到小说是相似意象、类似事件和情节的堆积,在试图抓住读者好奇心的同时也会让读者陷入一种非聚焦,并被置于难以琢磨的相似性中。这就不难理解,许多评论家都认为斯泰因的作品比较晦涩难懂。威尔逊曾毫不留情地指出:"她经常被人嘲讽又很少为人欣赏,但仍然影响过许多受欢迎的作家。……我们对斯泰因的作品望而却步,因为她滔滔不绝的长文催人入睡,大量拟声词所做成的咒文以及看来愚不可及的数字表列,都令我们越来越不想读到她。"②无怪乎斯泰因被称为"作家的作家",她作为"作家的教母"的身份远比她本人的作品更加深入人心而影响长远。

三、科学精神的文字革新

在法国的日子给斯泰因留下了深刻的影响,她也视自己为法国人。她曾说过:"就是为什么作家有两个国家,一个是属于他们的国

---

① 转引自常耀信:《美国文学简史》,天津:南开大学出版社,2008 年,第 254 页。
② 埃德蒙·威尔逊:《阿克瑟尔的城堡:1870 年至 1930 年的想象文学研究》,黄念欣译,南京:江苏教育出版社,2006 年,第 179 页。

家,一个是他们真正生活的国家。"①斯泰因把法国视为第二故乡,并且她身上也散发出法国革命的创新精神。斯泰因致力于语言文字的创新,基于自由联想,通过新的语言表达方式和写作技巧来增强语言的表意能力,对20世纪西方现代主义的发展产生了深远的影响。斯泰因除了以作家、艺术家的身份广为人知,她还以赞助现代青年艺术家出名,她"鼓励年轻的艺术家们鄙夷传统的形式与内容,去反抗,去决裂,去勇敢开拓"②。

斯泰因的写作风格十分特殊,她打破了传统语法中标点符号的桎梏,创造出一种"持续现在时",大量使用相同的单词与短语,并使用现在分词来强调事件的连续性。她认为时间的线性发展已经无法表达她对叙事的理解,因此取消了情节的发展,让事情停留在当下的状态,再加上-ing的使用,创造出一种新的时间观念——"持续现在时"。她把对"现在"的描述认定为真实的写作。不断的"重复"产生了斯泰因所称的"持续的现在"(continuous present),通过-ing的文字形式来表示进行,再通过正在进行来表明一个事物是真实存在的。她的解释如下:"当事物本身真实存在时,只有重复,这就是我的肖像写作的开始。"③真实就是现在,即斯泰因只专注于延绵的现在,注重的是当下与意识流动直接挂钩时事物呈现出的真实。20世纪电影的发展也影响到了斯泰因的创作。斯泰因"绵延的现在"反映出她的时间观与历史观,她认为时间由绵延的现在所组成,每一个环节同等重要。斯泰因的文字就像是影片一样,是由每个进行的瞬间构成的。每一个进行的瞬间都是一种智力的创造。斯泰因说道:"语言作为一种真实的东西,既不是对声音,也不是对颜色和情感的模仿,而是智力的再创造。"④

---

①　Gertrude Stein, *Paris France*, New York：Liveright, 2013, p. 160.

②　转引自 Lincoln Steffens, *The Autobiography of Lincoln Steffens*, Berkeley：Heyday Books, 2005, p. 833。

③　Gertrude Stein, *Lectures in America*, New York：Random House, 1935, p. 290.

④　Gertrude Stein, *The Yale Gertrude Stein: Selections*, New Haven：Yale University Press, 1980, p. xxiv.

斯泰因对于艺术作品的改革使得小说情节的发展不再有开始、高潮与结束,主题不再鲜明,每个词与句都在以反传统的方式获得最大的活力。她强调每个部分的重要性,如同立体主义画作。在斯泰因的早期作品《三个女人》中,她打破句法与词序的约束,该小说完全就是一部她思想的文字实验。小说中没有标点符号对于句子的束缚,没有情节对于主题的束缚,而是让每个单词走在一条多元的路上,尽情展现语言的活力,流露出一种极强的先锋意识与超前意识。斯泰因在创作中很少用名词,而是用事物本身去替换名词(replacing nouns with the thing itself)。另外,对于标点符号的边缘化,使得读者在欣赏文字的时候不必受标点符号的影响而不时开始或中止阅读。她相信"读者的感觉应该是内在的,而不是用逗号来解释,逗号是应该停下来喘口气的标志,但读者应该知道自己什么时候想停下来喘口气"①。斯泰因利用去除标点把文字变成歌,再利用重复增强旋律。并且,标点符号的省略使得文本保持神秘,形成一种未分开的文本,吸引着读者的所有注意力。她利用持续现在时、重复、动词等反传统形式,通过新的语言表达方式和写作技巧来增强语言的表意,就像毕加索是现代艺术领域的实验家一样,斯泰因就是文学领域里现代主义叙事方式的实验大师。将斯泰因的文学与毕加索立体派的绘画对比来看不难发现,她在处理文字时淡化甚至抛弃了文字的字面意义,用文字筑成一个立体的文本语言,直指人物灵魂的深处。正如威尔逊所指出的:"她好像摸索出了在一般交际中寻常逻辑的虚假性之下思想的本能流动,从而以一种偏离日常意义的语言表现出思想的节奏与反应。"②

除了创作革新与语言实验,斯泰因在文学观念上也领先于她所在的时代,比如她的女性主义文学观和对读者参与的思考。她见证了从19 世纪末到 20 世纪初轰轰烈烈的文学浪潮。突如其来的现代主义文

---

① Gertrude Stein, *The Autobiography of Alice B. Toklas*, New York: Harcourt, Brace and Company, 1933, p. 90.

② 埃德蒙·威尔逊:《阿克瑟尔的城堡:1870 年至 1930 年的想象文学研究》,黄念欣译,南京:江苏教育出版社,2006 年,第 172 页。

学运动和女权运动的第一次浪潮,再加之她的家庭环境的影响,使得她不得不开始思考女性这个角色。出生于一个犹太家庭,父亲的独断专行和母亲的善良软弱使得斯泰因从小就比较特立独行,骨子里充满了反叛的精神,表现为对规矩的漠视与对自由的向往。其小说中出现的女性形象和父亲形象就受到她原生家庭的影响。有评论家甚至认为:"斯泰因对所有权威和父亲角色的叛逆都来源于她的父亲。"①其实给斯泰因打上"女性主义"或"女权主义"的标签未必准确,因为斯泰因不太热衷于参加争取妇女平等权利的运动,也鲜少发表直接论述女性问题的观点和文章,更不像同时期的女性作家旗手伍尔夫那样旗帜鲜明地表达自己的女性主义主张。虽然斯泰因不认为自己是女性主义者,但从女性主义文学批评角度来阅读她的作品,依然可以总结出她具有超前意识的性别观和基于此的文学主张。作为一个现代主义先锋女作家,她确实对家庭生活、女性边缘性、父权主义、女性生存状况等方面表现出极大的兴趣,这无不彰显她的女性主义文学观。事实上,斯泰因是女同性恋者,她与她的伴侣艾丽斯·B.托克拉斯(Alice B. Toklas)长期生活在一起,并以托克拉斯的名义完成自传《艾丽斯·B.托克拉斯自传》。玛丽安娜·德科文(Marianne DeKoven)在《另一种语言:格特鲁德·斯泰因的实验写作》(A Different Language: Gertrude Stein's Experimental Writing,1983)一书中指出斯泰因的实验写作的意义在于对父权制强调线性、连贯性以及传统理性的表达方式的颠覆,深入探讨作品中的性别与政治意义,旨在提供一种开放的、多元的写作形式。哈丽雅特·斯科特·切斯曼(Harriet Scott Chessman)认为斯泰因抛弃了父权制的叙述模式,邀请读者加入,试图建立读者与文本的对话模式。

斯泰因生前创作的最后一部小说《埃达》就集中体现了她对于两性关系的思考和对"男性中心"传统意识的颠覆。小说描写了女主人

---

① Christina Gombar, *Great Women Writers 1900–1950*, New York: Facts on File, 1996, p. 41.

公埃达的成长历程,但不同于传统的成长小说,埃达的人生经历更像一个自我实验过程,她在不断探索自我与性别的存在和关系。斯泰因借助这部小说表达了对传统"父权制"的反思。《三个女人》作为斯泰因出版的第一部小说,也是她早期最重要、最有影响力的小说。该书由三个独立的故事"好安娜""梅兰克莎"和"温柔的莉娜"组成,斯泰因通过"好安娜""温柔的莉娜"与"反叛的梅兰克莎"的对比,表达了女性在父权社会中所面对的压迫与不公。小说利用重复的手法塑造来自下层社会的女性形象,如任劳任怨的安娜与吃苦耐劳的莉娜,对女性人物的社会悲剧进行拷问,揭示三位女主人公所受到的阶级与性别的双重压迫。在犹太民族中,女性往往是男性的附庸,她们的生活空间被拘束在厨房、卧室等私人或隐秘的地方,性格总是温柔和善良的。黑人梅兰克莎奋起反抗社会的不公,但由于势单力薄,这样的觉醒和反叛只是徒劳,死亡成了她脱离父权社会唯一的结果。斯泰因大胆地通过写作的方式为女性争取权利和地位。这与斯泰因本人的身份相关,因为她也是身处主流的边缘化人物,是女性、女同性恋者和客居在欧洲的美国人。另外小说中对同性姐妹情或是同性恋的刻画也影射出其身份。

斯泰因的"读者参与论"也是超前于时代的。她认为任何一个读者都可以和她的文本一起创作,提倡一种读者积极参与的写作模式,强调作品的对话性,注重读者及作者的多元的写作阅读模式,但同时也给读者提出了挑战。她摒弃标点符号的使用,使语言文字回归到一种无序,或者说是一种生命力觉醒的时代;其间,它们因重复而富有节奏。读者不仅要读而且要听这个由重复而导致的文字韵律,而读者与文本的互动关系让文本更具活力与阐释性。这种开放式写作凸显了作者对于使用语言的谦卑心态:语言不是用来表达作者个人意愿的,而是通过读者的参与让文字获得片刻的意识。文本依赖于不同读者的解读来产生丰富的内涵。不得不说斯泰因是超越时代的文学语言实验家。她在《创作即阐释》("Composition as Explanation",1926)一文中说道:"一代到另一代没什么变化,除了那被人所见证的一切,而那被见证的就是创作。"①斯泰因的字词实验,尽量将读者与文本的距离压缩到最低限度,要求读者全心全意阅读,使文本作品产生如同绘画、电影放映一样的直观效果。斯泰因作品的无意识与文字游戏,给读者理解作品留下了一片空白,从而不断激发读者的想象力,丰富思想和精神。

事实上,这种文本创作理念也给读者留下了无法预计的后果,会使作品因模糊的语义而比较晦涩难懂,读者因故事失去开始、高潮与结尾而把握不到文本的中心意思,迷失在无标点与无中心的文本世界之中。总之,斯泰因受到国内外文化界的重视与持续研究,原因就在于她的先驱性语言实验至今仍有许多值得借鉴的地方。

美国20世纪评论家马尔科姆·考利(Malcolm Cowley)曾说:"格特鲁德·斯泰因比詹姆斯·乔伊斯(James Joyce)更善于将科学精神和实验方法带入她的艺术视野。"②但其实斯泰因晚年也开始由先锋转向传统,1933年她发表《艾丽斯·B. 托克拉斯自传》算是正式跨出这一步。这是她回归传统的一次尝试。作品的情节按线性的时间顺序发展,有具体的人物、冲突、时间和地点,其中也使用了被她厌弃的标点符号。终其一生,斯泰因不断寻求彻底革新与文学实验在某种程度上的融合与平衡。她晚年从先锋到传统的回眸,恰恰印证了她本人在《创作即阐释》一文中所阐发的关于作为领先于时代的先锋大师(的她)如何成为经典的论述:

> 没有人能领先于时代。只不过那个创造了他所在时代的特殊变体被那些也在创造他们自己的时代的同时代人拒绝接受。而他们拒绝接受的原因很简单,那就是他们无须因

---

① Gertrude Stein, *Writings and Lectures 1909–1945*, edited by Patricia Meyerowitz, Baltimore: Penguin Books, 1967, p. 22.

② Malcolm Cowley, "Gertrude Stein, Writer or Word Scientist?" in *The Critical Response to Gertrude Stein*, edited by Kirk Crunutt, Westport: Greenwood Press, 2000, p. 147.

为任何原因而接受它……在一段非常长的时间里,人人都拒绝;然后几乎毫无停顿地几乎每个人都接受了。在艺术与文学遭到拒绝的历史中,变化的迅猛总是令人惊异的。有关艺术态度上大转变的唯一困难就在于此。当接受到来时,由于那接受而创造出来的东西就成了经典。①

斯泰因的作品可能并不为大多数读者所熟知和喜爱,但她文学思想的影响力和先锋性文学实验如同江河源头的涓涓细流一般,引领着美国文学正在喷涌而出的现代主义狂潮巨浪。

第二节

舍伍德·安德森:浓缩的现实与本质②

舍伍德·安德森(Sherwood Anderson,1876—1941)称得上是与格特鲁德·斯泰因并驾齐驱的美国现代主义文学先驱,常被誉为"美国现代小说之父"。虽然安德森常自谦为二流小作家,但他作为承前启后的作家,影响力不容忽视。安德森研究专家马尔科姆·考利就曾经说道:"很快安德森就成了'美国作家中的作家';与同时代作家相比,他是唯一一位在后代作家作品留下其印记的小说家。这些作家的作品中都带有他的风格与见解。"③而他对人物的心理刻画和对事物及现实本质的探析,率先打破了 20 世纪初有些空洞的现实主义写作风格。他采用碎片化的瞬间描述,客观呈现了生活的松散性。同时,作为一名有民族意识的美国作家,安德森对欧洲传统的反叛和对

---

① 本段译文为自译,同时部分参考了王义国的译本《作为解释的作文》(参见格特鲁德·斯泰因:《软纽扣》,蒲隆、王义国译,北京:作家出版社,1997 年,第 119 页)。

② 本节由叶冬、易欢撰写。

③ Malcolm Bradbury and David Palmer, eds., *The American Novel and the Nineteen Twenties*, London: Edward Arnold, 1971, p. 122.

美国特性的坚守使其成为美国社会转型时期的旗手之一。本节主要探讨安德森文学思想中的现代性与先锋性,主要从上述的"本质探析""客观现实呈现"以及"美国特性"三个方面来进行分析。

一、文学应探寻本质

关于文学应该透过现象,借助想象来探析事物本质的这一文学思想,安德森多次表达过:"我的目标,我所追求的,都只是忠于事物的本质。"[1]批评家欧文·豪(Irving Howe)也曾评价:"与其说安德森想要展示人类经验的直接表象,不如说他试图呈现极端情况下抽象且被有意扭曲的典型范例。"[2]安德森的创作旨在为其人物表达他们所无法言说的内心,使无形具化为有形可触之物。

而安德森"透过现象看本质"这一创作理念深受其母亲的影响,他在《小城畸人》(Winesburg, Ohio,1919)的扉页上坦言:"谨以此书纪念我的母亲……母亲对周围生活的锐利观察,首先在我心中唤起了透视生活表层之下的渴望。"[3]同时,在芝加哥的生活与工作也为安德森的创作奠定了基础。他早年在芝加哥办事处做广告文案策划,非常反感美国作家当时为了追求广告效应和大众消费而创作的很多没有意义的作品。工业化发展带来了"标准化"的生产模式,作家们都逐渐丧失了文学创作的独特性和创造性,作品只是浅显的快餐文化。后来他更是受到"芝加哥文艺复兴"的文化气息的影响,进一步确认了自己的写作追求:文学应该透过现实的表象来探察事物的本质。在芝加哥的生活可以算是安德森文学创作途中一处极为重要的契机,在他决定从事职业写作后,安德森与一些年轻画家、雕塑家、编辑、演员等同住在芝加哥的一所公寓里。从这些新潮的人那里,他听到了许多他之前

---

① Ray Lewis White, ed., *A Story Teller's Story: A Critical Text*, Cleveland: Press of Case Western Reserve University, 1968, p. 232.

② Irving Howe, *Sherwood Anderson*, New York: William Sloane, 1951, p. 23.

③ 舍伍德·安德森:《小城畸人》,吴岩译,上海:上海译文出版社,1983年,第1页。

不曾了解的东西,他作品中的表现主义即表现内心情感的写作,也是在此处汲取了很多营养,这大大增强了他的现代性意识。确实,与当时美国文坛所流行的现实主义写作风格相较而言,安德森更关注于呈现人物的精神世界,力图实现人们之间真正的心灵沟通。安德森认为:"我们生活在两个世界中,一个是现实世界,一个是不真切的想象世界。"①而这所谓的"想象世界",其实就是安德森一直想要探究的人类的精神世界。他觉得想象的世界反而更真实。正如张强所说:"在安德森看来,文学的功能不止于社会现实的观照,不止于言语传达的表象,更在于能唤起读者的感觉、想象,接触另外一种人生,从这种人生中得到启示,对生命做更深一层的理解。"②

安德森的创作高峰期为20世纪20至40年代,他认为那时"现实生活混乱、没有秩序,几乎从来没有明确的目标,而在艺术家的想象生活里却有目标"③。因而,作为一个作家,他应当有自身的目标,这也是他弃商从文的一大理由:为不可言说的苦难之人发声,痛批工业化带来的物质至上的浪潮。那时的美国正处于一个物质高度强化,工业化空前高涨的阶段,以前的农业社会在不断转型,从中涌现出大批的中产阶级。人们早已抛弃了"美国梦"的信念,开始追寻金钱物质上的成功,更多的人为了财富不择手段,对资本的追逐逐渐泯灭了他们的人性,使得宗教信念崩塌,同时也将人与人之间的距离越拉越远。正如董衡巽评价道:"安德森所关注的不仅仅是美国19世纪末从农业、手工业过渡到工业化时期的小镇生活,而是抱着对美国物质主义的怀疑与遗憾。"④透过繁华的表象,安德森看到的却是社会转型时,失去了土地之根后,人们呈现出的失落、孤独、漫无目的的状态。

---

① Sherwood Anderson, *Letters of Sherwood Anderson*, edited by Howard Mumford and Walter B. Rideout, Boston: Little, Brown and Company, 1953, p. 39.

② 张强:《浓缩人生的一瞬间——舍伍德·安德森的短篇小说艺术》,《英美文学研究论丛》2002年第1期,第383页。

③ Sherwood Anderson, "A Writer's Conception of Realism," in *The Sherwood Anderson Reader*, edited by Paul Rosenfeld, Boston: Houghton Mifflin Harcourt, 1947, p. 345.

④ 董衡巽:《舍伍德·安德森三题》,《外国文学评论》1993年第2期,第30页。

安德森出生在美国中西部俄亥俄州的一个乡村,父亲是个穷苦的工人。在他年幼时,他父亲就把他带往一个阴沉的工业小镇,在那里,安德森真切地感受到了与世隔绝的孤独感,这也促使他在日后写作中,对工业文明持无情的批判态度。他曾叹息:"我们所处的时代是工业化时代。机械对人生活的影响无处不在。机器塑造了人们的风俗习惯,左右人们的见解。机器深入我们的心中、思想和灵魂里,把我们本身变得自动化。"①当安德森在描述城市生活时,总是呈现生活其中的人的畸化现象。而对于农业的描写则是:"玉米代表着希望,春天来临,玉米地变得碧绿。它们从黑色的土地里挺拔而起,一行行排得整整齐齐。"②玉米,作为经常出现在他作品中的一个意象,也是富含象征意义的,代表着淳朴、真实的自然生活。对两种环境的认知形成了鲜明的对比,这也更凸显出安德森对工业化带来的现代生活的厌恶和对回到之前的手工业、农业时代的渴望。

工业化文明带来了人的畸化以及人与人之间关系的异化。而最能反映他这一理念的便是他对各种"畸人"形象的创作。在作品中,安德森一直将虚构的小镇设在俄亥俄州也有其特殊用意。俄亥俄州是一个以农业为主的地区,人们一直生活在传统的模式中,工业化的到来自然是冲击十足,导致小镇生活矛盾重重。在传统农业化的固守与新兴工业化城市化的转型之中,小镇居民就开始出现了安德森所呈现的异化、畸人现象。而人的异化,在安德森看来,是由于对真理的执着,他在《小城畸人》的前言中就曾写道:"一个人一旦拿走一个真理,就称之为他们自己的真理,并且按照这个真理生活,他因此变成一个有怪癖的人,而他所拥抱的真理就变成谬误。"③单一的真理导致了人们的情感上的变异和畸形。正如雷切尔·鲁利亚

---

①　转引自 N. Bryllion Fagin, *The Phenomenon of Sherwood Anderson: A Study in American Life and Letters*, Baltimore: Rossi-Bryn, 1927, p. 21。

②　同①,第22页。

③　舍伍德·安德森:《小城畸人》,吴岩译,上海:上海译文出版社,1983年,第3页。

（Rachel Luria）所言："当人们将复杂的生活简化为对单一真理的执着时,他们自己和所生活的世界便被扭曲变形了。"①人们渴望以自己理想化的方式生活,不愿放弃自己所坚守的信念。然而在追逐真理遭遇挫折后,小说中的人物变得绝望,不愿再交流:乔治·威拉德喜欢自说自话;柯蒂斯·哈特门牧师只与上帝交流;伊诺克·罗宾逊拒绝所有人的拜访,每天跟自己想象中的人物尽情言说。他们的内心失去了方向,找不到生存的意义,就此游离,成了畸人。安德森则透过他们与现代社会格格不入的困境,批判了工业社会的嘈杂与物质。在他看来,畸人原本都是内心感情丰富,对生活充满梦想与激情的人。他曾说过:"我是怀着一颗同情和理解之心将这本书献给生活在西部小镇中的普通人……我的本意绝不是为了取乐,日常生活里我也非常乐意与他们为伴。"②安德森因为同样出身平民阶层,观察并捕捉到了这些人苦闷孤独的精神世界,义无反顾地选择为他们发声,为他们表达;这是来自美国西部城镇的、与城市机械隆隆声全然不同的、真实的声音。安德森呈现的是现代社会"需要但却遗失的东西——内在的生活"③。当安德森表明按照自己所认为的真理生活会被孤立时,他其实是在鼓励人们抛弃社会为他们制定的规则、理想和目标,激励人们用自己的特殊语言去表现自我,也就是超验主义者们所倡导的超越自我。正如《手》("Hands", 1919)的主人公比德尔鲍姆对乔治所说,"不要把别人的话当回事,去梦想吧,在无尽的自我想象中翱翔吧!"④因此在安德森的笔下,我们能看到形形色色的畸人,看似古怪,其实是美丽的人,只是被社会压抑而异化了。他一直都提倡大家去怜

---

① Rachel Luria, "Sherwood Anderson's Legacy to Contemporary American Writing," in *Sherwood Anderson's* Winesburg, Ohio, edited by Precious Mckenzie, Leiden: Brill, 2016, p. 110.

② Kim Townsend, *Sherwood Anderson*, Boston: Houghton Mifflin Harcourt, 1987, p. 109.

③ 同②,第120页。

④ 舍伍德·安德森:《小城畸人》,吴岩译,上海:上海译文出版社,1983年,第24页。

悯、去爱、去理解他人,这似乎是解决美国社会中物质至上的问题,解救普通大众的一味救世良方。

安德森善于描写各类人物及其复杂的心理活动,笔触直指人性。因此,在傅景川看来,安德森被认为是最先采用"意识流"手法的美国作家,这一手法则更能呈现出畸人的病态心理。① 当然,安德森的"意识流"技巧并不成熟,也与之后所盛行的意识流大不相同。他的意识流手法深受当时流行的弗洛伊德思想以及表现主义的影响,再结合他自己独特的小镇主题,使得他成了最先反叛现实主义写作的第一人。但对他的这种"本质探析",莱昂内尔·特里林(Lionel Trilling)则指责其不够圆滑:"安德森总喜欢抓住人物的单一特性,也就是他们的本质,但是,他越是追寻人物的本质,他的人物就更容易消退于荒芜而漫无目的的生活之中,反而不像是真正的人了。"②而弗雷德里克·霍夫曼(Frederick Hoffman)却认为:"安德森的人物,在某种特定意义上来说,是真实的。当我们抛开常规的判断,不再从人物的表象,而是从他们的思想与情感中来接受他们,那他们对我们而言就是真实的。"③由此可见,安德森的人物塑造确实不够饱满,但这恰好也是他艺术审美的独特之处,抓住个别特性,将其挖掘到极致,这也同样可以触动读者的灵魂深处。正如埃德蒙·威尔逊所说,安德森的创作"仿佛身处潜水钟下,沉浸在人的灵魂深处,使得一般小说家都略显做作与肤浅"④。

二、文学旨在客观呈现现实

20世纪初,受到庞德意象主义等现代主义思潮的影响,许多美

---

① 傅景川:《二十世纪美国小说史》,长春:吉林教育出版社,1996年,第120页。

② Lionel Trilling, *The Liberal Imagination: Essays on Literature and Society*, New York: NYRB Classics, 2008, p. 30.

③ Frederick J. Hoffman, *Freudianism and the Literary Mind*, Baton Rouge: Louisiana State University Press, 1957, p. 248.

④ Edmund Wilson, *The Shores of Light: A Literary Chronicle of the Twenties and Thirties*, New York: Farrar, Straus and Young, 1952, p. 93.

国作家试图对 19 世纪末文坛浮华、无病呻吟式的文风进行反拨,旨在将事物客观呈现出来,安德森更是其中代表之一。他在《回忆录》(*Sherwood Anderson's Memoirs*, 1942)以及信件中多次强调"从本质上来说,生命的历史就是众多瞬间的历史,我们仅仅存在于众多瞬间里"①。而"艺术家的职责是使这一瞬间静立不动——那也就是将其定格于一幅画,一个故事或者诗歌之中"②。他的作品往往都不过于注重情节,旨在呈现碎片化的瞬间,以此再现生活本真的模样。事实上,这也正反映了他旨在陈述现实的文学理念。在安德森看来,生活本就是由一系列看似毫无关联的"瞬间"组成,无论在哪个瞬间,生活都以其自己的形态客观地存在于那里。在文学的创作上也该如此真实地体现,无须过多评价事件的伦理取向。为了实现这一创作理念,安德森特意采用口语化语言,客观呈现他所描述的中西部地区小镇居民的生活。他曾指出:"美国的城市、小镇、街道有它们自己的语言,工厂、仓库、出租房、酒吧、农场同样也有。"③安德森的创作语言简洁鲜明,流畅自然,善于通过人物独具一格的对话特征呈现人物形象,"一改传统细腻冗长文绉绉的语言风格,是美国短篇小说进入新时代的象征"④。从短篇《林中之死》(*Death in the Woods*, 1933)的写作风格可以看出,安德森明显继承了马克·吐温的传统,如通过小孩的视角,用淳朴的美国口语来讲述故事。在一系列关于赛马的故事中,安德森也以十几岁小孩为主人公,从孩子的视角来展现他们眼中观察到的世界,呈现他们的想法和内心世界。安德森的文字流淌着马克·吐温的血液,但同时又有独特的创新。安德森的口语化文体,"不仅仅是马克·吐温的遗响,还有安德森自己的语言——一种去

---

① Sherwood Anderson, *Sherwood Anderson's Memoirs*, New York: Harcourt, Brace and Company, 1942, p. 70.

② Ray Lewis White, ed., *A Story Teller's Story: A Critical Text*, Cleveland: Press of Case Western Reserve University, 1968, pp. 311 - 312.

③ 同①,第 40 页。

④ 任小明:《舍伍德·安德森及其短篇小说》,《四川师范学院学报(哲学社会科学版)》1997 年第 1 期,第 46 页。

掉了土味、韵律悠扬的口语体"①。

此外,安德森在《回忆录》中指出:"创作时,我刻意寻求某种缺憾之美:我将单词与单词以特定的方式倚列在一起,组成一个个句子,因此,某种词汇色彩可以在简单的单词与句式中挤压出来。"②对此,很多批评家们也都认为"词汇色彩"指的就是对于现实不加主观阐释的描述。③那么,他的极简化措辞与句式也能更进一步地帮助他客观地呈现现实,无须采用累赘、华而不实的辞藻来润饰本就简单的内容。而安德森在继承并发扬马克·吐温的口语体时,并没有借鉴他的复合句型,反而更倾向于斯泰因的短语结构,斯泰因对安德森语言的现代化的影响更大。早前,因为没有受过太多正式的教育,安德森的词汇其实是比较匮乏的,在《小城畸人》之前,安德森发表过两篇长篇小说《温迪·麦克弗森的儿子》(*Windy McPherson's Son*, 1916)和《前进的人们》(*Marching Men*, 1917),但反响并不热烈。正如他自己所反思的:"这就是小说——我没办法把它讲出来——我没有词汇。"④他甚至得出结论:现实是完全无法用语言表达出来的。但随后在芝加哥文艺复兴的浪潮中,他接触到了斯泰因的作品,又从中学到了很多。在他的信件中,安德森就表达过他对斯泰因创作的崇拜与振奋之感:"当我用双手翻开斯泰因小姐的书时,我的思绪仿佛经历了一次猛烈的激荡……一位艺术家,她能借助琐碎、日常的家庭对话,粗俗强势的市井用词,和其他真诚的、高效的、精简的词语创作出作品……也许从那时起我才真正地爱上了词语。"⑤随后,他与斯泰因一起开创了美国

_____

① 董衡巽:《舍伍德·安德森三题》,《外国文学评论》1993年第2期,第32—33页。

② Sherwood Anderson, *Sherwood Anderson's Memoirs*, New York: Harcourt, Brace and Company, 1942, p. 27.

③ Stouck David, "Anderson's expressionist art," in *New Essays on* Winesburg, Ohio, edited by John W. Cowley, Cambridge: Cambridge University Press, 1990, p. 35.

④ Sherwood Anderson, *Letters of Sherwood Anderson*, edited by Howard Mumford and Walter B. Rideout, Boston: Little, Brown and Company, 1953, p. 68.

⑤ 同④,第72页。

小说的新文体。在他的作品中常出现"重复"的词句,但不像斯泰因那种极具实验式的写法让人理解起来有困难,而是一种简单平实、客观无歧义的陈述。在《小城畸人》中,"手"和"玉米地"等多次出现,还有许多简单常见的词汇反复出现,他也从来没有为了追寻多样性而选择用另外一个近义词来进行替换。福克纳曾说:"他[安德森]的特点是追求精确,在有限的词汇范围之内力图选用最恰当的词句,他内心对简朴有一种近乎盲目的崇拜,他要把词与句都像挤牛奶一样挤得干干净净,总是力图要穿透到思想的最深的核心里去。"①斯泰因也对安德森赞叹满满:"的确,除了舍伍德·安德森以外,美国没有一个人能写出简明而富有激情的句子。"②

对安德森的这一写作风格,美国文坛也有不同的声音。福克纳虽然得益于安德森的提拔而在文坛崭露头角,但后来也曾对安德森作品的简单形式进行了毫不留情的批判。福克纳认为这种简单的口语体风格是源于安德森掌握的词汇量有限,甚至犀利地嘲讽:"安德森费尽心思想让简洁成为他作品形式的标签,但最终,也只是一种风格而已。并且本末倒置的是,这一风格反而成了他写作的目的而非写作的手法。"③安德森研究学者沃尔特·B. 赖德奥特(Walter B. Rideout)却不这样认为,他高度赞扬安德森:"形式简单的背后是他复杂的精心部署。"④菲茨杰拉德也曾感叹:"安德森是运用英语语言运用得最佳的作家之一。"⑤虽然评论界对安德森的写作风格评价不一,但从推动美国文学现代化的角度来看,安德森显然是值得称颂的,

---

① James B. Meriwether, ed., *Essays, Speeches & Public Lectures*, New York: Modern Library, 2004, p. 20.

② Gertrude Stein, *The Autobiography of Alice B. Toklas*, New York: Harcourt, Brace and Company, 1933, p. 87.

③ 同①,第 148 页。

④ Walter B. Rideout, "The Simplicity of *Winesburg, Ohio*," in Winesburg, Ohio: *Authoritative Text, Backgrounds and Contexts, Criticism*, edited by Charles E. Modlin and Ray Lewis White, New York: W. W. Norton and Company, 1996, p. 169.

⑤ 转引自 Roger Asselineau, *Language and Style in Sherwood Anderson's* Winesburg, Ohio, New York: Viking Press, 1966, p. 72。

海明威也曾经在《非洲的青山》(*Green Hills of Africa*, 1935)中称赞安德森对美国文学语言的独特贡献:"现代美国文学的语言在很大程度上应该归功于舍伍德·安德森的创新,没有他,我们也许现在还在亦步亦趋地模仿欧洲文人别扭的贵族语言风格。"①

三、文学应具有美国特性

李维屏曾评价 20 世纪初期的美国文学:"当我们重新审视美国早期现代主义思想的形成与发展时,我们不难发现,美国早期现代主义者在创作上体现了两种互相对立而又彼此共存的艺术倾向。一是其创作视野的'世界主义'(cosmopolitanism)和'地方主义'(regionalism)。"②很显然,前者以亨利·詹姆斯等为代表,后者则是安德森的特点。安德森一直都是从美国的社会和文化出发,用绝妙的写作手法展现美国转型期各色人物在社会中的孤独感,并充分展示了中西部小镇的地方色彩。随着现代主义的不断深入,威廉·福克纳和威廉·卡洛斯·威廉斯等更是将这一文学思想进一步发扬,促进了现代美国文学的繁荣与多样性。

具体而言,怎样的文学创作才算是具有美国特性呢? 这首先就反映在对传统的欧洲文学的反叛上。实际上,早在 19 世纪 30 年代,美国就发起过超验主义思潮,以拉尔夫·沃尔多·爱默生(Ralph Waldo Emerson)、亨利·戴维·梭罗(Henry David Thoreau)等为代表的美国作家、思想家对美国文化始终依附于盎格鲁-撒克逊传统提出了不满,被盛誉为美国思想文化领域独立宣言的《美国学者》(*The American Scholar*, 1837)更是呼吁学者们做独立的思考者,而不是他人思想的应声虫。总的来说,超验主义思潮对美国精神和文化摆脱欧洲大陆的母体而形成自己崭新而独特的面貌产生了巨大影响,可以说,真正的美

---

① 海明威:《非洲的青山》,张建平译,上海:上海译文出版社,2011 年,第124 页。

② 李维屏、张琳等:《美国文学思想史》(下卷),上海:上海外语教育出版社,2018 年,第 534 页。

国文化诞生于此。然而在 19 世纪末,美国文学虽然逐渐摆脱欧洲文学的支配,并成功地创立自己的传统,但在李维屏看来:

> 尽管马克·吐温和威廉·豪威尔斯等作家的现实主义小说弥补了浪漫主义文学的所谓"空洞"和"虚假"之不足,忠实而又生动地描写了南北战争之后的社会生活……但其题材选择、谋篇布局、人物描写和创作技巧上的诸多弊端阻碍了现实主义文学的健康发展。①

如此而言,早期现代主义作家如安德森,不仅对欧洲文学传统进行了反思和批判,而且对美国本土的现实主义文学表示出不满。他们希望摆脱传统文学观念的束缚,采用新形式来进行文学创作,凸显美国特性。而新形式首先就体现在安德森所独创的松散式无情节形式上。安德森对那时流行的写作风格,即传统的情节模式单一、戏剧性十足的小说进行驳斥:

> 在美国的故事创作里总有一种概念贯穿其中,那就是故事必须基于情节,而这就是荒唐的盎格鲁-撒克逊式写作观念,创作必须指向道德,旨在提升人们,成为更好的公民……与朋友闲聊时,我将此称为"毒药情节",因为对我而言,这种情节概念早已毒害了所有的故事创作。②

安德森想要的从来不是老套的"开始、发展、高潮、结局"的情节,而是一个更加难以捉摸、难以实现的形式。他的作品不是按照线性时间和逻辑顺序展开,而是将一切打乱,把现实、想象、回忆等交织在一起,结合大量意象的重复、内心独白以及象征的场景来呈现整个故事。

---

① 李维屏、张琳等:《美国文学思想史》(下卷),上海:上海外语教育出版社,2018 年,第 532 页。

② Ray Lewis White, ed., *A Story Teller's Story: A Critical Text*, Cleveland: Press of Case Western Reserve University, 1968, p. 255.

他往往采用一种怪诞的喜剧手法来剖析美国现代社会普通人民的悲惨命运。由此可见,"安德森已经从美国文坛盛行的模仿和平庸中解放出来,而位于少数作家的行列之中"①。他将美国短篇小说从僵化的技巧中解放了出来。

作为一位美国作家,安德森更重要的是主张在现代文学中彰显出美国特性。安德森骄傲地宣称:"我是一个美国人。我想这毫无疑问……我就是典型的美国人。"②作为一位作家,他也理所当然地认为要作为一个美国作家而创作。在《讲故事人的故事》(*A Story Teller's Story*, 1924)中安德森就提出了美国独立于欧洲,逐渐成为主导者的这一愿景:"我们不想再沉湎于过去,做着重温过去欧洲大陆的美梦,我们两者早已被广袤的海洋分隔开了。……甚至艾奥瓦州的淑女文学会都知道当下的欧洲艺术家已不再因为是欧洲人就尤其重要了。西方世界的未来必然立于美国,这每个人都知道。"③由此可见,安德森尝试用自己的文学作品来建构美国文明的根基,对美国文学的蓬勃发展充满了信心与希望。

安德森的美国性主要体现在由其继承并发扬的小镇文学上。小镇既是一个地域概念,也是一个文学概念,小镇文学主要是以小镇为创作对象,它体现了一种独属于美国的文学现象。这岂不正是安德森,一位旨在摆脱欧洲大陆阴影而彰显美国特性的作家所理想的文学创作吗?他曾指导福克纳写作:"你必须要有一个地方为起点……你是一个乡下小伙子,你所知道的一切也是你开始自己事业的密西西比州的那一小块地方。它也是美国;把它抽出来,虽然它那么小,那么不为人知,你可以牵一发而动全身,就像拿掉一块砖,整面墙会坍塌一样。"④显然,他认识

---

① John W. Crowley, ed., *New Essays on* Winesburg, Ohio, Cambridge: Cambridge University Press, 2007, p. 17.

② Ray Lewis White, ed., *A Story Teller's Story: A Critical Text*, Cleveland: Press of Case Western Reserve University, 1968, p. 255.

③ 同②,第407—408页。

④ 威廉·福克纳:《要把词与句像挤牛奶一样挤得干干净净》,李文俊译,《南方周末》2008年第4期,第3页。

到小镇文学能凸显美国文学的独特性,同时小镇也能彰显美国文化的整体性。事实上,早在 19 世纪 60 年代,美国开始出现马克·吐温为代表的"乡土文学",他们聚焦自己所生活的那块地方,专注于创作独特的人文风情。19 世纪后半叶是其发展的高潮阶段,而 20 世纪二三十年代则是地域性文学的第二次高峰,这一阶段的乡土作家帮助美国进一步建立了具有美国特色的现代主义。安德森作为其中一名大将,笔下呈现的一直都是他所生活的俄亥俄州的小镇生活,借这一传统与现代矛盾重重的地方更好地反映他想要传达的美国社会现状。他的《小城畸人》《林中之死》《马与人》(*Horses and Men*, 1923)等著名的短篇小说集都聚焦小镇以及小镇居民的异化和古怪。同时,他也推动了美国现代小镇文学的发展,如薇拉·凯瑟(Willa Cather)专注于美国西进运动下的小镇生活;还有独特的南方文学,威廉·福克纳的"约克纳帕塔法"就是最佳成果。分析美国小镇文学有助于增强我们对美国文化的认识,可以让我们更好地把握在历史变迁中美国小镇所承载的美国社会伦理、政治经济等现实议题,这对于了解美国有着重要的意义。

　　安德森早期的创作值得他跻身美国文坛的顶流,但新的文学力量如海明威、福克纳等的涌现,使得老作家的色彩不断被淹没,而他在创作晚期的转向也并不成功,没有搭上"社会小说"和弗洛伊德式小说创作的便车,他在试图走向世界的过程中逐渐没落了。但正如福克纳所声称的:"安德森是我们这一代美国作家之父,开创了即使是我们的后人也必将承袭的美国式的写作传统。"①他对美国文坛的现代化作出了不可磨灭的贡献。他率先采用意识流式手法呈现畸人心理,聚焦他们的"瞬间"活动,开创无情节的形式,再辅以简洁的口语体以及美国独特的小镇文化,这些都使安德森思想中的现代性与先锋性显露无遗,由此开创了独属于美国的文学传统。正如张强所总结的:"因此,与其说安德森是现实主义作家,不如说他是一个充满诗意、向往传统

---

①　William Faulkner, "Sherwood Anderson," *Paris Review*, 1956, p. 29.

美德的现代主义小说家,或者说是一个掌握了现代主义小说技法的浪漫主义者或理想家。"①

第三节

辛克莱·刘易斯论美国文学的生存境遇与书写方式②

辛克莱·刘易斯(Sinclair Lewis,1885—1951)的文学思想的先锋性的重要表征是他敏锐地察觉出新媒体将对文学产生重大的冲击;恪守传统主要体现为继承了现实主义与自然主义文学思想的某些理念。

刘易斯认为文体是表达个人感受。表达个人感受就是讲出过去的小说家未能讲述的真相。在《自我的肖像》(*Self-Portrait*,1927)中,他承认"讨厌不敢说出真相的小说家"③。本节以刘易斯论文体为开始,然后讨论他对美国作家生存境遇的分析,最后以他对书写美国场景的方式的主张为结束。

一、文体是感知能力与表达感知能力的统一

刘易斯应邀为华纳·泰勒(Warner Taylor)的书《论类型与时代》(*Types and Times in the Essay*,1932)写了一封信,即《论文体的一封信》("A Letter on Style")。在这封信中,他指出文体就是感知能力与表达感知能力的统一。

(一)理解文体的三个误区

刘易斯在《论文体的一封信》中指出人们理解文体时存在的三个

---

① 张强:《舍伍德·安德森研究综论》,《外国文学研究》2003 年第 1 期,第 148 页。

② 本节由宁宝剑撰写。

③ Sinclair Lewis, "Self-Portrait (Berlin, August, 1927)," in *The Man from Main Street (A Sinclair Lewis Reader: Selected Essays and Other Writings, 1904–1950)*, edited by Harry E. Maule and Melville H. Cane, New York: Random House, 1953, p. 189.

问题：一是创作经验不足的作家并不具有文体意识，不能在理论的层面上把握文体问题；二是有人相信文体是上帝赐予的才能；三是从形而上学的高度理解文体问题有助于认识文体问题，但割裂了对文体的认识与实践的内在联系。

首先，创作经验不足的作家并不具有文体意识，不能在理论的层面上把握文体问题。"创作的初学者不会想起通常意义的'文体'概念不同且区别于内容、思想和故事。"①在刘易斯看来，初学者了解的文体是在文学中所涉及的具体现象，并对之有一定理解，但写作经验不足，因而并不能从理论的高度理解文体问题。

其次，有人相信文体是上帝赐予的才能。祈求神灵赐予写作灵感早在荷马史诗中已经初露端倪，其后经赫西俄德、维吉尔和弥尔顿等人不断强化，逐渐发展为欧洲文学思想中的程式。刘易斯对欧洲文学思想中关于神赐灵感的知识有极深的认知与理解，他敏锐地指出，"作家写作好像是上帝让他这样做的"②。阿尔伯特·穆萨托（Albertino Mussato）的诗也暗示作家的才能是上帝赐予的：

> 任何诗人，他都是神的代言人，
> 过去所说的"神学"，
> 对我们来说就是"诗"。③

刘易斯虽然没有明确驳斥作家是"神的代言人"的观点，但是从他的文体概念来看，应该是持反对的立场。

最后，形而上学的角度确实有助于认识文体问题，但可能割裂了文学创作过程中的认识与实践之间的内在联系。刘易斯于 1932 年发表

---

① Sinclair Lewis, "A Letter on Style," in *The Man from Main Street (A Sinclair Lewis Reader: Selected Essays and Other Writings, 1904 - 1950)*, edited by Harry E. Maule and Melville H. Cane, New York: Random House, 1953, p. 189.

② 同①。

③ 转引自欧金尼奥·加林：《中世纪与文艺复兴》，李玉成、李进译，北京：商务印书馆，2012 年，第 56 页。

《论文体的一封信》时,已经有近30年的创作经验,知晓作家们通常从认识论的角度来认识文体问题,对创作实践的帮助有限。"风格与内容,高雅与粗俗,朴素与精致的全部问题像过时的(我怀疑这个词'过时的'是'糟糕风格'的信号)身心问题的讨论一样,都是形而上学的和徒劳的。"①

(二) 刘易斯的文体概念

刘易斯的文体概念是经验论与表现论的统一。他从自己的创作经验出发,认为文体既需要作家以感性的经验为基础,又需要从其他作家的创作中学习:

> "文体"是个人以某种方式表达他的感受。它依靠两件事:他的感受能力;他通过阅读和谈话占有词汇而能充分地表达其感情。没有充分的感受,那不是在学校能学到的一种能力;没有词汇,它与其说是来自外在的教导,不如说是来自无法解释的记忆品质和良好的品位。没有这两者他将没有文体。②

在引文中,刘易斯首先界定了文体概念。这个定义强调文体表达的是一种个人化的感受。若要实现个人化的感受,需要有两种能力,一种是感受生活的能力,另一种是用词汇表现感情的能力。积累词汇并不靠外在的教导,而要靠记忆能力。积累词汇是为了能够连缀组词;良好的品位将有助于形成独特的文体风格。

刘易斯对文体概念的界定源于他的创作经验。"西塞罗论演说术的论文[《演说家》]阐释了风格适当性的古典原则:庄重的风格最能煽动感情,平凡的风格适于传达信息,中庸的或'温和的'风格给人以快感。修辞规范(decorum)的原则——选择适于话语主题的词语——

---

① Sinclair Lewis, "A Letter on Style," in *The Man from Main Street (A Sinclair Lewis Reader: Selected Essays and Other Writings, 1904 - 1950)*, edited by Harry E. Maule and Melville H. Cane, New York: Random House, 1953, p. 189.

② 同①。

得到相当广泛的应用。"①西塞罗把演说术的论文划分为庄严的、平凡的、中庸的三种风格,不但指出了合理地划分演说术的一种方式,而且指出这种认识的实践价值。刘易斯的文体概念则避免了西塞罗对风格的划分方式,而是从创作者的角度切入文体概念,把它分为作家感受的部分和表达的部分。虽然这种理解稍显简单,但是对于作家的创作非常有帮助。刘易斯也欣赏玛丽·希顿·沃尔斯(Mary Heaton Vorse)对写作艺术的理解。1937 年他引用沃尔斯女士的言论:"写作的艺术是把感受到的座位用到椅子的座位上。"②按照引文,艺术把感受到的经验诉诸实践,其实就是作家把心中感受到的经验落实为文本中被感受的形象,实现经验论与表现论的统一。

二、"业余社会学家"论作家与文学的生存境遇

有人称刘易斯为"业余社会学家"③,"业余"之人讨论专业问题时固然存在缺点,但优点是缺少束缚,有时可以提出一些令人意想不到的真知灼见。刘易斯就是这样一位能够提出真问题的"业余"人士。他论述了美国作家如何面对新的生存境遇,如何面对文学权力机构的诱惑,如何看待文学的经济属性,社会是否要给予作家一定的创作空间等一系列现实问题。

(一) 拒绝文学权力机构的"橄榄枝"

刘易斯拒绝加入美国国家文学艺术学院(National Institute of Arts and Letters),拒绝美国小说荣誉的最高奖普利策奖(Pulitzer Prize),有趣的是,他却选择接受了诺贝尔文学奖。这种选择反映出他对文学追

---

① 拉曼·塞尔登编:《文学批评理论:从柏拉图到现在》,刘象愚、陈永国等译,北京:北京大学出版社,2000 年,第 323 页。

② Sinclair Lewis, "Breaking into Print," in *The Man from Main Street (A Sinclair Lewis Reader: Selected Essays and Other Writings, 1904 – 1950)*, edited by Harry E. Maule and Melville H. Cane, New York: Random House, 1953, pp. 70, 74.

③ 参见萨克文·伯科维奇主编:《剑桥美国文学史》(第六卷),张宏杰、赵聪敏译,蔡坚译校,北京:中央编译出版社,2009 年,第 208 页。

求和对作家生存境遇的思考。

刘易斯曾明确拒绝加入美国国家文学艺术学院。韦勒克曾指出"温雅传统"(the Genteel Tradition)在 20 世纪初美国文学思想界中占主导地位。"大体说来,桑塔亚那一九一一年所标举的'温雅传统',在当年的美国依然一统天下,而这个标签可谓维多利亚时代风调的变种,也是乏味而派生的理想主义的变种。"①美国国家文学艺术学院的建立是以体制化的形式确立"温雅传统"权威,"美国国家文学艺术学院(于 1899 年建立)及其指定的文学艺术核心机构美国文学艺术科学院(1904 年创建),正是为了进一步从体制上正式确认旧的高雅的纯文学体制下的那些美国文学大师们的崇高地位,并将其他作家通通从文学领域里排挤出去而采取的两项步骤"②。"这套机构代表了一个与大众传播媒介同时出现的新的职业作家界,也就是那个把作家职业变成了一种封闭式的、由官方正式承认的作家俱乐部性质的文人世界。"③刘易斯拒绝加入这个机构,某种程度上是拒绝承认当时在美国占统治地位的"温雅传统"与豪威尔斯倡导的现实主义的合法性。

刘易斯认为接受普利策奖意味着荣誉,但也意味着危险。他曾在《给普利策奖委员会的一封信》("Letter to the Pulitzer Prize Committee",1953)中解释为什么不能接受普利策奖。"所有的奖项像所有的头衔一样,都有危险。"④他认为普利策小说奖潜在的危险是其所坚持的宗旨,即奖项应该被授予"这一年出版的美国小说,它应该最好地表现了全部的美国生活、美国礼仪和男子汉气概的最高标准"⑤。美国礼仪被作为评奖标准,而不是以文学本身为标准,在他看来是成问题的。他主

---

① 雷纳·韦勒克:《近代文学批评史》(第六卷),杨自伍译,上海:上海译文出版社,2009 年,第 1 页。

② 埃默里·埃利奥特主编:《哥伦比亚美国文学史》,朱通伯等译,成都:四川辞书出版社,1994 年,第 390 页。

③ 同②。

④ Sinclair Lewis, "Letter to the Pulitzer Prize Committee," in *The Man from Main Street* (*A Sinclair Lewis Reader: Selected Essays and Other Writings, 1904–1950*), edited by Harry E. Maule and Melville H. Cane, New York: Random House, 1953, p. 19.

⑤ 同④。

张有追求的作家应该自觉与凌驾于文学之上的力量划清界限。"只有通过彻底地拒绝普利策奖,小说家才能让凌驾于他们之上的权力永久地被抑制。"①刘易斯拒绝了普利策小说奖,既是拒绝了自己获奖的机会,也是拒绝承认它的权力。这种双重拒绝显示出他对于作家生存空间极为清醒的认识,察觉到名利对作家具有一定的腐蚀性。

(二) 批判文学的商业化倾向

刘易斯当过记者,做过编辑,对以文字为生这件事有切身的体会。他在《闯进出版界》("Breaking into Print", 1937)、《我是一个老报人》("I'm an Old Newspaperman Myself", 1947) 和《出版业的早期岁月》("Early Publishing Days", 1946) 等文章中记载了他的记者和编辑生涯。他在如下文章中——《给普利策奖委员会的一封信》《美国人对文学的担忧》("The American Fear of Literature", 1930) 和《漫谈文学作为一门生意》("Rambling Thoughts on Literature as a Business", 1936)——试图从写作是一门职业的高度,思考 20 世纪以来美国文学的商业化与作家的职业化问题。

文学作为一门生意在美国现实主义小说思潮中已经有迹可循。在那时,职业的小说家已经出现,小说写作似乎已然成为一个工种。"这一时期的文学在主张独立自主方面取得了前所未有的胜利——小说创作成为一种被认可的职业,文学追求赢得了尊严,美国文学史成为大学的开设科目。"②"小说创作成为被认可的职业"的一个重要表征是亨利·詹姆斯和豪威尔斯能以写作谋生。豪威尔斯既是当时著名期刊的主编,又是著名的作家,虽然没有詹姆斯以文谋生这么典型,但他们的实践已经说明美国现实主义文学运动中写作已经作为一门

---

① Sinclair Lewis, "Letter to the Pulitzer Prize Committee," in *The Man from Main Street (A Sinclair Lewis Reader: Selected Essays and Other Writings, 1904–1950)*, edited by Harry E. Maule and Melville H. Cane, New York: Random House, 1953, p. 20.

② 萨克文·伯科维奇主编:《剑桥美国文学史》(第三卷),蔡坚、张占军、鲁勒译,北京:中央编译出版社,2010 年,第 56 页。

职业存在。在自然主义文学运动中,文学的生意特征进一步增强,并日益成为自然主义的典型特征:

> 浪漫主义有意为"作家加冕",视作家为占卜家、能够"从星际中读出上帝指示给我们的道路"的预言家[《夏特东》(*Chatterton*),第Ⅲ幕,第6场];象征主义则视诗人为语言和话语的魔术师,背后有时也潜藏着玄学家的形象。自然主义则把文人变成从事一门职业、靠职业维持生活的劳动者。这些虽然很简略的意见,可以使我们接近自然主义的第一个典型特征。[1]

刘易斯批判了职业作家中存在的不良风气——拜金主义。"一位作家,如果在棕榈滩那里没有自己的管家、汽车和别墅,他就是一个失败的作家。成功的作家在棕榈滩几乎可以与金融界的大亨巨子们平起平坐。"[2]那时美国作家成功的标准是拥有自己的管家、汽车和别墅。但在刘易斯看来,作家的成就应该由创作成绩来衡量,而不是根据财富的多少来衡量。

刘易斯批判美国的畅销书为了获得经济上的利益而取悦读者,不敢直面美国现实的不良风气。美国作家要想成为畅销书作家必须挖空心思向读者献媚。他们不愿意关注美国文学所承担的使命感和责任感这类问题,而只关注哪些话题为美国人所喜爱:

> 在美国,作品不仅要成为畅销书,而且要受人爱戴,小说家就必须断言,一切美国人都高大、漂亮、富有、诚实,还要会打高尔夫球;必须断言,所有的乡镇都住满了整天除了尽力

---

① 让·贝西埃等主编:《诗学史》(下),史忠义译,天津:百花文艺出版社,2001年,第609页。

② 刘易斯:《受奖演说:美国人对文学的担忧》,龚声文译,载宋兆霖主编,赵平凡编《诺贝尔文学奖文库8:授奖词与受奖演说卷》(上),杭州:浙江文艺出版社,1998年,第210页。

做到互相友善之外无所事事的乡亲邻里们;必须断言,美国的姑娘们可能粗野些,但总都会变成贤妻良母;必须断言,从地理学上看,美国的组成只有纽约一地,那里住的全是百万富翁;或者只包括西部地区,那里还保留着1870年时的粗野狂暴的英雄主义风气,至今未变;要么只有南部地区,在那里人们都住在长年阳光明媚、木兰花飘香的种植园里。①

引文所讲的取悦读者的现象,在刘易斯看来,更深层次上反映的是美国人的精神品质和心理特点,即害怕揭开美国正在发生的邪恶与黑暗的事情。"在美国,我们大部分人——不仅包括读者,甚至包括作家——仍然害怕任何不是歌颂美国所有事物的文学作品,歌颂我们的缺点,就好像是在赞美我们的优点一样。"②

(三)陈述新媒体对文学的冲击

刘易斯在《漫谈文学作为一门生意》中论及新的娱乐媒体兴起后,文学何去何从的问题。他指出书籍销量下滑的问题。不可否认,美国大萧条时期对书籍销量有影响,但在刘易斯看来这并不是销售数量走低的主要原因。他认为更主要的原因是随着科技的进步,新娱乐媒体到来,导致文学辉煌不再:

电影、汽车、公路上的房屋、桥梁,最重要的是,收音机是杂志阅读、书籍阅读的敌人,买书的致命敌人,因为它们占用了业余时间与家庭财政的份额。被挤占的份额本是我们贫穷可怜的祖先用来买书的份额。并且随着仆人工资的增长,我们建造了

---

① 刘易斯:《受奖演说:美国人对文学的担忧》,龚声文译,载宋兆霖主编,赵平凡编《诺贝尔文学奖文库8:授奖词与受奖演说卷》(上),杭州:浙江文艺出版社,1998年,第208页。

② Harry E. Maule and Melville H. Cane, eds., *The Man from Main Street (A Sinclair Lewis Reader: Selected Essays and Other Writings, 1904–1950)*, New York: Random House, 1953, p. 6.

更小的房屋,租更小的公寓,今天我们没有书籍的空间了……①

　　事实上,电影和收音机等媒体的兴起,一方面压缩了文学的生存空间,另一方面也扩大了文学的生存空间。所谓扩大了文学的生存空间,指新媒体可让小说被改编为电影、广播剧等,拓宽了文学的传播方式,从而拓展了文学的生存空间。刘易斯过度强调新兴媒体对文学生存空间的压缩,忽视了媒体也为文学提供了发展的机遇。但无论如何,新兴媒体导致传统文学生存空间逼仄,这个问题在今天看来仍然具有现实意义。

　　刘易斯预测未来的小说家应该既是作家,也是其他行业的从业者。销售数字的下降导致作家地位急剧衰落,他们从此以后也许不能依靠写作过上令人羡慕的生活。面对这种情况,刘易斯认为作家应该坚持对写作的热情,同时从事其他职业。② 新型作家应该从工作环境中寻找写作灵感,让工作与写作相得益彰。

(四) 论民主与文明对艺术家与科学家的重要性

　　刘易斯的《艺术家、科学家与和平》("The Artist, the Scientist and the Peace")一文最初是他为纽约的大都会歌剧院(Metropolitan Opera House)1944 年 12 月 16 日的广播准备的广播稿,1945 年在《美国学者》(*The American Scholar*)夏季刊上再版。③ 这篇文章的写作背景是二战即将结束,英美胜利在望。他开始思考艺术家与科学家面对纳粹统治,应该选择何种立场,选择的理由又是什么。

---

　　① Sinclair Lewis, "Rambling Thoughts on Literature as a Business," in *The Man from Main Street* (*A Sinclair Lewis Reader: Selected Essays and Other Writings, 1904 – 1950*), edited by Harry E. Maule and Melville H. Cane, New York: Random House, 1953, p. 194.

　　② 参见同①,第 197 页。

　　③ 参见 Sinclair Lewis, "The Artist, the Scientist and the Peace," in *The Man from Main Street* (*A Sinclair Lewis Reader: Selected Essays and Other Writings, 1904 – 1950*), edited by Harry E. Maule and Melville H. Cane, New York: Random House, 1953, p. 32。

刘易斯这篇文章的目的是论述有天赋的艺术家和科学家需要和平的创作环境与科研环境。安定的创作环境与科研环境可以保障艺术家和科学家实现其创造能力。"所有具有创造力的天才都被没有安全感的世界所限制。没有安全感的世界充满战争和暴政（tyranny）。"①艺术家与科学家为兑现他们的创造潜力，需要很多条件作为支撑，和平的环境是重要条件之一。处于战争的时代，特别是亲身经历了一战与二战，刘易斯深知和平的环境对于有天赋的人的重要性，同时也知晓和平不是上帝赐予的礼物，而是需要为之争取、奋斗，甚至牺牲。

刘易斯认为若要艺术家与科学家发挥潜在的天赋，就需要建立一种新的文明。在《艺术家、科学家与和平》中，"民主"出现过一次，"文明"出现过两次。"战争期间的一件怪事是大量的艺术家—科学家意识到无论他们的工作怎样远离商业上或政治上的野心，仍然要依靠赞同或反对民主的共同斗争。"②刘易斯借这句话强调民主是艺术家与科学家共同追求的目标。"艺术的创作者、实验室的研究者、工作坊的发明者确实有一种价值，因为他们的工作有点不同于过去所完成的工作。"③正因为艺术家与科学家并不是重复过去的结果，他们需要一个相对自由的空间。在某种意义上，这种自由的空间就是民主。值得注意的是刘易斯把民主看作一种具有先天合法性的关键词，而并没有看到民主可能也是一种幻象，是一种迷惑人的口号，也需要批判。"文明"出现过两次。第一次出现揭示了文明能够为艺术家与科学家提供何种空间：

如果人们想要伟大的音乐，伟大的诗歌，伟大的绘画，如果他们真需要挽救儿童免于死亡的医疗发现，而不想活着生

---

① Sinclair Lewis, "The Artist, the Scientist and the Peace," in *The Man from Main Street (A Sinclair Lewis Reader: Selected Essays and Other Writings, 1904 – 1950)*, edited by Harry E. Maule and Melville H. Cane, New York: Random House, 1953, p. 32.

② 同①。

③ 同①，第34页。

活在法西斯的屠宰场或无聊的连环漫画的世界,那么他们必
须给艺术家和科学家一种文明,在这种文明中,他们能显示
他们愿意表现的东西——因为他们中没有一个曾有这样表
现的机会。①

刘易斯认为文明能够提供给艺术家与科学家一种自由的空间。
在此他们发挥才情,按照艺术与科学的要求从事工作,为人类奉献自
己的价值。

刘易斯第二次提及文明时,谈到艺术家与科学家对文明的重视或
轻视态度。在他看来,轻视文明的态度并不可取:

> 就艺术家与科学家的文明而言,它不是重如泰山就是轻
> 如鸿毛,当然通常是轻如鸿毛。然而无论他的天赋有多强,
> 如果在不安全的、没有诚信的世界中,四处传播的犬儒主义
> 确实腐蚀文明,那么将滋生绝望的萌芽,直至腐蚀全体成员。
> 艺术家或科学家伴随其所有的花朵,将会闪耀光辉,但也将
> 具有秋日衰败之象。②

三、论书写美国当下的场景

刘易斯的《小说中的美国场景》("The American Scene in Fiction",
1929)发表于《纽约先驱论坛报》(New York Herald Tribune)。哈里・E. 莫
尔(Harry E. Maule)在《小说中的美国场景》的"介绍性注释"(introductory
notes)中指出这篇文章"阐述的原则揭示了刘易斯对美国的总体态度"③。

---

① Sinclair Lewis, "The Artist, the Scientist and the Peace," in *The Man from Main
Street (A Sinclair Lewis Reader: Selected Essays and Other Writings, 1904 – 1950)*, edited
by Harry E. Maule and Melville H. Cane, New York: Random House, 1953, p. 35.
② 同①,第 35—36 页。
③ Sinclair Lewis, "The American Scene in Fiction," in *The Man from Main Street
(A Sinclair Lewis Reader: Selected Essays and Other Writings, 1904 – 1950)*, edited by
Harry E. Maule and Melville H. Cane, New York: Random House, 1953, p. 142.

其实刘易斯书写美国本土的主张,也是美国现实主义者与自然主义者一以贯之的写作原则。他借《小说中的美国场景》既坚持了过去自然主义者所坚持的原则,又深化了这个原则。他根据作家更易于描写自己熟悉的事物的原则,提出美国作家在小说中应该描写美国当下的场景,特别是美国的城市化与工业化场景。

(一) 场景作用的三种观点

《小说中的美国场景》认为场景对人物的性格的塑造具有举足轻重的影响。刘易斯在文中列举了关于场景认识的三种观点:第一种认为场景在小说中没有什么作用;第二种坚持场景对小说人物的塑造具有重要的作用;第三种认为场景具有决定性的作用。

第一种观点来自刘易斯的朋友乔治·苏尔(George Soule),他认为场景对小说影响不大:

> 乔治坚持主张场景作用不大;因为人类的激情、饥饿和恐惧是普遍性的,所以小说家或戏剧家把他的场景无论设定在1910 年的底特律,在公元前 1910 年的雅典;或把他的场景设定在荒无人烟之地;它们对意大利歌词的作者和弗雷特·斯通(Fred Stone)主演的音乐喜剧来说都是常规操作。①

苏尔没有看到场景对小说主题和人物的重要影响。此种看法并不可取,受到刘易斯的批判。

第二种主张的代表是刘易斯,认为场景对小说人物形象的塑造具有重要作用。在刘易斯看来,

> 故事的场景是这样的环境,它影响人物的性格;这个场

---

① Sinclair Lewis, "The American Scene in Fiction," in *The Man from Main Street* (*A Sinclair Lewis Reader: Selected Essays and Other Writings, 1904 - 1950*), edited by Harry E. Maule and Melville H. Cane, New York: Random House, 1953, p. 142.

景是寒冷或炎热,乡村或充满人气的城市,骄奢淫逸或穷困潦倒,道富(State Street)银行高效的盈利或像威尔特郡(Wiltshire)村庄那样的发展缓慢。它们对主人公性格的塑造、发展,对他的内心,都是同样重要的。①

这里的场景似乎等值于小说理论讲的环境,对人物性格的塑造至关重要,能够揭示人物的内心世界。既然场景这么重要,如何写出具有真实感的场景呢?答案是写自己熟悉的事物。

第三种观点认为场景是小说的一切。

但有一种极端的观点——这一学派大部分是忙碌的业余爱好者,对他们来说场景就是一切,认为如果他们把古代人的欲望与勇气从佛罗伦萨搬到佛罗里达州的达德郡(Dade County),如果他们已重新命名了朱丽叶为"丽萨·简",罗密欧为"罗比",那么他们所做的事完全是新颖的,偶尔令达德郡如此有利可图,以至于业余爱好者的小说至少应卖 10 000 册。②

其中强烈的讽刺意味从"忙碌的业余爱好者"可见一二。此外还可以看出,刘易斯认为这种换汤不换药的做法并不可取,只是改了时间和空间,变换人物的姓名,看似创新,实则是业余爱好者的主观想象,经不起推敲。

（二）美国作家应该书写被现实主义所忽视的场景

刘易斯主张美国作家应该书写美国的场景,尤其是作家当下正在经验的场景。英国著名小说家沃尔特·贝赞特(Walter Besant)曾在

① Sinclair Lewis, "The American Scene in Fiction," in *The Man from Main Street (A Sinclair Lewis Reader: Selected Essays and Other Writings, 1904 - 1950)*, edited by Harry E. Maule and Melville H. Cane, New York: Random House, 1953, p. 142.

② 同①,第143页。

《小说的艺术》("The Art of Fiction", 1884)中提及创作中的一个原则——不要超出自己的经验。[1] 虽然亨利·詹姆斯在同名文章《小说的艺术》("The Art of Fiction", 1884)中反驳了这条原则，但只是削弱了其有效性的适用范围,仍不失指导意义。

《小说中的美国场景》赞同作家应该写自己熟悉的经验,但把这种熟悉的经验进一步限定在小说中的场景方面。"人们能充分表达的只有一个场景,那就是你通过上万次无意识重复这个场景所知道的场景。"[2]在此基础上,刘易斯认为如果一些作家能够用母语写作,本应该取得更大的成绩,例如约瑟夫·康拉德(Joseph Conrad)、居斯塔夫·福楼拜(Gustave Flaubert)、伊迪丝·华顿(Edith Wharton)。[3] 这反映了刘易斯一个十分重要的观点:美国作家要用美国英语写美国人的现实生活。这一点在他对以豪威尔斯为代表的美国传统现实主义者的批判中有鲜明的体现:

> 但是在此期间,豪威尔斯之流煞费苦心引导美国变成英国大教堂式的城镇的苍白可怜的翻版,与此同时,也有不随波逐流的仁人志士——惠特曼和麦尔维尔,以及后来的德莱塞、詹姆斯·赫尼克和门肯——坚持认为,我们的国家具有比茶桌上那一套派头礼仪更为更重的东西。[4]

"豪威尔斯之流煞费苦心引导美国变成英国大教堂式的城镇的苍白可怜的翻版"指的是豪威尔斯等人模仿英国维多利亚时代的文学传

---

① Walter Besant, *The Art of Fiction*, Boston: Cupples, Upham and Company, 1885, p. 18.

② Sinclair Lewis, "The American Scene in Fiction," in *The Man from Main Street (A Sinclair Lewis Reader: Selected Essays and Other Writings, 1904 - 1950)*, edited by Harry E. Maule and Melville H. Cane, New York: Random House, 1953, p. 142.

③ 参见同②,第142—143页。

④ 刘易斯:《受奖演说:美国人对文学的担忧》,龚声文译,载宋兆霖主编,赵平凡编《诺贝尔文学奖文库8:授奖词与受奖演说卷》(上),杭州:浙江文艺出版社,1998年,第221页。

统,以真善美作为评价文学的标准,坚持所谓忠实于现实的方法而开创的美国现实主义传统。

引文中一个值得关注的要点是美国自然主义者坚持书写美国大地上受苦难之人的场景。美国激进派作家认为现实主义忽视了繁荣景象背后的社会黑暗的层面,无视受苦受难人民的真实生活。德莱塞的作品很好地反映了美国繁荣社会中的黑暗,例如少女的堕落、普通青年的毁灭、金钱与权力的狼狈为奸等。他主张作家应该书写"真正的生活、真正的感受、真正的人、真正的凄惨的事情、真正的悲剧"①。美国繁荣及其导致的问题正如一枚硬币的两面,都是当时美国社会的真实景象。在刘易斯看来,作家应该触及这一长时期被遮蔽的黑暗问题。虽然斯蒂芬·克莱恩(Stephen Crane)、弗兰克·诺里斯(Frank Norris)、德莱塞等作家都曾对这一问题有不同程度的论述,但他似乎认为仍然不够,有必要再次强调。

(三) 自然主义应该书写的场景

刘易斯认为美国现实主义作家虽然曾经以城市作为小说展开的场景,但具有美国性的城市场景,仍然有待开拓。以纽约为例,刘易斯认为现实主义者所描绘的纽约场景,只是重复过去的描写,看不到纽约城中真正具有美国性的场景。"纽约——格林尼治村(Greenwich Village)附庸风雅的团体、夜总会、记者的私人困难、从小贩到拥有滨江大道公寓的服装业巨头的犹太人的升起、警察的英雄精神——这些故事已经变得令人瞠目结舌。"②作家最初这么描写美国纽约自然有其文学史价值,但是美国城市化进程的发展和文学自身的发展对写作提出了更高要求。它们要求作家描写纽约城的新场景。这种新场景

---

① 西奥多·德莱塞:《伟大的美国小说》,肖雨潞译,载《美国作家论文学》,刘保端等译,北京:生活·读书·新知三联书店,1984年,第282页。

② Sinclair Lewis, "The American Scene in Fiction," in *The Man from Main Street (A Sinclair Lewis Reader: Selected Essays and Other Writings, 1904 – 1950)*, edited by Harry E. Maule and Melville H. Cane, New York: Random House, 1953, p. 143.

在刘易斯看来是一片尚未开发的领域,等待有勇气的作家开疆拓土。他以多少有些夸张的口吻,指出"纽约的一万个方面尚未被探索"①。除了纽约以外,他还提及美国的芝加哥、新奥尔良州、佛罗里达州、佛蒙特州、缅因州等地方。

《小说中的美国场景》在建议描写美国城市的基础上,进一步指出要描写美国城市中的工业化。刘易斯认为到美国纽约所谓的艺术圣地"格林尼治村"或者巴黎寻找到的艺术灵感并不是最好的小说场景,应该放弃这种假借外物而获得的艺术生命,用自己的五官感受美国工业主义的蓬勃发展。在刘易斯看来,这种工业主义反映了美国社会发生的最新变化,值得书写。

> 工业主义本身——比大学更加富有戏剧性,比打着横幅的任何军队更令人印象深刻、更恐怖,混合莎士比亚和左拉的话题,是单个拥有二百万人的组织与敌人六个军之间产生的最灵活、最狡猾的战争——我们的年轻人为了"发现些可写的东西"渴望去格林尼治村或巴黎,那么谁能看到或敢尝试这种真正的史诗主题呢?②

刘易斯的思考到此并未停止。他察觉到即使描写美国城市中的工业主义,依然无法让美国文学具有美国性,因为没有写出美国与其他国家工业主义的差异。那么如何让工业主义场景的描写具有更加明显的新意呢?"无论怎样相似,小说家的工作就是发现在相似性背后的差异。"③他要求作家具有同中求异的眼光,在与世界城市工业主义的比较中,书写美国城市中的工业主义场景。

---

① Sinclair Lewis, "The American Scene in Fiction," in *The Man from Main Street (A Sinclair Lewis Reader: Selected Essays and Other Writings, 1904 – 1950)*, edited by Harry E. Maule and Melville H. Cane, New York: Random House, 1953, p. 143.
② 同①,第 145 页。
③ 同①,第 145 页。

　　综上所述,刘易斯文学思想的先锋性主要是察觉到新媒体对文学的发展必将产生重大的影响,甚至侵蚀传统文学的生存空间;恪守传统的表征则集中体现在重视文学思想中的现实主义与自然主义。

第四节

F. S. 菲茨杰拉德:"用文字记录他的爵士时代"[①]

　　F. S. 菲茨杰拉德(F. S. Fitzgerald,1896—1940)作为 20 世纪美国最有影响力的作家之一,是"迷惘的一代"中的一员,更是"爵士时代"的记录者和代言人。菲茨杰拉德 1896 年 9 月 9 日生于圣保罗的一个中产阶级家庭,父亲经商失败导致一家人经常居无定所,他的性格也由此变得敏感多思。家庭的传统氛围使菲茨杰拉德幼时便受到各种文学艺术的熏陶。父亲喜欢给他讲述南方的传统文化习俗与故事,母亲常领他出席圣保罗的名流聚会,这些都极大地影响了菲茨杰拉德日后的文学创作及审美取向。

　　作为美国社会转型时期的文学作家,菲茨杰拉德的文学思想既有着对文学本体价值的先锋性探索,又有着对文学本土价值的延续性恪守。一方面,20 世纪初的美国社会观念与社会生活的巨大变化导致了美学与艺术观念的变革。在菲茨杰拉德的作品中,文学思想的先锋性体现在对青年气质的浪漫性追求,以及对财富的抒情性描写上。此外,菲茨杰拉德还顺应了 20 世纪 20 年代美国影视业蓬勃发展的潮流,在小说中加入电影元素,强调对视觉、听觉的描绘,解放感官与文学形式。另一方面,菲茨杰拉德依然恪守文学传统与使命,通过呈现信仰幻灭和个人悲剧意识,表现对现实的忧虑与关切。他小说中的主人翁虽然会抗争与努力,但最终都逃避不了毁灭性的结局。小说中体现的悲剧性的生活基调

---

① 本节由叶冬、李凌月撰写。

反映出"爵士时代"美国社会精神的"荒原"现状,《了不起的盖茨比》(*The Great Gatsby*, 1925)更是 20 世纪 20 年代"美国梦"幻灭的真实再现。菲茨杰拉德还在传统理想和现代发展的悲剧性矛盾中表露了自己对美国过去的追忆。他笔下的主人公大部分源自美国中西部,并且都历经了怀揣着梦想从最初的叛逃再到回归中西部的历程。

一、爵士时代中的绮丽书写

菲茨杰拉德最美好的写作年华绽放在"爵士时代",在美国文学史上,它特指大萧条前的十年。"那是奇迹频生的年代,那是艺术的年代,那是挥霍无度的年代,那是嘲讽的年代。"[①]菲茨杰拉德曾解释道:"'爵士'一词,最初意味着'性',然后是'舞蹈',再然后是'音乐'。与之相关联的是一种紧张焦虑的刺激状态。"[②]当时传统的价值观已经不再适用于战后的美国,但又尚未能找到新的规范。美国的飞速发展与扩张让他们无比自豪与狂喜,却也焦虑不已,惶惶不可终日,只能用叛逆的思想和行为来表达对现实的不满。他们沉醉、悲观,却大胆创新。这就是以菲茨杰拉德和海明威为代表的著名的"迷惘的一代"。在海明威的笔下,死亡总是由残酷的战争和困境造成;而对于菲茨杰拉德来说,死亡往往与金钱或者物质紧密相连。前者道出了人生之悲惨与壮烈,如冰山倾塌;后者描绘了人生的幻灭和失意,若夜莺哀啼。正如诗人 T. S. 艾略特所评价道的:"《了不起的盖茨比》是自亨利·詹姆斯以来美国小说迈出的第一步,因为菲茨杰拉德在其中描写了宏大、熙攘、轻率和寻欢,凡此种种,曾风靡一时。"[③]菲茨杰拉德用大胆创新的写作手法,揭示了新的美国时代精神,也为绮丽如梦的爵士时代描绘了亦真亦幻的芸芸众生相。

---

① F. S. 菲茨杰拉德:《崩溃》,黄昱宁、包慧怡译,上海:上海译文出版社,2011年,第 23 页。

② 同①,第 25 页。

③ T. S. Eliot, *The Letters of T. S. Eliot, Volume 2: 1923 – 1925*, rev. ed., New Haven: Yale University Press, 2011, p. 783.

（一）青年气质

菲茨杰拉德一生中致力于创造深刻有意义的文学作品。他曾说道："我在内心深处其实还是一个道学家，很想向人们诵经传道，可是必须以人们能够接受的方式来进行。"①他大部分作品中的主人公皆是青年才俊、风流才子的形象。在他的思想中始终有一种毕生都无法摆脱的"青年人的声音"，通过其文笔的渲染则表现为对青年时期浪漫的追求和迷恋。"每个人的青春都是一场梦，一种化学变化引起的疯癫。"②这种对文化青年人的浪漫性的追求成为菲茨杰拉德作品的一个重要的先锋性的突破。劳伦斯·格罗斯伯格（Lawrence Grossberg）谈道："青春同时是一种年代学、社会学、思想意识、经历、生活方式和态度。"③菲茨杰拉德将这种固有的青年文化带入主流文化，从而使两者形成一个动态平衡的社会系统，并使青年文化逐渐融入主流社会，让青年人在坚持自己的文化社会价值观的基础上对主流文化进行判断并加以接受或拒绝。

在菲茨杰拉德所处的爵士时代，伴随着美国的经济腾飞，青年人沉溺在对未来的美好幻想中，希望自己有一天能飞黄腾达、腰缠万贯。菲茨杰拉德敏锐地把握住了时代赋予青年人的这一特征，创造出爵士时代青年集体的典型代表。在物质层面，他们追求偶像与时尚效应，确立以金钱为核心的目标身份；在意识层面，他们迷恋青春，沉迷享乐，渴望摆脱青年人在社会的"边缘化"状态。其中，"亮发族哲学"④对青年人产生了深刻影响，成了青年气质的重要组成部分，对该文化的描绘也是菲茨杰拉德在文学实践中的一次先锋性尝试。

"亮发族哲学"是一种流行的校园文化。而在菲茨杰拉德看来，校

---

① Andrew Turnbull, *Scott Fitzgerald*, London：Penguin Books, 1970, p. 79.

② 弗·司各特·菲茨杰拉德：《菲茨杰拉德小说选》，巫宁坤等译，上海：上海译文出版社，1983 年，第 222 页。

③ 原文为 "Youth is a matter of chronology, sociology, ideology, experience, style, attitude."。

④ 虞建华：《美国文学的第二次繁荣》，上海：上海外语教育出版社，2004 年，第 180 页。

园是一个小天地，是校园外社会大文化的一个缩影；校园不仅是青年人接受文化洗礼的小天地，也是青年人接受主流社会价值观熏陶的重要场所。"亮发族哲学"是美国主流社会所崇尚的通过个人奋斗飞黄腾达的人生哲学的少年版本，它会随着人的成长而逐渐变得模糊，并最终转化为其他更为成人化、主流化的生活态度。

在菲茨杰拉德的成名作《人间天堂》(*This Side of Paradise*, 1920)中，年轻主人公埃默里深受"亮发族哲学"影响。实际上"亮发族"这个有趣的名字就是埃默里命名的。"亮发族"是指将头发用水或油抹成亮光光的男生，他们外貌出众、衣着讲究，热衷于夸张地自我表现，热衷于呈现自我从而使自己受欢迎、受崇拜。

在《人间天堂》中，一定程度上，战争以及其他各种挫折似乎也没有对埃默里的青年气质造成重大影响。从战场上归来的埃默里仍是一副光芒四射的普林斯顿绅士派头。他还是像以前那样施展其不可抗拒的魅力，飞快地同漂亮姑娘陷入情网。小说以"所有的上帝都死了，所有的仗都打光了，所有的信仰都动摇了"为基调，但这却是菲茨杰拉德在有意无意地迎合当时社会盛行的失落情绪。埃默里的青年特质在小说之外永远活在菲茨杰拉德的心中。

在菲茨杰拉德的大多数作品中，青年气质始终被表现为主人公心灵深处自我设计的美好信念，并对这种信念矢志不渝。事实上，菲茨杰拉德本人个性中最主要的一面正是"亮发族"性格。埃默里16 岁时做出的自我评价中多少也有菲茨杰拉德自己的身影：

> 身体方面——埃默里认为自己非常英俊，他也确实如此。他常想象自己成为一名出色的运动员和技艺非凡的舞者；社交方面——也许他这方面的条件最具有危险性。他认为自己有个性，迷人且稳健，能压倒同龄的所有男性，并让所有女性为之倾倒；智力方面——毫无疑问，完全超过别人。①

---

① F. Scott Fitzgerald, *This Side of Paradise*, New York: Penguin Books, 2006, p. 26.

某种意义上,"亮发族"是菲茨杰拉德对其所处时代青年气质的微观定义。在菲茨杰拉德的另一部小说《了不起的盖茨比》中,不论是出身、经历还是教育背景,主人公盖茨比和《人间天堂》中的埃默里是存在一定的差异的。可以说,盖茨比是长大成熟后的埃默里的真实写照。两人都风度翩翩、仪表不凡。无论是埃默里还是盖茨比,菲茨杰拉德笔下的青年人在经历了他们所生活的爵士时代下信仰崩塌、爱情失意、经济失败等多重打击后,即便激情有所消减却仍不改初衷。他们的精神和行为便是当时青年文化的真实体现。

(二)财富书写

谈及金钱,菲茨杰拉德之前的作家大多持批判态度,将其视为"万恶之源"。威廉·福克纳在他的第三本小说被拒时说道:"现在,我终于能够写作了。"[①]字里行间透露出他对金钱的轻蔑。奥诺雷·德·巴尔扎克(Honoré de Balzac)作品中的暴发户葛朗台、高利贷者布塞克,马克·吐温笔下凭借一张百万大钞改写命运的亨利·亚当斯,皆被金钱玩弄于股掌之中。而菲茨杰拉德对金钱的描绘,为读者揭示了一个时代新的精神。"美国人,应生而有鳍。或许他们——或许钱就是一种鳍。"[②]在蒙哥马利城的一场舞会上,菲茨杰拉德对美丽富有的泽尔达一见倾心。他无法抑制地心生自卑:"有两件最好的东西我没有:绝妙的雄性魅力和金钱。"[③]泽尔达是菲茨杰拉德一生的灵感缪斯,他的小说中所有女性人物都伴随着泽尔达的影子。她们慵懒叛逆,桀骜不驯,令人爱恨交加。在《了不起的盖茨比》第七章,尼克与盖茨比谈论黛西的声音:

> "她的声音很不谨慎,"我说,"它充满了……"我犹疑了
> 一下。

---

① 程锡麟编选:《菲茨杰拉德研究文集》,南京:译林出版社,2014 年,第 20 页。
② 同①,第 22 页。
③ 同①,第 13 页。

"她的声音充满了金钱。"他忽然说。

正是这样。我以前从来没有领悟过。它是充满了金
钱……金钱叮当的声音……高高的在一座白色的宫殿里,国
王的女儿,黄金女郎……①

读者读到"她的声音充满了金钱"时,自然会将黛西视为一个物质
女郎,其本质还是"拜金主义",盖茨比对此也了然于胸。但菲茨杰拉
德对于金钱的态度,是否与先前的作家一样,依然只是一味批判呢?

毛尖教授认为,菲茨杰拉德是在借用盖茨比之手,使物质世界更
有活力、更有激情,以"财富来拥抱永恒"②。盖茨比的派对在全书中
整整占据了一章的篇幅,有望不到边的草坪,成群结队的男男女女,从
纽约空运而来的新鲜水果,无数的彩色电灯,配备齐全的演奏团
队……在盖茨比的财富王国里,金钱是建构身份的工具,挥洒金钱是
他追求自我认同与社会认同的方式。当尼克得知盖茨比买下豪宅的
原因仅仅是因为黛西住在海湾对面时,盖茨比在他眼里就不再是一个
简单的暴发户,而是"有了生命,忽然之间从他那子宫般的毫无目的的
豪华里分娩了出来"③。金钱在盖茨比手里不是用来单纯地"炫富",
而是用来追求幸福的手段。

在菲茨杰拉德的笔下,财富不再是葛朗台、布塞克等人追捧的叮
当作响、坚硬冰冷的金币,不再是毫无温度的百元大钞,而是"直奔大
门""跑到房子跟前"的草坪,"沿着墙往上爬"的常春藤,"迎着午后的
暖风敞开"的白旗一般的窗帘,天花板上"糖花结婚蛋糕似的"装饰。
这些物质是灵动的,有着鲜活的生命力,代表了爵士时代特有的浪漫
与激情。

① F. S. 菲茨杰拉德:《了不起的盖茨比》,巫宁坤等译,上海:上海译文出版社,
2011 年,第 101 页。

② 毛尖:《爵士时代的发言人》,载陆建德等《12 堂小说大师课:遇见文学的黄金
年代》,北京:生活·读书·新知三联书店,2021 年,第 174—176 页。

③ 同①,第 79 页。

纵观《了不起的盖茨比》全文，菲茨杰拉德似乎无意批判盖茨比拥有的那笔来路不明的巨额财富。相反，面对不懂得如何使用财富、铺张浪费的黛西、汤姆之流，财富才更像是一种"人格贬值"。正如毛尖教授所说："如果没有想象力和责任心，不能将财富善加利用，才是人间大罪。"①

与笔下的主人公一样，菲茨杰拉德固然倾倒于财富和地位的魅力，但他却始终都忠实于自己心中的梦想。在名声大作之时，他清楚地意识到"模式化小说"可以给他带来丰厚的利润与名誉。但是当他写作时，"铅笔头"却没有了"生气"。即使是全身心地创作短篇小说，他每年也只能写出八九篇高价作品。因其将短篇小说像长篇小说一样构思，付诸特别的情感、特别的经历，以便让读者知道每次的作品都是新的，不是新的形式，而是新的内容。比起将写作视为赚钱的途径，菲茨杰拉德对文学的无上热忱与坚守更令人难以忽视。

> 人一旦受困于物质世界，只有不到万分之一的人会找时间来培养文学品位、亲身检测哲学概念的有效性，或者塑造什么——我找不到更好的措辞——可以称之为智慧和悲剧意义的人生。我说这些的意思是，从莎士比亚到亚伯拉罕·林肯，以及早在有书可读的时代，所有伟大的职业生涯背后——都有一种感觉：人生本质上是一场骗局，其境况就是失败的那些，而补偿物并不是"幸福和快乐"，而是从挣扎中得到的更深层的满足。②

他言及从事文学创作不会使人取得经济独立，不会令人不朽。但若有能力，出版将是明智之举——即便没有稿费，或只是刊登在校园

---

① 毛尖：《爵士时代的发言人》，载陆建德等《12 堂小说大师课：遇见文学的黄金年代》，北京：生活·读书·新知三联书店，2021 年，第 173 页。
② F. S. 菲茨杰拉德：《崩溃》，黄昱宁、包慧怡译，上海：上海译文出版社，2011 年，第 115 页。

杂志上。它会给人一种属于自己的文学存在感,使你同致力于同一件事的其他人取得联系。这种对梦想的执着与坚守,让自身思想和行为表面上的物质主义上升到了精神信仰的高度。对菲茨杰拉德这样有追求、有信仰的人来说,财富不再是罪恶的,而是用以抒情的手段,用来拥抱永恒的幻想。

二、现实幻灭后的传统追寻

盖茨比毕生都在追寻西卵码头尽头的那道绿光,而对于作者菲茨杰拉德来说,妻子泽尔达就是他的绿光,就是"一年年在我们眼前渐远去的纸醉金迷的未来"①,它是梦想、爱情、地位的象征,仿佛唾手可得却又遥不可及。他纵情于爵士时代的浮华声色,也在其中品味着喧嚣深处的孤寂、无尽狂欢里的空虚。爵士时代的流光映照在泽尔达和菲茨杰拉德的面孔上,为他们增添了梦一样的迷蒙色彩,全然未知幻梦苏醒后的残酷。经济上的窘迫使菲茨杰拉德变为"两头烧的蜡烛"。两人相互折磨,陷入了无休无止的纷争。泽尔达逐渐面临着精神的崩溃,而菲茨杰拉德则陷入了酒精上瘾、灵感枯竭以及梦想幻灭的多重魔咒。菲茨杰拉德一生都为不能集中精力写作和从整体上提高自己的艺术天赋而饱受折磨。1929 年华尔街股市崩盘,美国的经济大萧条时期开始。纸醉金迷的爵士时代就此画下句点,连同其代言人也被无情遗弃。

(一) 现实批判

在《人间天堂》的序言中,菲茨杰拉德曾言自己用三分钟构思,花三个月写作,而耗费了一生来收集数据。他说自己全部的创作理论可以用一句话来概括:"一个作家应该为他那一代的年轻人、下一代的批评家和未来的老师写作。"②正如他所坚持的"小说家必须要对生活抱

---

① F. S. 菲茨杰拉德:《了不起的盖茨比》,巫宁坤等译,上海:上海译文出版社,2011 年,第 152 页。

② 原文为"An author ought to write for the youth of his own generation, the critics of the next, and the schoolmasters of ever afterward."。

有一种敏锐、简洁的态度"①。作为青年一代,他对时代强大的感受力与穿透力使其敏锐察觉到在爵士时代繁荣的表面下潜藏着一股迷惘、消沉的暗流,他决心担负起在精神荒原中开拓繁荣的历史使命。这让人不禁想到谢默斯·希尼在《自我的赫利孔山》("Personal Helicon", 1966)里写下的:"所以我写诗/为了凝视自己,为了让黑暗发出回声"(So I rhyme/To see myself, to set the darkness echoing.)②。所谓"歌以咏志",文学对于菲茨杰拉德来说,或许也是审视自己、反映时代的一种方式。古华说:"文学就是作者对自己所体验的社会生活的思考和探索,也是对所认识的人生的一种'自我回答'形式。当然这种认识、思考和探索是在不断地前进、发展着的。"③文学是一种艺术,而艺术在本质上是一种生存方式、生活态度、生活的内涵,是生命赖以支撑的信仰。对人生,菲茨杰拉德有与生俱来的悲剧意识;对艺术,他有诗意的追求。于是他以自身的生活经验为蓝本,将自我意识与思想感情贯穿于小说之中,透过他笔下的种种角色,使读者感受到其对美好事物的憧憬向往,对现实的犹豫失意,对个人成功、物质财富的不懈追求,对人性邪恶及社会阴暗面的嘲讽批判。《了不起的盖茨比》中盖茨比声名鹊起时的欢愉、潦倒落魄时的苦涩都是作者自身经历的真实映射,而妩媚动人、虚荣拜金的黛西显然有着妻子泽尔达的影子。他用大量现实主义的笔墨,再现了美国爵士时代纸醉金迷、浮华喧嚣的上流社会生活。菲茨杰拉德曾说:"这部小说的全部分量就在于,它表现了一切理想的幻灭,再现了真实世界的原本色彩,因此,我们不必去考究书中事件的真伪,只要它真实反映了那个时代的特征。"④

随着阅历的不断丰富和观察的逐渐入微,菲茨杰拉德从战后年轻一

---

①　Matthew J. Bruccoli and Jackson R. Bryer, eds., *F. Scott Fitzgerald in His Own Time: A Miscellany*, Kent：Kent State University Press, 1971, p. 156.

②　Seamus Heaney, *New Selected Poems, 1966 - 1987*, London：Faber and Faber, 1990, p. 9.

③　古华:《芙蓉镇》,北京：人民文学出版社,2005年,第388页。

④　F. Scott Fitzgerald, *F. Scott Fitzgerald: A Life in Letters*, edited by Matthew J. Bruccoli, New York：Charles Scribner's Sons, 1995, p. 78.

代转变为目光敏锐、笔锋犀利的社会批评家。他结合自己人生的荣衰,用独特的写作手法加上与生俱来的悲剧意识和历史意识,揭示了人性的扭曲、命运的困厄以及社会的漂浮疏离。马尔科姆·考利评价道:"菲茨杰拉德从未丧失一个极重要的品质,那就是对生活和历史的感知,在这一点上没有几个作家能与他相比。他的一生经历了社会习俗和伦理准则的巨大变革,而真实地记录这些变革则是他为自己定下的使命。"①作为"迷惘的一代"的代表,菲茨杰拉德具有强烈的时代责任感,他深刻揭露了一战后西方年轻一代的精神危机,也为美国爵士时代描绘了亦真亦幻的芸芸众生相。他谈道:"如果你喜欢我的作品,我真诚地希望你看看我的《夜色温柔》,尽管它称不上是一部旷世佳作,但它是最诚实的自白,它真实地反映了真正的信念和真实的世界。"②菲茨杰拉德以文学理想烛照现实,于纷繁杂芜的时代中依旧坚持精神守望。

从1920年出版第一部作品《人间天堂》到1940年去世,菲茨杰拉德在这20年间向世人浓缩般地展现了其悲剧、坎坷的文学生涯。他的所有重要作品都散发着震撼人心、内涵丰富的悲剧力量。"美国梦"的幻灭成为其作品最浓郁的色调。在菲茨杰拉德看来,生活"就是一个崩溃的过程"③。菲茨杰拉德的悲剧意识与其个人跌宕起伏的人生经历以及爵士时代美国社会精神的"荒原"现状紧紧相连,带有显著的美国性。在《人间天堂》出版之后,菲茨杰拉德名利双收,但随后他与妻子二人挥霍无度、纵情享乐的生活令他经济拮据,心里十分痛苦。此外,德国哲学家奥斯瓦尔德·斯宾格勒(Oswald Spengler)的《西方的没落》(*The Decline of the West*, 1923)中关于西方文明发展的悲观论调和马克思主义也深刻地影响了菲茨杰拉德的创作理念。菲茨杰拉德小说中的主人翁都逃避不了毁灭性的结局。面对与社会和现实

---

① Harold Bloom, ed., *F. Scott Fitzgerald: Modern Critical Views*, New York: Chelsea House Publishers, 1985, p. 57.

② F. Scott Fitzgerald, *F. Scott Fitzgerald: A Life in Letters*, edited by Matthew J. Bruccoli, New York: Charles Scribner's Sons, 1995, pp. 251–253.

③ F. S. 菲茨杰拉德:《崩溃》,黄昱宁、包慧怡译,上海:上海译文出版社,2011年,第90页。

的冲突,这些人物尽管会抗争和努力,但是最终都以悲情收尾。在《了不起的盖茨比》中,菲茨杰拉德的这种悲剧意识得到了淋漓尽致的体现。主人公盖茨比的遭遇无疑是美国 20 世纪 20 年代众多逐梦人的生动写照,同时也折射出菲茨杰拉德对人生命运的苦涩感悟。菲茨杰拉德的作品正是因为这种丰富的、带有时代色彩的悲剧因子,才能一针见血地传达出幻灭感,迸发出直击心底的艺术冲击力。

（二）怀旧情结

菲茨杰拉德深受斯宾格勒的“悲观哲学”、马克思主义及托马斯·哈代(Thomas Hardy)、T. S. 艾略特和约翰·济慈(John Keats)的悲剧意识影响,而其自身的独特人生体验和感悟促使他最终形成了悲剧思想。纵观菲茨杰拉德的小说,大部分都围绕着“金钱——爱情——死亡”这一主题,金钱所代表的物质主义和享乐主义会使人变得势利、媚俗,最终难逃失败与毁灭的悲剧命运。他以严肃的道德标准审视金钱对人性的腐蚀和泯灭作用,深刻批判了上流社会的自私卑鄙与冷酷无情,认为正是其卑劣的行径导致了整个社会的腐败堕落。虽然菲茨杰拉德自身也无可避免地被卷入了物欲横流、波谲云诡的资本主义漩涡,但他始终保持着对所处时代敏锐的直觉与深刻的反思,洞察着这个繁荣景象下隐藏的精神荒芜。

> 所有浮现在我脑海中的故事。都含着某种灾难的意味——我长篇里的那些妙人都走向毁灭,我短篇中的钻石山灰飞烟灭,我笔下的百万富翁都像托马斯·哈代的农民一样,虽然美好,却命运多舛。虽然我的生活中并没有发生这样的事,可我很有把握,生活并不像这些人——比我年轻的那一代——想的那样,是那么轻率、粗心的事儿。①

————————

① F. S. 菲茨杰拉德:《崩溃》,黄昱宁、包慧怡译,上海:上海译文出版社,2011年,第115页。

他清晰生动地描绘出美国爵士时代的社会变革和社会心理发展趋势,使其作品流露出浓厚的时代与历史气息。此外,菲茨杰拉德还在传统理想和现代发展的悲剧性矛盾中表露了自己对美国过去的追忆。他笔下的主人公大部分来自美国中西部,并且都历经了怀揣着梦想从最初的叛逃到回归中西部的历程。中西部承载的质朴、和谐的特质无疑是菲茨杰拉德精神逃逸的最佳归处,他将其喻为一种价值尺度,一定程度上代表着美国的历史与传统,与浮华喧闹、冷漠疏离的东部地区形成鲜明对比。尼克从西部地区前往东部追逐梦想寓意着美国从农业走向工业化、城市化的进程,而尼克最终回到中西部则暗指文明的倒退和历史的悲剧。

从杰弗逊时代开始,田园牧歌的美好生活理念一直深深植根于美国的国民性,而历代美国人的经历证明,美国并不是一片可以依靠浪漫主义的想象而生存的土地。《重返巴比伦》(Babylon Revisited,1931)中奢华的生活和物质享受并没有给查理带来更多的满足,反而让他充满精神上的空虚、迷惘和彷徨。多年以后,他失去了一切渴求的东西。毁灭性的灾难击碎了他的幻想:

> 即使以最任性挥霍的观点来说,它们(金钱)所带来的意义,就像查理所奉献给命运的其他许多应当珍惜却无法记起的事物一般,只是让此时此刻的他,对那些永难忘怀的记忆——他的孩子离开了他的怀抱;他的妻子逃离了他,躺在佛蒙特的墓穴之中——更加刻骨铭心而已。①

查理在经过现实的幻灭后终于幡然醒悟,继而开始寻求心灵的救赎,以及对传统道德伦理的回归。另外,就像《了不起的盖茨比》中尼克为了谋求新生活前往东部那样,《夜色温柔》(Tender Is the Night,

---

① 斯科特·菲茨杰拉德:《重返巴比伦》,柔之、郑天恩译,北京:文化艺术出版社,2010 年,第 174 页。

1934)中的美国人为了得蒙"拯救"去往欧洲。然而极具讽刺意味的是,里维埃拉——作为最后的避难所,现代荒原上的最后一片绿洲也被毁坏了。狄克之回到美国就像是《了不起的盖茨比》中的尼克之回归中西部。正如菲茨杰拉德于文末所写:"于是我们奋力向前划,逆流行舟,没有止境地被带回到过去。"①但狄克却被遗弃在了那既无过去也无将来的迷惘之中,从一个地方孤独地辗转到另一个地方,最终杳无音讯。狄克·戴佛的悲剧或许是菲茨杰拉德一代对大萧条时期生活与感受的最准确真实的书写。

从过去来看,梭罗也曾在作品中表述过对于机械文明蚕食自然田园的厌恶与焦虑,甚至身体力行在瓦尔登湖畔过着远离世俗的隐居生活。然而菲茨杰拉德在抗拒着城市工业文明的同时,又矛盾地夹杂着对其的向往之情:

> 我必须在"努力无用"和"务必奋斗"这两种感觉间保持平衡,明明相信失败在所难免,却又决心非"成功"不可——不仅如此,还有往昔的不散阴魂与未来的高远憧憬之间的矛盾。假如做到这点我需要经历那些司空见惯的烦恼:家里的,职业的,个人的——那么"自我"就会像一支箭一样,不停地从虚无射向虚无,这股力量如此之大,唯有重力才能让它最终落地。②

他在物质主义与享乐主义的包围中渴望着成功的事业与美好的爱情,致力于追寻历史和传统却又始终无法回归过去,而这必定造成梦的失落。

三、独特而诗意的伟大文风

菲茨杰拉德作品的魅力源于其清晰优雅的文风,不落俗套的叙事

---

① 原文为"So we beat on, boats against the current, borne back ceaselessly into the past."。

② F. S. 菲茨杰拉德:《崩溃》,黄昱宁、包慧怡译,上海:上海译文出版社,2011年,第91页。

技巧。他的每一篇成功之作都是其想象力的结晶和艺术才能发挥到炉火纯青的产物。于菲茨杰拉德而言,写作是一种纯粹的自我剥离,总是留下一些更贫瘠、更裸露、更粗劣的东西。他在和女儿探讨文学创作的通信中写道:

> 没有人想成为作家就可以成为作家。如果你有要说的东西,任何你觉得前人没有说过的东西,你必须绝望地感受到它,以至于你能找到前人从未找到的方式去诉说它,直到你要说的内容和你诉说它的方式融为一体……自己会发明一种新风格……为了表达新观点而作的某种尝试便带有了思想本身的原创性……
>
> 一切好的写作都是水下游泳,你必须屏息。①

形成菲茨杰拉德之伟大文风的关键在于其作品中展现的创造性及感性诗意。正是他对自我个性的探索及诗意文风的坚持,铸就了其一篇篇沉博绝丽、流畅超逸的经典之作。

(一) 先锋创造

菲茨杰拉德认为,独创者比完善者要高明无数倍。例如,在任何真正的艺术家那里,乔托(Giotto)或列奥纳多·达·芬奇(Leonardo da Vinci)比丁托列托(Tintoretto)那样的"完美者"要优秀无数倍;同理,大卫·赫伯特·劳伦斯(David Herbert Lawrence)比约翰·斯坦贝克优秀无数倍。②

此外,菲茨杰拉德也论及保持自我创作个性的重要性:

> 多数时候,我们作家必须重复自己——这就是事实。我

---

① F. S. 菲茨杰拉德:《崩溃》,黄昱宁、包慧怡译,上海:上海译文出版社,2011年,第198—199页。
② 同①,第187页。

们一生中有两三次了不起的动人经历,它们如此伟大、如此动人,以致同时代没有人曾像我们那样深陷其中,为之震撼、为之目眩、为之惊讶、为之折服、为之心碎、被其拯救、受其启发、因其受益、为之自感卑微。

然后我们或好或孬地入了门,将这两三个故事讲述出来,每次都采用新的伪装,我们讲述十遍,或许一百遍,只要人们还愿意听。

如果不是如此,那就必须承认:根本就没有个性可言。①

若想形成创作个性,年轻作家还应多阅读其他优秀的作品。"若不每年吸收半打一流作家的精髓,优秀的风格是不可能凭空形成的。或者,风格尽管形成了,却不是一种对你所赞赏的作家风格的无意识的集合,而是你最近阅读的某人的风格的影射,某种滥竽充数的新闻体。"②菲茨杰拉德列举了《卡拉马佐夫兄弟》(*The Brothers Karamazov*,1879)、《震撼世界的十日》(*Ten Days That Shook the World*,1919)、《罪与罚》(*Crime and Punishment*,1866)、《玩偶之家》(*A Doll's House*,1879)、《儿子与情人》(*Sons and Lovers*,1913)等经典作品。他认为在对经典进行细心研读后,作家便会潜移默化地形成自己新的优秀风格。菲茨杰拉德突破传统小说的局限,选择在艺术手法、内容和形式上加以先锋性地创新,作品呈现出一种现代趋向。

菲茨杰拉德小说的主题思想、叙事风格在每一部都可见到变化与发展。在《了不起的盖茨比》中,他不落俗套地运用比喻、拟人化等修辞手法,以象征方式生动地展现了"美国梦"理想下的本质与内核;《人间天堂》中清晰流畅的叙事文体、生动活泼的人物形象、自然逼真的人物对话以及浓厚的喜剧意识,记录了战后传统文化和道德标准转变时,美国的年轻一代如何打破虚妄想象,走向成熟;《夜色温柔》以浪

---

① F. Scott Fitzgerald, *Afternoon of an Author*, New York: Scribners, 1957, p. 132.
② F. S. 菲茨杰拉德:《崩溃》,黄昱宁、包慧怡译,上海:上海译文出版社,2011年,第190页。

漫主义的表现手法描写了严肃现实主义主题,作者对人物心理、行为进行细致的描绘而不附加任何批判,而这正与结构主义的文本观相适应,表现出了高度的前瞻性。赵光育在《菲茨杰拉德的小说技巧》中赞扬作者"熔传统与现代于一炉,汇梦境和人生于一体,表现了技巧上的刻意求新与大胆探索"①。

20 世纪初,在工业化和城市化进程加速带来的社会巨变下,人们的家庭、工作和社会关系发生异化,内心冲突与精神焦虑引起了各种病症,像是癔症、皮肤病、消化不良等。疾病产生于特定的社会历史语境,具有社会文化隐喻功能。疾病书写逐渐成为菲茨杰拉德情感和理性认识的表述工具。菲茨杰拉德在自传性随笔《爵士时代的回声》("Echoes of the Jazz Age", 1931)中描述称:

> 时至 1927 年,神经官能症遍地蔓延的势头已渐趋明显……我记得有个跟我一样旅居海外的家伙打开一封信,那信来自一个我们共同的朋友,信上催他赶快回家,好在故乡的泥土那坚实强韧、振奋人心的质地中重获新生。那真是封力重千钧的书信啊,我们俩都被深深打动,直到发现信头上的地址是宾夕法尼亚的一家精神病院。②

由于精神健康与确诊疾病中间并无明显的分界线,大多数患者并未被限制在医疗机构之中,菲茨杰拉德与他们的大量接触使他的描绘更具有真实性。他创造性地使用病志、医嘱体和病人日记这三种文体形式塑造人物形象,丰富其角色特点,推动小说情节的发展。疾病也可看作道德幻灭的隐喻,体现了现代人的精神空虚和自我失落,而社会现代化带来的异变使作者怀念传统的道德净土。

20 世纪 20 年代同样也是美国电影业历经蓬勃发展的时期,观影

---

① 赵光育:《菲茨杰拉德的小说技巧》,《外国文学研究》1989 年第 1 期,第37 页。
② F. S. 菲茨杰拉德:《崩溃》,黄昱宁、包慧怡译,上海:上海译文出版社,2011年,第 31 页。

与听音乐成为人们重要的休闲方式,这挑战了传统文字传达人类情感与意义的载体地位。菲茨杰拉德曾说:"电影有一种私密而复杂的语法。"①他称之为"某种紧张的字谜游戏"②。在此背景下,菲茨杰拉德在小说中加入电影元素,强调对于视觉、听觉等感觉场面的描写,顺应了当时的社会发展潮流。他常用的梦想、成功、财富、时代等主题在电影中也是层出不穷,而光彩夺目的"好莱坞"更是他梦想的象征。另外,菲茨杰拉德的小说创作体现了电影的视觉化特点,例如长镜头、慢镜头、定格、柔焦等摄像式拍摄手法,又如蒙太奇、淡化等电影式画面剪辑方法,创造性地采用了华丽的视觉渲染来增强读者的画面感。除此之外,小说中呈现出台词式的对话、背景音乐、"音响"等电影式的声音效果与视觉效果结合,赋予作品多维的感官享受。菲茨杰拉德正是通过把文学与电影这样的新兴艺术相融合,敏锐捕捉角色的感官感觉,展开其丰富的内心世界,实现自己在文学创作上的先锋性尝试。

(二) 感性诗意

文学创作往往源起于感性,是一种情绪、一种冲动将我们引入主观的意境空间。除了在写作技巧上大胆求新,菲茨杰拉德还更加强调创作过程中的主观意识。情感的自然流露是形成创作风格的最重要元素之一。"不管事情是发生在二十年前,还是发生在昨天,我都必须先有某种情感——某种靠近我的、我能理解的情感。"③法国著名文学家安德烈·莫洛亚(André Maurois)曾言:"一个人试图通过文学创作的方式来表达自己情感需要的愿望源自他内心深处的情感冲突。他因无法采取行动而将一腔怨愤倾注于笔端。"④情感作为作者进行艺

---

① F. Scott Fitzgerald, *The Last Tycoon*, edited by Matthew J. Bruccoli, London and New York: Routledge, 1990, Part I, p. 133.

② F. Scott Fitzgerald, *The Letters of F. Scott Fitzgerald*, edited by Andrew Turnbull, New York: Charles Scribner's Sons, 1963, p. 443.

③ 同②,第577—578页。

④ Matthew J. Bruccoli, *Some Sort of Epic Grandeur: The Life of F. Scott Fitzgerald*, New York: Harcourt, Brace, Jovanovich, 1981, p. 2.

术创作的动力源泉,常被人们视为文学创作及文学作品的灵魂所在。于菲茨杰拉德而言,创作中才华"就如同士兵具备的进入西点军校的身体条件",而情感的自然流露是另一个必备的要素。"我问诘自己的情感——一百二十个故事。价格很高,与吉卜林同价,因为故事里有那么一丁点东西——不是血液,不是泪水或精液,是更为亲近的自我,它是我特别的部分。现在它消失了,我也就和你一样了。"①强烈的情感是激发文学创作的内驱力,文学是情感涌动时的审美创造。

威廉·华兹华斯(William Wordsworth)曾言:"诗歌是强烈情感的自然流露。"②在菲茨杰拉德的写作中,诗歌产生了无法忽视的影响。对他来说,诗歌要么是燃烧在体内烈焰一般的存在——如同音乐之于音乐家抑或马克思主义之于共产主义者——要么它什么都不是,只是一种虚无乏味的形式,余下学究们环绕它嗡嗡地展开无休止的注记和探讨。在给女儿的信中他写道:"你的风格中最大的缺陷是缺乏特点——这种缺陷会随着年龄的增长而增长……要使之增长的唯一方法就是:耕耘你自己的花园。唯一能帮助你的就是诗歌,它是风格的最集中的体现形式。"③他重点提及了济慈的八首诗,并称其为任何想真正了解词语的秘密的人提供了技艺的尺度——词语的纯粹感召力、说服力和魅力。没有人能够写出精简优美的散文,除非他曾尝试过写作一首优秀的五步抑扬格十四行诗,并且读过布朗宁的短戏剧诗。

菲茨杰拉德受浪漫主义流派——尤其是约翰·济慈(John Keats)的影响极深,《夜色温柔》的题名便出自济慈的《夜莺颂》("Ode to a Nightingale", 1819)。浪漫主义讴歌自然,将想象与实景、感官与幻觉相互融合,衍化出超验玄奥的理想世界。菲茨杰拉德强烈亦丰富的情感表现在作品中便是绚丽夺目的色彩、情景交融的配乐及电影式的画

---

① F. Scott Fitzgerald, *The Crack-Up*, edited by Edmund Wilson, New York: New Directions, 1962, p. 165.

② 转引自缪灵珠译,章安祺编订:《缪灵珠美学译文集》(第三卷),北京:中国人民大学出版社,1998 年,第 6 页。

③ F. S. 菲茨杰拉德:《崩溃》,黄昱宁、包慧怡译,上海:上海译文出版社,2011 年,第 190 页。

面。通过各种艺术手法渲染小说气氛,塑造人物特点,其艺术感染力非同一般。正如马尔库塞所言:"个体感官的解放也许是普遍解放的起点,甚至是基础。"①菲茨杰拉德的作品中各种场景的设置与描绘极力营造感官气氛,具有鲜明的济慈式修辞特征。

恩斯特·卡西尔(Ernst Cassirer)在《人论:人类文化哲学导引》(*An Essay on Man: An Introduction to a Philosophy of Human Culture*,1944)中曾言:"人类不是在真实的情境中互动,而是通过视觉帮助才得以认识自己。他们依赖图片,借助于人工辅助手段才能感知、了解周围的世界。"②于是,人类的学习和认知都开始依赖"感官的直接性"③。颜色直接作用于视觉,可以让读者在阅读时产生对现实事物的联想,在脑海中浮现清晰的视觉形象。同时,色彩也代表着作者对于艺术的认识理解与审美追求,是一种为美学服务的技巧。在《了不起的盖茨比》中,盖茨比身着粉红色衬衫,坐着奶黄色的汽车,白色大理石的别墅与绿色的草坪交相辉映,而他的卧室中"铺满了玫瑰色和淡紫色的绸缎,摆满了色彩缤纷的鲜花"④。细腻的色彩描写使文字具有生机活力和艺术美感。这种写作技巧与乔治·桑塔耶纳(George Santayana)的艺术理论不谋而合,显露出菲茨杰拉德创作上的一种现代趋向。

> 凡是有丰富多彩的内容的事物,就具有形式和意义的潜能。一旦我们的注意习惯了辨别和认识它的变化,我们就会欣赏它的形式;当这些形式的各种感情价值使这新事物同其他能引起同样感情的经验结合起来,从而为它在我们心中创

---

① 赫伯特·马尔库塞:《审美之维》,李小兵译,桂林:广西师范大学出版社,2001年,第132页。

② Ernst Cassirer, *An Essay on Man: An Introduction to a Philosophy of Human Culture*, New Haven: Yale University Press, 1972, p. 25.

③ Nicholas Mirzoeff, *An Introduction to Visual Culture*, London and New York: Routledge, 1999, pp. 6 - 9.

④ F. S. 菲茨杰拉德:《了不起的盖茨比》,巫宁坤等译,上海:上海译文出版社,2011年,第93页。

造了共鸣的环境,那时它就取得意义了。①

色彩不仅体现了菲茨杰拉德的艺术理念与审美追求,还暗含着隐喻和象征,将看似平常的事物赋予生命意义。《了不起的盖茨比》中,盖茨彻夜瞭望西卵码头尽头处的那道幽幽绿光,如梦似幻,那是他爱情与青春的象征,就像是他深爱女人黛西的化身;广告牌上艾克尔伯格医生那双硕大无朋的蓝色眼瞳,永睁不合,犹如上帝之眼,审视着毫无生气的人间;爱慕虚荣的女主角黛西偏爱穿着白色的衣裙,乍看之下仿佛纯洁美丽的天使,而她一身的白色犹如一面镜子,将其灵魂的污点全部展露无遗。菲茨杰拉德通过运用颜色背后的象征意蕴揭示了作品主题,同时也使作品带有梦幻般的艺术气质。

"菲茨杰拉德最关注的是节奏、色彩与时间、地点结合起来的音调——经常用通感表达出来,就像在黄色鸡尾酒音乐中一样。"②在狂欢纵乐、纸醉金迷的 20 世纪 20 年代,以追求感官刺激和即兴演奏为特点的爵士乐(Jazz)毫无疑问地在美国民众的生活中大行其道。对于菲茨杰拉德而言,"音乐意味着情感:今时或往昔的歌曲有唤醒记忆的力量,重现失去的爱情,让过去和现在的感情重聚"③。他一直敏锐地意识到流行音乐在写作中的作用,发现流行音乐可作为描绘社会环境的理想媒介。菲茨杰拉德对流行音乐的使用可见于叙事中的插入。《夜色温柔》中的三次风流韵事(以及妮可与父亲的乱伦关系)都以流行歌曲为主题。对于狄克和罗斯玛丽来说,这是"Tea for Two",当他在电话里和她说话时,背景是"伴随着阵阵音乐"及其副歌:"And two-for-tea / And me for you / And you for me / Alow-own"。"他一路弹

---

① 转引自缪灵珠译,章安祺编订:《缪灵珠美学译文集》(第四卷),北京:中国人民大学出版社,1998 年,第 218 页。

② Matthew J. Bruccoli, *New Essays on* The Great Gatsby, Cambridge: Cambridge University Press, 1985, p. 9.

③ Ruth Prigozy, "'Poor Butterfly': F. Scott Fitzgerald and Popular Music," *Prospects*, 2(1977), p. 41.

下去,忽然想起妮可听见了,一定会猜出他在怀念过去两周的滋味。于是随便弹了一个和弦便停止了,起身离去。"①小说中的这些曲子的标题和歌词显然是为了反映其角色生活和愿望的结构和实质。男女主人公在求爱过程中最紧密的纽带是流行音乐,音乐背景增强了浪漫主义,助长了年轻人的爱情和永葆青春的幻觉。对菲茨杰拉德来说,"流行音乐不仅仅是当代文化场景的一部分:它是象征、征兆、情感,是一个时代的总和;它是过去、现在和未来都难以规避、无休无止的表现"②。

尽管爵士乐对菲茨杰拉德的作品产生了创造性的影响,他却也有意识地嘲弄流行音乐中表达的情感。菲茨杰拉德将爵士乐歌词和节奏融入他的作品中,又希望摆脱爵士乐时代的过度行为。和尼克一样,他既迷恋又排斥爵士乐时代的过度行为和爵士乐本身。虽然流行音乐有助于发展他的主题,但菲茨杰拉德同样经常嘲笑当代对流行歌曲的奉承和全国对爵士乐的狂热崇拜。在《我的迷失都市》(*My Lost City*, 1932)中,菲茨杰拉德明确指出,"爵士乐是文化空虚的锦上添花"③。

《了不起的盖茨比》中主人公在发迹后买下了西卵一座宫殿般的豪宅,整个夏日的夜晚都举行宴会,而宴会必然伴随着音乐。"七点以前乐队到达的绝不是什么五人小号队,而是配备齐全的整班人马,双簧管、长号、萨克斯管、大小提琴、短号、短笛、高低音铜鼓,应有尽有。"④盖茨比极力使自己融入美国上流阶层,每日沉沦于歌舞升平、觥筹交错的享乐生活中,全然没有意识到资本主义的罪恶以及自己即将被其罪恶所吞噬的悲惨结局。《了不起的盖茨比》的扉页更是写着这样的几句歌词:"那么戴上你的金帽子,如果那能打动她/如果你能跳得高高的/为她跳得高高的/直到她冲你叫道'爱人,戴着金帽

---

① F. S. 菲茨杰拉德:《夜色温柔》,汤新楣译,上海:上海译文出版社,2011 年,第 214 页。

② Ruth Prigozy, "'Poor Butterfly': F. Scott Fitzgerald and Popular Music," *Prospects*, 2(1977), p. 53.

③ 原文为"Jazz was the icing on the cake of cultural vacuity."。

④ F. S. 菲茨杰拉德:《了不起的盖茨比》,巫宁坤等译,上海:上海译文出版社,2011 年,第 41 页。

子跳得高高的爱人/我一定要拥有你。'"①一战后的一代美国青年追求物质财富与感官享受的心理在此显露无遗。音乐是无处不在的,这给读者一种娱乐占据所有人生活的错觉。通过"音响"等电影式的声音效果与视觉效果结合,菲茨杰拉德精准地使读者仿佛置身于爵士时代,感受其万千风情。

　　虽然菲茨杰拉德自身也无可避免地被卷入了物欲横流、波谲云诡的资本主义漩涡,但他始终保持着对所处时代敏锐的直觉与深刻的反思,洞察着这个繁荣景象下隐藏的精神荒芜。他清晰准确地描绘出美国爵士时代的社会变革和社会心理发展趋势,使得作品流露出浓厚的时代与历史气息,同时也在传统理想和现代发展的悲剧性矛盾中,表露出自己对美国过去的追忆。对人生,他有着与生俱来的悲剧意识;对艺术,他有诗意而纯粹的追求。他用先锋前卫的技巧及富有浪漫情愫的笔触,为读者真实再现了绮丽如梦的爵士时代。而"他的风格,他的个性——最终就是作为艺术家的他本人"②。

第五节

欧内斯特·海明威:冰山原则——文学创作的现代策略③

　　现代文学的图景诞生于危机的土壤之中。这种危机是社会系统中各类混乱、抵牾、失序的集合体,映射了人类精神领域与生存领域之间显著的不适配现象。这种现象具体表征为人类群体发现很难采用传统的价值观和信仰来审视、迎合、评估新的社会、新的发展潮流,从

---

　　① F. S. 菲茨杰拉德:《了不起的盖茨比》,巫宁坤等译,上海:上海译文出版社,2011 年,第 1 页。

　　② F. Scott Fitzgerald, *The Letters of F. Scott Fitzgerald*, edited by Andrew Turnbull, New York: Charles Scribner's Sons, 1963, pp. 591-592.

　　③ 本节由谢敏敏撰写。

而陷入了强烈的无力感和无能感之中。现代危机往往是受到了新生事物的推波助澜,20世纪以来在科学、心理学的新发现如大爆炸理论、潜意识,加之战争对信仰的颠覆性冲击,工业资本对传统经济结构、文化结构的撕裂等,使得现代社会进入一个前所未有的动荡场域。"危机"一词不再仅仅是话语体系中的解释性或规定性表述,而是成为整个社会体系中一个附着丰富隐喻的载体。从对现代主义的定义中,我们不难窥见社会危机对文学发展的倒逼作用。于连·沃尔夫莱(Julian Wolfreys)在《批评关键词:文学与文化理论》(*Critical Keywords in Literary and Cultural Theory*, 2004)一书中汇集了有关现代主义的多种说法:现代主义"涵盖冲突和动荡以及不可胜数的矛盾立场"①,"指对既定实践和传统的出新突破"②,"趋于形式探讨和思辨式自控的倾向,趋于把自我与世界、与他人分离的倾向"③,"是自由的形式革新;破坏传统;颓废风格或习惯感知的更新"④。可以看到,尽管在定义上存在些许分殊,但却都揭示现代主义与现代社会同样的复杂性、与现代危机类似的精神内核——即对传统结构的破坏与颠覆。因此,现代主义是时代的必然产物。马尔科姆·布莱德伯里和詹姆斯·麦克法兰(James McFarlane)认为现代主义的崛起和发展与当时的社会整体气候十分匹配。他们直截了当地指出:"它(现代主义)是唯一与我们的混乱情景相应的艺术。"⑤这也昭示文学创作思想新面相的来临。

一、冰山原则的缘起及含义

在这种多变无序的环境中,越来越多的作家意识到传统小说形式

---

① 于连·沃尔夫莱:《批评关键词:文学与文化理论》,陈永国译,北京:北京大学出版社,2015年,第197页。

② 同①,第198页。

③ 同①,第199页。

④ 同①,第200页。

⑤ 马尔科姆·布雷德伯里、詹姆斯·麦克法兰:《现代主义的名称和性质》,载马·布雷德伯里、詹·麦克法兰编《现代主义》,胡家峦等译,上海:上海外语教育出版社,1992年,第12页。

和技巧已经陷入无法前行的泥沼之中。在知识分子群体中甚至蔓延着一种情绪,认为"传统概念上的小说已经无法发挥其作用了:事实上,这些小说中的虚构世界与人们的整个生活方式并不相称"①。埃兹拉·庞德发出的"求新"(Make It New)号召便代表了文学内部对革命性转变的内在需求。作为文学极简主义(literary minimalism)风格的代表,海明威的"冰山原则"的出现,为现代派提供了一件干脆又极具冲击性的革新武器。在《午后之死》(Death in the Afternoon,1932)这部小说中,欧内斯特·海明威(Ernest Hemingway,1899—1961)首次明确地阐述了"冰山原则"的内涵。在他看来,冰山在海上的移动犹如小说的故事进程,见诸笔端的文字应当只表达出作家思想情感的八分之一,而海面下八分之七的冰山则是作家有意省略掉的东西,由读者去想象和感悟。这一原则实际上要求作家不要再依循传统模式在细腻的描述和道德说教上过分地耗费心力,而是要通过非言说的、更加隐藏的方式实现一种艺术的含蓄表达。后来在一次记者采访时,海明威又重申了该理论,并指出其所带来的"少即是多"的效果。他认为,省略并不会造成情节的空心化,而是"只会使你的冰山深厚起来"②。因此,作品中显性部分与隐性部分在某种程度上存在一种消长的关系。与此同时,海明威强调,省略并不是作者失语症的体现,不等同于缺失,而是作者有意为之,故意最大限度地减少自己的在场。海明威这一理论的提出,不仅仅与他的记者经历有关,也受到了庞德、斯泰因等一批旅居巴黎的现代主义作家的影响。作为海明威的文学导师和代理人,庞德对其创作给予了细致耐心的指导。庞德讨厌艺术的模糊,并将不准确的艺术视为糟糕的艺术。他的意象主义追求极致的简单和对客观对象的直接处理。从庞德那里,海明威学会了更加紧致的写作风格,避免使用抽象和不相关的词,转而把语言的简洁和准

---

① Michael Levenson, ed., *The Cambridge Companion to Modernism*, Cambridge: Cambridge University Press, 2011, p. 70.

② 转引自董衡巽编选:《海明威谈创作》,北京:生活·读书·新知三联书店,1985年,第50页。

确视为创作的首要原则。虽然海明威后来与斯泰因的关系破裂,但其
冰山原则理念的成型也在一定程度上离不开斯泰因的影响。斯泰
因的写作比较立体,注重文字的本体功能,偏爱通过节奏、韵律和重
复等手法来构造文本的意义。海明威也发现了这一特点,并从中有
所获益,不仅"学到了许多有关词语间抽象关系的知识"[1],还学会了
"清晰的必要性""描述即解释的重要性"以及"散文写作传达'现实情
感'的重要性"[2]。此外,庞德和斯泰因都不约而同地建议海明威去了
解法国作家,尤其是要去阅读福楼拜。在《非洲的青山》里,海明威借助
叙事者的声音告诉桑迪斯基,要写好散文就必须要有"福楼拜的那种
自律"[3]。这种自律暗示的是福楼拜的文学态度和创作信条。作为文
学史上的现实主义大师,福楼拜提倡一丝不苟的写作风格,对词语的
选择具有完美主义的倾向,并追求精确、直接、干脆的表达。海明威的
写实手法与其一脉相承。从这个意义上看,海明威及其所处的群体并
没有像达达主义那样带有激进、彻底的破坏性,而是对传统采取了辩
证审视的态度。当然,海明威所阅读、学习的作家远远不止这些,马
克·吐温、司汤达、屠格涅夫、托尔斯泰等都在影响他的作家名单之
中。可以说,这些作家的作品都为他的冰山原则这一理念的产出贡献
了思想上的物料。因此,海明威的冰山原则并不是灵光乍现的偶得之
物,而是个人体验与文学实践在经过一段时间发酵后的产物。有学者
认为,这一原则能够成功提出,原因在于海明威具有超越国界的宏观
视野以及对优秀文学技巧的借鉴、综合和化用,能够将"吐温的'美国
性'、福楼拜的预叙式形象、莫泊桑和契诃夫的短篇小说技巧、格特鲁
德·斯泰因的听觉重复以及新闻电报略语(记者在给编辑的电报中去
掉不必要的词语)结合成一种独特的,以压缩、省略和欺骗性简洁而闻

---

① 欧内斯特·米勒尔·海明威:《海明威:最后的访谈》,沈悠译,北京:中信出
版集团,2019 年,第 18 页。

② Arthur Waldhorn, *A Reader's Guide to Ernest Hemingway*, New York: Farrar,
Straus & Giroux, 1972, p. 31.

③ 海明威:《非洲的青山》,张建平译,上海:上海译文出版社,2011 年,第 26 页。

名的风格"①。

二、冰山原则的内在维度

如果以一种更为立体的思维来审视冰山原则的话,可以看出这一原则内嵌的两个维度。从纵轴上看,"海平面"构成了切分和镜像两种功能。在可见的叙事这一部分,海明威的描写往往具有一种客观性,即以现实主义的传统笔法创作一个近似真实的世界。可以看下《在异乡》("In Another Country",1926)的开篇:

> 这时,灯亮了,沿街看着橱窗,甚是惬意。商店外面挂着许多野味,狐狸的皮毛上落满了雪花,它们的尾巴在风中摇曳。去掉了内脏的鹿沉甸甸地吊着,已经晾干。小鸟在风中飘荡,羽毛也被吹得翻了过来。这是一个寒冷的秋天,风从山上刮了下来。②

这段场景常常被引用来展现海明威式的典型风格:即通过简单明了的文字和平铺直叙的语气来营造清晰的场景,将认知内涵与感知内涵充分结合,以实现对读者视觉的快速抓取。在叙述中,词语的丰富度与描绘的精确度呈现出一种拉锯的状态。文字朝着极端简洁的方向被压缩,而场景却表现出了最大限度的清晰和真实感。两股力量的平衡反映了海明威在经验转化以及措辞上的高超艺术。海明威小说中往往有着自身的经验注入,这种由真实所支撑、由想象力加工的虚构空间,能够更好地贴近读者的心灵。杰弗里·梅耶斯(Jeffrey Meyers)认为海明威创作美学中的首要原则就是强调"小说必须基于真正的情感和智力经验,忠实于真实,但也必须通过想象来改变和加

---

① Ben Stoltzfus, "Introduction," in *Hemingway and French Writers*, Kent: Kent State University Press, 2009, p. xviii.

② Ernest Hemingway, *The Complete Short Stories of Ernest Hemingway*, New York: Scribner, 1987, p. 206.

强,直到它变得比单纯的真实事件更真实"①。显然,梅耶斯细察到了海明威对现实的超越以及其小说中对文学性和客观性的合理兼顾。海明威在这段叙述中也最大限度地拒绝了形容词、副词的参与。于海明威而言,形容词、副词的装饰意义远超过其功能性作用,容易成为文本和风格的累赘。他所偏爱的是具有明确、独立指称的名词,这些名词"在言语中最接近事物。通过连接词将它们串联起来,他便接近实际的经验流"②。这种选词的技巧也帮助海明威以更为直观的方式实现各种客观元素的拼接,并营造出纯粹性的空间。冰山原则与现代主义派倡导的其他众多理念相似,也将矛头对准了19世纪维多利亚时代的审美遗风。维多利亚时代艺术领域所弥漫的华丽浪漫以及文学领域厚实、冗长的写作风格虽然赋予了艺术作品一种优雅和精致的特征,但内在结构的封闭、稳定等特征不仅容易导致现代人的审美疲劳,也与快速、易变的现代生活文明并不相称。海明威这种精简的语词以及短句结构,在一定程度上与意识流对"破碎""残片"的描画类似,有利于打破传统小说所倡导的情节流转的连贯性和稳定性,从而更好地表现现代现实的短暂性。相比于上层的冰山,"海平面"之下不可见部分则具有明显的主观倾向。在这个叙事系统中,意义生产的主导权发生了转移。作者有意的缺席逼迫读者进入更为复杂的结构,在这个结构中隐喻、象征、联想交织存在,并与不同读者的不同个性发生化学反应,从而产生了与现代情境相符合的流动、无序、多变、复调的意义系统。在这个过程中,不同的艺术创造力如同水流一样从暗处迸发出来。与此同时,海平面可以反射光线,这意味着它还承担了一种镜像功能。如果对应现实中的冰山,无论是海平面上层的还是下层的冰山,都是一种实体的存在。但是,如果再结合海明威的比喻意义,就会面临一个问题:代表作者已言明故事的上层冰山是已定的、可见的,

---

① Jeffrey Meyers, *Hemingway: A Biography*, Boston:Da Capo Press, 1999, p. 138.

② Harry Levin, "Observations on the Style of Ernest Hemingway," in *Memories of the Moderns*, New York:New Directions, 1980, p. 97.

但下面的部分是一个固定存在吗？如果是一个固定的结构,则又会面临一个悖论:作者未予言明的东西又何以存在？按照海明威的说辞,下层冰山与读者的意识密切相关,那么这就意味着阅读主体的个性也会导致下层冰山的殊相性质。因此,按照生成逻辑,海上部分在海面的倒影可以视为故事情节在读者内心的投射,这种投射与开放式联想、深层感受联袂造就了海下隐藏的部分。

从横轴来看,冰山原则则涉及小说的进程,即海明威所言的"海上的移动"问题。这一原则为故事情节的推进提供了怎样的内生动力？先看一下《太阳照常升起》里有这样一段话:"汽车登上小山,驶过明亮的广场,进入一片黑暗之中,继续上坡,然后开上平地,来到圣埃蒂内多蒙教堂后面的一条黑黝黝的街道上,顺着柏油路平稳地开下来……"①这段情节的意趣在于描绘极其有限却电影化地展现了丰富的场景。在这个连续的时间流中,"汽车"作为包含"速度"属性的交通工具,构成了整个画面的视觉焦点。八个节点场景的流畅切换,使读者脑海中出现了运动幻觉,并随着汽车这一焦点在这条路线上快速推进。为了减少意识的滞留,每一个场景中都没有多余的附着体,从而产生了电影的调度效果。大卫·波德维尔(David Bordwell)和克莉丝汀·汤普森(Kristin Thompson)在其代表作《电影艺术——形式与风格》(Film Art: An Introduction, 1979)中谈到了镜头调度的几种手法,包括淡出、淡入、叠化等。淡出指画面由亮转暗,而淡入则相反。叠化指两个镜头或画面的短暂交叠,这些技巧的使用不仅可以表现出短或长时间的历程,也可以实现对不同空间和时间以及叙事段落的分隔。②再回到刚才段落的场景分析中,从"明亮的广场"进入"黑暗之中",然后"上坡"继而来到"黑黝黝的街道",淡出和淡入的转合之间实现了长短镜头的交替,带来了画面的短过渡。这种电影手法

---

① 海明威:《太阳照常升起》,赵静男译,上海:上海译文出版社,2004[2009]年,第31页。

② 参见大卫·波德维尔、克莉丝汀·汤普森:《电影艺术——形式与风格》(第五版),彭吉象等译,北京:北京大学出版社,2003年,第261、289、378页。

的运用所带来的直接效果就是叙事节奏的加快。可以看到,在显性情节部分,小说进程的动力来源于文字本身以及技巧的运用。场景的快转、短句结构、语言的极致压缩等,很好地迎合了现代人意识的跳跃性和思维的懒惰性,同时也加快了小说的进程。罗兰·巴特(Roland Barthes)在《显义与晦义》(*L'obvie et l'obtus*,1982)一书中,认为图像所传递的信息在某种程度上有种惰性,可以"让着急的读者避开词语'描述'所带来的厌倦,因为这些描述交付给了图像,也就是说交付给了一种不太'勤奋的系统'"①。

　　为了实现冰山原则的效果,海明威还借鉴了绘画的艺术功能,将视觉语言转化成文学的结构。海明威在巴黎旅居期间,结识了许多绘画大师,并且受到了斯泰因的影响。斯泰因除了作家这个身份外,还是一位艺术收藏家。在与海明威的交往中,斯泰因经常与其讨论现代派画作、参观画展等。可以肯定的是,海明威对绘画艺术的理解很大程度上受益于斯泰因。在所有画家中,海明威对法国印象派画家保罗·塞尚(Paul Cézanne)的作品情有独钟。虽然绘画与写作分属不同的艺术范畴,但它却给海明威带来了写作结构和空间布局上的启发。正如波德莱尔所言:"即便艺术之间不能相互补足,但至少渴望彼此出借新的能量。"②海明威认为语言的简洁固然能够激发出文字的爆发力,清晰地传达情节的走向,但同样会造成内容厚度的不足。而塞尚和米罗的画作中所蕴含的表现技巧为他解决这一潜在问题提供了启发。海明威曾表示:"写简单而真实的句子远远不足以使小说具有深度,而我正试图使我的小说具有深度。我从他[塞尚]那里学到了很多东西,可是我不善于表达,无法向任何人解释这一点。何况这是个秘密。"③塞尚主张简化,对细节的处理十分精致,在空间布局和色彩搭配上都十分考究。塞尚是一位善于捕捉自然的大师,注重对客观世界

---

①　罗兰·巴特:《显义与晦义》,怀宇译,天津:百花文艺出版社,2005年,第30页。

②　转引自 Marcel Raymond, *From Baudelaire to Surrealism*, London:Methuen,1970, p. 13。

③　海明威:《流动的盛宴》,汤永宽译,上海:上海译文出版社,2009年,第12页。

的忠实反映,反对过分的夸张和扭曲,但他同时又避免去盲目地复制对象,而是鼓励在各种元素和各种关系中寻求一种和谐。他于 1886—1887 年创作的风景画《圣维克多山的大松树》("Mont Sainte-Victoire with Large Pine")典型地反映了这种理念。他在画中将冷色和暖色调并置交叠,形成了具有丰富层次的交错感。在这种秩序中,不同的色彩之间形成了激烈的碰撞,构成了视觉上的张力。从空间上看,画布由近景的山坡上的松树、中景的田野乡村和现代铁路桥以及远景的山脉构成,呈现出了广度和深度。虽然松树位于近景处,却被画家安排在了画布的最左侧,其树枝从画布的上部向右侧蔓延并与右侧树枝在中间会合。而这些树枝的形状恰好与山脉的起伏一致,形成了近景与远景的和谐衔接。这种布局实际在引导观众的视野向远处转移,使圣维克多山成为一个视觉焦点。画布的中间为地势低洼、开阔的田野,并随着色阶变化向前延伸至远景处的巍峨山脉。这种地势差在视觉上形成了类似留白的效果,从而形成了一种空间的纵深。从画作中可以看出塞尚的立体主义风格,不同元素、不同景致的组合造就了读者的完整经验和想象冲动。塞尚的这种绘画艺术让海明威十分着迷。他曾对他的朋友莉莲·萝丝(Lillian Ross)说:"我也可以创造像塞尚那样的风景。"①塞尚对简洁风格和细节的追求,对艺术与自然世界和谐关系的强调,对视觉深度和观众心理感受与想象的重视,以及绘画元素的夸张化和戏剧化的拒绝,为海明威在小说中如何展开环境描写提供了借鉴。海明威通过塞尚学会了用简单的语言来表现现实和结构深度,学会了如何以景观这一客观事实来隐射或表现情感概念。在《白象似的群山》("Hills like White Elephants",1927)中,海明威采用了塞尚似的笔法,通过清晰语言来进行构图,将视觉感受与心理感受进行了统一和贯通。在这篇短小精悍的故事中,风景的描写着墨很少,但却是与人物相呼应的象征,也是情节背后的一个隐性象征。故事的开篇景致便是近景和远景的一个对应:"埃布罗河河谷的远方,白色的山岗纵横交错,连绵不

---

① Lillian Ross, *Portrait of Hemingway*. New York: Simon and Schuster, 1961, p. 51.

绝。而近处,没有阴凉,也没有树。烈日之下,一座车站伫立于两条铁轨之间,毫无遮挡。邻近车站一旁,正对着一间酒吧。酒吧门上挂着防蝇的帘子,一串串用竹珠子串成。"①在这段描画中,文本的快速行进带动了读者脑中图景的搭建,产生了一种实时的效果。河谷作为中景,发挥着连接车站和酒吧以及远景白色山脉的作用,这样的构图不仅带来了立体的视觉感,也隐约地暗示了自然文明与人类文明的对位。在海明威的笔下,年轻姑娘在与男人的对话中四次眺望山脉。作者将这一细节穿插于叙事过程之中,但却未予以任何解释,悄悄地赋予了这一自然客观实在背后的隐喻指向,也就带来了"冰山"下的效果。因此,有学者认为,"土地尤其是山脉的本质在海明威的作品中非常一致,可以将其理解成结构的一部分或者是一种进一步理解人类心灵的手段"②。在海明威的创作思想中,引发读者的视觉反应俨然已成为一种必然的艺术追求。他对表层文字的压缩却带来了深层阐释空间的解放,这种以少生有、以无生有的效果就如同老子在《道德经》中所言:"埏埴以为器,当其无,有器之用。凿户牖以为室,当其无,有室之用。故有之以为利,无之以为用。"③海明威的环境描写尽管极致、简单,但与整体的风格有着高度的一致性,且精巧地安插在整个叙事结构的关节位置。他采用隐晦的方式使人物与环境发生关联,从而赋予了环境叙述功能。

三、读者——下层冰山的建构者

冰山原则中的另一股动力则来源于读者。在同时代作家中,海明威对读者的感受尤为重视。他把创作实践和阅读实践都看作小说意义发生机制的一部分。在当时的环境中,这一原则无疑推动了注意力由作者和文本向读者转移。从这方面来看,"冰山原则"先兆性地体现

---

① 海明威等:《白象似的群山》,李子叶等译,南京:江苏凤凰文艺出版社,2015年,第56页。
② Emily Stipes Watts, *Ernest Hemingway and the Arts*, Champaign:University of Illinois Press, 1971, p. 43.
③ 老子:《道德经》,王晓梅、李芳芳主编,北京:中央编译出版社,2011年,第27页。

了接受美学的特质。在作者的虚构故事中,读者的参与为情节场域注入了另一种活力因子,开启了无形的、开放的二次创作过程,形成了虚构中之虚构的现象。这也意味着,冰山原则的一个效应就是解构了传统的作者和读者之间的关系。在原有的模式下,作品与读者之间存在明显的边界,更多的是一种传递与接受之间的互动,有时候作者甚至还有意预设读者的心理反应,表现出一定的取悦倾向。海明威有意弥补两者之间的距离,建立更为亲密的互动。他在一次采访中谈道:"我试着排除所有对于向读者传达体验而言不必要的部分,这样他们读过某些内容后,它会成为他们体验的一部分,好像真的发生过一样。"①海明威努力打破传统规范的钳制,去突破阅读主体的感知界限,重塑他们对文学的审美认知,迫使他们对思维惯性进行调节,以一种更为主动的态度参与到文本的意义阐释中。读者需要抑制和消除那种对文本完整性的渴望,走入探索的隧道之中,去发现隐藏的维度。对于读者来说,这种异化的关系则使他们面临着很多困难。比如他们有可能要根据作者所给定的残缺信息在意识层面去进行拼接;或者是情节带有欺骗性质,下层冰山与上层冰山在基调和内涵上可能存在明显的反差;又或者受限于自身的知识体系,难以完成对下层冰山的建构。但是这种困难又是现代主义文学的一个显著标记之一。如果看一下艾略特为《荒原》("The Waste Land",1922)这首诗歌所作的注释,便可以感受阅读过程的艰辛。因此,这些现代主义作家"除了提供令人激动和强大的创新外,还要求读者不仅要容忍,还要接受认知劳动上的不适、困惑和艰难。简而言之,现代主义向读者传授了不愉快的艺术"②。海明威的直白语言容易让部分读者产生一种感官错觉,即把上层冰山之指称视为整个语义系统的基底。因此,在这一原则框架下,作者对读者的愿景与读者的实际反应之间会存在脱钩的风险,这就意味着无论是被动还是主

---

① 欧内斯特·米勒尔·海明威:《海明威:最后的访谈》,沈悠译,北京:中信出版集团,2019 年,第 32 页。

② Laura Frost, *The Problem With Pleasure: Modernism and Its Discontents*, New York: Columbia University Press, 2013, p. 6.

动,读者可能没有参与或者只能非常有限地参与文本的联想阐释过程。因此,这种可能性倒逼作者在上层冰山中必须对词句精挑细选,并注重打造语言的复义性。在一封写给朋友的信中,海明威谈到了写作的艰辛:"我每写一页的好作品,就会产出九十一页的垃圾。我会设法把这些垃圾扔进废纸篓里。"①在一次记者的采访中,海明威也提到在修改《永别了,武器》(A Farewell to Arms,1929)这本书结尾的最后一页,"改写了三十九遍才感到满意",这么辛苦就是为了"把字眼弄得准确一些"②。海明威不仅仅要考虑作品的完成度和精度,还要考虑如何设置一些朦胧、模糊的触点,来引发读者的联觉反应。罗兰·巴特在《流行体系——符号学与服饰符码》(Système de la Mode,1967)一书中分析意象系统与客观对象以及感受主体之间的关系时,谈道:"为了钝化购买者的计算意识,必须给事物罩上一层面纱——意象的、理性的、意义的面纱,要精心泡制出一种中介物质。"③海明威的手法与巴特所言的面纱类似,都是在主体与能指之间建立一个半隔断,既要延迟读者对文本真正内涵的理解,又要避免让读者陷入完全阻塞的境地。

　　海明威所设置的触点在表现形式上多种多样,包含了隐喻、重复、反讽等各类修辞手法,其中又尤以隐喻为重。由于现代主义者的偏爱,隐喻这一常见的传统技巧不仅在现代文学作品中的使用频率达到了一个高峰,其功能也得到了更大的拓展。它可以借助语言这个载体,来触发知识获取、心理移情、抽象推导、概念建构、意义生产等活动。因此,从这个角度看,隐喻更多的是思想层面而非语言层面的构成部分。海明威看中了隐喻在文本中的可探测性、在意义传导中的曲折性以及源于文本又高于文本的超越性这三重特质,并将其作为避免读者意识与作者意识失联的一个有效手段。乔治·莱考夫(George

---

① Ernest Hemingway, *Ernest Hemingway: Selected Letters, 1917-1961*, edited by Carlos Baker, New York: Charles Scribner's Sons, 1981, p. 408.

② 转引自董衡巽编选:《海明威谈创作》,北京:生活·读书·新知三联书店,1985年,第28—29页。

③ 罗兰·巴特:《前言》,载《流行体系——符号学与服饰符码》,敖军译,上海:上海人民出版社,2000年,第4页。

Lakoff)和马克·约翰逊(Mark Johnson)在其经典之作《我们赖以生存的隐喻》(*Metaphors We Live By*, 1980)中谈道:"隐喻概念能超越思维和语言的普通字面方式的范围,延伸到被称为比喻性的、诗意的、多彩的、新奇的思想和语言的范畴。因此,如果思想是物体,那么我们可以给他们穿上华丽的服饰,将其耍来耍去,或者摆放整齐,等等。"①因此,即便是一个普遍的概念也可以在隐喻的包装下实现意义的延展,为下层冰山的厚度提供支撑。如海明威在《老人与海》(*The Old Man and the Sea*, 1952)中多次提及的陆地动物雄狮与故事的环境背景并不相容,这种反复和不和谐便是在暗示读者去探究这一意象的内在象征——逝去的青春和力量;《大河双心》("Big Two-Hearted River", 1925)中的鳟鱼与永不言败的精神和意志;再如《乞力马扎罗的雪》("The Snows of Kilimanjaro", 1936)中的秃鹫和猎狗所承载的死亡意蕴以及狩猎等代表的原始主义,等等。海明威对这些概念重点着墨的目的之一就是抓取读者的意识,引导他们用新的方式去看待旧的物象。只有经历了这种由旧向新的转变过程,读者才能走向深层结构。因此,有学者将隐喻视为创新意义生产的一种有效手段,是"一种类比,它允许我们将一种经验(目标域)映射到另一种经验(源域)的术语中,从而获得对复杂主题或新情况的理解"②。海明威借用隐喻等修辞手法拓宽了小说的歧异性,促进了表层意义与潜在意义的相互作用。可以说,冰山原则中所追求的曲折叙述程序、隐秘逻辑、虚实之间的戏剧性都离不开这些修辞手法的合理运用。

在跨过障碍后,读者会听到文本下传来了作者另一些不同的文学声音,向读者发出向下挖掘的召唤。在冰山原则这一理念下,只有作者和读者实现了紧密的合作,文本的张力才能得以释放。再以《白象似的群山》为例。在这篇故事中,男主人公和女主人公在车站旁的酒吧外边喝

---

① 乔治·莱考夫、马克·约翰逊:《我们赖以生存的隐喻》,何文忠译,杭州:浙江大学出版社,2015 年,第 10 页。

② Stefan Larsson, *Metaphors and Norms: Understanding Copyright Law in a Digital Society*, Lund University, PhD dissertation, 2011, p. 26.

酒聊天边候车,这样的设置从容量上来说,类似戏剧中的一幕或一场,这也意味着内在的紧凑性质。海明威采用了最符合场景的表现手段——对话体,并通过这种几近还原的手法来传递人物特征。尽管对话是最为写实的文学手段之一,可以直接高效地展示人物心理、思想和情感,但往往又掩盖着强烈的角色冲突。海明威对双方的语言进行了最大程度的简化,从而将叙事推到了一个快速的轨道上。在这种情况下,读者的初步经验材料是极其有限的,很容易受困于疑惑之中。比如这对男女之间是一种什么样的关系? 两人的性格如何? 文中的"手术"具体指的是什么? 反复闪回的"山脉"究竟是怎样的象征? 女人最终的选择又是什么? 如此等等,不一而足。而这些疑问的答案在集聚后恰恰构成了下层冰山的主体。但是,在对话体的框架下,作者更加趋于隐身,声音更加微弱,这样的缺席对读者的解谜是不利的。伍尔夫在一篇关于海明威的评论文章中指出了对话体容易造成模糊的效果,给读者增加阅读上的麻烦。她认为,"作家应当要谨慎地处理对话,因为对话会给读者的注意力施加最强烈的压力。他必须去听,去看,去对应正确的语气,并且还要在没有作者帮助的情况下,从人物的话语中补充背景"[1]。如果读者不细心地参与进来,就很难察觉出两人这些普通的对话后隐含了一个道德性问题——"堕胎"。为了获取更多的线索,读者则不得不对对话内容、对话方式、场景进行全方位的审视。故事开篇的闷热天气实际上定下了对话背后的严肃主题和压抑情绪。女人反复眺望在自己眼里如"白象"一样的山脉,一方面流露出她对未出生孩子的渴望,而另一方面也暗示了她对堕胎手术的迟疑。两人虽然是恋人关系,但彼此的地位却是不平等甚至畸形的。女人非常在乎美国男人对自己的感情,甚至表达了愿意为了男人开心而去动手术的想法。虽然男人嘴上说"做不做对我完全一样",但在实际的交谈中他却反复地提及此事,表现出明显的心口不一,以致女人感受到了强烈的心理压迫。而男人频

① Virginia Woolf, "An Essay in Criticism," in *The Essays of Virginia Woolf, Volume 4: 1925–1928*, edited by Andrew McNeillie, Boston: Mariner Books, 2008, p. 455.

繁地打断女人的话,不仅显示了他的强势和操控欲望,也暗示了女人语言上的"流产"。在故事中,海明威基本没有采用修饰性词语,但来回的对话却让读者深切地感受到女人性格中柔弱感性和缺乏安全感的一面,男人自私、缺乏同理心的缺点,以及两人争论时的紧张关系。比如女人要求男人不要再提手术的事情时,海明威并没有使用带有"不安""焦躁"等意思的词,而仅仅连续用了 7 个"请求(please)",便产生了更好的情绪指向。这种对信息的间接性传递在很大程度上有赖于海明威对文字的技巧性选择,有赖于他"选择了特定的主观性语言标记,而牺牲了其他标记:也就是去掉带有感情色彩的词汇,增加指示和体貌范畴词汇的密度"①。从车站以及行李这些细节中可知,这个女人的生活状况亦是不稳定的。也许这也只是她所面临的众多抉择之一。女人的身份读者无法得知,但作者却说明了男人的美国国籍,这似乎又在讽刺美国实用主义精神中功利与冰冷的一面。即便读者的解读为这个故事的骨骼填充了血肉,但在结尾处,仍然有很多推断无法确证。所以,这些对话背后是一个极其开放的空间,蕴藏着很多的可能性,这也是上文所提及的下层冰山的非固定形态以及所内嵌的动荡特征。而这个故事之所以充分代表了冰山原则的创作思想,也在于其内在完整性对读者的依赖程度达到了前所未有的高度。可以说,海明威对作者权威的卸除,让读者有了进入文本的更大权限,读者的在场与不在场直接影响了故事真正内核的呈现与否。特雷·伊格尔顿(Terry Eagleton)十分认同读者对文本的贡献价值。他认为,"作品本身其实只是对于读者的一系列'暗示',是要读者将一件语言作品构成意义的邀请。用接受理论的术语来说,读者使本身不过是纸页上有序黑色符号链的文学作品'具体化'。没有读者方面这种连续不断的积极参与就没有任何文学作品"②。按照伊格尔顿的说法,读者才是文学生产的终端。而这一理念

① Violeta Sotirova, *Consciousness in Modernist Fiction: A Stylistic Study*, London: Palgrave Macmillan, 2013, p. 36.

② 特雷·伊格尔顿:《二十世纪西方文学理论》,伍晓明译,西安:陕西师范大学出版社,1987 年,第 85 页。

在海明威的冰山原则中早已不言而喻。

约翰·弗莱彻(John Fletcher)和马尔科姆在分析现代小说的趋势时,提出了"内省小说"(introverted novel)这一概念,来标记现代小说结构更加开放、更为复杂、更加主观等变化。海明威的小说极大地提升了词句的功能性作用,丰富了客观环境与事物的指涉,将审美焦点由表层向深层结构迁移,破除了稳定、封闭、单一的体验,使写作主体和阅读主体两者意识的互动达到了一个新的高度,为如何体现出"内省"的特征提供了一个样本。冰山原则不仅仅促进了小说实验大潮的奔流向前,也从文学的层面丰富了人类审视自身命运和处境的角度和方式。

第六节

威廉·福克纳:文学书写人性[①]

威廉·福克纳(William Faulkner, 1897—1962)出生于密西西比州新奥尔巴尼(New Albany)的一个没落贵族家庭,一生共创作了 19 部长篇小说和 130 多篇中短篇小说,其中大部分叙述的都是关于约克纳帕塔法县(Yoknapatawpha)和杰弗逊镇及其郊区若干个南方大家族没落的故事。这些作品创造性地运用了意识流与多角度等叙事手法,具有复杂的结构和史诗风格。福克纳由于"对现代美国小说做出了强有力的和艺术上独一无二的贡献"[②]而获得 1949 年诺贝尔文学奖,小说《寓言》(A Fable, 1954)获 1954 年普利策奖,小说《掠夺者》(The Reivers, 1962)获 1962 年普利策奖。自 20 世纪 30 年代以来,福克纳研究在美国经历了从备受质疑到多方肯定,从单一的内部研究到丰富的多元探讨的变化。福克纳的思想是复杂多元的,他一方面似乎囿于美国南方那块"邮票大小的地方",写尽没落传统家族人生百态,紧紧扣住南方

---

① 本节由叶冬、范航玲撰写。

② 参见 NobelPrize.org, "The Nobel Prize in Literature 1949," https://www.nobelprize.org/prizes/literature/1949/summary/, accessed September 6, 2021。

传统的乡土文化和南方人的复杂心理;另一方面又不遗余力地在艺术创作上不断推陈出新,用"意识流"的方式探索现代社会中人性的"真实"。乔治·马里恩·奥唐内尔(George Marion O'Donnell)认为福克纳的作品表现了传统准则与现代社会的冲突,以及人道主义与自然主义的博弈,因而福克纳是一位在不断变化的世界中坚持传统价值的信徒。[1] 而菲利普·温斯坦(Philip Weinstein)编著的《剑桥文学指南:威廉·福克纳》(*The Cambridge Companion to William Faulkner*,1995)中则包含数篇对福克纳与现代主义、后现代主义与大众文化的关系的研究文献。福克纳深受南方保守的传统文化影响,一方面信奉着传统的价值观,有着较为保守的世界观;而另一方面在艺术手法上的探索却先锋而激进,可以说是一位携激进武器的保守人士。

而在福克纳的文学思想中,无论是沿袭传统的方面,还是探索创新的方面,都有一个共同的主题,那就是对人性的重视。福克纳曾在演说、私人信件和随笔中屡次提到他的创作对人性的看重。他在很多场合强调他的创作目的,他写作的唯一兴趣是"人":"我只是试着去写人,这对我来说才是最重要的事情。只写人心。"(I was just trying to write about people, which to me are the important thing. Just the human heart.)[2]在向弗吉尼亚大学英语俱乐部作演讲时,他说:"说到拯救人的人性,有谁是比作家、诗人、艺术家更能胜任的呢,因为最畏惧人性丧失的就是这些人了,人的人性,这正是艺术家生命的血液呀。"[3]可见,福克纳认为作家应该观察"人",极力表现"人",以拯救"人"。那么如何写好"人"呢? 福克纳的约克纳帕塔法县就是他探寻人性的最好工具。他笔下的南方不仅是美国土地上一个特定的地方,还是表现普遍人性的沃土。在书评

---

① 参见 George Marion O'Donnell, "Faulkner's Mythology," in *William Faulkner: Three Decades of Criticism*, edited by Frederick J. Hoffman and Olga W. Vickery, New York: Harcourt, 1963, p. 93。

② Frederick L. Gwynn and Joseph L. Blotner, eds., *Faulkner in the University: Class Conferences at the University of Virginia, 1957–1958*, New York: Vintage Books, 1965, p. 10。

③ 威廉·福克纳:《福克纳随笔》,詹姆斯·B. 梅里韦瑟编,李文俊译,上海:上海译文出版社,2008 年,第 169 页。

《评埃里希·马里亚·雷马克的〈归来〉》（"*The Road Back*, by Erich Maria Remarque"）中，福克纳认为"艺术上是否成功，还要看是不是能将真实经历一一化为文字，能将独特的反应化为真实的情景"①。个人经历对于作家来说是很重要的，正如南方经历是福克纳想述说的他"与这个世界"的故事，讲好这一个故事，就是他写作每一本小说的目的。② 而要讲好故事，就要"在可信的动人场面里创造出可信的人物来"③，于是他利用了自己所在的环境——南方乡土。同时，福克纳也继承了马克·吐温、德莱塞和舍伍德·安德森等前辈在文学创作中注重个人经历的文学思想。为了表现故事的真实和"可信"，福克纳对故事的表现手法进行探索，最终找到了"新的方式"，即从人的"意识"着手，打破时间限制，模仿和记录"真实"。福克纳对人性的关注使他更加注重作品中的"真实"，尤其是对人的"意识"的真实记录，而这也正是约克纳帕塔法小说区别于传统地方色彩小说最重要的特点。④ 福克纳认为："艺术家的目的就是要用艺术的手法捕捉动态（motion），也就是捕捉生活，并把它固定下来，这样，100 年之后，当一个陌生人看到这个艺术品时，它又开始运动起来，因为它就是生活。"⑤福克纳对现代人心理意识的模仿与记录正是如此，他借助"意识流"充分表露作品中人物的内心世界和思维活动的规律，以"现在"为基础，利用多角度叙事手法透视南方社会的人生百态，表现人性的善恶，达到了文学透视社会现实的艺术效果。⑥

① 威廉·福克纳：《福克纳随笔》，詹姆斯·B. 梅里韦瑟编，李文俊译，上海：上海译文出版社，2008 年，第 191 页。

② 见 1944 年 5 月 7 日福克纳给马尔科姆·考利的回信。李文俊：《福克纳传》，北京：新世纪出版社，2003 年，第 133—134 页。

③ Malcolm Cowley, ed., *Writers at Work: The Paris Review Interviews, First Series*, New York: Penguin Books, 1977, p. 133.

④ 李维屏、张琳等：《美国文学思想史》（下卷），上海：上海外语教育出版社，2018 年，第 618 页。

⑤ 转引自 James B. Meriwether and Michael Millgate, eds., *Lion in the Garden: Interviews with William Faulkner, 1926－1962*, New York: Random House, 1968, p. 253.

⑥ 参见李常磊、王秀梅：《镜像视野下威廉·福克纳时间艺术研究》，北京：外语教学与研究出版社，2015 年，第 112 页。

一、"人性":记载历史,展现复杂

福克纳曾屡次强调他写作的唯一兴趣是"人"。在接受诺贝尔文学奖的演说词中,福克纳指出,关注精神方面的问题,关注人心与它自身相冲突的诸种问题才能产生出优秀作品,作家应该书写心灵的古老的真实与真理——爱、荣誉、怜悯、自豪、同情和牺牲,"才值得为之痛苦和烦恼"①,如果缺少了这些,任何故事都是短命的。诗人和作家的职责就是写人不朽的原因——有灵魂,有能够同情、牺牲和忍耐的精神。而"作家特殊的光荣就是振奋人心,提醒人们记住勇气、荣誉、希望、自豪、同情、怜悯之心和牺牲精神"②,这些都是人类历史上的光荣。因此,在福克纳看来,作品应该表达人类的美好的精神和人类历史的丰富经历,诗人的声音不必仅仅是人的记录,它可以成为帮助人类忍耐与发展的支柱与栋梁。

1953 年,福克纳写道:"作家写作的目的就是去振奋人心、激励热情、缔造不朽。"③他又在 1955 年的随笔中谈及,艺术是为了记载人类的历史——人类战胜灾难的耐力与勇气的历史,人类确定其希望可以实现的历史。④ 而在 1961 年,福克纳也表示,艺术家致力于"去显现在人类境遇中属于自我内心斗争中的脆弱、软弱却又是不可战胜的人的激情、美、恐惧与幽默",并把"形式、意义、回忆留存下来",这就是艺术家的不朽之处。⑤ 福克纳的屡次提及表现了他对人类历史和荣光的重视。在他眼里,人之所以不朽是因为他所描述的复杂的人性:灵魂、爱、荣誉、怜悯、自豪、同情和牺牲,以及激情、美、恐惧与幽默,这才

---

① 威廉·福克纳:《在接受诺贝尔文学奖时的演说》,载李文俊编选《福克纳评论集》,北京:中国社会科学出版社,1980 年,第 254 页。

② 同①,第 255 页。

③ 威廉·福克纳:《〈福克纳读本〉前言》,载《福克纳随笔》,詹姆斯·B. 梅里韦瑟编,李文俊译,上海:上海译文出版社,2008 年,第 185—186 页。

④ 威廉·福克纳:《致日本青年》,载《福克纳随笔》,詹姆斯·B. 梅里韦瑟编,李文俊译,上海:上海译文出版社,2008 年,第 84 页。

⑤ 威廉·福克纳:《在接受安德烈·贝洛奖时的讲演》,载《福克纳随笔》,詹姆斯·B. 梅里韦瑟编,李文俊译,上海:上海译文出版社,2008 年,第 304 页。

是作家应该在作品中一贯表现的东西。

福克纳尤其关注"人性"的渊源来自三个方面。正如肖明翰在《威廉·福克纳研究》中所指出的,首先,从福克纳的生活背景来看,他受南方社会历史文化传统和西方文明的影响,其思想核心是基督教人道主义。但他的人道主义来自年少时的基督教文化,且受20世纪美国思想界流行的新人文主义的影响。南方文化的基础是以加尔文主义为核心的新教,它是在南方大部分地区占据统治地位的宗教势力,奉行种族主义和奴隶制,对南方人的思想、生活和行为有着极强的控制,因此美国南方有"圣经地带"之称,这样的大环境对福克纳性格的形成和精神世界都产生了重要影响。福克纳作品中的宗教文化因素和宗教素材都来源于此。其次,福克纳不仅继承了传统的人道主义精粹,同时还吸收了20世纪的人道主义思想,其中新人文主义强调个人的道德责任和人格尊严,而福克纳所敬仰的文学大师如托尔斯泰、巴尔扎克等也都秉承人道主义传统。再次,现实的残酷更是为福克纳人道主义的发展推波助澜。① 可见,福克纳对人性的注重一方面来自基督教仁慈、博爱的人道主义传统,另一方面吸收了20世纪的人道主义思想,尤其是新人文主义的强调个人尊严,透露出了现代主义人文情怀。而这一情怀将他的文学乃至当时的整个南方文学带到了欧美现代主义文学的前沿,成为现代主义文学史不可忽视的组成部分。②

不仅评论家认为福克纳的思想核心是人道主义,在诺贝尔文学奖的受奖演说中,福克纳自己也表示对人类的未来怀有希望,并盛赞人的精神与品质。③ 福克纳曾在1955年的采访中对记者关于他所属流派的问题明确回答道:"我想说,而且我希望如此,我唯一且愿意属于

---

① 参见肖明翰:《威廉·福克纳研究》,北京:外语教学与研究出版社,1997年,第二、四章。

② 李维屏、张琳等:《美国文学思想史》(下卷),上海:上海外语教育出版社,2018年,第615页。

③ 参见威廉·福克纳:《在接受诺贝尔文学奖时的演说》,载李文俊编选《福克纳评论集》,北京:中国社会科学出版社,1980年,第433页。

的流派是人道主义流派。"①他在作品中也表达了这样一种人道主义信念,例如《熊》("The Bear",1939)中艾克和爱德蒙对人类命运的讨论,《喧哗与骚动》(The Sound and the Fury,1929)中迪尔西所体现的美德等。

福克纳认为艺术家应该去关怀人性。他在作品中或赞美人性,或批判社会的罪恶,或对各种摧残人性的社会势力、教会派别和文化传统等加以谴责,同时又表现出了对人性的理解。福克纳对《喧哗与骚动》中的人物迪尔西高度赞扬,说她"勇敢、无畏、慷慨、温柔和诚实。她远比我勇敢、诚实和慷慨"②。迪尔西是康普生家的黑人女佣,对康普生家忠心耿耿,她秉持基督教所颂扬的博爱与同情的精神,几十年如一日地照顾着白痴班吉,也敢于直面反对杰生的恶行,顽强地支撑着日益败落的康普生家庭。迪尔西的正直、无私、仁慈等美德和对信仰的忠诚与康普生一家的罪恶形成了鲜明的对比。

同时,福克纳还致力于批判、谴责和揭露各种反人道的力量。他在作品中批判和讽刺加尔文主义、商业拜金主义和种族主义等。《献给爱米丽的一朵玫瑰花》("A Rose for Emily",1930)的女主人公爱米丽便深受清教主义的迫害。而在斯诺普斯三部曲的第一部《村子》(The Hamlet,1940)里,福克纳则强烈谴责了商业拜金主义,无情鞭笞了资本主义工商业对南方文化的侵蚀。几乎所有约克纳帕塔法小说都体现了福克纳对奴隶制和种族主义的批判。《八月之光》(Light in August,1932)中的主人公乔·克里斯默斯悲惨的一生便是对清教主义统治下的南方种族主义恶果的揭露。福克纳通过《八月之光》毫不留情地谴责了种族主义和奴隶制的危害,表达了内心的厌恶,而这种厌恶正反映了基督教平等博爱精神对他的影响。

福克纳的作品还表现了对人性的理解。对于他的作品中的各种

---

① Robert A. Jelliffe, ed., *Faulkner at Nagano*, 4th ed., Tokyo: Kenkyusha, 1966, p. 95.

② James B. Meriwether and Michael Millgate, eds., *Lion in the Garden: Interviews with William Faulkner, 1926–1962*, New York: Random House, 1968, p. 244.

问题人物,他不做全盘否定,而是给予同情与理解。例如短篇小说《烧马棚》("Barn Burning",1939)中的主人公阿伯纳·斯诺普斯,他生活在社会底层,经济地位不平等和心中累积的仇恨使他最终选择了暴力——以烧马棚的方式对富人进行报复,用火的力量来发泄心中的愤懑。阿伯纳的行为是阴暗的、极端的,但福克纳并没有在小说中对其进行全盘否定,而是展现了他作为父亲的一些闪光点:行事果断、极具魄力、极强的意志力、对家人负责等。可见,福克纳对这样被生活摧残的人物是给予同情和理解的。同样,他也原谅像尤娜、凯蒂、约翰·沙多里斯等人的错误,同情如昆丁和乔·克里斯马斯等饱受摧残的人。

作家的职责就是写人的不朽,作家的特权就是记录人类历史上的光荣,帮助人坚持活下去,福克纳在作品中对复杂人性的描写正是如此。读者在其中看到了人性的伟大,也目睹了人性的堕落,对于人生增添了更深的思考,这样的思考对于行动有所增益,体现了文学作品的作用:不仅能娱乐读者,还能升华人类的思想,帮助人类学会忍耐,促进个体的发展。

二、"可信":南方乡土,纵览人世

要写好一个作品,就要致力于表现人的不朽,也就是复杂的人性,而对于该如何表现复杂的人性,在《巴黎访谈》(*Writers at Work: The Paris Review Interviews, First Series*,1977)中,福克纳提出,做一个作家需要三个条件:经验、观察、想象,创作时可取三者之一或二。"写小说就是要以感人的手法在可信的动人环境里创造可信的人物"(A writer is trying to create believable people in credible moving situations in the most moving way he can.)①,而对自己熟悉的环境,作家可以加以利用。福克纳在其创作中正是这么实践的。对他来说,所谓"可信的动人环境",即熟悉的环境和事物,便是他从小生活的南方乡土,他的多数作品以此为

---

① Malcolm Cowley, ed., *Writers at Work: The Paris Review Interviews, First Series*, New York: Penguin Books, 1977, p. 133.

背景;而可信的人物体现在福克纳对周围事物,尤其是对人物的细致观察后,在作品中对人物形象的生动塑造,例如其作品中的父亲形象和妇女人物等。从南方乡土开始,以小见大,通过描写乡土故事和各种各样的南方人物,福克纳表现出了普遍人性。正如罗伯特·潘恩·沃伦所指出的,我们可以将福克纳的作品"看作我们这个现代世界所共通的问题……这传奇不仅仅是南方的传奇,而且也是我们大家的苦难和问题的传奇"①。

(一)"在可信的环境里":对南方乡土传统的继承与超越

在书评《评埃里希·马里亚·雷马克的〈归来〉》中,福克纳写道:"艺术上是否成功,还要看是不是能将真实经历一一化为文字,能将独特的反应化为真实的情景。"②福克纳以内战后南方的物质与精神衰退为主题的约克纳帕塔法系列小说便取材于其个人经历——南方生活。福克纳的文学创作受到舍伍德·安德森等前辈的影响,他对安德森的评价颇高,称其为他们"这一代美国作家的生父,代表了美国文学的传统,我们的子子孙孙将永远继承这个传统"③。而后经过思考探索,福克纳发现"自己那邮票般大小的故乡是值得去写的"④,能写的内容甚至难以穷尽。正如安德森所说,写作以一个地方为起点开始写是可行的,因为牵一发而动全身,地方再小,也能表现美国这片土地,而乡土正是安德森和福克纳这样的"土老帽儿"的起点,需要通过观察与倾听来表现。⑤ 福克纳在《美国戏剧:尤金·奥尼尔》("American Drama:Eugene O'Neill",1922)中对艺术的乡土性表示肯定,并引用法国艺术家的话:"艺术最基本的要素就是它的乡土性",认为艺术直

---

① 罗伯特·潘·沃伦:《威廉·福克纳》,载李文俊编选《福克纳评论集》,北京:中国社会科学出版社,1980 年,第 55 页。

② 威廉·福克纳:《评埃里希·马里亚·雷马克的〈归来〉》,载《福克纳随笔》,詹姆斯·B. 梅里韦瑟编,李文俊译,上海:上海译文出版社,2008 年,第 191 页。

③ Malcolm Cowley, ed., *Writers at Work: The Paris Review Interviews, First Series*, New York:Penguin Books, 1977, p. 135.

④ 同③,第 141 页。

⑤ 威廉·福克纳:《福克纳随笔》,詹姆斯·B. 梅里韦瑟编,李文俊译,上海:上海译文出版社,2008 年,第 8 页。

接由某个特定的时代和特定的地域所产生。尽管他承认有例外,但显然他对乡土文学传统是持积极态度的,这从他自己的文学创作中也可见一斑。纵然如此,福克纳作品的价值却并不局限于一个小地方,而是揭示了那段宏大的历史中存在的共性问题。"一个伟大作家的地方性同他的世界性是相通的,他的世界性就寄寓于他的地方性之中,不过他的世界性使他超越自己的地方性,使他成为一个真正伟大的作家,而不仅仅是那个地区的代言人"①,南方则是福克纳的引子,他通过表现南方使读者看到了世界。

　　福克纳生于美国南部,其生活和创作的时期正是美国南方历经历史巨变的时期,南方的生活环境影响着他的思维方式、价值观和世界观,也是他的创作源泉,尤其是1902年福克纳一家人所迁居的奥克斯福镇,即约克纳帕塔法县的原型。"他的约克纳帕塔法体系里的每一本书都是同一个有生命的图景的一部分,福克纳真正的成就在于还原这幅图景"②,因此福克纳与南方是无法分割的。艾伦·泰特(Allan Tate)在与福克纳的接触中感受到了一种"奇特的南方性"③。福克纳本人也认为自己作为一个南方农村的小孩,不知不觉地消化和吸收了当地文化④。他将自己听闻的种种故事加工、改制,并赋予"痉挛的生命"⑤,他在奥克斯福完成了超越时代的精神劳动,既创造和想象了密西西比州的约克纳帕塔法县,其中的细节栩栩如生;又让这个小县城的故事成为最边远的南方寓言和传奇⑥。福克纳充分汲取南方的文化

---

　　①　肖明翰:《威廉·福克纳研究》,北京:外语教学与研究出版社,1997年,第111页。

　　②　马尔科姆·考利:《福克纳:约克纳帕塌法的故事》,载李文俊编选《福克纳评论集》,北京:中国社会科学出版社,1980年,第29页。

　　③　Allan Tate, "Appendix I: Notes and Comments," in *Faulkner: A Collection of Critical Essays*, edited by Robert Penn Warren, Hoboken: Prentice Hall, 1966, p. 274.

　　④　参见 Frederick L. Gwynn and Joseph L. Blotner, eds., *Faulkner in the University: Class Conferences at the University of Virginia, 1957 - 1958*, New York: Vintage Books, 1965, p. 86。

　　⑤　马尔科姆·考利:《福克纳:约克纳帕塌法的故事》,载李文俊编选《福克纳评论集》,北京:中国社会科学出版社,1980年,第22页。

　　⑥　参见同⑤。

精华并将之渗透到其作品的表达中,通过对"邮票般大小的故土"上南方人生活的描写,来表达人生价值观念的普适性。

福克纳的创作思想深深扎根于南方乡土,饱含深厚而复杂的乡土情怀。首先,福克纳继承了美国南方深厚的家庭小说传统。受一家一户为核心的农业经济和庄园生活影响,南方人形成了以家庭为中心的社会。在福克纳看来,南方"是美国唯一还具有真正的地方性的区域,因为在那里,人和他的环境之间仍然存在着不可磨灭的联系。最重要的是,在南方,那里仍然还有一种共同的对世界的态度,一种共同的生活观,一种共同的道德观"①。南方这种独特的社区性,成就了他杰出的约克纳帕塔法系列小说,约克纳帕塔法世界就是福克纳所说的"具有真正的地方性的区域"。其次,福克纳又突破了南方思想中对奴隶制和生活方式的自我吹嘘。他在作品中谴责南方的加尔文主义和种族主义,挖掘南方自身的问题,打破南方人的幻梦和对南方的美化,抛弃内战后几十年间南方文学文过饰非的文风,属于艾伦·格拉斯哥(Ellen Glasgow)所说的南方有史以来的"反叛文学"②。可以说,福克纳对南方故土一直怀着一种爱恨交织的心情,他既热爱和怀念传统价值观念,又理智地看清了社会和历史中的问题,因此他的作品中既有对南方荣耀过去的追溯,也有对旧南方的罪恶的奴隶制和腐朽的种族主义和清教主义的控诉。正是这种对乡土的矛盾情感,使福克纳的作品充满了深刻的艺术感染力,而这种情感本身就是复杂人性的体现,这种共同的人性使福克纳建立在乡土情怀之上的作品,真正从地方走向了世界。

同时,南方文学传统生成于南方这块乡土,而对于同样成长于南方乡土的福克纳,他的文学思想也是与南方文学传统分不开的。正如肖明翰所言:

---

① James B. Meriwether and Michael Millgate, eds., *Lion in the Garden: Interviews with William Faulkner, 1926 - 1962*, New York: Random House, 1968, p. 72.

② Ellen Glasgow, *A Certain Measure: An Interpretation of Prose Fiction*, New York: Harcourt, Brace and Company, 1943, p. 147.

> 不论一个作家对哺育了他的传统持什么态度，传统都在很大程度上决定着他的创作，并且在其作品的主题、思想、内容和艺术手法上表现出来。也就是说，他的创作被纳入传统之中。在这基础上，即使作家做反传统的努力，也往往是对传统的发展。①

而与福克纳矛盾的乡土情怀相似的是，福克纳对南方文学传统也是既有批判又有继承的。首先，南方庄园小说在福克纳身上留下了浪漫主义的影子，他作品中有明显的浪漫主义倾向，但他作品中的现实主义又比其他同时代的南方传统文学更加突出。其次，南方文学传统手法如夸张和幽默、方言、口语和哥特式传统等，也在福克纳的作品中有所体现，使之弥漫着浓浓的南方气息。如《沙多里斯》(*Sartoris*, 1929)中福克纳运用了传统南方文学的手法，如南方民间传说、南方方言、南方黑人口语等等。

查尔斯·汉内(Charles Hannon)在《福克纳和文化话语》(*Faulkner and the Discourse of Culture*, 2005)中认为，福克纳只有在放弃其颓废艺术家和现代主义诗人的身份并开始重新走进他的家族传奇和他的生活之地后，才真正发出了他作为一个小说家的"声音"②。福克纳通过描绘南方家庭和乡土风情，继承文学传统，尤其是民间故事的幽默，表现了其对故土山川风物的依恋之情，对乡风乡民的陶醉之感，这也始终是支持他创作的精神力量。他与南方文学传统之间的渊源是深厚的，阅读福克纳的文学作品，读者除了能从中感受南方文化的怀念、眷念和传续的感情之外，还加深了对美国南方文学的认识。同时，福克纳以南方为引子，揭示了那段宏大的历史中存在的共性问题。中国作家如莫言、余华、苏童等都深受福克纳的影响。其中莫言正是从福

---

① 肖明翰：《威廉·福克纳研究》，北京：外语教学与研究出版社，1997年，第134页。

② Charles Hannon, *Faulkner and the Discourses of Culture*, Baton Rouge: Louisiana State University Press, 2005, p. 19.

克纳"立足故乡,深入核心,然后获得通向世界的证件,获得聆听宇宙音乐的耳朵"这一点受到启发,决心"创造一个、开辟一个属于我自己的地区……具有自己的特色"①。正如福克纳研究学者弗雷德里克·霍夫曼所说:"福克纳的成功在于他不仅突破了把南方作为一个特殊的、历史的区域做一些浮于表面的记录,而且对普遍的人性问题做出了深刻的分析。"②

(二)"创造可信的人物":塑造复杂的南方人物

可信的人物得益于福克纳对人物形象的生动的个性化塑造。人物是可以表现作家个人色彩,从而使作品充满感染力的关键。在《关于〈坟墓里的旗帜〉的创作、编辑与删节》中,福克纳认为,要使作品有真正的感染力,必须有个人色彩,于是他把人物放入作品中,"因为除了再现人物还有什么是更具有个人色彩的呢"③。泰特说:"'对故事发生地的观察'一语比任何别的说法都更能使我们接近福克纳的天才之谜。《八月之光》的三个情节从故事梗概来看都是令人难以置信的,但是我们最终相信了,或者说认为它们是可能的,因为那些人物首先是可信的。"④这就是福克纳所说的"可信的人物"对作品的重要性。福克纳在《向弗吉尼亚大学英语俱乐部所作的讲演》中批评某些青年作家的孤立的、不真实的人物,认为应该要学习前辈笔下的人物,他们是鲜活生动、贴近生活的,是"行动、生活、呼吸、奋斗在淳朴人们的喧嚣与激荡之中"⑤的,这些前辈包括查尔斯·狄更斯(Charles Dickens)、约瑟夫·康拉德(Joseph Conrad)和马克·吐温等。福克纳小说中许多生

---

① 莫言:《两座灼热的高炉——加西亚·马尔克斯和福克纳》,《世界文学》1986年第3期,第298—299页。

② Frederick J. Hoffman, *William Faulkner*, rev. ed., Boston: Twayne Publishers, 1966, p. 12.

③ 威廉·福克纳:《关于〈坟墓里的旗帜〉的创作、编辑与删节》,载《福克纳随笔》,詹姆斯·B. 梅里韦瑟编,李文俊译,上海:上海译文出版社,2008年,第284页。

④ 转引自李文俊:《福克纳传》,北京:新世纪出版社,2003年,第183页。

⑤ 威廉·福克纳:《向弗吉尼亚大学英语俱乐部所作的讲演》,载《福克纳随笔》,詹姆斯·B. 梅里韦瑟编,李文俊译,上海:上海译文出版社,2008年,第167—168页。

动的人物形象都来源于现实生活,例如他的许多作品中出现了其所敬仰的曾祖父老威廉那样白手起家、意志坚定的人物形象,他以其为原型塑造了约翰·沙多里斯上校,且在萨德本家族、麦卡士林家族和康普生家族的故事中描写了一系列类似人物;又例如福克纳在小说中以母亲莫德为原型塑造的意志坚强的白人老妇形象,如个子矮小的外祖母罗莎、爱米丽等人,和以父亲的形象来塑造的主要反面人物之一杰生·康普生等,福克纳的母亲曾说杰生"说起话来简直跟我丈夫一样……同样的语言,同样的风格"[1]。其他人物如种植园主和他们的后裔、杰夫生镇上的居民、穷白人等,都是福克纳所见所闻的人物形象的延伸,"通过这些人物,福克纳探索的是人类如何在现代社会中进行精神上的自我救赎"[2]。

对福克纳来说,人性复杂的悲剧在于人总是"与其自身产生矛盾,人与他人,与他的时代、地点环境之间产生矛盾"[3]。而南方人正是表现这样的复杂矛盾的极佳素材。南方人复杂的心理根源于南方的社会和历史,主要有以下几点因素:首先,南方社会以家庭为中心,但南方人的性格又具有个人主义倾向。"南方文化在一定程度上就是这两方面的对立统一。"[4]其次,南方人对过去的历史和眼前的现实有着复杂的心理。南北战争带来了巨大的社会变化,南方人尝到了失败的耻辱滋味。原来体面富裕的名门望族都被重利轻名的、没有受过多少文化教育的暴发户所取代。一方面,他们怀念昔日的豪华风光,缅怀失去的生活天堂,对旧南方极力神化美化,对北方人竭力鄙视;另一方面,他们又主张通过精神救赎来获得自我拯救,从而提升整个南方民

① Joseph Blotner, *Faulkner: A Biography*, New York：Random House, 1974, p. 217.

② 李维屏、张琳等:《美国文学思想史》(下卷),上海:上海外语教育出版社,2018 年,第 615 页。

③ Frederick L. Gwynn and Joseph L. Blotner, eds., *Faulkner in the University: Class Conferences at the University of Virginia, 1957-1958*, New York：Vintage Books, 1965, p. 19.

④ 肖明翰:《威廉·福克纳研究》,北京:外语教学与研究出版社,1997 年,第 105 页。

族的精神信仰。因此,通过南方人来表达复杂的人性便水到渠成了。

在福克纳的约克纳帕塔法系列小说中有两大类人物。一类是以弗莱姆·斯诺普斯为代表的南方人,他们在现代主义工商业的腐蚀下,已远离人性,这些人是福克纳极力批判的对象。相反,另一类深陷矛盾并从中寻求意义的约克纳帕塔法人则是福克纳人性关照的对象,这些人物又分为两批人。一批人要么无视外在条件,要么无法认清外在现实,最后失败;而另一批人则根据环境调整自我。前者的代表人物是《喧哗与骚动》中的昆丁·康普生,他沉醉于旧日的南方家族荣光,看不见家道中落的根本原因,最后选择溺水来结束自己的生命,宣告了自己在人性与周围环境斗争中的失败。而黑人女佣迪尔西、《八月之光》中的莉娜·格罗夫等人物则属于后者。① 正是通过这些人物,福克纳表现出了现代社会复杂的人性。福克纳的作品中既洋溢着南方人的浪漫气质,又揭示了他们自我粉饰的对现实的逃避和内心的绝望心情,生动地为读者展现了南方社会二百多年的发展历程。福克纳将自己的创作深深根植于南方的文化传统,将小说内容放在对几代人沉浮起落过程的描述中,揭示环境变化和历史变迁对南方人文化和心理带来的影响。很少有哪个作家像他一样能使不同的人物——富人和穷人、文盲和有文化的人、从事文学创作的人,男人和女人、白人和黑人、老人和年轻人自由地找寻适合他们不同需要的语言②,并通过这些千奇百怪的人物语言来表达人性的复杂。

批评家克林斯·布鲁克斯(Cleanth Brooks)说福克纳"提供给我们许多细腻而深刻的心理分析,但是他笔底下也涌现出一整批各色各样的人物,作者往往寥寥几笔,只用上两三百字,就把他们刻画得活灵活现"③。坏蛋"金鱼眼"、娜西莎、杰生、昆丁、爱米丽等,都给读者留

---

① 参见李维屏、张琳等:《美国文学思想史》(下卷),上海:上海外语教育出版社,2018 年,第 615 页。

② 参见 Sacvan Bercovitch, ed., "History and Novels / Novels and History: The Example of William Faulkner," in *The Cambridge History of American Literature*, Cambridge: Cambridge University Press, 2002, p. 269。

③ 转引自李文俊:《福克纳传》,北京:新世纪出版社,2003 年,第 185 页。

下了深刻的印象,而这样的印象不以好坏论处,他们都是鲜活而真实的,"他们世界里的一切都化作了轶事,而每一个轶事都是根据人物的性格编成的"①。

布鲁克斯认为:

> 福克纳由于运用乡土素材而获益甚多。这使他能用优越的手段来表现生活在激烈变化的世界中的现代人的典型问题;但同时,也使他有可能坚持表现他心目中的关于极其古老、基本上不变的人的困意的永恒真理。运用他的乡土素材,他发现他能守在家乡同时又能处理带普遍意义的问题。②

利用南方乡土,福克纳以小见大,表现出了普遍人性。在美国文学研讨会上的讲话中,福克纳谈到文学应该是具有普遍意义的,"我相信当我们看上去显得笨拙且乡土气十足时,那是因为我们本来就乡土气十足"③。福克纳写乡土,却不仅是一位乡土作家,他的作品反映的是两种不同文明之间的矛盾,是人类内心的苦难和灿烂。

三、"真实":抛开时间限制,模仿记录"意识"

福克纳认为一个作家的作品"并非在矫揉造作、卖弄技巧,它仅仅是在讲述一个真实,一个使他无法安宁因而必须以某种方式讲出来的真实,以致不论谁读到它,都会觉得它是那样令人不安或那样真实或那样美丽或那样悲惨"④。这种"真实",是作家经过思考后的"真实",而不仅仅是现实表象的"真实"。作家往往通过现象看到本质,

---

①　马尔科姆·考利:《福克纳:约克纳帕塌法的故事》,载李文俊编选《福克纳评论集》,北京:中国社会科学出版社,1980年,第44页。

②　转引自李文俊:《福克纳传》,北京:新世纪出版社,2003年,第185页。

③　威廉·福克纳:《福克纳随笔》,詹姆斯·B.梅里韦瑟编,李文俊译,上海:上海译文出版社,2008年,第302页。

④　James B. Meriwether and Michael Millgate, eds., *Lion in the Garden: Interviews with William Faulkner, 1926–1962*, New York: Random House, 1968, p. 204.

而通过作家"真实"的表达,读者也能通过文字表象看到作家想要表达的本质的、对人性进行的思考,看到那些深陷矛盾并想从中寻求意义的复杂人性。为了达成表达"真实"的目的,福克纳孜孜不倦地进行探索。

在1944年5月7日给马尔科姆·考利的回信中,福克纳写道:

> 我是在一遍又一遍地讲述同一个故事,那就是我自己与这个世界……人们说我文字晦涩、"风格"上纠缠不清,毫无章法,句子长得没完没了,原因就出在这里。我是想把这一切都说完……我不知道怎样才能把这一点做到。我唯一知道的就是不断用一种新的方式去做。①

可见,为了能够讲好他的故事,为了能更为准确地表达现代人的绝望和痛苦,福克纳一直在探索一种新的方式。值得注意的是,福克纳所谓"新的方式"不是毫无来由地强加给创作内容,而是将他对现实的深刻认识与作品主题和故事情形相结合,使形式自然地适应作品的内容。他说:"书中,故事的情形决定其风格。在我看来,这正如一年中某个时刻草木舒枝吐芽一样自然。"②这种"自然"的形式正体现了福克纳所重视的"真实"。而要达到"真实",却似乎要打破现实的限制。不论是在要求"新的方式"与作品的紧密契合上,还是"新的方式"本身,都体现了福克纳在创作上的先锋性。

于是,福克纳开拓了新的叙事方式:"如上帝般,除了在空间上安排人物,我还抛开时间的限制来调动人物,结果非常成功,至少在我看来效果极好。"(I can move these people around like God, not only in

---

① 参见1944年5月7日福克纳给马尔科姆·考利的回信。转引自李文俊:《福克纳传》,北京:新世纪出版社,2003年,第135页。

② Frederick L. Gwynn and Joseph L. Blotner, eds., *Faulkner in the University: Class Conferences at the University of Virginia, 1957-1958*, New York: Vintage Books, 1965, p. 56.

space but in time too... I have moved my characters around in time successfully, at least in my own estimation.）[1]所谓"抛开时间的限制"，可以从福克纳的小说突破传统直线型情节发展中看出来，他很少按时间顺序或逻辑关系来组织情节，而是将不同的事件、不同地点的事件和人物放在一起，抹去时间的差异和空间的距离，时间似乎停止了流动，但却更加充分地体现了时间流动的本质。他赞同柏格森关于时间的流动性的理论，认为"时间里只有现在，我把过去和将来都包含于现在，这就是永恒"[2]；福克纳支持运动和进步，他指出，"我们决不能退回到一种牧歌般的状态，一种我们自以为快乐且没有麻烦和罪恶的幻想生活"[3]。在这种世界观的指导下，福克纳的作品总是通过过去认识现在，通过历史指引现实，也因此，他竭尽全力地完善他的艺术表现手法以表达"现在"。福克纳认为艺术家的目的就是要用艺术的手法捕捉生活并把它固定下来。[4]

福克纳借助现代主义小说的创作手法，学习康拉德、乔伊斯、巴尔扎克和陀思妥耶夫斯基等作家的艺术手法和技巧。他曾一度游学巴黎，熟悉欧洲现代主义小说的创作思想，因此对人的"意识"比较关注，在意识流前辈的基础上，福克纳对意识流表现手法有了创新，其特点表现在：

首先，福克纳在题材表现上结合了南方传统价值观遭遇资本主义冲击解体时的矛盾心理。其次，他对"意识"的表现手法极其纯熟，颠覆了平铺直叙的叙事模式，如灵活地用"多角度"叙事的手法，增加了作品的层次，又如采用"时序颠倒"的技巧，突出了历史与现实的因果联系；他继承和发扬了乔伊斯的意识流技巧，深度挖掘人物的心理活动，描写人物的内心独白。第三，福克纳在小说语言上大量采用南方

---

① James B. Meriwether and Michael Millgate, eds., *Lion in the Garden: Interviews with William Faulkner, 1926-1962*, Random House, 1968, p. 255.

② 同①，第 70 页。

③ 同①，第 131 页。

④ 同①，第 253 页。

方言,扬弃了演说体散文这一南方文学传统。① 他使用为人物量身定做的小说语言,运用复杂的句子,与传统神话互文,从而增加了作品的深度和意义。因而,在继承传统的基础上,福克纳充分结合自己的写作特色,创造了自己的一套小说创作手法,具有先锋性。这些艺术手法打破时间限制,重视人的"意识",记录人性的"真实",形成了福克纳独树一帜的创作风格。

福克纳抛开时间限制的手法首先体现在他对人的"意识"的捕捉与固定。福克纳对人物的心理活动十分重视,中国当代作家余华曾在其文《奥克斯福的威廉·福克纳》中谈到福克纳教他如何去"对付心理描写"②。而福克纳最著名的心理描写手法就是"意识流",即对人类的意识、心理进行直接展示。"意识流"(stream of consciousness)一词最初来自威廉·詹姆斯所著的《心理学原理》(The Principles of Psychology,1890),"用来描述清醒的头脑中源源不断地流动着的感知、记忆、思想与情感"③,此后用于描述小说中的一种叙事手法。人类从有意识活动以来可能就存在着意识流这种客观的心理现象,存在着如回忆、想象、联想等"互相混杂而像水流一样活动的心理形态"④,意识流的表现手法则是将这种心理现象如实呈现出来。"将过去与现实的碎片交叉在一起呈现的意识流不仅是福克纳在艺术技巧上的创新,也是他对现代人处于心理危机状态下的意识的模仿与记录。"⑤运用意识流手法模仿与记录人的"意识",形象地表达了现代人心理与精神的混乱与无所适从,从而凸显了复杂的人性。福克纳经常使用意识流的叙事手法,人物叙事没有任何顺序,人物意识在过去和现在之间

---

① 李维屏、谌晓明:《什么是意识流小说》,上海:上海外语教育出版社,2012 年,第 90 页。

② 余华:《奥克斯福的威廉·福克纳》,《上海文学》2005 年第 5 期,第 84 页。

③ M. H. 艾布拉姆斯、杰弗里·高尔特·哈珀姆:《文学术语词典》(第 10 版),吴松江、路雁等编译,北京:北京大学出版社,2014 年,第 380 页。

④ 柳鸣九:《关于意识流问题的思考》,《外国文学评论》1987 年第 4 期,第 4 页。

⑤ 李维屏、张琳等:《美国文学思想史》(下卷),上海:上海外语教育出版社,2018 年,第 619 页。

不断转换;句子也不同于海明威式的简洁句,而趋向于艰深晦涩的长句。

在意识流手法的表达上,福克纳总是将过去时穿插在现在时之中,他的人物"仅能从其过去才可见端倪,否则便丧失了一切可能性"①。福克纳的《喧哗与骚动》是他"为艺术而创作的小说,是他的第一部大量使用新手法的成功之作"②,小说前两个部分大量使用了意识流手法。小说开篇便是一个白痴混沌迷乱、毫无条理的叙述。第一部分为康普生家的小儿子班吉的独白,33 岁的班吉的智商相当于 3 岁儿童,因此他的叙述文字较简单,对白较多,且有诸多不可靠之处,比如说他总将哀悼死者的哭喊声当作唱歌;但他的感觉非常敏锐,比如说他"能闻到耀眼的冷的气味"③;他分不清时间的先后,脑中只有混乱零散的记忆片段。小说的第二部分由大儿子昆丁叙述,叙述内容主要是昆丁自杀前的心理活动和行为。昆丁受过高等教育,思想复杂,但却缺乏行动力。昆丁自杀前精神恍惚,脑中的记忆和联想杂乱无章,迷糊的话语是昆丁混乱模糊意识的外在表现,是昆丁原始意识的真实记录,充分体现了意识流的意识混乱无条理的特点。对于昆丁而言,现实是痛苦而模糊的,而他的内心独白也像白日梦一样,看似清晰,实际上却是模糊和不现实的,因而,意识流的技巧也表现了作品对现实的如实反映,同时表现了福克纳对总是停留在过去而不向前看的人物的批判。福克纳运用时空跳跃的手法来表现人物的混乱意识,从而揭示美国南方的社会动乱和精神危机,作品体现出复杂性和深邃性。

另一个打破时间限制的艺术手法是福克纳的多角度叙事风格。多角度叙事风格也是一种对"真实"、对人的意识的模仿和记录。通常以一个人物为中心,在其周围布局多个人物来组成一个圆形的叙事结

---

① Robert Penn Warren, ed., *Faulkner: A Collection of Critical Essays*, New Jersey: Prentice Hall, 1966, p. 93.

② 肖明翰:《威廉·福克纳研究》,北京:外语教学与研究出版社,1997 年,第236 页。

③ 威廉·福克纳:《喧哗与骚动》,李文俊译,桂林:漓江出版社,2019 年,第4 页。

构,通过多角度叙事来组成一个特殊的重复结构,因此,福克纳的小说叙事不是传统的直线时间顺序,而趋向于"空间形式"(spatial form)叙事,他尝试把不同人物的叙事角度结合起来,为读者提供不同视角对同一故事的不同看法。不同于康拉德等人的多角度叙事,福克纳小说中不同叙述者的叙述部分往往在情节上没有连贯性;也不同于乔伊斯、伍尔夫等人,其重要特征在于他的意识流小说采取了一个"统一的行动"(a unity of action),即"实在的情节"(substantial plot)①,这让福克纳的小说如《我弥留之际》(As I Lay Dying,1930)和《喧哗与骚动》脱离了纯意识流小说,而成了传统小说和意识流小说的结合体。这两部小说都具有一个核心的故事,让读者不至于迷失方向,如前者主要讲的是主人公艾迪·本德仑的死亡,而后者围绕的是康普生家族的衰落。

福克纳的长篇小说《我弥留之际》由本德仑一家七位成员及其八位邻居围绕着艾迪·本德仑的死从各自的视角抒发的感情和看法组成,章节名即以这些家庭成员和邻居的名字命名,每一节都是一个人物的内心独白,不同的叙述者交叉出现。以达尔的叙述为开端,全书59 节中有 19 节由他来叙述,他们以艾迪的送葬为中心,抒发自己的内心所想。这种叙事手法具有一种"对照"(juxtaposition)的性质,把不同人物的观点放在一起进行比较,打破了时间的限制,情节不按时间叙述,而通过这些看似毫无瓜葛的内心独白,读者能梳理出小说的基本情节,并感受到人物在送葬途中的真实感受、经验、想法、人物之间错综复杂的关系和对往事的惋惜和悔恨,观察到各个人物的性格特征和心理状态以及人物间复杂的牵绊,看到从人物意识之间表现出的光怪陆离的景象。有批评家曾经这样评论福克纳的《我弥留之际》,称它"可以读却无法理解;可以体验却无法阐释;可以感受却无法分析"②。

又如《沙多里斯》通过两个一战退伍兵的多角度叙事,体现了两者

---

① Robert Humphrey, *Stream of Consciousness in the Modern Novel*, Berkeley: University of California Press, 1954, p. 105.

② Irving Howe, *William Faulkner: A Critical Study*, Chicago: University of Chicago Press, 1975, p. 4.

命运的对照;《喧哗与骚动》由四个不同的叙述者对康普生家族的衰败的叙述组成;《押沙龙,押沙龙!》(*Absalom, Absalom!*, 1936)将罗莎、康普生先生、昆丁及其哈佛大学同学四人对萨德本家族的传说的不同观点放在一起做对照,这部小说甚至没有将不同人物的叙述部分分开,而是交叉糅合在一起。通过重复的多角度叙事,作品展现了人物的性格、情节的跌宕起伏和主题的深刻性;提升了叙述的表现力,揭示了当时社会的伦理道德价值。福克纳从不向读者提供一个标准的所谓"正确"的观点,而是将不同观点呈现出来,鼓励读者自己进行探索,正如现实生活中不同的人对同一事件会抒发不同观点,这体现了福克纳对人性的复杂性的"真实"揭示。

　　福克纳作为 20 世纪美国最伟大的小说家之一,在作品中统摄了对先锋性的探索和对传统的爱恨交织。他以南方为起点,继承南方乡土传统,发扬了民间故事的幽默等传统,抒发了对南方故土的依恋;又超越南方文学传统,在对南方昔日荣耀的珍视的基础上,对现代社会侵蚀下古老美德的丧失感到痛心疾首。他对南方历史进行批判,反对种族主义和清教主义的残酷无情,揭露资本的唯利是图,打破南方人的幻梦和对南方的美化,抛弃内战后几十年间南方文学文过饰非的文风。而在人物塑造上,福克纳以具有复杂心理的南方人为基础,创造出了鲜活而真实的人物。通过不同方式的人物刻画和南方乡土描写,福克纳表现了南方社会道德规范和价值观念的厚重感,并以小见大地表现了复杂的人性。福克纳对文学"真实"的强调更表现在对"真实"的记录,他实验性地运用了革命性的现代主义艺术表现手法,如意识流、多角度叙事等,来达到对现代社会混乱意识的"真实"模仿。克林斯·布鲁克斯在《威廉·福克纳:约克纳帕塔法县》(*William Faulkner: The Yoknapatawpha Country*, 1963)中强调不应仅仅将福克纳的作品看成南方史实和道德说教的个案,而应从艺术审美角度赏析作品中所表现的人性及价值。[1] 而福克

---

　　① 参见 Cleanth Brooks, *William Faulkner: The Yoknapatawpha Country*, Baton Rouge: Louisiana State University Press, 1989。

纳在约克纳帕塔法县"以感人的手法在可信的动人环境里创造可信的人物",对人性进行深刻的探索,对现代人的精神危机和存在焦虑的敏锐感受,又与当时欧美文坛的现代主义文学创作产生了呼应。福克纳的小说透露出现代主义人文情怀,走在了欧美现代主义文学的前沿,成为现代主义文学史不可忽视的组成部分。① 因此,福克纳作品超越了美国南方,蕴含了普世的意义,使读者在他的作品中看到了整个现代世界。

第七节

约翰·斯坦贝克:创作中的多元化思想②

约翰·斯坦贝克(John Steinbeck,1902—1968)是 20 世纪美国重要的作家之一。正如著名文学评论家约瑟夫·冯腾洛斯(Joseph Fontenrose)所说:"二十五年来如果有谁问起当今最伟大的小说家是谁的时候,人们通常会想起这三个名字:福克纳、海明威和斯坦贝克。"③确实,作为诺贝尔文学奖获得者,斯坦贝克在美国文学史上的影响不容忽视。在动荡的 20 世纪三四十年代,斯坦贝克的文学创作依旧恪守传统,运用现实主义的手法将美国社会的现状展露无遗,饱含对这个国家能不断改良和完善的殷殷期盼,始终肩负起作家的职责。M. H. 艾布拉姆斯(M. H. Abrams)曾在《镜与灯:浪漫主义文论及批评传统》(*The Mirror and the Lamp: Romantic Theory and the Critical Tradition*,1953)中指出,

> 每一件艺术品总要涉及四个要点……第一个要素是作品,即艺术产品本身。由于作品是人为的产品,所以第二个共

---

① 李维屏、张琳等:《美国文学思想史》(下卷),上海:上海外语教育出版社,2017 年,第 615 页。

② 本节由叶冬、易欢撰写。

③ Joseph Eddy Fontenrose, *John Steinbeck: An Introduction and Interpretation*, New York: Barnes and Noble, 1963, p. 1.

同要素便是生产者,即艺术家。……这第三个要素……不妨换用一个含义更广的中性词——世界。最后一个要素是欣赏者,即听众、观众、读者。作品为他们而写,或至少会引起他们的关注。①

显然,每个作品总要涉及这四个要点:作品、作家、世界与读者。而斯坦贝克谈创作的思想十分丰富,本节主要从作家、作品和读者这三个联系更紧密的视角出发,来分析斯坦贝克的多元化创作思想。

一、斯坦贝克谈作家:责任与改良

斯坦贝克在谈及创作时说:

> 作家的责任就是提高、扩展、鼓励。如果写下的言词对我们发展中的人类和文化有所贡献,那就是:伟大的作品已经成为一个可以依靠的支柱、可商量的母亲、识别过失的智慧、克服软弱的力量和消除怯懦的勇气。②

作家通过文学作品"提高、扩展和鼓励"的责任首先在于对社会的揭露与鞭笞。作为一位具有极强社会责任感的作家,斯坦贝克对自己的这一文学思想身体力行,将日常生活中地位卑微的农民和工人纳入小说世界。斯坦贝克擅长描写发生在美国本土,由美国社会环境、经济制度、文化氛围、历史因素等共同锻造的故事和情节。他敏锐地捕捉到美国的时代特质,并通过艺术的手法,将20世纪30年代这段特殊的历史定格在世界的文学宝库中。③

---

① M. H. 艾布拉姆斯:《镜与灯:浪漫主义文论及批评传统》,郦稚牛、张照进、童庆生译,北京:北京大学出版社,2015年,第4页。

② 约翰·斯坦贝克:《约翰·斯坦贝克谈创作》,载《斯坦贝克作品精粹》,朱树飏选编,石家庄:河北教育出版社,1995年,第571—572页。

③ 安德斯·奥斯特林:《授奖词》,王义国译,载宋兆霖主编,赵平凡编《诺贝尔文学奖文库8:授奖词与受奖演说卷》(上),杭州:浙江文艺出版社,1998年,第424页。

20 世纪 30 年代,美国正处于物欲横流、金钱泯灭人性的时代。底层人民的生存已然是个巨大难题,而大银行家和农场主们却在资本主义的制度下漠视生命,只为追求自身的利益最大化。沃尔特·惠特曼早在 19 世纪末就警觉:"这个国家完全处在各种强大可怕的新敌人四面围攻之下:有钱有势的商人阶级为非作歹、政府职能部门合伙贪污,甚至还有司法界的腐败,城市日常生活中存在的抢劫和流氓无赖行为,越来越浓厚的虚伪、欺诈和冷酷无情的社会风气。"①到了斯坦贝克生活的时代,这种现象日益严重。斯坦贝克对这种社会现状深恶痛绝,他最早出名的小说《煎饼坪》(*Tortilla Flat*,1935)中,就揭露了这种丑恶。沃伦·弗伦奇(Warren French)曾评价:"《煎饼坪》并不是一部通俗的逃避主义的幻想作品,而是一个给一粒有苦味的核包上糖衣的寓言。"②小说真正的内涵是用喜剧的形式批判金钱社会。斯坦贝克作为一个有社会责任感的作家,将手中的笔作为重要的武器,试图激起整个社会的反思。1962 年,斯坦贝克在自己的受奖演说中也说道:"我们可能对现实感到困惑不解,因为看不清它而回避它,但是我们为什么要将它视为畏途,而退避三舍呢?如果这是一个混乱的时代,那么它应该成为一位好作家的主题。"③于是,当底层人民基本的生存环境遭到破坏时,斯坦贝克在愤怒之余,透过表象,深入地揭露了美国社会经济、司法以及政治方面存在的问题,以期能改良社会系统。他的所有小说都没有具体指向某个大农场主,也没有出现任何一个"剥削者"的具体形象,《愤怒的葡萄》(*The Grapes of Wrath*,1939)中乔德一家也是极具普遍意义的家庭,斯坦贝克把乔德一家写成"人们的缩影",从而把移民挣扎的故事升华到艺术的庄严领域,由"我"升华成"我们"。

---

① 埃默里·埃利奥特主编:《哥伦比亚美国文学史》,朱通伯等译,成都:四川辞书出版社,1994 年,第 395 页。

② 沃伦·弗伦奇:《约翰·斯坦贝克》,王义国译,沈阳:春风文艺出版社,1995 年,第 64 页。

③ 斯坦贝克:《受奖演说》,王义国译,载宋兆霖主编,赵平凡编《诺贝尔文学奖文库 8:授奖词与受奖演说卷》(上),杭州:浙江文艺出版社,1998 年,第 426 页。

　　但是，"作为一名忧国忧民的作家……斯坦贝克在用真实的笔触再现社会现实的同时，更在内心中向往着一个理想国"①。他满腔悲愤的背后是他对社会未来的满怀期待。也正如美国学者哈特·理查德（Hart Richard）所说："在斯坦贝克虚构的小说世界里，他始终坚持永无止境地追寻着美好生活和理想化的社会。"②斯坦贝克自己也曾说过："很可能在我们这个国度，道德——正直诚实，伦理甚至慈善都早已消失……但是如果我们生存下去的勇气不足，如果我们对生命的热爱、对自己豪侠仗义的历史的回忆以及对光辉灿烂前途的信心动摇了，消失了，那么在哪儿还需要道德公理呢？"③因而，对斯坦贝克来说，"写作总有一个目的，这个目的不仅仅是为了把文章写得妙趣横生。净化心灵，传播信仰，鼓舞斗志才是作家的天职"④。显然，斯坦贝克将他深切的社会责任感注入笔端，致力于鼓舞人们乐观向前，相信这个社会改良的能力。

　　其次，作家通过文学作品"提高、扩展和鼓励"的责任还在于对自然生态环境的关注。斯坦贝克提出其生态思想，期望人类能放弃"人类中心论"，留给子孙后代一个和谐美好的自然与社会。他对自然是充满了热爱的，正如杰伊·帕里尼（Jay Parini）所评价的："斯坦贝克最好的小说之所以迷人，部分原因在于作者对于一块土地的自然与人文环境，还有对土地上的人民和环境之间重要的关系都有深厚的感情。"⑤斯坦贝克对人与自然关系的思考是深刻且具有先锋性意义的。凯瑟琳·希克斯（Kathleen Hicks）曾评价："斯坦贝克极其敏锐的生态

---

　　①　曲鑫：《加州底层者之梦——约翰·斯坦贝克30年代小说创作研究》，吉林大学博士论文，2011年，第57页。

　　②　转引自Stephen K. George, ed., *The Moral Philosophy of John Steinbeck*, Lanham, Maryland: Scarecrow Press, 2005, p. xi。

　　③　约翰·斯坦贝克：《美国与美国人》，黄湘中译，广州：花城出版社，1989年，第115页。

　　④　乔治·普林顿、弗朗克·克劳瑟编：《约翰·斯坦贝克》，程红译，《文艺理论与批评》1987年第5期，第138页。

　　⑤　约翰·斯坦贝克：《斯坦贝克携犬横越美国》，麦慧芬译，重庆：重庆出版社，2005年，第7页。

观念……完全超越了他的时代。"①早在 20 世纪 40 年代,生态思想尚未被系统化和理论化,斯坦贝克就提出"我大于我细胞的总和"的生态"群体人"理论(group man theory),也就是生态整体主义思想。在他的《科特斯海航海日志》(*The Log from the Sea of Cortez*,1941)中,既有"对 20 世纪 40 年代科特斯海湾地区生态图景的客观、生动的描写,更有他对人类与其生存环境之间的关系所作的科学的、哲学的深层思考,是一部集科学、哲学、文学于一体的优秀科学考察游记"②。斯坦贝克研究专家杰克逊·本森(Jackson Benson)称斯坦贝克为"作为科学家的小说家",而传记作家杰伊·帕里尼更是称斯坦贝克为"现代生态思想之父"③。斯坦贝克的许多作品真实客观地记录了人类破坏生态的愚蠢行为,对此他呼吁社会上更多人关注环境。

而斯坦贝克之所以对日益恶化的生态环境产生关注,是因为他童年时期就与大自然亲密接触,生活环境宜人;而且他还是个业余的生态学家,拥有在霍普金斯研究站学习的经历,此外还结识了海洋生物学家爱德华·里基茨(Edward Ricketts)并与其保持着深厚的友谊,斯坦贝克的非目的论思想很大程度上就是受到里基茨的影响。斯坦贝克的非目的论思想是对现实世界的观察和现实生活的思考,他主要关注生活真正的模样,即生活是什么,而不是基于理论和幻想来论证生活应该是什么样,或者生活可能是怎样的。④ 人与自然本应和谐共处,人类却要强行奉行"人类中心主义"并试图征服自然界,违背自然准则的结果必然是自取灭亡。1935 年,美国出现了席卷大平原的沙尘暴,斯坦贝克也在他的小说《愤怒的葡萄》中,表达对由人类的愚昧无知、贪婪掠夺造成生态灾难的谴责。小说的第一章就描绘了俄克拉何马

---

① Kathleen Hicks, "Steinbeck Today," *The Steinbeck Review*, 9(2012), p. 89.

② 徐向英:《斯坦贝克的生态整体主义思想——以〈科特斯海〉为个案研究》,《中南大学学报》(社会科学版)2013 年第 5 期,第 200 页。

③ Jay Parini, *John Steinbeck: A Biography*, London:William Heinemann, 1994, p. 5.

④ John Steinbeck, *The Log from the Sea of Cortez*, London:Mandarin Paperbacks, 1990, p. 208.

州的沙尘暴灾害;第三、四章多次描写俄克拉何马州的炎热天气、滚滚尘土、干涸贫瘠的土地等恶劣的自然环境;第十三章对造成生态灾难的人类和其贪婪进行了无情的抨击,等等。斯坦贝克通过对恶化的环境的描写,表达了对造成环境破坏的人类的愤怒之情,也向人们发出警告:"如果最多才多艺的生命形式——人类——用他们一直以来所使用的方式生存,那么他们不但会毁掉自己,还会毁掉其他的生命。"①

总的来说,正如诺贝尔授奖词所评价的:"他(斯坦贝克)的同情总是给予了被压迫者、不合时易的人和苦恼的人……但是在他身上我们发现了那种美国气质,这也见于他对大自然、对耕耘的田地、对荒原、对高山、对大洋沿岸所怀有的伟大情感。"②这种"伟大情感"时时出现在斯坦贝克的作品中,尤如他创作的灵魂,是"一种用之不竭的灵感的来源"③。

二、斯坦贝克谈作品:试验与多样

斯坦贝克曾在访谈中说:

> 如果一个作家喜欢写作,他将从无止境的试验中得到满足感。他会改进技巧和场景的设置……他将会不停地探究,写作时,尝试结合一些对他而言比较新的技巧,有时也会旧瓶装新酒,或者新瓶装老酒。不可避免的是,他有些试验会失败。但是,如果他希望读者能对他的作品一直感兴趣,他就必须试验。④

由此可见,斯坦贝克一直都推崇进行试验型小说创作。试验就意

① 约翰·斯坦贝克:《斯坦贝克携犬横越美国》,麦慧芬译,重庆:重庆出版社,2005 年,第 191 页。
② 安德斯·奥斯特林:《授奖词》,王义国译,载宋兆霖主编,赵平凡编《诺贝尔文学奖文库 8:授奖词与受奖演说卷》(上),杭州:浙江文艺出版社,1998 年,第 424 页。
③ 同②。
④ John Steinbeck, "Critics, Critics Burning Bright," *Saturday Review*, 33. 45 (1950), pp. 20 - 21.

味着创新,对此斯坦贝克曾坦言:"一个富有创新性的人必须充满活力。他不能借用自己以前写过的东西……因此,我要进行完全的创新。"①他的创新主要体现在他风格迥异的作品上。纵观斯坦贝克的创作生涯,他的作品跨度极大。著名评论家托马斯·芬奇(Thomas Fensch)曾评价:"在内容与形式上,斯坦贝克有意识地使其第二本小说不同于第一本,那么,第二本小说在这些方面就可能更具有实验性,然而他第三本小说与第一本和第二本之间又没有任何关联。"②那么,斯坦贝克这种对作品进行"试验式"创作的理念具体是如何体现的呢?

首先,斯坦贝克认为作品应该要反映现实,彰显人道主义精神。正如兰·乌斯比对他所作的评价:"作家信仰的准则是人性论和人道主义……他对家乡加利福尼亚,尤其对贫苦农民的依恋,展示了人的痛苦和人的尊严,从而被赋予永恒的价值。"③在 20 世纪 30 年代的美国,经济萧条、工人失业、农民破产等一系列问题正在社会底层不断激化。亲眼看见了这些生活在水深火热中的平民,怀着对他们深切的同情,斯坦贝克创作了一系列反映工人和农民真实悲惨遭遇的小说。尤其是《愤怒的葡萄》,该小说将他这一人道主义思想展现得淋漓尽致。在 1952 年接受电台采访时,斯坦贝克自己也表示:"在我写《愤怒的葡萄》时,我对欺压别人的人……充满了……愤恨……"④此外,斯坦贝克认为人道主义作品也应该探讨人性善恶。他认为:"我们只有一个故事。所有的小说和诗歌都基于善与恶在我们身边的永不停息的搏斗。"⑤他认为作家应该"揭露我们许多沉痛的错误和失败,把我们阴

---

① Thomas Fensch, ed., *Conversations with John Steinbeck*, Jackson: University Press of Mississippi, 1988, p. 63.

② 同①,第 1 页。

③ 兰·乌斯比:《美国小说五十讲》,肖安溥、李郊译,成都:四川人民出版社,1985 年,第 365 页。

④ 罗伯特·迪莫特编:《斯坦贝克日记选》,邹蓝译,天津:百花文艺出版社,1992 年,第 22 页。

⑤ 约翰·斯坦贝克:《伊甸之东》,王永年译,上海:上海译文出版社,2004 年,第 469 页。

暗凶险的梦打捞出来,暴露在光天化日之下,以利于改善"①。如在《烦恼的冬天》(*The Winter of Our Discontent*,1961)中伊桑本是善良的,他热爱国家,对家庭忠诚,勤劳负责地工作,抵挡了来自社会的一切欲望的诱惑。但最终伊桑却沦为恶的俘虏,做出一系列不利于自我、家庭、社会和谐发展的选择。善是正大光明的,经得住时间和真相的考验;而恶却不是,它藏在黑暗中,需要掩盖,见不得光。最终伊桑的恶行被暴露在阳光下。但在内心的挣扎和痛苦中,伊桑还是醒悟过来,重拾原来的道德品质。也就是说,虽然现实社会的残酷会在一定程度上变异人心,使人迷失方向,但最终还是善战胜了恶。作家的职责之一就是用作品来彰显人性的可塑性,就像斯坦贝克所说,"我认为,一个作家如果并非满怀激情地相信人的可完善性,就不会献身于文学,也无资格跻身于文学"②。斯坦贝克一直采用现实主义的写作技巧,真实地呈现出底层人民的悲惨命运,也因此引起评论界和社会的一时轰动。

而在斯坦贝克创作后期,众多评论家都期待着这位具有普世情感的人道主义作家能创作更多让人振聋发聩的现实主义作品,他却开创了他的旅行书写。著名学者杰克逊·本森(Jackson Benson)曾评价斯坦贝克:"从本质上来说,他(斯坦贝克)就是一个记者——他喜欢旅行。"③他最开始创作旅行小说《科特斯海航海日志》,是为了逃避《愤怒的葡萄》大获成功给他带来的名气与压力;而他对自然科学也颇有兴趣,便跟随自己的好朋友里茨开始了旅行。或许是这次旅行书写的成功,让斯坦贝克对旅行小说有了更多信心,之后他又创作了两部作品。他的旅行书写,多是在表达他对于政治和战争的不满,他从不愿

---

①　约翰·斯坦贝克:《斯坦贝克作品精粹》,朱树飏选编,石家庄:河北教育出版社,1995年,第582页。

②　斯坦贝克:《受奖演说》,王义国译,载宋兆霖主编,赵平凡编《诺贝尔文学奖文库8:授奖词与受奖演说卷》(上),杭州:浙江文艺出版社,1998年,第426页。

③　Jackson J. Benson, *The True Adventures of John Steinbeck Writers*, New York: Viking Press, 1984, p. 793.

意承认自己的作品是关于政治的。他曾在日记中写道:"举国被拖到愚蠢悬崖外坠入毁灭深渊莫此为甚。……(时代)越来越复杂,已到了人连自己的生命也看不到的地步……所以,我继续写无关紧要的小说,小心地避开时事……"①但更重要的是他不想重复自己旧有的风格与体裁,在写作《俄罗斯纪行》(A Russian Journal,1948)时,斯坦贝克就突发奇想地想写点许多人感兴趣又比较新颖的内容,他曾说:"我终于想到在俄国可以做什么。我可以写份翔实的游记,一本旅游日志。还没人做过这种事。它既是人人都感兴趣,也是我可以做,而且做得很好,可以略尽绵薄的事。"②在他获得诺贝尔文学奖后,他又开始为报纸撰写专栏。这时,他开始巧妙地运用小说的形式来写通讯稿,既有文笔,似是抒情散文,又能用简洁、切中要害的语言来陈述基本事实,满足新闻书写的要求。显然,这又是斯坦贝克写作风格的一次转换。

在斯坦贝克的创作生涯中,他还提出了另一种小说戏剧化的创作:剧本小说。这在当时确是一种风格的创新。早在他创作《人鼠之间》(Of Mice and Men,1937)时,斯坦贝克就曾表示:"我的方法是尝试用小说的形式创作出一部剧本,可以将其称为'可阅读的剧本'。写这本小说时,我运用戏剧化的场景形式,再辅以一些性格刻画和环境描写。"③这样的"剧本小说"就能同时取戏剧与小说这两种艺术形式之长了。正如郑燕虹教授所指出的:

> 剧本是时间、空间限制最大的文学形式,这种限制是受舞台法则决定的。舞台的限制也决定了戏剧是最简练的艺术,同时也是最细腻的艺术。小说则是最具包容性、开放性

---

① 转引自苏珊·席琳格罗:《导读》,杜默译,载约翰·斯坦贝克《斯坦贝克俄罗斯纪行》,重庆:重庆出版社,2006 年,第 9 页。

② 同①,第 10 页。

③ Thomas Fensch, ed., *Conversations with John Steinbeck*, Jackson: University Press of Mississippi, 1988, p. 96.

和灵活性的一种文学形式,小说与剧本相交融却不为它的样式同化,反而能形成有特色的小说。①

这样的"剧本小说"也就造就了斯坦贝克文学作品的独特魅力。随后,在《烈焰》(*Burning Bright*,1950)里,斯坦贝克正式提出"剧本小说"这一概念:"《烈焰》已经是我用剧本小说这一新的形式所做的第三版尝试了,我不知道以前是否有人也这样写过,我的前两部作品——《人鼠之间》《月落》(*The Moon Is Down*,1942)就是这样的剧本小说。"②而他坦言这样创作的缘由之一便是:"印刷成文的剧本,似乎只有与舞台演出密切相关的人、戏剧研究的学生和极少数的戏剧狂热爱好者群体才会读。那么采用这样一种形式的第一个理由便是可以给戏剧提供更多的读者受众,因为采用的是更为大众所熟知的小说媒介。"③确实,他的剧本小说取得了不同凡响的成就。在这一阶段,斯坦贝克的创作思想有了变化,也采用了不同的写作技巧,运用了各种戏剧式的对话,更便于将其作品搬上舞台,对此他自己也坦言:"这[《人鼠之间》]是一步微妙的作品,其目的是教会我尝试为舞台写作。"④

从篇幅来看,斯坦贝克写过长篇小说,也尝试了短篇及中短篇创作;从题材来看,他的作品更是丰富多彩,有早期激愤的现实主义作品,如《胜负未决》(*In Dubious Battle*,1936)、《人鼠之间》和《愤怒的葡萄》等,也有对小说的创新,即创作了"剧本小说",如《人鼠之间》《烈焰》《珍珠》(*The Pearl*,1947)和《月落》等。之后,斯坦贝克又另辟蹊径,选择创作旅行小说,比如《科特斯海航海日志》《俄罗斯纪行》和《斯坦贝克携犬横越美国》(*Travels with Charley: In Search of America*,

---

① 郑燕虹:《试论〈人鼠之间〉的戏剧特点》,《外国文学》2001 年第 3 期,第 63 页。

② John Steinbeck, *Burning Bright*, New York: Viking Press, 1950, p. 11.

③ 同②。

④ Jackson J. Benson, ed., *The Short Novels of John Steinbeck: Critical Essays with a Checklist to Steinbeck Criticism*, Durham: Duke University Press, 1990, p. 272.

1962)。斯坦贝克在写作上一直创新,从没有拘泥于体裁和风格,而是运用合适的技巧与手法实现他的"试验"式创作思想。

三、斯坦贝克谈读者:理解与交流

斯坦贝克在谈论写作技巧时说过:"文章很快就要写完了,到那时它就不再属于我。别人会把它拿走,作为己有。它也会从我身边悄然离去,似乎我们不曾有过什么关系。"①由此可见,在斯坦贝克的创作理念里,读者是很重要的一环。他认为创作一旦完成,作者将不复存在,解读的权利将置于读者身上。而斯坦贝克对于不同的读者有着截然不同的态度。作家们刚开始写作时,往往会对日后潜在的各种读者持恐惧心理,这样定会阻碍创作。斯坦贝克则指出:

> 抛掉你意念中的读者。一开头,那些不知名、不露面的读者会吓得你手足无措。忘掉他们,他们就不存在了,因为毕竟不像在舞台上。写作中,你的观众就是一位单一的读者。我认为,有时你可以挑出一个人——一个你真正认识的人,或是想象中的人,就对他写,这样很有益处。②

在创作途中,如果作者脑海中的读者更像是一位朋友,写作就是在给友人写信,那他自然就能放松下来,继而侃侃而谈。

而创作完的作品,一旦出版,必然就会迎来各类真实的读者的审视。对此,斯坦贝克指出:"如果我能保持真诚,这就是我可怜的脑瓜所能指望的——绝不写一个词来导致读者产生偏见,而要使之利于读者的理解。"③他致力于将自己的思想清晰地呈现给读者,希望他们能

---

① 转引自乔治·普林顿、弗朗克·克劳瑟编:《约翰·斯坦贝克》,程红译,《文艺理论与批评》1987 年第 5 期,第 140 页。

② 转引自同①,第 132 页。

③ 罗伯特·迪莫特编:《斯坦贝克日记选》,邹蓝译,天津:百花文艺出版社,1992 年,第 64 页。

深切地感受他的情感。就正如罗伯特·迪莫特所言:"斯坦贝克有意将小说分作'五个层次',有意要把读者的神经'撕裂',使他们参与现实。"①但他自己也指出:"读者从《愤怒的葡萄》中的'所获',完全由读者参与的深浅所决定。"②不过,作为作家,他还是非常希望读者能深度参与其中。斯坦贝克在写给他老师伊迪丝·米里利斯的信中曾表达过:"一部能打动读者的作品必须能够使作者的思想感情与读者产生交流。作品的这种交流能力正是衡量它好坏的尺度。您说除此之外便别无其他规则可言。小说可以写各种各样的事情,可以运用各种各样的手法和技巧——只要它能打动读者。"③那么,在斯坦贝克的作品中,他是如何运用自己的写作技巧来使读者具有参与感呢?

首先,从叙述角度上来看,斯坦贝克大多采用第三人称这样一个全知视角。这样一来,读者阅读的视角就不必局限于一个叙述者的描述,而更能统观全局。雷娟就曾评价道:"约翰·斯坦贝克的许多作品都应用了这种特殊的视角,给读者呈现出了一个现实的社会。特别在《愤怒的葡萄》中,他借用这种特殊的叙事视角给读者讲述了一个人物角色多且有着复杂情节的史诗般长篇小说。"④显然,斯坦贝克成功地与读者进行了对话,《愤怒的葡萄》一经出版,立刻掀起了移民问题的讨论浪潮,赢得了传奇般的声誉。虽说很多学者认为这种全知型的第三人称叙事方式,容易破坏作品的逼真感,有时会显得画蛇添足,但是斯坦贝克却能很好地避开这个缺陷,主要原因在于他语言的音乐性能很好地呈现出画面感,使读者仿佛身临其境,情感随着故事的推进而不断迸发。对于斯坦贝克来说,音乐是日常创作必不可少的一部分,

---

① 罗伯特·迪莫特编:《斯坦贝克日记选》,邹蓝译,天津:百花文艺出版社,1992年,第9页。

② 同①。

③ 转引自乔治·普林顿、弗朗克·克劳瑟编:《约翰·斯坦贝克》,程红译,《文艺理论与批评》1987年第5期,第134页。

④ 雷娟:《约翰·斯坦贝克小说创作中的叙事策略探究》,《作家》2015年第16期,第56页。

每天他定量写作时,都会伴随着音乐。当写拖拉机时,他在日记里说道:"得写拖拉机的声响和它们所扬起的尘土。在这之前,先得听音乐。"①他自己也曾说过:"我用音乐的技巧来工作……尝试使用音乐的形式和数学而不是用散文的形式……在作曲、乐章、音调和音域方面,这都是交响乐式的。"②著名学者田俊武也指出:"斯坦贝克在自己的小说语言中形成了一种交响乐的风格,创造了一种美妙的音乐曲调来表现作品宏大和崇高的主题,以便教育和愉悦读者。"③同时,斯坦贝克深切同情底层人民,而为了更好地刻画现实,其语言也倾向于口语化。比如《人鼠之间》里的小个子乔治和大块头莱尼,他们之间的对话就朴实无华,作为逃难的季节工,乔治在沿途中不停抱怨,而莱尼天真、呆头呆脑的形象也从他的话语中得到鲜明的体现。在阐释他小说中口语和音乐性语言的根源时,他曾在给 A. 格拉夫·戴伊的一封信中指出:

> 出于记忆的目的,我将我写出来的语言记录下来。它们是供人说的,而不是供人阅读的。我具有行吟诗人而不是文书的本能……我将我捕捉的声音记录下来,然后将它们送给一个速记员……有数以百万的人能成为好的速记员,但是却没有多少人能像我这样捕捉动听的声音……我没有失去对声音和画面的热爱。④

正是由于他独特的语言魔力,斯坦贝克才能以作品为媒介,将自己深切的情感投入其中,激起更多读者们的深切参与并产生共鸣。

而对于评论家这一类专业的读者,斯坦贝克似乎颇有不满。早在

---

① 罗伯特·迪莫特编:《斯坦贝克日记选》,邹蓝译,天津:百花文艺出版社,1992 年,第 57 页。

② 同①,第 47 页。

③ 田俊武:《简论约翰·斯坦贝克小说的诗性语言》,《外国文学研究》2004 年第 4 期,第 50 页。

④ 转引自同③,第 52 页。

斯坦贝克创作《愤怒的葡萄》时,他就被众多批评家冠上了"左翼作家"或"无产阶级革命家"的名号。然而,如此简单地将斯坦贝克划入"左翼作家"的阵营是轻率的。对于真正的左翼阵营而言,斯坦贝克还不够激进,对工人阶级的支持态度还不够坚决和明显。而对右翼阵营的成员来说,斯坦贝克的小说又是恶劣且具有煽动性的。事实上,斯坦贝克自身也不承认这个名号。对他来说,他只不过公正、客观地描述了他所见到的社会现实和底层人民的遭遇。正如苏索才所总结的:"他是一个人民的艺术家,所以他所能做的就是通过他的笔,以艺术的形式记载下人民的斗争,使普通民众能清楚地认识他们所处的环境和时代,也使当权者从中得到些许警示和建议。"①他自己也并没有承认过自己有任何的政治立场,甚至急切地想要摆脱政治。由此可见,斯坦贝克并不认同许多批评家给作家打上的标签,也难怪他对评论家没什么好印象。他甚至毫不留情地揶揄他们:"多几年前,我的那只红猎狗咀嚼我的《人鼠之间》手稿,当时我说这只狗肯定曾经是一位优秀的文学批评家。"②同时,他还谈道:"作品并不从作家直接到达读者那里。它首先到达雄狮们那里——编辑、出版商、批评家、营业部、书商。它听凭他们踢它、砍它、抠它,而它的狠心肠父亲是他的代理人。"③

虽然,斯坦贝克对批评家或评论家并没有什么好感,但他也并非不接受别人的评价,只不过大多数的评论家都只"靠从别人的作品中获得乐趣,然后又用阴阳怪气的话来挑剔限制作者,要他们来迎合自己的口味"④。而事实上,斯坦贝克本人一直都持一种批判的眼光来看待自己的创作:"我把自己分成三个人,并对他们了如指掌,一个是思考,一个是批评,另一个是把二者相联的因素。三个小人经常发生纠葛,但纠葛之后就要很紧张地埋头写上整整一个星期。他们常常在

---

① 苏索才:《约翰·斯坦贝克其人其作》,《外国文学》1996年第1期,第26页。

② 约翰·斯坦贝克:《约翰·斯坦贝克谈创作》,载《斯坦贝克作品精粹》,朱树飏选编,石家庄:河北教育出版社,1995年,第577页。

③ 同②,第575页。

④ 乔治·普林顿、弗朗克·克劳瑟编:《约翰·斯坦贝克》,程红译,《文艺理论与批评》1987年第5期,第140页。

我心里说话。"①也就是说,斯坦贝克在创作时早已做了自己作品的批评家,而外界对他的点评在他看来更像是未知全貌便妄下断言的无稽之谈。

总的来说,作为一位现实主义流派的重要作家,斯坦贝克始终背负起自己的社会责任,对社会与自然注入"伟大情感",为社会的改良与进步发声,为日益恶化的生态环境发声。对待写作,他也不断试验,创作了多种小说作品,为美国现代文坛作出了不可磨灭的贡献;对读者,他从未辜负过他们,一直在运用各种文字与技巧来打动他们并期望能与之交流;而对千篇一律的批评家言论,他不屑一顾,埋首创作自己认为真正重要的作品。因而,研究这样一位作家的多元化创作思想对我们了解美国现代主义小说极具启示意义。

---

① 乔治·普林顿、弗朗克·克劳瑟编:《约翰·斯坦贝克》,程红译,《文艺理论与批评》1987 年第 5 期,第 139 页。

第二章　20 世纪 20 至 40 年代美国诗人的文学思想

　　纵观美国诗歌发展历史,20世纪20至40年代无疑是非常重要和特殊的一个时期。这一时期不仅标榜着以诗歌为代表的现代主义文学和艺术的勃兴,更是以一种前所未有的姿态,既前承美国浪漫主义本土诗歌传统,又开启了后现代诗歌的多元纵深发展历程。在外部世界和社会的剧烈动荡背景下,这个时期的诗人处于美国社会文学价值观裂变的历史洪流中。这个时期见证了两次世界大战带来的死亡与冲击,美国经济的繁荣、萧条与复苏,社会的撕裂、抗议与妥协,个人精神的向往、幻灭与愈合,民族自信心的进一步彰显、沮丧与恢复。面对世界与社会的激变,诗人们通过大胆的创新、标新立异的诗歌形式、惊世骇俗的内容、断裂的意象,来表述自己在现代社会生活的情感体验与精神感悟。

　　19世纪最后20年和20世纪最初10年可以说是美国诗歌的一个黑暗时期。当时的美国诗歌创作基本上处于一种沉睡状态,诗歌也位于文学发展的边缘。而当时主导美国诗坛的"风雅派"因一味地模仿英国诗歌而失去活力。正是在这种背景之下,美国诗歌史上出现T. S. 艾略特、埃兹拉·庞德等先锋性的诗人,出现了一场大规模的、意义重大而深远的"美国诗歌复兴"(the American Poetry Renaissance)。这次诗歌运动的目的是反叛传统的诗歌创作理念。其中最具代表性的包括"意象派""漩涡派""芝加哥派"等,这场运动为随后到来的美国诗歌的全面复兴打下了基础。现代诗人是反传统的、叛逆的,他们在诗歌形式和风格上力图创新,在观念和思想上力求改变。张子清在研究 20 世纪初的美国诗歌时提出新诗与旧诗之分。他指出新诗是指"1912 年到 T. S. 艾略特发表《荒原》的 1922 年为止的诗",旧诗就是指"19 世纪末 20 世纪初风雅派的诗"①。美国现代诗就是在新诗的带领下蓬勃发展起来的。新诗的"新"首先体现在内容上。与风雅派诗歌不同,新诗多揭露人性的本能欲望、政治腐败、资本主义下的社会恶习与堕落、喧嚣的城市景观与乌烟瘴气的工业。其次,新诗的特征还表现在艺术形式上的多样。美国现代诗中有象征主义、意象主义、漩涡主义、未来主义、视觉诗、日本俳句、散文诗等等。现代诗歌在语言风格上是简洁的、通俗的、日常的,讲究用词经济具体,和风雅派的典雅、浮夸、矫揉造作有很大的区别。新诗在形式上的百花齐放为现代诗歌的发展开拓了新的情感与内容表现方法,丰富了现代诗歌的内涵。

现代诗人同时又是恪守传统的。正如艾略特在《传统与个人才能》("Tradition and the Individual Talent", 1919)中所表述的,"诗人,任何艺术的艺术家,谁也不能单独具有他完全的意义。他的重要性以及我们对他的鉴赏,就是鉴赏他和以往诗人以及艺术家的关系"②。新事物的发展基于对传统的继承。除了先锋性特征,美国现代诗歌还表现出美国传统的浪漫主义、自然主义、现实主义和"乡土文学"印记。美国现代诗中有相当一部分诗在形式上是现代主义的,但情感还是浪漫主义的,内容是现实主义的,表现出浓厚的历史意识与乡土情怀,显示出诗人坚定恪守文学的社会价值与责任,企图通过诗歌来坚守自我内心的信念,在现代荒原世界中寻求内心的稳定,在快速变革的美国社会中找寻那亘古不变的真理。这就是美国现代诗的"求变中的不变、先锋中的恪守"特征。

最早引领美国现代诗歌潮流的是意象主义和漩涡主义的领军人庞德。庞德的独特之处在于从异国诗歌尤其是东方文化以及欧洲中

---

① 张子清:《二十世纪美国诗歌史》,长春:吉林教育出版社,1995 年,第 61 页。

② 托·斯·艾略特:《传统与个人才能》,卞之琳译,载《传统与个人才能:艾略特文集·论文》,卞之琳、李赋宁等译,上海:上海译文出版社,2012 年,第 3 页。

世纪文学中汲取元素和经验,发掘新的诗歌形式,创造性地推崇意象主义和漩涡主义诗歌,改革传统诗歌格律。庞德独创诗歌面具理论,他的诗歌中表现出强烈的意象主义与漩涡主义的现代派特征。但是我们在强调现代派诗人与维多利亚诗风的决裂的同时,也应该看到他们对传统的继承与发展。庞德的文学批评原则之一就是要在现代文学中寻找传统的拉丁文学品质与活力。其诗歌中所体现出来的经济政治批评彰显着美国传统现实主义的精神,即通过文学来反映社会现实、探寻救世之道。

艾略特诗歌的先锋性首先体现在他通过大量使用无序而怪诞的意象与神话典故上,以及采用独创性的诗歌叙述视角以达到晦涩难懂的效果。其次体现在诗歌主题上。艾略特通过陌生化手段,在诗歌中表现了时间、精神救赎以及异化世界的主题,精准呈现了现代现实生活中的迷茫、失去信仰、精神荒原的实质。同时,艾略特身上所体现出来的传统特征亦是十分显著的。艾略特的“非个性化”批评标准力图将批评对象放置在传统体系中,在实践中解释艺术品,对现存的鉴赏趣味进行纠正,最终实现建构批评秩序体系和追求真理的批评目的。他的《传统与个人才能》一文体现了他试图在信仰缺失的深渊找回传统的努力。传统对于艾略特来说并不是弃之如敝屣的无用之物。他提出要为传统赋予新内涵,使其获得新生。

威廉斯诗歌最明显的特征就是视觉效果。其诗歌的视觉特征主要表现在色彩语言与空间感中,通过鲜明的色彩语言和打破传统诗歌中诗行的排列,表现出诗歌的空间感和立体特征。此外,威廉斯在庞德意象主义诗歌理论的基础上,创建了客观主义,强调由词汇和事物组成的诗歌本身的作用,弱化诗人的主体功能。与以上创造性诗歌手法不同的是,威廉斯的诗歌中充满了实用主义思想。他的诗歌具有某种唯物主义特征,关注现实社会、女性与自然,注重表现真实的生活。从这点来看,威廉斯的诗歌延续了美国现实主义的传统。另外,威廉斯的诗歌理念之一就是坚持地方主义。在传统精神与道德逐日式微的时代,威廉斯始终主张诗歌创作不能远离脚下的土地,体现了他对美国本土性质的坚信和不懈探索。

卡明斯被誉为"语言魔术师"。卡明斯虽最早在哈佛这所倡导美国传统文化的高等学府学习,但却逐渐走上了个性化的创作之路。他的诗歌作品中尤以视觉诗最负盛名。卡明斯的视觉诗赋予英文字母如象形文字般的表意功能。卡明斯的诗歌彻底打破传统诗歌的诗行规矩与基本的语法规则,不注重大小写,随意分行,标点符号随意使用,单词创新组合,很多学者将之称为"变异"。但值得注意的是,虽然卡明斯的诗歌形式别具一格,但其诗歌主题却是传统的,诗中多关注生活、爱情与自然等,体现了诗人极具社会责任感的传统性的一面。另外,与艾略特提出的"非个性化"诗歌理论相反,卡明斯提出诗歌应多关注个性和个人情感。这是卡明斯对冷酷的现代社会的反击。

如果说庞德、艾略特、威廉斯和卡明斯身上率先表现出来的是先锋性的话,那么罗伯特·弗罗斯特与他们恰恰相反。提到弗罗斯特,人们首先想到的便是他的传统性。弗罗斯特的诗歌秉承传统的诗歌形式,坚持使用传统的音律模式来进行创作,选择朴素的词汇来进行语言的通俗表达和意象的运用。能在 20 世纪早期坚持这种始终如一的传统性是非常不容易的。但将弗罗斯特作为一名纯粹的传统式诗人来看待又失之偏颇。比起传统诗歌注重韵律,弗罗斯特的诗歌更倾向于向日常生活靠拢,因此又被称为诗歌的散文化。这是对诗歌的一种解放。此外,弗罗斯特的诗歌注重意义之音与多重释义,这为他的诗歌主题表达提供了多重表达空间,为实现通过旧形式表达新内容提供了可能性。弗罗斯特的许多诗歌所体现出来的内外矛盾和反讽的效果便得益于此。

兰斯顿·休斯(Langston Hughes)对美国黑人文学和传统主流文学产生了巨大而深远的影响,超过了"哈莱姆文艺复兴"时期的任何其他黑人作家。一方面,休斯作为美国现代诗人最突出的贡献在于将黑人音乐引入诗歌创作中,形成了一种具有浓郁黑人文化底蕴的诗歌文化与思想,为现代诗歌注入新鲜的艺术内涵,丰富现代诗歌的多样性表达,对后来的诗歌发展产生了深远的影响。另一方面,休斯的诗歌创作体现了对诗歌传统社会价值的坚守,即通过文学创作实现对社会的改造的美好愿景。休斯强烈地意识到要通过创作具备黑人文化特色的诗歌来唤醒黑人的民族自豪感和自我身份价值意识。休斯的诗歌通过现实主义风格呈现黑人现实生活,既有批判现实的意味,又有激励和鼓舞作用。

　　总的来说,现代诗歌通过对传统诗歌形式风格的突破或坚守,和对内容主题上的变革或恪守,表现了这个时期诗人内心的矛盾性和冲突性。先锋或传统,用任一单一的词汇来描述他们都是以偏概全。要从本质上全面把握美国现代诗歌的文学思想就必须要同时从这彼此矛盾的两个方面来考量。

第一节

埃兹拉·庞德：现代主义诗学先锋[①]

　　埃兹拉 · 庞德(Ezra Pound, 1885—1972),作为20世纪英美诗坛的先锋主将,推动了英美诗歌的现代化。威廉 · 布拉特(William Pratt)在《埃兹拉 · 庞德与现代主义的形成》(*Ezra Pound and the Making of Modernism*, 2007)的前言中写道:"波德莱尔和艾略特的诗可谓现代主义运动的代表,但庞德在近半个多世纪是那场运动的中心。"[②]卡尔·桑德伯格(Carl Sandburg)也曾说过,内行人关于现代诗的所有讨论最终都会在某处扯上庞德。庞德一生笔耕不辍,志在推动美国诗歌现代化。他不断革新诗歌文论,形成自己宏大而具有先锋性的诗歌美学标准,并不断在自己的诗歌创作中实践其理念,知行合一,对20世纪美国诗坛革新具有不可磨灭的影响。其中最具先锋性的诗学理念便是他的意象主义诗学。而庞德之所以提出这一概念,与他所处的时代关系重大。众所周知,20世纪初,美国诗坛深受英国维多利亚诗风影

---

　　①　本节由蒋洪新、叶冬撰写,部分内容选自蒋洪新著《庞德研究》。
　　②　William B. Pratt, *Ezra Pound and the Making of Modernism*, New York：AMS Press, 2007, p. 1.

响,文风软塌,浮华不实,诗歌主题狭隘,随意抒发三两句感情便成一首诗。庞德对当时的英美诗坛自然是不满而反叛的。他曾批判道:

> 从 1890 年起,美国诗是可怕的大杂烩。未经铸造,大多数甚至烘也没烘过,快速节奏,一堆面团似的,第三流的济慈、华兹华斯的笔墨,老天爷也不知道是什么鬼东西。第四流的伊丽莎白式的、钝化了的、半融化了的、软绵绵的空洞音调。①

因此,庞德想要扭转当时诗坛虚华不实的颓势,找寻诗歌新活力,实现诗歌的现代化。之后庞德远赴欧洲,其诗学思想也在不断丰富,同时受到国家和国际局势动荡的影响,他的诗学创作更加丰富多样,有关于政治经济等的论述,也有关于日本与中国诗的研究,并终其一生写下他史诗级的著作《诗章》(*The Cantos*,1930—1969)。

一、艺术真实论

庞德的第一部批评著作是《罗曼司的精神》(*The Spirit of Romance*, 1910),在这部书里,他对欧洲和普罗旺斯的文艺复兴之前的拉丁语文学进行了检阅,他说他要尽力寻找"在拉丁语中世纪文学中所蕴含的某种健旺的力量、成分或者品质,我相信在我们的文学中也拥有"。他以后的文学批评著作一直保持着这种健旺的力量与品质,他的文学批评主要论著有:《几个不》(*A Few Don'ts*,1913)、《一个回顾》(*A Retrospect*, 1918)、《严肃的艺术家》(*The Serious Artist*,1913)、《如何阅读》(*How to Read*,1931)、《阅读入门》(*ABC of Reading*,1934)、《古尔彻导读》(*Guide to Kulchur*,1938)、《书信》(*Letters*, 1953)、《文学论文集》(*Literary Essays of Ezra Pound*, 1954)、《庞德/乔伊斯》(*Pound/ Joyce*,1965)、《论文选集》(*Selected Prose 1909 - 1965*,1973)。

---

① 转引自彼德·琼斯编:《意象派诗选》,裘小龙译,桂林:漓江出版社,1986 年,第 3 页。

庞德在 1915 年写道："我一辈子绝大多数时间用于思考艺术,如果这不能偶尔为我解决秘密的几个角落,或者至少清楚地形成有关某些秘密或者方程式的秘密,那我将发现这会是多么的乏味。"①庞德的批评理论与诗学原则缺乏一种哲学和美学的系统,他的理论大多是从实践中得来的真知,这不仅为他本人的创作开辟了道路,而且对同时代的其他诗人和作家也产生了巨大影响。

庞德非常看重批评思想本身,他说:"任何思想和观点的清晰和生动取决于方法的明晰、思想本身的健康。而见长于抽象或者修辞表达往往既不利于诗歌,也不利于批评。"②"文学是充满意义的语言","伟大的文学就是将意义充满到极限的语言"③。基于将文学定义为最大限度地使用语言,庞德将作家分为六类:

（1）发明者（一种特别的过程或者一种模式或过程的发现者）;

（2）大师（除了有自己的发明创造之外,还能够吸引和协调大量前人的发明,这种人寥寥无几）;

（3）解释者（往往不追随发明者或"大作家",他们制造某种不紧凑,某种松弛、冗长或者胆小的东西）;

（4）这类人往往能按照一个时期某种好风格进行或多或少的改造……他们添加一点个人风格,对一种模式做某些微小的改变,并不影响故事的大致过程;

（5）纯文学的作家（这类人很难说起源于某一种形式,但毫无疑问将某种模式发展到相当高的程度）;

（6）风行一时的先锋者……④

---

① G. Singh, *Ezra Pound as Critic*, New York：St. Martin's Press, 1994, p. 26.

② Ezra Pound, *ABC of Reading*, New York：New Directions, 1960,p. 28.

③ 同②。

④ Ezra Pound, *Literary Essays of Ezra Pound*, edited by T. S. Eliot, New York：New Directions, 1968, pp. 23 - 24.

这些分类在庞德自己的批评标准中起到重要作用,庞德说:"如果一个人对前两种分类很了解,他能够一眼对任何的东西进行鉴别,我的意思是他能估计其价值,看看它到底在这个计划里,以何种方式而存在和处于什么样的位置。"①"一位蹩脚的批评家,不仅不知道,或者没有足够意识到这些分类,也不知道其原因,在其他分类里阅读作品并不能在很大程度上改变前两种的意见,他往往用'过时'的术语,这种术语用来描述公元前 300 年的事,以一种外在的时髦来描述它。"②有趣的是,庞德将批评家分为三类:

> 1. 最值得尊敬的批评家就是那些能促使他所批评的对象有改善的人。2. 第二类最好的批评家就是那些集中注意力评论最好作品的人。3. 戴着批评家面具的最糟糕的人不注意最好的作品,注意马马虎虎的次等品,或是胡说八道的东西,或是有害的作品,死去的或者健在势利品,或是批评中模糊的论文。③

从这些话里可知,他从事文学批评是从美好的愿望出发,批评是为了可造之才的进步,而不是落井下石;批评是为了发现好作品,而不是把精力浪费在无用的东西上。庞德还告诫有志于当作家的年轻人,要学会了解一部代表作并且形成自己的批评标准。④

庞德认为艺术的真实性是艺术力量的根本所在,他对艺术的真实性的论述都用了些实在的比方,"任何声明(陈述)就像从银行取支票,它的价值到底属实。假如我(以庞德本人为例)以一元钱当作一百万,那肯定是笑话或者骗人的把戏,它没有用。假如此时当真,那就是犯罪行为"⑤。他在《严肃的艺术家》一文中指出:"各种艺术、文学、诗

---

① Ezra Pound, *Literary Essays of Ezra Pound*, edited by T. S. Eliot, New York: New Directions, 1968, p. 24.

② 同①,第 25 页。

③ G. Singh, *Ezra Pound as Critic*, New York: St. Martin's Press, 1994, p. 149.

④ Ezra Pound, *Impact: Essays on Ignorance and the Decline of American Civilization*, edited with an introduction by Noel Stock, Chicago: Henry Regnery, 1960, pp. 57 – 58.

⑤ Ezra Pound, *ABC of Reading*, New York: New Directions, 1960, p. 19.

歌是科学,正如化学是科学一样。它的对象是人、人类和个人。化学是将物质作为它的研究对象。"①

　　艺术的试金石是精确,这种精确是多样的和复杂的,唯有专家才能决定某种艺术品是不是具有某种精确性。我并不是说任何聪明人对某件艺术品是否是好艺术品都有或多或少的鉴赏力。一个聪明的人常能分辨出一个人是否身体好。但毫无疑问一位有技术的医生才能做出某种诊断或者能从充满生气的外表下看出隐藏的疾病。②

　　庞德还将艺术与科学的其他能源相比,他说:"我们或许相信艺术中至关重要的东西是一种能源,某种像电或者放散性的东西,一种渗入、焊接和统一的力量。一种就像水的力量,从明亮沙滩喷涌而出,化为急流。这样你就可以得到你的意象。"③

　　庞德将艺术的感召力量与医学的诊断和治疗相比较,他在《严肃的艺术家》一文中写道:"正如在医学中有诊断的艺术和治疗的艺术一样,艺术也是如此,特别是在诗歌和文学的艺术中,也有诊断的艺术和治疗的艺术两种。人们称前者为对丑的崇拜。"④他还进一步指出什么是"美的崇拜",什么是"丑的崇拜":"美的崇拜是维龙、波德莱尔、科比埃、比厄斯利,他们是诊断艺术的艺术家,福楼拜也是诊断作家。"⑤他将艺术分为诊断艺术和治疗艺术两类,此两者并不矛盾,他说:"对美的崇拜和对丑的描写并不相互矛盾。"⑥庞德很早就认为艺术创作必须严肃认真,唯此才能产生好的作品,他1912年9月在伦敦时去信给

---

① Ezra Pound, *Literary Essays of Ezra Pound*, edited by T. S. Eliot, New York: New Directions, 1968, pp. 48–49.
② 同①,第48页。
③ 同①,第49页。
④ 同①,第44页。
⑤ 同①,第45页。
⑥ 同①,第45页。

哈莉特·门罗说:"我们的政策我认为是这样:我们要支持美国诗人——尤其是有严肃干劲写大作的年轻诗人。我们要引进比国内写得好的作品。最好的外国货,超出平庸或者超出看上去严肃的实验的作品,一定会更神奇地导致诗歌艺术的发展。"①

庞德认为"坏的艺术就是不精确的艺术,这种艺术造成虚假的汇报"。他将此与科学家的责任相比,他说:"如果一位科学家做虚假汇报,不管是有意的,还是疏忽造成的,我们都根据他造成的后果来定他为罪犯还是坏科学家,他会相应地得到惩罚或者鄙视。"②因此,庞德极力反对虚假的艺术,他说:

> 如果一个艺术家,在关于人性,关于他自己的本性,关于一切事物完善的理想本性,上帝的本性(如果上帝存在的话),生活力量的本性,善和恶的本性(假如存在善与恶的话),信仰的力量的本性,以及他遭受痛苦或高兴的程度的性质——如果艺术家为了迎合时尚的趣味,符合专制者的要求,墨守传统的道德戒律,他在上述这些问题或任何别的问题上弄虚作假,他就在撒谎。不管他是存心撒谎,还是出于大意、懒惰还是懦弱,或是任何形式的疏忽,他毕竟是在撒谎。人们应该根据他错误的严重程度,对他进行相应的惩罚。③

在庞德看来,这种弄虚作假就像医生弄假而造成事故一样要负责任。"这种医生的行为,往往对病人的疾病不懂,也不去问近在咫尺的行家,对自己的无知公然否认,还阻止病人去找行家,或为自己的目的折磨病人。"④庞德认为文学批评应借鉴科学的方法,他说研究诗歌与好文学

① Ezra Pound, *Selected Letters of Ezra Pound, 1907－1941*, edited by D. D. Paige, New York: New Directions, 1971, pp. 10－11.

② Ezra Pound, *Literary Essays of Ezra Pound*, edited by T. S. Eliot, New York: New Directions, 1968, p. 44.

③ 同②,第 43 页。

④ 同②。

的妥当方法是当代生物学家的方法,即细致地进行第一手调查,不断地将一断面或者样品与另一断面和样品进行比较。① 因为他认为大学培养出来的研究生只会干贴标签的活,这是悬在真空之中。运用他所认为的科学方法最成功的例证莫过于厄内斯特·F. 费诺罗萨(Ernest F. Fenollosa)的《作为诗歌手段的中国文字》("The Chinese Written Character as a Medium for Poetry", 1919),因为费诺罗萨脚踏实地地解释了中文的构成、用途与意义,他的论文也许超出他的时代所能理解的范围。庞德所追求的文学与艺术的真实不是悬在空中,而是基于社会,"文学不能存在于真空。作家应该要有一定的社会作用,与他们作为作家的能力相匹配。这是他们的主要作用,所有其他的作用都是次要的和暂时的"②。

二、从瞬间"意象"到极点"漩涡"

英美现代主义运动的高潮在20世纪20至40年代,但其源起则可溯至20世纪初的意象主义。艾略特指出现代诗的开始应该归结为"一群在1910年左右在伦敦处于支配地位的意象派"。庞德率先提出了意象主义的原则与主张,在后期又与逐渐成为意象主义代言人的艾米·洛威尔(Amy Lowell)所持观点渐行渐远,最终转向极致的"漩涡主义"。

关于如何写出意象诗,庞德早在1908年写给同为诗人的好友威廉·卡洛斯·威廉斯的信中谈到"诗艺的最终成就"时如此说道:

1. 按照我所见的事物来描绘。

2. 美。

3. 不带说教。

4. 如果你重复几个人的话,只是为了说得更好或者简洁,那实在是件好事。彻底的创新,自然是办不到的。③

① Ezra Pound, *ABC of Reading*, New York: New Directions, 1960, p. 18.
② 同①,第32页。
③ Ezra Pound, *Selected Letters of Ezra Pound, 1907－1941*, edited by D. D. Paige, New York: New Directions, 1971, p. 6.

当时,庞德刚到欧洲不久,试图探索出一条文学发展的新思路。而在彼时的伦敦,T. E. 休姆(T. E. Hulme)和 F. S. 弗林特是新诗运动的核心人物,他们受法国象征主义的影响,逐步形成自己的诗歌理论。庞德的加入使得"意象派"迅速成为"意象主义"运动。正如威尔海姆所指出的:"事实就是如果没有庞德 1909 年至 1915 年的参与,根本不可能有任何的运动。几只有颜色的鸟和一些零散的曲调构不成春天。"①1913 年 3 月号的《诗刊》堪称"意象主义"发起宣言。弗林特在其中的《意象主义》一文中提出"意象主义"的三条规则:

1. 直接处理"事务",无论是主观的还是客观的;

2. 绝对不使用任何无益于呈现的词;

3. 至于节奏,用音乐性短句的反复演奏,而不是用节拍器反复演奏来进行创作。②

同一期的《诗刊》也发表了庞德的《意象主义者的几"不"》,庞德首先指出:"一个意象是瞬间所呈现的理智和情感的复合物的东西……一个人与其在一生中写浩瀚的著作,还不如在一生中呈现一个意象。"③随后论证了语言应该注意的问题:

不要用多余的词,不要用不能揭示什么东西的形容词。

不要用像"充满和平的暗淡土地"这样的表达方法。它钝化意象。它将抽象与具体混在一起了。它来自作家的缺乏认识——自然的物质是自足象征。

不要沾抽象的边……

---

① James J. Wilhelm, *Ezra Pound in London and Paris: 1908 – 1925*, University Park: Pennsylvania State University Press, 1990, p. 34.

② 彼德·琼斯编:《意象派诗选》,裘小龙译,桂林:漓江出版社,1986 年,第 150 页。

③ 同②,第 152 页。

……

不要以为诗的艺术比音乐的艺术要简单一些……

尽可能多地受伟大的艺术家们的影响；但要正派，要么直截了当地承认你所欠人家的好处，要么尽力把它隐藏起来。

不要让"影响"仅仅意味着你生吞活剥了某一两个你碰巧赞美上了的诗人的某些修饰性词汇……

不要用装饰或好的装饰。①

我们理解庞德的意象主义诗学理论要掌握其中两个要义：其一，攫取"意象"的方式如雄鹰掠抓猎物，发现目标后，俯冲而下，在刹那间擒获。"意象"之获取虽是瞬间的，但却是理智与情感过滤的复合物。庞德还有一句话说得好，这种瞬间诞生的意象犹有"一种突然解放的感觉，那种从时间局限和空间局限中摆脱出来的自由感觉，那种我们在阅读伟大的艺术作品时经历到的突然成长的感觉"②。由此可见，"意象"之绽放是经过理智与情感的处理的。庞德的意象主义诗篇有许多都是经过酝酿的，得到的是一种释放、自由和成长的感觉，这种出人意料的名词意象的运用能给读者带来丰富的想象空间。其二，在语言使用上，意象主义诗学力求简洁、具体、精确。庞德的高妙之处在于他往往能从一堆貌似散乱的细节中，重新聚集新的活力，将具体与抽象完美结合，故他笔下的意象承载了足够的能量，表现出维多利亚时期诗歌所缺乏的硬朗。

以庞德的名作《在地铁车站》（"In a Station of the Metro", 1913）为例："人群中这些脸庞的隐现/湿漉漉、黑黝黝的树枝上的花瓣。"庞德本人对该诗曾做过解释，他认为这首诗类似日本俳句的句式，他用最小词语来描绘巴黎地铁中的情景，此中最突出的是运用了"意象叠加"的艺术手法。诗中呈现出两个意象：一是地铁中人群的脸庞的时

---

① 彼德·琼斯编：《意象派诗选》，裘小龙译，桂林：漓江出版社，1986年，第152页。

② Ezra Pound, *Literary Essays of Ezra Pound*, edited by T. S. Eliot, New York: New Directions, 1968, p. 4.

隐时现,二是湿漉漉、黑黝黝的树枝上的花瓣。这两个意象不加评论地被并置在一起,在读者心里立即唤起了联想,它们事实上是前后呼应的,正是"瞬间所呈现的理智和情感的复合物的东西"。庞德自己回忆说正当他出巴黎地铁站口时看到一张张美丽的面容,在幽暗的灯光下时隐时现,鱼贯而逝,他立即产生了情感的冲动,写下了这首诗,然后反复修改,尽量精确到最合适的词语。庞德的意象主义诗篇有许多都是采用这种出人意料的名词意象的结尾,以达到瞬间诞生的理智与情感的复合物效果,增强诗的开放式结尾的艺术效果,激起读者的联想。例如,《温柔女士》("Gentildonna",1913)一诗的结尾是:"在寒冷的雨天下的灰色、橄榄色的树叶";《刘彻》("Liu Ch'e",1914)一诗的结尾是:"一片贴在门槛上的湿叶子"①。

1915 年以后,被庞德称为"我们的女荷马"的艾米·洛威尔逐渐成为意象主义运动的领导者和经纪人角色,并于 1915—1917 年接连推出三部意象派诗选集,同时利用选集阵地宣发自己的意象主义主张。与此同时,庞德越来越不能认同洛威尔的观点,甚至杜撰了"Amigism"一词来说明意象主义在她这里成了"艾米主义",叫她别再使用"意象主义"一词,说她编辑的选集可称为"自由诗或者其他什么名称"。尽管洛威尔的选集中包括了意象派的优秀代表作品,但庞德不能认同她的艺术主张。庞德认为:"他们给我们的是脆弱的画面——沙滩的风吹、沼泽、牧场、城市街道、散乱的落叶、富有暗示和愉悦的画面,但基本上跳不出一个好的描绘。"②庞德在《诗刊》(1918 年 3 月)上评论 1917 年出版的《某些意象主义诗人》(Some Imagist Poets)说:"不幸的是,意象主义现在几乎成了任何不押韵、不规则的诗,'意象'——仅仅指视觉——用来意指某种图画印象。"③在庞德看来,意象

---

① 彼德·琼斯编:《意象派诗选》,裘小龙译,桂林:漓江出版社,1986 年,第 84 页。

② 转引自 Alice Corbin Henderson, "Imagism Secular and Esoteric," Poetry, 2.6 (1918), p. 340。

③ 转引自 Noel Stock, The Life of Ezra Pound, New York: Pantheon Books, 1970, p. 225。

主义应该是"概念的意象的基本点与感性意象的精确性相结合"。怎样才能达到这两者的自然结合呢？又怎样才能在此基础上写出容量大而又视觉如画的长诗？庞德也许较早地发现了意象主义的短处，所以他警告说："意象不是一个思想，而是一个发光的结点，一个漩涡，很多思想不断从中涌入或者流出。"①

随着以洛威尔与弗林特为首的意象派偏离庞德的艺术主张，庞德转向了漩涡主义。漩涡主义本是绘画领域里英国的一个流派，它不甘于跟随法国画坛的仆从地位，反对模仿性艺术，宣称要致力于创造一种"明白、激烈、可塑的现代主义"。这个流派的创始人和领导者是著名的文学家兼画家温德姆·刘易斯（Wyndham Lewis）。他出生于加拿大，1893年到伦敦，16岁考入伦敦的斯勤德美术学校，三年后赴巴黎，1909年回伦敦，1914年创办了一份名叫《疾风》（Blast）的杂志。刘易斯可以称得上是漩涡主义理论家。庞德对刘易斯评价很高，他说："我相信刘易斯先生是设计形式的大师，他给我们的艺术带来设计的新单位和结构的新形式。"②庞德同时对这一批漩涡主义诗人评价都很高："这批新人使我看到形式，使我意识到伸向房子之间的天空外表，浴室里水喷到天花板在阳光下的明亮图式，通过间隙投射到帘布上的巨大V形光，所有这些都是新的和弦，设计的新键盘。"③1915年，第一次（也是唯一的一次）漩涡派展览举行，刘易斯在简介中宣称："我们的漩涡主义有三个方面：第一是反对毕加索那种有鉴赏力的消极性活动；第二是反对无聊的逸闻趣事，谴责自然主义；第三是反对模仿性电影摄影术、未来主义的大惊小怪的歇斯底里（比如一种精神的活力）。"④由此可见，漩涡主义力求摆脱英国现代艺术从属于法国巴黎画坛的地位，力求在漩涡中找到一个明晰的中心。⑤ 刘易斯在1914

① Ezra Pound, *Gaudier-Brzeska: A Memoir*, New York: New Directions, 1974, p. 92.
② 同①，第93页。
③ Ezra Pound, *Selected Letters of Ezra Pound, 1907－1941*, edited by D. D. Paige, New York: New Directions, 1971, p. 39.
④ 转引自蒋洪新：《庞德研究》，上海：上海外语教育出版社，2014年，第282页。
⑤ 彼德·琼斯编：《意象派诗选》，裘小龙译，桂林：漓江出版社，1986年，第168页。

年 6 月的《疾风》中说,是庞德发明了"漩涡主义者"这个名词。在刘
易斯看来,一切事物都是能量,心灵也是能量,刘易斯提出:

> 我们的漩涡讨厌分散的、有理智的胆小鬼
> 我们的漩涡是以擦亮的方方面面自豪
> 我们的漩涡不听任何东西,只听任灾难的磨炼的舞蹈
> 我们的漩涡渴望的是飞快的不变节奏
> 我们的漩涡就像愤怒的狗冲向印象主义
> ……
> 漩涡主义者往往是"能量静止时达到最高点","让生命
> 知道自己在漩涡宇宙之中的位置"。①

庞德的"意象"理论也与漩涡的观点相联系,应该说,漩涡之说是
由他前期所主张的"意象"理论发展而来的。他曾在论述"意象"时
指出:

> 意象可以有两种。意象可以在大脑中升起,那么意象就是
> "主观的"。或许外界的因素影响了大脑;如果如此,那么它们被
> 吸进大脑熔化了,转化了,诱发与它们不同的一个意象出现。其
> 次,意象可以是"客观的"。攫取某些外部场景或行为的情感,事
> 实上把意象带进了头脑;而那个漩涡(中心)又去掉枝叶,只剩那
> 些本质的或主要的或戏剧性的特点,于是意象仿佛像那外部的
> 原物似的出现了……在两种情况下,意象都不仅仅是思想,它是
> 漩涡一般的或集结在一起的熔化了的思想,而且充满了能量。
> 如果它不能满足这些条件,它就不是我所称的意象。②

---

① 彼德·琼斯编:《意象派诗选》,裴小龙译,桂林:漓江出版社,1986 年,第
168 页。
② 转引自雷内·韦勒克:《现代文学批评史》(第五卷),章安祺、杨恒达译,北
京:中国人民大学出版社,1991 年,第 239 页。

庞德在 1914 年 6 月 20 日的《疾风》杂志上发表了《漩涡》（"Vortex"）一文，对漩涡主义有进一步的论述："漩涡是极力之点，它代表着机械上的最大功率。"①"漩涡主义者唯独依赖于此；依赖于他的艺术的基本色素，除此无它。"②"一切经历蜂拥成这个漩涡。一切充满活力的过去，一切重温或值得重温的过去。一切动量，由过去传送给我们的，种族、种族的记忆、本能冲击着平静。"③

> 每一个概念，每一种情感均以某种基本的形式把自己呈现给清晰的意识。它从属于这种形式的艺术。若是声音，则属音乐；若是成形的字词，则属文学；意象，则属诗歌；形式，则属设计；平面的色彩，则属绘画；三维的形式或设计，则属雕塑，随舞蹈或音乐或诗的节奏而动。④

庞德对"享乐主义"和"未来主义"进行了批判，他认为："享乐主义是漩涡空缺之处，软弱无力，被剥夺了过去和未来，一个静止的卷轴或圆锥的顶头。未来主义是漩涡喷溅的浪花，其后没有冲力，疏散分离。"⑤

1914 年 9 月，庞德为《两星期评论》（*The Fortnightly Review*）杂志写了篇论"漩涡主义"的文章："有一种诗，诗中音乐和纯乐曲，仿佛正在进入语言……还有一种诗，诗中绘画或雕塑仿佛正在传入语言。"⑥庞德还列出了漩涡主义在艺术上的典范之作。在绘画上，他推崇康丁斯和毕加索；在诗歌上，他列举了希尔达·杜利特尔（Hilda Doolittle）的那首《奥丽特》（"Oread"，1914）。漩涡主义者喜欢以液体

---

① 伊兹拉·庞德：《庞德诗选——比萨诗章》，黄运特译，桂林：漓江出版社，1998 年，第 217 页。
② 同①，第 217—218 页。
③ 同①，第 218 页。
④ 同①，第 218 页。
⑤ 同①，第 218 页。
⑥ 彼德·琼斯编：《意象派诗选》，裘小龙译，桂林：漓江出版社，1986 年，第 14 页。

之流来比附漩涡主义,道格拉斯·戈尔德宁(Douglas Goldring)说:
"漩涡和漩涡主义的意义已由刘易斯解释得简单明了,你一想到池
水的漩涡,漩涡的中心是了不起的静池,所有的能量向它集中,漩
涡主义者就在这集中的地方。"①庞德在《罗曼司的精神》的序言中
写道:

> 艺术是液体,流过或流在人们的心里……
> 艺术或一件艺术品并不是像河水流……静止可以映照,
> 河水却照常流动。②

庞德的朋友福特·马多克斯·福特(Ford Madox Ford)也喜欢用
"溪水般清澈"(brook)来描述他喜爱的作家,如他评价海明威的《永
别了,武器》的措辞是"犹如从溪水中刚刚捡起小石头……他的书页有
你透过流水看见的溪水底的清澈效果"③。庞德在他的《诗章》第 24
章也使用了"溪水般清澈"的意象。

总而言之,漩涡主义是一次先锋派文艺运动,活跃期虽然很短暂,
但他们所追寻的艺术创新的精神以及漩涡主义理念都对诗歌现代化
的发展产生了重要影响。庞德的漩涡主义更是一种极致的现代主义,
但这种极端的意象追求,从某种程度上来说,反而给诗歌带来了更多
的束缚与挑战,这也可能是他的漩涡主义最终没有掀起更大浪潮的原
因之一。

三、中国古典诗对庞德诗学思想的影响

在庞德推进意象主义和漩涡主义的过程中,中国古诗和费诺罗萨
的汉字观可以算作两支强心剂。这一推进的结果是表意法的诞生。

---

① Douglas Goldring, *South Lodge*, London: Constable and Company, 1943, p. 65.

② Ezra Pound, *The Spirit of Romance*, New York: New Directions, 1968, p. 5.

③ Ford Madox Ford, "Introduction," in *A Farewell to Arms*, by Ernest Hemingway, New York: Modern Library, 1932, p. xvi.

表意法,简而言之,是指用具体的形象表达抽象的内容。它来源于费诺罗萨的汉字观。1913 年,意象主义运动正如火如荼地进行着,同年年底,庞德收到了费诺罗萨夫人寄来的丈夫的遗稿,其中有 150 多首日译中文诗,收录了屈原、李白、白居易等诗人的作品。庞德只选取了其中的 19 首最能为他所用的诗歌翻译成《华夏集》(Cathay,1915,又译《神州集》《国泰集》)。1913 至 1915 年,庞德在英译这些诗歌的过程中受到了费诺罗萨思想的启示,对中国的诗歌产生了浓烈的兴趣并极为赞赏。庞德整理费诺罗萨手稿中关于汉字的内容,于 1921 年出版了《作为诗歌手段的中国文字》。费诺罗萨认为,西方的表音文字在解释时从抽象走向抽象,但象形的表意汉字不仅表现自然的行为和过程,还以“巨大的力量和美”包含或处理崇高的思想与幽微的精神,即以图画的形式表现出伟大的智力内容。这种形意结合的汉字才是真正的诗歌媒介,是科学的方法。庞德在《阅读入门》一书中进一步阐发了费氏的观点,丰富了表意法。表意法扩展了意象主义,用明确、科学的理性代替了先前模糊的意象主义主张。① 据赵毅衡记载:“庞德认为西方诗是有一分讲成十分,作感伤性的发泄,中国诗是有十分只讲一分,隐而不露。因此‘克制陈述’(understatement)是中国诗的基本手法。”②而当时的浪漫主义却反其道而行之,诗歌创造非常模糊凌乱,滥情又装腔作势。此外对于诗歌创作,他一直认同:“艺术家找出最光亮的细节,把它们表现出来。他并不加以评论。”③而中国诗恰是如此。因此中国古诗就是他理想中的意象诗歌,这对于他推进美国诗歌现代化无疑是很大的助力。于是他便开始模仿中国诗的一些技巧来进行诗歌翻译与创作,以此对英美诗坛进行更深入的革新。

---

① 洪振国:《浅谈庞德的“表意法”》,《五邑大学学报》(社会科学版)1990 年第 Z1 期,第 24 页。
② 赵毅衡:《诗神远游:中国如何改变了美国现代诗》,成都:四川文艺出版社,2013 年,第 192—193 页。
③ 同②,第 193 页。

确实,庞德《华夏集》的出版使美国诗坛对中国古诗以及中国文化的兴致空前高涨。大多数的新诗代表人物认为,与此前一直流行的西方传统诗歌相比,中国诗完全是一种新的诗歌创造,是具有现代性的。而庞德则是早就发现了中国诗的现代性,尤其诗中的意象叠加与意象并置更是让他对自己早期所提倡的意象主义诗歌有了更深入的认识,这也是庞德思想产生变化的阶段,与中国诗歌产生联系,使他的意象主义诗学更具先锋性。

所谓意象叠加,是将一个意象叠加在另一个意象之上,实际上构成一种隐喻关系,但喻体与本体之间省去了联系词。而意象并置指的是两个或两个以上的意象以并列的方式组合在一起,它们也省略连接词,但意象间不构成比喻关系,并且关系也不明确,甚至是多义的,而这样就留给读者想象和补充的余地。这两种意象组合方式都是中国古诗中常见的句法结构。如马致远的《天净沙·秋思》"枯藤老树昏鸦,小桥流水人家"就是很具代表性的意象并置组合。诗人运用一系列意象客观呈现了事物的瞬间存在,同时渗透了诗人当下的情感,使读者能有一种身临其境之感。正如郑树森所说:"意象并置组合的效果之一,即是使读者在自行体会诗中经验时,玩味到意象间的'类同性'而对事物有突然的,崭新的,近乎顿悟的了解。"[①]这就与庞德一直提倡的"瞬间所呈现的理智和情感的复合物的东西"不谋而合。因此,庞德在他创造式的翻译过程中保留了原中国诗的这种结构,打破了英美诗歌中的需要动词、连接词等的传统,而采用一系列名词或名词短语来呈现纯意象。而且,他还在自己的诗歌创作中也模仿这种写法,希望以此推动诗歌的革新。最终事实证明,他的这一实验是成功的,这样的意象叠加或并置后来成为现代诗歌的重要形式。

在《华夏集》的翻译里,随处可见庞德保留意象结构的例子。据赵毅衡论述,他初读《华夏集》发现有两处诗行最让人吃惊、最怪异:

---

① 郑树森:《俳句、中国诗与庞德》,载温儒敏编《中西比较文学论集》,北京:北京大学出版社,1988 年,第 318 页。

译自李白的　　　Desolate　castle, the sky, the wide desert[1]

荒　　城　　空　　大　　漠

译自李白的　　　Surprised　desert　turmoil Sea sun[2]

惊　　沙　　乱　　海　　日

但是当他对照费诺罗萨的手稿时,惊奇地发现手稿上有很正确的英文注释:

荒城空大漠 I see a ruined fortress in a most blank desert

惊沙乱海日 The sand surprised confused the rising sun out of the sea.[3]

因此,从上面的例证来看,庞德确实在翻译的过程中特意保留了中国诗中的并置意象,而省去了很多使诗歌连贯通顺的连接词。还有李白《送友人》中的"青山横北郭,白水绕东城",庞德译为"Blue mountains to the north of the walls,/ White river winding about them.",而"浮云游子意,落日故人情"则译为"Mind like a floating wide cloud,/ Sunset like the parting of old acquaintances."。可以看到,这里有"青山"与"白水"、"浮云"与"落日"两组意象,在这两句诗句中庞德没有使用动词或系动词,而是特意效仿原诗的句法结构,这样也有利于理解的多元性,能留给读者广阔的想象空间。由此可见,庞德是十分推崇这一技巧的,并且他还将其运用到自己的诗歌创造当中。庞德研究专家威廉·C. 维斯(William C. Wees)进一步总结:"庞德的诗歌就应该像漩涡主义画派一般,是一个基于线条,色彩与图案的抽象合成物。"[4]庞

① 赵毅衡:《诗神远游:中国如何改变了美国现代诗》成都:四川文艺出版社,2013 年,第 218 页。

② 同①,第 219 页。

③ 同①,第 219 页。

④ William C. Wees, "Ezra Pound as a Vorticist," *Wisconsin Studies in Contemporary Literature*, V1.1(1965), p. 69.

德的作品《教义》("Dogmatic Statement Concerning the Game of Chess",1915)就将他的这一思想展现得淋漓尽致:

> Reaching and striking in angles,
>
> holding lines in one colour.
>
> This board is alive with light ...
>
> Whirl! Centripetal! Mate! King down in the vortex,
>
> Clash, leaping of bands, straight stripe of hard colour,
>
> Blocked light working in. Escapes. Renewing of contest.
>
> (19)[①]

　　画面中抽象的线条和色彩以及光与空间的交错,还有结尾处不断旋转、自我延续的能量,都使得这首诗成为庞德式漩涡主义诗歌。但庞德并没有将这一理念应用到所有漩涡主义诗歌,而是由此发展了他的"视觉"新形式。该形式强调视觉技巧,读者阅读时,意象的画面感强烈而有冲击力。实际上,庞德的这一技巧受到了中国文字的影响。庞德转向漩涡主义时正值他接触费诺罗萨笔记,研究中国古诗。汉字是象形文字,费诺罗萨在他的《作为诗歌手段的中国文字》中说:"大部分原始的汉字,甚至所谓部首,都是动作或过程的速记图画。"[②]因此他认为用汉字组成的诗歌"既具有绘画的生动性,又具有声音的运动性"[③]。这对庞德的视觉形式的形成影响深远。此外费诺罗萨还反驳了名词最为重要的说法。他说:"可能有人会以为图画,自然是'事物'的图画,因此中文的词根就是名词。事实上,研究表明:大部分中国古文字(包括所谓草书)都是动作或者过程的简化。"[④]随后他又补

---

① Ezra Pound, "Dogmatic Statement Concerning the Game of Chess: Theme for a Series of Pictures," *Poetry*, 5(1915), p. 257.

② 厄内斯特·费诺罗萨:《作为诗歌手段的中国文字》,埃兹拉·庞德编,赵毅衡译,《诗探索》1994 年第 3 期,第 155 页。

③ 同②。

④ 同②,第 156 页。

充道:"一个真正的名词,一个孤立的事物,在自然界并不存在。事物只是动作的终点,或更正确地说,动作的会合点,动作的横剖面,或快照。自然中不可能存在纯粹的动词,或抽象的运动。眼睛把名词与动词合一。"①费诺罗萨的这一思想推动了庞德对中国文字与文化的研究,并最终影响了他的动态意象、漩涡能量、主观与客观意象的构思。庞德曾说过:"汉字在理论上代表的不是意义,也不是结构,而是事物,尤其是表示动作和过程的事物,或者表示能量和形式的事物。"②之后他又大量阅读了中国的《论语》《孟子》等书籍,并在其《诗章》的创作中频频引用,可见中国文化对庞德诗学的影响。

在他后来的《诗章》中我们也能看到更多意象的呈现。比如在《诗章 4》中:

> 仙女的和歌,山羊蹄和苍白的脚交错;
> 弯月挂蓝水,浅滩上金绿斑驳,
> 黑色雄鸡在海沫中啼鸣;
> 带有弧形花雕支脚的沙发旁,
> 鹰爪狮头,一位老人坐着
> 嗡嗡低语……③

"仙女""山羊""弯月""蓝水"等一连串自然意象,使得诗歌极富灵性。之后,随着庞德意象主义诗学思想的不断发展,这种意象技巧也越来越丰富。据朱伊革评论:"《诗章》中就像布满了密集的意象之网,这些意象之间有着一种隐秘的联系,彼此呼应,互为补充,编织成一系列意象的网络。"④

---

① 厄内斯特·费诺罗萨:《作为诗歌手段的中国文字》,埃兹拉·庞德编,赵毅衡译,《诗探索》1994 年第 3 期,第 156 页。

② Edwin Gentzler, *Contemporary Translation Theories*, London and New York: Routledge, 1993, p. 256.

③ Ezra Pound, *The Cantos of Ezra Pound*, New York: New Directions, 1970, p. 13.

④ 朱伊革:《论庞德〈诗章〉的现代主义诗学特征》,《国外文学》2014 年第 1 期,第 72 页。

因此,庞德确实是将意象叠加,并将这一技巧运用得炉火纯青。

在翻译《华夏集》时,庞德除了进一步丰富意象主义诗学,还对诗歌韵律进行了革新。艾略特在《庞德的格律与诗歌》("Ezra Pound: His Metric and Poetry", 1917)中对庞德在诗歌格律上的创新和处理词语的得心应手表现出极大的赞赏。"实际上,正是能够让格律适应心情才是庞德技巧的重要成分,而让格律能够适应心情是勤奋研究格律的结果。"①青年时期的庞德就对 20 世纪初的维多利亚诗歌僵化死板的节奏和韵律形式有所不满。因此,庞德在翻译中国诗时将其创造性地翻译成自由诗,这样一来就不可避免地对美国诗歌的韵律进行革新。由于他对"意象"的强调,庞德保留了原诗的结构,转换成英语语言的时候,自然就打破了之前死板的格律押韵。比如,同一诗句"青山横北郭,白水绕东城",庞德的译文为"Blue mountains to the north of the walls, / White river winding about them.",而追求韵律的翟里斯却译成"Where blue hills cross the northern sky, / Beyond the moat which girds the town, / It was there we stopped to say Good-bye!"。他的译作就破坏了中国古诗的这种意境美,破坏了诗歌原本的结构。而庞德的译法则能保存原诗的风韵,给读者呈现画面感,更具灵气。并且庞德一直追求的是一种绝对节奏,他认为只有"当节奏与诗歌真正想表达的情感完全一致时,才是上乘之作"②。祝朝伟评价庞德翻译的《送元二使安西》:"这种节奏的形成是通过两个或三个短语的交替使用而实现……其节奏跌宕多姿,音韵手法复杂多变,但又都跟诗人的情感紧密相连。"③事实上,《华夏集》中的诗歌翻译大多都是此类短语类节奏的自由诗,反映出了庞德所推崇的诗学观念。

确实,《华夏集》的出版鼓励了更多美国诗人对意象叠加与意象并

---

① 转引自蒋洪新、郑燕虹:《庞德学术史研究》,南京:译林出版社,2014 年,第 233—234 页。

② Ezra Pound, *Literary Essays of Ezra Pound*, edited by T. S. Eliot, New York: New Directions, 1968, p. 51.

③ 祝朝伟:《绝对节奏与自由诗——庞德〈华夏集〉对英语诗歌韵律的创新》《中国比较文学》2006 年第 2 期,第 157—158 页。

置技巧加以运用,也推动了格律诗向自由诗的大幅转向。同时,对中国诗的研究也深化了庞德对意象主义诗歌创作的认知,利维斯评价庞德这一阶段的诗歌创作时说:"我们可以发现他的诗越来越精巧了,古词消失了,诗的陈腔滥调消失了,现代的语汇出现了,这是很有趣的。"①更重要的是,中国诗也从侧面推动了庞德向漩涡主义的转变。

纵观庞德文学思想的发展史,他一直都是美国诗坛革新的风向标。一波又一波的"意象热""中国热"和"漩涡热"都是由庞德率先发动。作为贯穿他诗学思想始终的"意象"概念也在不断丰富,并成为引领美国诗歌现代化的重要手段。在接受《巴黎评论》(*The Paris Review*)的采访时,庞德说:"我认为艺术家必须一直变化。你在努力用一种不会让人厌烦的方式诠释生活,而且你在努力写下你所看见的。"②艾略特曾多次赞赏他的诗歌创造,并评价他"比任何其他人对20世纪诗歌革命都作出了更多的贡献"③。因此其诗学思想的先锋性是毋庸置疑的。此外,庞德的翻译思想、政治经济思想等也为美国文学界添上了浓墨重彩的一笔,进一步加快了西方文学现代化的进程。

第二节

T. S. 艾略特的诗学思想与非个性化理论④

谈及西方现代主义文学,T. S. 艾略特 (T. S. Eliot, 1888—1965) 自然是一座无法绕行的仰止高峰。作为诗人、戏剧家和文论家的艾略特,不仅创作了大量传诵经典的诗作、剧本,而且鲜明地提出自己的诗学主张和文学理论;既注重对传统的挖掘,又将诗歌创作推向了一个

---

① Frank Raymond Leavis, *New Bearings in English Poetry: A Study of the Contemporary Situation*, London: Chatto and Windus, 1932, p. 132.

② 原载《巴黎评论》第28期,1962年夏/秋季号。

③ 转引自李维屏、张琳等:《美国文学思想史》(下卷),上海:上海外语教育出版社,2018年,第584页。

④ 本节主要内容选自蒋洪新著《T. S. 艾略特文学思想研究》,由叶冬整理。

新的高度,与转型的时代语境遥相辉映,引领着 20 世纪诗坛阔步前进,佳作迭出,呈现出了蔚为壮观的景象。作为开一代诗风的诗人,他在现代诗歌的语言、结构以及理论等领域都颇有建树,理论与创作相得益彰,对时代产生了巨大影响。

一、诗歌的起源与功能

艾略特在《诗歌的社会功能》("The Social Function of Poetry",1945)中对诗之起源有较为详尽的论述。诗之起源可能与宗教仪式相关,来源于驱邪、治病时的吟唱。艾略特的诗歌创作深受杰西·L. 韦斯顿(Jessie L. Weston)《从仪式到传奇:圣杯传说的历史》(*From Ritual to Romance: History of the Holy Grail Legend*,1920)和人类学家詹姆斯·乔治·弗雷泽(James George Frazer)《金枝:巫术与宗教之研究》(*The Golden Bough: A Study in Magic and Religion*,1911—1915)两本书的影响。在《荒原》的原注中,艾略特特别强调:"我在总的方面还得益于另一部人类学著作,这部专著深深地影响了我们这代人,我指的是《金枝》。"①这两本书不仅对各种宗教仪式进行了阐释,更是探寻了自原始社会以来神秘主义与宗教仪式的关系。在未开化时代,神秘主义不仅是维护宗教权威最为有效的手段之一,也是原始艺术的重要组成部分。艾略特对于宗教神秘主义在历史早期的重要性同样也看得十分清楚,他指出,"神秘的心态,即便处于一个比较低的水平,但在野蛮人的日常生活中要比在文明人的日常生活中发挥的作用大得多"②。艾略特在大学的时候就对神秘主义产生了兴趣,而后越来越关注一些哲学家、诗人在创作中对神秘主义的运用。在艾略特眼中,但丁·阿利吉耶里(Dante Alighieri)、柏格森、约翰·多恩(John

---

① 托·斯·艾略特:《荒原:艾略特文集·诗歌》,汤永宽、裴小龙等译,上海:上海译文出版社,2012 年,第 104 页。

② T. S. Eliot, "Second Review of *Group Theories of Religion and the Individual*, by Clement C. J. Webb," in *The Complete Prose of T. S. Eliot: The Critical Edition, Volume 1*, edited by Jewel Spears Brooker and Ronald Schuchard, Baltimore: Johns Hopkins University Press, 2014, p. 431.

Donne)、威廉·巴特勒·叶芝(William Butler Yeats)等一些对其影响深远的人都与神秘主义有着千丝万缕的关系。当艾略特皈依宗教后,神秘主义的色彩在艾略特诗歌中更加浓厚,成为其标志性的诗学特征之一。在《荒原》中,这种神秘性便已经被非常明显地体现了,大量引用的文本都来自东西方的教义和神话。而在《四个四重奏》(Four Quartets,1943)中,艾略特对神秘主义的运用又更进一步。直接引文的痕迹几乎被抹掉,但那些与宗教密不可分的神秘来源却十分明显。如来自《神曲》(The Divine Comedy,1308—1321)的"一种既动又静的白光",来自佛教的"此岸和彼岸",来自英国神秘主义者朱利安的显圣经历,又如占卜算命活动等。象征主义诗派看重神秘主义的这种不确定性,在叶芝等人的化用下,神秘主义与现代诗歌,真实性与非实在,智力的理性与精神的迷幻形成了一种呼应。艾略特的诗歌中体现了这样一种联系,他利用神秘性使诗歌的感性范围得以延伸至更为广阔、隐秘的世界,使前置的实在经验与形而上的想象得以连缀,从而形成一种宗教和诗学互为激荡的张力。就像他在《空心人》("The Hollow Men",1925)中所写的那样:"在思想/和现实中间/在动机/和行为中间/落下了阴影","在概念/和创造中间、在情感和反应中间/落下了阴影"①。艾略特一直想要进入一个更高的世界,在诗歌中就需要这种神秘主义的统一性在场,以统摄整个貌似零散的结构。柏拉图主义吸收了这种神秘主义的特点,所以从神秘主义的柏拉图主义中我们看得到太一的存在,任何思维的支流都要汇入一个无以名状的神秘之境。罗素指出的神秘主义的特征之一是"对时间实在性的否认"。从《灰星期三》(Ash Wednesday,1930)起,艾略特的时间观就显示出了明显的转变。他在诗中写道:"因为我知道时间永远是时间/地点始终是地点并且仅仅是地点/什么是真实的只真实于一次时间/只真实于某一个地点。"②这几句诗行中艾略特

---

① 托·斯·艾略特:《四个四重奏》,裘小龙译,桂林:漓江出版社,1985年,第103页。

② 托·斯·艾略特:《灰星期三》,裘小龙译,载《荒原:艾略特文集·诗歌》,汤永宽、裘小龙等译,上海:上海译文出版社,2012年,第125—126页。

的思考并没有遵循时间的线性规则,也摆脱了空间的物理框架。对时间实在性的摒除,一方面使诗歌的主体实现了对经验世界和物质世界的超越,另一方面以这种抽象和晦涩的内涵营造出了与现实世界的疏离感,从而回应了现代人的思想困境和现代社会。大卫·沃德(David Ward)解释艾略特的这种创作方式是为了"避免诗歌遭到时间和空间的污染"①。

艾略特也强调诗歌有不同类型的功能,但诗之基本要素相差无几。他认为诗应该给人愉悦,但要他说出何种愉悦,那属于美学范畴。他所说的愉悦应与所传达的新体验相关,或者说是对众所周知的事物中的一种新的理解,又或者说当我们找不到好的词去表达所经历的事情时,诗便可以开阔我们的心境,增强我们的感知。艾略特认为,由于民族和语言不同,诗所蕴含的价值与感情不一样,散文在翻译中也有失去的东西。艾略特之意是,包含感情与节奏的诗歌若转换成外文,与散文的翻译有所不同。在他看来,思想和情感的转换效果是不一样的,思想可以跨语言保留,但情感的跨语言传递却不一样。因此他提出,我们学好一门外语,至少可以多获得一种气质。好诗面向所有人,而不是某个群体。真正的好诗所传达的感情是人人都能认知的。

艾略特认为诗人的职责不仅是针对他的读者,他的直接责任是对他的语言负责,首先是保存,然后是扩充和改善。他要使人们意识到自己的感受,诗人与常人不同之处在于能让人们分享他的新感受。一个民族不仅要以曾经出现过伟大诗人而自豪,更重要的是要层出不穷地涌现出新的伟大作家,尤其是诗人。否则语言衰退,文化亦衰,然后被更强大的文化所吸纳。社会没有鲜活创新的文化就会与过去脱节。语言在变,我们的生活方式在变,物质世界在重压之下变幻莫测,只有极少数有超强感知能力并有超强把控语词能力的人,才不仅能感知,

---

① David Ward, *T. S. Eliot: Between Two Worlds*, London and New York: Routledge, 2016, p. 225.

而且能表达那些最粗粝的情感。一个诗人是否重要,不在于在他那个时代有多少读者,而是他应该在每一代人中都有少量读者。因为在艾略特看来,先锋作家不会为大多数人所理解,他往往超越他那个时代,而文化的发展并不是把每个人拉到最前沿。一个好的诗人要创新语言。文学的兴旺在于交流,诗不能由于强调民族和地方特色而忽略交流,欧洲文学的繁荣绝不是隔离产生的。统一是与多元并存的。

艾略特注重诗的自足性,但对诗歌创作的方法和来源却持极其开放的态度。从这个角度看,艾略特是一位具有世界眼光的诗人。艾略特没有狭隘地将诗歌当成仅仅表达和演绎个体经验的载体,而是视其为一个可以涵括普遍现实存在、反映地域特色、表现民族或国家精神符号和文化图腾的文本系统。因此,诗歌的承载空间和表现空间具有强大的可拓展性。亚里士多德在《诗学》(Poetics,前350)中写道:"诗倾向于表现带有普遍性的事,而历史倾向于记载具体事情。"[1]艾略特实际上要求诗人避免思维的固化和封闭,以免落入审美单一化的死胡同,避免像浪漫主义诗人那样过分地沉迷于自然和个人情感中,导致创作思维的麻痹和局促。因为在现代派诗人看来,浪漫主义存在一种可怕的结果,那就是"既然你已习惯于这种奇怪的光线,你就不能脱离它而生存,它对你的影响正像一种麻醉剂的影响一样"[2]。这种依赖性容易缩小诗歌的格局,剥离诗歌广泛指向的功能。艾略特并不主张过分地关注自身的环境,而是鼓励诗人突破民族主义思维和文化霸权思维的藩篱,去发现其他文化中所蕴含的优秀特质并汲取化用,然后在诗歌内构建一种无形的宏阔的场域。艾略特弱化了诗学创作中国家和民族的概念,没有像一些创作者那样对文学的边界问题过分敏感,唯恐遭受文化负迁移的影响。过分强调民族的特色和主导性就为诗歌创作预设了一个同质化的环境,在这种环境的长期消磨下,诗歌的创新活力也会日益降低。在艾略特看来,"一个民族所能发生的事

---

① 亚里士多德:《诗学》,陈中梅译注,北京:商务印书馆,1996年,第81页。

② 托马斯·厄内斯特·休姆:《浪漫主义与古典主义》,刘若端译,载赵毅衡编选《"新批评"文集》,北京:中国社会科学出版社,1989年,第14页。

情很少有比创造一种诗歌的形式更为重要了"①。因此,如果一直处于思维封闭的状态,诗歌的创新乃至文学的创新则无从谈起。要解开这种束缚创新的锁链,就要从文化的多元和差异中寻找新的启发。艾略特谈道:"如果你阅读用英语、法语、德语或者意大利语写的现代哲学,那么不同民族和种族的思维差异会给你留下深刻的印象。"②这种印象直接显示在艾略特的诗歌中。他在诗歌创作语言的选择上十分开放,并没有把英语当作唯一的选择,如《荒原》原文的第 12 行、第 31—34 行、第 42 行是德文,第 49 行是意大利文,第 202 行、第 439 行是法语,第 428 行是拉丁文,诗篇的最后则以梵文收尾。纵览这些诗行,不管艾略特是否带有炫耀博学的成分,他都呈现出了不同语言的协奏。

艾略特在多个场合谈到英语诗歌中存在的一个事实,即"英诗蕴藏的丰富的巨大潜力——这些潜力尚未用尽——在很大程度上应归功于不同的种族血缘给英诗带来了多样化的口语节奏和诗行节奏"③。艾略特的世界眼光包含了二维的向度。从美国文化、欧洲大陆古典文学、现代文学、希腊—罗马文化、西方哲学、《圣经》,再到东方的佛教、印度教,艾略特文学思想源流的地理图谱朝着空间和时间的向度延展。艾略特曾经给 E. M. 福斯特(E. M. Forster)写信专门提到"特别想获得您的一些关于印度的资料"④。他在写给 I. A. 瑞恰兹的信中表示,"我对你关于中国的研究的任何结果都十分感兴趣"⑤。尽管艾略特诗歌中的众多隐喻、神话、仪式等元素之根源并非来自英国

---

① 托·斯·艾略特:《伊丽莎白时代的塞内加翻译》,李赋宁译,载《传统与个人才能:艾略特文集·论文》,卞之琳、李赋宁等译,上海:上海译文出版社,2012 年,第 122 页。

② 托·斯·艾略特:《但丁》,王恩衷译,载《传统与个人才能:艾略特文集·论文》,卞之琳、李赋宁等译,上海:上海译文出版社,2012 年,第 307 页。

③ 托·斯·艾略特:《古典文学和文学家》,李赋宁译,载《批评批评家:艾略特文集·论文》,李赋宁、杨自伍等译,上海:上海译文出版社,2012 年,第184 页。

④ T. S. Eliot, *The Letters of T. S. Eliot, Volume 2: 1923–1925*, rev. ed., edited by Valerie Eliot and Hugh Haughton, New Haven: Yale University Press, 2011, p. 23.

⑤ 同④,第284 页。

或美国的土壤,而多是舶来品,但这并不影响其成为支撑艾略特诗学思想实践的龙骨。可以说,正是来自世界各地元素的巧妙组合,才使其诗篇具有了特别的完整形态,内涵也具有了明显基调和主线。同时,这些元素的糅合也促使了文本意义的增生和大量的文化负载,在诗歌中构造了新的世界,并且在诗歌内部形成了多元系统。诗歌所输出的不再是单层的语言,而是双层或者多层交织的意义体。这也是艾略特诗歌晦涩难懂的原因所在,因为读者的审美体验已经不再是像以前一样直接感受情感和景象的冲击,而是像进入一个复杂的隐喻迷宫,要通过不断的转码和解码才能找到整个意义的出口。如果对比艾略特的早期诗歌,就会发现他编织诗歌的手法越来越复杂,也越来越娴熟。这种构造,一方面可以最大限度地隐去诗人的声音,强化读者对诗歌本身的关注,但另一方面也容易消耗掉读者的精力。艾略特担心读者的理解过程会不断地断裂,因此对诗歌都进行了大量的加注。在庞德等其他现代派诗人的作品中,则难以见到这种情况。这种对历史语境的解释,虽然是次要的,却帮助艾略特"实现了使诗本身中已存在的某种意义变得充盈"①。以伽达默尔的理解来看,艾略特展示出了如菲利普·锡德尼(Philip Sidney)所说的一种"不屑为服从自然所束缚"的创新气魄。锡德尼认为诗人不能老是被真实的自然世界所围限,如果"造出比自然所产生的更好的事物中,或者完全崭新的,自然中所从来没有的形象中,如那些英雄、半神、独眼巨人、怪兽、复仇神等等,实际上升入了另一种自然"②。艾略特的伟大之处就是懂得借用异域的成分来提升诗歌的境界,并且虚构一个能够暗指和表现现实世界的世界。

二、诗歌的语言与建构

艾略特在《什么是经典作品?》("What Is a Classic", 1945)中认

---

① Hans-Georg Gadamer, *Truth and Method*, rev. ed., translated by Joel Weinsheimer and Donald G. Marshall, London: Sheed and Ward, 1996[1989], p. 140.

② 菲利普·锡德尼:《为诗辩护》,钱学熙译,北京:人民文学出版社,1964年,第9页。

为,经典之作"不仅仅是指语言中的'标准作家'——仅仅是用它来标识一个作家在自己领域中的伟大或永恒性和重要性"①。艾略特本人认为若用一个词来概括经典,那就是"成熟"。他认为经典之作产生于文明成熟之时,语言文学成熟之时,它必是成熟心智的产物。② 文明的成熟不能狭隘,越是成熟越要开放。"当人们对过去有批判意识,对现在满怀信心,对未来也并不有意地怀疑时,我们可以指望语言正趋于成熟。"③厘清这些概念之后,艾略特又从诗的语言与结构进行深入探讨。首先,在诗歌的语言运用上,他主张诗的语言无论是受过去的影响还是外国的影响,不能脱离每天用的大众语言。他说:

> 比起形形色色的潮流,以及来自国外或者过去的影响,有一条自然规律更加强有力,即诗不能过分偏离我们日常使用和听到的普通的日常语言。无论是轻重音型的还是音节数型的、有韵的还是无韵的、格律的还是自由的,诗都不能同人们彼此间交流所使用的不断变化的语言失去联系。④

对于一些语言学家来说,诗歌语言是一种诗意的语言,侧重于情感的表现,而日常语言是一种意指的语言,传达的是概念和思想,两者处于语言的不同层级。"诗意"或者"诗性"成为划分两者的一个重要依据。但是,需要指出的是,"诗意"是语言的附加属性而非天然属性,语言产生的目的在于服务于交流而非诗歌创作。对于"诗性"或者"诗意"的界定也并没有一个统一的标准。把诗歌语言与日常语言摆在各不相干的位置,反映了一种将艺术与生活分别冠以阳春白雪和下里巴人的机械对立心态。如果结合诗歌的起源和历史来看,正是口头

---

① 托·斯·艾略特:《什么是经典作品?》,载《艾略特诗学文集》,王恩衷编译,北京:国际文化出版公司,1989 年,第 188 页。
② 同①,第 190 页。
③ 同①,第 193 页。
④ 托·斯·艾略特:《诗的音乐性》,载《艾略特诗学文集》,王恩衷编译,北京:国际文化出版公司,1989 年,第 178 页。

语言或日常语言这些诗意匮乏的元素构成了诗歌最为原始同时又无比鲜活的形态。无论是荷马史诗，还是中国民族史诗，背后都存在口头传统(oral tradition)。这种口头传统中的语言与生活息息相关，没有高雅华丽的辞藻，没有严苛的创作程序和模式，但却在直接叙述的激情和自然甚至是粗糙语句的融合碰撞中产生了文学的效果。

这种源流恰恰证明了诗歌语言的表现力"与口头语言是同存一体、不可分割的"①。连十分注重文本分析的新批评派代表人物克林斯·布鲁克斯和罗伯特·潘恩·沃伦也明确指出："诗歌并不与社会脱节，它本质上与生活相关。"②因此，日常语言并不仅仅是话语者传递信息的媒介，而是一种带有生成性功能的语言。这种生成性功能就意味着，语言可以通过加工和语境的变换而散发出新的气息和释放出多重的意义，这也是日常语言可塑性和活力的体现之一。在诗人充分发挥如艾略特所言的"白金丝"的催化和炼制作用后，诗歌本身才会出现语言、形式、意义等各种维度的和谐统一。毫无疑问，日常语言是诗歌语言的母体，为其提供最基本的养分。艾略特就认为，"诗人的任务就是从未曾开发的、缺乏诗意的资源里创作诗歌，诗人的职业要求他把缺乏诗意的东西变成诗"③。此外，艾略特认为诗歌也并非要从头至尾贯穿诗性。他说过："在长诗中，一些部分可能会被故意设计得比其他部分缺少'诗性'。这些诗段，假如单独选取出来可能会黯然无光，但相对照而言，可能会引出其他部分的重要意义，并将它们连接成一个比任何部分都更具意义的整体。"④

艾略特如此看重日常生活语言对诗歌创作的作用，主要原因还是

---

① 热拉尔·热奈特：《诗的语言，语言的诗学》，沈一民译，载赵毅衡编选《符号学文学论文集》，天津：百花文艺出版社，2004年，第542页。

② Cleanth Brooks and Robert Penn Warren, *Understanding Poetry*, New York: Holt, Rinehart and Winston, 1960, p. 9.

③ 托·斯·艾略特：《但丁于我的意义》，陆建德译，载《批评批评家：艾略特文集·论文》，李赋宁、杨自伍等译，上海：上海译文出版社，2012年，第153页。

④ 托·斯·艾略特：《从爱伦·坡到瓦莱里》，朱振武译，载《批评批评家：艾略特文集·论文》，李赋宁、杨自伍等译，上海：上海译文出版社，2012年，第33页。

现代社会背景下语言危机的不断加深。城市工业的发展导致社会结构和面貌都发生了质的变化,传统的词语仍在自我感情和自我表现的河流中徜徉,但是这些辞藻在描写新的社会状况和危机时显得苍白无力。于是,现代诗歌语言的源头——词语在经历着枯竭的趋势。现代语言危机的一个重要表现就是"社会话语和文学话语之间的分离"。① 相比于其他的语言形态,日常语言的更新速度和扩充速度要更快,而且对社会形态的微妙变化更为敏感,因此,日常语言具有明显的时代性特征。日常语言中所表现出来的敏感性正是现代社会大众所缺乏的。现代社会的语言特征就是语句越来越短,也越来越断裂,可以说,"现代人已经对非缩略性的东西无能为力了"②。艾略特的诗歌中设计了许多摒弃了长句诗行的结构,日常语言的引入使他的诗歌节奏变得较为短促,有些诗句的跨行实际上就是一句简单的带有描写性质的陈述体,如"索梭斯特里斯太太,著名的千里眼/患了重感冒,可她仍然是/人所熟知的欧洲最聪明的女人"③。跨行叙事从视觉上看更像是一种对话体。1953 年,艾略特发表了题为《诗歌的三种声音》("The Three Voices of Poetry")的演讲,专门阐述了诗中叙述的三种方式:第一种是诗人的自言自语,第二种是诗人对听众说话,第三种则是诗剧角色的对话。④ 艾略特的诗歌中有着明显的对话体叙事的特征。《J. 阿尔弗雷德·普罗弗洛克的情歌》("The Love Song of J. Alfred Prufrock",1915)开篇就是一种呼语:"那么就让我们去吧,我和你。"⑤如《荒原》中:"那是什么声音?""是门下面的风。""这会儿又是什么声音? 风在

---

① 理查德·谢帕德:《语言的危机》,载马·布雷德伯里、詹·麦克法兰编《现代主义》,胡家峦等译,上海:上海外语教育出版社,1992 年,第 301 页。

② 转引自 Walter Benjamin, *Illuminations: Essays and Reflections*, New York: Schocken Books, 1968, p. 93。

③ 艾略特:《荒原》,载《情歌·荒原·四重奏》,汤永宽译,上海:上海译文出版社,1994 年,第 15 页。

④ 参见 T. S. Eliot, "The Three Voices of Poetry," in *On Poetry and Poets*, New York: Noonday Press, 1961, p. 96。

⑤ 托·斯·艾略特:《J. 阿尔弗雷德·普罗弗洛克的情歌》,汤永宽译,载《荒原:艾略特文集·诗歌》,汤永宽、裘小龙等译,上海:上海译文出版社,2012 年,第 3 页。

干什么?""没有什么,是没有什么。"①以上诗行单独来看,很难看出是诗行,更像是戏剧中的人物对话,诗句也是由日常语言构成。艾略特认为伟大的诗人都应当是语言的大师或工匠,他评价德莱顿为"英语语言的工匠"。他所认为的语言工匠,即在语言处理上"必须很直接;每行诗,每个词都必须完全听命于整体的目的;当你使用简单的词语和简单的短语时,最普通的语言或最常需用的词语的重复便酿成大祸"②。

从语言和声音来看,诗歌涉及节奏、强弱、韵律等多个方面,与音乐具有明显的共通之处。事实上,诗歌的音乐性是文学中最为古老的特质之一。现代的"诗歌"一词在古代通常指两种不同的东西,一者为诗,一者为乐,合乐而奏才为诗歌。庞德甚至说:"不研究音乐的诗人是有缺陷的。"③与有着严谨格律的古典诗歌不同的是,现代诗歌在结构上显得较为"随意",在措辞上并不强调语词的雅致,口语气息比较明显,而这也导致了普遍的误解:现代诗歌缺乏音乐美。这种看法显然把诗歌的形式美与音乐性画上了等号。但在现代诗歌领域,诗歌形式不再是诗人首要关注的问题。相比于华丽的修辞,生活中大众的、鲜活的语言更受到现代主义诗人的认可。艾略特相信,"在某种语言中业已得到承认的词之间并没有美丑之分"④。就语言本身而言,词与词之间并不存在美丑之分,只有与上下文不谐调的词或生硬的、过时的词。⑤ 艾略特一方面强调了诗歌语言的流畅与巧妙的承接比辞藻的堆砌更为重要,一方面也从文法层面否决了语言的雅丽与音乐之间的必然适配关

① 托·斯·艾略特:《荒原》,裘小龙译,载《荒原:艾略特文集·诗歌》,汤永宽、裘小龙等译,上海:上海译文出版社,2012年,第86页。

② 托·斯·艾略特:《但丁于我的意义》,陆建德译,载《批评批评家:艾略特文集·论文》,李赋宁、杨自伍等译,上海:上海译文出版社,2012年,第156页。

③ Ezra Pound, *Literary Essays of Ezra Pound*, edited by T. S. Eliot, London: New Directions, 1968, p. 437.

④ 托·斯·艾略特:《诗的音乐性》,载《艾略特诗学文集》,王恩衷编译,北京:国际文化出版公司,1989年,第181页。

⑤ 同④。

系。艾略特提倡讲究音乐性并非有意去鼓噪创作焦点向诗歌韵律转移,而是更多讲求语言的革新和试验,尝试如何把音乐的优势融入普通的时代语言中,促成听觉质感与视觉想象、语言内涵的合理归位与结合,从而赋予诗歌表达维度上的丰富性。值得注意的是,艾略特强调的是非纯粹的音乐性,是以诗歌意义为基石的音乐性。他认为诗歌与音乐之间仍然需要保持各自的个性和独立。如果一首诗歌"过于接近类似音乐的东西:结果可能造成矫揉造作"[①]。艾略特并不想以可见的韵律来凸显音乐性,而是要通过诗歌的意义来散发出音乐性。在这种范式下,诗歌仍然维持着最本质、最主体的地位,而音乐性则是提升诗歌品质的附属元素。在早期的诗歌中,艾略特将音乐性与诗歌语言进行综合实验的意图十分明显。《序曲》("Preludes",1917)、《大风夜狂想曲》("Rhapsody on a Windy Night",1911)、《夜曲》("Nocturne",1909)等几首诗歌的标题便直接展现了艾略特在这方面的努力。但这个时候,艾略特对音乐技巧的吸收还比较浅显,而后才趋于成熟,达到了一种化有形于无形的高度。埃德蒙·威尔逊曾在评价《荒原》这首诗歌时,描述了这种由意义而生的音乐性所带来的难以名状的效果:"这些意象和声音的词(即使我们并不准确地知道为什么选择这些词)充满了一种奇怪的辛酸,似乎将我们带入了一位歌手的内心。"[②]

艾略特还谈到了散文对自己诗歌创作的影响:"实际上,凡是对我的风格有所影响的作家,不管是写诗的还是写散文的,都包括在内。"[③]散文和诗歌分属不同的话语概念和不同体裁,前者被视为非格律话语,后者则被视为格律话语。两者各有特点,亦各有所长。艾略特提到斯蒂凡·马拉美(Stéphane Mallarmé)将埃德加·爱伦·坡

---

① 托·斯·艾略特:《诗的音乐性》,载《艾略特诗学文集》,王恩衷编译,北京:国际文化出版公司,1989 年,第 187 页。

② Edmund Wilson, "The Poetry of Drouth," in *T. S. Eliot: The Critical Heritage, Volume 1*, edited by Michael Grant, London and New York: Routledge, 1982, p. 137.

③ 托·斯·艾略特:《批评批评家》,乔修峰译,载《批评批评家:艾略特文集·论文》,李赋宁、杨自伍等译,上海:上海译文出版社,2012 年,第 19 页。

（Edgar Allan Poe）的诗歌译成法语散文时，虽然做了改进，但却丧失了爱伦·坡诗歌中最显著的东西——韵律。但从现代诗歌发展趋势来看，自由诗、无韵诗的数量增多，中国"有韵为诗，无韵为文"的旧说并不适用于现代诗歌的判定。艾略特也提醒创作者不必将目光锁定在诗歌的押韵上。他批评现代人对押韵过分地看重，他认为如果不押韵反而会为语言带来更严格的要求，"当韵脚那悦耳的回声不再响起，选词、句法、语序的优劣就更容易一目了然。诗不押韵，人们即刻就会以散文的标准来要求诗人"①。艾略特的批判实际上触及了现代社会中审美判断的转向问题。在科学理性主导的现代社会中，价值的审定标准已经发生了转变，艺术的感性特质与危机的气象显得不太匹配，精神表达的传统也发生了裂变，对形式的恪守成为批判的对象，而文学所表达的意义则被填补精神空洞的强烈需求推到诗歌的前置区域。像浪漫主义抒情诗这种注重自我表现的诗歌与现代社会主体消解的特征显得格格不入。M. M. 巴赫金（M. M. Bakhtin）就认为，抒情诗需要在一种信任的、充满爱的氛围中才能存在。② 但是这种氛围在现代社会中是缺乏土壤的。艾略特嗅到了这种变化的气息，不仅敦促大家将视觉焦点从诗歌的形式向语言和意义层面转移，同时也在自己的创作过程中展现了对这种环境变化的反馈。在早期，艾略特的诗歌仍然带有明显的抒情性质，不时地出现一些咏叹性的音调，诸如"爱啊，你手中捧着花朵/比海面上的薄雾更为洁白/难道你没有鲜艳的热带花朵——紫色的生命，给我吗？"③但随着对哲学、宗教认识的加深以及受到象征主义城市诗歌的影响，艾略特的诗歌越来越偏向于叙事体的风格，有些诗行如果连起来，就是一句陈述性或描写性的长句，譬如

---

① 托·斯·艾略特：《批评批评家》，乔修峰译，载《批评批评家：艾略特文集·论文》，李赋宁、杨自伍等译，上海：上海译文出版社，2012年，第253页。

② 参见 M. M. Bakhtin, "Author and Hero in Aesthetic Activity," in *Art and Answerability: Early Philosophical Essays*, edited by Michael Holquist, translated by Vadim Liapunov, New York: University of Texas Press, 1990, p. 171。

③ 托·斯·艾略特：《歌》，裘小龙译，载《荒原：艾略特文集·诗歌》，汤永宽、裘小龙等译，上海：上海译文出版社，2012年，第355页。

《荒原》中"她掉转身子往镜子里端详了一会,几乎没有理会她那已经离去的情人／她脑子里闪过一个没有完全形成的念头"①。这些诗句摒弃了韵律的束缚,把意义摆在了第一位,带有很强的话语特征和叙事风格。这些特征与散文十分接近,难怪英国女诗人伊迪丝·西特维尔(Edith Sitwell)在其评论中明确地指出《荒原》"与现代散文作家存在共鸣"②。艾略特非常清楚旧的诗学表达模式对现代感受力是关闭的,他借助散文的力量打破了隔在诗性与叙事性之间的壁垒,从而使现代诗歌呈现出了与以往不同的面貌。此外,在艾略特看来,散文的一个重要功能是对语言的节制。他在考察了英语语言的递嬗过程后,肯定了散文对英语所产生的积极的形塑效果。他指出:"伊丽莎白时代的夸张文风更多的是语言上的放纵,甚至比感情上的放纵更甚;一直要到德莱顿和霍布斯的散文出现,英语才平静下来,有了一点儿节制。"③散文的这种功能与宗教的内在精神是趋合的。因此,艾略特认为,"胡克和安德鲁斯的思想成就和散文文风完整架构起英国国教的体系"④。与此同时,这种散文的节制对自由诗歌也是一种约束。艾略特用这种接近散文的叙述风格来创作诗歌,但他并没有觉得诗歌的自由度因此而有所提升。恰恰相反,他认为抛却了形式之后,诗歌对语言运用的要求更高。自由诗虽然没有了传统诗歌的韵律,但是这并不意味着毫无章法、词语堆砌、句法拼凑。艾略特认为,诗歌越是平实直白,越是接近散文的方式,或者越是脱离形式的框架,就越要注意诗

---

① 托·斯·艾略特:《荒原》,裘小龙译,载《荒原:艾略特文集·诗歌》,汤永宽、裘小龙等译,上海:上海译文出版社,2012 年,第 93 页。

② 转引自 T. S. Eliot, *The Letters of T. S. Eliot, Volume 3: 1926–1927*, rev. ed., edited by Valerie Eliot and John Haffenden, New Haven: Yale University Press, 2012, Preface, p. 15。

③ 托·斯·艾略特:《伊丽莎白时代的塞内加翻译》,李赋宁译,载《传统与个人才能:艾略特文集·论文》,卞之琳、李赋宁等译,上海:上海译文出版社,2012 年,第 122 页。

④ 托·斯·艾略特:《兰斯洛特·安德鲁斯》,卢丽安、陈慧稚译,载《传统与个人才能:艾略特文集·论文》,卞之琳、李赋宁等译,上海:上海译文出版社,2012 年,第 94 页。

歌的创作分寸。他观察到美国诗人存在一种"变得孤立古怪和缺乏形式"的危险倾向,这种倾向就是因为在自由诗的文学实验过程中过度追求新颖,缺乏一种节制。

三、非个性化理论

非个性化理论是艾略特文学思想中最为核心的内容之一,也是他对现代主义诗学的独特贡献。尽管艾略特宣称自己无意以此建构系统的理论,但自《传统与个人才能》一文面世后,他又在《哈姆雷特和他的问题》("Hamlet and His Problems",1919)等文章中陆续阐发了一些观点,还在《荒原》等作品中予以实践,做出了事实上的建构行为。这一术语也成为艾略特诗学理论中最为显性的存在之一,并一度在现代文学批评分析领域催发出新的潮流并占据着主导态势。虽然后来的研究者对这一理论所持的态度有所分化,甚至不乏一些抨击,但不可否认的是,在当时的历史背景下,这一概念的出现直接与之前的批评理论划清了界限,它呼唤着批评聚焦点由创作主体向文本客体转移,对现代批评转向产生了巨大的推动作用。

作为艾略特最早发表的诗学概念之一,非个性化理论亦可以从哲学的角度溯源至客观与主观之争。以伊曼努尔·康德(Immanuel Kant)思想为代表的德国古典哲学在认识论上实现了人和自然关系向主体与客体关系的推进和跃升,这也使主体与客体的关系成为现代思想领域的一个聚焦点。在后康德主义批评的助推下,主—客问题亦成为文学批评中的一个重要话题。在哲学的发展过程中,主体性哲学的强大势力在一批唯心主义哲学家(尤其是主观唯心主义者)的支持下一直保持着高位的运转。从勒内·笛卡尔(René Descartes)的"我思"再到格奥尔格·威廉·弗里德里希·黑格尔(Georg Wilhelm Friedrich Hegel)的"绝对精神",主体性的地位被不断地高扬,甚至达到了一种过度膨胀的地位。浪漫主义便是这种主体性在文学领域的呈现。让-雅克·卢梭(Jean-Jacques Rousseau)把个体本身作为自我表达的核心,充分挖掘个人情感和个人经验,令主体性成为浪漫主义最为显著的特征。在《忏悔录》(*Les Confessions*,1712—1778)中,他将自然视为个人自由的催化剂,可以"让我的灵魂得到自由,赋予思想更大的勇气,可以说,将自我投入无垠的事物中,这样我就可以随心所欲地组合、选择和运用它们,无须害怕,不受束缚"①。卢梭虽然强调了自然与个人的互动关系,但更多的是暗示个人情感中的野性和原始性,倡导对自我的完全释放。然而,随着社会的现代属性愈发明显,这种对主体性的颂扬却成为现代危机的根源之一。在人的主观意识成为一种主宰原则后,"他者"往往沦落至屈从甚至是牺牲的境地。非理性因素为现代社会的运转注入了不稳定的因素,个人与社会规则之间的矛盾冲突层出不穷,战争、伦理困境、社会规范解体等都令个体对存在之物的感受越来越偏向一种碎片感、混乱感、冲突感,而这也反噬了主体的至高地位。另一种加剧主体性解构和异化的力量便是现代社会日益"物化"这一现象。随着资本主义商品经济的发展,价值衡量成为现代交往的一个原则之一,物质利益更是成为主导社会现象的一种支配性力量。格奥尔格·卢卡奇(György Lukács)用"物化"一词来形容这一特征,并认为在这种环境中,"人的活动同人本身相对立地被客体化,变成一种商品"②。因此,主观唯心主义和浪漫主义的核心理念与现代社会所呈现的局面出现了明显的脱节。正是在这种背景下,艾略特提出非个性化理论,并将矛头直接对准了弗朗西斯·赫伯特·布拉德雷(Francis Herbert Bradley)的直接经验、沃尔特·佩特(Walter Pater)的主观唯心主义、柏格森的直觉主义。这些人的立场都容易导致过度的自我意识,恰好呼应了这种主体性开始走向隐没的趋势。艾略特表现出了对诗学与哲学变化趋势的敏锐嗅觉。

从文学的角度来看,现代主义的发端则成为艾略特非个性化理论

---

① Jean-Jacques Rousseau, *The Collected Writings of Rousseau, Volume 5*, edited by Christopher Kelly, Roger D. Masters, and Peter G. Stillman, translated by Christopher Kelly, Hanover: University Press of New England, 1995, p. 147.

② 卢卡奇:《历史与阶级意识》,杜章智、任立、燕宏远译,北京:商务印书馆,1992 年,第 147 页。

成型的另一股重要推力。在非个性化成为一个广为流行的批评术语之前,亦不乏一些围绕文学主体在个性表达程度及方式上的探讨。可以说,非个性已经构成了一种隐性的创作传统。在某种意义上,文学领域内关于作者个性和非个性化的争辩是哲学领域主客体之间相互角斗的形态切换和战场转移。在浪漫主义者高举自我旗帜的同时,其内部实际上也出现了分化的趋势。受威廉·哈兹利特(William Hazlitt)的影响,济慈提出了"消极能力"(negative capability)一说。这种能力意指作家在文学创作中体现出来的客观、情感超然的态度,并不追求逻辑、理性和道德说教,而是去关注作品散发出来的美感和惊奇效果。济慈视威廉·莎士比亚(William Shakespeare)为运用"消极能力"的伟大天才,并认为此类天才的一个共性就是"没有任何的个性和任何确定的性格"①。与其他浪漫主义诗人相比,济慈并没有自缚于主体至高的原则中,而是试图从文学表达上对浪漫派的自我中心主义进行修正,避免文学的纯主观化。"消极"一词亦暗示了诗人在作品中对自我表现欲望的抑制。济慈认为诗人必须要脱离自我身份才能进行创作并表现出诗性,并用"变色龙诗人"(chameleon poet)一词贴切地形容诗人隐藏自我的这种状态。在这一理论中,济慈寻求在客观世界和个人意识之间达成一种更好的平衡,在文学性上则主张采用更为复杂、更为曲折的表现手法,以摆脱创作同一性的窠臼。需要指出的是,济慈这个概念的适用背景是创作主体"处于不确定性、神秘和怀疑之中"②,并且能够接受这种状况。这一洞察在某种程度上呼应了现代文学萌芽所处现实的结构特征,适应了现代主义对戏剧性呈现方式和客观表现的需求,为现代派的知识分子在文学技法上的革新提供了启发。这也是为什么消极能力的概念在20世纪所引发的关注要更甚于浪漫主义时期。无论是叶芝的诗歌面具理论,还是艾略特的非个性化理论,都与济慈的观点存在内在的关联和共鸣。在叶芝看来,这

---

①　John Keats, *Selected Letters of John Keats*, edited by Grant F. Scott, Cambridge: Harvard University Press, 2002, p. 52.

②　同①,第60页。

种个性与非个性恰好构成了浪漫主义群体内部的界分。他把乔治·戈登·拜伦(George Gordon Byron)、珀西·比希·雪莱(Percy Bysshe Shelley)等人归入"个性鲜明、意志活跃"的一类,而济慈和塞缪尔·泰勒·柯勒律治(Samuel Taylor Coleridge)等人则"几无个性",但常人目光却可发现其诗歌中"炽热的、发人深思的想象力"[1]。艾略特也肯定了济慈的理论在诗歌中所引发的化学变化。他认为《夜莺颂》便展现了这种艺术效果,这首诗"包含着许多与夜莺没有什么特别关系的感觉,但是这些感觉,……就被夜莺凑合起来了"[2]。艾略特的感受与现代读者群体对现代诗歌的普遍感受十分贴近。济慈主张诗人个性的放弃,无论是有意还是无意,都在推动诗歌现代化转型,向晦涩、曲折、非描述性、深度表现力的特征靠拢。艾略特曾在关于戏剧人物的文章中认为"非人的、非个性化的、抽象的风格属于未来的舞台"[3]。在 19 世纪末,尽管浪漫主义日渐式微,但这种非个性与个性传统之间的摈斥并未消止,以自然主义和唯美主义为代表,分别构成了文学客观化与主观化的两种态势。唯美主义对现实事件的否定和对客观世界的抗拒,令其走入了一个更为狭窄的空间。沃尔特·佩特将主观主义注入文学概念中,把审美建立在经验之上,反对文学的社会必要性。被艾略特称为"佩特文学继承人"(heir of Pater)的奥斯卡·王尔德(Oscar Wilde)直接把艺术与个人主观享受进行了紧密的勾连。虽然艾略特承认"为艺术而艺术"这一理论在某种程度上可以约束艺术家更为关注自己的工作,但他仍然对这种非个性化的、脱离客观的文学形式表达了不满,尤其是"当这种美学与客观实在脱离并蒸发成虚无时"[4],艾

---

① 参见 William Butler Yeats, *Essays and Introductions*, London：Generic Publishing, 1961, pp. 328 - 329。

② 托·斯·艾略特:《传统与个人才能》,方平译,载《传统与个人才能:艾略特文集·论文》,卞之琳、李赋宁等译,上海:上海译文出版社,2012 年,第 8 页。

③ T. S. Eliot, "Dramatis Personae," in *The Complete Prose of T. S. Eliot: The Critical Edition, Volume 2*, edited by Anthony Cuda and Ronald Schuchard, Baltimore：Johns Hopkins University Press, 2014, p. 434.

④ T. S. Eliot, *The Letters of T. S. Eliot, Volume 1: 1898 - 1922*, rev. ed., edited by Valerie Eliot and Hugh Haughton, New Haven：Yale University Press, 2011, p. 148.

略特更是报以一种"不信任"和"憎恶"的态度。与佩特、王尔德相比，自然主义之父福楼拜则在作家的主体性问题上采取了截然相反的态度。他推崇作家在叙事进程中的隐匿和消失，主张作家避免在作品中流露思想倾向和主观评价。在给友人的一封信中，福楼拜就明确地提出："伟大的艺术是科学的和非个性化的。"①艾略特学习象征主义诗歌时，通过雷米·德·古尔蒙(Remy de Gourmont)的批评文章接触到了福楼拜的非个性化理念，并由此得到了更多的启发。因此，艾略特称古尔蒙为"学习福楼拜的向导"。在艾略特眼中，福楼拜与象征主义渊源深厚，福楼拜的创作手法与波德莱尔等人具有共通之处，并称"波德莱尔与福楼拜之间有着兄弟般的理解"。艾略特把福楼拜和司汤达都视为法国文学的杰出代表，能够把情感"分解成更复杂、更琐碎的东西，最终如果能够走得更远的话，则又再将情感引导至简单、可怕和未知的东西"②。这种艺术化处理破除了情感直接冲击的传统模式，使情感的表达过程出现了更多的层次，令表现形态也趋于丰富，并在认知机制上产生转合的效应，构建了"人和人之间一道不可摧毁的阻碍"。前面是艺术处理，后面是理解层面的张力与陌生化、生活化。这种阻碍正是艺术家隐没后，读者所感受到的交流的不畅通。正是福楼拜、司汤达这种揭露和分离情感的方式，使艾略特认为他们优于巴尔扎克。

艾略特在发表《传统与个人才能》的同年，即 1919 年，发表了《哈姆雷特和他的问题》一文，在该文中提出了著名的"寻找客观对应物"理论，"用艺术形式表现情感的唯一方法是寻找一个'客观对应物'；换句话说，是用一系列实物、场景，一连串事件来表现某种特定的情感，要做到最终形式必然是感觉经验的外部事实一旦出现，

---

① George Sand and Gustave Flaubert, *The George Sand—Gustave Flaubert Letters*, translated by A. L. McKenzie, Chicago: Academy Chicago, 1979, p. 41.

② T. S. Eliot, "Beyle and Balzac," in *The Complete Prose of T. S. Eliot: The Critical Edition, Volume 2*, edited by Anthony Cuda and Ronald Schuchard, Baltimore: Johns Hopkins University Press, 2014, p. 51.

便能立刻唤起那种情感。"①在艾略特看来,莎士比亚在《哈姆雷特》中使用了寻找客观对应物的手法,这是莎氏《哈姆雷特》超过其他同类作品的地方。浪漫派诗人柯勒律治曾经尝试通过物化来展现思想,他说过:"思考就是物化(to think is to thingfy),没有概念的直觉只会是盲目的。"②柯勒律治受德国哲学的影响,他主张主观世界与客观世界的统一。其他浪漫主义诗人是如何来处理诗中的情感的呢? 华兹华斯在《抒情歌谣集》(*Lyrical Ballads*,1798)中提出了作诗需要的六种能力:观察与描绘、感受性、沉思、想象与幻想、虚构、判断。他认为从现实和真实中产生的文字是不能和由想象与幻想得来的文字相比的。因为想象力具有多重功能:赋予、抽出和修改的功能,造形或创造的功能,加重、联合、唤起和合并的功能。另一位浪漫主义诗人雪莱认为想象更是无所不包、无所不入的。雪莱认为诗人主要借助想象来进行创作,有想象注入作品,才使得作品字里行间燃烧着电一般的生命,其精神可以无所不包、无所不入,度量人性的范围,探寻人性的奥秘。然而,激情之燃烧推向极致,就会滥情。针对这种状况,英国以 T. E. 休姆为首的诗人俱乐部探索英诗现代化,休姆反对冗词赘语、矫情滥调,走坚实精准的新路线。休姆等人的先锋开创作用为艾略特的探索起了很好的示范作用。庞德为首的意象派运动主张使用精准语言、坚实硬朗的意象、口语节奏,庞德说意象就是瞬间理智与情感的复合体,更是标志着英美现代主义运动的全面展开。循着休姆、庞德开创的新诗路线,艾略特进一步将其发扬光大。"寻找客观对应物"理论将意象主义诗学变得更加博大广阔、气势如虹。

艾略特在《诗人斯温伯恩》("Swinburne as Poet",1921)中从另一角度论述了"寻找客观对应物":"斯温伯恩的世界的存在并不依赖于

---

① 托·斯·艾略特:《哈姆雷特》,载《艾略特诗学文集》,王恩衷编译,北京:国际文化出版公司,1989 年,第 13 页。

② 转引自 Robin J. White, ed., *Coleridge, Collected Works, Volume 1*, Princeton: Princeton University Press, 1972, p. 885。

它所模仿的另一个世界,它的完整性和独立自足性都足以使它具有合理性和永恒性。它是非个性化的,其他任何人都不可能创造出这样一个世界。"①在艾略特看来,斯温伯恩是一个好的范例,他的语言和客体完全合而为一,"这两者在斯温伯恩的诗中达到了统一,这是因为客体已经不复存在,因为意义仅仅是意义的幻觉,又因为没有了根基的语言已经适应了从其氛围中获取养料的独立生活"②。还有一个成功案例就是叶芝,艾略特认为叶芝后期作品之所以更成功,就是因为个性在其中得到了更大程度的表现。而他的个性展现与艾略特所谓的"非个性化理论"是完美结合的。艾略特认为叶芝这类诗人的智慧在于:"他们能用强烈的个人经验,表达一种普遍真理;并保持其经验的独特性,目的是使之成为一个普遍的象征。"③

艾略特的"非个性化理论"与他的传统观是紧密相关的。他还依此建立了诗歌评价的标准。首先,好诗与感情强烈与否无关。

> 假如你从这部最伟大的诗歌中挑出几段代表性的章节来比较,你会看出结合的各种类型是多么不同,也会看出主张"崇高"的任何半伦理的批评标准是怎样的全然不中肯。因为诗之所以有价值,并不在感情的"伟大"与强烈,不是由于这些成分,而在艺术作用的强烈,也可以说是结合时所加压力的强烈。④

其次,诗和艺术的鉴赏不在于其中的感情。他认为:

---

① 托·斯·艾略特:《诗人斯温伯恩》,王恩衷译,载《现代教育和古典文学:艾略特文集·论文》,李赋宁、王恩衷等译,上海:上海译文出版社,2012年,第74页。
② 同①,第75页。
③ 托·斯·艾略特:《叶芝》,载《艾略特诗学文集》,王恩衷编译,北京:国际文化出版公司,1989年,第167页。
④ 托·斯·艾略特:《传统与个人才能》,卞之琳译,载《传统与个人才能:艾略特文集·论文》,卞之琳、李赋宁等译,上海:上海译文出版社,2012年,第7页。

大多数人只在诗里鉴赏真挚的感情的表现,一部分人能鉴赏技巧的卓越。但很少有人知道什么时候有意义重大的感情的表现,这种感情的生命在诗中,不是在诗人的历史中。艺术的感情是非个人的。诗人若不整个地把自己交付给他所从事的工作,就不能达到非个人的地步。①

由此可见,艾氏改变了传统评论诗的方式,认为评论应注意诗本身,而不用关注诗人,诗人的感情投入诗里。他后来在《但丁》("Dante",1929)一文的开头就表明:"根据我自己鉴赏诗的经验,我总是感到读一首诗之前,关于诗人及作品了解得愈少愈好。一句引语,一段评论或者一篇洋洋洒洒的论文很可能是人们开始阅读某一特定作家的起因,但是对我来说,细致地准备历史及生平方面的知识,常常会妨碍阅读。"②

艾略特在《玄学派诗人》("The Metaphysical Poets",1921)中指出:

我们只能这样说,即在我们当今的文化体系中从事创作的诗人们的作品肯定是费解的。我们的文化体系包含极大的多样性和复杂性,这种多样性和复杂性在诗人精细的情感上起了作用,必然产生多样的和复杂的结果。诗人必须变得愈来愈无所不包,愈来愈隐晦,愈来愈间接,以便迫使语言就范,必要时甚至打乱语言的正常秩序来表达意义。③

这是艾略特针对时代和社会发生改变之后艺术也要有相应的变革的理论依据。艾略特在《威廉·布莱克》("William Blake",1920)

---

① 托·斯·艾略特:《传统与个人才能》,卞之琳译,载《传统与个人才能:艾略特文集·论文》,卞之琳、李赋宁等译,上海:上海译文出版社,2012年,第11页。

② 托·斯·艾略特:《但丁》,王恩衷译,载《传统与个人才能:艾略特文集·论文》,卞之琳、李赋宁等译,上海:上海译文出版社,2012年,第305页。

③ 托·斯·艾略特:《玄学派诗人》,李赋宁译,载《现代教育和古典文学:艾略特文集·论文》,李赋宁、王恩衷等译,上海:上海译文出版社,2012年,第14页。

一文中分析了布莱克诗歌的缺陷。他认为布莱克的诗歌和绘画都有忽略形式的问题，尤其在他那些结构占重要地位的诗中体现得最为明显，艾略特直白地指出："我们在创作一首很长的诗时，不可能不引入较为非个性化的观点。"①艾略特提出的一系列的理论如"非个性化""寻找客观对应物"都是适应新形势的艺术变革。

其实，"客观对应物"一词并非艾略特首创，乔治·桑塔亚纳（George Santayana）早在20世纪初也讨论过。但通过艾略特的引用和运用，它成为最流行的文学批评术语之一。"客观对应物"作为艾略特"非个性化"理论体系的一个重要部分，其提出与法国象征主义诗歌有着密切的关联。虽然"高蹈派"诗人反对热衷自我表达，主张诗歌是客观的，在一定程度上整饬了浪漫主义的流弊，但在象征主义诗人眼中仍然具有很大的局限性。马拉美认为这群人"仅仅是全盘地把事物抓起来加以表现，所以他们缺乏神秘性，他们把相信他们是在创造——这种美妙的乐趣，都从精神上给剥夺了"②。在他看来，诗歌创作要尽量拖长读者的阐释过程，要他们"一点儿一点儿地去猜想"。他认为"象征就是由这种神秘性构成的：一点儿一点儿地把对象暗示出来，用以表现一种心灵状态"③。相比于高蹈派，象征主义派诗人对"客体"这一概念有了新的升华，对客体再现的方式和媒介提出了更高的要求。象征主义这种带有神秘特质和编码式的创作方式对艾略特产生了强烈的吸引力。他认为波德莱尔在语言上有一种创新，就是在诗歌中"将意象按原样呈现出来，却又使它代表远较它本身更多的内容"④，而这足以使其成为伟大的诗人。艾略特谈及象征主义"把不相干的和遥远的东西统一起来，将融合和范式赋予到一个词上，毫无疑

---

① 托·斯·艾略特：《威廉·布莱克》，王恩衷译，载《现代教育和古典文学：艾略特文集·论文》，李赋宁、王恩衷等译，上海：上海译文出版社，2012年，第67页。
② 斯蒂凡·马拉美：《关于文学的发展》，王道乾译，载伍蠡甫等编《西方文论选》（下卷），上海：上海译文出版社，1979年，第262页。
③ 同②。
④ 托·斯·艾略特：《波德莱尔》，王恩衷译，载《现代教育和古典文学：艾略特文集·论文》，李赋宁、王恩衷等译，上海：上海译文出版社，2012年，第195页。

问这是诗人孜孜以求的技艺"①。艾略特很好地继承了波德莱尔诗歌中城市书写和病态美的技法,通过对城市实体或者自然实景的描述,通常是丑陋、消极的描写,在文本中形成一种布景。这种布景的构成组件就是那些充斥在艾略特诗歌(尤其是《荒原》)中的各式各样并发挥着客观对应物作用的典故、神话、叙事、对话、场景等。在这种氛围中,诗歌的感官冲击力得到了最大程度的释放,读者很难逃离出诗歌所传递出来的现代社会中暗涌的惊愕感、错位感和沮丧感。

在《莎士比亚和塞内加的斯多葛主义》("Shakespeare and the Stoicism of Seneca", 1927)一文中,艾略特强调:"要表达精确的感情,就像要表达精确的思想那样,需要有高度的理智力。"②这种高度的理智力是象征主义所缺乏的。比起象征主义,情感与理智的复合更像是意象主义的武器。庞德就讲过意象是一种在瞬间呈现的理智和感情的复杂经验。象征本身就有一种意义的附着,但是意象却没有明确的意指。韦勒克在《文学理论》(Theory of Literature, 1949)一书中这样界定象征和意象的联系和区别:"'象征'具有重复与持续的意义。一个'意象'可以被一次转换成一个隐喻,但如果它作为呈现与再现不断重复,那就变成了一个象征。"③因此,象征在一定程度上有某种固定性,但是意象就更偏向流动。艾略特虽然借鉴了象征主义的表达原则,但是在意义这个层面更像是受到了意象派的影响。所以,在艾略特的诗歌中,很多符号和隐喻的解释并不固定。但是,相比意象派多侧重于官能层面,艾略特在客观对应物的选取范围上却更为灵活和宽广。此外,艾略特也没有像意象派诗人那样对诗歌有着强烈的即刻需求,即创作者

---

① T. S. Eliot, "Preface to *Transit of Venus: Poems*, by Harry Crosby," in *The Complete Prose of T. S. Eliot: The Critical Edition, Volume 4*, edited by Jason Harding and Ronald Schuchard, Baltimore: Johns Hopkins University Press, 2015, p. 367.

② 托·斯·艾略特:《莎士比亚和塞内加的斯多葛主义》,方平译,载《传统与个人才能:艾略特文集·论文》,卞之琳、李赋宁等译,上海:上海译文出版社,2012 年,第 166 页。

③ 韦勒克、沃伦:《文学理论》,刘象愚等译,北京:生活·读书·新知三联书店,1984 年,第 204—205 页。

即刻的展现需求和读者即刻的感受需求。同时,从诗歌的社会意义上看,艾略特也比象征派和意象派都更进一步。他认为,"如果一个诗人是真诚的,他必须用具有个性的方法来表达普遍的心灵状态"①。从这一点上看,艾略特是现代社会中一位具有高度责任感的诗人。他所强调的抛弃自我,也是为了避免因诗人情感的倾注而阻碍作品的意义延展至更高的普遍层面。艾略特还提出了"情感的有害效果"(the pernicious effect of emotion)一说。理查德·奥尔丁顿(Richard Aldington)认为,艾略特之所以这样说,是因为"艾略特本人极度缺乏感受情感的能力,除非这种情感是一种令人恶心的、绝望的或者是自杀的冲动"②。

　　艾略特的非个性化观点并非完美的、能够完全自圆其说的批评体系。艾略特早期对非个性化理论的阐释和建构虽然很好地洗涤了文坛风气,但也有过于用力之嫌。考虑到当时艾略特还十分年轻,急于在文坛开辟空间,这种带有些许激进的文学意识似乎也可以理解。艾略特自己在晚年的时候也认识到了这个问题。他在回顾和反思自己早期的文章时,认为它们令人印象更为深刻的一个原因便是"年轻人的武断","说起自己的观点来底气十足"③,自己很大程度上也是靠这种自信和气势赢得了读者的喜爱。在艾略特确立权威之后,跟随者、模仿者众多,将其理论视为圭臬,并在文学实践中反复应用,导致这些理论又陷入教条化的境地。而当大家对这一概念产生疲惫之感,热情消退后,文坛中亦响起了一些批评的声音。埃德蒙·威尔逊非常清楚地看到了读者对这个概念的接受的演变过程,他一方面肯定了艾略特的早期批评"遏止了浪漫主义的粗疏和过于澎湃的后遗症"④,但另一

　　① 托·斯·艾略特:《波德莱尔》,王恩衷译,载《现代教育和古典文学:艾略特文集·论文》,李赋宁、王恩衷等译,上海:上海译文出版社,2012 年,第 193 页。
　　② Richard Aldington, *Ezra Pound and T. S. Eliot: A Lecture*, Reading:The Peacocks Press, 1954, p. 17.
　　③ 托·斯·艾略特:《批评批评家》,乔修峰译,载《批评批评家:艾略特文集·论文》,李赋宁、杨自伍等译,上海:上海译文出版社,2012 年,第 8 页。
　　④ 埃德蒙·威尔逊:《阿克瑟尔的城堡:1870 年至 1930 年的想象文学研究》,黄念欣译,南京:江苏教育出版社,2006 年,第 91 页。

方面也毫不客气地认为"这种反浪漫主义的批评最终却走向迂腐和徒劳的美学"①。约翰·克劳·兰色姆对艾略特这种彻底克己的创作原则的评价也并不高。他认为艾略特在这个理论上的阐释不够完整和清晰,"很像一种无意识诗歌创作论"②,并直截了当地表示自己"不理解这种理论如何能具体地执行"③。但同时,兰色姆又说:"这种想法虽然不切实际,却能给人带来安慰。"④兰色姆的话不无道理。艾略特试图在作品中大量地铺设隐喻、文学引述、人物群像等,来对读者的想象能力和阐释空间发起饱和式冲击。在文本意义和价值的重压下,读者无暇顾及对诗人主体的探索,诗人也在创作过程中实现了对自我的分散,逐步消除掉了在场的痕迹,达到艾略特所说的"整个地把自己交付给他所从事的工作"⑤。这是艾略特惯用的手法,也许可以解答兰色姆对于非个性化如何得以实践的困惑。事实上,兰色姆并非不清楚艾略特的策略,而是对这种概念的实践效果抱有很大的怀疑。艾略特和庞德的理论着眼点都是针对浪漫主义诗学所主张的个人主义,故高举隐匿诗人个性和情感的大旗,极力避免任何形式的自我表现,以划清与抒情诗歌的界限,促成理性主义的回归。从另一个角度来看,他们的诗学观带有指向和目的。但是莫德·艾尔曼(Maud Ellmann)却认为越是带有政治与美学目的的主张,越无法泯灭自我。⑥虽然艾略特的这些手法将"我"的主体性从文本层面消除了,但与"我"这个词所关联的超文本因素却仍频繁在场。读者对诗人情感的好奇和探求只是被延宕了,但最终还是能发现诗歌角色与艾略特本人之间若即若

① 埃德蒙·威尔逊:《阿克瑟尔的城堡:1870 年至 1930 年的想象文学研究》,黄念欣译,南京:江苏教育出版社,2006 年,第 91 页。
② 约翰·克劳·兰色姆:《新批评》,王腊宝、张哲译,北京:文化艺术出版社,2010 年,第 90 页。
③ 同②。
④ 同②。
⑤ 托·斯·艾略特:《传统与个人才能》,卞之琳译,载《传统与个人才能:艾略特文集·论文》,卞之琳、李赋宁等译,上海:上海译文出版社,2012 年,第 11 页。
⑥ 参见 Maud Ellmann, *The Poetics of Impersonality: T. S. Eliot and Ezra Pound*, Cambridge: Harvard University Press, 1987, pp. 198-199。

离、若隐若无的关系,这也是为什么读者总是很自然地将诗人代入普罗弗洛克、小老头等人物身上。有学者认为,"尽管艾略特可能想从远处来操控人物,但他最后还是一次又一次地参与其中"①。所以,完全隐匿个人情感是难以实现的。相比于威尔逊和兰色姆稍显温和的评价,F. R. 利维斯和克里斯廷·史密德特(Kristian Smidt)的评论则更像是一种猛烈的攻击。前者认为艾略特的这个概念是随意捏造的术语,是经不起推敲的②;而后者则说非个性化理论纯属"虚构与幻想"③。客观地说,两位批评大家的语言过于偏激,缺乏客观性,直接否定了非个性化理论的价值。但这也从另一方面揭示了非个性化理论在逻辑自洽上确实有所欠缺,无法完全令人信服。

艾略特在迈入文学生涯的成熟期后,一直在努力对早期的批评思想进行一定程度的修正。晚年时候的艾略特在一些问题的阐述上往往比较模糊,不轻易去下定义,表达的一些观点也与早期的思想有所不同甚至相左。在1940年发表的《叶芝》("Yeats")一文中,艾略特对"非个性化"的阐述反而变得更加模糊了。他认为自己在这个术语上"表达得太糟","认识得还不够成熟"④。这句话基本上是对非个性化理论的自我批判,间接地裁决了自己在这个概念建构上的缺陷。而再往后发展,艾略特又越来越偏向于对诗歌情感的认同。在《从爱伦·坡到瓦莱里》("From Poe to Valéry", 1948)一文中,他又谈到:"诗歌也与思想和行动有关,它们源于情感,又孕育情感。"⑤这样的认识与他早期关于诗歌情感的论述是不一致的,像极了一场论战中针锋相对

---

①　Laurie MacDiarmid, *T. S. Eliot's Civilized Savage: Religious Eroticism and Poetics*, London and New York: Routledge, 2003, p. 92.

②　Frank Raymond Leavis, "T. S. Eliot as Critic," in *Anna Karenina and Other Essays*, New York: Pantheon Books, 1952, pp. 179–180.

③　Kristian Smidt, *Poetry and Belief in the Work of T. S. Eliot*, London and New York: Routledge, 1961, p. xii.

④　托·斯·艾略特:《叶芝》,载《艾略特诗学文集》,王恩衷编译,北京:国际文化出版公司,1989年,第167页。

⑤　托·斯·艾略特:《从爱伦·坡到瓦莱里》,朱振武译,载《批评批评家:艾略特文集·论文》,李赋宁、杨自伍等译,上海:上海译文出版社,2012年,第38页。

的言论。当艾略特的文学兴趣向诗剧创作转向后,他更加认识到要在戏剧中去展现精神生活的冲突,但要表现戏剧性就无法像诗歌那样去隐藏情感。1961 年,已入古稀之年的艾略特在利兹大学的讲座中谈道:"时隔这么久,我自己也拿不准刚才提到的那两个术语(感性的脱节、客观对应物)还能在多大程度上站得住脚。有认真的学者或学生写信来,要我解释一下这两个术语,我通常都不知道该说什么好。"①艾略特虽然对之前的观点有所背离,底气也一再减弱,但这并不能作为攻击者的把柄。因为,用几十年后的眼光去评价之前的观点,本身就是一种语境的错位。艾略特想要传递给年轻人的是,不要过度地沉溺于术语的解读,用一成不变的标尺去衡量所有的学说。无论评论家的态度或者艾略特本人的态度如何,不能否定的是,非个性化理论已经成为诗学批评史上的一座高峰。艾略特的不断反思,也恰恰证明了一位文学泰斗对时代的把控能力和对历史的审视能力,也正是这些阶段性的思考让他成为"独特的人"②,并"拥有了完整的文学个性"③。

第三节

罗伯特·弗罗斯特:传统诗艺与现代表达④

　　罗伯特·弗罗斯特(Robert Frost,1874—1963)是美国 20 世纪最受欢迎的现代乡村诗人。约翰·林恩(John Lynen)称其像古代牧歌的作者一样,让我们感觉到乡村世界是人类普遍生活的代表。⑤ 美国总统盛

---

　　① 托·斯·艾略特:《批评批评家》,乔修峰译,载《批评批评家:艾略特文集·论文》,李赋宁、杨自伍等译,上海:上海译文出版社,2012 年,第 12 页。

　　② Harold Bloom, *The Anatomy of Influence: Literature as a Way of Life*, New Haven: Yale University Press, 2012, p. 302.

　　③ 同②。

　　④ 本节由叶冬、李凌月撰写。

　　⑤ John F. Lynen, *The Pastoral Art of Robert Frost*, New Haven: Yale University Press, 1960, p. 19.

赞他"给美国人民留下了一座不朽的诗歌宝藏,美国人民将永远从他的诗行里获得快乐和知性"①。弗罗斯特四次获得普利策奖,被誉为"美国文学中的桂冠诗人"②。弗罗斯特从青少年时代便开始从事诗歌创作,笔耕不辍,直到89岁去世。纵观弗罗斯特诗歌生涯的各个阶段,对其诗歌道路发展影响最大的莫过于一战前后时期。1912年,弗罗斯特来到英国,并结识了诗歌意象派运动的代表人物和其他引领新诗革命的青年诗人,如埃兹拉·庞德、T. E. 休姆等。在庞德等朋友的帮助下,1913年弗罗斯特出版了《少年的意志》(A Boy's Will),隔年又出版了诗集《波士顿以北》(North Of Boston, 1914)。这两部诗集在伦敦一经出版就获得批评家的高度喜爱和赞扬,从此弗罗斯特名气大增,接连斩获重要奖项。

弗罗斯特的诗歌在他所处的时代别具一格。在以庞德和艾略特为代表的诗歌革新家力图突破传统诗歌桎梏,竭力发掘新的诗歌形式和奇特的诗歌内容时,留给传统诗歌的舞台日趋狭窄和闭塞。而弗罗斯特就在这种严峻的传统诗歌形势中坚守着传统诗歌的堡垒。他自己也曾在给友人约翰·巴特莱特(John Bartlett)的信件里写道:"我可能是唯一坚持以传统诗歌韵律作诗的诗人。"③更值得钦佩的是,弗罗斯特在陈旧的诗歌形式基础上,展现出时代精神和现代思考。两者的结合让弗罗斯特的诗歌匠心独具,成为经典。弗罗斯特以"旧瓶装新酒"的诗歌创作模式,成为沟通欧美传统诗歌和现代派诗歌的桥梁,被称为"交替性诗人"④。

一、诗歌的态势:有机而野性

1958年,美国人文与科学院(American Academy of Arts and

---

① 转引自戴维·M. 谢里布曼:《序言》,载罗伯特·弗罗斯特《罗伯特·弗罗斯特校园谈话录》,董洪川、王庆译,南京:译林出版社,2015年,第1页。

② 庄华萍:《弗罗斯特:游离在浪漫主义与现代主义之间》,《浙江学刊》2010年第6期,第93页。

③ Robert Bernard Hass, "(Re)Reading Bergson: Frost, Pound and the Legacy of Modern Poetry," *Journal of Modern Literature*, 29. 1(2005), p. 65.

④ 杨金才主撰:《新编美国文学史》(第三卷),刘海平、王守仁主编,上海:上海外语教育出版社,2002年,第139页。

Sciences，AAAS）设立"爱默生—梭罗奖"，以美国著名思想家、文学家爱默生和著名哲学家、作家、超验主义代表人物梭罗命名。弗罗斯特作为第一位获得此项奖章的人，在授奖仪式上宣称爱默生对他的教育产生了终身影响。在主张将诗歌从既定的原则中解放出来的过程中，他重申了爱默生的学说，即"诗歌不是迎合格律，而是在论证的过程中形成了格律"①。一种充满激情和活力的思想，就像植物或动物的精神一样，有着自己独特的结构并用新事物使自然生色。思想和形式在时间顺序上是平等的，但在创作顺序上，思想优先于形式。诗歌是有机的。弗罗斯特在他的文章和完成的诗篇中都坚持这一原则。弗罗斯特在很大程度上使用了既定的形式，并不容易被理解为一位真正的有机诗人，但他坚持认为诗歌理应如此。他注重在诗歌创作中让思想或者说情感先行，而形式（格律）次之。"不是迎合格律，而是形成了格律"②，把握这一点，便不难领悟弗罗斯特与传统诗人的不同之处了。

浪漫主义诗人们对自然的偏爱与关注衍生出不少将诗歌形成与植物生长相联系的理论。济慈提到，诗须得"像树上长出叶子一样自然"③；柯勒律治认为诗歌应具备内在的生命力，好似植物的根茎、枝叶和花瓣共同构成一个有机整体；惠特曼也致力于爱默生主义，尽管他和弗罗斯特在许多方面是最不同的艺术家。当他直接将诗歌与鲜花和水果进行比较时，他给出美国文学最生动的有机诗歌描述："完美诗歌的韵律和均齐显示出格律法则的自由生长，仿若灌木上的丁香和玫瑰准确无误或随性肆意地萌发，抑或像形体坚实的栗子、橘子、甜瓜与梨一样，散发出无形的芬芳。"④不言而喻，人类不会命令一朵丁香如何绽放，也不会指示一个梨子它将变成何种形状。人类应允许有机物自由生长，而后静待收获的喜悦。有机结构在惠特曼的诗歌中显而易见。他的创作并没有遵循既定的模式，也没有从开头

---

① Philip L. Gerber, *Robert Frost*, Boston：Twayne Publishers, 1982, p. 90.
② 同①。
③ 同①，第 91 页。
④ 同①，第 91 页。

就创造出可能束缚其下文的固化结构。尽管弗罗斯特擅长采用以往诗歌传统中所沿用的各种形式,但他仍然无法确定笔下诗歌的走向又或是倾向于这些形式中的哪一种。弗罗斯特说,在诗歌的核心,它的本体是"一首野性的曲调"(a wild tune)①。一首诗如何保持其纯粹的有机功能和独特的野性——令其曲调蜿蜒而自由,同时致力于"如格律般率直"(such a straightness as meter)②,被认为是诗歌艺术的第一奥秘。

在写作之前,弗罗斯特遵循的唯一法则是一种"内心情绪"(inner mood),朦胧且难以定义。"突然想起一些我不知道我知道的事情。我在一个地方,在一种境况下,就好像我是从云端物化出来的,或是从地上爬起来的。人们喜于认识到久违的事物,其余的事情就随之而来了。"③弗罗斯特解释说,诗人本质上不是理性的,而是直觉的。诗歌中这种野性的逻辑无法预先计划或被充分感知。弗罗斯特对直觉作诗过程的描述带有神秘主义色彩。但是,在他对一首诗一旦选择所想呈现的形状,它会变成什么样子的描述中,既没有神秘主义,也没有矛盾分歧。譬如人们无法很好地描绘出梨子在某个时刻似果树间光洁的雪花,在另一个时刻是一个悬垂的球体,根茎上泛出黄色的斑点。然而当梨成熟被摘下来放在架子上时,它可以很容易地被精确描述。总而言之,我们不难看出,弗罗斯特认为诗歌创作是诗人自发性的行为,感情的自然流露令诗歌生长具有肆意的野性与不可预知性,最终构成一个完整的有机体。

二、诗歌的形迹:始于愉悦,终于智慧

20世纪20年代美国诗坛打破传统戒规,实验之风愈演愈烈。现代派诗人大胆地向传统宣战,在诗歌形式、结构或是语言上都置常规于不顾,开始试验与过去全面背离的新诗歌。美国现代文学的先驱亨利·

---

① Philip L. Gerber, *Robert Frost*, Boston: Twayne Publishers, 1982, p. 91.
② 同①。
③ 同①,第92页。

詹姆斯提到"艺术的生存依靠争论、实验、好奇、各种尝试"①。爱德华·埃斯特林·卡明斯(Edward Estlin Cummings)将图像与诗歌结合,重塑诗歌的写作模式;艾略特不注重诗歌的框架结构,强调其自身表现力;罗伯特·洛威尔(Robert Lowell)摆脱陈规旧律,注重视觉意象,打破传统审美定势。弗罗斯特提出:"独创性与首创精神是我对我们国家诗歌创作的希望。"②但是他没有随波逐流,"为了表现新内容,而疯狂地去追求种种新的形式"③。他在这场愈演愈烈的实验革命中展现出自己的忧虑和否定:"我们的后代也许会发现,我们这个时代在为新而新的追逐中变疯狂了……以诗为例,有人尝试不用大写字母;有人尝试不用控制节奏的诗歌结构;有人在写'纯诗'的借口下使诗不含任何内容;警句、连贯、逻辑通通被抛却了……"④比起开展诗歌形式的实验和改革,他更注重诗歌内容对人们的启示和教化作用。

在《一首诗的形迹》("The Figure a Poem Makes", 1939)中,弗罗斯特写道:"一首诗,它本身应该很情愿为我们揭开谜底。一首诗创造形迹。以喜悦开篇,以智慧作结。"⑤这是他的创作轨迹,同样也是诗歌的构成形态。"它始于喜悦,继而变得冲动。它以第一行诗铺设的方向运行着,并以对生活的澄清而结束。"⑥"激情贯穿于一种思想"是诗歌要想达到顶峰必须具备的要素。换言之,一首完整的诗是一种情感找到了它的思想,而思想找到了它的文字。一首诗的形迹源发于诗人对日常生活中某一事物、景象的观察引起的灵感涌动(喜悦),终止于对其产生的深刻理解和体悟(智慧)。此处的"智慧"是一种"澄清",诗是"遏制混乱的片刻明晰"(a momentary stay

① Henry James, "The Art of Fiction," *Longman's Magazine: 1882–1905*, 4. 23 (1884), p. 502.

② Robert Frost, *Selected Prose of Robert Frost*, edited by Hyde Cox and Edward Connery Lathem, New York: Macmillan, 1968, p. 59.

③ 同②。

④ 同②。

⑤ 同②,第 20 页。

⑥ 同②,第 20 页。

against the confusion of the world)①。

　　在弗罗斯特诗歌貌似简单、自然和直接的外衣下,往往蕴涵着深刻的智慧与哲思。弗罗斯特自称:"我是一个十分难以捉摸的人……当我想要讲真话的时候,我的话语往往最具有欺骗性。"②他的诗作立足于对日常事物真实朴素的感受,在清醒镇定时刻的清晰表达,诗歌背后蕴含着大量增殖的意义信息。在弗罗斯特的诗中,日常生活的平凡事物,大自然中的普通景象,都焕发诗意。有学者将弗罗斯特的诗歌追求称为"点石成金术"③。"石"是指世俗眼中的平凡之物,常见的被忽视之物,"金"指的是平凡之物被诗意笼罩后的意象。该成语十分贴切地概括了弗罗斯特诗歌中对日常事物的独特发现。就像《计划》("Design",1936)一诗中,蜘蛛这样为人们所熟知却容易被遗忘的事物,通过弗罗斯特的朴素日常的语言、自由的联想,便化作诗意的对象、哲思的源泉。蜘蛛在日常生活中为"石",在《计划》中便摇身一变成为最好的意象了。

　　弗罗斯特化"石"为"金"最重要的修辞手法便是隐喻。弗罗斯特十分注重隐喻的作用,他认为希腊人关于世界的基本思想,即"一切",本质上是隐喻性的。"当我们看到一些人在处理政治、宗教和哲学问题的方式上屡屡碰壁、踯躅不前的时候,部分原因便是他们对于隐喻的误解。我们所讲述的任何事物几乎都有其隐喻基础。"④他形象地将隐喻比作棱镜,通过它我们的情感反应被投射到获得知识上。对弗罗斯特来说,理解隐喻如何运作是理解世界的关键部分,而理解隐喻最好通过研究诗歌如何运作来学习。隐喻教育是诗歌教育,诗歌教育

---

　　①　杰伊·帕里尼:《罗伯特·弗罗斯特和生存之诗》,雷武铃译,《上海文化》2018年第5期,第69页。
　　②　转引自黄宗英:《弗罗斯特研究》,上海:上海外语教育出版社,2011年,第1页。
　　③　刘伟:《从〈白桦树〉〈柴堆〉看弗罗斯特诗歌的散文化》,《辽宁师范大学学报(社会科学版)》2016年第5期,第108页。
　　④　罗伯特·弗罗斯特:《罗伯特·弗罗斯特校园谈话录》,董洪川、王庆译,南京:译林出版社,2015年,第29页。

就是隐喻教育。《计划》通过蜘蛛网来寓意云谲波诡、纷繁复杂的现代社会体系;通过白蛾来寓意麻木忙碌、渺小如粟的现代人,展露出对欲念重重的现代社会的控诉和反思。这些体验与感悟便是他诗歌现代性的最突出的表征。隐喻几乎构成了他大部分优秀诗作中日常之物与哲思、智识相融合的媒介。可以说,隐喻便是解开弗罗斯特充满智慧与哲思的诗歌王国的钥匙。通过这把钥匙,读者可以窥探到弗罗斯特不同于传统诗歌流派的现代主义特征。

三、诗歌是表达的艺术:意义之声

弗罗斯特通过深入思考英语语言,特别是人们在日常生活中说话的方式,形成了自己关于好的诗歌应该是什么样的想法。他对人类的声音很感兴趣,就像鸟类爱好者或音乐家被鸟的歌唱方式所吸引一样。他把诗歌视为一种表达的艺术,声音是"矿石中的黄金"(gold in the ore)。创作诗歌的目的便是要运用各种各样的声音,再借助语境、意义和主题,诗歌便得以丰满。他在信中写道:"只有我一个……作家有意识地让自己用我所谓的意义之声来创作音乐……获得抽象意义之声的最佳途径是从一扇门后的声音中听到,那扇门切断了文字……这是我们语言的抽象生命力。"①对他来说,句子不仅仅传达文字的意义,而且必须通过声音传达意义。

弗罗斯特曾系统地阐释了他的"意义之声"(sound of sense)诗学理念:

> 一个句子本身就是串联了一连串称之为词语的一个声音。
> 你可以不要这个句子声音(sentence-sound)而把一连串词语连接在一起……

---

① Robert Frost, *The Letters of Robert Frost, Volume 1: 1886–1920*, edited by Donald Sheehy, et al., Cambridge: Belknap Press, 2014, p. 8.

　　句子声音是一些十分明确的元素……

　　它们是通过耳朵来理解的,是通过耳朵从人们的日常用语中收集而来并写进书本去的。一些书本里谈论的许多句子声音对我们来说并不陌生。我认为它们并不是作家们创造的。最有原创性的作家也只是从谈话中活生生地捕捉到它们,因为那里是它们自然生长的地方。①

　　弗罗斯特认为自己是第一位将"意义之声"理论发展成为一个自觉的诗歌创作原则的诗人。② 他提出任何文学作品都应具备戏剧性,以此来增强作品的感染力。若是仅凭简单的句法结构变换不能产生足够的戏剧张力,诗人唯有让所谓的"说话声调"与诗歌韵律相结合,以便创造音乐效果。弗罗斯特同时也阐释了"意义之声"与诗歌音律、措辞的关系。"一个人如果想当诗人,他就必须学会赋予语言活生生的语气,在诗律规则的节奏中熟练地穿插无规则的腔调,使'意义之声'显露出来。"③诗句中的诗性是由刻意的格律诗行与言语的自然流淌之间的差异生发出来的。喜欢自由诗的诗人避免将传统的抑扬格作为遣词造句的唯一手段。他们认为诗歌与其说是一个传统的网球场,不如说是一个进行实验性运动和制定新规则的广阔场地。对于许多年轻诗人来说,创作声音很重要,但思想和诗意的质感才是最重要的。而弗罗斯特十分注重诗行中声音与情感、意义的联系,用精心安排的韵律赋予诗歌独特的魅力。

　　弗罗斯特的诗歌为继承和发扬以华兹华斯为代表的浪漫主义诗歌韵律和节奏的传统做出了典范。首先,和传统的诗歌一样,弗罗斯特通过诗歌的韵律与节奏让读者体会诗歌的音乐艺术美感;其次,运用词

---

　　① 转引自黄宗英:《弗罗斯特研究》,上海:上海外语教育出版社,2011 年,第289—290 页。

　　② 转引同①,第287 页。

　　③ 杰伊·帕里尼:《罗伯特·弗罗斯特和生存之诗》,雷武铃译,《上海文化》2018 年第 5 期,第68 页。

语和诗句的抑扬顿挫、稳定的节奏,诗人可向读者传递独特的情感和矛盾的心情。诗歌艺术形式与诗人的个性相结合,实现形式与内容的统一。譬如仅两行的短诗《生命的跨度》("The Span of Life", 1936),是弗罗斯特匠心独运,将声音与诗句结合的体现:"The old dog barks backward without getting up, /I can remember when he was a pup"。整首诗由一个押韵的抑抑扬格组成,但是第一行的第二个音步诗人用了一种罕见的古典音步,前两个音步出现了四个重读音节,而且这四个重读音节皆是以重读辅音开头和结尾,因此读者每读一个单词就要不断调整口型,读起来费时费力,朗读速度大大减慢。呈现在读者眼前的便是一只年老体衰、腿脚不便的狗懒卧在地上,转头朝身后吠叫。第二行诗则是标准的抑扬格,每个音节都有元音或诸如[m][n]这样的辅音,与第一行形成了鲜明对比,读起来流畅轻快,让人联想到小狗欢快地奔跑,充满活力的画面。诗歌表面上描绘的是狗从年幼到老,实则指人生亦是如此。独特的音韵不仅让诗歌充满了整齐的音律感,同时也能让读者感同身受。

除了对传统诗歌音韵美的追求,弗罗斯特的"意义之声"诗学理论还要求语言的自然流淌。换言之,也就是选择简单、朴素的词汇句式来进行言语的通俗传达。弗罗斯特认为,"普通人的口语,经常涌现出富有诗意的词汇,日常的谈话声调是诗歌声调的源泉"①。《新罕布什尔》(New Hampshire, 1923)诗集中《金子般的光阴永不停留》("Nothing Gold Can Stay")一诗结构简单,不含任何复杂烦琐的修饰。全诗八行中,单词的平均长度仅为四个字母,且均为日常生活中的常见词汇,使得诗歌语言风格朴实无华。诗人描写自然界中如金子般美好的事物总是稍纵即逝,无法久存。他用自然映射人生,细致含蓄,意蕴深长。此外,弗罗斯特也喜好用日常生活中普遍使用的口语,例如独白诗《修墙》("Mending Wall", 1914)中,弗罗斯特广泛采用缩

---

① 赖守忠、徐建纲:《罗伯特·福斯特诗歌风格探讨》,《时代文学》2008 年第 4 期,第 128—129 页。

写形式如"doesn't""I'd rather"以及像"I mean"这样的插入语来向读者娓娓道来修墙的故事。① 他谈道："我不喜欢故弄玄虚的晦涩,但却非常喜欢我必须花时间去弄懂的微言大义……只要用词生动,作品便不会令人生厌。"②虽然日常交谈可能只要"八十个或一百个字眼",但"字字都能表达了有声的沉思",字字都"有血管""有生命"。他用日常语言具有的自然节奏来对抗音步的刻板,诗歌语言看似质朴简明,却如同海明威的小说,含有一种"骗人的朴素"。弗罗斯特没有随波逐流,迈入 20 世纪 20 年代标新立异的漩涡,他坚持从日常口语中汲取自然淳朴的生命力以丰富自己的语言,给美国诗歌带来缕缕清风。

四、诗歌散文化

从形式上来看,弗罗斯特的诗歌无疑是传统的。但将弗罗斯特仅作为传统诗人来看待又是片面的。弗罗斯特的诗歌在形式上继承传统,在语言与题材上推陈出新。一旧一新的结合,是弗罗斯特诗歌广为接受和大受读者喜爱的原因之一。"诗歌的精神深藏于浩如烟海的大量散文佳作之中。它的核心机制便是诗歌。千百年来,一直是那机制。"③弗罗斯特的诗歌呈现出明显的诗歌散文化特征。这个特征将他与传统诗歌流派和以庞德与艾略特为代表的现代主义诗歌区分开来。与浪漫主义自然诗的优美、宁静不同,也与意象派诗歌的宏大晦涩不同,弗罗斯特通过平常的意象和日常化的语言描写日常生活中的平常事物,他的诗歌能在不经意间给予读者鲜活的现代生活感受与哲理式的恍然大悟。诗歌散文化特征既能够使读者在诗中窥探传统浪漫主义诗人华兹华斯的诗歌遗风,又为弗罗斯特在现代派诗坛中开辟出与众不同的道路。

---

① 刘春艳、董旭、郝亦佳:《论弗罗斯特的诗歌艺术》,《时代文学》2009 年第 4 期,第 99—100 页。
② 刘向东:《叫人上当的朴素》,《当代人》2019 年第 1 期,第 89—92 页。
③ 罗伯特·弗罗斯特:《罗伯特·弗罗斯特校园谈话录》,董洪川、王庆译,南京:译林出版社,2015 年。

华兹华斯的诗歌主张和诗歌散文化特征联系紧密。华兹华斯在1802 年出版的《抒情歌谣集》中提出：

> 如果在一首诗里,有一串句子,或者甚至单独一个句子,其中文字安排得很自然……与散文没有什么区别……不仅每首好诗的很多部分,甚至那种最高贵的诗的很大部分,除了韵律之外,他们与好散文的语言是没有区别的,而且最好的散文的语言……我们可以毫无错误地说,散文的语言和韵文的语言并没有也不能有任何本质上的区别。①

华兹华斯认为好的诗歌,除韵律特征不同,其语言特征和散文是一样的,都强调内容的生活化和语言的自然化。华兹华斯是诗歌浪漫主义和自然派的代言人,他曾说诗歌要"选择日常生活里的时间和情节,采用人们真正使用的语言来加以叙述或描写,同时在这些事件和情节上加上一种想象的光彩,使日常的东西在不平常的状态下呈现在心灵面前"②。田园牧歌的质朴生活为平凡的事物提供了极好的生长土壤,过着农村生活的人们也释放生命的热情,这种热情自由且纯粹,他们的语言也更淳朴与动人。这样的语言是从生活经验积淀中,从平凡的人类情感中孕育出来的,因而更具有哲学性与真理性。

诗歌散文化可以从两个方面来进行阐释与理解。首先,诗歌要体现事物本身的美,这是一种简单纯粹、不加修饰的美。这要求诗人的感官要洗尽铅华,要无限地接近日常生活,从平凡的生活中去寻觅与发现。剥去关于事物外部的观念与主观给予的通俗情感,还原事物本真的美。其次,诗歌散文化要求诗歌语言要接近日常生活,要自然、伶俐、简单与朴素。诗歌的语言不用为了押韵或遵循某种传统韵律而刻意表现,而是用平易近人的遣词造句来表达。总而言之,诗歌散文化

---

① 伍鑫甫、胡经之:《西方文艺理论名著选编》(中卷),北京:北京大学出版社,1986 年,第 13 页。

② 同①,第 42 页。

就是用朴素的语言来表现平凡的事物中的诗意。正如他在1958年《论爱默生》（"On Emerson"）的演讲中所谈到的，"在散文或诗歌中，措辞都是一样的，你知道，它就是这样。'砍掉这些句子，它们就会流血'"。诗歌散文化要求的这两个方面极大地解放了诗歌创作，将诗歌从传统的桎梏中释放出来，给予诗人一定的创作自由与空间。弗罗斯特创造并发扬了这种诗歌创作方式。正是在这自在的空间中，他释放了自己的天赋，将传统与先锋糅合为一，回馈给社会与时代最好的诗作。

弗罗斯特自小阅读华兹华斯和爱默生的作品，深受他们的影响。他很好地继承并发扬了这种自然的语言。《蒙田随笔》（*Les Essais de Michel de Montaigne*, 1580—1587）所展现的行云流水般的行文风格在爱默生的笔下得到继承。而弗罗斯特认为"他［爱默生］的词语很早就开始影响着我"[①]。弗罗斯特的诗句是关于自然的。与华兹华斯一样，弗罗斯特的诗作多把大自然作为描写的对象。弗罗斯特的诗有关于动物的，如《蓝蝶日》（"Blue-Butterfly Day", 1923），《苹果收获时节的母牛》（"The Cow in Apple Time", 1914），《灶头鸟》（"The Oven Bird", 1916），《白桦树》（"Birches", 1915）；有关于大自然的，如《雨蛙溪》（"Hyla Brook", 1916），《一堆残雪》（"A Patch of Old Snow", 1916），《一个老人的冬夜》（"An Old Man's Winter Night", 1916）；有关于日常生活的，如《木柴堆》（"The Woodpile", 1914），《修墙》；有关于农事活动的，如《摘苹果之后》（"After Apple-Picking", 1914），《割草》（"Mowing", 1915），《未被收获》（"Unharvested", 1937），等等。

仅从以上诗歌题目来看，弗罗斯特的诗歌主题与大自然关系紧密。与华兹华斯相比，两者虽然都将自然作为诗歌创作的灵感源泉，但弗罗斯特在某些方面比华兹华斯走得更远。正如庄华萍所概述的，华兹华斯是厌恶城市风光而沉浸于大自然的旅人，是大千世界

---

① Robert Frost, *Robert Frost: Collected Poems, Prose, & Plays*, edited by Richard Poirier and Mark Richardson, New York: Literary Classics of the United States, 1995, p. 861.

的局外者,而弗罗斯特以农人的视角观察自然,采取的是"介入性"的态度。① 弗罗斯特的诗歌中不仅有自然,也有日常生活,更有从平凡的事物中得来的哲思。华兹华斯的诗注重表达诗人在自然事物中的情感体验与升华,弗罗斯特则更倾向于在诗中记录他在大自然和平凡的生活中所受到的启发与哲学思考。从这一层面上来说,弗罗斯特的诗更接近现实。例如,弗罗斯特在《修墙》中借"墙"来说明人与人之间关系的隔阂,在《雪夜林边驻足》("Stopping by Woods on a Snowy Evening",1923)中探寻和思考人与自然、人与社会的关系,在《未选择的路》("The Road Not Taken",1915)中揭露人生选择的矛盾性等。

此外,弗罗斯特诗歌的散文化特征除了表现为诗歌题材具有明显的日常生活气息,还体现在其日常通俗的语言风格上。他认为"诗歌最美好的主题是人们自己的谈吐、自己的心声,这些直接来自民间的言谈之声、种种语气和腔调"②。从这句话来看,有三种语言风格是弗罗斯特所追求的:诗人的语言,诗人的内心语言,大众的语言。很显然,弗罗斯特将这三种语言规定为"诗歌最美好的主题"旨在追求诗句的自然表达和现实性。这直接导致了他在诗歌中引入个人与民众的习惯用语和个人经历与沉思,更注重个人的所见、所思、所感。

> 一个角落里有一堆残雪,
> 　我居然一直猜想
> 那是被风刮走的一张报纸
> 　被雨冲在那儿休息。

> 雪堆上有点点污迹,像是

---

① 庄华萍:《弗罗斯特:游离在浪漫主义与现代主义之间》,《浙江学刊》2010 年第 6 期,第 94 页。

② 杜玉文:《论罗·弗洛斯特诗歌的现代主义特征》,《汕头大学学报(人文社会科学版)》2014 年第 5 期,第 39 页。

　　报上小小的铅字，

　　像我已忘记的某天的新闻——

　　如果我读过它的话。（曹明伦译）①

　　在这首短诗中，诗人用日常化的语言描述自己的所见——角落里的一堆残雪，薄薄的，非常轻，被风吹来，又被雨水打湿，表面千疮百孔，沾满黑黑的灰尘，马上就要融化而消逝不见。他又通过浅显易懂的比喻来表达自己的所感——残雪表面的黑色斑点，就像报纸上的字一样，字迹斑驳，模糊不清，就像“我”脑海中对它的印象一样。全诗语言风格整体轻松日常，前四行就像在与友人闲聊，分享日常生活中的小事，后四行模棱两可的语气就像是诗人在自言自语，暗自琢磨。表面上这首诗是在描写残雪，以及诗人由残雪联想到了报纸上的字。实则可能通过残雪的浅薄易逝来揭露当时人们对传统报纸阅读的兴趣消弭，转而投入现代科技媒体以及娱乐消遣行业，表现出诗人对传统报纸行业衰落的担忧；又可能是诗人在倾诉自己对当时报纸上刊登的各种商业广告、股票信息、娱乐新闻的不满，谴责这类消息的无聊、缺乏价值，腐蚀、误导人们的心灵，透露出对人们精神生活的担忧。弗罗斯特用浅显易懂的语言风格，加上形式多样的意象叠放，平缓冷静地描绘出个人生活体验。

五、诗歌的现代性

　　“诗歌必须看得更远，像预言一样。它肯定是一个启示，或一系列启示，为读者，同样为诗人。”②弗罗斯特认为，每一次写诗，每一次写短篇小说，都不是靠巧计，而是靠信念。他的诗歌中既体现了现代人在混乱无序的世界中试图维持自身内心短暂平衡的努力，又表现了社

---

　　①　弗罗斯特：《弗罗斯特集：诗全集、散文和戏剧作品》（上），理查德·普里瓦耶、马克·理查森编，曹明伦译，沈阳：辽宁教育出版社，2002年，第148页。

　　②　Robert Frost, *Selected Prose of Robert Frost*, edited by Hyde Cox and Edward Connery Lathem, New York：Macmillan, 1968, p. 60.

会对人的异化,深刻展露出他对现代人所处困境和人类未来命运的
思考。

弗罗斯特诗歌的现代性在他的诗歌主题和题材上有着充分的体
现。关于现代性的定义十分繁杂,其中著名学者马克斯·韦伯(Max
Weber)说道:"现代环境和体验打通了地理和族裔边界、阶级和国家
边界、宗教和意识形态边界。在这个意义上,现代性统一了全人类。
但这是个悖论的统一,即不统一的统一。它迫使我们面临永远的分裂
和重生,永远的矛盾和斗争,永远的含混和焦虑。"①韦伯对现代的看
法有两点值得关注:其一,现代生活与环境是矛盾的;其二,现代人被
迫面临无限的精神压力。美国现代文人的突出特色之一便是用不同
文学体裁、多元文学形式来表现全新的现代生活体验。弗罗斯特也属
于这一现代作家群中的一员。

上文提到了弗罗斯特与华兹华斯关于自然诗歌的继承关系,以及
两者的区别。最明显的区别在于华兹华斯诗歌中的自然是美好的、高
尚的,能治愈疲倦的心灵,是一切纯粹美好的象征;而对弗罗斯特来
说,自然只是他生活的环境,给予他诗歌创作的素材与关于生活的哲
思。自然对于弗罗斯特来说并不总是和善的与美好的。这可能和弗罗
斯特的农民身份有关,农民总是不免担心受到来自自然的破坏和毁
灭的威胁。当然弗罗斯特本人的才华与哲思也扮演了不可或缺的角
色。在他的诗中,有关大自然的意象是多面的、辩证的、矛盾的,其中
消极和反面的意象隐喻颠覆了大自然的传统主流形象,在美丽的外表
下往往隐藏着黑暗、神秘与死亡的特质。

《致解冻的风》("To the Thawing Wind",1913)中,诗歌前五行描
述了春风的美好,它带来了湿润的雨水和报春的鸟儿,让花儿苏醒并
盛放,让冻结的雪岸融化,让被白雪埋藏的枯草重获生机。这都是西
南风的美好之处,它预告严冬的结束和暖春的到来,是充满希望的。

---

① 刘英:《现代化进程与美国现代主义文学的文化地理学阐释》,《国外社会科
学》2014 年第 2 期,第 90—91 页。

然而从第六行开始至诗歌结束,诗人则用更多笔墨形象地呈现了西南风的破坏性。它冲击诗人的窗户,打破窗户的玻璃,肆虐"我"的书房,破坏力十足。最后两行对西南风的控诉更是强烈,它吹跑了诗人的诗稿,打断诗人的创作,甚至继续待在书房会有生命危险——墙上的画框可能会跌落,砸破诗人的脑袋。于是诗人无奈只能退出书房,看着西南方肆无忌惮地在房内造成损害,却无能为力。这首诗打破以往传统诗人对西南风的美好观念,为它贴上破坏、危险与毁灭的负面标签。

在弗罗斯特的诗中我们不仅能看到他对自然事物的颠覆性的看法,更能感受到他作为现代人的忧思与迷茫。上文提到的《一堆残雪》中,诗人用残雪比喻现代人每日所读的报纸,既表达出对传统报纸行业衰落的担忧,又传达了对报纸中刊载的无价值事物对人们精神的麻痹的谴责,同时又是对人们浮躁的精神世界的揭露——对物质与欲望的追求导致现代人无法安心通过阅读来获得知识与进步,更期望走上一条通往成功的快车道。

《各司其职》("Departmental", 1936)亦是作者通过日常之物获取的感想与智识之作。体型虽小但辛勤劳作的蚂蚁在弗罗斯特的笔下成了毫无同理心、麻木无情的"奇特物种"。它们步伐匆匆,无动于衷地路过同胞的尸体,毫无怜悯或悲痛之感。诗人最后以反讽的语气将蚂蚁的"无情无义"称为"各司其职"。读到最后,读者不免联想到自我,联想到身边的社会现象。这蚂蚁岂不是现代人的缩影?现代人为了各种欲望与目标奋斗,忙忙碌碌,却逐渐在这"进步"的过程中失掉了人性,交流变得公式化,失去了爱与关怀,丢掉了精神与灵魂,人际关系日渐淡薄、疏远,人最终处于孤独与孤立的位置。现代社会的体系多么高效,这是严格各司其职的成果,却也多么冷冰冰,人们只会按部就班、按规则行事,没有关心与温暖。通过这首诗,弗罗斯特表达了自己对现代制度的担忧,现代制度不能仅有效率和平等,也要有人文关怀与温情。现代人的生活要是被忙碌和物质占满,便有可能沦为机器,失掉了作为人最重要的特性——人性。

现代派诗人所关注的领域,如对现代人内心迷茫与困惑的表达,对人生、社会与世界的严肃思考等,都在弗罗斯特的诗歌中得到了体现。在《未选择的路》中,诗人将林中的两条互不相同的小径作为隐喻,引出命题——人生之路的选择。人们的好奇心与不甘总会让他们想起那条未走的路,这就是人生的悖论,人永远不能同时走上两条路,时光也不能倒流重新给予人们选择的机会。在《雪夜林边驻足》中,诗人将疲惫的旅人是否停留在雪夜丛林休息的思考转化为是否要继续前进在充满责任与目标的人生路上。这是现代人面对生活的重压与枯燥时脑海中时常会闪现出来的念头——是否还要继续负重前行?何不就此停下脚步? 对于这个问题,诗人给出了积极的回应——直面人生的困境与迷惑,继续前行。最后两行的重复——"And miles to go before I sleep,/And miles to go before I sleep."隽永悠长的韵律,道出了人生的现实,即人生路既遥远又艰辛,但还是要勇于走完全程。

在《火与冰》("Fire and Ice", 1920)中,弗罗斯特通过隐喻,向读者呈现"火"与"冰"的象征意义,以此来表达自己对现代社会或世界的严肃思考。火与冰都是日常生活的常见之物。但弗罗斯特通过隐喻,用日常语言将之诗化,赋予其深刻的含义。在诗中,"火"与"冰"是毁灭世界的两极;弗罗斯特用"火"与"冰"分别来隐喻人性中的欲望与野心、冷漠与仇恨。这两极的任一因素都会对世界造成极大的破坏,乃至毁灭。现代社会物质繁华,城市发展迅速,社会文明不断进步,表面上呈现出欣欣向荣的景象,实则危机四伏,不同国家之间、不同民族之间、不同种族之间的矛盾不断激化,一战与二战先后爆发,经济大萧条出现,贫富差距不断增大,青少年自杀率不断攀升,社会中严重犯罪事件频发,无不证明着现代社会存在的问题。这些问题的爆发究其根本就是欲望的膨胀、仇恨的蔓延所导致的。这些矛盾与问题集中浮现构成了动荡不安的 20 世纪上半叶的主要特质。

弗罗斯特以一己之力向现代派诗人证明了,现代诗歌要求的新意,不仅可以通过变革诗歌形式来达成,亦可以通过诗歌内容与语言的创造来实现。正如埃德温・阿灵顿・罗宾逊(Edwin Arlington Robinson)曾提出的,诗歌新意出于两种路径,其一为"new ways to be new", 其二为

"the old fashioned way to be new"①。弗罗斯特诗歌的现代性不仅体现在他对传统意象的辩证把握上,也体现在他通过隐喻,将平常之物用日常之语与毫不相关的另一意象联系起来,这另一意象即来自现代生活,来自有关现代社会与生活的想象,来自生活中不经意触发的奇思妙想,以此向读者传递生动活泼、趣味十足、振聋发聩的生活哲理与人生思考,抑或向现代人发出有关生存与危机的警示。著名的美国文学评论家莱昂内尔·特里林是强调弗罗斯特阴郁面的第一人。他将弗罗斯特比作索福克勒斯(Sophocles):"人们之所以挚爱这位诗人是因为他直率地表现了人类生活中可怕的东西……弗罗斯特一些最好的作品骨子里那种悲怆、那种对于恶的暗示与卡夫卡的作品没有什么两样。"②

　　无论是弗罗斯特诗歌中颠覆传统形象的自然景物,还是诗歌中对人生与命运以及现代社会现存问题的严肃探索,都证明了弗罗斯特尽管在诗歌形式上不求新意,很大程度上遵循传统诗歌的韵律节奏来创作,其语言风格继承了华兹华斯的诗歌追求,将日常语言与意象引入诗歌,但同时也发展了后者的诗歌主张,进一步扩大了诗歌散文化的程度,并通过隐喻的修辞手法,将日常生活的智识与哲思引入诗歌。正是通过这些朴素自然的语言,和令人耳目一新的隐喻与意象之间的联想,弗罗斯特的诗歌实现"旧瓶装新酒"的创造性实践,在庞德和艾略特独领风骚的诗坛另辟蹊径,闯出一条独特的现代诗歌流派。

第四节

威廉·卡洛斯·威廉斯:地方主义与形式创新③

　　威廉·卡洛斯·威廉斯(William Carlos Williams,1883—1963)的

---

　　①　庄华萍:《弗罗斯特:游离在浪漫主义与现代主义之间》,《浙江学刊》2010年第6期,第96页。

　　②　H. A. Maxson, *On the Sonnets of Robert Frost: A Critical Examination of the 37 Poems*, Jefferson:McFarland and Company, 1997, pp. 92‒95.

　　③　本节由叶冬、彭旋撰写。

诗歌被誉为"20 世纪美国文学的主要成就"①。作为 20 世纪著名的诗人、小说家、散文家以及剧作家,威廉斯在诗歌写作生涯的初期,受济慈和惠特曼影响较深。他与同时期的庞德同为意象派诗人的领军人物,其诗歌多为美国本土题材,讲究务实,追求诗歌的视觉效果。威廉斯的诗歌立足于现实的生活,捕捉日常生活中灵感乍现的时刻,通过"描写这个宇宙就写出诗来"②。

对于现实生活的精准把握来源于威廉斯对美国地方性的提炼,与旅欧作家不同,威廉斯将重心放在美国本土。威廉斯的地方性来源于与外界相对比所产生的地方性的独特体验,而不仅仅是对地方的局限性描写。威廉斯效法惠特曼,对欧洲传统诗歌韵律抑扬格或是扬抑格等音步进行变革,提出"可变音步"(the variable foot)。在意象主义和实用主义的影响下,威廉斯发扬客观主义的诗学观,即客观表现事物和传达感情,通过精简的意象与词汇的堆叠体现物的本质内涵。威廉斯不遗余力地在诗歌形式上做出创新,意象与诗行结构的改变给他的诗歌空间化的美学色彩,对颜色、视点等绘画技巧的使用,体现了诗歌所言之物的实质。正是他敢于对旧传统说不,坚持自己的创作,才得以影响纽约派、黑山诗人等后来流派,成为一代诗学大师。

一、"地方性是唯一的普遍性"③

与 20 世纪初便得到文学界认可的艾略特与庞德等旅欧作家试图借欧洲经典重塑美国文学不同,威廉斯认为,"美国落后于法国和爱尔兰本土艺术"是因为"美国人仍然太容易欣赏和借鉴不该被借鉴的东西,那些只属于法国或爱尔兰独特的因为当地特殊的思想和环境条件

---

① Thomas R. Whitaker, *William Carlos Williams*, Boston: Twayne Publishers, 1989, p. ix.

② 比尔·摩根:《金斯伯格文选——深思熟虑的散文》,文楚安等译,成都:四川文艺出版社,2005 年,第 363 页。

③ 张跃军:《威廉·卡洛斯·威廉斯的"地方主义"诗学》,《外国文学研究》2001 年第 1 期,第 33 页。

而产生的东西"①。美国艺术家应当恰当地把握他们所在区域的地方性,而不是一味吸收借鉴他国元素,忘记自己的使命。威廉斯坚持主张地方主义,认为"只有本土主义才能产生文化"②。对于艾略特对古典诗歌形式的再发现,威廉斯评论道:"《日晷》推出了《荒原》,我们所有的快乐结束了。它犹如一颗原子弹,摧毁了我们的世界,使我们向未知领域的所有冲锋全部化为灰烬,对我来说它尤其像子弹嘲讽的一击。"③因此,艾略特式的学院派写作风格,对想要遵循惠特曼的足迹确立美国文学的独特性的威廉斯而言是不可接受的。在放弃对济慈浪漫主义诗学的模仿后,威廉斯转向惠特曼,试图将真实的生活经验融入自己的诗行,建构属于美国的诗学传统。

约翰・杜威(John Dewey)在《美国主义与地方主义》(*Americanism and Localism*,1929)中指出,"地方性是唯一的普遍性"(The locality is the only universal.)④。杜威选择"地方性"(locality)这个词,是因为该词"既能体现地域的稳定与可识别性,又结合了特定时间,限定区域所处空间的偶然性"⑤。威廉斯进一步指出:"知识分子必须认识到美国文化中的地方特色。事实上,除非建立在地方性之上,不可能有普遍的文化——我多年来一直强调这一点,普遍性只存在于地方性之中,我的观点取之于杜威。"⑥对于威廉斯而言,地方性与普遍性的辨析其实是为了凸显地方化的目的,即"地方性朝着整体性转移,以及整体性从地方性得到的省察,就是我们的目标:自由地、热切地带着双方的认同甚至紧

---

① William Carlos Williams, "Comment," *Contact*, 2 (1921), pp. 11 - 12.

② 董务刚:《美国现代主义诗人及其经典诗歌研究》,长春:吉林大学出版社,2020 年,第 282 页。

③ 张跃军:《威廉・卡洛斯・威廉斯的"地方主义"诗学》,《外国文学研究》2001 年第 1 期,第 36 页。

④ 同③,第 33 页。

⑤ Eric B. White, "William Carlos Williams and the Local," in *The Cambridge Companion to William Carlos Williams*, edited by Christopher MacGowan, Cambridge:Cambridge University Press, 2016, p. 9.

⑥ William Carlos Williams, *The Selected Letters of William Carlos Williams*, edited by John C. Thirlwall, New York:New directions, 1984, p. 224.

迫感"①。埃里克·B. 怀特(Eric B. White)在对威廉斯的地方性进行解释时指出:"威廉斯所谓的地方性并不是一种基于传统具体化和地方文化的不变性的民族主义的狭义表达。而是特定地点的独特环境如何不断与偶然的外部力量相互作用,以改变人口和他们居住的地方,以及艺术家如何利用这些的经验过程。"②结合杜威、威廉斯以及怀特的阐述,可以得出地方性的三个特点:其一,地方性具有流动性、可变性。其二,不能狭义地把地方与环境相联系,地方性是由环境与生活在此地的人相互结合产生的。地方性具有普遍的开放性,这种开放性体现在题材与其对应思想的普遍性之中。"地方性体现在将这一地域与其他地域、文化以及人民做比较时,文学作品所能体现的该地域的独特性。"③正如威廉斯在《知识的象征》(The Embodiment of Knowledge,1974)中所指出的:不应将"地方"与"狭隘主义"相"混淆",因为"完全意义上的地方是思想的自由阐发,它在任何地方都为所有人开放"④。对于艺术家而言,地方性体现在呈现在艺术家面前的材料中。地方性并非一种约束,而是一种集中。作家在创作中对于地方性的运用,就是通过对地方生活经验的描写,在作品中还原地方性,从而拓宽视野,以小见大,讲述普适性的故事。其三,艺术来源于生活,地方性与鲜活、真正的美国经验相关。正如威廉斯所强调的,"一个作家笔下所出现的任何与其生于斯长于斯的土地相割裂的形式都是毫无价值的"⑤。

美国传统长诗往往以欧洲诗歌为范本,无论是题材、体裁还是语言,威廉斯认为这种做法并不能算作是独立的创作,只是模仿,阻碍了美国本土诗歌的发展。因此威廉斯一直想创作一首属于美国本土的

① William Carlos Williams, *The Selected Letters of William Carlos Williams*, edited by John C. Thirlwall, New York: New directions, 1984, p. 225.

② Eric B. White, "William Carlos Williams and the Local," in *The Cambridge Companion to William Carlos Williams*, edited by Christopher MacGowan, New York: Cambridge University Press, 2016, p. 9.

③ 同②,第8页。

④ 同②,第8页。

⑤ 张跃军:《美国性情——威廉·卡洛斯·威廉斯的实用主义诗学》,合肥:安徽文艺出版社,2006 年,第 242 页。

长诗,不同于艾略特的《荒原》,没有对欧洲传统的沿袭。《佩特森》应运而生。佩特森是威廉斯故乡附近的一座城市,他想通过描述这座城市的盛衰来反映整个美国的发展。而整首诗以其史诗般的恢宏气势,反映了美国社会文化的方方面面,为美国现代诗歌的发展做出了重要贡献。"若论威廉斯诗歌的最高成就,以及他的诗歌理论和艺术最完美的体现,应当首推长诗《佩特森》。"①《佩特森》集中体现了威廉斯的文化地方主义:"这首诗使用现代城市景观的语言的空间和时间框架,在一个由不同种族组成的国家中表达身份的问题。《佩特森》是将地方和国家与个人的遭遇联系起来,以创造一种新兴的'美国'身份的临时感觉。"②这首长诗时空跨度很大,但始终都围绕着佩特森这块地区。这首诗一共包括五个部分,前四部分于 1946 到 1951 年出版,分别命名为:《巨人的轮廓》《公园里的星期天》《图书馆》以及《奔向大海》。第五部分于 1958 年出版,与前四部分不同,作者并没有继续描写《佩特森》,而是在对前四部分进行评论,对诗歌的本质进行了讨论。诗人写下了自己对诗歌的理解以及对诗歌发展前景的期盼,也记录下了佩特森这座工业城市地理环境、经济文化发展的方方面面。诗歌内容看似杂乱无章,作者实则将其有机地联系了起来。比如,作者写到这座城市之前的洪水、大火以及图书馆书籍的焚毁,实际上也是在写作者对于传统蔑视的态度,作者认为"理应如此",表明了作者对于诗歌创新的无比渴望。正如威廉斯在《佩特森》中指出的,"除了物质主题之外,我必须以某种方式写作,以获得与我心目中的对象的真实性"③。作者一方面在写城市的发展,一方面在隐秘地表达自己对诗歌的看法。因此最后一卷和前四卷并不是分离的内容,而是有机的整体。作者通过《佩特森》这首长诗记录了自己对诗歌传统与创新的态

---

① 袁德成:《现代美国长诗中的一朵奇葩——论威廉·卡洛斯·威廉斯的长诗〈佩特森〉》,《西南民族学院学报(哲学社会科学版)》2000 年第 4 期,第 63 页。

② Eric B. White, "William Carlos Williams and the Local," in *The Cambridge Companion to William Carlos Williams*, edited by Christopher MacGowan, New York: Cambridge University Press, 2016, pp. 21–22.

③ William Carlos Williams, *Paterson*, New York: New Directions, 1992, p. xiii.

度,也通过佩特森这座美国工业城市的代表反映了美国现代化发展的方方面面,使得这首诗具有了史诗般的气势。反对以艾略特为代表的学院派,坚持地方主义,是威廉斯自觉的文化选择,反映了他强烈的文化自豪感,更是一种民族责任感的体现。威廉斯对地方主义的坚守与创新,是对当时诗歌巨擘们追捧欧洲经典的逆反,这一主义向前呼应了惠特曼对于摆脱欧洲传统、追求美国性的呼唤,向后改变了当时人们试图重回欧洲经典寻找诗歌出路的固有思维。

二、"思想只存在于事物中"[①]

作为追求美国性、美国语言的诗人,威廉斯在放弃对济慈浪漫主义诗行的模仿后,将视线转向了惠特曼。可以说,威廉斯的诗歌创作与惠特曼是一脉相承的。惠特曼的诗歌对威廉斯的影响体现在三方面。其一,诗歌内容方面,惠特曼对于自然和普通人的刻画影响了威廉斯诗作内容取材的角度。惠特曼的诗歌取材于美国人民的日常生活,以一种粗放的豪情表达自己对于美国本土的热爱。威廉斯致力于书写日常小事,虽然相比于惠特曼在诗歌内容的选择上更为细节精准。其二,在诗歌形式方面,惠特曼选择自由诗体而非欧洲传统的韵脚诗,自由诗体为威廉斯进一步探索诗歌形式技巧上的本土性与独创性提供了新的思路。其三,惠特曼对于威廉斯的影响还在于他致力于革新的态度,正是这种态度才使得威廉斯得以勇敢地挑战旧有诗歌秩序,革新诗歌形式。

除了惠特曼,庞德也在威廉斯的创作生涯中起到了重要作用。庞德认为一个意象就是瞬间形成的理智和情感的复合物,主张使用具体的意象来表达诗意。意象派诗人善于直接处理事物,将意象并置在一起,使用多种意象使诗歌达到凝练的效果。意象派运动对威廉斯的诗学主张与实践影响很大,但通过实践他发现不能只追求纯粹的意象主义,威廉斯并不是单纯地呈现事物,他注重事物与思想的结合,将思想

---

① "思想只存在于事物中"最初出现于威廉斯1927年发表的诗歌《佩特森》("Paterson")中。后该诗经改写后作为开篇被收录在史诗《佩特森I》中。

通过客观的事物表达出来。

　　威廉斯长久的医生职业生涯也给他提供了普通诗人没有的观察事物的角度,"使他看到经验从扁平、单向转变为多面、立体的可能"①。谈到医生经验对他写作的影响时,威廉斯指出:"我从未觉得行医干扰了我,而是我的食粮与水,恰恰是行医让我有写作的可能性。"②从行医的日常经历中,威廉斯对诗人的职责有了更深刻的认知。"诗人的职责不在于泛泛而谈,而在于描述具体而特殊的东西,正如医生研究他面前的特殊病例一样,在特殊中发现一般。"③威廉斯指出,"诗人的任务是去发现物,即某一时刻或某一事物,然后细心地分别加以观察,通过想象力去了解变化中的一致性、无关联中的关联性和特殊中的普遍性"④。他认为诗歌应该贴近生活,把特殊的、当时当地的事物作为诗歌创作的源泉。这也就是他所说的"思想只存在于事物中,或者说物外无意"(no ideas but in things),即"诗的内容和意义通过形式表现,必须强调作为媒介的词语的客体性,词语即物,诗应该建立在物之上,而不是思想之上"⑤。

　　在意象主义的基础上,威廉斯创建了客观主义(Objectivism)。"客观主义是对意象主义的发展,它着眼于意义上更特殊、更广阔的意象。"⑥客观主义放大事物本身的作用而非诗人的主体功能,认为诗歌从事物开始,引起诗人的语言联想,进而将其转化成诗歌。所谓客观主义,仍是威廉斯"思想只存在于事物中"这一基本诗学观念的延伸。正如金斯

　　① 虞又铭:《不彻底的左派:威廉斯的城市书写及其对艾略特的诗学挑战》,《外国文学》2020年第5期,第17页。
　　② 朱丽田、宋涛:《跨界视域下的威廉·卡洛斯·威廉斯医学小说》,《河南理工大学(社会科学版)》2020年第6期,第42页。
　　③ 袁德成:《现代美国长诗中的一朵奇葩——论威廉·卡洛斯·威廉斯的长诗〈佩特森〉》,《西南民族学院学报(哲学社会科学版)》2000年第4期,第63页。
　　④ 彭予:《二十世纪美国诗歌——从庞德到罗伯特·布莱》,郑州:河南大学出版社,1995年,第45页。
　　⑤ 同④。
　　⑥ Helen Vendler, ed., *Voices and Visions: The Poet in America*, New York: Random House, 1987, p. 190.

伯格所说,客观主义所呈现的对象"成了它自己的象征。正是因为注目于眼前的事物,才没把其他的思想或是其他的意象覆盖于已经存在的意象上"①。张子清指出客观主义的两大原则是:"客观表现事物"和"客体传达感情"②。对于这两大原则,我们可以从客体的选择、客观地描写、真实呈现事物与直接处理事物这四个方面理解。

首先,"客体传达感情"强调了对"客体"的选择和"情感的流露"。在客体的选择上,威廉斯多选用日常生活出现的琐碎小事,传达细节的情感,呈现生活中的诗意。他通过具体的物体、日常化的词语寻找普遍性的含义,以具体直接的陈述表达美国的现实生活。正如威廉斯所说,"科学是一场骗局,哲学是一种耻辱,这些都不是生活,而是争夺生活的一场混战,我们只能痛苦地旁观。但是诗歌是生活的气息。至于学问——见鬼去吧"③。在威廉斯眼中,诗歌无关乎阳春白雪抑或是下里巴人,诗歌就应该表现真实的生活。如果一开始在题材上就对其有所限制,那么诗歌也就失去了它原本的意义。任何细小琐碎的事物在他眼里都可以入诗,威廉斯将日常事物与相对应的情感相联系,创作了许多诗篇:《红色手推车》("The Red Wheelbarrow",1924)、《春天及一切》("Spring and All",1923)、《玫瑰》("The Rose",1923)等体现了他对自然的关注,他将自然美融入诗歌中;《游艇》("The Yachts",1938)、《给一位穷老妪》("To a Poor Old Woman",1935)、《下层人肖像》("Proletarian Portrait",1935)等体现了他对社会、对女性的关注,他通过诗歌揭示自己的所见、所思。他的题材和生活一样广阔,他认为任何东西都是写诗的好题材。

其次,作诗应有客观的态度。客观的态度即是诗人主体情感的隐形,可以由诗作的选词、结构甚至标点呈现。威廉斯的诗句多是陈述性的,使用的词汇多是描述性的而非评论性的,在诗作形式层面上将诗人

---

① 比尔·摩根:《金斯伯格文选——深思熟虑的散文》,文楚安等译,成都:四川文艺出版社,2005 年,第 358 页。

② 张子清:《二十世纪美国诗歌史》,长春:吉林教育出版社,1995 年,第 149 页。

③ William Carlos Williams, *The Embodiment of Knowledge*, edited by Ron Loewinsohn, New York: New Directions, 1974, p. 26.

的主观感情排除。但这并不意味着诗作不传达感情,诗人的情感会通过所借助的客体传达。以《南塔刻特》("Nantucket",1934)为例:

Flowers through the window—	窗外的花——
lavender and yellow	淡紫、嫩黄
changed by white curtains—	白窗帘变化色调——
Smell of cleanliness—	洁净的气息——
Sunshine of late afternoon—	向暮的日光——
On the glass tray	照着玻璃托盘
a glass pitcher, the tumbler	玻璃水瓶,酒杯
turned down, by which	翻到,旁边
a key is lying—And the	有把钥匙——还有那
immaculate white bed[1]	洁白无瑕的床(赵毅衡译)[2]

在措辞上,全诗短小紧凑,直接处理了"花""窗帘""日光""水瓶""酒杯""钥匙""床"等多个意象。诗中没有出现无助于表现这些意象的词,简洁明快。同时,整首诗冷静、客观又直接地描绘了这些眼前的事物。虽无一处提到诗人"我"或其他观察者,但这些事物之间的和谐无不展现出诗人的主观性。诗行表现上,诗人通过标点符号与频繁的断句,在符合音韵的基础上,体现了人的视点变化。

再次,在客体传达情感方面,威廉斯还强调了意义传达的真实性,"对感官有影响的事物必须依原样、丝毫不动地传达,只有这样,意义

---

① William Carlos Williams, *The Collected Poems of William Carlos Williams, Volume 1: 1909-1939*, edited by A. Walton Litz and Christopher MacGowan, New York: New Directions, 1986, p. 372.

② 赵毅衡编译:《美国现代诗选》(上、下),北京:外国文学出版社,1985 年,第 102 页。

才会显现"①。只有如此,才能建立主客体的对应关系,让读者得以和诗的世界直接接触,从而唤起读者的想象并传达情感。比如《我只是想说》("This Is Just to Say",1934)就将一封便签上的留言以诗意的排列组合呈现将梅子吃掉这一琐碎小事。《在墙之间》("Between Walls",1923)中以炉渣中突出的玻璃瓶碎片的闪光这一强烈印象形成主客体的连接。这些"客体"融入诗行,激发读者的想象,从而传达感情。以《海滨的花》("Flowers by the Sea",1935)为例:

When over the flowery, sharp pasture's	在草原的多花的陡岸旁
edge, unseen, the salt ocean	盐海悄悄地
lifts its form—chicory and daisies	升腾起来——菊苣和雏菊
tied, released, seem hardly flowers alone	绑扎了的,松散的,看来不像花
but color and the movement—or the shape	而是无休无止的色彩和运动
perhaps—of restlessness, whereas	——或者形体,而那个海
the sea is circled and sways	围成一圈,安详地
peacefully upon its plantlike stem②	在花木的茎上晃荡(袁可嘉译)③

可以看到威廉斯的诗歌韵脚松散,有着散文的气韵。诗行按语法结构切分,描述了在草原陡岸花与海相互映衬的美景。不加一言评论,仅仅是勾勒花与海的形状就给人美的体验,这种物的客观自行呈现就是对客观主义这一原则具体运用的体现。上文说到"事物"即诗

---

① William Carlos Williams, *Selected Essays of William Carlos Williams*, New York: New Directions, 1969, p. 119.

② William Carlos Williams, *The Collected Poems of William Carlos Williams, Volume 1: 1909-1939*, edited by A. Walton Litz and Christopher MacGowan, New York: New Directions, 1986, p. 378.

③ 袁可嘉主编:《欧美现代十大流派诗选》,上海:上海文艺出版社,1991 年,第575 页。

作的"客体",正如这篇诗作,描述的对象就是生长于海滨的菊苣与雏菊,由此可以看出威廉斯对于日常生活中的普遍事物的关注与着力。借助对花海动态的捕捉以及对海与花木映衬的描写,使读者直接体会到了美。总的来说,在传达情感层面,威廉斯的客观主义是"如实地描写、刻画现实事物,认真细致地表现诗人主观、内心世界的活动"①。

从客观主义的两大原则可以看出,主体与客体在诗歌中交汇于物(词)上,物是被描述的客体,而客体中隐藏着诗人的主体性,物性使客体得到表征,也使读者通过接触诗文之物探明诗文内蕴的主体性。通过主客体的交互,将词语从约定俗成的意义中解放出来,威廉斯得以在微不足道的小事中将日常生活的本质意义和"现实的真谛"②呈现出来。

三、以形式揭示物的本质

对于生活"现实真谛"的探索同样体现在威廉斯对于诗歌形式的创新上。如果说威廉斯通过客观主义将词从固有用法中解脱出来,与日常生活的直接印象接轨,在诗歌形式上,威廉斯则着力反映美国语言日常节奏和习惯用法中"那闪闪发光的真谛"③。威廉斯指出,"诗的意义不在于表现什么,而在于怎样去表现,诗人应该不断寻求新的形式,为每一首诗创造一种独特的形式,但新形式必须要有简朴、明晰、直接、生动、自然这些共性"④。

威廉斯对于诗歌形式的探索首先体现在他对于诗歌动态的捕捉。正如其在《知识的象征》中指出的,"不论是在字面意义、比喻意义或者任何意义上,树作为树本身是不存在的……存在的是,物体的形状和色彩所营造的印象,这种存在依附于客体的感性……也就是他的眼中所见"⑤。这

---

① 埃默里·埃利奥特主编:《哥伦比亚美国文学史》,朱通伯等译,成都:四川辞书出版社,1994年,第817页。

② 同①,第818页。

③ 同①,第818页。

④ 彭予:《二十世纪美国诗歌——从庞德到罗伯特·布莱》,郑州:河南大学出版社,1995年,第54—55页。

⑤ William Carlos Williams, *The Embodiment of Knowledge*, edited by Ron Loewinsohn, New York: New Directions, 1974, p. 24.

种对于印象的强调使威廉斯极其重视词的视觉性和生命力。他认为，"语言在长期的传统化的应用中，在固定的情感模式和意识形态下，形成了固有的套式。在这种情况下，语言的本真性正在消失。真正的语言应该是鲜活的、袒露的，能够直接地触及你的眼睛和听觉"①。色彩是构成威廉斯诗歌视觉效果最重要的因素，他给庞德的信中说道："我所做的一切皆是努力用事物本来的色彩和形状来理解事物。"②在诗歌《伟大的数字》（"The Great Figure"，1921）中，威廉斯充分运用了色彩的对比：

Among the rain	在密雨中
and lights	在灯光里
I saw the figure 5	我看到一个金色的
in gold	数字 5
on a red	写在一辆红色的
firetruck	救火车上
moving	无人注意
tense	疾驰
unheeded	驶向锣鼓紧敲
to gong clangs	警报尖鸣之处
siren howls	轮子隆隆
and wheels rumbling	穿过黑暗的城市（赵毅衡译）④
through the dark city.③	

① 周黎隽：《诗有画意——论现代视觉艺术对威廉·卡洛斯·威廉斯诗歌的影响》，《北京航空航天大学学报（社会科学版）》2004 年第 3 期，第 73 页。

② William Carlos Williams, *Selected Essays of William Carlos Williams*, New York: New Directions, 1969, p. 288.

③ William Carlos Williams, *The Collected Poems of William Carlos Williams, Volume 1: 1909-1939*, edited by A. Walton Litz and Christopher MacGowan, New York: New Directions, 1986, p. 174.

④ 赵毅衡编译：《美国现代诗选》（上、下），北京：外国文学出版社，1985 年，第 96 页。

　　威廉斯通过诗歌的形式将黑暗的城市里,写有金色数字5的红色
消防车疾驰而过的视觉冲击与动感记录下来并传递给读者。诗歌中
呈现了三种颜色:黑色、金色、红色。黑色为整个画面的背景色调,而
清晰明亮的红色和黄色与之形成鲜明的对比,给予了读者生动的画面
感与巨大的想象空间。威廉斯的经典诗歌《红色手推车》也充分体现
了色彩语言的运用:

so much depends	那么多东西
upon	依靠
a red wheel	一辆红色
barrow	手推车
glazed with rain	雨水淋得它
water	晶亮
beside the white	旁边是一群
chickens①	白鸡(袁可嘉译)②

　　这首简短的小诗呈现了手推车、雨水、白鸡几种意象以及雨水的
光亮、红色、白色几种色彩,诗人以极其细腻的感受能力,通过物体在
画面中的特殊定位以及色彩的鲜明对比,使院子里的那番平常的景象
永远定格。整首诗清新明快,令人眼前一亮。

　　除鲜艳的色彩语言外,在诗歌的形式上,威廉斯还打破了传统诗
歌中诗行的排列方式,追求诗和画的一体性,试图表现诗歌的空间感
与立体特征,追求极具特色的艺术表现力。在接受采访时他说,他一

---

①　William Carlos Williams, *The Collected Poems of William Carlos Williams,
Volume 1: 1909 - 1939*, edited by A. Walton Litz and Christopher MacGowan, New York:
New Directions, 1986, p. 224.

②　赵毅衡编译:《美国现代诗选》(上、下),北京:外国文学出版社,1985 年,第
100 页。

直在尝试将诗画融为一体。有时候他只想让诗像画般做一种无言的
展示。如果说画意入诗为第一境界,诗形如画为第二境界,那么诗画
一体则为第三境界。① 威廉斯的诗歌至少展现了前两种境界。在诗歌
《窗前少妇》("Young Woman at a Window", 1936)中,威廉斯展现了
他所追求的诗歌画面感,即第一重境界"画意入诗":

She sits with	她坐着
tears on	眼泪
her cheek	在脸上
her cheek on	脸颊
her hand	在手中
the child	孩子
in her lap	在怀里
his nose	孩子的鼻子
Pressed	紧贴在
to the glass.②	玻璃上(赵毅衡译)③

　　威廉斯在这首诗中运用了绘画中的局部特写手法,从眼泪到脸
颊,从手到怀中的孩子,从孩子的鼻子到玻璃,细节的刻画引导读者一

---

① 参见叶冬:《诗中有画的三种境界》,《湖南城市学院学报》2008 年第 6 期,第
64—68 页。

② William Carlos Williams, *The Collected Poems of William Carlos Williams,
Volume 1: 1909－1939*, edited by A. Walton Litz and Christopher MacGowan, New York:
New Directions, 1986, p. 373.

③ 赵毅衡编译:《美国现代诗选》(上、下),北京:外国文学出版社,1985 年,第
118 页。

步步跟随作者的视线,从而看到整幅画的全貌:垂泪的母亲抱着孩子坐在窗边。且不论这首诗的意境如何,至少作者达到了诗歌的视觉与空间效果。更为甚者,威廉斯在诗歌《女招待》("The Waitress",1928)中彻底打破诗行排列规则,将空间感及运动效果引入诗中:

The Nominating Committee　　　　　提名委员会提出下面
presents the　　　　　　　　　　诸如此类的
resolutions, etc. etc. etc. All those　　解决办法。所有
in favor signify by saying,　　　　赞成者说"赞成"。
Aye. Contrariminded,　　　　　　不同意的说
No.　　　　　　　　　　　　　反对。
Carried.　　　　　　　　　　　表决
　　　　And aye, and aye, and aye!　　赞成,赞成,赞成!

And the way the bell-hop　　　　　男服务员下楼
runs downstairs:　　　　　　　　的声音:
　　　ta tuck a　　　　　　　　　杳嗒
　　　　　ta tuck a　　　　　　　　杳嗒
　　　　　　ta tuck a　　　　　　　　杳嗒
　　　　　　　ta tuck a　　　　　　　　杳嗒
　　　　　　　　ta tuck a　　　　　　　　杳嗒
and the gulls in the open window　　敞开的窗外的海鸥鸣
screaming over the slow　　　　　叫着掠过缓缓
break of the cold waves[1]　　　　奔涌的冰冷浪花[2]

---

[1]　William Carlos Williams, *The Collected Poems of William Carlos Williams, Volume 1: 1909-1939*, edited by A. Walton Litz and Christopher MacGowan, New York: New Directions, 1986, p. 280.

[2]　中译诗转引自李小洁、王余:《论威廉·卡洛斯·威廉斯的空间化诗歌》,《外国文学研究》2009 年第 3 期,第 152 页。译诗略有改动。

　　诗中的五处"沓嗒"声既模拟了下楼梯的声音,诗行又呈阶梯状排列,赋予读者鲜明的画面感,展现了诗中有画的第二重境界"诗形如画"。通过对色彩的运用以及诗歌空间化结构的呈现,"熟悉的、简朴的物体从日常经历中分离出来,成为新的真实"①。这种将日常生活可视化的艺术技巧将诗人自己的主观审美置于客观存在之中,回归诗人自我的经验。

　　诗歌用词和结构上的动态捕捉事实上是威廉斯对于视觉在诗歌形式上的呈现。在听觉上,威廉斯的创新还体现在对于"可变音步"的创制与阐发。通过将可变音步融入诗行,诗作得以在听觉上传达情感,使诗歌"接近真实语言的节奏"②。可变音步以自由诗为基础,指的是"放松节奏计量(measure),扩展传统音步的范围,可以容纳更多的音节、单词或者短语的新节奏单位"③。可变音步按词语的搭配关系每三行为一组进行对称排列,以《黑妇人》("A Negro Woman",1955)为例:

　　　　一束金盏花
　　　　　　包在
　　　　　　　旧报纸里;
　　　　她竖直地擎着,
　　　　　　没戴帽子,
　　　　　　　　那粗壮的
　　　　大腿
　　　　　使她步履
　　　　　　有点摇摆,
　　　　她一路走,
　　　　　一路瞧着
　　　　　　路上的橱窗。

---

　　①　张跃军:《美国性情——威廉·卡洛斯·威廉斯的实用主义诗学》,合肥:安徽文艺出版社,2006 年,第 287—288 页。

　　②　William Carlos Williams, *Selected Essays of William Carlos Williams*, New York: New Directions, 1969, p. 212.

　　③　同①,第 339 页。

难道她不是

　　另一个世界

　　　　派来的使节

在向我们讲述

　　那长满美丽的

　　　　双色金盏花的世界

但她自己

　　只是在街上走

　　　　对此一无所知,

她笔直地擎着花束

　　　　好像火炬

　　　　　朗照在清晨。①

　　除了上文提及的通过改变词语的拼接顺序将黑妇人捧着金盏花这一日常小事陌生化,通过形式将黑妇人走路方式活灵活现地展示外,我们可以看到诗歌每三行为一节,通过阶梯式的形式出现,似乎是将这一动态通过时间的延宕展示出来,体现一种声音上传递的质感,与视觉一道构成诗歌的内部张力。

　　威廉斯在对地方主义、客观主义以及诗歌形式的探索中始终坚持着一条主线,即以物为中心,以日常生活为中心,以细碎琐事的陌生化为中心。威廉斯的诗作强调美国经验,强调物外无意,强调给予读者直接印象。他主张抛弃传统的诗歌形式与诗歌中不必要的隐喻,认为诗人应该从普通人的视角看世界,以普通人的角度反映世界。有评论说,"威廉斯的诗学之所以被忽略,是因其实用主义的诗学观,不同于艾略特、庞德的跨越东西方,整合多学科的气势宏大的诗学体系,其诗学观少了些耀眼的光环,显得稀疏平常"②。然而,对于威廉斯而言,"写作的目的是揭

---

① 赵毅衡编译:《美国现代诗选》(上、下),北京:外国文学出版社,1985年,第119—120页。

② 张跃军:《威廉·卡洛斯·威廉斯的实用主义诗学观》,《当代外国文学》2002年第2期,第74页。

示,不是教诲,不是广告,不是兜售,甚至也不是交流,是揭示,揭示人的内部"①。作为诗人,他善于发现学习,积极吸收接纳其他优秀诗人的闪光之处,也勇于批判甚至抛弃不合时宜的理论;作为美国公民,他有着强烈的民族感,在诗歌创作上反对一味模仿欧洲范式,致力于寻求本土特色;作为一个普通人,他善于观察身边的点滴,揭示生活中的真善美。在威廉斯晚年,他接连获得了全国图书奖(1950)、博林根诗歌奖(1953)以及普利策诗歌奖(1962)。正如阿兰·奥斯特罗姆(Alan Ostrom)所评价的:"威廉斯对现代诗歌的影响力与日俱增,直到他在20世纪50年代后期成为美国诗歌中最伟大的单一力量。"②威廉斯的诗歌对于美国诗歌本土化以及美国性的探索在后世造成了极大的影响,他在形式上的革新拓宽了美国诗人创作的路径。威廉斯以一己之力逆时代洪流,成为连接美国诗歌本土性建设远古呼唤与现代诗歌创新发展的桥梁。

第五节

E. E. 卡明斯的视觉诗与诗歌实验③

爱德华·埃斯特林·卡明斯(Edward Estlin Cummings,1894—1962)是20世纪美国著名的诗人、作家、剧作家和画家,他的创作涵括2900多首诗歌、2部自传小说、4部剧作、一些杂文以及多幅画作。卡明斯在诗中对语言进行了独特大胆的实验,在印刷、拼写、字母大小写、标点符号和语法等方面都抛弃了传统的诗歌形式。在诗歌出版时,排字工人误将其名字印成小写的"e. e. cummings",而这却恰好符合卡明斯所追求的新意。除此之外,卡明斯在诗歌中使用小写的"i",表达他谦逊的态度。卡明斯因其

---

① 张跃军:《美国性情——威廉·卡洛斯·威廉斯的实用主义诗学》,合肥:安徽文艺出版社,2006年,第288页。

② Alan B. Ostrom, *The Poetic World of William Carlos Williams*, Carbondale: Southern Illinois University Press, 1966, p. xi.

③ 本节由叶冬、李凌月撰写。

文学创作上的创新性与革命性在美国文学史上占有重要的地位,被誉为
"语言魔术师",《现代主义文学百科全书》(*Encyclopedia of Literary
Modernism*,2003)称其为"在诗歌上最具冒险精神的诗歌创新者之一"①。

卡明斯 1894 年出生于马萨诸塞州坎布里奇市的一个书香人家,父
亲是唯一神教会牧师,曾担任哈佛的教席。在卡明斯小时候,母亲就发
现了他的写作天赋,于是为他安排写作练习以激发其想象力。1911 年,
卡明斯进入哈佛大学学习。大二时,他成为文学杂志《哈佛月刊》
(*Harvard Monthly*)的一员。1915 年 6 月,卡明斯在哈佛毕业典礼上对
他的一篇论文《新艺术》("The New Art")进行演讲,他对立体主义、未
来主义的绘画进行了大胆的设想,显示出他对艺术的敏锐性。1916 年,
卡明斯从哈佛毕业,获得文学硕士学位。他被认为是"那个时代美国文
学界受到最好教育的作家之一,只有庞德、艾略特、麦克利什能与其比
肩"②。卡明斯毕业之初,正值一战,他前去法国担任前线的救护车司
机,却因在调查时拒绝说"我恨德国"而被捕入狱三个月,后来他用超现
实主义手法将这段经历写进《巨大的房间》(*The Enormous Room*, 1922)
一书。而这段不愉快的经历也成就了诗人的终生信条:"蔑视政府权威,
厌恶文明机制,崇尚个人自由与自然天性"③。一战后他在巴黎习画期
间结识了现代绘画先锋毕加索、保罗·塞尚和美国先锋诗人庞德、阿奇
博尔德·麦克利什(Archibald MacLeish)等,同时,卡明斯在巴黎受到了
达达主义和立体主义的影响并在其诗作中有所展现。达达主义追求清
醒的非理性状态、拒绝约定俗成的艺术标准,表现出对现实的幻灭感和
虚无态度。而立体派画家追求碎裂、解构、重新组合的形式,通过平面、
二维的画面展现实体和体积。在巴黎学习绘画的经历对卡明斯之后的
创作产生了深刻影响。卡明斯曾发表《郁金香与烟囱》(*Tulips and*

---

① Paul Poplawski, ed., *Encyclopedia of Literary Modernism*, Westport: Greenwood
Press, 2003, p. 62.

② Richard S. Kennedy, *Dreams in the Mirror: A Biography of E. E. Cummings*, New
York: Liveright, 1980, p. 15.

③ 陈水媛:《卡明斯诗歌中的超验性》,《大学英语(学术版)》2012 年第 1 期,第
248 页。

Chimneys, 1923)、《诗四十一首》(*XLI Poems*, 1925)、《1923 至 1954 年诗选》(*Poems, 1923 – 1954*, 1954)等 12 部诗集。

20 世纪 20 年代,卡明斯已是炙手可热的先锋派人物,他的首部诗集《郁金香与烟囱》于 1925 年助其成为继艾略特与玛丽安娜·穆尔(Marianne Moore)之后的第三位"日晷奖"获得者。他的朋友 S. 布朗宣称《郁金香与烟囱》"是美国最重要的诗集"①。《现代主义诗歌概观》(*A Survey of Modernist Poetry*, 1927)一书开篇就对卡明斯的一首诗歌进行了"细读",认为其诗歌在技巧上非常独特,这说明卡明斯的诗歌在 20 世纪 20 年代就以其特立独行的形式赢得很多关注并产生广泛的影响。1958 年,卡明斯获得了美国的博林根诗歌奖。

一、完美的杂耍师:个性化探寻与动态演绎

"写诗,首先要具备的,就是个性化。就像几近幼稚的两行对句却足以验证大胆表达和敏锐观察的结合。"②诗歌"指出自我的形形色色,以及自我超越的形形色色"③。卡明斯注重人的独特性,个性是人类个体区别于他人的象征。如何创造出别具一格、不落俗套并彰显自我的诗歌成为卡明斯追寻的目标。哈佛大学几年的语言学习经历令他充分地领略到语言文化的博大精深,同时为他在诗歌中的大胆革新与实验打下了良好的基础。在探索个性化的旅程中,卡明斯积极实验自己诗歌独特的表达方式。

1952 年哈佛大学赠予卡明斯"荣誉客座教授"的称号,并请他做了一个系列讲座。然而,他却称之为"非演讲"(nonlecture),因其不能忍受自己规规矩矩谈诗,他的诗学是不规矩诗学。"写作,我觉得,是艺术;而艺术家,我觉得,是人。人只有站立才成其为人。有些人并不是杂技演员,而有些人是。"④卡明斯在演讲中如此说道。在所有人规规矩矩写诗时,这位诗人已经尝试在版式、语法、词汇、标点、大小写等所

---

① 转引自 Christopher Beach, *The Cambridge Introduction to Twentieth-Century American Poetry*, Cambridge: Cambridge University Press, 2003, p. 102。

② e. e. 卡明斯:《我:六次非演讲》,张定浩译,南京:译林出版社,2013 年,第 36 页。

③ 同②,第 109 页。

④ 同②,第 80 页。

谓的规矩上像杂技演员一样肆意跃动着。谈到这些语言实验,M. L. 罗森塔尔(M. L. Rosenthal)在《现代诗歌评介》(*The Modern Poets: A Critical Introduction*)中写道:"卡明斯通过重新挖掘传统用法中的活力,在句法、语法和措辞上产生杂耍般的效果,吹散了陈腐乏味的气息。"①

历史学家珍妮特·M. 戴维斯(Janet M. Davis)认为:"三环马戏团是一种新兴的'象形文明'的象征。"②卡明斯赞扬它的特点——表演的永无止境、表演者的实际风险,以及作为一种独特的现代艺术吸引观众的能力。对卡明斯而言,马戏表演所具有的"敞开性""真实感"和"非程式化"特质,赋予其独特的动感与活力——"一种在高级艺术中常常缺失的活力,一种他试图在自己的作品中捕捉到的活力"③。

马戏元素的融入以及杂耍式的写作手法应可看作卡明斯在诗歌个性化探索上极具先锋性的实践。在1925年的文章《成人、艺术家和马戏团》("The Adult, the Artist and the Circus")中,卡明斯论述了马戏表演与各种艺术形式之间的联系:

> (1)康·科利诺的前空翻(在半空中的一条钢丝上)和荷马的《奥德赛》之间存在着极其密切的联系;(2)理解伊戈尔·斯特拉文斯基的《春之祭》的一套确知的方法也可以用于解读林格林先生笔下的"听从最伟大的驯兽师指挥的沉重的厚皮兽类"的连续的精确性如赋格曲一般的敏锐;(3)埃尔·格列柯在绘画上,与"欧内斯特·克拉克在空间中往返的连续三次,每次旋转两周的空翻"是相似的令人惊叹的表演;(4)海豹和海狮的流畅技巧包含了某些无法翻译的习语,某些与生俱来的俯屈动作,它们惊人地类似于诗歌的精神实质。④

---

① 罗森塔尔(M. L. Rosenthal):《现代诗歌评介》,北京:外语教学与研究出版社,2004年。

② Thomas Fahy, *Staging Modern American Life*. London: Palgrave Macmillan, 2011, p. 58.

③ 同②,第54页。

④ 译文参见黄珊云:《卡明斯诗学中的马戏团崇拜和跨媒介性》,《外国文学研究》2020年第6期,第127页。译文略有改动。

第一,康·科利诺是历史上第一位实现钢丝上前空翻的马戏表演者,卡明斯将杂技演员的实际风险和荷马史诗《奥德赛》(*Odysseia*,1616)中奥德修斯的历险视为创作艺术的个人成本的隐喻。第二,《春之祭》(*The Rite of Spring*,1913)是美籍俄罗斯作曲家伊戈尔·斯特拉文斯基(Igor Stravinsky)创作的一部芭蕾舞剧。约翰·林格林(John Ringling)则是美国现代历史上著名的巴纳姆和贝利马戏团的创始人。卡明斯提出驯兽师驭兽与舞蹈演员在剧作的指导下达成准确精美的表演,可以同等方式理解。第三,埃尔·格列柯(El Greco)以其描绘敏感、动势、有着异常细长身躯的人物的绘画风格闻名,其风格与马戏表演中的空翻有异曲同工之处。第四,海豹和海狮的表演与诗歌的精神实质有关,实际上可以概括出他所向往的现代"具象诗"的两个核心特质:一是"不可译性",二是动态的"表演性"。

"当我说马戏表演的巨大性是一种流动性的时候。运动正是这个梦想的来源。或者我们可以说运动是马戏表演的内容、主题,而巨大性是它的形式;(就像所有真正的'艺术作品'一样)内容和形式是同质整体的一个方面。"①卡明斯使运动成为他捕捉现代活力的一个决定性特征。卡明斯在此将马戏表演与史诗、戏剧、绘画、诗歌相结合。其中他所认为的诗歌的精神实质在其诗作中得以完美体现。一方面他充分运用视觉、听觉等多种模态,使诗歌具有类似马戏的动态表演性。另一方面,陌生化策略的采用却令诗歌难以被对等地翻译。他破坏一切能破坏的形式,而结果是造就了诗的形式。正如学者赵毅衡所言:"不管你是否欣赏卡明斯,无可怀疑他一针见血地击中了'诗的本质':这就是创造新的语言方式,其他的,兴观群怨之类,不一定非诗不可。"②《蚱蜢》("r-p-o-p-h-e-s-s-a-g-r",1935)一诗体现了典型的卡明斯风格:

① E. E. Cummings, *A Miscellany*, rev. ed., edited by George J. Firmage, New York: Liveright, 2018, p. 241.

② 赵毅衡:《大胆出诗人》,载 e. e. 卡明斯《我:六次非演讲》,张定浩译,南京:译林出版社,2013 年,第 5 页。

r-p-o-p-h-e-s-s-a-g-r

who

a)s w(e loo)k

upnowgath

PPEGORHRASS

eringint(o-

aThe):l

eA

!p:

S   a

(r

rIvInG   .gRrEaPsPhOs)

to

rea(be)rran(com)gi(e)ngly

, grasshopper;①

　　这首诗一眼看上去只是一些散乱排列的字母,读者无法得知作者想要表达的内容。但如果将这些字母进行重新组合,则能看到诗歌的文字:r-p-o-p-h-e-s-s-a-g-r who as we look now upgathering into P P E G O R H R A S S leaps arriving. gRrEaPsPhOs to rearrangingly become grasshopper。仔细理解之后,不难发现这首诗的字面意思是:grasshopper, as we look, now upgathering into grasshopper, leaps, arriving to become, rearrangingly, a grasshopper。诗人表达的是:远处看见一只似蚱蜢的昆虫,它在草地上翻腾跳跃,落地后近距离看,确是一只蚱蜢。诗中出现了四处“grasshopper”,前三处都被打乱了字母顺序。第一处打乱的grasshopper全部小写且每个字母之间都有间隔符号,小写表示蚱蜢离诗人有一定的距离,看上去很小,间隔符号的加入呈现出蚱蜢跳跃展开的形态。第二处打乱的grasshopper均为大写,说明此时诗人离蚂蚱距离更近一些。

---

① E. E. Cummings, *E. E. Cummings: Complete Poems, 1904－1962*, edited by George J. Firmage, New York: Liveright, 1994, p. 396.

第三处乱序排列的 grasshopper 大小写相间,表现出蚱蜢蹦蹦跳跳的姿态。最后一处 grasshopper 按正常字母顺序出现,说明诗人终于清楚地看出这就是一只蚱蜢。这种表面上支离破碎但实际上环环相扣的诗歌表现形式体现了诗人娴熟的语篇衔接技巧。通过独特的词汇搭配、大胆的诗行排列和点睛的标点符号,一幅生动的蚱蜢跳跃景象瞬间跃然纸上,卡明斯在他的诗作中将"杂耍师"的形象展现得淋漓尽致。

二、自由的绘画家:视觉艺术与象形表意

卡明斯曾旅居欧洲,在 1920 年加入巴黎的海外派艺术家行列。他在艺术绘画的创作中找到了文学作品新的表达方式。卡明斯率先意识到诗歌主要是视觉艺术而不是口头艺术。他笔不离身,"笔记中记载着对色彩与声音、视觉的性质、视觉对阅读的影响等问题的持久思考,偶尔就会冒出一些创意的搭配、抓住精髓的洞察"[①]。卡明斯深受立体主义与达达主义的影响并在其诗作中有所展现。立体派画家追求碎裂、解构、重新组合的形式,通过平面、二维的画面展现实体和体积。达达主义追求清醒的非理性状态,拒绝约定俗成的艺术标准,表现出对现实的幻灭感和虚无态度。卡明斯将绘画艺术作为灵感来源,在诗歌中加入绘画的线条、留白、变体,又以变化的字母大小写、拆解合并的单词、任意使用的标点符号,使诗歌碎片化、图片化。英国文体学家杰弗里·利奇(Geoffrey Leech)提出卡明斯同威廉斯一样,"是开创纯粹的诗歌视觉模式的美国诗人"[②]。卡明斯也曾说过:"我无限关心的是,每一幅诗歌图画应该保持完整无缺。我的诗,少数除外,实质上都是画。"[③]他打破了传统诗歌在写作方面的规范,重构出令人耳目一新的物体形态,使诗歌看似一幅幅由字母和符号组成的拼贴画。他实

---

① Rushworth M. Kidder, *E. E. Cummings: An Introduction to the Poetry*, New York: Columbia University Press, 1979, p. 4.

② Geoffrey N. Leech, *A Linguistic Guide to English Poetry*, London: Longman, 1969, p. 47.

③ 转引自彭予:《二十世纪美国诗歌——从庞德到罗伯特·布莱》,开封:河南大学出版社,1995 年,第 189 页。

验出一种与传统全面背离的诗歌——全新的卡明斯式诗歌。其中最著名的《落叶》("1(a",1958),被无数评论家分析为上述特征的体现：

     l(a

     le

     af

     fa

     ll

     s)

     one

     l

     iness[①]

    卡明斯的诗歌不设置标题,一般情况下将首行看作标题。这首诗全诗只有四个单词"a""leaf""falls""loneliness",短短的一竖列,而且诗人将每个单词拆分开,每行只有两到三个字母,因此整首诗给人的直观视觉效果就像是树叶凋零飘落,而且形单影只。仔细来看,诗人将 loneliness 一词拆开变成 l-one-l-iness,a leaf falls 夹在了该单词之间且用括号括住,另外有个单独的 one 被提了出来,更有孤零零飘落的感觉。第三行与第四行 af、fa 也像是树叶在翻腾旋转。诗人通过对叶子落地的整个过程栩栩如生的描写,表现了其孤单寂寞的心情。

    诗中多处细节表现了"孤单"这一主题:首先,整首诗呈细长状,形如数字"1";其次,"le"和"la"分别是法语单数阳性冠词和单数阴性冠词;再次,"one"本身表示"1";最后,诗中两次出现的字母"l"又与数字 1 非常相似。这首诗采用了艺术创作中的立体主义风格,强调画面的动态和立体效果,卡明斯将文字重新拆分、组合,充分发挥甚至增加了诗歌语言的表现力和图像的感染力。

---

① E. E. Cummings, *E. E. Cummings: Complete Poems, 1904 - 1962*, edited by George J. Firmage, New York: Liveright, 1994, p. 673.

很多学者将此种不同于常规的文学表现形式称为"偏离"(或是"变异"),而诗歌中最为常见。利奇对偏离现象的分类较仔细,他从三个方面分析了偏离的意义和作用:一、由于形式是为内容服务的,偏离的形式一定与某些内容相关联;二、作者选取某种偏离的形式一定有他自己的意图;三、读者能够识别偏离现象,并且能够把偏离的形式与作者想表达的内容联系起来。[①] 卡明斯的很多诗歌都解释了这一偏离理论,不论形式如何怪诞,都服务于内容与主题。卡明斯诗歌中较常见的偏离形式包括语音偏离、词汇偏离、书写偏离、语法偏离以及话语性偏离。正是这种偏离使得卡明斯的很多诗歌产生了诗画一体的效果,这与他既是诗人也是画家的身份有很大关联。

1945 年,卡明斯在纽约罗切斯特举办个人画展,他为自己的画展作序《你为什么作画?》("Why Do You Paint?"),节选如下:

Why do you paint?

For exactly the same reason I breathe.

That's not an answer.

There isn't any answer.

How long hasn't there been any answer?

As long as I can remember.

And how long have you written?

As long as I can remember.

I mean poetry.

So do I.

Tell me, doesn't your painting interfere with your writing?

Quite the contrary: they love each other dearly.

…

Well let me see … oh yes, one more question: where

---

① Geoffrey N. Leech, *A Linguistic Guide to English Poetry*, London: Longman, 1969, pp. 42 – 53.

will you

live after this war is over?

In China; as usual.

China?

Of course.

Whereabouts in China?

Where a painter is a poet.[①]

在诗的最后,采访者问诗人如果战争结束,他想去哪里居住? 诗人的答案是"像往常一样,中国"。采访者再次确认:"是中国吗?""当然了。""为什么是中国呢?""因为那里,诗人不仅是诗人,还是画家。"从这段文字中可以看出卡明斯对中国古代诗作中"亦画亦诗、诗画结合"的追求。

汉语保留了意象的足迹,表意字本身便是"被压缩的意义"。具象诗派的代表人物阿罗多·德坎波斯(Haroldo de Campos)发现了视觉性诗歌可以展示汉语本身的手法,主要在有限空间把握阿拉伯字母含有的视觉性。[②] 在他看来,语言含有视觉性,并且能够在很短时空内表示较深刻的含义,而写作就是一种创造表意字的过程。[③] 卡明斯擅长以非常规手段表示字母的视觉性与诗歌中的活力,更为直观地呈现出诗歌意象。他的视觉诗用文字构图,让英语这一线形文字转向象形,使之具有了类似汉字的表意功能。

三、孤独的反叛者:抒情传统与现代性批判

20世纪20年代,艾略特提出当时一度非常盛行的"非个性化"理论,认为诗歌不是放纵情感、表述个性,而应逃避情感和个性。而在此背景下,卡明斯直抒胸臆且大胆的形式创新显得异常"个性",他认为诗

---

① E. E. Cummings, *AnOther E. E. Cummings*, edited by Richard Kostelanetz, New York: Liveright, 1998, p. 280。

② Haroldo de Campos and Maria Lúcia Santaella Braga, "Poetic Function and Ideogram/The Sinological Argument," *Dispositio*, 6.17/18(1981), p. 16.

③ 同②,第32页。

歌是反理性的,应更多地关注个人情感。卡明斯的诗充满了浪漫气息,而与之相似的华兹华斯认为,诗歌是诗人强烈情感的自然流露,诗中所描写的也应是日常生活里的事物与场景。① 卡明斯也秉持着同样的观点,他在《一个诗人对学生的劝告》("A Poet's Advice to Students", 1955)一文中说:"一个诗人是一个通过文字表达感觉的人……诗歌是感觉——不是知道,不是相信,不是思考。"②卡明斯主张诗人的任务应是"传达刹那间的冲动,奇异的感觉,无拘无束的想象,而不是阐述一个平衡的理性观念。把最初的冲动、感觉、想象原原本本在诗中表现出来。"③卡明斯虽然在诗歌的形式上具有激进的实验性,但在诗歌主题上却非常传统,充满人文关怀,这与当时流行的"智性诗"格格不入。

从小接受良好教育的卡明斯是一个具有高度社会责任感的诗人,在人们享受工业和科技高速发展带来的社会变化时,他却表现出了对环境、社会以及人性的深深担忧,展示出对现代性的批判。卡明斯的诗歌中除了有对人们赖以生存的生态环境的担忧,还有对科学技术崇拜以及对物质至上主义的强烈谴责。现代化的高速发展的确给人们带来了极大的物质享受,但同时也使人沦为科技与物质的奴隶,迷失了自我。诗歌《太空被弄弯了》("Space being［don't forget to remember］Curved", 1931)正体现了卡明斯对技术崇拜的批判:

> 太空被弄弯了(别忘了记住)
> (这使我想起,谁呢,噢,弗罗斯特说的,
> 有种东西不喜欢墙)
>
> 一个磁场(现在我已经失去重心)
> 爱因斯坦扩大了牛顿的定律,保持
> 连续体(但我们以前就读过了)

---

① 转引自王佐良:《英国诗史》,南京:译林出版社,1997 年,第 233—234 页。
② E. E. Cummings, *A Miscellany*, rev. ed., edited by George J. Firmage, New York: Liveright, 2018, p. 679.
③ 同②。

当然生命仅仅是一个本能反应,你
知道,因为一切都是相对的,或者

归结起来,上帝死了(别说
被埋葬了)
……①

在这首诗中,诗人通过对各种科学术语、理论或事件的描述,体现了人类在科技面前的弱小和卑微。诗歌最后说道:人类,造化的精灵,世界上最可怕的四肢动物,蜷缩成一个球,没有知觉。② 这表达了诗人深深的担忧,也体现了对科技崇拜的讽刺。

卡明斯的《退下,一种冷酷》("exit a kind of unkindness exit",1935)则对现代文明下见利忘义的商人进行了批判:

exit a kind of unkindness exit

little

mr Big

notbusy

Busi

ness notman③

卡明斯认为自诩高高在上的商人其实是"little"的,作者还把单词"businessman"进行了拆分,并在中间加入了 not 一词,变成了"notman",表达了他对商人的不耻。我们可以看出,卡明斯对现代性进行批判的诗歌中仍然采用了"偏离"的形式,不同的是语言甚是犀利。因此有评

---

① 转引自董洪川、王庆:《"进步是一场令人舒服的疾病"——E. E. 卡明斯与审美现代性》,《外国文学研究》2012 年第 4 期,第 35 页。

② 同①。

③ E. E. Cummings, *E. E. Cummings: Complete Poems, 1904－1962*, edited by George J. Firmage, New York: Liveright, 1994, p. 389.

论说,卡明斯是"他那个时代最犀利的讽刺诗人,常常在诗行里对政府的政策和消费社会的弊端提出严厉的批评"①。

在另一首诗《可怜这个忙碌的怪物,非人类》("pity this busy monster, manunkind,",1944)中,卡明斯对"进步"观念进行了激烈的批判,甚至发出了"进步是一种令人感到惬意的疾病"的呐喊:

> pity this busy monster, manunkind,
>
> not. Progress is a comfortable disease:
>
> your victim(death and life safely beyond)
>
> plays with the bigness of his littleness
>
> electrons deify one razorblade
>
> into a mountainrange; lenses extend
>
> unwish through curving wherewhen till unwish
>
> returns on its unself.
>
>   A world of made
>
> Is not a world of born—pity poor flesh
>
> And trees, poor stars and stones, but never this
>
> Fine specimen of hypermagical
>
> Ultraomnipotence. We doctors know
>
> A hopeless case if—listen: there's a hell
>
> Of a good universe next door; let's go②

在这首诗中,作者造了很多新词,其中最明显的是在 mankind 一词中加入了"un"这个否定前缀,与上一首诗中的"business notman"相似。这表达了诗人对人类深深的讽刺——因一味追求发展,追求物质,人类已变成非人类,甚至是怪物。其他词如"unwish""unself"也体现了现代

---

① Christopher Beach, *The Cambridge Introduction to Twentieth-Century American Poetry*, Cambridge: Cambridge University Press, 2003, p. 102.

② E. E. Cummings, *E. E. Cummings: Complete Poems, 1904 - 1962*, edited by George J. Firmage, New York: Liveright, 1994, p. 554.

人欲望过度膨胀,乃至失去自我的状态。诗人希望通过这样看似有些怪异的表达引起大家对社会发展的关注,更重要的是对自身的关注。这一警醒在当代仍具有启示意义,社会从未停止进步与发展,生态环境也日益遭到破坏。人类当然需要前行,但同时也需要思考并权衡进步的意义与代价。从这些诗中我们也看到了一个具有高度社会责任感与生态危机意识的诗人,他的高瞻远瞩与敢说敢言使其在现代诗坛中独树一帜。

卡明斯出生在19世纪末,当时的社会正急剧发生着变革,传统与现代、浪漫与现实发生着前所未有的交织与碰撞。受时代和家庭教育的影响,卡明斯的诗歌创作表现出了明显的对传统的恪守,也更加体现出大胆的先锋性。他甚至被称为美国20世纪20年代"最现代的传统主义者",也是"最传统的现代主义者"①。前面提到,卡明斯追求形式上的大胆创新,但在其创作题材上又很恪守传统。对他的评价自然也是褒贬不一,支持者认为他同庞德、艾略特等文学巨匠一样,是"迷惘的一代"之成员,是"愤怒的年轻人"之典型。而反对者则奚落他"发明了一套复杂的技艺,却只为表述如此简单的事情,《&》《是5》《ViVa》等诗集中的语言哗众取宠,风格怪诞离奇,形式粗糙,内容浅显,是最肤浅的思想者随心所欲的结果"②。然而,卡明斯的出现使人们开始重新审视传统与现代的关系,他为美国诗歌的独立发展做出了很大贡献,但因其过于"大胆"与创新,其作品仍将接受时代与读者的检验。

第六节

兰斯顿·休斯:黑人布鲁斯③

兰斯顿·休斯(Langston Hughes,1902—1967)是20世纪20年代

---

① Clive Bloom and Brian Docherty, eds., *American Poetry: The Modernist Ideal*, London: Palgrave Macmillan, 1995, p. 120.

② 转引自郭英杰、赵青:《传统与现代的集大成者——E. E. 卡明斯的诗歌探析》,《陕西教育学院学报》2010年第2期,第68页。

③ 本节由叶冬、赵蓓撰写。

哈莱姆文艺复兴的代表人物,是著名的黑人诗人。休斯一生都在试图翻越种族主义这座大山并唤起非裔美国人的自我肯定,他坚持以普通民众为创作中心,用作品反映底层黑人生活的酸甜苦辣。休斯将布鲁斯(Blues,又译"蓝调")与非裔美国人的生活背景融合,创造了属于非裔美国人的黑人布鲁斯。休斯试图改变读者看待艺术和非裔美国人以及世界的方式。"他的观点是现代主义的:实验性地将即兴创作与深思熟虑相结合,诗歌意象原始、分离且嘈杂,意图拒绝人为的中产阶级价值观,促进知识和艺术的自由,最重要的是,肯定生命和爱。"①休斯吸收浪漫主义、现实主义、美国幽默、地方色彩、方言诗和美国黑人音乐等元素,将诗歌与人类心脏的跳动联系起来,打造了属于美国黑人的文学样式。

一、兼论艺术的自由与政治的阐发

"哈莱姆文艺复兴"是 20 世纪 20 年代起由聚集在纽约哈莱姆区的黑人发起的文化艺术运动。该运动又称作"新黑人运动",黑人文学家试图对黑人的文化艺术再定义,探讨黑人文学的独立性,建构新黑人文学,这一时期在文学史上被誉为"黑人自我定义、自我形塑的开端"②。老一辈黑人文学家威廉·爱德华·伯格哈特·杜波依斯(William Edward Burghardt Du Bois)、阿兰·洛克(Alain Locke)等纷纷著书立说,试图改变早期奴隶文学影响下文学界对于黑人的刻板印象。兰斯顿·休斯等年轻一辈的黑人文学家则是哈莱姆文艺复兴中承上启下的中坚力量。

在对文学的功用进行探讨的过程中,黑人文学家内部出现了两派观点:一派以杜波依斯为代表,提倡文学的政治性,认为文学的目的在于种族提升;一派以洛克、休斯为主,坚持艺术的自由。洛克撰文《艺术还是宣传》("Art or Propaganda?", 1928)反对杜波依斯的政治宣传论,他在文中指出,"黑人应当有表达艺术的自由……这并不是'为艺术而艺术',而是对于生活方式的功能的基本目的的深刻理

---

① Steven C. Tracy, *A Historical Guide to Langston Hughes*, Oxford: Oxford University Press, 2004, p. 102.

② 周春:《美国黑人文学批评研究》,上海:上海人民出版社,2016 年,第 27 页。

解"①。休斯非常赞同洛克的观点,他认为不应拘泥于文学的宣传作用,强调黑人作家应当自由地选择创作题材,自由地表达自己的感受,他在自己的文学宣言《黑人艺术家与种族大山》("The Negro Artist and the Racial Mountain", 1926)中指出:

> 从事创作的我们这一代年轻黑人艺术家就应无惧无耻地表达我们个人黑皮肤的自我。如果白人高兴,我们也高兴。如果他们不高兴,也没关系。我们黑人知道我们自身的美丽和瑕疵……如果我们的同胞高兴,我们很高兴。如果他们不是,他们的不满也无关紧要。②

休斯的艺术自由主要体现在对黑人审美自由的呼唤。休斯对审美自由的倡议事实上是对黑人试图抛弃自身传统、融入美国标准的反抗。他并不赞同"将种族个性融入标准美国模具之中,减少黑人性增加美国性"③的做法。《黑人艺术家与种族大山》在开篇就对想要成为"白人诗人"的年轻诗人予以反对,认为要达到黑人文学审美的自由,首先就是要解除白人文化对黑人传统文化的遮蔽,使黑人可以看到自身之美。为了达到这一目的,黑人艺术家就应当有创作题材上的自由以及建构黑人形象的自由。

创作题材方面,休斯认为黑人艺术家要能够摒弃种族偏见,正视本民族文化,自由地进行艺术创作。他指出"真正的艺术家不应考虑外在的意见而自由地选择自己的主题,需要改变的是人们看待事物的方式,而不是他们看的是什么"④。非裔美国人是休斯早期创作的焦点,穿行于哈莱姆的歌手、舞者、男孩、女孩之间的经历都成为休斯诗

① 周春:《美国黑人文学批评研究》,上海:上海人民出版社,2016年,第46页。
② Langston Hughes, "The Negro Artist and the Racial Mountain," in *Essays on Art, Race, Politics and World Affairs*, edited and introduced by Christopher C. De Santis, Columbia and London: University of Missouri Press, 2002, p. 36.
③ 同②,第32页。
④ 同①,第35页。

篇的养分。休斯的诗歌是他亲身经历的生活和耳闻目睹的生活之延伸,他对生活的评论就是对自己生活的真实再现。但这并不意味着休斯自身的创作仅限于此。即使是类似的主题,休斯也可以传达不同的情感。以休斯的第一部诗集《萎靡的布鲁斯》(*The Weary Blues*,1926)中的哈莱姆夜晚为例,《哈莱姆夜歌》("Harlem Night Song",1926)在诗节首末重复呼朋引伴于夜中漫游的话语,表现的是惬意的生活。《哈莱姆夜总会》("Harlem Night Club",1926)则表现了夜总会上人们忘记种族的隔阂,不去思考黯淡的明天,只在此时此刻纵情狂欢的场景。同时,休斯广泛的游历经历使他不拘泥于非裔美国人的苦难,他放眼世界,在中国、苏联、墨西哥、海地的经历和在世界大战中的见闻都成为他笔下的题材。可以说,一方面,他的作品以非裔美国人的真实生活体现非裔黑人的特性;另一方面,他又以自身的洞察力捕捉到黑人与世界上其他人的共性,为全世界遭受苦难的民族和国家发声。

在作家拥有刻画黑人形象的自由方面,休斯坚持真实地呈现普通非裔黑人的形象。事实上,这也是对于杜波依斯等黑人文学家观点的反驳,他们认为文学的最好原型应该来自黑人中产阶级,黑人作家应当呈现黑人好的一面。从《黑人艺术家与种族大山》中可以看出,这种只体现黑人好的一面的中产阶级描写只能加深非裔美国人对于自身所具有的黑人特质的不喜,是一种迎合白人文化的创作思路。这样的创作结果只会像文中那位年轻诗人,受"不要像黑鬼那般行事"①这样的教育长大,想要抛弃自己的"黑人性"。因此,休斯坚持用普通群众作为自己创作的原型,刻画他日常所见的真实景象。"我并不了解那些上层黑人的生活,我只了解和我一起长大的人。他们不是那些皮鞋总擦得光亮、上过哈佛、听过巴赫的人。很少人是十全十美的。"②休斯对于刻画真实黑人形象的坚持事实上就是对于摆脱白人文化,展现

---

① Langston Hughes, "The Negro Artist and the Racial Mountain," in *Essays on Art, Race, Politics and World Affairs*, edited and introduced by Christopher C. De Santis, Columbia and London: University of Missouri Press, 2002, p. 32.

② Langston Hughes, *The Big Sea*, New York: Alfred A. Knopf, 1940, p. 300.

真实黑人形象,欣赏黑人之美的强调。休斯的艺术自由就是在老一辈黑人文学家试图打破黑人刻板印象的基础上更为真实、激进的探索,也是他为推进黑人文学的独立性所做的努力。

从20世纪30年代起,受马克思主义影响,休斯开始加强文本的政治性,强调文学的社会功能,呼吁文学艺术以革命的形式带领黑人走出现状。在《作家、作品与世界》("Writers, Words and the World",1938)中,休斯指出:"能够通过文字产生信仰和行动的作家有责任避免误导人们相信错误的东西。所谓错误的东西……就是死亡而不是生命,痛苦而不是快乐,压迫而不是自由,无论是身体的还是思想的自由。"[1] 为了保证文学艺术的社会功能,他要求作家具有鲜明的政治立场,通过创作推动变革,在表现真实社会生活的基础上引导人们对生活建立正确的观点和态度。前文有提及,休斯并不认同杜波依斯将文学的政治宣传固化为种族提升的观点,这一时期休斯的创作超越了老一辈文学家,以现实主义取代唯美主义,扩大了诗歌的关注人群,通过革命诗歌表达自己的政治观点。创作题材方面,休斯虽仍然坚持创作题材的自由,但在创作主题上主要体现在"解释种族问题的根源、追求白人和黑人的兄弟关系以及宣传革命"这三方面。[2] 创作题材的深入意味着休斯对种族等问题更为深入的剖析。《为华尔道夫酒店做的广告》("Advertisement for the Waldorf-Astoria",1931)就华尔道夫酒店不聘用非裔雇员,也不接待非裔顾客发出痛斥。《分成制佃户》("Share-Croppers",1931)反映了耕种制下黑人"耕走了生命,种出了棉花"的艰难处境。[3] 这些诗歌可以体现休斯对种族歧视问题的关注,反映了他对于资本与劳工,富人与穷人关系的思考。《让美国再

---

① Langston Hughes, "The Negro Artist and the Racial Mountain," in *Essays on Art, Race, Politics and World Affairs*, edited and introduced by Christopher C. De Santis, Columbia and London: University of Missouri Press, 2002, p. 198.

② 罗良功:《艺术与政治的互动:论兰斯顿·休斯的诗歌》,华中师范大学博士论文,2008年,第98页。

③ 兰斯顿·休斯:《兰斯顿·休斯诗选》,邹仲之译,上海:上海译文出版社,2018年,第191页。

次成为美国》("Let America Be America Again",1936)等诗将贫困的白人也纳入了范围,《咆哮吧中国!》("Roar China!",1938)、《西班牙之歌》("Song of Spain",1937)等诗为海外人民发声,这些诗可以体现这一时期休斯作品关注的广度,呼应了他对诗人应有国际视野的呼唤。正如他在《我自己和我的诗》("My Poems and Myself",1945)中指出的:"我很早就了解到贫困及其相关问题不仅限于黑人。从那时起,我的许多诗歌就关涉到所有的弱势群体。"①由此可见,在对创作对象的关注上,休斯已经从对黑人个体苦难的具体描写扩大到对整个美国辐射性的关注。而像是《新歌》("A New Song",1938)这类诗歌,则直接呼吁民众"起来,反抗"②,表达了休斯对于革命的呼唤。这样的主题也反映了休斯在 20 世纪 30 年代对于诗歌政治性而非审美性的呼唤。

　　20 世纪 40 年代及以后,受国内政治局势的影响,休斯的作品不再直白地呼吁革命,而是试图重申黑人与白人平等这一观点。从这一时期开始,休斯作品的政治性内隐,艺术性与审美性开始得到凸显,休斯的文学观达到成熟。从《黑人艺术家的任务》("The Task of the Negro Writer as Artist",1965)等可以看出,对文学的社会功用和审美自由的坚持一直贯穿于他后期的文学观中。首先休斯延续了在《黑人艺术家与种族大山》一文中对于黑人艺术家不是模仿白人,而是真实建构自身形象的强调。他指出,"黑人形象必须得到客观全面的表现而不是片面的处理,尤其是在当前我们都引以为自豪的波澜壮阔的自由运动的年代"③。当然,与《黑人艺术家与种族大山》有所不同,在《黑人艺术家的任务》中,他强调了黑人艺术家不仅要有文学的责任,同时还应有社会道德的责任。针对这一时期迎合白人市场而猥琐化、低贱化黑人形象的文学现象,他认为应该更多地关注黑人的"自豪、高尚、奉献和体面",

　　① Langston Hughes, *Essays on Art, Race, Politics and World Affairs*, edited and introduced by Christopher C. De Santis, Columbia and London: University of Missouri Press, 2002, p. 255.

　　② 兰斯顿·休斯:《兰斯顿·休斯诗选》,邹仲之译,上海:上海译文出版社,2018 年,第 263 页。

　　③ 同①,第 425 页。

为"黑人之美,之强壮,之有力"①发声。这种对于黑人正面形象的关注体现了他作为文学家在意识形态上对文学社会功用的关注。

休斯顺应时代的发展,不断创新和发展新黑人文学的内涵。休斯的创作不曾背离种族自由平等这一基点,他将艺术的自由与政治的功用相结合,一方面通过对黑人在不同时期的真实生活形象的描绘体现非裔美国人的独特性与独立性;另一方面将美国视为一个整体,针砭时弊,试图用文学创作引导人们思考如何改变内部问题,提升整体的道德意识。总的来说,休斯这种"以艺术领先的政治诗学"将"艺术家的良知和责任、时代与民族文化的声音、艺术的各种可能性等有机地结合起来,为 70 年代的黑人艺术家做出典范,铸就了黑人文学的经典"②。

二、兼顾非洲文化的继承与美国文化的发展

正如伯纳德·W. 贝尔(Bernard W. Bell)在《非洲裔美国黑人小说及其传统》(*The Afro-American Novel and Its Tradition*,1990)中所指出的,黑人有一种"双重意识","它使人老感到自己的存在是双重的,——是一个美国人,又是一个黑人;两种灵魂,两种思想,两种不能彼此调和的斗争"③,这种双重意识是黑人文学家在创作时无法避免的问题。这样的意识体现在黑人文学批评中就是对非洲黑人民族文化之根与西方文化传统的取舍问题。双重意识在休斯的笔下是融为一体的,他试图通过创作指出种族的差异性以建立种族间的平等,呼唤一种共享的民族身份。因此,休斯面临的挑战是"以一种适合其来源的风格表达他的人民的实际想法和关切,使他能够建立与两地人民有关的有价值的身份和文学传统"④。

---

① Langston Hughes, "The Negro Artist and the Racial Mountain," in *Essays on Art, Race, Politics and World Affairs*, edited and introduced by Christopher C. De Santis, Columbia and London: University of Missouri Press, 2002, p. 425.

② 罗良功:《艺术与政治的互动: 论兰斯顿·休斯的诗歌》,华中师范大学博士论文,2008 年,第 165 页。

③ 转引自周春:《美国黑人文学批评研究》,上海: 上海人民出版社,2016 年,第 8 页。

④ Steven C. Tracy, *A Historical Guide to Langston Hughes*, Oxford: Oxford University Press, 2004, p. 99.

在休斯不同时期的文章中,我们都能看到他对黑人之美的呼唤,这种呼唤成为休斯将对非洲民俗文化的探索与美国黑人真实的生活体验相结合的载体,由此诞生了双重意识调和下的独特美学观。休斯的美学观既包含了对非洲文化的继承,又是带有非裔美国人的特性的现实主义观照。

首先,在对非洲文化进行溯源的基础上,休斯延续了对"黑人性"这一概念的探讨:

> 黑人性的根源是黑人之美——也就是美国年轻一代的作家、音乐家们所说的"灵魂"。"黑人的灵魂",是黑人民间艺术精华的凝练,特别是古老音乐及其风格、非洲的古老的基本韵律节拍、民间旋律及阿善提人的故事——将这些精华以当代的方式清晰又生动地再现,使当今的音乐、绘画、写作、个人观念和日常言谈中都蕴含黑人的特色。①

"黑而美丽"(black and beautiful)②便是休斯对"黑人性"表征的完美诠释。黑人之美包括外在美与内在美。休斯在《黑人艺术家与种族大山》中指出:"黑人艺术家在创作中想表达我们黑皮肤的自我而不感到惧怕和害臊。"③休斯诗集里很多诗歌都传达了对黑人外在美的欣赏,认为黑人之美美在肤色,美在神态,如"(白人终有一天)将会看到我是何等之美,/他们将自惭形秽——"④。作为黑人,休斯认为,"黑"不是卑微的代名词,而是黑人民族美丽的象征,因为黑人在休斯的眼中是唯美而纯洁的。他将黑人的脸、眼和灵魂比作黑夜、星星和太阳,表现出对黑人民族的强烈自豪感。

---

① Langston Hughes, "The Negro Artist and the Racial Mountain," in *Essays on Art, Race, Politics and World Affairs*, edited and introduced by Christopher C. De Santis, Columbia and London: University of Missouri Press, 2002, p. 477.

② Langston Hughes, *The Collected Poems of Langston Hughes*, edited by Arnold Rampersad, New York: Vintage Books, 1995, p. 216.

③ 同①,第 36 页。

④ 兰斯顿·休斯:《兰斯顿·休斯诗选》,邹仲之译,上海:上海译文出版社,2018 年,第 38 页。

对于外在美的欣赏是休斯对于黑人本身的自豪与热爱的外部阐发。在对黑人内在美的表述上,休斯则试图将美国黑人与民族文化的遥远的母地非洲联系起来,建立起黑人民族的非洲性。黑人的内在美体现在其民族千百年来传承的历史深度与文化广度。休斯的首部诗歌《黑人谈河》("The Negro Speaks of Rivers", 1921)就将美国黑人与非洲河流联系在了一起。比"人类血管里流的血液还要古老"[①]的河流象征着美国黑人的民族文化之根,也代表了美国黑人与非洲母地割舍不断的血脉深情。对于黑人的美的多次强调事实上是为了给予黑人民族自尊与自信心,让他们无惧于表现真实的自己。"休斯强调黑人艺术家要善于利用本民族丰富的文化资源,绝不要离弃黑人文化传统以求融入美国白人文化并达到所谓的美国标准。黑人应该意识到自身的美,黑人的传统已经足够让一个黑人艺术家从中汲取养分进行一生的创作。"[②]休斯将黑人音乐与黑人方言应用在自己的诗行中,试图通过爵士乐、布鲁斯、比波普(Bebop, 即波普乐)等音乐方式帮助黑人与自己的文化重新建立联系的鼓点,并在诗作中打破了传统方言诗歌幽默或悲伤的刻板印象,将诗歌变成黑人生活某些阶段的真正语言。通过对文化传统的借鉴吸收,黑人民族拥有不逊于任何国家的文学底蕴,从沿袭下来的诸如布鲁斯、吟游、黑人舞蹈、灵歌等传统文化形式中获得建构自身文学样式的底气。黑人对传统文化的借鉴可以很好地打破白人文化的封锁,保持自己的黑人性。

对休斯来说,民间传统和文学传统并不相互排斥。休斯反对美国黑人的白人化,他指出,"任何真正的黑人艺术都要越过一座大山的阻碍,即,黑人种族白人化的渴望,将种族特性融入美国标准的希冀,以及减少黑人性、增加美国性的愿望"[③]。他也反对将"原始主义"的标

① 兰斯顿·休斯:《兰斯顿·休斯诗选》,邹仲之译,上海:上海译文出版社,2018年,第2页。

② 刘方:《从浪漫到写实——兰斯顿·休斯诗歌的成长》,《陕西教育(高教版)》2012年第4期,第22—23页。

③ Langston Hughes, "The Negro Artist and the Racial Mountain," in *Essays on Art, Race, Politics and World Affairs*, edited and introduced by Christopher C. De Santis, Columbia and London: University of Missouri Press, 2002, p. 32.

签贴在美国黑人身上。"我体内感觉不到那种原始的节奏,所以我无法煞有介事地生活和写作。我只是一个美国黑人——我喜欢非洲的表象和非洲的节奏——但我不是非洲,我是芝加哥、堪萨斯城、百老汇和哈莱姆。"①在强调非洲起源的同时,休斯从没有将自己与美国割裂。"我大部分的诗歌在主题和处理上都具有种族性,衍生自我所熟知的日常生活。"②在《我也》("I, Too", 1926)中,休斯表明了自己作为美国黑人诗人的责任。在这首诗中,他表达了对种族歧视的谴责与憎恶,表现了实现种族平等的壮志以及对于黑人民族的自豪感。正如引文所述,休斯强调自己的美国人身份,借鉴非洲文化是为了用更为合适的方式表达美国黑人的真实生活,从而体现美国黑人的美国性,适用于新黑人运动对建构黑人文化独立性的倡导。就如其在首部诗集《萎靡的布鲁斯》中,让方言在鼓声中表达,与黑色的皮肤和夜晚联系在一起,由此建立起共同文化的连续性和种族身份痛苦的共享,这种共享在 20 世纪 20 年代的其他诗歌中也反复出现。

休斯将非洲文化与非裔美国人的生活经验相关联,对美国黑人摆脱固有思维,探索自身独立性的尝试还体现在他以哈莱姆这座城市为基础建构的哈莱姆城市美学上。有学者指出:"城市经历对于新黑人的定义具有中心地位。"③在创作之初,休斯就以黑人城市生活为基础进行创作。正如他对布鲁斯的定义:"布鲁斯是从大城市拥挤的街道升起的城市歌曲,或是在你无法入睡的夜晚敲打着卧室墙壁的孤独之歌……布鲁斯是今日之歌,是此时此地的歌,令人心碎和绝望,是内心烦恼无从排遣又无人关怀时唱的歌。"④哈莱姆成了诗人幻想与现实的交汇点,成了他眼中现实的象征。休斯的首部诗集《萎靡的布鲁斯》

① 欧容、李婷婷:《"超越疲倦的布鲁斯":兰斯顿·休斯的黑人城市书写》,《美育学刊》2018 年第 1 期,第 63 页。

② Langston Hughes, "The Negro Artist and the Racial Mountain," in *Essays on Art, Race, Politics and World Affairs*, edited and introduced by Christopher C. De Santis, Columbia and London: University of Missouri Press, 2002, p. 35.

③ 周春:《美国黑人文学批评研究》,上海:上海人民出版社,2016 年,第 74 页。

④ 同②,第 212 页。

就将哈莱姆的城市环境与民间爵士乐和布鲁斯形式结合起来。《萎靡的布鲁斯》由 15 首独立的诗歌组成,其中大部分陈述或暗示的背景都是夜间的哈莱姆。休斯通过对布鲁斯的应用,在保留非洲诗歌富有表现力的鼓点和黑夜背景的同时,具体描述人类为寻找可能性而进行的不懈追求。以《爵士》("Jazzonia", 1923)为例,该诗含蓄而间接地讲述了布鲁斯及其自由形式的衍生爵士乐与哈莱姆区令人费解的复杂性之间的关联。贯穿休斯创作生涯的对黑人的城市化生活的描绘促进了贫民窟现实主义的诞生。休斯将哈莱姆直接置于非裔美国人的文化和哲学参考框架中,将哈莱姆区环境与爵士乐和布鲁斯以及后来的比波普民间音乐形式联系起来,以体现黑人的价值观。通过将 20 世纪上半叶的黑人在城市生活中的体验与布鲁斯形式联系起来,休斯将被奴役的祖先悲伤的歌曲"从非洲带到了佐治亚"①,以传统的黑人艺术体现现代的黑人生活,展现在场的黑人之美。

　　黑人学者阿兰·洛克这样说过:"美国黑人群众在休斯的诗歌中找到了自己的声音。"②通过对黑人外在美与内在美的赞颂,休斯表达了身为黑人的自豪。在歌颂美国黑人源远流长的文化历史的同时,休斯将美国黑人的生活经验与传统文化相融合,将非裔美国人身上的非洲性与美国性相结合,以城市美学的形式建构属于非裔美国人的故事框架,建构互相包容的美学观念。

三、兼具对自由诗体的传承和对方言诗体的发扬

　　休斯在自传《大海》(The Big Sea, 1940)中提到:"保尔·劳伦斯·邓巴的短小精悍的黑人方言以及桑德堡的无韵自由诗是我真正学着写诗的开始。"③休斯早期的诗歌创作可以说是惠特曼—桑德堡

① 兰斯顿·休斯:《兰斯顿·休斯诗选》,邹仲之译,上海:上海译文出版社,2018 年,第 7 页。
② 转引自董衡巽:《美国文学简史》(修订本),北京:人民文学出版社,2003 年,第 473 页。
③ 兰斯顿·休斯:《大海:兰斯顿·休斯自传》,吴克明、石勤译,上海:上海译文出版社,1986,第 33 页。

诗歌传统核心价值与非裔美国人文化特产方言结合的产物。上文曾提过,哈莱姆文艺复兴的黑人文学家试图建立属于黑人的文学式样以建构自身文学的独立性。休斯对此的尝试就体现在他将黑人方言与自由诗体的结合,将美国性与民族性结合,创造属于黑人的诗歌样式。

在对美国性的继承方面,休斯吸收了惠特曼—桑德堡诗歌传统的核心精神以及自由诗体的诗歌形式。休斯将自己视为惠特曼"精神上和诗歌上的儿子"①。惠特曼—桑德堡诗歌传统的核心价值即"强调美国生活现实、美国语言现实,以及孕育最为激进的民主信念的理想主义"②。在这种核心价值的观照下,诗歌文本应该体现美国本土性,应该符合美国的现实,所使用的语言应是具有美国特点的自由表达。休斯指出惠特曼诗歌具有"简洁"和"包罗万象"两大特点。首先,休斯在精神上将自己与惠特曼相统一,他借用惠特曼的表述——"真正的诗词带给你的不仅仅是诗歌,它们让你为自己形成诗歌、宗教、政治、战争、和平、行为、历史、散文、日常生活和其他一切。它们平衡了等级、肤色、种族、信条和性别"③——指出诗歌的精神是自由,是平等。由此,休斯将惠特曼对于自由平等的呼唤与自身对于种族自由与平等的希冀相融合,表达了自身的诗学精神。自由诗体是惠特曼创作用来对抗欧洲传统、表现美国性的诗歌形式,休斯在使用自由诗体的基础上将黑人方言融入其中,使这一传统对于现实的反馈和对于自由的探索以及惠特曼众生平等的诗学思想内化成他本人诗学的内涵。其次,在对惠特曼简洁风格的沿用上,休斯还吸取了意象派的创作理念,使用精简的意象表达深厚的情感。与黑人相关的意象如黑夜、哈莱姆、河流等贯穿于休斯的整个创作周期,这些意象不仅将美国黑人与遥远的母地加以连接,还反映了休斯在不同时期对于黑人文化的理

---

① Langston Hughes, *The Collected Poems of Langston Hughes*, edited by Arnold Rampersad, New York: Vintage Books, 1995, p. 4.

② 同①。

③ Langston Hughes, "The Negro Artist and the Racial Mountain," in *Essays on Art, Race, Politics and World Affairs*, edited and introduced by Christopher C. De Santis, Columbia and London: University of Missouri Press, 2002, p. 348.

解。《黑人谈河》的河流是母地与黑人灵魂的连接渠道;《苦楚的河》("The Bitter River",1942)的河流则成了刽子手强迫美国黑人灌下的苦水,满是污秽、泥浆,破灭了黑人平等的梦想。

在对于民族性的继承上,休斯对黑人方言进行了吸收与发扬。学者周春指出,"在美国黑人文学中,'方言'指的是宗教歌谣、布鲁斯、民谣、布道、民间故事,以及说唱歌谣等,这些都是口述部分,而不是指黑人表述中主要的文学传统"①。从方言本身的言语形式来看,"在休斯早期的作品中可以看到他对根植于非裔美国奴隶的口述传统和前奴隶的叙述文本中的典型习语的运用"②。在《萎靡的布鲁斯》中休斯就使用方言性质的表达诸如"ain't got nobody""I's gwine to"来强化黑人本民族的语言,回归黑人自身的文化,从而消解美国白人文化造成的影响。

休斯将方言入诗最主要的做法还是对布鲁斯等黑人音乐形式进行使用和改进。休斯被认为是"第一个将布鲁斯和黑人民歌引进书面诗歌的诗人"③。布鲁斯是基于黑人灵歌的一种变体,起源于美国南方黑人劳动时的劳动号子。对于休斯而言:

> 布鲁斯是源于心痛的民歌。它们是属于南方黑人,特别是南方城市的歌曲。布鲁斯来自孟菲斯和伯明翰、亚特兰大和加尔维斯顿的小巷,来自黑色的、被敲打过但无可比拟的喉咙……尽管布鲁斯是悲伤的,这样的悲伤中总还蕴藏着一些幽默感——即便这种幽默是为了不哭而笑的幽默。④

---

① 周春:《美国黑人文学批评研究》,上海:上海人民出版社,2016年,第54页。

② Steven C. Tracy, *A Historical Guide to Langston Hughes*, Oxford:Oxford University Press, 2004, p. 98.

③ A. T. 鲁宾斯坦:《美国文学源流》(英文本)(全二卷),北京:外语教学与研究出版社,1988年,第693页。

④ Langston Hughes, "The Negro Artist and the Racial Mountain," in *Essays on Art, Race, Politics and World Affairs*, edited and introduced by Christopher C. De Santis, Columbia and London:University of Missouri Press, 2002, pp. 212 – 213.

从以上表述中可以看出,休斯认为布鲁斯的精神是悲伤的,是属于黑人本民族的,是面向现实生活的。但在布鲁斯悲伤的精神中,内蕴着黑人苦中作乐的幽默,正是悲伤与幽默这两种情绪的冲突才使布鲁斯的情感得以表达。"布鲁斯音乐总给我留下悲伤的印象,甚至比灵歌更悲伤,因为这种悲伤不会因哭泣而缓解,只会因笑声而坚硬,那是荒诞的,无法与悲伤相融的笑声,其中渗透着无法向神倾诉的悲伤。"①休斯试图在他的诗歌中通过模仿布鲁斯来捕捉这种精神。② 休斯写的布鲁斯通常是主题性的而不是联想性的,反映的主要是非裔美国人民生活的日常。尽管休斯的诗词缺失了布鲁斯式的重复,但通过小节形式,仍然传达了布鲁斯式的情感、精神、态度和方法。

为了能将布鲁斯精神引入诗歌中,休斯对布鲁斯的形式进行了改动。布鲁斯常见的形式有三种,AAB、ABB 以及 AAA 的形式,往往是前两长行重复,第三行与前两行押韵,有时重复的第二行略有变化。为了保持更接近诗意的形式,休斯将每行分成两行,将每节变成六行。他在前两节中运用重复反复叙事,然后在第三节中对前两节的叙事进行评论或升华。休斯的第二部诗集《抵押给犹太人的漂亮衣服》(*Fine Clothes to the Jew*,1927)中收录的诗歌就使用这种变体的布鲁斯展现了饱受贫穷和蹂躏的黑人的生存状态。以《北方边界布鲁斯》("Bound No'th Blues",1927)一诗中的一节为例:

Goin' down the road, Lawd,	在这条路上停下,上帝。
Goin' down the road.	在这条路上停下。
Down the road, Lawd,	卧倒在这路上,上帝。
Way, way down the road.	路,路,往下走。
Got to find somebody	要找到某人

① Emily Bernard, ed., *Remember Me to Harlem: The Letters of Langston Hughes and Carl Van Vechten, 1925 - 1964*, New York: Knopf, 2001, p. 58.

② David Chinitz, "Literacy and Authenticity: The Blues Poems of Langston Hughes," *Callaloo*, 19. 1(1996), p. 179.

To help me carry this load.①　　帮助我承担这一重负。②

重复的第一行删除了一个单词,重复的第二行删除了一个单词并在其位置添加了其他单词。这种换行有助于保持诗的流畅,且不会破坏重复的有效性。与此同时,方言化、口语化的词汇也增添了诗歌的伤感。如"goin'""Lawd"。该诗具有与布鲁斯类似的音律美。每两个小句为一组,《北方边界布鲁斯》的前三小节都是 AAB 结构。每一小节的前两行实际上都是同一个意思的重复叠加。休斯通过词的删减,达到同一含义的逐层加深;通过两组旋律的重复和词句的更替,在保持诗句意义叠加的基础上,以后文诗句的转换增加诗歌的张力,使得诗歌在起承转合之中拥有音乐的质感和意义的跌宕。

这种同一核心的反复咏叹也是休斯对自由即兴(free improvisation)这种源于黑人圣歌合唱模式的化用。除此之外,休斯对于诗歌的创新还表现在对于黑人音乐形式与相应诗文内容的杂糅上。休斯从黑人音乐中汲取营养,将音乐的节奏、形式融入诗歌创作。通过改变诗句的长短或字母的大小、加入空格或破折号,变换诗歌的音长与声部,增加诗歌的视觉效果,从而突出诗行所要表达的主题。在《立方体》("Cubes",1934)中,休斯就通过对每小节形式的改变以及"疾病"一词的反复使用,在延长"疾病"一词带来的音响效果的同时表现悲伤与愤怒的情绪。又如《天使的翅膀》("Angels Wings",1927)一诗,白人的部分文字分散似轻盈的翅膀,黑人部分却呈现了文字向中心挤压的厚重形象,表现了黑人在白人世界中的艰难处境。

在休斯的整个创作生涯中,他多次使用灵歌、吟游诗歌、拉格泰姆(Ragtime)、布鲁斯、福音和民谣等体裁完成作品。在其创作后期,休斯开始突破单一音乐形式的表征,尝试在一部作品中呈现多种音乐形

① Langston Hughes, *The Collected Poems of Langston Hughes*, edited by Arnold Rampersad, New York：Vintage Books, 1995, p. 76.
② 兰斯顿·休斯:《兰斯顿·休斯诗选》,邹仲之译,上海:上海译文出版社,2018 年,第 59 页。

式。这些尝试融合在了休斯的多声白话即兴演奏《一个延迟的蒙太奇》("Montage of a Dream Deferred", 1951)和《去问你妈:爵士十二式》("Ask Your Mama: 12 Moods for Jazz", 1961)中。在《一个延迟的蒙太奇》中,休斯将爵士乐、拉格泰姆、布鲁斯、布吉乌吉(Boogie Woogie)、民谣和摇摆乐的元素结合成一种类似比波普的混合物。他还运用了大量的现代派蒙太奇表现手段,结合现代派在诗歌形式、文体排版等方面突破传统的形式,将黑人的方言变为诗歌的文字,表现了二战后哈莱姆区的生活,从而展示非裔美国人美国梦的破灭。

综上所述,休斯对于惠特曼的借鉴外化于对诗行中自由诗体的使用,内化于对自由平等精神的吸收;对黑人文化的继承与发扬外化于音乐形式的表现,内化于对民族精神的传承传达。不论是形式、内容还是诗歌的技巧上,休斯的作品所体现出的融合性与创新性是一以贯之的。

"哈莱姆的桂冠诗人"兰斯顿·休斯作为哈莱姆文艺复兴时期年轻一代的先锋,无论是在文学的功用上还是在文学的具体实践中,都以一种超越性推动黑人文学的进一步发展。休斯认为艺术是自由的,是审美的,因此黑人文学并不应局限于民族主义以及黑人宣传题材,黑人之美体现在日常生活之中。同时,他也强调了文学的政治性功用,文学可以展示普通人真实的生活,为穷苦人发声。在他的笔下,美国黑人的双重意识得到中和,成为黑人文学创作的养料。休斯不同意原始主义仅仅从非洲母地寻求黑人认同的观点,他立足于美国本土,讲述美国黑人的故事,将布鲁斯、民歌、黑人方言等具有民族性的旋律技巧与当时当地美国黑人的经历相结合,吸纳了不同时期美国黑人流行的旋律,创造了属于美国黑人的诗歌形式。休斯的诗歌随着他个人的成熟吸取了现代主义的创作技巧,意象、视觉、蒙太奇等创作手法拓宽了黑人诗歌创作的视野。休斯的诗歌看似是仅为黑人而作、为黑人发声,事实上,这些诗歌对美国各个种族间的文化碰撞与民族融合起到了重要作用。休斯的作品不仅凸显了黑人性,其中更内蕴着与惠特曼相似的美国性。也正因此,他的影响才如星光一直引导着后来的黑人文学家继续探索少数族裔与主体的关系,创作出属于美国黑人,更属于美国人的作品。

第三章

20 世纪 20 至 40 年代美国戏剧家的文学思想

　　马克·埃文斯·布莱恩(Mark Evans Bryan)在《二十世纪美国戏剧指南》(*A Companion to Twentieth-Century American Drama*,2005)中撰文称,1900 至 1915 年之间的美国戏剧"与内战以来的戏剧基本毫无二致",很难说是"现代戏剧"①。在他看来,当时的美国戏剧依旧是主营歌舞杂耍和情节剧的娱乐行业,是商业戏剧的天下。1915 年之所以成为美国戏剧史的分水岭,是因为普罗温斯敦剧社(Provincetown Players,1915—1922)的光荣历史由此开启。当年 7 月中旬,以乔治·克拉姆·库克(George Cram Cook)及其妻子苏珊·格拉斯佩尔(Susan Glaspell)为首的一帮纽约文人开创新风,在他们避暑的海边小镇普罗温斯敦开始自导自演自己创作的短剧。一年后,他们吸引到年轻的尤金·奥尼尔(Eugene O'Neill)加盟,并以普罗温斯敦剧社之名挥师纽约。剧社章程明确规定旨在"扶持本土作家创作出真正具有艺术价值、文学价值、戏剧价值的美国戏剧,即,不同于百老汇的戏剧"②。这个主打民族文化主义的先锋派艺术纲领让剧社从当时风起云涌的小剧场运动中脱颖而出,加上社长库克作为精神领袖"酒神般的个人魅力",剧社在

---

　　① Mark Evans Bryan, "American Drama, 1900 – 1915," in *A Companion to Twentieth-Century American Drama*, edited by David Krasner, Malden: Blackwell Publishing, 2005, p. 3.

　　② Linda Ben-Zvi, *Susan Glaspell: Her Life and Times*, Oxford: Oxford University Press, 2005, p. 177.

短时间内集结到各路仁人志士为其写剧、演出,一举成为纽约格林尼治村文化名人荟萃之地,也不负众望地成为美国现代戏剧的摇篮。小说家格拉斯佩尔因此同时成为剧作家,奥尼尔从此走向世界。剧社所开创的实验戏剧传统和精神至今都在影响美国戏剧的发展。

就两次世界大战之间的美国戏剧思想而言,先锋与传统的交锋在20 世纪 20 年代尤其显著。社会主义、无政府主义、女性主义、弗里德里希·威廉·尼采(Friedrich Wilhelm Nietzsche)哲学、西格蒙德·弗洛伊德精神分析学说等欧洲激进思想在激荡美国社会历史风云的过程中改变着美国戏剧的想象力。格拉斯佩尔在《琐事》(Trifles,1916)、《外边》(The Outside,1917)等剧中展望无产阶级妇女的自我解放,奥尼尔《毛猿》(The Hairy Ape,1922)中的水手杨克在“世界产业工人联合会”这一无产阶级组织中却找不到归属感。“上帝死了”背后的虚无主义在一战之后的文明荒原中引发两种截然不同的反应。格拉斯佩尔在《边缘》(The Verge,1921)中积极拥抱进化论,在非理性主义中为人类寻找希望。女主人公克莱尔在一战后陷入疯狂边缘,在培育新的植物品种中看到寓言性的希望——如果植物可以有物种飞跃,人类为什么不可以? 而奥尼尔笔下流落在曼哈顿街头无所适从的杨克却落得被中央公园动物园的大猩猩致命拥抱,进化论成为自然主义悲剧的理据。两位并肩与百老汇戏剧作战的先锋作家在各自的戏剧想象中分别体现出塞斯·莫格兰(Seth Moglen)之所谓“悲悼的现代主义”(modernism of mourning)和“忧郁的现代主义”(melancholic modernism)。前者在面对资本主义所造成的创伤时以悲悼走向愈合,让人看到“政治希望”;后者在面对创伤时无法愈合,陷入忧郁,表现出一种“政治绝望”①。《边缘》和叶芝的《第二次降临》(“The Second Coming”)同在 1921 年面世,《毛猿》则和《荒原》同在 1922 年面世,的确只有《边缘》让人看到希望和悲悼后的新生。在“忧郁的现代主义”

---

① 详见 Seth Moglen, *Mourning Modernity: Literary Modernism and Injuries of American Capitalism*, Stanford: Stanford University Press, 2007, pp. 7 - 25。

路线下,继承格拉斯佩尔、奥尼尔表现主义戏剧路线的戏剧还包括艾尔默·莱斯(Elmer Rice)的《加算器》(*The Adding Machine*,1923)和《街景》(*Street Scene*,1929),不可逆转的现代化发展让不计其数类似《加算器》中零先生的人陷入失业和绝望,造成《街景》中那种流动的周而复始的满目疮痍。奥尼尔后来在《榆树下的欲望》(*Desire under the Elms*,1924)中审视清教主义的余毒,在《大神布朗》(*The Great God Brown*,1926)、《奇异的插曲》(*Strange Interlude*,1928)等剧中审视物质主义的虚无和破坏性。加上此前在《琼斯皇》(*The Emperor Jones*,1920)中通过黑人琼斯的集体无意识所揭示的美国种族主义历史,在《上帝的儿女都有翅膀》(*All God's Chillun Got Wings*,1924)中逆袭种族历史所展望的黑白通婚悲剧,奥尼尔笔下的种种美国悲剧穿着表现主义、现实主义的外衣,有时还戴着让人想起希腊悲剧的面具,的确散发出一种"政治绝望"。

　　20世纪30年代"大萧条"伊始的美国戏剧宿命般地在奥尼尔《悲悼》(*Mourning Becomes Electra*,1931)中展开。这是一部以希腊悲剧精神回顾美国历史的悲剧,让人不寒而栗。剧中作为背景的美国内战不过是一个不得不戴的面具,骨子里的悲剧与其说是古希腊式的,不如说是弗洛伊德精神分析式的。即使奥尼尔和当时很多文人一样为尼采哲学陶醉,他无法像尼采一样以酒神精神和权力意志在永恒回归中拥抱"积极的虚无主义",他只在永恒回归中看到宿命的悲剧。他的后期作品《送冰人来了》(*The Iceman Cometh*,1939)立足20世纪初的纽约廉价酒店,同样塑造了一个有关人性无关天命的悲剧世界:12名天天空喊着梦想不见行动的男女酒鬼所恭候的"救世主"人物、外号"送冰人"的销售员希基,原来竟是杀害自己妻子的凶手,因为她一再原谅他的不忠让他无法正视自己。即使在《啊,荒野!》(*Ah, Wilderness!*,1933)这部被普遍认为是他50余部剧作里唯一的喜剧作品中,奥尼尔个人始终认为最终被迷途劝返的青少年理查德和邻家女孩的未来并非如导演所暗示的那样光明灿烂,而是前途未卜。

　　但是,1933年的美国需要一个让人看到希望的结局。看不到希望的劳苦大众开始怒吼。克利福德·奥德茨(Clifford Odets)《等待老左》(*Waiting for Lefty*, 1935)中的出租车司机工会在等着罢工,就连观众也跟着剧中人物一样群情激奋,最终使得该剧成为大西洋两岸左翼戏剧的杰出代表。如此众声喧哗之后,桑顿·怀尔德(Thornton Wilder)的《我们的小镇》(*Our Town*, 1938)显得异常安静、灵异,仿佛来自一个完全不同的世界。随着拓荒者的脚步发展起来的美国小镇与 20 世纪风云擦肩而过,舞台经理招呼观众观看的是一出俨然亘古不变的人生戏剧:鸡鸣狗吠可闻,邻里家常不断,少男少女喜结良缘。无奈生老病死难逃,艾米丽因难产死去,但她的亡灵和死去的婆婆在镇上各教派共享的墓地继续拉着家常,惦记着自己生前的最爱。转瞬即逝的人生令人产生一种关于存在意义上的哀愁,但超越生死的爱似乎又让人得到些许安慰。

随着父母在中国旅居过的怀尔德在追求艺术先锋的道路上给再现美国生活提供了一个超越本土文化传统的视角。同时期声名鹊起的剧作家丽莲·海尔曼(Lillian Hellman)则立足美国南方文化传统,先后创作了《儿童时刻》(*The Children's Hour*, 1934)和《小狐狸》(*The Little Foxes*, 1939)等重要剧作。前者冒天下之大不韪将同性恋恐惧症搬上舞台,小学女教师因被错误指控为同性恋而在闭塞的南方小镇被迫自杀,成为百老汇经典。后者对南方社会根深蒂固的父权思想提出挑战,揭示资本欲望驱动下不分性别的丑恶。二战爆发后,海尔曼写了《守望莱茵河》(*Watch on the Rhine*, 1941),反对希特勒的法西斯主义。这是在 20 世纪 40 年代美国戏剧对于这一世界风云最早也最有影响的回应。二战结束之前的美国戏剧以南方作家田纳西·威廉斯(Tennessee Williams)的《玻璃动物园》(*The Glass Menagerie*, 1944)为最强音。跛足而内向的南方女孩劳拉视若生命的玻璃独角兽被莽撞的"南方绅士"吉姆意外摔碎所预示的灾难性后果未必不是一个世界性的时代寓言。经过一战创伤的人类渴求爱与和平的心灵如同那晶莹剔透的传奇神兽,被法西斯主义引爆的炮火击得灰飞烟灭,战争成为千千万万普通人的噩梦。世界需要更多的汤姆——劳拉的哥哥——在历经沧桑后给大家深情讲述独角兽被击碎的故事和良心的不安。于是,威廉斯、阿瑟·米勒

（Arthur Miller）等剧作家在二战后以不同于奥尼尔的悲剧精神和方式给世界观众讲述了他们眼里的美国故事、人类故事。

第一节

尤金·奥尼尔的现代悲剧思想："生活即悲剧"①

众所周知，尤金·格拉德斯通·奥尼尔（Eugene Gladstone O'Neill，1888—1953）是位举世公认的伟大戏剧作家，被称为"现代主义戏剧之父"。他在悲剧上取得的成就独树一帜而又影响深远。1936年，他的戏剧作品凭借"充满了力量、热忱和强有力的感情，并蕴含着原始的悲剧精神"②而被授予诺贝尔文学奖。奥尼尔对悲剧有着独特的狂热情感。他本人性格倔强叛逆、孤傲不驯，对信仰、对理想生活满怀纯粹的信念和执着的追求。在饱经生活磨难之后，他对悲剧以及悲剧中蕴含的精神情有独钟，悲剧成为他表达自我、揭示自我、昭示生活真理、探索命运之途的手段。通过悲剧，奥尼尔成为一个理想而又成功的造梦者。他的作品往往带有理想的浪漫主义，又凸显了浓厚的现实主义，或者夹杂宿命式的自然主义，几种表现手法单独使用或者同时糅合，使他的戏剧诗中有实，实中有悲。奥尼尔与众不同的创作手法彰显了他对传统戏剧的革新理想。当时初出茅庐的他就对传统戏剧表现出的虚情假意、矫揉造作以及唯利是图的商业化运作不满，因而他大胆创新，努力打破传统戏剧的藩篱，不仅对戏剧的表现形式也对戏剧的主题进行了实验性的探索。奥尼尔的实验戏剧是成功的，荣获诺贝尔奖已是证明。1953年，《时代》杂志宣称"在奥尼尔之前，美国仅有剧院；在奥尼尔之后，它才有了戏剧"③。这样的评价不仅是因

---

①　本节由王建华撰写。

②　尤金·奥尼尔：《戴面具的生活》，肖淑、高颖欣译，南京：江苏凤凰文艺出版社，2015年，第10页。

③　Michael Manheim, ed., *The Cambridge Companion to Eugene O'Neill*, Cambridge: Cambridge University Press, 1998, p. 218.

为他为戏剧革新做出的贡献,也是因为他的戏剧表现了美国本土的文化与精神困境。

综合来看,悲剧思想贯穿于奥尼尔戏剧的始终。他的一句口头禅就是"生活是一出悲剧"(Life's a tragedy.)①。他坚定地认为"我们本身就是悲剧,是已经写成的和尚未写成的悲剧中最令人震惊的悲剧!"②他的悲剧思想受到古希腊悲剧的影响,也受到亨利克・易卜生(Henrik Ibsen)、奥古斯特・斯特林堡(August Strindberg)等剧作家的影响,同时也受到尼采、弗洛伊德、卡尔・古斯塔夫・荣格(Carl Gustav Jung)等哲学家和心理学家的影响,因而他的悲剧既有古典悲剧的精神内核,又有着对命运、对内在精神和灵魂的哲学思考和判断,这使得他的戏剧具有鲜明的时代性,与以往的悲剧有着很大的不同。一般认为,"古典希腊悲剧重情节;文艺复兴时期的悲剧重性格;近、现代悲剧重心理"③。奥尼尔的悲剧注入了很浓的心理因素,他所要表现的是他那个时代的精神风貌,因此呈现了具有时代性的现代悲剧思想。他的悲剧思想造就了其戏剧思想和戏剧创作的独特品质,我们可以从他的一些书信和访谈中窥探一二。

一、"生活背后的神秘力量":演绎现代的精神宿命

一般来讲,"宿命论是一个哲学范畴:认为意志的一切活动都是由一定的原因引起的,而这些原因决定着意志的活动,使得人没有别的可供选择的行为方式"④。宿命论的呈现在文学中并不鲜见,比如古典文学中古希腊人认为人类的命运由司职命运的女神掌管;清教主

---

① 汪义群:《奥尼尔创作论》,上海:中国戏剧出版社,1983 年,第 2 页。

② 龙文佩编:《尤金・奥尼尔评论集》,上海:上海外语教育出版社,1988 年,第 175 页。

③ 关于这一点的详细分析可参见郭继德主编:《尤金・奥尼尔戏剧研究论文集》,上海:上海外语教育出版社,2004 年,第 47—49 页。也可参见汪义群:《奥尼尔创作论》,上海:中国戏剧出版社,1983 年,第 76—81 页。

④ 郭继德主编:《尤金・奥尼尔戏剧研究论文集》,上海:上海外语教育出版社,2004 年,第 38—39 页。

义者认为人的命运早已注定,无从改变;自然主义者们认为人的命运始终受到自然界的力量驱动;马克思主义唯物论者认为人的命运受到社会经济条件、社会环境等客观因素的制约;而现代派者对命运的看法各执一词,如尼采坚持"自由意志"和超人学说,弗洛伊德强调精神与心理的潜在作用等。① 对于奥尼尔,就如上所述,他同时受到了古典文学以及现代派学说的影响,他说:"对我戏剧影响最大的是我了解历史上所有的戏剧,尤其是希腊悲剧。"②他对古希腊悲剧有着独特的理解与感受,在不同场合或书信中也多次提到古希腊悲剧对他的影响。他认为"在古希腊悲剧中,人物都是在命运的道路上被推赶向前。古希腊悲剧家动笔开始创作时,他笔下的人物就永远不会离开那条受命运驱赶的道路"③。不过与古希腊悲剧不同的是,他所表现的悲剧人物不再是出身高贵的英雄与高高在上的神祇,而是生活在底层中形形色色的普通人,如水手、妓女、农民、酒店老板等,他想要用古希腊悲剧传统表现当下的时代精神,揭示当下人类命运的悲剧。而这种悲剧在奥尼尔早年看来是早已注定的,是受到生活背后神秘的力量推动的。他认为生活本身就如古希腊悲剧家笔下描写的一样,"你上了路,不管你如何动作,也不管你如何设法去改变或修正你的生活,你都无能为力,因为命运,或说天机,或随便你怎么称呼它,都将驱赶你沿着这条路一直走下去"④。他在1919年给B. H. 克拉克(B. H. Clark)的信中也提到,他感受到"蕴藏在生活后面那股强劲而又无形的力量"⑤,他的写作抱负就是"至少要在我的剧本中能够多多少少地显示出这股无形的力量所起的作用"⑥。在他的早期作品中,这种由无形的力量所驱动的悲剧命运更加明显,这

---

①　具体分析参见郭继德主编:《尤金·奥尼尔戏剧研究论文集》,上海:上海外语教育出版社,2004年,第39页。

②　转引自Arthur Nethercot, "The Psychoanalyzing of Eugene O'Neill: Part One," *Modern Drama*, 3(1960), p. 248。

③　奥尼尔:《奥尼尔文集》(第六卷),郭继德编,张子清、高黎平、刘海平译,北京:人民文学出版社,2006年,第207页。

④　同③。

⑤　同③,第213页。

⑥　同③,第213页。

种无形的力量不仅体现在主人公的性格和心理因素上,还体现在周围不可改变的自然环境中,比如大海、迷雾等——戏剧中的主人公往往与周遭的环境形成一种神秘的宿命关系。这种模糊的、神秘的、无法抗拒的自然界的力量,与主人公脆弱渺小的生命形成强烈对比,无意中便形成了一种令人压抑困惑、难以摆脱的宿命感。

奥尼尔之所以有这样的思想,与他早年放弃天主教信仰,难以寻觅新的信仰有关。奥尼尔出生在一个天主教家庭,从小就接受天主教教育,但当他发现虔诚信仰天主教的母亲因生产自己,不得不依靠吗啡缓解痛苦而染上毒瘾时,生性敏感的他变得更加内疚,也更加叛逆了。他开始怀疑给予世人救赎之道的宗教,"如果上帝仁慈,那么他怎么能够让他虔诚的母亲堕落呢?"[1]在此之后,他似乎在尼采的作品中找到了精神寄托,或者换句话说,找到了与之精神契合的思想。尼采的书"充满了原创的思想。丰富的寓言,心灵的洞察和净化的意象,所有这一切都让奥尼尔叹服不已"[2]。1927 年,奥尼尔在接受采访时说:"我读过的所有书中,《查拉图斯特拉如是说》对我的影响最深。我 18 岁时碰巧读到这本书,从那以后我……每年都会把它重温一遍,它从未让我失望,这是任何书都达不到的境界。"[3]尽管后来奥尼尔已不赞同里面的教义,但尼采的思想对他的影响是不可泯灭的。失去信仰的奥尼尔接受了尼采"上帝已死"的观念,在尼采的影响下,奥尼尔希望通过他的悲剧能向观众传达尼采所昭示的那种蕴藏在生命力量中的神秘的酒神体验。对尼采来说,生活与悲剧一样,两者甚至可以互换,人最重要的是能够捕捉到一种存在的狂喜,不是作为个体存在,而是作为生命力量(life force)的一部分存在。[4] 同尼采一样,奥尼尔试图

---

① 路易斯·谢弗:《尤金·奥尼尔传(下):艺术之子》,刘永杰、王艳玲译,北京:商务印书馆,2018 年,第 X 页。

② 路易斯·谢弗:《尤金·奥尼尔传(上):戏剧之子》,张生珍、陈文译,北京:商务印书馆,2018 年,第 125 页。

③ 同②,第 127 页。

④ Michael Manheim, ed., *The Cambridge Companion to Eugene O'Neill*, Cambridge: Cambridge University Press, 1998, p. 19.

深入个人灵魂,探索那股维持精神也产生悲剧的力量。

奥尼尔总是对生活保持着敏感和好奇,后来对宗教的态度也变得模糊,但他坚持认为自己是一个神秘主义者。1925 年,他在给阿瑟·霍布森·奎因(Arthur Hobson Quinn)的一封信中说:"……我也是一个坚定的神秘论者,我永远永远试图通过人们的生活来解释生活,而不只是通过性格来解释人们的生活。我总是尖锐地感到某种潜在的力量(命运,上帝,创作人类今我的那个作为生物的旧我,不管怎么叫法吧——总之都是神秘的力量)。"[①]显然,这句话表明他既接受了命运的学说,也还认同上帝的存在,也相信人类进化的原始力量,但他始终不能确定到底是什么主宰着人类的命运。正是因为不可名状,所以才说是"神秘的力量"。他认为尽管人类命运被这种神秘的力量所裹挟,但人类在其面前并不是像动物一样被动屈就的,而是在进行不断的抗争。然而,虽然人类在这场与神秘力量的较量中表现出极大的勇气,但最终的结果是走向自我毁灭,导致永恒的悲剧。他认为,"这是唯一值得一写的东西"[②]。有评论家认为,奥尼尔的主人公内心往往充满着自我矛盾与斗争,承受着心理上的痛苦与压抑,却缺乏反抗。其实这种批评是合理的,因为奥尼尔早年的戏剧中就是要表现那种悲剧式的精神痛苦,这种痛苦是人类宿命注定的,不是不反抗,而是根本就没有条件反抗,在反抗之前,失败就已注定。

在创作上,奥尼尔借助假面、象征等艺术手法以营造出神秘的戏剧氛围,或者通过古典悲剧和神话模式演绎现代精神的宿命。比如,奥尼尔认为在创作《大神布朗》(The Great God Brown, 1926)时通过面具既可以揭示"人类双面性格形成的神秘轨迹",也"可以以象征手法阐释人类生活中既定的神秘性"[③];他还通过模仿古希腊悲剧的宿命观念来设

---

① 龙文佩编:《尤金·奥尼尔评论集》,上海:上海外语教育出版社,1988 年,第356 页。

② 同①。

③ 尤金·奥尼尔:《戴面具的生活》,肖淑、高颖欣译,南京:江苏凤凰文艺出版社,2015 年,第139 页。

计《悲悼》(*Mourning Becomes Electra*, 1931) 三部曲的剧情, 戏剧中的孟南家族被既定的命运束缚和圈牢, 难以逃脱。奥尼尔认为《悲悼》三部曲"演绎了当代的精神宿命, 这是不再信仰任何事物而只相信自己的当代人的信仰"①。当然, 在奥尼尔传记家看来, 这是他自己内心的写照, 反映了他失去信仰之后的人生观和世界观。

总之, 奥尼尔坚信人类生活中存在着某种神秘性, 生活背后有某种不可言喻的神秘力量, 人类的命运受其驱使推动, 并在反抗过程中遭受巨大的精神痛苦与心理扭曲, 这种无法逃脱的宿命最终导致永恒的悲剧。这是奥尼尔早年对人生的深刻感悟, 在今天看来未免有其局限性。不过他从古典悲剧和其他哲学家与戏剧家的思想中汲取养分, 在他们的基础上, 将他所认为的同时代人们的这种精神宿命以现代悲剧的艺术形式表现出来, 创造出具有很高艺术性和思想性的作品, 给世人留下了一笔宝贵的精神财富。

二、"戏剧是对生活的解释": 探索内在现实的本真

对奥尼尔而言, 戏剧是生活的一种表现方式, 是揭露生活本质的一种手段。他在 1922 年的一次访谈中说: "在我看来戏剧是生活——生活的实质和对生活的解释……"②所以对于奥尼尔而言, 戏剧就是剥去现实生活的外衣, 将生活的本质以一种外显(表演)的方式呈现出来, 要么是赤裸裸地直接展现, 要么以一种或多种表现手法对生活进行阐释。戏剧与生活密切相关, 而生活在奥尼尔看来"是斗争, 如果不说总是, 那至少也经常是不成功的斗争, 因为在我们绝大部分人身上具有某种阻挠我们的东西, 使我们不能达到我们的理想和愿望"③。总之, 奥尼尔认为生活总是隐藏于琐碎的细节之中, 陷于物质泥淖的

---

① 尤金·奥尼尔:《戴面具的生活》, 肖淑、高颖欣译, 南京: 江苏凤凰文艺出版社, 2015 年, 第 223 页。

② 奥尼尔:《奥尼尔文集》(第六卷), 郭继德编, 张子清、高黎平、刘海平译, 北京: 人民文学出版社, 2006 年, 第 234 页。

③ 同②。

人们往往看不到生活的本质,而戏剧能够使观众感受到生活的真实面貌,让他们意识到生活充满斗争。然而人们自身就带有某种阻碍的因素,致使他们在斗争中遭遇失败,不能得偿所愿。可见奥尼尔对人生的理想与愿望是持悲观态度的。不仅如此,他还对以改变人类为目的的社会运动嗤之以鼻,在他看来,"生活作为一个整体,并没有因为政治和社会运动的进展而有多少变化,如果不说没有变化的话"①。他认为,人类本身所具有的情感与欲念自人类诞生之初以来就没有发生多少变化,只不过现在的人类更加了解自己了,但如今即使有高级人类,他们也不是因外表、社会制度的修缮而到来,使人类更进一步的只有"想象和意志"。因此,对于奥尼尔来说,人类最大的问题还是出自人类自身,解决这个最大问题需要解决人类自身蕴含的矛盾。他希望深入人类灵魂深处,揭露人类精神与内心的真实状态。

作为艺术家,奥尼尔本身就严肃谨慎、追求真实。他讨厌虚假造作,反对刻意将某件事丑化或美化,因此他立志于创作表达真实的戏剧。在最初确立戏剧写作志向时,他就已经表明将不拘泥于任何俗套,穷尽一切手段进行戏剧创作,唯扪心自问,"这是不是我所认识到的事物真相,或更进一步,这是不是我所感觉到的事物真相?"②在他看来,真实的东西,不管美丑,才是接近真理的;认清真实的面貌、真实本真的模样,才是走向真理的第一步。进一步来说,他认为也许真实的样貌是丑陋不堪、令人厌弃的,但真谛却永远不会。他说:"一个人要了解生活的意义,首先必须学着喜欢自己的真实面貌——不管对于他自己多愁善感的虚荣心说来,这真实面貌有多么的丑——然后才有可能把握住真实面貌背后的真谛,而真谛永远也不会是丑的……"③

对于事情的真实与否,奥尼尔更倾向于相信自己的判断。比如在

---

①　奥尼尔:《奥尼尔文集》(第六卷),郭继德编,张子清、高黎平、刘海平译,北京:人民文学出版社,2006年,第234页。

②　同①,第201页。

③　同①,第228页。

评价《与众不同》(*Diff'rent*, 1920)时,奥尼尔说不管缺点如何,它总归是真实的,它至少是"按照我看见和理解的那个样子去真实地描写剧中人物的必然生活"①。当然,仅就写作而言,它在很大程度上呈现了作者本人对生活的理解,至于能否真实地呈现生活之面貌,抛却读者对作者的信任之外就要依靠理论家、历史学家和实证家来判断了。但奥尼尔并不在乎他们的批评指教,他说:"至于作品在精神分析的意义是否正确,我只能留待那些比我(或比弗洛伊德和荣格)更为教条的弗洛伊德和荣格的研究者们去决定了。然而重要的是生活,我坚信,在生活面前,一切公式教条都将化为乌有。"②从他创作的主人公来看,他们大多是来自生活的真实人物。奥尼尔有着丰富的海洋生活经历,对水手了解颇深。他认为那些水手不虚假,性情直爽,活得真实,但他们不善于言辞,总是将情感隐藏于心。奥尼尔既善于观察又具有悲天悯人的人文情怀,所以他说他愿意为他们发声。经过加工创作,那些水手成为他笔下鲜活的现代人物形象,成为他描写真实生活的写作材料。

对于如何处理事实,奥尼尔同样有着自己的想法。1921 年,奥尼尔在给肯尼斯·麦高文(Kenneth Macgowan)的书信中说:"事实是事实,但真理是超越事实的。"③奥尼尔认为详细的史实资料会影响他对人物的判断与塑造,他认为能够肯定的事实就那么几件,其他的内容无非是后人修饰之辞,因此写一个历史人物时,若掌握太多史料信息,便会阻碍视野,限制想象,比如他要写璜·彭斯这个人物,他说,"我越思索这个剧本,越感到我对真正的璜·彭斯其人知道得越少越好。我要把他写成我的而不是他人的西班牙贵族,甚至不能是他自己的历史面目"④。足见奥尼尔并不拘泥于人们对历史人物的刻板印象,而是

---

① 奥尼尔:《奥尼尔文集》(第六卷),郭继德编,张子清、高黎平、刘海平译,北京:人民文学出版社,2006 年,第 221 页。
② 同①。
③ 同①,第 226 页。
④ 同①,第 226 页。

追求他眼中的真理,尽管有时在他笔下真理与事实并不相统一。奥尼尔在戏剧创作过程中,努力想把自己的思想渗透到戏剧中去,也难怪有评论家认为他的戏剧多半是他的自传。但无论奥尼尔如何加工他掌握的材料,他都是要表现他所认为的当下真实的生活以及真实生活背后的真谛。

从奥尼尔的创作来看,他希望呈现出真正的现实主义,他认为,"其实大部分所谓现实主义的剧本反映的只是事物的表面,而真正的现实主义的作品所反映的是人物的灵魂,它决定一个人物只能是他,而不可能是别人"①。其实他所谓的真正的现实主义就是他在给乔治·吉恩·内森(George Jean Nathan)的一封回信中所指出的"精神上的'现实主义'"。在他看来,精神上的现实主义"可不是对现实生活细致入微的真实描写。剧本是经过提炼,删减了生活表面的繁文缛节,并把人类生活浓缩成清晰的真理符号后,对现实的一次演绎"②。他想用真实存在的人物来实现对现实存在的超越,这样做的目的就是挖掘深藏于人类与生活表象之下的真理。而面具的运用是现代剧作家刻画当下社会生活的最有效的手段。"通过面具,戏剧家可以展现人类叩问心理的过程中所发现的那些深藏在心灵之下的巨大冲突。"③奥尼尔认为纯粹的现实主义作品是不会使用面具的,但"如果一个戏剧家只有陈旧老套的现实主义技巧,那么他顶多只能利用伪装得非常逼真的表面上的象征主义来模糊地暗示这些事物,而且往往还是肤浅的、具有误导性的"④。他同样对自然主义的平庸肤浅的表现手法加以驳斥,正如约翰·加斯纳(John Gassner)所言,他的作品"反映了奥尼尔对字面实义的创作手法不感兴趣,对自然主义也感到不满,把它嘲讽为'拿家里的柯达照相机对准了病态自然',还说自然主

---

① 奥尼尔:《奥尼尔文集》(第六卷),郭继德编,张子清、高黎平、刘海平译,北京:人民文学出版社,2006年,第235页。

② 尤金·奥尼尔:《戴面具的生活》,肖淑、高颖欣译,南京:江苏凤凰文艺出版社,2015年,第179页。

③ 同②,第99页。

④ 同②,第99—100页。

义提倡'平庸的表面现象'"①。所以奥尼尔要表现的绝不是表面的庸俗的生活,而是希望深入生活与精神的内部,探索生活的本质,探索人类灵魂深处隐藏的秘密以及人类精神的本真状态。

除了表现人类内心的世界之外,奥尼尔也致力于描写受到抑制的人类的原始本能。他认为,"在当代社会,人类的原始本能受到遏制打压因而扭曲变形,却始终波涛暗涌、伺机而起,我的戏剧正是要展现原始本能在当代社会的挣扎过程"②。因此他创作了大量的"内在的"心理剧。奥尼尔还担忧人类的信仰问题,他认为现代人没有宗教,他说,"如今,旧的上帝已死,而延续至今的原始宗教本能一直在寻找能赋予人类生存意义和克服人类对死亡的恐惧的神灵,科技和物质主义却无法提供满足这一需求的新的神灵"③。奥尼尔有志于通过戏剧来把握社会的病脉,但在大多情况下,他更多的是呈现失去信仰之后的人们如何遭受精神上的无助与痛苦,并没有提供实际的解决出路。在他看来,人类的病根来源于人类本身,是人类的个人问题,因此,他的戏剧表达的是关于人类的普遍性的主题,具有普遍性的意义。

尽管奥尼尔努力突破现实主义的枷锁,但他仍旧创作了许多现实主义的作品。他的现实主义戏剧依然保留了古典悲剧的元素,到后期在表现手法上已经十分娴熟,"他懂得如何把舞台上看得见的场景和发生在各自不同地方的叙述性场景结合起来。把在舞台上看得见的事件与只在头脑里出现的叙述性事件和谐地加以安排,使得他的现实主义具有一种无拘无束、活动空间广阔的风度"④。无论如何,他所谓的"精神上"的现实主义作品或者说"内在的戏剧"似乎都更倾向于理想的、富于创造力与表现力的浪漫表达,这也体现在他的戏剧理念当

---

① 转引自龙文佩编:《尤金·奥尼尔评论集》,上海:上海外语教育出版社,1988年,第151页。
② 尤金·奥尼尔:《戴面具的生活》,肖淑、高颖欣译,南京:江苏凤凰文艺出版社,2015年,第224页。
③ 同②,第181页。
④ 同①,第105页。

中,他说,"理性和戏剧扯不上关系,就好比教堂容不下理性。戏剧和宗教要不高于理性,要不低于理性"①。奥尼尔的悲剧理想源自现代生活,也源自他浪漫的想象构建,正如诺贝尔奖授奖词所评价的,"奥尼尔从纷繁复杂的现实生活中求得平方根后,又用这抽象的平方根重新构建出一片恢宏夸张的世界"②。

三、"悲剧使生活变得高尚":表现悲剧中的崇高力量

奥尼尔的悲剧常被认为是悲惨的、悲观主义的或者不幸的,但奥尼尔认为他热爱生活,而"生活中有悲剧,生活才有价值"③。如前文所述,奥尼尔认为悲剧是人类在面临生活背后隐秘的力量时永恒的抗争,或者说"人的热切希望与生活中某种不让步的、不可避免的特质之间的永恒冲突"④。奥尼尔创作悲剧并不表明他对生活的态度是悲观、消极的。他认为生活中的乐观有两种,"一种是肤浅,另一种是更高层次上、不失肤浅的乐观,却常常被人混淆为悲观主义"⑤。奥尼尔更倾向于将自己的人生观归于后者。在他看来,悲观主义与更高一级的乐观主义具有某种相似之处,不然也不会难以分辨;悲剧也不尽是充满悲观主义的基调,它呈现的是一种更加超然、宏大、层次更高的乐观。他认为人类的抗争虽然注定失败,永远碰壁,但只要这种抗争是为了实现更高的价值或者对抗力量超越了自身力量时,抗争本身就是胜利。人在抗争中获得了勇气,彰显了胆量,这就是人之为人的崇高精神,但这也必然是悲剧性的。奥尼尔从悲剧中获得了创作的欲望与炽热的激情,他想要通过悲剧表达美,表达真实,展现人生的意义,使

① 尤金·奥尼尔:《戴面具的生活》,肖淑、高颖欣译,南京:江苏凤凰文艺出版社,2015 年,第 179 页。

② 同①,第 5 页。

③ 奥尼尔:《奥尼尔文集》(第六卷),郭继德编,张子清、高黎平、刘海平译,北京:人民文学出版社,2006 年,第 257 页。

④ 龙文佩编:《尤金·奥尼尔评论集》,上海:上海外语教育出版社,1988 年,第 111 页。

⑤ 同③,第 220 页。

观众能够通过悲剧获得崇高的力量。在奥尼尔看来,"只有悲剧才是真实,才有意义,才算美。悲剧是人生的意义,生活的希望。最高尚的永远是最悲的"①。而乐观也许会掩盖事情的真相,蒙蔽人们的心灵,让人们看不清事情的真相,感受不到美与真实,乐观主义者们"使生活变得毫无希望"②。

相比描写幸福的戏剧,奥尼尔认为悲剧更能表达幸福,它使人获得精神的愉悦,变得高尚。1921 年,在《安娜·克里斯蒂》(Anna Christie)和《救命草》(The Straw)上演后不久,奥尼尔在接受采访时被问到有没有打算写一部结局完全是幸福的戏剧,奥尼尔表示他当然会写幸福,但幸福是什么呢?"是兴高采烈,强烈感受到人的存在和发展的重大价值吗?如果幸福的含义就是如此,而不仅仅是傻乎乎地满足于个人遭遇的话,那么,我知道一部真正的悲剧要比所有以幸福结尾的剧本加在一起所包含的幸福还要多。"③他认为今天的人们根本不了解幸福,也不了解悲剧,只有今天的人们才把悲剧看作不幸的,而古希腊和伊丽莎白时代的人们"能感受到悲剧具有使人崇高的巨大力量。悲剧使他们精神振奋,去深刻地理解生活,并因而使他们超脱日常生活的琐细的考虑,他们看到悲剧使他们的生活变得高尚"④。在 1922 年的一次采访中,他表达了同样的观点,他认为,"悲剧具有古希腊人所赋予的意义。对古希腊人来说,悲剧能激发崇高,推动人们去生活,去追求更为丰富的生活。悲剧使他们在精神上有更深的理解,使他们从日常生活的琐细贪婪中解脱出来"⑤。他希望恢复古希腊戏剧使人崇高的精神与力量。对他来说,生活本来就毫无意义,生命的存在就是为了崇高的价值与理想而斗争,这种斗争的过程就像古希腊悲剧的英

---

① 奥尼尔:《奥尼尔文集》(第六卷),郭继德编,张子清、高黎平、刘海平译,北京:人民文学出版社,2006 年,第 220 页。

② 龙文佩编:《尤金·奥尼尔评论集》,上海:上海外语教育出版社,1988 年,第 344 页。

③ 同①,第 229 页。

④ 同①,第 229 页。

⑤ 同①,第 232 页。

雄人物一样,通过痛苦获得精神上的升华。当然,奥尼尔的创作中主人公大多是底层的人物,他努力从最为卑微的生活中找到最接近古希腊悲剧观念的使人心灵净化的崇高品质,尝试找到一种新颖的现代价值以及表现方式填充舞台,创造出让观众感同身受的现代悲剧,使观众"与舞台上的悲剧人物之间具有一种使人高尚的认同感"[1]。这也说明奥尼尔试图通过戏剧达到与观众沟通的目的,他想使观众通过自己的戏剧获得与他一样的狂喜的心情。这种悲剧的力量使人精神振奋,唤醒人们内心的喜悦,如他自己所言:

> 人的悲剧也许是唯一有意义的东西。我所追求的是让观众怀着一种狂喜的心情离开剧场……假如一万人中有一个人能够抓住作者的意图,并且能够想到他自己跟剧中的人物是一致的,由此得到一种快乐,那么戏剧就回到了戏剧的基本意义,便能跟古希腊的戏剧一样蕴含某种宗教精神、某种现代戏剧所完全缺少的狂喜情绪。[2]

总之,奥尼尔认为悲剧没有使观众感到悲观,反而使他们的精神得到愉悦,使他们脱离俗世的烦琐平庸,在心灵上得到升华,从而变得高尚。

奥尼尔坚信戏剧具有崇高的观念,也有从现代气质中恢复古希腊悲剧的崇高精神之宏愿。因此他在创作时融合现代价值,极力革新,希望回归古典悲剧的崇高。比如在创作《拉撒路笑了》(*Lazarus Laughed*, 1928)时他添加了一个副标题"创意戏剧作品"(*A Play for an Imaginative Theatre*),如他所言:

> 所谓"创意戏剧",我指的是真正的戏剧,历史悠久的戏

---

① 龙文佩编:《尤金·奥尼尔评论集》,上海:上海外语教育出版社,1988 年,第356 页。
② 奥尼尔:《奥尼尔文集》(第六卷),郭继德编,张子清、高黎平、刘海平译,北京:人民文学出版社,2006 年,第237 页。

剧,古希腊和伊丽莎白时代的经典戏剧。"创意戏剧"源于人类对生活的创意演绎以及对酒神狄奥尼索斯的尊崇,它敢于宣称自己是戏剧始祖的合法继承者,却并不荒诞,更不会亵渎戏剧。我指的是回归当初作为神殿的崇高和唯一重要功能的戏剧,那时戏剧是宗教,是对生活的诗意解读和象征性的庆祝。①

不过,奥尼尔认为古典悲剧的价值观以及批评理论已经不适应当代生活,因而需要确定新的当代悲剧。1931 年,他在写给布鲁克斯·阿特金森(Brooks Atkinson)的信中提到,现在应当摒弃亚里士多德的"净化学说"。他说:"当代观众欣赏一部希腊悲剧的演出或者当代读者阅读一部希腊悲剧的剧本,他们在同情和恐惧后,难道就能让灵魂得到净化吗?"②他认为他所处的时代与希腊时期太过遥远,人们持有的价值观也与希腊时期大不相同,如今人们对希腊悲剧推崇有加,也只是在假装理解而已,或者只是肤浅的认识。同时,奥尼尔认为希腊时期的批评理论也与他的时代相距遥远,因此当代人应该做出改变。"要重新定义当代悲剧而非古典悲剧,这样才能知道我们的戏剧评论。"③如今人们缺乏信仰,唯有信仰人类自己,因此奥尼尔认为,在当代悲剧中,"唯一要净化的就是对人类的胆量的信仰"④。他希望通过悲剧传达一种与命运和自我抗争的精神与胆魄,使人们无所畏惧地面对自身的矛盾与黑暗。

总之,奥尼尔的现代悲剧观力图说明"悲剧使人更严肃地思考生活,更深刻地理解世界,它使人们摆脱日常事务,变得自由而且崇高"⑤。奥尼尔秉承了古典悲剧的崇高理念,但也注入了现代的价值观

---

① 尤金·奥尼尔:《戴面具的生活》,肖淑、高颖欣译,南京:江苏凤凰文艺出版社,2015 年,第 124 页。

② 同①,第 222 页。

③ 同①,第 222 页。

④ 同①,第 222 页。

⑤ 华明:《悲剧的奥尼尔与奥尼尔的悲剧》,南京:南京大学出版社,2014 年,第 57 页。

念。他所表现的是他所处的时代的英雄,尽管这时候的英雄人物已经沦为平凡之人。所以当评论家以古典悲剧的批评理论来评价奥尼尔的戏剧时,都一致否认其戏剧的悲剧性。但从文学发展的脉络来看,奥尼尔继承并发展了古典悲剧(当然也受其他现代剧作家影响),其作品"同时亦是其所处时代的文学潮流衍生物"①。他将古典悲剧换上了新的面貌,留下了时代的烙印,带给观众的是同古典悲剧一样的审美体验。

第二节

克利福德·奥德茨与团体剧院:革新实验与戏剧表达②

20世纪20年代末,随着社会矛盾的日益积累与激化,镀金时代的美国渐渐显露出华丽外衣光芒掩盖下的重重危机。社会财富过度集中,失业率激增,劳资矛盾尖锐,而共和党执政的政府一味坚持"自由市场经济"政策,最终引发了1929年的股市崩盘和随之而来的经济大萧条。随后的四年里,美国的国民生产总值缩水了一半,全国超过40%的银行破产倒闭,生产力下降至1929年的54%。1933年,时任美国总统罗斯福发表著名的就职演讲("我们唯一感到恐惧的是恐惧本身"一句广为流传)时,美国劳动力的25%—30%处于失业状态。现实的动荡将20世纪20年代现代主义的失落感和异化感还原成眼前的实际。一批有责任感和使命感的知识分子试图从马克思主义那里找到解决当前社会问题的理论基础,用妙笔鞭笞社会弊端,揭露社会症结,寻找理想主义的出路。共同的主张导致20世纪30年代激进派左翼作家群的出现,他们思考社会问题,虽无力改变社会现实,却通过文学的形式发出了时代的呼声。与奥尼尔等人的现代主义创作不同,他

---

① 尤金·奥尼尔:《戴面具的生活》,肖淑、高颖欣译,南京:江苏凤凰文艺出版社,2015年,第3页。

② 本节由叶冬、王建华撰写。

们中间涌现出了克利福德·奥德茨(Clifford Odets, 1906—1963)这样根植于大众文化、反映政治主张和社会变革的剧作家。

一、团体剧院:一场戏剧革新实验

1931 年夏天,三个充满理想主义的年轻人,哈罗德·科勒曼(Harold Clurman)、雪莉尔·克劳福德(Cheryl Crawford)和李·斯特拉斯伯格(Lee Strasberg),厌倦了当时美国戏剧舞台上充斥着轻歌曼舞的传统风气,满怀激情地掀起了一场戏剧改革运动,决心用一种全新的戏剧理念和形式来观照甚至改变令人困扰的社会现实。他们组建了"团体剧院",将戏剧与现实前所未有地紧密联系起来,给美国戏剧的发展带来了深刻的变化和深远的影响。

事实上,团体剧院属于 19 世纪后期的欧洲新戏剧运动的一部分,这场运动席卷了俄罗斯、德国、法国,甚至在某种程度上,还席卷了英国和美国的剧场。它发展于常设性剧院运动(Permanent Theatre Movement)之中,通过这场运动建立的剧院包括俄罗斯的莫斯科艺术剧院(Moscow Art Theatre)、德国的自由布恩剧院(Freie Bühne)、法国的自由剧院(Theatre Libre)、英国的独立剧院(Independent Theatre)和美国的戏剧公会(Theatre Guild)等,不一而足。① 这些剧院为戏剧发展开创了新局面,引发了一系列改革和创新,如在戏剧制作方法、舞台设计、舞台建筑等方面都取得了重大突破。其实,将戏剧与现实联系起来的实践早已有之,但将其付诸新的形式后,戏剧便有了新的活力。

前期的戏剧运动为团体剧院的形成和发展铺设了道路。20 世纪 20 年代的美国戏剧空前繁荣,出现了尤金·奥尼尔等致力于美国本土化创作的杰出戏剧家,也出现了像戏剧公会等专注新戏剧、新方法,强调生产具有艺术价值的而非商业性的戏剧作品的剧院,当然一些杰出的场景设计师、导演、制作人等对 20 世纪 20 年代的戏剧繁荣发展也功不可没。

---

① Raymond Dominic Gasper, *A Study of the Group Theatre and Its Contributions to Theatrical Production in America*, Ohio State University, PhD dissertation, 1955, p. 2.

到了20世纪20年代后半期,美国戏剧问题开始浮出水面。虽然那些才华横溢、对社会保持敏锐之心的美国本土作家极力进行实验性的创作,但也渐渐走进了商业剧院。他们的作品都毫无例外地反映了社会问题,但他们代表着中上层阶级的繁荣岁月,专注于强烈的个人主义和心理问题。因此实际上,20世纪20年代的戏剧虽然具有实验性,却倾向于个人主义的、去政治化的表达,并没有触及社会的体制问题,没有全面客观地反映整个世界。历史学家本·布雷克(Ben Blake)这样评价当时的美国戏剧:

> 他们(美国戏剧界)并没有真正理解政治的、经济的或文化的这些基本力量在当代世界中的作用。由于不理解,他们并不能够对最终解决困扰人类的问题提供令人满意的、真正的希望。因此,在1928年,尽管美国戏剧的繁荣已到达顶峰,除了在过去十年里对它应该反映的世界所做的事情之外,它并没有做出任何严肃的评论。到了1928年,美国戏剧的观众开始逐渐减少,人们开始哀叹剧院即将倒闭。①

虽然20世纪20年代的剧作家关注社会的不公,却在政治解决方案上没有足够的信心。他们更关注艺术本身及其表现形式。因此许多作家并没有将现实主义当作可行的书写形式,他们更注重"通过新技术重组经历"②。艺术家们认为可以通过表现主义传达个体的困惑与幻灭,达到渲染心理主题的目的。科勒曼将这个时期称为"个体喧闹的时代"③。他也曾抱怨在他所接触的艺术作品里,都能发觉这个"世界本身的存在"(the presence of the world itself)以及与人类有关的重大问题,但"在剧院里,这些东西要么没有,要么被稀释了,经常遭

---

①　Ben Blake, *The Awakening of the American Theatre*, New York: Tomorrow Publishers, 1935, pp. 6 – 7.

②　Gerald Rabkin, *Drama and Commitment: Politics in the American Theatre of the Thirties*, Bloomington: Indiana University Press, 1964, p. 29.

③　Harold Clurman, *The Fervent Years*, New York: Harcourt, Brace, Jovanovich, 1975, p. 19.

到贬值(cheapened)",整个美国"都没有先锋的表演"①。科勒曼对这个世界的繁华和庸俗表示忧虑和批判,他认为世界披着华丽的外衣却精神呆滞空虚,他说道:"这是一个精彩的世界……但也是一个毫无意义的世界;一个彻头彻尾的愚蠢的世界。它极其迷人:有着你所能想象到的最丰满的肉体、最灿烂的轮廓、最俗气的衣着。但它没有内脏;它是空的。"②他认为这个世界的每一个人都是孤立被动的,没有目标和追求,"人类不再了解自己的本性、自己的梦想甚至自己的欲望",因此"我们必须帮助彼此,找到共同点;我们必须将自己的房子建立其上,把它作为全人类的居所。因为生命虽然最终是个体的,但除非人们在一起,在团结中坚定而强大,否则便无法生存"③。由此可见,科勒曼不仅重视个体的生存体验,也强调集体在实现个人愿望、获得精神满足中的关键作用。这种思想也成为建立和发展团体剧院的指导思想之一。

团体剧院一开始就建立在各个成员的理想之上。它将自己看作一个艺术团体(community),强调作家、演员以及导演之间的整体性。据奥德茨所言,团体剧院的每个成员都属于一个整体(totality),属于整个小组(the whole group),这是以"团体剧院"(Group Theatre)命名剧团的原因,"他们是一个团体。一个集体"(They were a group. A collective.)④。不满于 20 世纪 20 年代以导演为主导地位的商业化剧院,团体剧院的成员们确立了与众不同的剧院目标和价值体系。科勒曼指出,团体剧院试图建立在"背景、情感、思想、需求等相统一"的团体之上,成员们"有意识或无意识地从无区别的大众中塑造自己",他们"要求一种更根深蒂固的团结"(a more rooted togetherness)⑤。他们排斥商

---

① Harold Clurman, *The Fervent Years*, New York: Alfred A. Knopf, 1945, p. 6.

② 参见 Harley Schlanger, "Drama as History: Clifford Odets' *The Big Knife* and 'Trumanism'," *Schiller Institute*, 13(2004), p. 85。

③ 同②,第 85—86 页。

④ Robert H. Hethmon, "Days with the Group Theatre: An Interview with Clifford Odets," *Michigan Quarterly Review*, 41.2(2002), p. 188.

⑤ 参见 Alec Rubenstein, *A More Rooted Togetherness: The Group Theatre and the Great Depression*, University of Illinois, B. A. dissertation, 1987, p. 12。

业化的明星制度,演员根据需要而非他们扮演的角色来决定薪资,导演的薪水也处于中等水平。他们想要建立一个平等的公司,在他们那里没有明星,演员们甚至要求在节目演出表里简单地按照字母顺序排列他们的名字。他们的目的就是要打破 20 世纪 20 年代以来的以自我为中心的个人主义,建立一种理想的平等主义。实际上,成员之间的分歧也如暗流涌动,理想和纯粹终会遭受现实的打击,直至分裂破碎。

　　除此之外,团体剧院要求与社会建立紧密的联系,表达真实的生活。科勒曼曾说创办团体剧院的目标就是建立一个国家剧院(national theatre),一个能够真正代表美国的、具有革新性和开创性的美国剧院。他想以此来帮助美国人成为真正的人(truly human)。他在《纽约时报》谈到建立团体剧院的初衷,就是"传播对生活的希望与热爱,以战胜绝望……而我选择的方式就是通过伟大的戏剧艺术来实现",对他而言,剧院的目的就是"影响人们的心灵,在渴望、情感和信念上改变他们的生活。我想要……一部戏让人更加真实地活着(truly alive)"①。所以科勒曼将团体剧院当作帮助美国人寻找精神家园、实现自我的实验场地。不仅如此,他希望剧院能够关注当下的美国道德和社会问题,建立一个如总统罗斯福所描绘的道德上更加美好的世界。经济大萧条给剧院成员们提供了反思社会体制的机会,他们的戏剧以改革社会为方向,试图探索解放之路。实际上,有意识地用戏剧表达对社会的关注并非一种全新的概念,不过团体剧院表现出的前所未有的凝聚力和指向性以及它的社会视野已经超越了它的前辈,也超越了许多同时代的剧院。

　　团体剧院的成立者们要想变革美国戏剧,就要采用一种新的表演方法。他们决定利用"斯坦尼体系"(the Stanislavsky System)来训练演员。"斯坦尼体系"是由 20 世纪 20 年代莫斯科艺术剧院和它的创立者康斯坦汀·斯坦尼斯拉夫斯基(Konstantin Stanislavsky)带到美国的。当时俄罗斯的演员们为美国带来了焕然一新的表演,他们精湛

---

　　①　参见 Harley Schlanger, "Drama as History: Clifford Odets' *The Big Knife* and 'Trumanism'," *Schiller Institute*, 13(2004), p. 83。

的演技和清新的表演风格让美国观众赞叹不已,日益厌倦了美国舞台的人们开始思考变革美国戏剧之路。他们很快接纳并吸收了斯坦尼斯拉夫斯基的表演思想,随后人们将该思想称为"斯坦尼体系"。"斯坦尼体系"为美国戏剧带来了革命性的理论,并在日后根植于美国文化的传统。它是"一组包含了训练、技巧和概念的结合,改变了人物之间的交互操作、情感状态和文本分析"①。不过经过在美国的发展变化,它已经与原来的体系不尽相同。它的训练方法包括"情感记忆""情景练习""一分钟戏剧"等。② 这些表演体系为演员在舞台上创造真实的人物与情感提供了框架,以获得艺术的真实。当时许多团体剧院的主要人物——他们直接来源于百老汇舞台、同仁剧院等——大多对先前的剧院不满,比如科勒曼认为早期剧院的训练未能与运作于内的世界建立联系,缺乏人性和时代意义;斯特拉斯伯格抱怨百老汇舞台商业化太过严重,演员无法提高自己的表演水平,始终处于被动的状态,服从于制作人的需要。而这些主要成员们,包括哈罗德·科勒曼、李·斯特拉斯伯格、史黛拉·阿德勒(Stella Adler)和其他团体剧院的原始成员,均受过"斯坦尼体系"的教育,他们认为"斯坦尼体系"是一种有效的训练演员的工具,能教导演员获得感情储备和艺术真理。因此可以说,"斯坦尼体系"为团体剧院的建立奠定了基础,帮助他们进行多方面实验性的改革。1931 年夏季,28 名平均年龄不到 30岁的年轻演员在 3 位导演的带领下来到康涅狄格州的布鲁克菲尔德中心进行第一次排练。斯特拉斯伯格主要负责训练演员和导演戏剧,他将"斯坦尼体系"运用其中,但后来他认为"'体系'一词的意义过于含混,'方法'的含义要明确得多,因而用'斯坦尼斯拉夫斯基工作方法'来指代'斯坦尼斯拉夫斯基体系',简称'方法'"③。实际上,斯特

---

① Colby Sostarich, "'We Need New Forms': The Systems Influence on the Development of the Group Theatre," *Voces Novae*, 6.1(2018), p. 105.

② 详见黄文杰:《"斯坦尼体系"美国化的早期进程:美国"方法派"20 世纪 30年代的戏剧探索》,《戏剧(中央戏剧学院学报)》2014 年第 6 期,第 13 页。

③ 同②,第 13 页。

拉斯伯格将斯坦尼体系在俄国人的基础上进行的改进,是一种美国式的阐释。随后通过融入其他人的思想,斯特拉斯伯格创造了团体剧院训练演员的独特艺术理论。不过这也导致后来剧院内部就关于如何实施"斯坦尼体系"产生了分歧,因为阿德勒认为改后的体系存在缺陷,她要求回归源头,严格遵照斯坦尼斯拉夫斯基原有的核心思想。

　　团体剧院的发展困难重重,后期内部又出现矛盾分化,但它并没有停滞不前。在 20 世纪 30 年代早期,团体剧院一共上演了《康奈利的房子》(The House of Connelly , 1931)、《1931》(1931 , 1931)、《陶斯之夜》(Night over Taos , 1932)、《发家史》(Success Story , 1932)、《盛大的夜晚》(Big Night , 1933)等八部作品。有些作品取得了不同凡响的成绩,且在不同程度上表现了政治主题。但直到 1935 年,团体剧院带有明显政治色彩的内容才取得标志性的增长,其中最有影响力的便是奥德茨的左翼戏剧。奥德茨的《等待老左》获得了巨大成功,成为"团体剧院的宣言"①。同年还上演了他的其他作品,为团体剧院赢得了不少声誉。但由于团体剧院缺乏资金的支持,它的发展仍旧举步维艰。1937 年,奥德茨的又一力作《天之骄子》(Golden Boy)取得了商业上的成功和批评界的好评,将团体剧院提升到了一个新的艺术高度,也证明了斯特拉斯伯格的表演体系取得的巨大成功。但团体剧院的成功却如昙花一现,《天之骄子》是团体剧院最后一部轰动一时的作品。随后的作品反响平平,团体剧院很快就进入艰难时期。1940 年,剧院的财务陷入严重的困境,尽管斯特拉斯伯格等人做了许多尝试,一年之后,团体剧院还是宣告破产。

　　虽然团体剧院在美国戏剧史上存在的时间很短,却产生了广泛而深远的影响。杰拉尔德·拉布金(Gerald Rabkin)这样评价团体剧院的地位:"30 年代的美国戏剧成就的记录很大部分是团体剧院的记录。"②戏

---

① Colby Sostarich, "'We Need New Forms': The Systems Influence on the Development of the Group Theatre," *Voces Novae*, 6.1(2018), p. 118.

② Gerald Rabkin, *Drama and Commitment: Politics in the American Theatre of the Thirties*, Bloomington: Indiana University Press, 1964, p. 91.

剧评论家布鲁克斯·阿特金森也认为："在大萧条时期形成的几个戏剧组织中，最有效、最真实、最能留下永久印记的便是团体剧院。"①实际上，团体剧院是一场前所未有的、最勇敢的、最具有意义的实验性戏剧变革，它"所做的许多工作都是一场实验。他们利用未知的理论在一个还没有准备好接受艺术风格变化的市场上创作新的作品"②。它培养了一批能力超群、表演精湛的演员，他们后来在好莱坞和百老汇凭借在团体剧院受到的训练脱颖而出。有些成员如史黛拉·阿德勒在解散后成为教师，仍然坚持团体剧院传统，将知识和经验传递给下一代。它还培养了一批像克利福德·奥德茨这样的美国本土作家，他们对美国本土社会环境、生存条件保持着一种敏锐的观察，反映了大萧条时期与二战爆发期间的社会问题和意识形态。它采用的"斯坦尼体系"已经变成美国的理论，渗透到美国的文化之中。总之，团体剧院为美国戏剧注入了新鲜的血液，带来了新的希望，影响一直在持续。

二、奥德茨的戏剧观

经过团体剧院的洗礼，奥德茨在戏剧属性、社会功能、精神表达和现实主义与浪漫思想等方面都形成了自己独特的戏剧思想和观念。

（一）戏剧属于舞台还是属于文学？

奥德茨认为剧作家可分为两类，一类属于舞台，一类属于文学，两类都可能成就出类拔萃的作品，但必须认识到两者是有区别的。尽管如此，奥德茨认为戏剧（和剧作家）本质上应该是属于舞台的，而且这并不妨碍作品成为文学经典。他在一次访谈中说道：

> 当我谈及历史上真正伟大的剧作家时，很明显不管是从风格、形式，还是从作品的剪裁、式样、模式来说，像莫里哀和

---

① Brooks Atkinson, *Broadway*, New York: Macmillan, 1970, p. 291.

② Colby Sostarich, "'We Need New Forms': The Systems Influence on the Development of the Group Theatre," *Voces Novae*, 6.1(2018), p. 120.

莎士比亚都是属于舞台,而不是图书馆。你可以从他们剧本的每一页中看到这一点。他们写作时双脚坚实地踩在舞台上,他们深刻理解并纯熟地运用戏剧知识,从观众的角度去理解——不是遵循文学经典,而是遵循戏剧经典。①

　　从奥德茨自己的戏剧实践中也可以看出其戏剧思想——他是从戏剧演员成长为剧作家的。奥德茨出生在费城一个犹太移民家庭,6 岁时他们举家迁至纽约生活。他在学校不算是一个乖巧的好学生,经常逃课、不做作业,跑去看电影或者在业余剧团里厮混,很早就展示出对舞台的热爱。17 岁时,他从高中辍学,正式成为一名演员,不过他的表演生涯也不成功,只是作为百老汇的替补演员扮演了些小角色,没戏演的时候还要去干点别的副业糊口。1931 年,他加入团体剧院并逐渐展现出写作才能,在 1935 年以《等待老左》《至死不渝》(*Till the Day I Die*)、《醒来歌唱!》(*Awake and Sing!*)、《失乐园》(*Paradise Lost*)等作品确立了自己在美国戏剧界的声望和地位。他是一位多产作家,共创作了十几部戏剧和六部电影,并用自己的作品反映了当时的社会矛盾和自己的主张。他说:"戏剧毫无疑问产生于上升的价值观、正确的价值观,是成千上万的美国公民在这可怕的困境中所追求的出路……而戏剧家应该为千万民众的渴求而发声。"②

　　奥德茨主张消除演员与观众之间的隔阂,他用古希腊、古罗马剧场舞台前部的拱形墙来形象地说明要消弭舞台上下的界限,他用"舞台拱形墙消失"来表明如何让观众更积极地成为舞台表演的一部分(The proscenium arch of the theatre vanished and the audience and the actors were at one with each other.)。"观众参与"的观念是对传统戏剧"第四堵墙"的拆除与观念上的反拨。所谓"第四堵墙",是指戏剧舞台上除了三面布景实体所形成的墙以外,在面对观众的那一面有一

---

① Michael J. Mendelsohn, "Odets at Center Stage," in *Critical Essays on Clifford Odets*, edited by Gabriel Miller, Boston: G.K. Hall and Company, 1991, p. 59.

② 同①,第 59—60 页。

堵"无形之墙",其实是指舞台与观众席、演员与观众之间的隔阂。斯坦尼斯拉夫斯基的"体验派"和德尼·狄德罗(Denis Diderot)的"表现派"都主张运用"第四堵墙"的理论来创造"生活幻觉"①,主张演员在表演时应该无视观众的存在,不受观众反映的影响,也就是斯坦尼斯拉夫斯基所谓的"当众孤独"。但奥德茨却在创作中力图打破这一藩篱,弥合台上台下的隔离。在他的代表作《等待老左》的舞台上,他把整个剧场当作舞台,甚至安排部分演员直接坐在观众席中,或者直接在观众中表演,或者根据剧情安排从台下跑到台上。启幕时,舞台上也没有任何布景,演员直接面对观众开始表演。比如剧中阿盖特号召大家罢工,演员直接问观众:"我疯了吗?""弟兄们,怎么说啊?"当观众哄堂大笑时,他又一脸严肃地说:"别笑! 有什么可乐的? 这是你们的生死大事,也是我的生死大事。"这使观众感觉他们也成了表演的一部分。再比如,奥德茨将演员退场的路线安排在观众席的过道上。到了剧本的高潮部分,报信人带来了老左被暗杀的消息,演员是从观众席的后方沿着过道奔上舞台的。《等待老左》演出结束时,台上台下的演员和观众常常齐呼"罢工! 罢工!! 罢工!!!"这成功实现了观众与演员的互动和对表演的参与,达到了最大程度的共鸣。共鸣是现实主义社会剧所期望达到的最大效果。"接受美学"这一概念直到 20 世纪60 年代才由"康士坦茨学派"提出,奥德茨在戏剧实践中采用"观众参与"的方式和表达无疑是具有先锋性和超前意识的。正如"接受美学"认为读者才是"作品真正的完成者",奥德茨将剧本、演出、观众三者融为有机体,通过观众参与使戏剧在一度创作和二度创作的基础上得以最后完成,观众成为"戏剧真正的完成者":

> 从台上到台下,忽而台上、忽而台下,演员与观众完全融为一体……演员们已弄不清自己是否在演戏,观众也弄不清他们是否是在坐着看戏,还是已经完全和演员换了位置。在

---

① 薛沐:《"第四堵墙"及其他》,《戏剧艺术》1982 年第 3 期,第 35 页。

这出戏里,舞台的框框,无论是在心理上,还是在感情上,均
消失得无影无踪了。①

(二) 戏剧是一种社会武器

文学作为一种大众传播模式,伴随着一套标准化的生产、分配与
接受流程,逐渐形成有一定规模的、正式的组织基础。戏剧尤为如此,
因为"戏剧演出要求有一套制度化的剧院经济作为组织基础。因此,
比起印刷业来,同是文本的机构中介的剧院却能更清晰地留在接受者
的脑海里,因为它将自身显示在受众面前"②。戏剧本身所具有的展
示性和表达性使它比其他文学类型更能紧密联系受众,因而它的组织
基础更具显性。戏剧文本不仅是印刷文本,还是舞台上的演出文本。
因而戏剧不仅是纯粹的文学呈现,还更深地牵涉到舞台的表现。戏剧
本身所具有的呈现特性起到了更好的传播效果。"创作一部文学作
品,就是进行一次公众宣传;剧作家尤为如此。"③

20 世纪 30 年代早期,美国社会处于经济大萧条的水深火热之
中——工人失业,工厂倒闭,物价上涨,工人与资本家的关系剑拔弩
张。作为一个具有创作天赋又对周遭环境极其敏感的作家,戏剧毫无
疑问成了奥德茨反映大众劳苦、团结工人、呼吁社会变革的武器。奥
德茨早期的作品共同指向一个敌人,那就是"社会体制"。他将艺术视
为一种武器,力图证明直接的训道与宣传可以与艺术并肩,而革命性
的戏剧可以将艺术与社会活动糅合并存,从而事半功倍。

在奥德茨的创作生涯中,尽管后来创作方向发生改变,他一直坚
持的也更强调的是戏剧家的社会责任。他认为,一个剧作家,必须有
血有肉,去深切地感知、去亲身参与发生在自己身边的那令人不安的、

---

① Clifford Odets, "How a Playwright Triumphs," *Harper's*, 233(September, 1966), pp. 68 – 69.

② 曼弗雷德·普菲斯特:《戏剧理论与戏剧分析》,周靖波、李安定译,北京:北京广播学院出版社,2004 年,第 33 页。

③ 同②,第 36 页。

非同寻常的社会动荡与激流之中。于是剧作家总是一如既往地表达普通大众的心声。曼弗雷德认为,戏剧至少存在两种社会功能,一种是"表达功能",即剧作家对现存社会持肯定态度;另一种是"工具作用",即"通过它来建立一种舆论或改变一种舆论"①。面对无产阶级所遭受的不公待遇,奥德茨显然发挥了戏剧的工具作用。身为一个剧作家,他深刻地认识到戏剧作为大众媒介具有宣传教育的作用。奥德茨在早期的作品中采用了宣传鼓动剧(agitprop)的形式。宣传鼓动剧并不是奥德茨原创的戏剧形式,它在20世纪30年代早期纽约的工人剧院流行起来。到1932年,第一次全国工人戏剧大会召开,宣传鼓动剧成为公认的戏剧武器。不过,当时奥德茨对剧院非常失望,剧本质量差,导演缺乏创新,他尤其对演员的商业化颇有微词。不像其他无产阶级或坚持马克思主义的剧作家——他们要么陷入未来主义模棱两可的泥淖,要么遵循传统平庸的表达手法——奥德茨在剧本内容与形式上大胆创新,别具一格,充分利用舞台优势,创造出一种新颖独特并极具效果的戏剧表现手法。然而在奥德茨看来,"形式……总是听命于材料"②。他强调剧作家要与普通大众,或者至少与观看表演的观众群体站在一起,与他们命运相连,风雨同舟,肩负共同的价值取向与道德观,以表达他们的呼声,共同抵抗社会的不公。他说,"如果你看到了《等待老左》的首映之夜,你就看到了戏剧最真实的本质。我的意思是剧院的拱形墙消失了,观众与演员彼此成为一体"③。在传统的剧院中,拱形墙将晦暗的观众席与灯火通明的舞台完全分开,观众通常只是坐在黑暗的角落,被动地默默观看演员的表演,像在窥探少了一面墙的房子。在《等待老左》中,奥德茨找到了一种将材料与内容完美结合的形式。他将一些演员安置在观众席内,以不时地回应舞台

---

① 曼弗雷德·普菲斯特:《戏剧理论与戏剧分析》,周靖波、李安定译,北京:北京广播学院出版社,2004年,第37页。

② Clifford Odets, "How a Playwright Triumphs," in *Critical Essays on Clifford Odets*, edited by Gabriel Miller, Boston: G.K. Hall and Company, 1991, p. 76.

③ Michael J. Mendelsohn, "Odets at Center Stage," in *Critical Essays on Clifford Odets*, edited by Gabriel Miller, Boston: G.K. Hall and Company, 1991, p. 60.

中的演员。这种舞台效果非常明显,在首演刚开始便产生了意想不到的效果,观众在台下被演员的表演所感染,不时地做出响应,到戏剧结尾,当罢工委员会的主席老左被害的消息传来,观众的情绪达到了高潮:

> **阿盖特**(大声疾呼)听见了没有,弟兄们? 听见了没有?
> 妈的,听我说呀! 全国各地的兄弟们! **嗨,美国
> 啊美国! 嗨! 我们是工人阶级的海燕。全世界
> 的工人兄弟们。……我们的亲骨肉!** 等我们死
> 了,他们就会知道我们为了开创一个新世界做了
> 些什么! ……(问观众)嗳,大伙儿怎么说啊?
>
> **众**　　罢工!
> **阿盖特**　大点声!
> **众**　　罢工!
> **阿盖特和台上其他的人**　　再说一遍!
> **众**　　罢工! 罢工!! 罢工!!!①

　　此时此刻,台上台下,观众与演员群情激奋,全剧结束之后场内高呼"罢工"的口号仍旧不休。事实上,奥德茨的宣传鼓动剧植入了往日黑脸滑稽剧(black-face minstrel show)的形式(在早期的出版笔记与后来的采访中他提到过所用的形式源自这种戏剧形式)。滑稽剧是一种具有美国特征的本土戏剧,包括剧情解说员(chorus)、滑稽演员(end men)、专业演员和中间对话者等,大家坐在舞台上,一些演员坐在观众中间。尽管让"舞台拱形墙消失"的创作和表演手法在当时已经出现,但大多粗糙劣质,并没有引起巨大反响。奥德茨在《等待老左》这部剧中,充分发挥了艺术作为一种社会武器的作用,完美地将艺术与社会现实融合起来,奥德茨也因此一举成名。该剧在1935年的

---

① 克里福德·奥德茨:《奥德茨剧作选》,陈良廷、刘文澜译,上海:上海译文出版社,1982年,第43页。

八个月内在 104 个城市上演,并在整个 20 世纪 30 年代一直演出不断。在这部剧中,演员充当了观众,成为观众的一部分;随着观众的感情受到感染,观众也加入了演员的行列,成为表演的一部分。至此观众与演员的界限消弭不见,整个剧院达成了和谐的统一,成为一个整体,分不清到底是在戏剧还是在现实之中。这样一来,在整个剧院里,与其说观众和演员正在共同表演《等待老左》这部戏,不如说他们是现实里的工人阶级在组织活动,而整个剧院就是他们的工会阵营。通过这样的表达形式,奥德茨的戏剧成功地达到了宣传鼓动的目的,表达了 20 世纪 30 年代早期处于水深火热之中的工人阶级对变革社会的渴求。

然而,对于奥德茨来说,"舞台拱形墙消失"不仅体现在形式上。他认为,让观众参与舞台表演有时是出于作者进行风格创新的需要,有时却受剧院的物理结构影响,比如"圆形剧场"(theater in the round),而这些均可以进行人为的干预或操作。真正让"舞台拱形墙消失"的方式是"让你的演员能够立足于观众集体深刻共享的舞台材料和价值中发声","只要你们拥有共同的价值观,舞台拱形墙就会消失"①。在此奥德茨依旧强调了戏剧的社会责任以及戏剧与人民群众之间的关系。在他看来,剧作家的作品应该直接或间接地取材于群众,表达群众的心声,体现群众的需求,甚至发泄他们的不满。总的来说,剧作家与群众的价值观是连续一体的、共享的,这样的作家写出来的作品自然就会打破演员与观众之间的壁垒——剧院的第四堵墙才能消失。这就是戏剧的本质与含义,正如奥德茨补充所说,"戏剧在最深层的意义上——所有文学在其最深层的意义上——都出现在这样的时期:演员所表达的困境或问题与观众的困境、问题、价值观甚至道德观完全一致"②。纵观历史上那些伟大的作品,无论是传统文学作品还是音乐曲目,都与其创作受众在价值观上保持着有机一致,这

---

① Michael J. Mendelsohn, "Odets at Center Stage," in *Critical Essays on Clifford Odets*, edited by Gabriel Miller, Boston: G. K. Hall and Company, 1991, p. 60.

② 同①。

也是那些作品经久不衰、为人称道的原因。所以在奥德茨眼里,《醒来歌唱!》《至死不渝》和《失乐园》等早期作品,虽然没有在形式上像《等待老左》那样可以明显地让人感到"舞台拱形墙消失",但它们都与观众保持着一致的价值观,展现了他们共同的价值取向,反映了他们在现实社会中的苦难与遭遇。换言之,奥德茨的戏剧与观众站在了一列,他的戏剧演员与观众在精神上是保持统一的,在这种层面上讲,演员就是观众中的一员,观众也属于舞台的一部分,因而舞台拱形墙在观众与演员之间一样不复存在。总之,奥德茨无论在形式上还是内容上都强调戏剧的社会属性。

奥德茨早期的作品大多描写由于经济原因造成的不公和生存困境。尽管奥德茨在作品中描写了经济大萧条下劳苦大众生活的遭遇与苦难,但他也会或明或暗地传达一种积极向上的价值观,从而引导观众逃离黑暗,走向光明。所以他的社会政治剧往往充满着痛苦与挣扎,同时又夹杂着希望的光辉。然而,也因他过于强调戏剧的政治功能,导致他早期的作品中人物形象过于脸谱化,人物塑造粗糙简单,敌对分明,戏剧的情节发展节奏较快。奥德茨一直认为自己不是图书馆作家,而是大众作家,肩负着为群众发声的重任,但他时常也陷入写作的困顿当中。他一方面不愿承认自己属于高雅文学的创作者——他想要为大众写作;一方面又对作品的永恒性保持着敬畏与机警之心——他想要取得艺术上的成功。这两种心态一直横亘在他心中,事实上,他在创作过程中也无法平衡两者的分量。

（三）戏剧是一种精神表达

有评论家认为奥德茨的作品充满了晦暗与凄苦,因而认定奥德茨是一个悲观主义者,但奥德茨自己并不这么认为,当然他也否认自己是一个十足的乐天派,尽管他在社会变革剧中往往指明了一条通往解放之路。奥德茨对人类有一种充满同情的浪漫主义情怀,他相信人类作为衡量事物的尺度所具有的潜能,相信人类本身所拥有的无限可能性。他认为老一代人应该向年轻一代传递一些温雅的、体面的精神和

积极向上的价值观(lifting values)。奥德茨对年轻一代人抱有更多的
希望。他希望年轻人能够经历一番遭遇之后快速成长,重新认识这个
世界,并按自己所想的样子改造这个世界,正如《醒来歌唱!》中的拉尔
夫一样。虽然在外界的评论家看来,奥德茨关注的是大众的现实生
活,但奥德茨在大多数时间里都在表达一种"存在的状态"(a state of
being),正如他在采访中所解释的:

> 有时是一种疼痛(ache),有时是一种苦痛(agony),有时
> 是一种激动,这种激动来自某种转化与情感的升华,来自一种
> 豁然开朗,来自一种先前感到虚弱、肌肉僵硬而突生的力量。
> 它总是在表达一种内在的存在状态。我认为任何有创造力的
> 作家都会坐下来表现它。有时它是一种感觉(sense),一种
> 非常模糊的疼痛感,一种朦胧的情绪,一种说不清的苦恼,或
> 者,有时是一种迷离的间断感(disconnection)。①

由此可见,奥德茨不仅对人类的物质生存条件表示关注与担忧,
还对人类生存的体面、公平、平等、自由、尊严等表达忧虑与希求,更对
人类生于俗世间而产生的内心孤独、痛苦、荒芜、挣扎、焦虑等精神状
态表示同情与关怀。

奥德茨是一个都市作家,他笔下的人物大多是城市普通居民,展
现的是他们在城市这个有限的空间中的生存状态与精神遭遇。《醒来
歌唱!》描写了伯杰一家被困在了物质世界与精神世界之间。"这种困
境是由投机与剥削的历史塑造的城市环境强加的,也是他们认为如物
理地形一样无法改变的心理图景造成的。"②他们身陷由经济法规塑
造的不可逃避的权威的囹圄之中,又在此空间内定义自身的可能性。

---

① Michael J. Mendelsohn, "Odets at Center Stage," in *Critical Essays on Clifford Odets*, edited by Gabriel Miller, Boston: G. K. Hall and Company, 1991, pp. 63 - 64.

② C. W. E. Bigsby, "*Awake and Sing!* And *Paradise Lost*," in *Critical Essays on Clifford Odets*, edited by Gabriel Miller, Boston: G. K. Hall and Company, 1991, p. 154.

残酷的经济现实摧毁道德想象，它迫使个人遵从外部世界来扭曲自己，贬低自身的价值。最终梦想与幻想纠缠不清，一切似乎支离破碎，悲剧就此而生。不过"最初的戏剧那煽动性的愤怒抑制了人物作为具有特定目标和私人问题的个体的发展：奥德茨很少讲述他们的焦虑，除了那些由贫穷引发的焦虑，他们之间的差异只出现在年龄和口音等表面问题上"①。《天之骄子》是奥德茨思考个体命运遭遇的开始，这并不是说他之前的作品不关注个体，而是他从《天之骄子》开始思考更加个人化、私人化的问题，思考个体在时代洪流裹挟下的生存状态、精神面貌与最终的命运走向。不同于《醒来歌唱!》《失乐园》，《天之骄子》在创作上有了新的技巧。在早期的版本中，它还附有一个副标题："一则美国寓言"（An American Allegory）。显然，奥德茨旨在写一部象征主义作品。尽管这部戏依旧没有摆脱宣传鼓动剧的旧影，舞台上人物敌对分明，不过事实上，奥德茨对人物栩栩如生的呈现已经超越了社会政治剧的训道和寓言功能，将个人与社会的冲突推向了悲剧的境界。乔·波那帕特是该剧的中心人物，他拼尽一切获得地位与金钱之后却陷入精神的空虚与迷茫之中，最终与心上人超速驾驶，命殒黄泉。乔的故事里"不仅仅是对在美国追求成功的危险的悲剧研究，因为奥德茨在这里也探索了他最喜欢的主题，即灵魂对这个世界安全避难所的渴求"②。以往的戏剧里，奥德茨通常将故事背景设置在大家熟悉的家庭环境里，探索家庭与个人的关系。而《天之骄子》中的空间更加开阔，出现了不同场景的转换：莫迪的办公室、波那帕特家、公园、拳击更衣室等。随着空间背景的转换，观众的视野也随着乔的世界而不断扩大，这也说明乔不可能将自身限于家庭空间之中，他要走出去，打破这个局限。本质上，他是在寻求家庭以外的身份——他需

① Malcolm Goldstein, "Clifford Odets and the Found Generation," in *Critical Essays on Clifford Odets*, edited by Gabriel Miller, Boston: G. K. Hall and Company, 1991, p. 112.

② Gabriel Miller, "Odets and Tragedy: *Golden Boy* and *The Big Knife*," in *Critical Essays on Clifford Odets*, edited by Gabriel Miller, Boston: G. K. Hall and Company, 1991, p. 174.

要"打破移民身份所带来的精神上的无名与贫困,为了报复那些排斥他的人——他的姓氏和他的斜眼都是过去痛苦的象征"①。

在创作《天之骄子》时,奥德茨明显受到好莱坞荧幕写作的影响,也可以看出他有意模仿当时流行的黑帮电影的基本形式。奥德茨做过演员也做过导演,他对自己的导演能力颇为自信。导演这一职务也对他的创作产生了影响。他认为导演的一个极为重要的作用便是激励(stimulation),因为在导演时,他可以将文本立足于舞台和演员。在他看来,导演作品的过程会不断激励他使文本保持新鲜活力,这与独立创作完全不同。在执导期间,他可以在舞台之外对文本不断打磨修改,直到上映。比如在导演《乡下女孩》(The Country Girl,1950)时,他花了三四个晚上重写了最后 15 页剧本,直到在纽约首映前才停止修改。也许是导演与演员的经历使他深谙戏剧成功之道,所以有时为了经济原因,他也会写一些取悦观众、适应剧场表演的剧本。尽管《天之骄子》和《乡下女孩》随后在质量上被他认可,但他内心总是鄙视这样的作品,因为他知道它们是为了某种功利性的目的而创作的。正如前文所述,奥德茨很难衡量艺术性与追求成功之间的关系。哈罗德·科勒曼在《炽热的年代》(The Fervent Years,1945)中写道:"对于奥德茨……好莱坞是一种罪过。"②奥德茨一方面追求戏剧的重大艺术性,一方面又被好莱坞所带来的荣耀与光环所吸引。对奥德茨来说,两方面很难调和,《天之骄子》在一定程度上反映了这两方面的冲突与取舍。

无论奥德茨的戏剧表达怎样的主题,受到什么因素影响,最终指向都在于通过戏剧来表达人物的内心世界、精神状态与生存环境。奥德茨也强调作家个人与创作的关系。他认为写作的问题不在技巧而在于如何与自己建立紧密的联系,要意识到自己存在的问题以及自己

① Gabriel Miller, "Odets and Tragedy: *Golden Boy* and *The Big Knife*," in *Critical Essays on Clifford Odets*, edited by Gabriel Miller, Boston: G. K. Hall and Company, 1991, p. 176.

② 同①,第 173 页。

与生活的关系状态,因此对他来说,写作是天生的附属于个人的东西。在塑造人物方面,他认为每个作家都有自己的人物画廊(gallery of characters),而作家本人就是这些形形色色的人物。创作这样的人物形象宝库需要一定的天赋,天赋越高,画廊就越大,人物形象越丰满。根据奥德茨的解释,人物画廊是"一组存在于自身之外的某些关键的心理类型的特征或关系"(It is a group of characteristics or relationships to certain key psychological types outside of yourself.)[1]。他举例说,如果你是一个热情洋溢的年轻人,那么就很容易塑造一个类似的角色;如果你内心是一个具有父亲品质的人,你的人物画廊就会有这样一个角色。一个作家创造力越高,塑造的角色越多。在此,奥德茨将人物创作与作家个人的心理特征、性格等内在的品质紧密地联系起来,但并不是所有人都能认识到自身的复杂性,这尤其需要个人的天赋而非技巧,需要作家本人对身边的社会环境和周围的人物进行敏锐的思考与观察,并靠着自身的领悟能力进行个性化的加工创作,从而产生极具特点的人物形象。在奥德茨心中,"如果一个剧作家写的东西与他并无关联,那他就不是一个有创造力的作家。他可能是一个工于技巧的作家,这种技巧也许达到了很高的水平,但他不会成为我所说的艺术家、诗人"[2]。不仅如此,他进一步强调了作家要表达一种存在状态:"创造力的作家总是着手于一种存在的状态。他并不会从自己以外的事物开始。他从自己内心深处的某种东西开始,带着一种不安、沮丧或得意的感觉,不过渐渐为我所说的'存在状态'找到了某种形式。"[3]同时,他指出作家需要有耐心与勇气撕掉成就自身的标签,因为生活不断发生改变,作家需要新的形式、新的风格,需要新的人物来扩充自己的人物画廊。奥德茨关于作家与创作关系的论述本质上是

---

① 转引自 Michael J. Mendelsohn, "Odets at Center Stage," in *Critical Essays on Clifford Odets*, edited by Gabriel Miller, Boston: G. K. Hall and Company, 1991, p. 72。

② Clifford Odets, "How a Playwright Triumphs," in *Critical Essays on Clifford Odets*, edited by Gabriel Miller, Boston: G. K. Hall and Company, 1991, p. 76.

③ 同②。

对作家身份的思考。实际上,无论是剧作家还是其他文学类型的创作者,他的思想与行动总要受到他在成长过程中所接受的社会规范的制约——即使他反对这种社会规范,因为在他做出反对之前必须承认这种社会制约的存在,因而反对本身也是一种社会现象,所以那些创作者"个人所涉及的社会范围决定了他的潜能,同时也代表影响这一潜能的条件"①。也就是说,奥德茨的人物画廊不仅仅是他个人品质的心理映射,也是他的心理或精神投向社会规范的反射。奥德茨作为戏剧家,正如曼弗雷德所言,他的文学创作者的身份"并不是自由选择的结果,也不是自主性的证明,而是按照既定的社会规则所扮演的公众角色"②。无论个人与社会规范的关系如何,作家身份与公众角色并不冲突,而是互相成就。作家不断汲取公众角色的营养,填充自己的人物画廊,构成自己的身份元素与身份碎片;公众角色在作家的精心加工下被不断提炼萃取,成为经典的艺术对象。就奥德茨而言,他试图表达的是一种存在状态,这种存在状态既是个人的也是公众的。不过也许正因为奥德茨过于强调作家个人与创作的关系,有评论家抱怨尽管他早期作品将大众作为主角(the mass as hero),视社会与个人为二元对立,但大多时候真正的主角是奥德茨本人,因为他的作品中"三分之二的时间都是奥德茨在讲话"③。

尽管后来奥德茨一直对社会历史持有兴趣,但到了 20 世纪 40 年代,当初大喊"罢工"、渴求社会变革、以马克思主义理论寻求救赎之路的观众数量已不如往日,工人运动、苏联模式在美国也显得激进和不合时宜,奥德茨不得不放弃所亲近之物,转向描写由心理因素导致的情感流动的戏剧。他在旧的人物画廊中不断加入新的元素,以适应外部世界的改变。

---

① 曼弗雷德·普菲斯特:《戏剧理论与戏剧分析》,周靖波、李安定译,北京:北京广播学院出版社,2004 年,第 36 页。

② 同①,第 36—37 页。

③ Edith J. R. Isaacs, " Clifford Odets: First Chapters," in *Critical Essays on Clifford Odets*, edited by Gabriel Miller, Boston: G. K. Hall and Company, 1991, p. 52.

（四）现实主义戏剧中的浪漫思想

尽管奥德茨是一个具有社会意识的剧作家，一直强调他在剧中表达一种存在状态——由此来看，他理应属于强烈鞭挞现实的作家范畴，不容否认，他的作品表达了时代的呼声——但实际上他的作品呈现出具有浪漫主义特征的极为个人化的表达图景或范式。正如他所强调的，真正的剧作家是具有创造力的作家，奥德茨非常擅长对人物进行想象性的创作，加上天资聪颖、敏感善察，他通常能够将周围发生的一切进行奥德茨式的加工与处理，产生具有个人特色的浪漫主义式的作品。尽管奥德茨非常肯定自己的天赋，认为自己的浪漫主义与生俱来，不过雨果和易卜生对他的影响是毋庸置疑的。他在少年时期就看过《玩偶之家》默片电影，被里面的女演员深深打动。女演员的表演为其开拓了超越自己、超越认知的新天地，随后他去图书馆找来易卜生的作品来读。但他紧接着说道："我认为我到 20 岁时读过易卜生的作品或许没有超过四本。"[①]不同于易卜生，雨果对他的影响是深刻而强烈的，他认为雨果是他在"文学和精神上的祖父"（literary and spiritual grandfather）[②]。他在青少年时期几乎读过雨果的所有作品，并将《悲惨世界》反复读了多次。在他看来，"雨果……激励了我，使我立志；我想做一个善良高尚的人，渴望赤手空拳做英雄的事，渴望善待人，特别是弱小、卑微、受压迫的人。从雨果那里我第一次有了社会意识"[③]。因此，雨果的作品在他心中种下了具有浪漫色彩的英雄主义的种子，使他成为立足于底层普通民众、具有社会意识的作家。不过奥德茨认为雨果并"没有使我成为一个浪漫主义作家，但他强化了

---

① Michael J. Mendelsohn, "Odets at Center Stage," in *Critical Essays on Clifford Odets*, edited by Gabriel Miller, Boston: G. K. Hall and Company, 1991, p. 66.

② 同①。

③ 参见 George L. Groman, "Clifford Odets and the Creative Imagination," in *Critical Essays on Clifford Odets*, edited by Gabriel Miller, Boston: G. K. Hall and Company, 1991, p. 97。

我本身已有的浪漫主义"①。现在看来,雨果对是非曲直、英雄与恶棍的清晰划分明显影响了奥德茨的思想以及创作,从奥德茨早期作品中对正派与反派人物的单调刻画便可窥见雨果的踪迹。雨果笔下那些具有英雄主义和牺牲主义精神的人物在一定程度上也影响了奥德茨对人物的塑造与选择,比如《醒来歌唱!》中雅各布为了马克思主义信仰寄希望于孙子拉尔夫而选择自杀;《至死不渝》中恩斯特虽然失去了亲人和革命同志的信任而不得不结束自己的生命,但在他看来,他是为了全世界的光明而牺牲的;《天之骄子》中乔在获得金钱与地位之后选择死去,体现了个体与世界的抗争。这些人物都具有英雄主义的浪漫情怀。事实上,奥德茨想通过简单的意识形态的启示来转变现实环境本身也属于浪漫的想象,是不可能实现的。

奥德茨也受到拉尔夫·沃尔多·爱默生和惠特曼的影响。在 1932 年的日志中,奥德茨写道:"[爱默生]让我们许许多多的人的生活变得更加丰富。这是所有伟人的职责(function):他们向我们揭示自然真理,揭示我们本身,揭示我们自身的实现(a realization of ourselves)。"②他赞同爱默生的观点,"英雄只有在危难的时代才能诞生"(heroes are bred only in times of danger),他仿照爱默生说,"伟大的艺术家也诞生于这个时代"③。他认为现在的世界正滑向这个时代,他期盼着各类英雄人物与艺术家的出现。毫无疑问,奥德茨有信心位列其中。奥德茨在他的作品中一直思考爱默生的"不堕落行为"(uncorrupted behavior),他认为这种行为是"所有孩子与生俱来的品质……当外界的一切无法影响你的时候,当你以尊严主宰你自己,没有欺骗,没有谎言的时候……"④但奥德茨的作品中往往表现出截然相反的品质。比如《天

---

① George L. Groman, "Clifford Odets and the Creative Imagination," in *Critical Essays on Clifford Odets*, edited by Gabriel Miller, Boston: G. K. Hall and Company, 1991, p. 97.

② 同①,第 98 页。

③ 同①,第 98 页。

④ 同①,第 98 页。

之骄子》中乔为了金钱、名誉和地位,不惜抛弃自己的音乐理想,最终陷入迷失、堕落。为了弥补这些过失的行为,奥德茨将乔发展成为一个理想化的人物,让他在堕落之后宣告逃离这个世界,逃离地球,去一个外界再也无法干扰的地方,最终的结果便是乔超速驾驶,肇事身亡,成为"不堕落行为"的殉道者。《醒来歌唱!》中,与其说雅各布为了给拉尔夫留下一笔保险费而自杀,不如说他是为了让自己和拉尔夫不坠入"堕落行为"而自杀。但如果拉尔夫接受了雅各布留下的保险费,就会堕入庸俗的物质主义的泥淖之中,所幸拉尔夫最后拒绝了,说明奥德茨对人类潜在的自我醒悟、不甘堕落之精神的信仰和对纯粹理想的追求。奥德茨在语言表达上也十分讲究。他采用的是"根植于爱默生传统的充满诗意的对话"①。他将意第绪语(Yiddish)与英语巧妙结合,采用婉转的、富有节奏感的口头赋格(verbal fugue)形式,避免了舞台上传统文学程序化的表达。奥德茨生动鲜明的遣词造句不仅在舞台上展现了美国犹太人的讲话节奏,而且还丰富了大众文化。他意第绪语式英语的应用让当时的犹太移民找到了表达的声音,但他充满诗意的语言也表明这是他作为艺术家,为追求艺术而找到的一种浪漫的表达形式,本质上是不切实际的。

当奥德茨发现同时代的艺术作品缺乏宏大、活力、健康、仁慈等史诗般的品质时,他转向了惠特曼。在奥德茨眼中,惠特曼拥有一股力量和自发性。在 1932 年的另一则日志中,奥德茨写道,惠特曼"一直在你耳边咆哮。当你挥动手臂,伸缩肌肉,他们也是惠特曼的肌肉"②。不但如此,惠特曼充满着对大自然和人类纯粹的爱,他的意象主义也深深地嵌入奥德茨的意识之中,成为奥德茨进行想象力的创造与再创造的灵感源泉。

---

①　Harold Cantor, "Odet's Yinglish: The Psychology of Dialect as Dialogue," *Studies in American Jewish Literature*, 2(1982), p. 61.

②　George L. Groman, "Clifford Odets and the Creative Imagination," in *Critical Essays on Clifford Odets*, edited by Gabriel Miller, Boston: G. K. Hall and Company, 1991, p. 99.

除文学以外,奥德茨对音乐也情有独钟。他自小就对音乐表现出浓厚的兴趣,那时他常听到父亲弹奏自动钢琴(pianola)。家庭的熏陶使他非常喜欢音乐,因而一直以来,他认为自己本可以成为作曲家。他的作品中也常常充斥着音乐元素,这些音乐元素不仅彰显着音乐对他本人思想的影响,也体现了音乐在塑造人物性格与品质、发展剧情方面起到的特殊作用。贝多芬是影响奥德茨的重要音乐家之一。奥德茨一直受到贝多芬的启发与激励,尤其是对英雄式人物的塑造与表现。他早期的创作中就曾以残疾人的音乐为主要对象,但这些作品却未完成或出版。贝多芬对艺术的执着与追求深深感染着奥德茨。在奥德茨看来,贝多芬是一个典型的浪漫主义式的人物,诉说着与现实生活的格格不入。他在日记中提到,“古典的艺术接受生活,而浪漫的艺术则拒绝生活本来的样子,并努力使生活变成他想要的样子”①。作为现实主义剧作家的奥德茨,将艺术视为对生活的反叛,视为艺术家打破原有的社会规范的手段,而他所遵循的乃是一种浪漫的艺术,采用的是一种浪漫的呈现形式。

第三节

苏珊·格拉斯佩尔的先锋戏剧:面向未来的历史书写②

苏珊·格拉斯佩尔(Susan Glaspell,1876—1948)一生著有 50 余篇短篇小说、15 部剧作③、9 部长篇小说,1 部传记,她以诗人艾米莉·

---

① George L. Groman, "Clifford Odets and the Creative Imagination," in *Critical Essays on Clifford Odets*, edited by Gabriel Miller, Boston: G. K. Hall and Company, 1991, p. 101.

② 本节由凌建娥撰写。

③ 在《苏珊·格拉斯佩尔全集》(2010)收录的 15 部剧作中,独幕剧政治寓言剧《自由的笑声》(*Free Laughter*,1919)和三幕喜剧《永恒的希望之泉》(*Springs Eternal*,1943)系首次出版。笔者在纽约市公共图书馆 Berg Collection 收藏的格拉斯佩尔档案材料里还发现一个打字机稿的短剧《机翼》(*The Wings*),年份不详,从题材和风格来看大约在 1919 年之前。

狄金森（Emily Dickinson）为原型创作的戏剧《艾莉森的房子》（*Alison's House*, 1930）获 1931 年普利策戏剧奖。学界普遍认为，格拉斯佩尔对于美国文学的最大贡献在于她给普罗温斯敦剧社撰稿并有时参演的实验戏剧。由她与丈夫库克率先发起的这一先锋文艺团体凭借明确的富有文化民族主义精神的艺术纲领——"扶持本土作家创作出真正具有艺术价值、文学价值、戏剧价值的美国戏剧，即，不同于百老汇的戏剧"①——从 20 世纪初美国小剧场运动中脱颖而出，在短短 7 年时间内演出包括奥尼尔在内 47 位作家的近百部剧作，成为美国戏剧的摇篮。格拉斯佩尔也因此被誉为"现代美国戏剧之母"②。

剧社先后演出过的格拉斯佩尔戏剧包括 7 部独幕剧和 4 个多幕剧。前者包括直接促使剧社开张的喜剧《被压抑的欲望》（*Suppressed Desires*, 1915；与库克合作）——该剧以格林尼治村波希米亚文人对弗洛伊德精神分析的狂热崇拜为切入点，针砭一味求新而流于形式的弊端。此外还有脍炙人口的《琐事》，嘲讽中产阶级家族历史虚伪的喜剧《合上家谱》（*Close the Book*, 1917），以社会主义杂志《大众》为原型、探究社会主义思想传播的《人民》（*The People*, 1917），以海边植物生死搏斗为主题、讴歌生命本能的后印象派短剧《外边》，批判名誉问题上的男女双重标准的《女性的名誉》（*Woman's Honor*, 1918），以及反思科学探索精神走入极端的喜剧《无声的时间》（*Tickless Time*, 1918；与库克合作）。多幕剧包括以一战为背景的死亡寓言《贝尔尼思》（*Bernice*, 1919），计划生育运动背景下叩问艺术责任与爱的本质的《如露之链》（*Chains of Dew*, 1922），在"红色恐慌"政治时期回顾美国百年历史，拷问美国精神的《继承者》（*Inheritors*, 1921），以及探索一战后人类未来出路的表现主义戏剧《边缘》。

---

① Linda Ben-Zvi, *Susan Glaspell: Her Life and Times*, Oxford: Oxford University Press, 2005, p. 177.

② Bárbara Ozieblo Rajkowska, "The First Lady of American Drama: Susan Glaspell," *BELLS: Barcelona English Language and Literature Studies*, 1(1989), p. 149.

不难看出,上述剧作从形式到内容都不拘一格,充分体现出普罗温斯敦剧社旨在成为戏剧实验室的初衷。如果说它们存在任何共同之处,那就是剧中主人公通常都是女性。早在格拉斯佩尔戏剧与奥尼尔戏剧作为美国戏剧的希望一同享誉海外的 20 世纪 20 年代,伊萨克·戈登伯格(Isaac Goldberg)就看到人到中年的格拉斯佩尔是"思想女性",倾向于在剧中塑造"叛逆的女性",而年轻的奥尼尔在他眼里则更像是"情感男性",倾向于在剧中塑造"专制的男性"①。他和后世学者所忽视的是,格拉斯佩尔剧中叛逆的女主人公呈现出一种不断成长的态势,从自我解放开始,逐步以主人翁姿态介入个人历史、国家历史和人类历史。这是德莱克大学哲学学士格拉斯佩尔作为美国历史上第一代大学生的"急先锋",在一战的历史危急关头,在各种激进思想风云激荡的历史时刻,立足于普罗温斯敦剧社所赋予的艺术自由,对女性与人类未来所做出的激情思考,也是格拉斯佩尔先锋戏剧的精髓。

诚然,阿诺德·阿伦森(Arnold Aronson)在《美国先锋戏剧:一种历史》(*American Avant-Garde Theatre: A History*,2000)一书中基于自己的定义认为美国先锋戏剧始于 20 世纪 50 年代。在他看来,格拉斯佩尔——还有奥尼尔、佐纳·盖尔(Zona Gale)、阿尔弗雷德·克雷姆伯格(Alfred Kreymborg)、约翰·霍华德·劳森(John Howard Lawson)、艾尔默·莱斯等人——从 20 世纪 10 年代开始"从欧洲的模板中借鉴先锋元素"②。他眼里的美国先锋戏剧先驱只有客居巴黎的斯泰因,其受毕加索立体主义画派等的影响而创作了所谓"风景剧"(Landscape Plays)。不过斯泰因收录在《地理及戏剧作品集》(*Geography and Plays*,1922)中的剧作都不是常规意义上为舞台演出而创作的戏剧,而是像风景画一样通过文字排列营造出一种视觉效果。从戏剧首先是为舞台而生的艺术这一角度上来看,格拉斯佩尔及

---

① Isaac Goldberg, *The Drama of Transition: Native and Exotic Playcraft*, Cincinnati: Stewart Kidd, 1922, p. 471.

② 阿诺德·阿伦森:《美国先锋戏剧:一种历史》,高子文译,南京:南京大学出版社,2020 年,第 4 页。

其普罗温斯敦剧社同人是比格尔意义上的"历史先锋派"——否定艺术脱离生活实践的体制,通过黑格尔意义上的"扬弃"将艺术"转变为生活实践"①。这不仅指他们自导自演自己的戏剧作品这种艺术生产机制层面的融合,更指他们的戏剧作品内容与形式在介入当下生活实践的同时,还影响到未来的生活实践,在作品接受层面同样显示出先锋气质。唯其如此,关于普罗温斯敦剧社的历史和库克这位精神领袖的传奇才被一再书写,成为剧社解体后数代美国文人的集体乡愁。

就先锋戏剧的宏观特征而言,克里斯托弗·英尼斯(Christopher Innes)在《百年先锋戏剧研究》(Avant-Garde Theatre: 1892—1992, 1993)的开篇指出,从巴枯宁的《先锋派》杂志开始,先锋派就旨在"通过审美革命预示社会革命",时至今日依旧"以激进的政治态度为特征"②。对于格拉斯佩尔而言,"激进的政治态度"既是女性主义的,又是社会主义的、自由主义的,甚至是尼采式的。为此,她笔下身处社会底层的农村妇女率先寻求解放,必要时还与上层阶级妇女团结协作,走上社会主义解放道路。受过高等教育、思想前卫的"新女性"则积极追求新思想,投身劳工运动、计划生育运动等,或者像《继承者》中的女大学生麦德林·费杰瓦里·莫顿那样,逆着第一次"红色恐慌"时期的"时代潮流",以身试法,捍卫心中以民主、自由为核心的美国精神,践行激进的自由主义。在一战造成的集体创伤的时代背景之下,《贝尔尼思》中妻子让自己的死成为二流作家丈夫的成长启示录,《边缘》中清醒的"疯女人"则在培育植物新品种这一象征性行为中为处于文明历史边缘的人类寻找未来。

一、农村妇女寻求自我解放的社会主义道路

格拉斯佩尔在多个独幕剧中探索过农村妇女的解放问题,尤以《琐事》《外边》和《人民》最为突出。这位出身于艾奥瓦州德文波特农

---

① 周韵主编:《先锋派理论读本》,南京:南京大学出版社,2014年,第147—148页。

② Christopher Innes, *Avant-Garde Theatre: 1892 - 1992*, London and New York: Routledge, 1993, p. 1.

民家庭的作家在上述剧作中展望了一种农村妇女自下而上、自发团结的解放道路,在其"审美革命"中大胆预示社会革命,表达自己对社会主义、女性主义等激进思想的态度和不断探索的精神。要知道,她在戏剧创作之前,已经在她的第二部小说《展望》(The Visioning, 1911)中展望过社会主义思想的力量。小说中养尊处优的军官家庭女儿在伸手帮助落魄农家少女的过程中,也同时接受了社会底层青年男子的爱情,以及他带来的惠特曼诗集和社会主义思想。辛西娅·斯特拉克(Cynthia Stretch)根据沃尔特·B. 赖德奥特在《1900—1954 之间的美国激进小说》(The Radical Novel in the United States 1900 - 1954, 1956)中对社会主义小说的定义——"赞同社会主义思想并予以正面回应的"激进小说——将《展望》定义为格拉斯佩尔"唯一的一本社会主义小说"①。在她看来,该小说既"回荡着 20 世纪早期女性主义与社会主义思想关于跨阶级联盟之潜在可能性的声音",又"预见到当前有关身份与主体性的社会建构的种种理论"②。斯特拉克不曾看到的是,格拉斯佩尔在此后转向戏剧创作时对于女性"跨阶级联盟"进行了进一步思考,特别探讨了农村妇女在"跨阶级联盟"框架下的社会主义解放道路。不同于《展望》的是,剧中主动发起跨阶级联盟的妇女都是社会和经济地位更为低下的妇女,更加显著地体现经济基础决定上层建筑的马克思主义思想。

《琐事》一剧无疑是探究上述思想的最好起点。它不仅是格拉斯佩尔独立创作的戏剧处女作,还是她流传最广、上演最多、被研究最多的剧作。克里斯蒂娜·亨兹伯德(Kristina Hinz-Bode)称,该剧是"美国女性主义戏剧范本"③。《琐事》及其短篇小说版《她们自己的陪审团》("A Jury

---

① Cynthia Stretch, "Socialist Housekeeping: *The Visioning*, Sisterhood, and Cross-Class Alliance," in *Disclosing Intertextualities: The Stories, Plays, and Novels of Susan Glaspell*, edited by Martha C. Carpentier and Barbara Ozieblo, Amsterdam: Rodopi, 2006, p. 223.

② 同①,第 227 页。

③ Kristina Hinz-Bode, *Susan Glaspell and the Anxiety of Expression: Language and Isolation in the Plays*, Jefferson: McFarland and Company, 2006, p. 1.

of Her Peers", 1917)自 20 世纪 70 年代末重新"浮出历史地表"后,曾一度成为格拉斯佩尔研究的主要对象。然而,在关于《琐事》的铺天盖地的女性主义批评中,虽然有人注意到剧中以厨房为中心的舞台上始终存在一条流动的以男性为主导的性别分界线,也明确无误地看到两位中年女性心照不宣的合作让前来寻找凶案动机和证据的年轻律师必定一无所获,但尚无人特别留意潜伏在性别分界线以下的阶级分界线,也就不曾看到剧中女性的跨阶级联盟其实是剧作家社会主义思想的体现。卡罗琳·瓦奥莱特·弗雷切尔(Caroline Violet Fletcher)称,"过去 30 年来的文学批评家们都将《琐事》和《她们自己的陪审团》视为庆祝姐妹情谊的文本"①。

　　在格拉斯佩尔的戏剧想象里,"全世界无产者团结起来"的口号毫无疑问地适用于父权文化体制压迫下的各阶层妇女。越是贫困,受压迫越深,反抗也就越彻底。《琐事》中最终愤而弑夫并得到其他妇女同情的农妇明妮·福斯特·赖特就是最好的例证。以经济条件而论,明妮是剧中三位妇女中的最无产者。明妮甚至因为家贫而连"妇女救助会"的活动——一起做针线活,缝百衲被,卖了换钱给教堂活动筹款等——都不参加。因为丈夫生性孤僻,喜欢家里安静,婚前像金丝雀一样唱歌的唱诗班女孩在成为赖特太太的 30 年里陷入彻底沉默。他们甚至因此没有小孩。某日她买了一只金丝雀放在厨房,陪伴自己度过偏僻乡下的漫漫冬夜。不料这会唱歌的小鸟旋即被人剁了脖子,身首异处。逆来顺受了 30 年的明妮终于觉醒了。她"以其人之道还治其人之身",趁丈夫熟睡将绳子套在他脖子上,一劳永逸地结束了他对自己的长期压迫。她被囚多年的自我获得解放。剧作家也让明妮成为剧中唯一拥有自己名字的妇女。其他两位都还只是随了自己丈夫的姓,尚未赢得名字这一直接彰显主体性的符号。

　　农妇黑尔太太主动与警长夫人结成的跨阶级联盟可谓在一定程

　　① Caroline Violet Fletcher, "'Rules of the Institution': Susan Glaspell and Sisterhood," in *Disclosing Intertextualities: The Stories, Plays, and Novels of Susan Glaspell*, edited by Martha C. Carpentier and Barbara Ozieblo, Amsterdam: Rodopi, 2006, p. 239.

度上支持明妮的自我解放,并在此过程中获取了一定程度的自我解放。以社会地位而论,黑尔太太自然不比被年轻律师戏称"嫁给了法律"①的警长夫人。在格拉斯佩尔的社会主义思想指引下,当两人同样面临赤裸裸的性别压迫之时,最先起来反抗的还是受压迫更深的农妇。黑尔太太从一开始就不满年轻律师在明妮的厨房指指点点,一会儿说毛巾不够干净,一会儿说女主人缺乏"持家本能"之类。② 她不假思索地针锋相对,说明妮的丈夫也同样不具备"持家本能"。她拒绝承认家务劳动是妇女的本分,也就否定了"男主外女主内"这种父权体制所推崇的意识形态。这一思想的根基是马克思主义。恩格斯早在《家庭、私有制和国家的起源》(*Der Ursprung der Familie, des Privateigentums und des Staats*,1884)中就指出,"只要妇女仍然被排除于社会的生产劳动之外而只限于从事家庭的私人劳动,那么妇女的解放,妇女同男子的平等,现在和将来都是不可能的"③。农妇条件反射似的还击让有着"政客风范"的律师上纲上线,说她"忠于自己的性别"④。这一被点拨的阶级觉悟最终令黑尔太太裁定自己"犯罪"了,违背了天下女人该互相帮助的"律法"。自觉"立法"并自判"有罪"的农妇在意识到自己愧对无产阶级姐妹明妮之后,即刻向警长夫人寻求跨阶级联盟,请她对明妮谎称果酱瓶没有被冻裂。农妇的反省此时成为警长夫人自我反省的契机。她后来在黑尔太太的眼神暗示下公然做出了"违法"之事,试图把可以证明杀人动机的证物——一只盒子,里面装了用绸布精心包裹好的金丝雀尸体——藏起来。虽然她情急之中失手了,最终还是黑尔太太在律师一行回到厨房之前把证物及时藏到了自己外衣口袋,但她们的跨阶级联盟是成功的。两人的联手反抗只有读者/观众看在眼里,律师浑然不知,他还踌躇满志地把警长和黑尔打发走,说自己

---

① Linda Ben-Zvi and J. Ellen Gainor, eds., *Susan Glaspell: The Complete Plays*, Jefferson:McFarland and Company, 2010, p. 34.

② 同①,第 28 页。

③ 恩格斯:《家庭、私有制和国家的起源》,载《马克思恩格斯选集》(第四卷),中共中央马克思恩格斯列宁斯大林著作编译局编译,北京:人民出版社,1995 年,第 162 页。

④ 同①,第 28 页。

要留下继续找证据。为了表现自己一如既往的绅士风度,他不失幽默地说至少找到了疑犯想要如何将一块块百衲被布片缝起来的方法,但有口无心的他并没记住答案。黑尔太太只好再次重复说:"我们管那种缝法叫——打结缝(knot it),亨德森先生。"①全剧也在此落幕。

学者们为如此一语双关的结尾拍案叫绝。有人称"打结缝(knot it)"可暗指明妮用绳子打结勒死了丈夫,同时还与"not it"谐音,暗指场上两位女性不会说出真相。② 还有人称"not it"的谐音可用来暗指两位女性作为明妮弑夫案的陪审团成员裁定她"无罪"。③ 要知道,在该剧的短篇小说版以《她们自己的陪审团》为题于1917年发表时,美国绝大多数州妇女并没有担任陪审员的公民权利与义务——即使在1920年美国宪法第19条修正案赋予女性选举权和被选举权之后依旧如此。④ 格拉斯佩尔思想的先锋性由此可见一斑。

与《琐事》中农妇与警长夫人两人之间自下而上的自发团结相呼应,《外边》中渔妇阿丽与从城里来海边度假的雇主派特里克夫人在关键时刻也结成了跨阶级联盟。不同于《琐事》的是,主动发起联盟的人在自我解放的同时帮助雇主走向解放。阿丽因新婚丈夫出海捕鲸遇难之后,无法接受现实而形成对"词语的偏见",在长达20年间"只说非说不可的话"⑤。正是因为她沉默寡言,同样不愿意与人交谈的城

---

① Linda Ben-Zvi and J. Ellen Gainor, eds., *Susan Glaspell: The Complete Plays*, Jefferson: McFarland and Company, 2010, p. 28.

② Karen Alkalay-Gut, "Murder and Marriage: Another Look at *Trifles*," in *Susan Glaspell: Essays on Her Theatre and Fiction*, edited by Linda Ben-Zvi, Ann Arbor: University of Michigan Press, 1995, p. 81.

③ Mary M. Bendel-Simso, "Twelve Good Men or Two Good Women: Concepts of Law and Justice in Susan Glaspell's 'A Jury of Her Peers'," *Studies in Short Fiction*, 36 (1999), p. 293.

④ 1920年宪法修正案之前,全美只有9个州的妇女被赋予陪审员权利。1920年增加5个州,1921年增加6个州。其余各州的相关立法时间各异,最晚是密西西比州,1968年才签署相关法律保证妇女的陪审员权利。详见"Women in the United States juries"(https://en.wikipedia.org/wiki/Women_in_United_States_juries,访问日期:2021年4月20日)。

⑤ 同①,第62页。

里妇人派特里克夫人雇了阿丽打理自己独自租住的海边避暑屋——一个被废弃的救生站。渔民们都记得前一年夏天派特里克夫人是和丈夫一起来海边度假的,但谁也不知道她这次何以孑然一人,而且总是日复一日发疯似的跑到沙丘边缘发呆。她甚至抗议救生员在租屋内临时救人,俨然不再相信生命。派特里克夫人的所作所为终于在某天让阿丽开口说话了,她说了一句"非说不可"的话,让又要去海边发呆的派特里克夫人"等等——"①。随后,她开始用生疏的语言断断续续地讲了自己的故事,更使出浑身解数让派特里克夫人和她就海边沙丘植物的生死挣扎争辩起来。在派特里克夫人看到死亡线的地方,她坚持"外边"——大海与沙丘相接的地方——是一条"孤独"而"勇敢"的生命线,无论风沙如何掩埋杂草和灌木,造成流动的沙丘,总有新的生命从沙丘上冒出,保护渔村人民的安全。经过好一番抗拒、敌意的嘲讽之后,明显受过感情创伤的派特里克夫人最终向"外边"伸出了双臂,迎接新生命,而阿丽在帮助雇主的过程中也获得了自救。同《琐事》中的明妮一样,社会地位更为低下的阿丽迫于形势率先进行自我解放而获得了自己的名字。

跨阶级联盟在《琐事》以后的剧作中也有不同程度的呈现。在短剧《人民》中,《人民》杂志主编在编者按中称,杂志面临经济困难办不下去了,引来全国各地人民赶来位于纽约格林尼治村的杂志编辑部声援。让主编得到鼓舞,决心克服困难将杂志办下去的人是一名来自爱达荷州偏僻乡村的无名农妇。她告诉主编,从当地矿工中读到杂志编者按时,感觉"一缕清泉"流入干旱之地。② 她坦言,原本觉得自己的人生价值和很多人一样,就在于死后能有一块像样的墓碑,不至于太孤独,但是刊物的副标题"社会革命刊物"让她意识到"墓碑不重要!明白道理——那就是社会革命"③。她决定把存下来买墓碑的钱捐给

---

① Linda Ben-Zvi and J. Ellen Gainor, eds., *Susan Glaspell: The Complete Plays*, Jefferson: McFarland and Company, 2010, p. 62.

② 同①,第55页。

③ 同①,第55页。

编辑部。换而言之,她主动"砸了"自己的墓碑,将投身社会革命看作塑造生命意义、不再孤独的出路。

在风格类似的《女性的名誉》中,跨阶级的女性联盟更是达到一种群体性高潮。一则报纸新闻让各阶级女性云集法庭,抵制一位年轻人为了保护一位女性的名誉而宁愿牺牲自身性命的"骑士风度"。新闻称一位年轻人因无法提供凶杀案的不在场证明而被控谋杀,而他的律师称当事人在事发当晚其实有不在场证明,但不愿给出对方的姓名,因为对方是已婚女性,一旦公之于众,那位女性将面临"名誉"受损。为了当事人的利益,律师私自发布了上述新闻报道。新闻传开后,次日法庭上陆续来了许多女性——她们只有类似中世纪道德剧中的抽象名字,"被保护的""被欺骗的""轻蔑的""愚蠢的""母性的"等——她们都向法庭宣称,自己就是事发当晚在和年轻人约会的女性,可以提供他的不在场证明。她们不要如此"骑士风度",她们拒绝长期以来对女性名誉的狭隘定义——贞洁。她们用不约而同的集体行动响应类似"全世界无产者团结起来"宣传语的号召,宣告父权体制下女性名誉完全不同于男性名誉的规则彻底无效。据考证,格拉斯佩尔剧作中的年轻人原型也许是世界产业工人联合会(Industrial Workers of the World)的英雄约瑟夫·希尔斯特罗姆(Joseph Hillstrom)。[①] 他为这一无产阶级革命组织写过很多脍炙人口的歌曲,画过宣传漫画。这一互文性无疑更加凸显了格拉斯佩尔在男女平等立场上的"激进政治态度"。

从《琐事》到《女性的名誉》,格拉斯佩尔独幕剧中反复回响着跨阶级联盟的主题,尤其以女性的跨阶级联盟更为突出。而且,在她的艺术愿景里,总是处于社会底层的农村妇女率先走向解放,在自我解放中启发其他人——包括上层阶级妇女——的解放。格拉斯佩尔曾在1921年接受采访时坦言:"我当然对一切进步运动都感兴趣,无论是女性主义运动,社会运动,还是经济运动,但我参与运动的最好方式

---

① 参见 J. Ellen Gainor, "*Woman's Honor* and the Critique of Slander Per Se," in *Susan Glaspell: New Directions in Critical Inquiry*, edited by Martha C. Carpentier, Newcastle: Cambridge Scholars Publishing, 2006, pp. 68 – 70。

只能是通过写作……当一个人精力有限时,她必须把精力用在她认为最重要的事情上面。"①当她反复写过了自觉寻求解放的农村妇女,她似乎认为更重要的事情是女性要能如恩格斯所展望的那样,最大限度地减少家务劳动,参与社会公共劳动,只有这样才有可能获得全面解放。她在此后开始尝试的多幕剧创作中,就悉心塑造了几位非同凡响的"新女性",她们以主人翁姿态介入"大历史",引领美国乃至人类未来发展的方向,成为格拉斯佩尔先锋戏剧愿景中又一道亮丽的风景。

二、"新女性"为美国继往开来

格拉斯佩尔作为出身农民家庭但受过高等教育、自食其力的"新女性",不仅在其剧作中展望无产阶级妇女联合起来反抗压迫,还热情呼唤更多"新女性"引领历史潮流,这尤以历史剧《继承者》中的女大学生麦德林·费杰瓦里·莫顿最为突出。琼·马修斯(Jean Matthews)在《新女性的崛起》(The Rise of the New Woman,2003)一书中称,"新女性"(New Woman)这一说法大约在1894年就出现了,它指代这样一类女性,"年轻、受过良好教育,很可能是大学毕业生、精神独立且非常能干、体格健壮而无所畏惧"②,一如画家查尔斯·达纳·吉布森(Charles Dana Gibson)从19世纪90年代开始在《生活杂志》塑造的"吉布森女孩"形象。在《干吗结婚?》(Why Marry?,1917)这部荣获首届普利策戏剧奖的喜剧作品中,女主人公海伦被人明确反复称为"新女性"。这位大学毕业后任实验室助理的女性和她的上司情投意合,但就是不愿和他结婚,家人不得不煞费苦心地让他们尽快回到婚姻体制。

格拉斯佩尔没有在任何剧作中明确贴上"新女性"标签。事实上,她对徒有其表的"新女性"以及任何形式上的一味求新颇有微词。

---

① 转引自 Linda Ben-Zvi, *Susan Glaspell: Her Life and Times*, Oxford：Oxford University Press, 2005, pp. 195‒196。

② Jean V. Matthews, *The Rise of the New Woman: The Women's Movement in America, 1875‒1930*, Chicago：Ivan R. Dee, 2003, p. 13.

《被压抑的欲望》中的女主人公亨丽埃塔就是一例。她和建筑师丈夫住在华盛顿广场这一格林尼治村的中心地带,穿着非常"波希米亚",家里到处都是关于"新心理学"——弗洛伊德精神分析——的杂志。当她终于成功说服姐姐和丈夫就各自的梦去看她所推荐的精神分析师布里尔医生,并被逐一告知结果——姐姐对妹夫有被压抑的欲望,而离婚又是丈夫被压抑的欲望——的时候,此前对布里尔医生赞不绝口的亨丽埃塔几乎怒不可遏。她拍案而起,对丈夫说,"亏我还给他送去过那么多病人!"①了解详情之后,这位曾被丈夫称为"弗洛伊德和荣格的信徒"的"新女性"即刻宣布从此讨厌精神分析,并倍感委屈,"瞧瞧我为精神分析做了多少事! 而精神分析又对我做了什么?"②这位"新女性"对于"新心理学"的追求究竟有多"真诚"在此可见一斑。剧作家夫妇在这一"新剧"中为文化现代性诉求上的肤浅和虚伪亮起了"照妖镜"。

　　格拉斯佩尔笔下不乏精神独立、思想激进的"新女性"。《贝尔尼思》中的玛格丽特积极投身劳工运动。《如露之链》中与《玩偶之家》中娜拉同名的女主人公则是立足纽约,积极推动计划生育运动的活动家,她通过实地考察撕开了情人以家人拖累为由无暇写诗的虚假面具。但是,特别鼓舞人心的"新女性"当属《继承者》中的女大学生麦德林和《边缘》中的克莱尔。在1920年"红色恐慌"政治大行其道的时候,麦德林不顾个人安危和家族利益,始终坚定不移地捍卫印度留学生的言论自由,捍卫她心目中的美国精神。对该剧赞誉有加的路德维格·路易森(Ludwig Lewisohn)认为,《继承者》表达的是"美国理想主义的堕落",因为继承"拓荒者一代的美国精神以及1848年欧洲革命传统"的人赫然"只是一个女孩子",她坚决不同意祖国和家人的"道德瓦解",最终走向"某种意义上的殉难"③。之所以可谓"殉难",是

---

①　Linda Ben-Zvi and J. Ellen Gainor, eds., *Susan Glaspell: The Complete Plays*, Jefferson: McFarland and Company, 2010, p. 20.

②　同①,第23页。

③　转引自C. W. E. Bigsby, "Introduction," in *Plays by Susan Glaspell*, by Susan Glaspell, edited by C. W. E. Bigsby, Cambridge: Cambridge University Press, 1987, pp. 18–19。

因为根据《反间谍法》(The Espionage Act, 1917)和《反煽动法》(The Sedition Act, 1918)等限制言论自由、要求无条件支持政府行为的法案,麦德林可能会因其所作所为而被判终身监禁。路易森看到了"红色恐慌"政治对麦德林生命安全的威胁,但他没看到麦德林挺身而出的背后更为激进的理想主义,"新女性"成为美国——乃至欧洲——自由主义传统的继承者,为美国继往开来。

苏维埃革命胜利、社会主义和无政府主义思想的传播以及不断高涨的工人运动等国内外形势助长了美国历史上第一次"红色恐慌"。《反间谍法》和《反煽动法》两个战时法案给这场本质上的"反共运动"提供了合法的借口,运动在 1919 年末至 1920 年初的"帕尔默大搜捕"行动中得到历史性高涨。司法部部长帕尔默发动秘密搜捕行动,逮捕了数千名被怀疑是"赤党分子""无政府主义者"和"激进人士"的侨民,随后驱逐了其中近 600 人。格拉斯佩尔的寓言短剧《自由的笑声》尖锐地谴责了这次行动。仅从剧中人物的名字就可看出她的"激进政治态度":专横的"时代潮流"、负责遣返行动的"执行者"、剥夺侨民财产庆祝纽约建埠 300 年的"爱国者"、想要抗议临时立法的"外国人"、想要抗议遣返侨民而被怀疑是无政府主义者的"本国人"和永远在骄傲大笑的"自由精神"。毋庸置疑,这样的剧在当时不可能公演。该短剧抗议"时代潮流"、宣扬自由精神才是真正的美国精神,这一主题在《继承者》中得到更具艺术性的表达。

当"时代潮流"将"百分百的美国人"简单等同于敌视外国人的美国人,将所有支持外国人权益的本国人也杯弓蛇影地认作"赤党分子",真正的爱国者站起来对这种极端的爱国主义说"不"。她要捍卫并继承祖辈流传下来的美国精神,即奉民主和自由为圭臬的美国精神。1920 年 10 月莫顿大学 40 周年校庆成为这一美国精神的炼狱。试金石就是校董会主席、银行家菲利克斯·费杰瓦里二世想要获得州政府拨款,扩大建校规模。前来参加校庆的州议员、州政府拨款委员会主席明确指示,虽然莫顿大学的光荣历史和一战期间的表现都支持表明它是一所"百分之百的美国大学",但要开除"赤党分子"霍尔顿教授才有胜算,因为他曾公开发文支持犯人要求读书的权利,还反对驱逐印度留学生。菲利克斯深知经济学教授霍尔顿是学校的学术招牌,开除他对于学校发展不利,但他设法迫使教授答应从此沉默,并黯然承认自己成了"工资的奴隶"。一度以理想主义者自居的霍尔顿因为爱而艰难地出卖了自己的灵魂自由,世故的银行家菲利克斯本是1848年欧洲革命者的后裔,他不假思索地顺应时势,成为遏制灵魂自由的人。他们谁都没有继承莫顿大学奠基时麦德林的爷爷塞勒斯·莫顿和外公菲利克斯·费杰瓦里所定的大学精神:为自由而战、为知识之美而生。

　　莫顿大学是塞勒斯·莫顿和菲利克斯·费杰瓦里友情的结晶。塞勒斯1820年随父母来到中西部拓荒,没有上过学。费杰瓦里是一位伯爵,受过良好教育,1848年欧洲革命失败后流亡美国,与莫顿一家比邻而居。两人进而互通有无,成为朋友,还一起参加了支持林肯的南北战争。战后重建时期,他们所在的小镇建起了钢铁厂,有人想要买下莫顿家的山搞商品房开发。这直接促使年过花甲的农民塞勒斯想要捐出这座原本是印第安人家园的山头盖一所大学,让玉米地里长大的少男少女接受高等教育,好让他死后可以无愧地和印第安人躺在同一片天空下。同样同情印第安人被迫离开家园的妈妈对此表示支持。在哪里都为自由而战的费杰瓦里鼎力相助,大学于1880年建成。学校宣言记载了这一思想传统:

　　　　莫顿大学之所以诞生,是因为一位心怀天下、大公无私的人来到这一河谷,因为他在这一河谷找到了这么一个人,除了想要给他的同胞带来美,他别无他求。诞生于为自由而战和对更加丰富生活的渴求,我们相信莫顿大学——从大地上崛起的莫顿大学——可以赋能所有本地和来自四面八方为人生自由而奋斗的人,可以尽其所能给美国带来美,知识散发出来的美。①

_____

① Linda Ben-Zvi and J. Ellen Gainor, eds., *Susan Glaspell: The Complete Plays*, Jefferson: McFarland and Company, 2010, p. 205.

　　麦德林和菲利克斯·费杰瓦里二世的儿子、表弟贺拉斯都是莫顿大学的学生,但只有麦德林继承了大学传统。贺拉斯以"百分之百的美国人"自居,在"时代潮流"的鼓舞下公开蔑视印度留学生,并带头寻衅闹事,阻挠他们散发传单,并口口声声称大个子留学生是"可恶的无政府主义者"①。双方发生冲突的时候,警察粗暴执法,要抓走大个子。路过事发现场的麦德林不假思索地用手中的网球拍阻止警察抓人,并因此被捕。菲利克斯利用在当地的影响力,以外甥女少不更事为由,将麦德林保释出来,苦口婆心地在学校图书馆给麦德林讲在当前形势下支持印度留学生的严重后果。与此同时,他也唯恐麦德林——自己已故姐姐的孩子、塞勒斯的孙女——因为类似行为成为大学获得州政府拨款的绊脚石。但是,麦德林不以为然,还求舅舅把一同被捕的大个子印度留学生也保释出来。菲利克斯笑她太"天真",因为他不会"把外国革命者弄出监狱"②。于是,天真的麦德林想将爷爷留给她、被舅舅托管至 21 岁即可使用的遗产用来给面临驱逐的印度留学生打官司。在两人谈话过程中,楼下传来贺拉斯的声音和警察的哨音。麦德林跑去窗口一看究竟,怀疑是警察要将另外一名印度留学生也送进监狱。菲利克斯警告她不要再插手,因为无论他如何神通广大,也无法帮她再度摆平,而且她可能因此入狱。但麦德林还是跳上了图书馆窗台。她无所畏惧地对警察喊话,"我爷爷把这个山头变成莫顿大学——一个来自任何地方的人都能说出自己信念的地方——你这个笨蛋——这是美国!"③她自豪地认领了来自爷爷的精神遗产,并付诸实践,哪怕被警告可能面临终身监禁。

　　麦德林是埃拉·莫顿和凯瑟琳·费杰瓦里的女儿。只有凯瑟琳继承了父亲的精神。她在帮助邻居瑞典移民照看生病孩子的过程中不幸感染身亡,留下幼儿、幼女,埃拉在此沉重打击下背弃了自己父亲的传统。他对移民一家充满了敌意,多年后儿子弗雷德一战期间阵亡法国让

---

　　① Linda Ben-Zvi and J. Ellen Gainor, eds., *Susan Glaspell: The Complete Plays*, Jefferson: McFarland and Company, 2010, p. 202.

　　② 同①,第 211 页。

　　③ 同①,第 214 页。

他更加成为一个孤立主义者,直接逃避到玉米地里去培育新品种。他甚至恨不能挡住风,不让风将自己玉米地的花粉传送到二代移民埃米尔的地里。他毫不理解女儿居然愿意为了一个印度人而蹲大牢。麦德林主意已定的时候,告诉父亲和众说客:"世界是一块——流动的田地。没有什么可以只顾自己。如果美国认为这样——美国就是像父亲一样。我不再觉得孤单了。风已经吹过来——从逝去的生命中吹来的风。外公费杰瓦里,来自远方田野的礼物。塞勒斯·莫顿。不,我不再孤单了。"①她作为格拉斯佩尔先锋思想的代表,同时认领了凝结在莫顿大学中的两份精神遗产。

在很多批评家眼里,这是格拉斯佩尔政治性最强的剧作。盖纳甚至认为,格拉斯佩尔在《继承者》一剧中展示出的"范围、广度和政治张力"在此后的美国戏剧中只有托尼·库什纳(Tony Kushner)的《美国天使》(*Angels in America: Millennium Approaches*, 1991; *Angels in America: Perestroika*, 1992)才有可比性②。重点关注格拉斯佩尔戏剧形式创新的 C. W. E. 比格斯比(C. W. E. Bigsby)则指出,在《继承者》一剧中,"题材上的激进性与形式上的传统性之间的张力没能得到解决"③。这一问题在后来引发纽约文人长久争议的多幕剧《边缘》中得到解决。在这个写实主义与表现主义杂糅的先锋戏剧里,"疯女人"克莱尔成为一战结束后的人类所追求的希望所在。

三、"疯女人"为人类寻找方向

一战造成的心理创伤是20世纪欧美现代主义文艺界青睐有加的题材。叶芝的《第二次降临》和艾略特《荒原》的标题和其中的只字片言甚至同时成为史学界和大众文化谈及战争创伤的流行语。格拉斯佩尔

---

① Linda Ben-Zvi and J. Ellen Gainor, eds., *Susan Glaspell: The Complete Plays*, Jefferson: McFarland and Company, 2010, p. 225.

② J. Ellen Gainor, *Susan Glaspell in Context: American Theater, Culture, and Politics 1915－1948*, Ann Arbor: University of Michigan Press, 2001, p. 141.

③ C. W. E. Bigsby, "Introduction," in *Plays by Susan Glaspell*, by Susan Glaspell edited by C. W. E. Bigsby, Cambridge: Cambridge University Press, p. 19.

在多部剧作中提及一战所造成的创伤,一次比一次直接,一次比一次更加渴求希望。在《贝尔尼思》这部普罗温斯敦剧社上演的第一部多幕剧中,女主人公贝尔尼思的老父亲艾伦曾是一位罗素式的反战主义者,支持因为良心或道德信仰而拒绝服兵役的行动,并积极为之斗争过。战争爆发以后,深受打击的老人家一头躲进故纸堆,研究梵文,被他的作家女婿克雷格称为"达尔文理论的残骸"①。战争当前,心灰意冷、在别人石榴裙下寻求慰藉的克雷格对前来奔丧的妻子的朋友坦言,"我们都是某种事业的残骸"②。但贝尔尼思的意外身故阻止了他的沉沦。明明因为急病身亡的贝尔尼思临死前让女佣转告丈夫,说自己是自杀身亡的。克雷格在悲痛之余突然振奋:妻子原来还是爱他、需要他的。克雷格和妻子的朋友玛格丽特一边回忆贝尔尼思是一位多么善良、自足、受众人爱戴而超凡脱俗的女性,一边反省各自的人生。玛格丽特——她自认为是"言论自由的残骸"——提醒克雷格,无论如何,世界"继续指望作家"给他们指点迷津,送来云破天开的第一缕阳光。如此,格拉斯佩尔让《贝尔尼思》成为一则寓言,给从未上场的贝尔尼思赋予一种神性。一战无疑是人类自杀式悲剧,但无论如何不能成为人类自甘沉沦的理由。世界永远需要作家,需要能够让人拨开云雾见青天的作品,让人看到希望的作品。格拉斯佩尔在二战期间创作的《永恒的希望之泉》一剧中就塑造了这么一位作家、父亲。

在 1921 年 11 月 4 日首演的《边缘》一剧中,格拉斯佩尔不只是感到叶芝在《第二次降临》中所渲染的末日感,信仰不存,中心不保,世界一片混乱。她还感到人类作为一个物种的荒唐和失败。女主人公克莱尔称:"人类集结起来互相残杀。我们失败了。我们完了。"③面对创伤和失去,格拉斯佩尔拒绝和叶芝、艾略特等白人男性作家一样只能执念于以"政治绝望"为主要特征的"忧郁的现代主义文学",而是设法展

---

①　Linda Ben-Zvi and J. Ellen Gainor, eds., *Susan Glaspell: The Complete Plays*, Jefferson: McFarland and Company, 2010, p. 103.

②　同①。

③　同①,第 240 页。

望某种"政治希望",致力于莫格兰之所谓"悲悼后走向痊愈"的"悲悼的现代主义文学"。为此,她基于对尼采哲学、进化论的积极解读和坚定不移的女性主义思想,塑造了一位为末日人类寻找希望但被认为是"疯子"的"女超人"克莱尔。克莱尔坚信,如果植物可以飞跃,突破自己的物种,人类也同样可以。中规中矩的人和植物都同样被她摒弃,无论那人是谁,无论那植物外形多么漂亮诱人。因此,她与身为二流肖像画家的丈夫离婚,嫁给了飞行员哈里,以为他的思想可能因为具有脱离地面的机会而别具一格,不料却事与愿违。当她发现自己的女儿在私立学校被教育成一个鹦鹉学舌、毫无主见的人时,她绝望地把女儿托付给自己中规中矩的姐姐,自己则一心培育植物新品种,致力于为绝境中的人类寻找希望。

　　克莱尔出身于新英格兰的显赫世家,祖上可追溯到乘"五月花号"来"新大陆"的"朝圣者"。她是汤姆、迪克和哈里——依次是她的柏拉图式恋人、情人和丈夫——公认的"新英格兰之花"①。但在先是失去褪褓中的儿子,继而目睹一战爆发以后,她性情大变,将此前怡情养性的温室变成了疯狂培育植物新品种的试验室。她认为,人类可以像植物一样发生物种飞跃,这样人类即使面对互相摧残的败局,依旧可以有希望。植物的希望在于突破品种局限,走向疯狂,而人的希望也被寄托于打破传统后的新生,哪怕这也包括疯狂,如克莱尔将自己苦心培育但并没有突破品种局限的"边缘之藤"连根拔起,用它去鞭笞自己人云亦云的女儿。此举令所有人认为她失去了理智,是个需要看心理医生的"疯女人"。她自家疑似巴别塔的塔楼是与她的心理状态相对应的"客观对应物",她在塔楼里和专门给弹道后遗症的战士治疗的医生汤姆展开异常清醒的谈话,用自己的睿智和真知灼见令对方无言以对。她的姐姐、丈夫、情人等一干人相继上去劝她也无济于事。她以为只有汤姆可以懂她,是她的知音。种种迹象表明,事实似乎的确

<hr>

①　Linda Ben-Zvi and J. Ellen Gainor, eds., *Susan Glaspell: The Complete Plays*, Jefferson: McFarland and Company, 2010, p. 235.

如此。但及至最后关头,她发现汤姆想要的不过是通过若即若离的方式拥有她,并无意和她一起突破边界,创造新品种。换而言之,汤姆也是无法飞跃的"边缘之藤",不过是又一个试图妨碍她寻找突破的障碍。她把这根"藤"也拔了——在热烈的拥抱中令汤姆窒息而死。之后,她以胜利者的姿态鸣枪示意,高唱圣歌《靠近你,上帝》,留下迪克和她的信徒、温室助手安东尼焦急万分。她唱道:"一个十字架让我奋起。"①她拒绝基督徒的道德,将为人类这一物种寻找希望作为自己的"十字架",她在尼采式权力意志的鼓舞下实现了自己的飞跃,成为尼采所展望的"一种新的人类"②。

该剧首演的时候,就有评论家指出克莱尔是"尼采式超人",也有人认为她就是一个不折不扣的疯子。③ 与《简·爱》里被丈夫罗切斯特关在阁楼上的疯女人不同,克莱尔特意给自己建造了一个要圆而不圆,令人想起布鲁格尔油画《巴别塔》的塔楼,她在里面读威廉·布莱克的诗歌,观看蚀刻版画,令这个塔楼成为不失神秘的精神家园,也成为该剧表现主义的重要指征。至于她的温室,则是一个彻头彻尾为人类孕育希望的象征性质的实验室。她甚至有一个信徒般的助手安东尼自始至终地维护她旨在"飞跃"的信仰。可以肯定的是,即使时至今日,《边缘》也是一个不符合任何现有套路的作品。它开历史先河的表现主义戏剧特征固然毋庸置疑,但其中又杂糅了很多现实主义的对话。它的"疯狂"在于绝对突破现有戏剧样式,即使百年之后同样令人耳目一新,但又无法让人确定其意义。但克莱尔如她的名字(Claire)所暗示的那样,的确是看得清楚的那个人。她的疯狂更多的是一种精神胜利,一种希望所在,而不是战争过后忧郁成疾的彻底绝望。从一开始就致力于将女性写进历史,参与公共历史建构的格拉斯佩尔在这

① Linda Ben-Zvi and J. Ellen Gainor, eds., *Susan Glaspell: The Complete Plays*, Jefferson: McFarland and Company, 2010, p. 266.

② Friedrich Nietzsche, *The Will to Power*, edited by Walter Kaufmann, translated by Walter Kaufmann and R. J. Hollingdale, New York: Random House, 1967, p. 511.

③ 详见 J. Ellen Gainor, *Susan Glaspell in Context*, Ann Arbor: University of Michigan Press, 2001, pp. 143 – 159。

部最富挑战性的剧作中赋予了她关于女性的最高理想——为饱经战争摧残的人类文明寻找前进方向。普罗温斯敦剧社社长库克曾向全美作家挑战,谁敢像普罗米修斯一样从天庭盗来火种,"我们就敢让它在麦克道格尔街(普罗温斯敦剧社所在地)上燃烧"①。格拉斯佩尔让一位离经叛道的女性承担为人类未来寻找希望的重任,也可谓是盗来了一把火。

　　总而言之,从早期短剧中农村妇女寻求自我解放,到《继承者》中的"新女性"——女大学生——为美国继往开来,再到《边缘》中的"疯女人"在一战的创伤后在创造新物种的象征性行为中为人类未来寻找希望,格拉斯佩尔先锋戏剧的艺术愿景步步升级。她坚定不移地立足女性主义思想,同时吸收社会主义、自由主义、进化论和尼采哲学等思想的精华,为普罗温斯敦剧社支持"新剧"的观众展望了"一种新的人类",一种希望的未来。先锋派的乌托邦冲动凭借着剧社所赋予的艺术自由——没有票房压力,观众提前订购演出季票,剧作家是剧目演出事务上的最高权威——在剧社的戏剧实验室得到淋漓尽致的发挥。

　　从1909年小说处女作《被征服的荣耀》开始,到1944年完成的最后一部剧作《永恒的希望之泉》,格拉斯佩尔始终在其艺术想象中展望艺术的力量。她毫不留情地批判迎合大众趣味的作家——《贝尔尼思》中的作家丈夫,或者哗众取宠、言不由衷的作家——《如露之链》中的诗人一边在诗中呼唤雪莱,一边不愿在请愿书上签字,声援作家的言论自由。她期望作家成为黑暗中的灯塔,期望文学成为迷雾中照亮群山的朝阳。在《永恒的希望之泉》中,作家欧文以一本《明日世界》直接影响了二战期间的年轻人,并被他们要求,"你们这样的人该再写一本书改变这个世界,让世上再无战争"②。即使人到晚年,格拉

---

① 转引自 Linda Ben-Zvi, *Susan Glaspell: Her Life and Times*, Oxford: Oxford University Press, 2005, p. 191。

② Linda Ben-Zvi and J. Ellen Gainor, eds., *Susan Glaspell: The Complete Plays*, Jefferson: McFarland and Company, 2010, p. 400.

斯佩尔依旧抱着审美乌托邦的梦想不放,矢志让艺术成为社会革命的先驱。

早在 19 世纪 20 年代,谢尔登·切尼(Sheldon Cheney)就指出,普罗温斯敦剧社"即使没有尤金·奥尼尔,也会是一个值得称道的团体",因为剧社"给很多重要[美国]作家进军戏剧领域提供了一个实验室一样的舞台"①。格拉斯佩尔就是其中之一。罗伯特·K. 萨洛斯(Robert K. Sarlós)称社长库克是一位"酒神式英雄",格拉斯佩尔则将酒神精神直接泼洒在这个"实验室一样的舞台",她不断地在艺术实验中肯定生命,感受生命力的涌动。布伦达·墨菲(Brenda Murphy)称库克致力于"将普罗温斯敦剧社打造成一个乌托邦艺术共同体"②。她认为库克致力于将一种审美意义上的乌托邦主义带上了这个"实验室一样的舞台"。无论如何,格拉斯佩尔和丈夫并肩作战的舞台作为美国先锋戏剧的开始既融通了艺术与生活,又开创了美国戏剧的未来。

---

① Sheldon Cheney, *The Art Theater; Its Character as Differentiated from the Commercial Theater; Its Ideals and Organization; and a Record of Certain European and American Examples*, rev. ed., New York: Alfred A. Knopf, 1925, p. 181.

② Brenda Murphy, *The Provincetown Players and the Culture of Modernity*, Cambridge: Cambridge University Press, 2005, p. iii.

第四章 20世纪20至40年代美国批评家与理论家的文学思想

如埃兹拉·庞德所言,"一场美国的文艺复兴"正在 20 世纪 20 至
40 年代兴起,构成了美国文学历史上蔚为壮观的风景线。这场文艺复
兴的重要性和影响力不仅仅体现在文学创作上,也蕴含在文学理论的
生成和流行之中。有趣的是,这个时期批评理论的潮流走向了两个相
左的方向。一种是主张批评视角内化和批评对象纯粹化的新批评派,
他们以勃发的姿态阔步向前,初具鼎盛之势。另一种则是注重批评的
社会功能和批评价值外延的马克思主义批评派。这类群体所采取的
批评路径和方式与新批评截然相反,反对囿于文学本体的框架之中,
而是将观照现实作为文学批评的重要任务之一。在同一时期,一些哲
学家也介入文学批评领域,形成了带有浓厚哲学色彩的"跨界"批评。
可以看出,纯文学式的批评和非纯文学式的批评在这个时期共存、彼
此交锋,形成了一个分殊明显的多元批评格局。

文学生产与现实存在密切的关联。文学"来源于影响作者感受
力的道德、社会以及思想变迁"①。在此方面,文学批评与文学作品并
无二致,同样受制于社会语境中的各类因素。在 20 世纪整个 30 年
代,经济大萧条的负面影响已经渗透到了社会肌体的各个末梢。数据
显示,从 1929 年到 1940 年,美国社会的失业率一直徘徊在两位数以
上,其中 1932 年到 1935 年达到了恐怖的 20% 以上。不止如此,长期

---

① 罗德·W. 霍顿、赫伯特·W. 爱德华兹:《美国文学思想背景》,房炜、孟昭庆
译,北京:人民文学出版社,1991 年,第 2 页。

失业的人数也在激增。① 失业问题造成了社会动荡,促使阶级内部的分化愈演愈烈,也为美国共产党的扩大和发展提供了一个重要的机遇。在 20 世纪 20 年代,美国共产党的大部分活动都以失败告终。但在大萧条时期,美国共产党积极组织建立工会,支持农民和失业者,捍卫非裔美国人的权利,与资本家进行斗争,这一系列行动使诸多民众似乎看到了存在另一种社会秩序的愿景,马克思主义从这一时期开始拥有 20 世纪 20 年代从未有过的声誉和吸引力。与此同时,美国共产党人数也出现了爆发式增长。到 1938 年时,“登记在册的党员人数达到 75 000 人,美国共产主义青年团人数达到 20 000 人”②。在这个时期,美国的左翼运动也与马克思主义充分结合,形成了声势浩大的洪流。左派的革命热情和激进价值观在许多美国文人群体中产生了强烈的共鸣,舍伍德·安德森、兰斯顿·休斯、埃德蒙·威尔逊、马尔科姆·考利等人都表达了对共产党的支持,就如同文森特·里奇所言:“[20 世纪]30 年代期间,重要的知识分子大多站在共产党一方,有些参加了共产党,有些成了共产党同情者。”③

在批评领域,一些原来就对美国文化传统持比较激进的批判态度的美国批评家纷纷向马克思主义立场靠拢。其中代表人物有:迈克斯·伊斯曼(Max Eastman)、迈克尔·高尔德(Michael Gold)、维克多·弗兰西斯·卡尔弗顿(Victor Francis Calverton)、格兰维尔·希克斯(Granville Hicks)、詹姆斯·法雷尔(James T. Farrell)。马克思主义批评家所表现出来的先锋性主要体现在对艺术内在改造力的挖掘和释放中。他们试图将文学这一手段转化成激进的社会力量,来挑战现行的社会秩序和结构,并力图对资本主义的缺陷进行纠偏,从而促进

---

①　参见 Robert A. Margo, "Employment and Unemployment in the 1930s," *Journal of Economic Perspectives*, 17.2(1993), pp. 42–43.

②　William Z. Foster, *History of the Communist Party of the United States*, New York: International Publisher, 1952, p. 380.

③　文森特·里奇:《20 世纪 30 年代至 80 年代的美国文学批评》,王顺珠译,北京:北京大学出版社,2013 年,第 3 页。

社会变革。对于他们而言,文学不仅仅是社会土壤中结出的果实,也是可以对社会土壤施加作用的肥料。卡尔弗顿在其1932年出版的《美国文学的解放》(*The Liberation of American Literature*)一书中就谈道:"虽然文学艺术家从社会环境中获取思想和方向,但他可以反过来凭借这种思想和方向,在环境变革中予以助力。"①需要指出的是,这类文学运动在很大程度上是自发的,许多"马克思主义的文艺理论家"都是自封的。由于生活和思想文化背景的差异,他们对于文学与美国革命斗争需求的结合方式也存在理解上的不同。尽管在这一群体内部存在诸多不一致的声音,但他们也具有一些共同点:一是认同马克思关于物质基础性地位的论断,即"物质生活的生产方式制约着整个社会生活、政治生活和精神生活的过程"②。同理,文学这一文化形态也是由经济基础决定的。二是对文学的理解和研究不能脱离其产生的社会、文化和历史条件。三是文学反映了社会内部和社会直接的关系,具备为阶级服务的功能,是促进社会变革的手段之一。在马克思主义批评的发展阶段,以犹太裔知识分子为主体的纽约知识分子以《党派评论》(*Partisan Review*)为阵地,宣传美国式社会主义,成为一股重要的推力。作为第一代的纽约知识分子和最声名显著的文论家,埃德蒙·威尔逊为马克思主义批评影响力的扩大做出了重要的贡献。但与前述激进的左派批评家不同的是,他避免使批评受到政治功能的钳制,充分肯定了文学审美的自主性,在社会批评、文化批评和文学批评几个维度中实现了巧妙的平衡。有学者认为威尔逊那本《到芬兰车站》(*To the Finland Station*,1940)并不仅仅是对欧洲社会主义革命发展的介绍,而是体现了他"对20世纪30年代经济动荡以及当时看起来脆弱的美国价值观和传统的英勇回应"③。这句话肯定了威尔

①　Victor Francis Calverton, *The Liberation of American Literature*, New York: Charles Scribner's Sons, 1932, p. 468.

②　马克思:《〈政治经济学批判〉序言》,载《马克思恩格斯选集》(第二卷),中共中央马克思恩格斯列宁斯大林著作编译局编译,北京:人民出版社,1995年,第2页。

③　George H. Douglas, *Edmund Wilson's America*, Lexington: University Press of Kentucky, 1983, p. viii.

逊在关注社会文化方面所做出的努力。他的另一本经典之作《阿克瑟尔的城堡：1870 年至 1930 年的想象文学研究》(*Axel's Castle: A Study in the Imaginative Literature of 1870 – 1930*, 1931) 则借用马克思主义批评的方法，把文学重新放置于社会文化的背景之下审视，研究了法国象征主义运动的发展，分析了该运动对 20 世纪六位著名作家——叶芝、瓦莱里、艾略特、马塞尔·普鲁斯特(Marcel Proust)、乔伊斯、斯泰因的影响。威尔逊的这种文学批评方式不仅体现了他对历史和社会的关注，也展现了他"把文学与人类生存的图景结合为一"的愿景。在二战后由于麦卡锡主义的影响，美国共产党人遭到了严重的迫害，与其关联密切的文学批评也日渐式微。但从文学社会学的角度来看，马克思主义文学批评为美国这 20 年间社会运动的开展发挥了很好的策应作用，也为 20 世纪文学批评和新的文学传统的发展做出了重要贡献。

除了风起云涌的社会运动外，我们很难忽略这 20 年间两股哲学思潮对文学领域的影响。一是由 19 世纪末兴起并随后在美国哲学界占据主导地位的实用主义；二是 20 世纪 20 年代后在实用主义基础上逐渐形成的自然主义哲学流派。两种哲学彼此关联，互相影响。如实用主义的集大成者约翰·杜威具有明显的自然主义倾向，而自然主义的代表人物乔治·桑塔亚纳又是批评实在论的倡导者。无论是杜威还是桑塔亚纳，都强调了哲学与文学之间的密切关联。杜威在《诗歌与哲学》("Poetry and Philosophy", 1891)一文中认为科学与艺术之间存在一种分隔，是一种"不自然的离异"，哲学的发展与诗歌的发展还有所脱节，还无法有效地表达诗歌中所体现出来的"生命与经验的前进运动"。因此，当下的一个重要任务就是"架起诗歌与哲学的桥梁"，"以批判性体系冷峻、反思的方式，证明并组织已经被诗歌用其迅捷而单纯的触角所感受和描绘的真理"①。桑塔亚纳更是把文学作品

---

① 约翰·杜威：《杜威全集·早期著作(1882—1898)：第三卷(1889—1892)》，吴新文、邵强进译，上海：华东师范大学出版社，2010 年，第 102—103 页。

视为表达哲学观念的一个载体,如在他的诗歌、小说里,其自然主义
观、道德哲学、怀疑主义等是显性的存在。与之前在美国大陆上出
现的哲学流派不同的是,实用主义带有强烈的美国本土色彩,对美
国社会产生了全方位的影响,使美国在世界哲学舞台上开始占据一
席之地。因此,它也被称为"美国思想对哲学事业最为原创性的贡
献"①。实用主义反对虚无缥缈的概念,把现实生活和实践视为认识
主体获取认识的前提,强调行动优于教条,经验优于固定原则,并把实
际效用作为检验思想的意义和真理性的标准。作为实用主义的核心
原则,"经验"成为实用主义解读文学的基本立足点。经验是一个广泛
的概念,包含了人的认识、信念、意愿等,强调主体与环境相互作用下
的感受。在实用主义者看来,艺术是现实的人与自然环境及社会生活
环境相互作用的产物,怎么去理解文学作品以及对文学作品的批评能
够产生什么样的效果是批评家应该重点关注的内容。在谈及如何对
待经典作品的时候,杜威提醒不要过度依赖规则和模式,而是要回到
现实生活,从个人经验出发,否则就会变成"奴隶式服从"②。在杜威
看来,批评家并不是去确立文学文本的意义,而是去创造意义,去促进
读者对作品的理解。而这种意义的创造是以批评主体的各类经验为
基础的。实用主义还受到了达尔文进化论的影响。因此,实用主义者
主张在对经验和思想展开分析时要避免割裂孤立地看待问题,注重变
化过程的连续性(continuity)。这种连续性在威廉·詹姆斯提出的
"意识流"概念、杜威的"一元论"哲学中都有所体现。实用主义批评
家坚持文学和生活的连续性,这意味着对固定模式和单一经验的反
对。他们在评估一部文学作品的影响时,也通常是通过将其与其他文
本、背景和事件联系起来,注意审美特征的动态变化过程,并认为文学
作品背后是各种先有经验和新的经验的综合。

---

① 撒穆尔·伊诺克·斯通普夫、詹姆斯·菲泽:《西方哲学史:从苏格拉底到萨
特及其后》,匡宏、邓晓芒译,北京:世界图书出版公司,2009 年,第 360 页。
② 约翰·杜威:《艺术即经验》,高建平译,北京:商务印书馆,2010 年,第
348 页。

　　自然主义者认可实用主义者关于人与环境之间关系的观点。但自然主义体系中,自然环境上升到一个更高的境地,成为人类一切活动的基础、来源以及探索的对象。这也是自然主义者的一个基本立场和根本原则。他们拒绝承认爱默生口中所称的"超灵"等超自然事物,认为世间万物的结构和行为都由自然法则支配和主导,是支配自然世界结构和行为的唯一规则,"一切事情都是按自然规律发生"①。作为自然主义的代表,桑塔亚纳还把这种哲学理念应用到了其艺术思想之中。他认为"艺术的基础在于本能和经验",并将艺术称为"任何使客体人性化和理性化的行为"②。这个论断也成为他文学创作和批评的标尺。从上述定义中,可以看出哲学传统中长久存在的对立体:感性与理性。桑塔亚纳继承了英国经验主义和美国实用主义的经验说,认为文学创作要从自然环境和现实生活中获取经验材料,要"抛弃一切没有意义的装饰",并强调文人"是一位阐释者,如果没有经验和对人类事务的掌握,就如同音乐家一样也很难成功"③。但是,大部分经验来源于主体的直接感受和认识,还存在混乱、粗糙的缺陷。因此,为了克服这一缺陷,自然主义者十分看重科学和理性传统的规范作用,莫里斯·拉斐尔·科恩(Morris Raphael Cohen)、欧内斯特·纳高(Ernest Nagel)等自然主义哲学家都把理性作为其学说的核心一环。与此同时,桑塔亚纳也观察到过度的理性会压抑人的天性和冲动,不利于从主体与环境的互动中或日常事物中得到灵感,也不利于主体在自身的意识空间中开辟想象地带。因此,根据桑塔亚纳的观点,无论是文学生产还是文学欣赏,都要达成理性与非理性的制衡与结合,而这也实现了一种稳定的文学秩序。

　　从 20 世纪 20 至 40 年代这 20 年间来看,由于各类思潮的渗透,文

---

　　① George Santayana, *Three Philosophical Poets: Lucretius, Dante, and Goethe*, Cambridge: Harvard University Press, 1947, p. 30.

　　② George Santayana, *Reason in Art*, edited by Marianne S. Wokeck and Martin A. Coleman. Cambridge: MIT Press, 2015, pp. 3 - 4.

　　③ George Santayana, *Little Essays Drawn from the Writing of George Santayana*, edited by Logan Pearsall Smith, New York: Charles Scribner's Sons, 1920, p. 138.

学批评的内涵和方式都展现出了前所未有的复杂性。这些批评流派或批评学说既有对批评传统的继承,也有对批评本身的突破;它们既体现了批评功能的社会化,也预示了批评路径的多样化。而这也将美国批评推向了一个更加丰富、更为多样、更具特色的高度。

第一节

乔治·桑塔亚纳的自然主义诗学思想①

　　乔治·桑塔亚纳(George Santayana,1863—1952)是美国 20 世纪上半叶最负盛名的知识分子之一,在哲学、美学、文学等领域贡献卓著。莱昂内尔·特里林称其为"我们这个时代最为卓越的人之一"②。在世界哲学史上,桑塔亚纳凭借《理性的生活》(*The Life of Reason*,1905—1906)(五卷本)、《存在的领域》(*The Realms of Being*,1927—1940)(四卷本)等巨作早已占据了重要的一席。相比之下,他在诗学领域的成就似乎一直被哲学的光芒所掩盖,遭到了长期的忽视甚至是误解。事实上,桑塔亚纳的诗歌事业起步更早,他最早出版的作品是一本名为《十四行诗及其他诗作》(*Sonnets and Other Verses*,1894)的诗集。该诗集一面世便受到了同时代人的追捧。在哈佛求学期间,桑塔亚纳不仅是"哈佛诗人"(Harvard Poets)团体中重要的一员,还和托马斯·帕克·桑伯恩(Thomas Parker Sanborn)等好友创办了《哈佛月刊》(*Harvard Monthly*),这本杂志也一度成为众多诗人发声的一个重要平台。从桑塔亚纳的整个文学生涯来看,他一直保持着对诗歌的执着和热情,诗人这一身份也成为他"最深处且最难以根除的自我"③。

---

　　①　本节由谢敏敏撰写,部分内容曾作为课题阶段性成果发表在《外国文学研究》2020 年第 4 期上。

　　②　Lionel Trilling, *A Gathering of Fugitives*, Boston:Beacon Press, 1956, p. 153.

　　③　George W. Howgate, "The Essential Santayana," *Mark Twain Quarterly*, 5.1 (1942), p. 16.

同叶芝一样,桑塔亚纳处于一个分化的时代。对欧洲天主教文化成就的崇尚不再是社会的主流心理倾向,取而代之的是重建世界的激进愿望。在这种充满抵牾的变革和转型时期,桑塔亚纳依然高举着传统诗歌的旗帜,表现出了鲜明的反现代立场。美国诗人路易斯·昂特迈耶(Louis Untermeyer)在其著作《1900 年以来的美国诗歌》(*American Poetry Since 1900*, 1923)中就强调"任何有关美国诗歌传统音符的论述都不能忽略桑塔亚纳的诗歌"①。昂特迈耶的评论虽然点明了桑塔亚纳诗歌技法上的根本特征,但仍然未言及其诗歌中最为独特的气质。与同时代的诸多诗人相比,桑塔亚纳的诗风中带有浓厚的哲学韵味。在诗歌创作过程中,他并没有将自我约束在文学本体领域,刻意展现技巧和文辞的运用,而是注重表达他对自然主义哲学的坚定信仰。在这样的创作路径下,桑塔亚纳的诗歌特别是严肃诗歌展现出了强大的复义生产机能,呈现出了一种纵越哲学和文学的跨界特征。他自己在《诗集》(*Poems*, 1922)的序言中也明确表示:"就主题而言,这些诗集便是我正在成型的哲学。"②这种特征也使得对桑塔亚纳诗学作品的审美评价需突破单一领域的视野,从哲学和诗学的双重角度来进行审视。尽管桑塔亚纳表现出了对现代主义的排斥,但其自然主义诗学却在一定程度上体现了革新性。桑塔亚纳将文学与哲学相融合的实践破除了哲学与文学长久以来的对立与争锋,在继承文学传统的同时又契合了兴起的哲学潮流,同时又使得文学关注在古典的框架下实现对其他领域的转移,这种文学范式与主题的变化都体现了他对传统的突破。

本节将以桑塔亚纳关于诗哲关系的看法为切入点,并结合相关作品分析他在诗学框架下有关自然主义哲学的表达实践,阐明其自然主义诗学的基本内涵、传统性以及创新性,从而更好地展现桑塔亚纳诗学作品的内在价值以及 19 世纪向 20 世纪转型时期美国哲学思潮和文学思潮的互动性影响。

---

① Louis Untermeyer, *American Poetry Since 1900*, New York: Henry Holt and Company, 1942, p. 287.

② George Santayana, *Poems*, New York: Charles Scribner's Sons, 1923, p. xii.

一、诗哲合流：以自然主义哲学为内核

在论及桑塔亚纳诗歌内的自然主义哲学之前,有必要探讨下他所处时代哲学的走向以及他本人对待"哲诗之关系"这一命题的态度。桑塔亚纳的诗歌风格实际上映射了20世纪哲学范式的微妙变化。滥觞于古希腊时期的理性主义在很长一段时期内都规制着西方哲学的发展路径,从世界本源的探求到个体认识的思考,这种理性的元素从外在的、客体的世界不断地向内在的、本体的精神世界渗透。与传统哲学理性内核截然不同的是,诗歌自出现以降,便是一种感性的文化符号,阗溢着虚构、想象、多义、典故、隐喻以及对情感的呼唤。这种非理性的言说方式对于崇尚理性的传统哲学家而言,无疑是一种侵蚀"理性王国"根基的威胁。除了这种情感维度的对立,诗歌与哲学在表达方式和内涵上的分野也导致了两者之间这种紧张的关系。有学者在解读诗歌和哲学的特点时,认为诗歌致力于在最少化的文字中负载最大化的意义,因此具有一种"稠密"(density)的特征;而哲学则在分析论证的严肃约束下,十分避忌语言的含糊,因此具有"透明"(transparency)的特点。[①] 但有趣的是,尽管诗歌与哲学陷入了长时间的缠斗,但两者的力量并没有出现明显的失衡,两者之间也并未完全隔绝,而是在你来我往中相互作用。随着科学主义和人文主义思潮的兴起,这种关系开始发生变化,现代哲学的思考模式呈现出了一种明显的转向。尼采、海德格尔等一批哲学家开始从语言本体的角度来思考哲学的表达形式。路德维希·维特根斯坦(Ludwig Wittgenstein)更是直截了当地表明:"哲学应当写成诗意的作品。"[②]在这样的大环境中,横亘于哲学与诗学之间的阻隔受到了破坏性的冲击,哲学思考也

---

① 参见 Ronald de. Sousa, "The Dense and The Transparent: Reconciling Opposites," in *The Philosophy of Poetry*, edited by John Gibson, Oxford: Oxford University Press, 2015, pp. 38 – 41。

② Ludwig Wittgenstein, *Culture and Value*, edited by G. H. Von Wright, translated by Peter Winch, Chicago: University of Chicago Press, 1984, p. 24.

开始冲破逻辑和规范的框架,转而向审美与情感的领域进发,一个和谐共存、相融的中间地带被开辟了出来。

与同时期的哲学家一样,桑塔亚纳在这个问题上也有过深入的思考。他在《诗歌与哲学》这篇短文开篇就抛出了两个问题:"诗人在本质上是在追求一种哲学吗? 抑或是哲学最终就是诗歌吗?"①这种推问实际上意图模糊两者的边界,转而寻求两者互为转化、在同一母体兼存的可能性。在他自己给出的答案中,桑塔亚纳提供了一种基于认识论的判定方法。他认为哲学家如果能够通过拓展想象和驾驭心灵,并对"所有事物的秩序和价值做出稳定的思考"且"这种思考是具有想象力的",那么他便可称为诗人。而如果诗人能"将其擅长且充满激情的想象用于所有事物的秩序之上,或从整体的角度运用到任何事物之上",那么这样的诗人可冠以哲学家的称号。② 在这样的论述中,我们可以窥见桑塔亚纳诗化哲学(或哲学诗歌)的轮廓。他依然坚持了传统的主体性哲学框架,在对认识主体和客体进行二元区分的同时也强调了两者之间的互动关系。作为外部世界实体的信仰者和形而上学不变论的批判者,桑塔亚纳表明处于变化之中的事物才是精神活动的对象和入口。无论是哲学家还是诗人,均要以此为立足点。需指出的是,"事物"在此指的是自然实在之物,而非逻辑的构造之物。后者归属语言和观念的层面,是思维的手段,以虚构和抽象为特征。可以看出,无论是哲学家的思考还是诗人的想象,桑塔亚纳都设定了一个最根本的原点:自然实体世界。两者的转化也必须遵循共同的逻辑路线,即主体应该以对自然事物的观察为起点,逐渐向动态变化的世界背后所蕴含的规律和价值进发。在这个诗哲合流的标准中,桑塔亚纳表现出了本体自然主义者的基本立场。自然亦构成标准中最根本的内核。

此外,桑塔亚纳也隐晦地指出了哲学家和诗人在思考模式上的缺陷。哲学家虽然具有非凡的洞察力,能够对事物的内在性质展开清晰

---

① George Santayana, *Little Essays Drawn from the Writing of George Santayana*, edited by Logan Pearsall Smith, New York: Charles Scribner's Sons, 1920, p. 140.

② 同①,第 141 页。

的挖掘,但容易忽略想象或心灵等非理性的力量。从艺术作品的成型过程来看,审美价值往往生成于感觉经验向抽象表述的转化过程中,想象力则充当了催化剂的作用。依照桑塔亚纳的理解,想象力是具体实在和朦胧抽象之间的一个过渡地带,而这个过渡地带不仅拉开了主体对事物的审视距离,也为主体对事物的艺术化建构提供了更多的手段和可能性。可以说,艺术作品与事物本真面貌的距离直接影响着艺术内涵及艺术效果,呈现出了一种负相关的关系。这与罗兰·巴特的观点在某种程度上存在着共振。巴特认为过分真实的表述虽然能够抓住事物的客观性,但与此同时也容易牺牲掉内涵的外延。因此,"言语越是接近图像,它就也不大可使图像具有内涵"[1]。由此看来,哲学家要具有诗人的气质,就需要舍弃过多的逻辑思考,学会走入非理性力量营造的朦胧境域之中,激发精神活动机制的转变。反观诗人,虽然这一群体能够营造广阔的想象空间,但其丰富的感性观念往往与混乱的表象相纠缠,这就导致认知力缺乏一种强力的渗透性,难以像哲学家那样深度地触及事物的本质。对此,桑塔亚纳主张两者互为借鉴,来实现不同身份的共存。

在两者身份转化的过程中,桑塔亚纳还做出了一些诸如"稳定""秩序"和"整体"等规定性要求,这也暗示了他对确定性的追求。这种追求与其古典哲学倾向密切相关。按照约翰·杜威的观点,"哲学对普遍、不变的、永恒的东西的既有倾向便被固定下来了。它始终成为全部古典哲学传统的共有财富"[2]。自然世界虽然是思维活动的起点,但展现形式往往是零碎的,是一种非加工状态。在桑塔亚纳看来,诗人在从非逻辑领域向逻辑领域跨越时,要提防自然材料中非确定性因素的影响,主动建立起秩序观和整体观,以免在追求知识的过程中陷入一种动荡的状态。而诗歌的功能就要体现出诗人的这种努力,要

---

① Roland Barthes, *Image Music Text*, translated by Stephen Heath, London: Fontana Press, 1977, p. 26.

② 约翰·杜威:《杜威全集·晚期著作(1925—1953):第四卷(1929)》,傅统先译,上海:华东师范大学出版社,2015年,第13页。

"从鲜活但不确定的经验材料中建立起新的、更丰富的、更美好的、更符合我们本性中主要倾向的、更忠于灵魂最终可能性的结构"①。这种确定性结构在桑塔亚纳美学思想中所对应的便是形式问题。他在《诗歌的元素和功能》("The Elements and Function of Poetry", 1900)一文中以"数"(number)和"度量"(measure)的概念阐述了严谨的诗歌形式的重要性。他借用了数学家、哲学家毕达哥拉斯(Pythagoras)和戈特弗里德·威廉·莱布尼茨(Gottfried Wilhelm Leibniz)的观点,强调诗歌的创作要像"数"一样规整,诗歌的各个部分之间要形成协调的关系,达到一种和谐的状态。在《一块挂毯》("On a Piece of Tapestry", 1894)这首诗中,桑塔亚纳借用色彩这一切入点映射了自然和艺术作品在外在形式上的反差,并通过这种反差表明了艺术创作的基本指向。诗中写道:

> 高举着纬纱,亲爱的朋友,我们也许会看到
> 颜色混搭巧妙,世间罕见。
> 自然万物,不会刻意的恰当,——
> 那自由中的美并不相宜;
> 但是在这所有鲜艳的染料
> 都会变得柔和,并无感官负担,
> 光泽亮丽,却无伤眼眸,在那停留,
> 徘徊滋养着温柔的狂喜。②

诗人认为自然万物并不总会以天然和谐的状态呈现,但人类的艺术创作却应当考量作品内外部的和谐问题。诗中的织锦作为艺术作

---

① George Santayana, *Little Essays Drawn from the Writing of George Santayana*, edited by Logan Pearsall Smith, New York: Charles Scribner's Sons, 1920, p. 140.

② 如无特别说明,本文所有引用诗歌均为作者翻译。诗歌原文参见 George Santayana, *The Complete Poems of George Santayana: A Critical Edition*, edited by William G. Holzberger, London: Associated University Press, 1979, p. 124。

品的代指,所反映的不仅仅是色彩的合理分布,更暗含着艺术元素的巧妙勾配。染料的调和所暗指的是艺术创作者如何对自然的杂乱表象开展更为深层次的思考,从而使源于自然的零散材料在经过艺术加工后转化成整体、稳定、和谐且更加符合观赏者审美感受的价值客体,实现对自然之美和意义的捕捉。关于自然哲学的类似表达模式在桑塔亚纳的众多诗歌都有体现。这种带有自然主义色彩的诗化哲学散发出了与当时实用主义哲学完全不同的气质,所呈现的也不是查尔斯·皮尔斯口中"严谨的科学、无情感的、极度公平"的哲学面貌,[①]为当时诗歌和哲学的表达带来了双重的变化。T. S. 艾略特认为桑塔亚纳"为我们厘定了'哲学诗歌'的意义"[②],这种评价无疑是中肯的。

二、自然权威的确立与传统权威的解构

1911 年,桑塔亚纳在加州大学伯克利分校发表了题为《美国哲学中的温雅传统》("The Genteel Tradition in American Philosophy", 1911)的演讲。这篇演讲虽然以哲学为题,但却着重关注和剖析了美国文化和文学环境的缺陷。在演讲中,他创造了"温雅传统"一词来形容当时美国知识界的审美倾向和文化风尚。温雅文化实质上是一种审美唯心主义和文化保守主义的杂糅现象,马尔科姆·考利一针见血地指出,这是"移植到了美国的维多利亚风尚与新英格兰清教主义的融合"[③]。温雅派群体对社会的变化感到焦虑,排斥工业化和物质进步,崇尚和恪守维多利亚时期的审美品位,并以社会文化的领导者和权威自居,致力于维护所谓的精英贵族般的高级文化。因此,有部分学者甚至以"新英格兰婆罗门"(New England Brahmins)来形容这些

---

① Charles Sanders Peirce, *Collected Papers of Charles Sanders Peirce, Volume 5 and 6*, edited by Charles Hartshorne and Paul Weiss, Cambridge: Belknap Press, 1935, p. 375.

② T. S. Eliot, "Rhyme and Reason: The Poetry of John Donne," *The Complete Prose of T. S. Eliot, Volume 4*, edited by Jason Harding and Ronald Schuchard, Baltimore: Johns Hopkins University Press, 2015, p. 59.

③ Malcolm Cowley, ed., *After the Genteel Tradition: American Writers 1910 – 1930*, Carbondale: Southern Illinois University Press, 1964, p. 18.

自视甚高的保守人士,暗讽其强烈的文化等级意识。在文学上,"温雅派"认为艺术作品的首要目的是要去呈现人类力量和尊严的理想图景,他们对代表大众文化的现实主义嗤之以鼻,认为这种文学范式的主题粗俗,总是在乏味地体现真实的生活和平凡人的痛苦,没有去创造理想的美和道德。几年后,桑塔亚纳又在英国撰文再次探讨了在温雅传统钳制下美国诗歌的危机。他批评美国温雅派诗歌所显露的盲目乐观,对现实世界糟糕的一面视而不见,并用"老祖母般"(grandmotherly)一词来刻画温雅派诗歌的整体气质。亨利·亚当斯(Henry Adams)称此时美国的诗歌是一种"压抑的本能","保留了朗费罗诗歌中那种老旧的装饰特征","诗人成了处处与环境作对的反叛者"①。桑塔亚纳的诊断与亚当斯十分趋近,他对当下诗歌中过度的自我感到不满。他认为这群诗人"缺乏整体眼光和对现实的把握,因此也就没有能力实现理智和稳定的理想化"②。如果对后半句加以分析的话,可以发现桑塔亚纳对于温雅传统的基本原则并非全盘否定。他对温雅派批判的一个核心点在于后者将个人的内在追求置于一个空洞的唯心愿望之上,与自然世界完全脱离,从而导致自身的陈腐与自满。而在桑塔亚纳看来,"除了与行为有关的对象——自然世界和心灵的理想外,没有什么稳定的或有趣的东西值得思考"③。虽然桑塔亚纳常被归入温雅派之列,但这一点构成了他与温雅派的根本分殊所在。所以,有学者认为"在许多冠以'温雅传统'头衔的小众诗人中,唯独桑塔亚纳的作品别有特色,令后人尊敬"④。自然主义立场不仅仅是桑塔亚纳与温雅派决裂的根本标志,也构成了其整个思想体系的基石。在桑塔亚纳

---

① Henry Adams, *The Life of George Cabot Lodge*, Boston: Houghton Mifflin, 1911, p. 9.

② George Santayana, "The Poetry of Barbarism," in *The Essential Santayana: Selected Writings*, edited by Martin A. Coleman, Bloomington: Indiana University Press, 2009, p. 498.

③ George Santayana, *Reason in Science*, New York: Charles Scribner's Sons, 1932, p. 319.

④ Horace Gregory and Marya Zaturenska, *A History of American Poetry 1900 - 1940*, New York: Harcourt, Brace and Company, 1946, pp. 73 - 74.

眼中,自然是一切的依附,代表着一种生成性力量和支配法则,"意味着诞生或开端的原则、揭示诸多现象的世界之母、伟大事业或动因系统"①。在艺术上,自然主义所赋予的不仅仅是言之有物的具象,更是成为作品生命和生机的源头所在。《预兆》("Premonition",1902)这首抒情诗便很好地展现了桑塔亚纳对自然的典型看法。他在第一个四行诗(quatrain)中写道:"大自然言语时低沉的音节,/令我们对她的话语满怀更深的渴望;/她隐匿了精神寻求的意义,/她演奏的音乐比听到的更为甜美。"②诗歌用拟人的手法赋予了自然一种主体身份,从而间接地弱化了"人"的存在性。从诗中所体现的互动关系来看,诗人否定了唯心主义者关于思想与存在同一性的主张,反复强调了自然这一实体存在的至高价值。在诗中,"渴望"一词不仅仅说明了自然的独特魅力,也暗示了个体对自然的依附倾向。第三行和第四行诗句则提醒世人,自然还具有更为深层的意义,它的作用并不局限于表象的美感以及所触发的感官快感,更在于构成人类精神的所指。在对自然与人关系的解读中,桑塔亚纳试图传达这样的讯息:人类中心主义的思想应当被摒弃,而以自然为主导和驱动的范式才是两者关联性的正确表征。这几行简短的诗歌呈现出了一种主次关系的位移和转换,人类的主体地位被解构,而自然则实现了对核心位置的反占,宣告了自身的支配权威和力量。

桑塔亚纳在对浪漫主义者的多次弹射中也表达了关于自然地位的看法。尽管浪漫主义者同样把自然视为其学说中重要的一环,但桑塔亚纳却极力撇清与他们的关系。他认为自己的自然观与歌德、柏格森等人的并不相同,持有的是一种"伊奥尼亚学派以及德谟克利特、卢克莱修、斯宾诺莎等人冷酷的、非人文主义的自然主义"③。这

① George Santayana, *Three Philosophical Poets: Lucretius, Dante, and Goethe*, Cambridge: Harvard University Press, 1947, p. 57.

② George Santayana, *The Complete Poems of George Santayana: A Critical Edition*, edited by William G. Holzberger, London: Associated University Press, 1979, p. 163.

③ George Santayana, *The Letters of George Santayana, Book Eight, 1948–1952: The Works of George Santayana, Volume V*, edited by William G. Holzberger et al. Cambridge: MIT Press, 2008, p. 328.

种古典的自然主义,其要旨便是反对人类主体性对自然的凌驾以及对环境的统摄。在桑塔亚纳看来,浪漫诗歌的典型特征便是自我主义(egoism),缺乏对自然事物价值和规律的思考,而这导致其退化到了"未开化/野蛮"(barbarism)的地步。虽然雪莱、华兹华斯等浪漫主义诗人的作品以自然为主题,但桑塔亚纳却给他们冠以了"风景诗人"的称号,这种范畴化的手段使浪漫派和自然主义诗人之间展现出了一条清晰的界线。风景诗人喜欢将自然的要素进行改造甚至是扭曲,从而为自己的狂放想象和激情服务,这就导致诗歌的主体性感受冲淡了自然事物的本性。于尔根·哈贝马斯(Jürgen Habermas)以"理性的他者"来形容浪漫主义的根本性质,认为这是一种"梦幻、想象、疯狂、狂欢和放纵"以及一种"解中心化且得到理性他者授权的主体性以肉体为核心的审美经验",并且"不断要求用审美主义和神秘主义的临界经验来让主体在迷狂中实现超越"①。可以看出,浪漫主义的内在追求之一是要最大化、最彻底地解放主观感受和体验,而这恰恰有悖于桑塔亚纳所主张的主体性的物化(materialized subjectivity)。这种主体性的物化在他的诗学中的变体便是诗人情感呈现的客观化。桑塔亚纳反对直抒胸臆的表达方式,而是提倡诗人"一定要不惜一切地找到或者编造出那些强烈情感所对应的客体"②。这番表述后被一些人视为艾略特"客观对应物"这一诗学概念的发端。

桑塔亚纳还承继了古希腊自然主义中的纯粹性和无神论调,成为一名异教自然主义者(pagan naturalist)。与其他自然主义者一样,他坚定地认为世界万物自有其运作的法则,反感以爱默生为代表的超验主义者对超灵的鼓吹以及对自然的宗教化。桑塔亚纳虽然出生于一个天主教家庭,但这并没有天然地孕育他对上帝和宗教的忠实情感。受自然主义立场以及达尔文主义等科学思潮的影响,桑塔亚纳明确了

---

① 于尔根·哈贝马斯:《现代性的哲学话语》,曹卫东等译,南京:译林出版社,2004年,第359、362页。

② George Santayana, *Interpretations of Poetry and Religion*, New York: Charles Scribner's Sons, 1900, p. 277.

"上帝"的不可证实性,并对这一宗教概念的价值内涵进行了重新阐释,仅仅将其视为人类最高理想的投射。就像威廉·詹姆斯所说的,"宗教是人类自我主义史上的一个重要篇章"①,这种观点也是对上帝和宗教神秘性的一种祛退,并对其权威性产生了解构性的冲击。上帝不再是居高临下、无法触及的精神依附,反而成为人类精神的产物。桑塔亚纳的第一首十四行诗("Sonnet I",1894)明显地展示了这种对上帝和宗教的冷漠态度:"尽管他[上帝]延展在树上的双臂,/美丽迷人,并恳求我的拥抱,/但我的罪恶却不愿看到他的脸。"②诗句中"恳求"二字表明了诗人与宗教之间这种被动的接触关系。他以人性的恶来拒绝神性的美,并构造出了一种对比和落差,从而凸显了他拒绝基督教的决心。在桑塔亚纳眼中,巴鲁赫·德·斯宾诺莎(Baruch de Spinoza)和卢克莱修(Titus Lucretius Carus)等古典自然主义者的可贵之处便在于通过自然主义使人从宗教迷信中解放出来,体现了"人类的进步"③。

三、认识自然:经验与理性的内在平衡

尽管桑塔亚纳批评浪漫主义和超验主义过分突出认识主体的地位,但并没有彻底否定他们对经验感受的倚重。他甚至承认"诗歌上的浪漫态度和哲学上的超验态度最大的优点在于它们使我们回到了我们经验的开始"④。事实上,避免对经验感觉的忽视亦是自然主义者所遵循的基本原则之一,因为"所有的知识都基于感觉的经验"⑤。

---

① 威廉·詹姆斯:《宗教经验之种种》,尚新建译,北京:华夏出版社,2005年,第297页。

② George Santayana, *The Complete Poems of George Santayana: A Critical Edition*, edited by William G. Holzberger, London:Associated University Press, 1979, p. 91.

③ George Santayana, *The Letters of George Santayana, Book Five, 1933–1936: The Works of George Santayana, Volume V*, edited by William G. Holzberger et al. Cambridge:MIT Press, 2003, p. 370.

④ George Santayana, *Three Philosophical Poets: Lucretius, Dante, and Goethe*, Cambridge:Harvard University Press, 1947, p. 196.

⑤ James Robert Brown, *Platonism, Naturalism, and Mathematical Knowledge*, London and New York:Routledge, 2012, p. 32.

就这一点而言,自然主义者同时也是一位经验主义者。桑塔亚纳对经验的倡导沿袭了以约翰·洛克(John Locke)为代表的英国经验主义者的基本观点,将观察自然视为理解自然及其规律的根本手段。他强调,"相信经验就是相信自然,无论关于自然的理解是多么的含混"①。换而言之,经验材料源于自然,是个体思想成型的基本原料,是认知的逻辑起点和前提条件。《常识中的理性》(Reason in Common Sense,1905)一书的核心旨归就是逻辑根植于事实、自然,而非抽象的语言之中。这种哲学认识同样延展到了桑塔亚纳的艺术创作观上。他认为由客观事物所产生的经验在艺术创作中发挥着关键作用,可以让诗歌"对心灵具有更强的吸引力"②。这种观点表明了诗歌等艺术作品的生产并不是一个封闭性过程,而是与自然世界一起的互动性活动,客观对象和主观体验任意一者的缺位都无法造就孕育艺术的土壤。桑塔亚纳对审美事实和主体经验的强调,一方面是对自康德再到爱默生的先验哲学的反拨,以避免先验想法的抽象和不可预测性,另一方面是倡导艺术作品质料的真实属性,从而更好地挖掘其中所流溢出来的艺术性,这与海德格尔所提出的"思之帆把持物之风"的言论有着相似之处。当然,经验主义也存在明显的缺陷,其中一点便是经验主义者容易将"经验"这一概念狭隘化,把主观性体验等同于经验,而忽略客观性和普遍性的经验认识,这就容易引发经验材料的可靠性问题。在纪念洛克一百周年诞辰的演讲中,桑塔亚纳表达了这样的质疑:"如果可能的话,我们在多大程度上真的相信头脑中的图像能够解释外部事物的本质?"③这句话实际上否定了感觉经验与确证性知识之间的必然关系。桑塔亚纳反复表达的一个基本立场就是:个体虽然可以通过与自然的互动获取真实的感觉材料,但离对事物的真正认

---

① George Santayana, *Scepticism and Animal Faith*, New York: Dover Publications, 1955, p. 142.

② George Santayana, *Reason in Art*, edited by Marianne S. Wokeck and Martin A. Coleman, Cambridge: MIT Press, 2015, p. 69.

③ George Santayana, *Some Turns of Thought in Modern Philosophy: Five Essays*, Cambridge: Cambridge University Press, 1933, p. 8.

识还存在一定的距离，因为这些材料"最多也仅仅部分地是外界实在的真实形相"①。此外，个体从外部变化环境所接收的讯息尽管是直接的，但存在原始、不稳定的缺点，感觉材料所带来的混乱的冲击感就"像雨水一样随时从四面八方倾泻而来"②。因此，桑塔亚纳提醒诗人不要过于关注自然的迷人表象，而是要走入深处去思考经验背后的规律和价值，实现与自然真正意义上的共鸣。

再回到《预兆》这首诗。在第二节中，诗的整体意象发生了明显的转换："一束隐秘的光亮照射着我们的所见，/一种未知的爱对我们的孤独施以魔法。/我们感受得到、也知道在存在的深处，/一种无限、无瑕的美好向外散发。"③前四行诗中的"音节""话语""音乐"等具有感官属性的词语被"光亮""爱""美好"这些抽象话语所替代。这些概念不仅构成了桑塔亚纳眼中自然的意义成分，也是普遍规律和价值的代表。从意象的变化来看，诗人在揭示了现象世界内多元结构的同时，也暗示了人认识自然的渐进过程，即从表层的感官认知向深层的本质领域进发。诗人在此没有像休谟那样直接否定了世界本质的可知性，而是表达了他批判实在论的立场。这种立场在《怀疑主义和动物信仰》(*Scepticism and Animal Faith*, 1923)一书中也多有体现。在诗人看来，个体虽然具备认识自然的能力，但要深刻地认识自然世界，则必须超越所见、所听、所闻这些感觉材料的局限性，向"隐秘""未知""深处"领域探寻。同时，诗中强调个体只有在接受了光亮的照射和爱的魔法时，才能感受到深处的美好，这实际呼应了桑塔亚纳对个体价值与自然世界之间关联性的判断："人内心的渴望只有在他所处的自然条件下才能得以实现。"④

---

① 德雷克等：《批判的实在论论文集》，郑之骧译，北京：商务印书馆，1979年，第18页。

② George Santayana, *Reason in Common Sense*, edited by Marianne S. Wokeck and Martin A. Coleman. Cambridge：MIT Press, 2011, p. 41.

③ George Santayana, *The Complete Poems of George Santayana: A Critical Edition*, edited by William G. Holzberger, London：Associated University Press, 1979, p. 163.

④ George Santayana, *Little Essays Drawn from the Writing of George Santayana*, edited by Logan Pearsall Smith, New York：Charles Scribner's Sons, 1920, p. 245.

但如何克服感觉形式的内在缺陷,走向前文所述的"深处"并接触到"美好",是桑塔亚纳在对经验主义进行批判后所需要解决的另一问题。对此,他提出了"理性"这一传统手段,来规制诗人在创作过程中想象和激情的发酵,并引导其思维向度的转变。桑塔亚纳对理性的偏爱很大程度上源于他对所处时代哲学风潮的不满。理性主义在经过19 世纪的扩张后,在 20 世纪却遭遇了前所未有的困境。人们似乎跟随了阿瑟·叔本华(Arthur Schopenhauer)、索伦·克尔凯郭尔(Søren Aabye Kierkegaard)等人的脚步,纷纷与启蒙运动的理性定义分道扬镳。桑塔亚纳难以接受叶芝笔下"一切都四散了,再也保不住中心"的状况,对当下哲学的状况和氛围感到失望。他反复强调自己的哲学体系"是在同时代人的指摘之中形成的"且"未受惠于同时代人的指导"①,有意地与 20 世纪的新思潮划清界限。桑塔亚纳在对艺术的定义中点明了这种经验和理性的相互制约关系,他认为"任何使客体人性化和理性化的活动都称为艺术"②。在这个定义中,艺术包含了两个层次,"人性化"强调了人对客观物体的感官性反馈,这种反馈可能是一种联想,抑或是一种情感,它是具象的,同时也是非系统的;而"理性化"则强调了人在思维层面对感觉活动的审视、规束和引导,并将其抽象化、系统化和概念化。从另一角度看,这种经验与理性的制衡所体现的也是一种情感与思想的调和。桑塔亚纳并没有简单地把诗歌视为情感和技巧的载体,而是认为思想才是诗歌的根本与核心所在,对诗歌构成了整体性的支撑作用。他甚至断言,"在十四行诗中,如果思想没有合理地分配到诗的结构中,那么就称不上十四行诗"③。《致沃里克·波特》("To W.P.",1906)一诗很好地诠释了如何去实现这种内在的平衡。这首挽歌是由四首商籁体构成的组诗,从第一首对友

① George Santayana, *Scepticism and Animal Faith*. New York: Dover Publications, 1955, pp. vii－ix.

② George Santayana, *Reason in Art*, edited by Marianne S. Wokeck and Martin A. Coleman, Cambridge: MIT Press, 2015, p. 3.

③ George Santayana, *The Sense of Beauty: Being the Outline of Aesthetic Theory*, New York: Dover Publications, 1955, p. 107.

人离世的隐喻描写,到第二首对伤感情绪和回忆的抒发,再到第三首
对生命价值的思考,最后再回到对友人的悼念,诗人用递进转合的手
法逐步实现了诗歌主题的切换和意义的升华。在诗中,"平静的海"
"光秃的树""寒风"等具体的自然景象营造了一种阴郁深邃之感,很
好地策应了诗人的哀悼之情。虽然诗人写出了"我生命的部分已随你
而去"这样的悲词,但整首诗的情感基调却是内敛和克制的。友人的
去世无疑是一种沉重的打击,但同时也启发了桑塔亚纳对人生的思
考。他看到了自然的交替以及世事的变幻对人和生命的制约,也令他
更确信只有着眼于更高层面的思考才能走入永恒的精神王国。在这
个王国中,"一切业已久远的伟大之物于此存在/并在永久的宁静中漂
浮和翱翔/我所有的爱在此汇聚/这里没有变化,再无分离/亦没有了
日升月落的循环"①。从方法论的角度来看,桑塔亚纳诗歌的另一价
值在于提供了一种认识自然的手段:个体只有将感知和直觉这些初
始材料放入理性所提供的逻辑分析框架中,才能避免走入经验主义和
唯理主义的极端,获得自然中所蕴含的更为普遍性的启示。

　　从意义指向看,桑塔亚纳的自然主义诗学是对社会转型时期文
学、哲学与社会困境的三重反思。诗歌本体领域的创新严重不足,形
式上的老旧狭隘以及思想上的陈词滥调酝酿着对革新的急切召唤。
在现代主义文学浪潮大举袭来的前夕,桑塔亚纳通过在古典诗学框架
下引入自然主义哲学,意图在主题上有所变化,从而为传统诗学创作
和诗学理论注入新的生命力,这无疑是当时沉闷的环境中为数不多的
新意和闪光。在理性哲学走入崩裂的困境、道德荡析之时,他依然高
举古希腊理性传统和自然主义哲学的旗帜,以对抗现代工业资本高速
发展所带来的浇漓风气,呼吁人类反思"人类中心主义"所引发的种种
问题,并主张重塑自然权威。回顾桑塔亚纳的一生,自然主义不仅是
他思想演变中的一条显性脉络,亦是形塑庞大思想体系的一股核心力

①　George Santayana, *The Complete Poems of George Santayana: A Critical Edition*, edited by William G. Holzberger, London: Associated University Press, 1979, p. 126.

量。在晚年病重时,桑塔亚纳创作了一首题为《诗人的遗嘱》("The Poet's Testament", 1953)的短诗,一方面表达同这个世界的告别之情,另一方面又重申了自己的哲学立场。他在第一节中写道:"我将大地的馈赠归还,/一切都返回给犁沟,而非坟墓/蜡烛熄灭,灵魂的守夜已过/视野也许不会抵达想象所及之处。"①在死亡面前,诗人对于人生的不圆满没有任何的抱怨,反而表现出了平静且祥和的心境,流露出了与自然融为一体的深切愿望。在自然的控制法则下,个体由自然而生、又复归自然,契合并遵循着自然的循环规律。桑塔亚纳用这种最为熟悉的诗意方式充分展现了一位自然主义者坚守信仰的决心。

第二节

埃德蒙·威尔逊的文学思想: 人文主义的坚守②

　　埃德蒙·威尔逊(Edmund Wilson, 1895—1972)是美国重要的文学批评家。他的主战场不在学院而在报纸、杂志,他曾在美国的著名刊物《名利场》(*Vanity Fair*)、《新共和》(*The New Republic*)、《纽约客》(*The New Yorker*)中担任编辑或评论主笔,其所著书目也大多由在这些媒体上发表的文章集结而成。威尔逊是一位"跨界者",他著述等身,涉及领域包括文学创作、考古、游记、文化研究等多个方面,其广泛的涉猎足以让日益专门化、技术化的知识分子们感到惊诧。在文学批评领域,威尔逊也吸收了众多流派之所长而化为己用,面对不同的作家、作品,威尔逊毫不吝啬地从自己丰富的武器库中取用不同的武器来进行分析批评,而不局限于一种理论和潮流。正如阿尔弗雷德·卡津(Alfred Kazin)评价威尔逊时所说:"因为兴趣广泛、思想新奇、文笔率真,他似乎要比美国任何其他评论家都更像一个实验主义

---

① George Santayana, *The Complete Poems of George Santayana: A Critical Edition*, edited by William G. Holzberger, London: Associated University Press, 1979, p. 268.
② 本节由何敏讷撰写。

者,他的著述中融合了自己血脉中所继承的整个文学传统。"①

"继承了整个文学传统"的威尔逊在 20 世纪经历了文学的现代主义运动,成为象征主义文学思潮在美国的"引路人",与现代主义文学有着密不可分的联系。而威尔逊所坚守的传统人文主义,让威尔逊尽管对逃离社会现实的现代主义文学十分欣赏,却也十分强调文学的社会历史性,注重人与文学作品和社会现实之间的关系,以精神分析来探寻艺术家的心理特征,而没有一味沉浸在现代主义文学构筑的狭小天地中。威尔逊自身的多面性和复杂性使得他成为一个难以归类的批评家,而想要以区区万字探寻其全貌只能是徒劳,本节只着重探讨威尔逊的文学批评理念,探究其文学批评中先锋与保守、传统的交锋,从中窥见威尔逊的文学思想。

一、在文明与现实的困境中定义文学的价值

1931 年,威尔逊结集出版了在《新共和》上发表的系列文章,取名为《阿克瑟尔的城堡: 1870 年至 1930 年的想象文学研究》。威尔逊用他客观而富有洞见的眼光打量着与他同时代的作家和作品,用他颇具影响力的"文学记者"身份向读者引荐了一座座在 20 世纪文学史中无法跨越的高峰——艾略特、普鲁斯特、乔伊斯等,这些如今已经成为大师的作家在当时正值创作的高峰时期,还未能在文学界取得应有的名誉,更甚者如《尤利西斯》(*Ulysses*, 1922) 这本小说还正处在争议阶段,威尔逊用他敏锐的文学嗅觉第一时间发掘出了这些作品的文学价值,并探察到这些作家们自觉汇聚成了一股新的文学思潮——象征主义。《阿克瑟尔的城堡》开篇,威尔逊就指出何以这个时代会产生象征主义文学思潮,正如浪漫主义是个人的反叛,是对 18 世纪自然科学及机械观念的反抗,象征主义承接自浪漫主义,其实质也是一种反抗——对 19 世纪生物科学(进化论)的反抗。

---

① 萨克文·伯科维奇主编:《剑桥美国文学史》(第五卷),马睿、陈贻彦、刘莉译,北京: 中央编译出版社,2009 年,第 490 页。

在威尔逊看来,象征主义正是对自然科学的拨乱反正。科技的进步带来了"祛魅"效应,人类"只是在各种伟大力量中侥幸生存"①下来的物种之一,那么我们所创造的精神世界也就不复崇高。而物质生活上的巨大腾跃,也使得人们迎来了普遍物化的社会现实。

> 在商业主义和工业主义的后面,除了东海岸的一个 18 世纪的阶层之外,没有更古老或更为文明的文明,它给任何努力都强加了一种极大的阻碍:知识和艺术不得不在工厂、办公大楼、公寓和银行的缝隙间挤出一条生路来;这个国家完全不是为它们而建立的,如果它们能苟且偷生的话,那他们得感谢上帝,但最好还是不要认为他们真的是上帝的选民……②

威尔逊在这封给友人的信件中所表达的,正是一战后美国的精神风貌——物质压倒精神,科技压倒文化,文学正被工业文明、商业主义蚕食,失去了它昔日的荣光,正如格奥尔格·齐美尔(Georg Simmel)所说:"现代人真正缺乏文化的原因在于,客观文化内容在明确性与明智性方面跟主观文化极不相称,主观文化对客观文化感到陌生,感到勉强,对它的进步速度感到无能为力。"③而自 19 世纪末以来,文化的民主化、大众化思潮也不断冲击着文学艺术的地位,"平均的人"未经特殊训练,能看到和欣赏的只有以商业利益为驱动的"文化工业",让媚俗艺术侵入了文化领域,接受传统人文主义熏陶的威尔逊试图成为"建立品位标准的真正的鉴赏家"④,让最优秀的文学作品得以被看见并获得它们应有的地位,反对大众化思潮,捍卫精英艺术与精英化的现代文学。

---

① 埃德蒙·威尔逊:《阿克瑟尔的城堡:1870 年至 1930 年的想象文学研究》,黄念欣译,南京:江苏教育出版社,2006 年,第 6 页。

② 转引自梁建东、章颜:《埃德蒙·威尔逊的城堡》,上海:上海三联书店,2012 年,第 1 页。

③ 齐美尔:《桥与门》,涯鸿等译,上海:上海三联书店,1991 年,第 96 页。

④ Edmund Wilson, *The Triple Thinkers: Twelve Essays on Literary Subjects*, Oxford: Oxford University Press, 1948, p. 256.

也正是一战后,美国迎来了文学的"青春骚动期","第一次世界
大战好像一条历史断沟,割裂了传统的绵延和发展,成为现代意识和
新文化起点"①,海明威、菲茨杰拉德等"迷惘的一代"以及一战中志愿
加入野战卫生队的威尔逊在这个时期的书写就反映了时代的精神内
核——旧世界的解体、传统价值的破灭、战争的动乱所带来的压抑和
空虚,他们亟须在文学的天地中寻找自己的精神依托。逃离到纽约格
林尼治村的这些美国艺术家们一心进行文艺创作,试图用艺术创作对
工业文明、商业文明、传统价值展开一场象征性的斗争。而象征主义
使用的语言,在威尔逊看来正是与之战斗的利器,我们的每一种感受
和感官在不同时刻都是独一无二的,因此一般的文学传统和普遍语言
都无法重现个体的独特性,"诗人的任务就是去找寻和发明一种特别
的语言,以表现其个性和感受"②。象征主义的做法正是现代主义艺
术的基本特点,它将热衷于现代艺术、有良好的艺术鉴赏力的人群和
对此抱有敌意的大众区别开来,也将艺术中那些不纯粹的因素驱逐出
境,用象征的语言建构自己的文学世界,以"孤独的挣扎和真诚的自
省"向内探寻自我,并以之对抗自己的传统。

威尔逊发掘并阐释现代文学的成功,欣赏现代作家们的炫目成
就,但威尔逊对现代文学的着迷并不仅因为其华丽的外衣,更重要的
依旧是他所秉持的人文主义传统——"相信人之为人所取得的成就是
高贵且美丽的,并对记录这一成就的文学表示崇敬"③。而艺术和科学
的落脚点终归也还是在于人,现代文学也不外如是。"我们的最终目的
不是艺术和科学而是人类的生存和进步,这一天终究会来临,届时艺术
与科学的杰作将不再是某种理论或某本书,而是人类的生活本身。"在威
尔逊看来,艺术和科学是人类生存和进步的重要一环。"[波德莱尔]写

① 赵一凡:《迷惘的一代文化背景透视》,《美国研究》1987年第2期,第130页。

② 埃德蒙·威尔逊:《阿克瑟尔的城堡:1870年至1930年的想象文学研究》,黄
念欣译,南京:江苏教育出版社,2006年,第15页。

③ Edmund Wilson, *The Triple Thinkers: Twelve Essays on Literary Subjects*,
Oxford: Oxford University Press, 1948, p. 241.

道：'现代性是艺术昙花一现、难以捉摸、不可预料的一半,艺术的另一半是永恒和不可改变的……'在波德莱尔之后,现代性转瞬即逝、变化不止的意识压倒并最终根除了艺术的'另一半'"①,但对威尔逊而言,现代艺术的"另一半"才是最不可或缺的部分——只要文学还包含着人类文明的永恒价值,现代文学就仍值得我们去阅读和研究。因此他为"迷惘的一代"写下大量批评文章,向美国文学界和大众引介欧洲象征主义文学作家作品,高扬文学艺术的价值并笔耕不辍,在他的不懈耕耘中"表明对现代文学的丰富性和正确性的坚定信念,在阐释过程中,美国文学的现代主义传统日渐生成"②。

二、坚守文学的历史性

威尔逊高扬文学艺术的价值与意义,肯定其地位是时代所需,也是他坚守的人文主义传统的内在要求。在威尔逊的文学批评中,我们看不到学院派的理论建构和抽象理念,而自称为"文学记者"的威尔逊也本能地对理论和抽象有所怀疑。在威尔逊看来,文学批评不是教条,不存在一种放诸四海皆准的理论建构,文学批评首先应该是一种实践,"理解一般最好的方式,在任何情况下,就是研究具体"③。在这位历史主义者眼中,理论建构就是对历史的背离,在其代表作《阿克瑟尔的城堡》致高斯教授的前言中,威尔逊直言他所从事的文学批评"是观察人类意念与想象如何被环境模塑的一种历史"④。在具体历史环境中观察、评价文学作品中的思想和内容,重视对历史、作家生平的探究,建立文学文本与社会现实的联系,帮助读者更好地理解文学作品所包

---

① 马泰·卡林内斯库:《现代性的五副面孔》,顾爱彬、李瑞华译,南京:译林出版社,2015 年,第 3 页。

② 冯巍:《美国文学与民族精神的重塑——在纽约学派文化批评视野下的审视》,《高校理论战线》2013 年第 3 期,第 47 页。

③ 雷纳·韦勒克:《近代文学批评史》(第六卷),杨自伍译,上海:上海译文出版社,2009 年,第 171 页。

④ 埃德蒙·威尔逊:《阿克瑟尔的城堡:1870 年至 1930 年的想象文学研究》,黄念欣译,南京:江苏教育出版社,2006 年,第 1 页。

含的更广阔的社会与人生,发挥文学作品的教育作用和社会价值,这是威尔逊作为文人和知识分子对自己所处时代的思考及责任,也是他承续自维科(Giambattista Vico)、伊波利特·阿道夫·泰纳(Hippolyte Adolphe Taine)、马克思、弗洛伊德等学者的批评方法——历史学家维科开启了用历史和地理对文学进行阐释的传统,而后泰纳提出时代、种族、环境作为文学阐释的三要素,马克思在此基础上又添加了经济这一要素,而弗洛伊德则启示威尔逊用心理分析的方法对作家、作品进行研究。

　　在威尔逊的文学批评中,我们随处可见他对文学所反映的社会与人生以及时代精神的深刻解读。在《追忆逝水年华》这部意识流的皇皇巨著中,威尔逊不仅看到了主人公的梦幻、沉思,还在其中看到了"上流社会丰富而生动的生活场面",这种对现实生活的敏感洞察和戏剧性描写与现实主义作家狄更斯相近。而作家所创作的文本,即使其内容极力避免对现实生活有所指涉,但其精神内核仍与社会现实高度相关,无法避免地带有时代刻下的烙印。譬如威尔逊对艾略特诗歌《荒原》进行分析,认为诗中所描写的荒原其所在就是"现代大城市中可怕的阴郁气氛"——劳动者们在办公室格子间的异化,被资本主义剥削剩余价值,还有战后的神经紧绷,它是对现代世界绝望与不安的书写,而威尔逊的看法奠定了在其后数十年间学界对《荒原》的批评基调。既然文本必然与社会现实相关联,文学写作和批评就理所应当地与现实生活紧密相连。在《阿克瑟尔的城堡》一书中,可以看到威尔逊在全书前后部分对象征主义文学的态度有一个较大的转变——从激赏到质疑,这种转变与美国 1929 年爆发的经济危机有关。在目睹了工人失业、自杀和资本主义造成的巨大社会混乱后,威尔逊开始接受马克思主义哲学,他开始意识到象征主义文学已经与现实生活脱节,象征主义"不再仅仅是一种典型的写作技巧,它更是代表了一种他此时正努力要反对的生活方式,他真正厌倦的是美国三十年代的道德和政治环境"[①]。

---

① 埃德蒙·威尔逊:《阿克瑟尔的城堡:1870 年至 1930 年的想象文学研究》,黄念欣译,南京:江苏教育出版社,2006 年,第 25 页。

首先,象征主义文学在表现主旨上抽离现实生活而沉迷于想象世界,"对生活缺乏好奇"导致的直接后果就是作家和文学文本表现出来的都是消极、颓废、与世隔绝——"我们在 19 世纪 80 至 90 年代所见到的幻灭思想与疲乏之感,与当时潜藏于象征主义之中的哲学观念有关"①。威尔逊将维里耶·德·利勒-亚当(Villiers de L'Isle-Adam)诗集中的主人公阿克瑟尔视为现代文学的象征。阿克瑟尔是一个生活在幻想中的王子,隐居于神秘的城堡之中。当他在现实世界中找到真正的爱人与巨大的财富时,却选择与爱人双双自杀,以逃避理想实现后的现实世界。威尔逊认为,阿克瑟尔的选择,也就是现代主义作家们的选择,他们逃避现实,无法直面真实的生活,现代主义文学成了纯粹的"做梦文学"或者说"主观文学"。其次,象征主义的语言特点——用语言模仿事物,用暗示召唤思想,充满了想象力和流动性——让象征文学获得了反抗传统的力量,在一定时候我们"必须使用象征,因为这种独特的、转瞬即逝而又朦胧的感受是无法直接用语言来加以说明或描述的,只能通过一连串的言词和意象来向读者进行暗示"②。但当象征主义文学的语言开始走向迷宫游戏,用隐喻堆砌制造混乱,人为地为交流和沟通制造障碍,这样的语言系统就不再是完全可取的了。毕竟无论何种形式的文学,它最终都是"人类沟通的技巧",是"人类语言表意的一次尝试"③,从功能上来看其实并无二致。威尔逊提出象征主义的两条道路,一是阿克瑟尔式的,以决绝之姿走向死胡同,二是兰波式的,用行动开辟出直面生活的崭新道路。在威尔逊看来,兰波式的才是象征主义文学发展的未来,由此他进一步表明未来的文学潮流将是象征主义与自然主义的结合,象征主义可以为"真实"带来新的定义,而自然主义可以带来现实世界的活力与行动力,它是主观与客观、个性化语言和科学语言的结合,它将"为我们

---

① 埃德蒙·威尔逊:《阿克瑟尔的城堡:1870 年至 1930 年的想象文学研究》,黄念欣译,南京:江苏教育出版社,2006 年,第 203 页。
② 同①,第 15 页。
③ 同①,第 62 页。

提供更丰富、幽微、复杂与完整的人类生活面貌和宇宙图景"①,《尤利西斯》已然让这种结合成为现实。

将文学与现实生活连接,是威尔逊骨子里的"老派文人"所做的必然选择,强调文学的社会功用,因为在威尔逊看来"艺术也是一种社会工程",它对人生、对社会具有价值导向作用。在《爱国者之血》(*Patriotic Gore*,1962)中,威尔逊以斯托夫人所著的《汤姆叔叔的小屋》(*Uncle Tom's Cabin*,1852)为例,认为它"是一颗炸弹"②,投入这个世界,因为它成功唤起了人们对奴隶制的反感和厌恶。如此,作家们身上肩负着的责任便是十分重大的,因为:

> 人类永远置于历史的批判之下,伟大的作家在某种方式之下时常为人类见证,故作家时常审核他提出的证物是件合理的事。在所有的时代里,这些皆是无可置疑的事实,但是处在一个充满危机,社会与精神的结构皆有急遽与广泛变动的时代中,此种批判便显得更悲哀且更富于戏剧性,在这种情况下,审核作品提出的证物,便成为作家们的当务之急。于是作家们脱离了纯粹美学的游戏,他们变得认真而踏实,由于这种方式的改变,他们吸引了无数热忱的读者。③

对文学和作家提出"给人以教导"的要求和评价标准让威尔逊似乎又成了一个恪守传统的"道学家",但实际上20世纪前期美国文学批评的两大阵营——社会历史文化学派与形式主义批评并非两条平行线,而是在互相攻讦和交流中互相补充。威尔逊在看重文学的伦理

---

① 埃德蒙·威尔逊:《阿克瑟尔的城堡:1870年至1930年的想象文学研究》,黄念欣译,南京:江苏教育出版社,2006年,第208页。
② 埃德蒙·威尔逊:《爱国者之血》,胡曙中等译,上海:上海外语教育出版社,1996年,第10页。
③ 埃德蒙·威尔逊:《文学评论精选》,蔡伸章译,台北:志文出版社,1986年,第77页。

价值的同时也并未将审美价值排除在外,新批评的代表人物韦勒克甚至说威尔逊在一定程度上也在捍卫"为艺术而艺术"的探索①。在《三重思想家》(The Triple Thinkers,1938)中,威尔逊记录下了自己与老师高斯去拜访新人文主义代表人物保罗·埃尔默·摩尔的一次经历。威尔逊试图与摩尔谈论艾略特、乔伊斯这样的现代主义作家,但这次对谈却令威尔逊深感失望,摩尔直言对现代艺术抱持欣赏态度的人势必无法真正地欣赏但丁、莎士比亚或弥尔顿,现代主义与古典文学之间有着无法调和的鸿沟,甚至让威尔逊产生他们要将"当时活着的最伟大的文学艺术家(乔伊斯)从文学中驱逐出去"的感觉。在摩尔辞世后,威尔逊不无讥讽地点评道:"他固执地认为人与文学的关系应保持一个现实的立场,即文学永远不会与他所理解的道德问题失去联系,他拒绝让自己被纯粹的审美或智性上的满足所诱惑。"②摩尔这位与道德家形影不离的"迂腐"学者在威尔逊看来并不具备足够的文学判断力———一味强调文学作品的道德规范而忽略美学维度,这种极端的保守态度使得新人文主义者们无法理解现代主义文学而依旧沉醉于古典文学的余晖之中。尽管在 20 世纪 30 年代威尔逊的思想经历了一次重大转折,在文学批评中融入了马克思主义,用以"充分揭示艺术作品的起源和社会意义",但威尔逊直言马克思主义并不能告诉我们艺术作品的好坏之分。在他看来,艺术有"短期"和"长期"之分,"短期"所指的就是为达到立竿见影的效果而进行的布道和宣传,而"长期"文学则试图总结人类的经验和规律,是对现实世界错综复杂的感知和洞察,这才是值得品读的文学。"如果一个人对文学没有真正理解,而仅仅是用马克思主义理论去看待文学的话……他很有可能陷入教条主义中"③,这种教条主义会把文学变成政治的传声筒,它在伦

---

① 雷纳·韦勒克:《近代文学批评史》(第六卷),杨自伍译,上海:上海译文出版社,2009 年,第 171 页。

② Edmund Wilson, The Triple Thinkers: Twelve Essays on Literary Subjects, Oxford: Oxford University Press, 1948, p. 17.

③ 同②。

理维度上也许具有社会价值,但只是一种工具性的使用,注定了其短期的生命力。在对道德伦理极端保守的新人文主义和政治上的激进分子的批评中,威尔逊没有偏狭地用道德维度和政治趣味看待文学,而始终将文学置于艺术的视角之下,在其文学批评中保有审美的维度,让文学在社会事物中占据着"相对自治的地位"。

三、推崇文学的心理补偿

1940年,威尔逊在普林斯顿所做的演讲中,提到自己在弗洛伊德那里找到了一种"武器"——通过对作家的心理和身体疾病等方面的分析寻求对文学现象的解释,由此他完成了批评文集《伤与弓》(*The Wound and the Bow*,1941)。从柏拉图的"迷狂说"到济慈的"消极能力说",对创作者心灵的关注和创作动机的研究一直是文学理论的一个重要主题,在浪漫主义后更是受到了极大的重视。自工业革命以来,种种动荡、变革和社会问题都让卷入其中的人直接体验到了危机感,它带来了人与人之间、人与现实的疏离,也带来了人类自身心灵的压抑。龚古尔兄弟在日记中这样写道:

> 自人类存在以来,它的进步、它的成就一直同感觉相类似。每一天,它都变得神经质,变得歇斯底里。而关于这种动向……你能肯定现代的忧郁不是源自它?何以见得这个世纪的忧伤不是源于过度工作、运动、巨大努力和剧烈劳动,源于它的理智力量紧张得几近爆裂,源于每一领域中的过度生产?①

现代人所面临的精神困境让文论家们开始关注作家的心灵。"艺术家的心灵介于感觉世界和艺术作品之间……艺术与现实之间的种

---

① 马泰·卡林内斯库:《现代性的五副面孔》,顾爱彬、李瑞华译,南京:译林出版社,2015年,第182页。

种显著差别,并非对于外在理想的不同反映所致,而是心灵内在的种种力量和活动使然。"①传统的艺术心理学认为,艺术是心灵感受外界后,通过心理活动和处理后生发的,正如柯勒律治所说:"在所有心灵进化的过程中,感知对象必须刺激心灵;心灵也必须对如此得自外界的食物进行消化和吸收。"②而弗洛伊德对艺术心理的看法不再停留在"外在世界给予心灵以刺激",而是认为艺术家就如同神经官能症患者一样,在心理或者身体上有着某种缺陷,在内心深处感受到强大的压抑。这些压抑需要宣泄的出口,由此就有了艺术创作。艺术创作对艺术家自己的人生而言既是"宣泄",更是"升华",文明往往诞生于此。

弗洛伊德对艺术的看法启发了威尔逊。早在《阿克瑟尔的城堡》中,威尔逊就表达了对作家个性的要求,因为文学的魅力正来自作家的个性,也就是作家心灵的种种活动和力量。作家深入自己的"潜意识"中,面对并暴露自我,这对揭示人性与人生有着重要意义。因此,"现代的诗人若要继续走过去的那条路,有希望能全面地处理人生的话,就必须为自己创造一个独特的个性,或者一种精神状态"③。这种独特的个性和精神状态,往往就来自缺陷和创伤。在对普鲁斯特进行批评时,威尔逊针对普鲁斯特的哮喘症和对母亲的依恋进行了一定分析,认为哮喘这一身体上的疾病使得普鲁斯特以疾病作为托词来逃避世界和社交,而这是他的作品中"幻灭"这一主题的重要来源。接着母亲的离世使得普鲁斯特失去了唯一的支持着他的人类关系,心理上的缺失"让他在人生中首次认真地埋首工作,以期能取代他已失去的支持"。这种缺失所形成的动力造就了最伟大的小说之一,而《追忆逝水年华》中那些含糊、扭曲的部分,正是他"怪诞的个性中的病态和特殊元素"④的投射。

其后,威尔逊将精神分析的方法渗透进其批评集《伤与弓》。书名

---

① M. H. 艾布拉姆斯:《镜与灯:浪漫主义文论及批评传统》,郦稚牛、张照进、童庆生译,北京:北京大学出版社,2015 年,第 181 页。

② 同①,第 196 页。

③ 埃德蒙·威尔逊:《阿克瑟尔的城堡:1870 至 1930 年的想象文学研究》,黄念欣译,南京:江苏教育出版社,2006 年,第 32 页。

④ 同③,第 132 页。

"伤与弓"是威尔逊在索福克勒斯的戏剧《菲罗克忒忒斯》(*Philoctetes*,前409)中发现的象征。菲罗克忒忒斯机缘巧合下得到了一把充满力量的神弓,成为特洛伊战争中希腊联军的领袖。但在一次祭神时,菲罗克忒忒斯却被一条蛇咬伤了脚,从此菲罗克忒忒斯被战友抛弃,独居了十年而伤口却从未愈合。在特洛伊战争胶着之际,神明预示唯有菲罗克忒忒斯的神弓才能取得胜利,在阿喀琉斯的小儿子托勒密斯的帮助下,菲罗克忒忒斯克服了身体的创伤,用手中的神弓帮助希腊结束了这场旷日持久的战争。故事中的神弓就是艺术天赋,而脚疾便是艺术家所经历的创伤,在威尔逊眼中,"天才和疾病,就像力量和残缺,密不可分地联系在一起"①。那么创伤与艺术天赋之间的联系在于什么呢? 威尔逊没有正面回答过这个问题。

在威尔逊笔下,创伤所带来的痛苦和心理疾患使得艺术家开启了创作之路,而这种创伤经历也是其艺术想象和艺术才能的来源。在《伤与弓》这本批评集中,威尔逊掌握了狄更斯、约瑟夫·鲁德亚德·吉卜林(Joseph Rudyard Kipling)、海明威、伊迪丝·华顿等作者的生平资料,从他们的过往经历中寻找作家们艺术创作的灵感和动机。比如狄更斯窘迫的童年经历使得他对监狱、谋杀以及儿童的故事格外钟情,华顿夫人在不幸的婚姻中得到了写作这样的精神性补偿。威尔逊认为"伟大的小说家……必须向我们展示各种巨大的社会力量或人类精神的斗争与冲突"②。而创伤经历天然地为艺术家的心灵提供了一个斗争与冲突的场所,所以创伤在某种程度上,就是艺术才能的来源,两者具有同一性。但以弗洛伊德的理论来看,人生来就是会遭受压抑的,如果忽略程度,这种压抑是普遍的,尤其在现代社会。人人都患有不同程度的神经官能症,但不可能人人都是艺术家。艺术家需要做的是将内心世界外化,把精神世界中的斗争与冲突转化为艺术品。正如伊格尔顿所说,"与其他幻想者不同,艺术家懂得怎样以别人可以接受

---

① Edmund Wilson, *The Wound and the Bow: Seven Studies in Literature*, Boston: Houghton Mifflin, 1941, p. 292.

② 同①,第103页。

的方式重新加工、形成和软化他自己的白日梦。"①特里林也认为,唯有艺术家,"成功地将自己的神经症进行了客体化的处理,对其加以塑造,还能与他人分享"②,在清醒状态下审视并把握住了处于斗争之中的自我,所以白日梦成了艺术。

在威尔逊看来,创伤经历是艺术家一生的主题。而艺术家的"作品都是试图去消化这些早期的打击和磨难,向自己解释它们,并绘制一个可以理解的能够接受的世界"③,即作家构造的艺术世界是对自己创伤的替代性满足,是接受创伤、与创伤共存的心理安慰,是人类智慧的胜利。"无论是在历史上、哲学上还是在诗歌中,艺术都让我们感到深深的满足:我们已经治愈了一些混乱的痛苦,解除了一些无法理解的事件带来的沉重负担。"④而经历着创伤的艺术家,尽管"会对他所处的社会感到厌恶,不时地堕落、无助",但他的创作会使得"人人都会尊重他,因为芸芸众生都需要它"。换言之,人类需要艺术,而艺术家也因其创作而获得众人的理解和社会地位,获得对自我心灵的疗愈。威尔逊通过对创作者心理进行研究,对"潜意识"文本深入挖掘,获取了解读艺术作品、解读人性的密码。而威尔逊对精神分析的运用,也是在探索怎样"解除自己的痛苦,创造更多的幸福","献身于使人类从阻碍他们的满足与健康存在的东西中解放出来"⑤,在根源上来说,用精神分析对艺术家心灵的探寻依旧是威尔逊人文主义思想的又一次大胆实践——在对文学的坚守中,寻求人类的幸福与进步。

---

① 特雷·伊格尔顿:《二十世纪西方文学理论》,伍晓明译,西安:陕西师范大学出版社,1987 年,第 197 页。

② 莱昂内尔·特里林:《知性乃道德职责》,严志军、张沫译,南京:译林出版社,2011 年,第 103 页。

③ 转引自邵珊、季海宏:《埃德蒙·威尔逊》,南京:译林出版社,2013 年,第 78 页。

④ Edmund Wilson, *The Triple Thinkers: Twelve Essays on Literary Subjects*, Oxford: Oxford University Press, 1948, p. 254.

⑤ 同①,第 211 页。

第三节

约翰·杜威对自然主义经验论的革故鼎新①

约翰·杜威(John Dewey,1859—1952)是 20 世纪人文与社科领域的学术巨人,在教育学、心理学、伦理学、哲学、美学等诸多领域取得了举世瞩目的成就。《艺术即经验》(*Art as Experience*,1934)是其在艺术与美学领域最重要的代表作。门罗·C. 比厄斯利(Monroe C. Beardsley)称赞《艺术即经验》"具有一种自发性气势,有新的发现、视野新鲜、蕴含的意味极其丰富。人们普遍认为,这是我们这个世纪到现在为止用英语(也许是用所有语言)写成的美学著作中最有价值的一部"②。虽然有学者认为"《艺术即经验》是自相矛盾的方法与没有训练的推理的大杂烩"③,但比厄斯利的判断获得了更多学者的认可。

作为学术巨人,杜威尝试建构一种新的理解艺术或美学的范式。④ 他要解决的是艺术产生的根源、性质、表现的形式与实质等重大问题。他改造、重构自然主义与经验论,借此建构出自然主义经验论的美学体系。由于杜威致力于建构体系性与范式性的理论,支撑其艺术或美学的重要理论潜藏在哲学中。这并不是我们的猜测与臆想,而是杜威在《艺术即经验》的序言中明确交代的事情。"我从那些我现在已经无

---

① 本节由宁宝剑撰写。

② 门罗·C. 比厄斯利:《西方美学简史》,高建平译,北京: 北京大学出版社,2006 年,第 333 页。

③ Arnold Isenberg, "Analytical Philosophy and the Study of Art," *The Journal of Aesthetics and Art Criticism*, 46(1987), p. 128. 阿诺德·伊森伯格的看法是有一定道理的,这可以在《艺术即经验》的目录中得到验证。最明显的表现是这本书的目录很难梳理出内在的逻辑。

④ 杜威在 70 多岁的高龄,依然老骥伏枥,志在千里,试图建构理解艺术与美学的范式。在当代哲学的领域中,有此雄心并能完成者,除杜威外,还有现代解释学的创始人伽达默尔。与伽达默尔一样,杜威的《艺术即经验》成为美国研究者汲取研究灵感的源泉。实用主义美学与身体美学一直从杜威的艺术或美学研究汲取灵感就是最好的例证。

法回忆起来的源泉之中汲取了很多的东西。此外,某些作者对我的影响,要远比书中提到的大得多。"①这意味着研究杜威建构艺术与美学所征用的理论资源,其范围要以《艺术即经验》为起点,向前追溯。

一、杜威自然主义经验论的演进

乔·安·博伊兹顿(Jo Ann Boydston)主编的《杜威全集》(*The Collected Works of John Dewey, 1882 - 1953*, 1967—1987)将杜威的学术生涯分为三期,早期是 1882 年至 1898 年;中期是 1899 年至 1924 年;晚期是 1925 年至 1953 年。受此启发,我们也在三期的划分模式中探讨杜威的艺术与美学思想。读者借此分期模式可以进一步了解杜威建构自然主义经验论所汲取的理论资源、学术立场与批判指向。

杜威的艺术与美学研究始于其学术生涯的早期,那时他初步认识了心理学主导下的美学研究模式;在学术生涯的中期,他继续关注美学的研究,建构出具有杜氏风格的经验论;在学术生涯晚期,杜威写出《经验与自然》(*Experience and Nature*, 1925/1926)②与《艺术即经验》,建构出自然主义经验论。

(一)杜威在艺术与美学方面研究之概述

在学术生涯的早期,杜威初步显露出对艺术与美学的研究兴趣。杜威在佛蒙特大学求学期间修读过艺术理论(theory of fine arts)的课程。③ 杜威美学研究肇始于 1887 年发表的《心理学》(*Psychology*)。该书第 15 卷的"美感"研究意味着杜威从心理学的角度考察美感问题。④ 此

---

① 约翰·杜威:《艺术即经验》,高建平译,北京:商务印书馆,2010 年,第 vii 页。

② 杜威《经验与自然》的出版与修订的情况,请参见杜威:《杜威全集·晚期著作(1925—1953):第一卷(1925)》,傅统先、郑国玉、刘华初译,上海:华东师范大学出版社,2013 年,第 333—343 页。

③ George Dykhuizen, *The Life and Mind of John Dewey*, Carbondale: Southern Illinois University Press, 1974, p. 44。

④ 参见约翰·杜威:《杜威全集·早期著作(1882—1898):第二卷(1887)》,熊哲宏等译,上海:华东师范大学出版社,2010 年,第 212—222 页。

后,1893 年发表的书评《评伯纳德·鲍桑奎的〈美学史〉》("*A History of Aesthetic* by Bernard Bosanquet")和 1897 年的论文《教育中的审美因素》("The Aesthetic Element in Education")是杜威美学与艺术研究的继续。在学术生涯早期,他具备了美学研究的能力,初识心理学主导下的美学研究模式,为以后的美学研究奠定了基础。

在学术生涯的中期,杜威关心艺术与美学类的研究成果,特别关注桑塔亚纳在自然主义美学方面取得的研究进展。1902 年,杜威为《哲学与心理学词典》(*Dictionary of Philosophy and Psychology*)撰写过一些词条,包括艺术中的"自然主义"(naturalism)词条。1903 年,他在《科学》(*Science*)上发表文章《圣路易斯艺术和科学大会》("The St. Louis Congress of the Arts and Sciences")[①]。自 1906 年起,杜威就一直关注桑塔亚纳在美学与艺术方面的研究,并为其著作撰写书评。

在学术生涯的晚期,杜威建构出自然主义经验论的美学体系,发表了一系列与艺术、美学相关的专著与论文。杜威在自然主义经验论方面的研究成果主要体现在《经验与自然》与《艺术即经验》中。《经验与自然》的第九章"经验、自然和技艺"集中体现了杜威的艺术思想。但篇幅限制了观点的论证与展开,直到《艺术即经验》的出版,其见解才充分展开。此外,杜威还发表了不少艺术与美学的研究文章。[②]

---

① John Dewey, "The St. Louis Congress of the Arts and Sciences," *Science*, 18.452(1903), pp. 275 – 278.

② 杜威在 1928 年发表书评《作为艺术的哲学》("Philosophy as a Fine Art"),评论桑塔亚纳的《本质的领域》("The Realm of Essence", 1927);1935 年,他撰写《〈雷诺阿的艺术〉序言》;1937 年,发表书评《艺术的题材》,评论沃尔特·阿贝尔(Walter Abell)的《表现与形式:表现艺术的美学价值研究》("Representation and Form: A Study of Aesthetic Values in Representational Art", 1936),发表文章《装饰艺术博物馆的教育功能》("The Educational Function of a Museum of Decorative Arts"),发表演讲《在宾夕法尼亚艺术博物馆就"艺术表现之诸形式"作的报告》("Report on 'Form of Art Exhibition' at the Pennsylvania Museum of Art");1938 年,杜威在菲利普美术馆为华盛顿舞蹈协会作题为《艺术哲学》的演讲;1940 年 4 月 25 日,杜威在广播节目 WMAL 发表演讲《我们的艺术遗产》("Art as Our Heritage");1947 年,他发表《〈超越"艺术"之路——赫伯特·拜尔的作品〉序言》("Introduction to Alexander Dorner's *The Way beyond 'Art'—The Work of Herbert Bayer*");1948 年,他发表《〈艺术活动 (转下页)

厘清杜威早期与中期在艺术与美学方面的研究成果,能让读者更好地理解杜威建构的自然主义经验论。正如前文所言,《艺术即经验》的序言已经向读者揭示了其美学所借鉴的理论资源,但更深层次、更为始基性的资源被遮蔽。研究这种更深层次的学理资源,需要审视杜威早期与中期在艺术与美学方面的研究成就,参考他在经验论与自然主义方面的长期积累与思考,品读他所自述的学缘。

(二)自然主义经验论美学的出场

在美国自然主义美学家中,杜威也许是最重要、最有创见的美学家之一。在美国自然主义的美学谱系中,威廉·詹姆斯、乔治·桑塔亚纳、艾伯特·C. 巴恩斯(Albert C. Barnes)、杜威、戴维·W. 普劳尔(David W. Prall)、C. I. 刘易斯(C. I. Lewis)、斯蒂芬·C. 佩珀(Stephen C. Pepper)等是较有影响力的美学家①。在某种程度上,杜威批判性地继承了桑塔亚纳与巴恩斯的自然主义美学思想,建构出一个更为精致、更富有原创性的美学体系。美国学者门罗·C. 比厄斯利对这一观点早有清楚的表述:"自然主义美学最完整、最有力的表述是 J. 杜威的《艺术即经验》。"②遗憾的是,根据目前看到的材料,我们并未发现杜威称自己的美学为自然主义美学。

杜威反复强调被许多评论者忽视的观点:其美学或艺术并不能被简单地命名为自然主义,而是自然主义与经验论的结合体。其《艺术即经验》坚持生命有机体的人与环境相互作用,由此产生了经验。审美经验是经验的重要组成部分。在此逻辑推理中,杜威得出结论:艺术即经

(接上页)的展开〉序言》("Foreword to Henry Schaefer-Simmern's *The Unfolding of Artistic Activity*");1950 年,发表《作为一个初始阶段和作为一种艺术发展的审美经验》("Aesthetic Experience as a Primary Phase and as an Artistic Development")。未发表的作品是《托尔斯泰的艺术》。

① 关于普劳尔、刘易斯与佩珀在自然主义美学方面所作出的贡献,请参考门罗·C. 比厄斯利:《西方美学简史》,北京:北京大学出版社,2006 年,第 313—314 页。

② M. C. 比尔兹利:《二十世纪美学》,载 M. 李普曼《当代美学》,邓鹏译,北京:光明日报出版社,1986 年,第 6 页。邓鹏将 Beardsley 译为"比尔兹利",此处统一为"比厄斯利"。

验。《艺术即经验》的第一章与第二章之后,他开始探讨如何"拥有一个经验"。在这一部分,自然主义与经验是紧密不可分割的统一体,两者有机地构成了自然主义经验论。

《经验与自然》的书名已经试图告诉读者,杜威的哲学可以被概括为"经验的自然主义"与"自然主义的经验论"。《经验与自然》是杜威最重要的哲学著作。他至少两次提醒读者注意"经验的自然主义"与"自然主义的经验论"在该书中的重要性。在此书的序言中,杜威清晰地告诉读者,该书的研究方法是"经验的自然主义"的方法。

> 我相信,本书中所提出的这个经验的自然主义的方法,给人们提供了一条能够使他们自由地接受现代科学的立场和结论的途径,而且这是唯一的途径,虽然绝不会有两位思想家会以完全相通的式样在这条道路上旅行。这个旅行一方面使我们能够成为一个真正的自然主义者,而另一方面仍然维护着许多以往所珍爱的价值,只要它们是经过了批判的澄清和增加了新的力量的。①

按照杜威的理解,"经验的自然主义"的方法既保证了哲学研究的科学性,又让哲学中旧有的人文主义精神焕发了新的生命与活力。在《经验与自然》的第一章中,杜威又明确地表示,该书的题名"就是想表明这里所提出的哲学或者可以称为经验的自然主义,或者可以称为自然主义的经验论"②。值得注意的是杜威在此并未区分经验的自然主义与自然主义的经验论,但是在其《艺术即经验》中,自然主义是拥有一个经验的基础,经验是自然主义的结果。在此,自然主义与经验论并不是一种修饰与决定的关系,而是共同处于一个有机体中。为行文方便,我们选择自然主义经验论的表述方式:自然主义前置意味着基础,

---

① 杜威:《原序》,载《经验与自然》,傅统先译,北京:商务印书馆,2014 年,第2—3 页。
② 杜威:《经验与自然》,傅统先译,北京:商务印书馆,2014 年,第 1 页。

而经验被后置意味着结果。此种选择只是提醒读者注意自然主义与经验的作用,而不是让读者在自然主义经验论与经验的自然主义之间进行抉择。

杜威在学术生涯中期已经对艺术与哲学领域中的自然主义概念有所认识。他为《哲学与心理学词典》撰写的"自然主义"词条中,主张它是"一种理论,认为'遵循自然'是艺术的真正目的。描绘风景或人物时不带主观理想;对于与个人或普通的兴趣和良心相对的那些成分绝不遗漏"①。在该词典中,哲学中的自然主义被界定为"一种理论:全域或经验的整体可通过类似于物理科学那样的方法得以说明,而且只需求助于当前的物理科学或自然科学观念;更为具体的是指,心灵或道德过程可归化为自然科学的术语或范畴"②。杜威撰写的艺术中的自然主义词条,与今天的理解基本一致。但哲学中的自然主义概念,与今天的理解差别较大。有研究者认为直到 20 世纪上半叶,自然主义才在杜威与胡克等美国哲学家的手中成为哲学领域的关键词。"在当代哲学中,这个术语'自然主义'没有任何确切的含义。其现在的用法起源于 20 世纪上半叶美国的辩论。从这一时期起,自称为'自然主义者'的人包括约翰·杜威、欧内斯特·纳高、悉尼·胡克(Sidney Hook)与罗伊·伍德·塞拉斯(Roy Wood Sellars)。"③至杜威学术生涯的晚期,杜威开始在《经验与自然》中建构了以自然主义为基础的经验哲学体系。

(三)自然主义经验论隐而不彰的理论来源

杜威的美学理论是对传统的自然主义与经验论革故鼎新后建构出的自然主义经验论美学。他在《艺术即经验》的序言中明确指出其

---

① 约翰·杜威:《杜威全集·中期著作(1899—1924):第二卷(1902—1903)》,张留华译,上海:华东师范大学出版社,2011 年,第 110 页。

② 同①。

③ David Papineau, "Naturalism," *The Stanford Encyclopedia of Philosophy* (Summer 2021 Edition), edited by Edward N. Zalta, https://plato.stanford.edu/archives/sum2021/entries/naturalism/, accessed September 21, 2021.

艺术或美学研究所受益的理论资源,但也坦率地承认省略了一些对他有重大影响的理论。他所忽略的理论资源在确立经验的起源、拥有经验、表现经验等内容中,作用尤为突出。

　　巴恩斯是杜威所明确承认对其撰写《艺术即经验》有很大影响与帮助的艺术研究专家。杜威在《艺术即经验》中的序言中向约瑟夫·拉特纳(Joseph Ratner)、迈耶·夏皮罗(Meyer Schapiro)、欧文·埃德曼(Irwin Edman)、悉尼·胡克致谢,感谢这些人提供的宝贵资料与批评性的建议。如果说这些致谢是因为上述学者提供了资料与写作方式等方面的帮助,那么巴恩斯对杜威的影响则更重大。其实杜威与巴恩斯在艺术与美学方面的影响与被影响是比较复杂的问题。巴恩斯的《绘画中的艺术》(The Art in Painting, 1925; 1928、1937年修订)受杜威的影响极大,所以题献给杜威:"杜威的经验概念、方法和教育鼓舞了我的研究工作,《绘画中的艺术》是研究工作的一部分。"此后,杜威在《艺术即经验》的致谢为"怀着感激之情献给艾伯特·C. 巴恩斯"。杜威在《艺术即经验》的序言中说就"这本书曾逐章与巴恩斯讨论过,但他对这些章的评论和批评仅仅只是他对我的帮助的很小的一部分。在好几年的时间中,我从与他的谈话中得到了许多教益,许多谈话都是在他那无与伦比的藏画前进行的。这些谈话与他的书都是我关于哲学美学的思考形成的主要因素"①。毋庸讳言,巴恩斯对杜威形成艺术与美学思想的过程具有重要作用,提供了某些可资参考的见解,但并没有在杜威建构美学体系方面提供太多帮助。与此形成鲜明对照的是杜威在建构体系方面给予巴恩斯的帮助是重大的、决定性的。②

　　杜威的艺术与美学理论受惠于达尔文、托马斯·亨利·赫胥黎

---

① 约翰·杜威:《艺术即经验》,高建平译,北京:商务印书馆,2010年,第2页。
② 巴恩斯在《绘画中的艺术》的序言中明确提及他受桑塔亚纳与杜威的影响。"这种技术,就其在普通心理与逻辑方面,起源于杜威在发展科学方法中写出的重要作品,对于美学心理学的主要原则,我受惠于桑塔亚纳和我的同事劳伦斯·伯迈耶(Laurence Buermeyer)。"参见 Albert C. Barnes, "Preface," in The Art in Painting, New York: Harcourt, Brace and Company, 1925, p. 11。

（Thomas Henry Huxley）与桑塔亚纳的学说,这些虽然不被杜威专门提及,却是建构自然主义经验论美学最为重要的理论资源。稍微浏览《艺术即经验》的序言,我们无法直接发现杜威的艺术与美学理论受惠于达尔文、赫胥黎与桑塔亚纳的学说。但杜威的一处"闲笔"提醒读者,仅仅关注他提到的某些作者对其艺术与美学的影响是不够的,而要在更深层次上追溯他的理论谱系。"我从那些我现在已经无法回忆起来的源泉之中汲取了很多的东西。此外,某些作者对我的影响,要远比书中所提到的大得多。"①更为重要的是,未被提及的学者在杜威建构艺术与美学中所起的是始基性的作用。这些学者至少包括达尔文、赫胥黎与桑塔亚纳。

二、自然主义的推陈出新

前文一直试图表明杜威的美学并不能被简单地理解为自然主义美学,更准确的表述或许应该是"自然主义经验论"美学。"自然主义经验论"看起来似乎是自然主义加经验论,好像是简单的数学加减法。若读者对哲学体系与美学思想的建构有所了解,将会知晓建构"自然主义经验论"的理论大厦所要面对的困难与挑战。在理论建构的世界中,并不能用简单的数学加减法去理解,而只能用"综合"这样特定的哲学术语来理解与体会。在此,仅以"自然主义经验论"体系的建构为例,杜威如果仅仅是遨游在自然主义美学或经验论美学的汪洋大海之中,很可能就如普通读者或者研究者一样,或者沉迷于几个高大上的概念而无法自拔,或者只对概念所搭建的体系有所认识与理解,仅此而已。显然,杜威的"自然主义经验论"是综合,是开启美学新篇章的宝贵尝试。在杜威建构美学的过程中,他认真研读自然主义者达尔文、赫胥黎与桑塔亚纳的重要学术著作,撰写书评与专著,积极参与并推进自然主义美学的建构进程。在此过程中,他对自然主义美学进行了推陈出新的尝试,付之于笔端后,逐渐让自然主义美学呈现出新面相与新境界,即自然主义经验论。

① 约翰·杜威:《艺术即经验》,高建平译,北京:商务印书馆,2010年,第1页。

（一）杜威与达尔文

杜威哲学与达尔文生物进化论的关系已经引起研究者的关注,但其美学、艺术理论与达尔文生物进化论的关系有待进一步的辨析。根据克里斯托弗·佩里科内(Christopher Perricone)的考证,伊丽莎白·弗劳尔(Elizabeth Flower)、默里·墨菲(Murray Murphey)、保罗·亚瑟·席尔普(Paul Arthur Schilpp)、乔治·迪克赫伊曾(George Dykhuizen)、布鲁斯·库克里克(Bruce Kuklick)、托马斯·A.古奇(Thomas A. Goudge)等学者已较深入地探讨过达尔文生物进化论对杜威哲学的影响①,"然而,杜威的达尔文主义艺术哲学缺席于学者对达尔文与杜威的关系的研讨中"②。下文拟对杜威的艺术、美学与达尔文的生物进化论的关系进行深入探究。

达尔文的学说是杜威建构哲学、美学甚为倚重的学说。这表现为杜威引用达尔文的频率之高,令人惊讶。根据《杜威全集·索引卷(1882—1953)》的统计,杜威引用达尔文的名字 32 次,论及达尔文的学说达 26 次。③ 如此高频度的引用折射出杜威在推广与传播达尔文主义方面的重大贡献④,更显示了杜威对达尔文学说的倚重。

1909 年,杜威在《通俗科学月刊》(Popular Science Monthly)上发表论文《达尔文主义对哲学的影响》("The Influence of Darwin on Philosophy"),以毋庸置疑的口吻断言达尔文的著述具有革命性的影响:"《物种起源》(Origin of Species)的发表,标志着自然科学进程中的一个新纪元……《物种起源》引进了一种新的思维方式,它最终必定

---

① Christopher Perricone, "The Influence of Darwinism on John Dewey's Philosophy of Art," *The Journal of Speculative Philosophy*, 20.1(2006), p. 38.

② 同①,第 22 页。

③ 约翰·杜威:《杜威全集(1882—1953):索引卷》,朱华华翻译整理,上海:华东师范大学出版社,2018 年,第 187—188 页。此卷列出达尔文及其学说出现的总次数为 68 次,但在各卷的导言中出现了 10 次。

④ 江怡:《译后记》,载约翰·杜威《杜威全集·中期著作(1899—1924):第六卷(1910—1911)》,马路、马明辉、周小华等译,上海:华东师范大学出版社,2010 年,第 447 页。

会改变知识的逻辑,并因此而改变人们对待道德、政治以及宗教的方式。"①杜威认为达尔文的《物种起源》揭示了自古希腊以来已经存在却被压抑的物种观念对人类的重要意义。根据他的理解,在古希腊的社会中,物种观念在古希腊人的知识生活中已经占有重要的地位。

> 古希腊人在开启欧洲人的知识生活中对动植物的生命特征印象深刻;确实如此印象深刻,以至于古希腊人让这些特征成为界定自然与解释精神、社会的关键所在。真诚地讲,生命是如此奇妙,以至于生命神秘性的成功解读似乎有可能导致人类相信宇宙万物是在人类的控制之下。古希腊人对这种神秘的描述,古希腊对知识目的与标准的阐释,最终体现在物种这一单词中。物种影响哲学长达 2 000 年。②

杜威将物种观念追溯到古希腊人对动植物生命特征的理解,无论这种追溯是否正确,至少也要承认这是富有雄心的壮举。在古希腊人对物种生命的理解中,杜威确立了自己的哲学要以生物有机体作为逻辑构成的起点的信念。

杜威真诚地相信达尔文的《物种起源》所具有的革命性的力量,自觉地"将达尔文的自然主义精神带入到美学之中,为美学提供了一个新的支点"③。这种革新性的力量在"活的生物"(live creature)中表现得尤为明显。杜威在《艺术即经验》中试图通过"借鉴—创制"术语"活的生物",借以建立理解艺术的基础。他曾愤怒地质问为什么不能

---

① 约翰·杜威:《达尔文主义对哲学的影响》,载《杜威全集·中期著作(1899—1924):第四卷(1907—1909)》,陈亚军、姬志闯译,上海:华东师范大学出版社,2010年,第3页。

② John Dewey, *The Influence of Darwin on Philosophy and Other Essays in Contemporary Thought*, New York: Henry Holt and Company, 1910, p. 3.

③ 高建平:《译者前言》,载约翰·杜威《艺术即经验》,高建平译,北京:商务印书馆,2010 年,第 xviii 页。高建平敏锐地把握到达尔文的自然主义对杜威的影响,但并未指出这种影响是什么。

通过生物人解释艺术问题,生物人所在的生活世界为何受到不公正的
待遇,为什么不能在生物人与生活的互动中发现艺术的奥秘。[①] 在他
看来,人类贬低日常生活世界,无视人的生物属性,与西方自柏拉图哲
学以来贬低现象世界有很大的关系。"近代以来,心理学家与哲学家
沉湎于知识问题,将'感觉'当成仅仅是知识的因素。"[②]近代以来的这
种倾向,看似为感觉与经验正名,实为贬低。感觉,即生物有机体与日
常生活世界相互作用所引发的刺激,是人类经验的始基。感觉必须借
助于生物有机体的感官才能成为可能。有鉴于此,杜威拎出"活的生
物"作为理解艺术的起点。似乎怕读者不理解这个术语的重要性,杜
威让"活的生物"作为第一章标题,无视标题与内容之间的脱节。他如
此设置标题是希望以"活的生物"为基点,"这就使美学建立在了一个
新的基础之上"[③]。需要指出的是,杜威在"活的生物"之上建构艺术
或美学理论,自然是新的基础,但杜威只是新的基础之上的推动者,而
不是最早将这种新的理论用在艺术或美学中的人。

　　杜威审美性质的论述是建立在对达尔文"情感表现"论的扬弃之
上的。杜威认为达尔文的《人类和动物的情感表现》(*The Expression
of the Emotions in Man and Animals*,1872)"充满着处于简单的有机状
态的情感在环境中以直接而明确的行动发泄的大量例证"[④]。他认为
无节制地发泄情感将破坏情感的表现,打乱艺术表现的节奏。他论
证道:"在完全的释放被推迟,通过一系列有规则的积累与保存的周
期,通过循环出现的对称的休止而划分出间隙之时,情感的显示才成
为真正的表现,获得审美的性质;并且,也只有在这种情况下才是如
此。"[⑤]杜威的见解在今天看来依然有其合理性。中国新月派诗歌的
创作实践已经令人信服地说明节制对诗歌艺术的重要性。

---

① 约翰·杜威:《艺术即经验》,高建平译,北京:商务印书馆,2010 年,第 23 页。
② 同①,第 25 页。
③ 高建平:《译者前言》,载约翰·杜威《艺术即经验》,高建平译,北京:商务印
书馆,2010 年,第 xviii 页。
④ 同①,第 181 页。
⑤ 同①,第 181 页。

（二）杜威与赫胥黎

杜威在《从绝对主义到实验主义》（"From Absolutism to Experimentalism", 1930）中明确承认赫胥黎对其深远的影响。1930年，杜威的学术自传以"从绝对主义到实验主义"为题，载于乔治·普林顿·亚当斯（George Plimpton Adams）与威廉·佩珀雷尔·蒙塔古（William Pepperell Montague）主编的《当代美国哲学：个人声明》（*Contemporary American Philosophy: Personal Statements*, 2004）。在这篇文章中，他满怀深情地回忆了赫胥黎对其学术生涯的影响。具体表现在如下两个方面：

一方面，杜威认为赫胥黎的著作激发了他对哲学的兴趣。"杜威本科时就读过赫胥黎（Huxley）的《初级生理学》（*Lessons in Elementary Physiology*, 1866）。"[①]当他年过 70 的时候，回首自己的学术生涯，他坚信赫胥黎的《初级生理学》激起了他的哲学兴趣。"但现在回头看，激发了我的哲学兴趣的是我在三年级上的一门课程，那是一门生理学课，课时不多，不需要做实验，所用的教材是赫胥黎的一本著作。"[②]杜威的研究有强烈的思辨色彩，这种治学风格的影响源头也许可以追溯至赫胥黎的《初级生理学》。

另一方面，杜威承认在《初级生理学》中了解到一种认识事物的方式。在杜威的印象中，生理学课程的学习让他"意识到相互依存性以及相互关联的整体"[③]。"相互依存性以及相互关联的整体"强调有机体、环境与互动。此外，这种整体的模式让他"产生了一种看待事物的方式或者说模式，认为任何领域里的事物都应该与此相符"[④]。罗伯

[①] 托马斯·亚历山大：《杜威的艺术、经验与自然理论》，谷红岩译，北京：北京大学出版社，2010 年，第 19—20 页。

[②] 约翰·杜威：《从绝对主义到实验主义》，载《杜威全集·晚期著作（1925—1953）：第五卷（1929—1930）》，孙有中等译，上海：华东师范大学出版社，2013 年，第 111 页。

[③] 同②。

[④] 同②，第 112 页。

特·B. 塔利斯(Robert B. Talisse)已经认识到有机体、环境与互动这
些术语对杜威哲学的重要性。[①] 这意味着杜威建构哲学与美学的基点
已经初具雏形。这种认识的方式和模式就是杜威在《艺术即经验》中
反复提及的生命有机体与环境的相互作用。

　　杜威不但指出赫胥黎对自己的影响,而且还修正了后者的观点,延
续了达尔文所开创的自然主义谱系。1893 年,赫胥黎在乔治·约翰·
罗马尼斯(George John Romanes)讲座发表题为"进化论与伦理学"的演
讲。他主张"猿与虎的生存斗争方式与合理的伦理原则是水火不容
的"[②]。"猿与虎的生存斗争方式"被杜威归纳为宇宙进程,"合理的伦
理准则"被归纳为伦理进程。"宇宙进程的准则是竞争和对立,伦理进
程的准则是同情与合作。"[③]杜威认为赫胥黎二元对立式的解读,违背
了他自己倡导的自然主义一元论。

　　首先,杜威反对宇宙与伦理的二元结构的理解方式,而坚决以进
化论观念认识自然、社会与人生。他认为"从整体进化过程的角度来
理解","我们在现实中作为人的特性并不和他整个自然环境冲突。我
们只不过是把环境的一部分拿来作参照,用以改变它的另一部分。人
不是与自然对抗的。他是利用自然状态的一部分来控制另一部
分"[④]。据此,杜威推导出结论,"整体环境条件中的'适者',就是最好
的;事实上,我们衡量是不是最好的唯一标准,即是否能发现与环境条
件相统一"[⑤]。显而易见,杜威坚持以进化论的原则中的"适者"作为
伦理原则,而不是另立伦理原则。

　　其次,杜威认为人类遗传而来的生物本能是道德之源。赫胥黎描
述过在文明社会中秉承生物本能做事的人要受到惩罚,主张应该依照

---

①　罗伯特·B. 塔利斯:《杜威》,彭国华译,北京:中华书局,2014 年,第 12 页。
②　赫胥黎:《进化论与伦理学:附〈天演论〉》(全译本),宋启林、严复译,北京:
北京大学出版社,2010 年,第 23 页。
③　约翰·杜威:《进化与伦理学》,载《杜威全集·早期著作(1882—1898):第五
卷(1895—1898)》,杨小微、罗德红等译,上海:华东师范大学出版社,2010 年,第 27 页。
④　同③,第 28—29 页。
⑤　同③,第 30 页。

伦理原则惩罚这类以生物本能行事的人。① 杜威承认人类的生物本能需要限制与约束,但并不认同将其看作罪恶之源。相反,他主张"所谓由遗传而来的动物性本能和冲动,不仅是道德行为的刺激,而且是道德行为之源"②。

虽然赫胥黎在伦理学中并未坚持自然主义一元论,但一元论的信念在杜威心中已经生根发芽,使他在美学中践行一元论的信念。杜威坚持建构自然主义美学并不是没有同路人,同时代的哲学家桑塔亚纳也在发展自然主义美学;令杜威深感遗憾的是,桑塔亚纳的美学并没有将自然主义一元论坚持到底。

(三) 杜威与桑塔亚纳

杜威非常熟悉桑塔亚纳的哲学与美学,为后者写过甚为用心的书评,赞赏地引用过后者的美学见解,又批判式地继承了后者所发展的自然主义美学思想。

托马斯·亚历山大(Thomas Alexander)在注释中详细地考查了杜威在 1906 年至 1928 年为桑塔亚纳的《理性的生活》与《本质的领域》(*The Realm of Essence*, 1927)等书所撰写的四篇书评,简要地勾勒了杜威对桑塔亚纳的哲学与美学的认识过程。③ 最初杜威认为桑塔亚纳的哲学观点是"自然主义的唯心主义"④。至桑塔亚纳的《本质的领域》出版后,杜威伤感地发现,桑塔亚纳已经背离了自然主义的观念。

观念和理念的领域扎根于自然当中,并在自然中形成它

---

① 赫胥黎:《进化论与伦理学:附〈天演论〉》(全译本),宋启林、严复译,北京:北京大学出版社,2010 年,第 23 页。

② 同①,第 34 页。

③ 托马斯·亚历山大:《杜威的艺术、经验与自然理论》,谷红岩译,北京:北京大学出版社,2010 年,第 60 页。

④ 约翰·杜威:《理性的生活,或者人类进步的阶段》,载《杜威全集·中期著作(1899—1924):第三卷(1903—1906)》,徐陶译,上海:华东师范大学出版社,2010 年,第 242 页。

的顶点;观念与理念的领域注定是一朵自然之花,可是这朵
花永远不能结出能够再次扎根于自然的果实,然而,这朵花
依然是可爱的,它是经验与人类生命的目的(在唯一可理解
的意义上)。然而,那些在这种自然主义观念论的意义上来
揭示桑塔亚纳的人,现在看起来似乎错了。他们误将桑塔亚
纳戏剧性再现的人类获得关于观念和理念的知识的历史,当
作了对观念本身如何产生的解释。①

　　上述引文完美地展现了杜威对桑塔亚纳哲学的态度。"观念和理
念的领域扎根于自然当中"的论断中已经蕴含美或艺术扎根于自然之
中的信念。桑塔亚纳所持的这种信念让杜威发现了知音,他自然不遗
余力地为桑塔亚纳写书评。到1928年,杜威遗憾地发现,他与桑塔亚
纳的艺术哲学或美学上有本质的分歧:杜威认为艺术哲学或美学的
本质要在自然中寻找,而桑塔亚纳的研究模式则是自然主义与理性主
义的调和论。

　　杜威高度赞赏桑塔亚纳的《美感》(*The Sense of Beauty*, 1896)与
《艺术中的理性》(*Reason in Art*, 1905)从生物的角度探究美与艺术的
本质。桑塔亚纳在《美感》中对美的界定如下:"美是一种积极的、固
有的、客观化的价值。或者,用不大专门的话来说,美是被当作事物之
属性的快感。"②随后,他进一步解释了何谓"价值":美"是一种感情,
是我们的意志力和欣赏力的一种感动"③。这种感动就是审美快感,
但是它并不等于生理快感。他正确地指出:

　　　审美快感也有生理的条件,它们依赖耳目的互动,依赖大

---

　　①　约翰·杜威:《作为艺术的哲学》,载《杜威全集·晚期著作(1925—1953):第
三卷(1927—1928)》,孙宁、余小明译,上海:华东师范大学出版社,2014年,第219页。
译文略有改动,徐陶译文中的"桑塔亚那"统一改为"桑塔亚纳"。
　　②　乔治·桑塔耶纳:《美感》,缪灵珠译,北京:中国社会科学出版社,1982年,第
33页。
　　③　同②。

脑的记忆及其它意识功能。然而,我们绝不会把审美的快感同它的根源联系起来,除非要作生理研究;审美快感所唤起的观念并不是对于它的肉体原因的观念。肉体的快感都被认为是低级的快感,也就是那些使我们注意到身体某部分的快感。①

桑塔亚纳在《艺术中的理性》中同样重视却又限制生物本能在艺术中的地位与作用。"艺术源于本能。在理性的引导下,具有创造性的、自然而然形成的习惯逐渐孕育了本能,并将本能培养成为艺术。"②有学者对此评论道:"'艺术源于本能'……但艺术又不是本能冲动的直接宣泄,而是本能的理性化结果。"③此评论把握到了桑塔亚纳身心二元论美学的实质,其实这也是杜威与桑塔亚纳在艺术和美学方面分歧的根本原因。

杜威的美学或艺术是从生物的角度理解艺术或美学,并将此作为理解艺术与美学的基点。他建构的是一种彻底的自然主义美学。桑塔亚纳承认美与生物本能具有紧密联系,但更认为审美快感与生理快感有本质的区别,甚至在某种程度上贬低后者。杜威无法接受这种贬低。桑塔亚纳在《艺术中的理性》中进一步提出,只有在理性的指导下,人才能将本能培养为艺术。这种在理性与生物二元的张力中理解艺术的观点,更无法为杜威所接受。值得注意的是,虽然杜威批判桑塔亚纳的二元论,但是理解美与艺术要从生物本能出发的立场,被杜威承接下来,并在其建构的自然主义经验论中被一以贯之。

三、经验论的返本开新

"经验"是杜威哲学思想的元概念。很多学者已经发现经验对杜

① 乔治·桑塔耶纳:《美感》,缪灵珠译,北京:中国社会科学出版社,1982 年,第 24 页。
② 乔治·桑塔亚纳:《艺术中的理性》,张旭春译,北京:北京大学出版社,2014 年,第 3 页。
③ 张旭春:《桑塔亚纳及其〈艺术中的理性〉》,《文艺争鸣》2013 年第 3 期,第 130 页。

威学术的意义与价值,塔利斯认为"杜威所有思想的一个基本范畴就是经验"①,托马斯主张理解"'经验'一词的意义,可以得到通往杜威哲学的西北航道(Northwest Passage),不能理解这一点,就难免会遇难"②。这种看法是有事实依据的。如前文所言,杜威在学术生涯的早期初识心理学主导的唯心主义美学;在学术生涯的中期除了关注桑塔亚纳的美学与艺术研究,还在"做"与"受"中发展经验观念,留心美学领域的研究成果;在晚期满怀激情地建构独树一帜的自然主义经验论。早期"初识",中期"关注",晚期"建构",这样的描述也许不是十分精确,但已基本呈现杜威对经验论美学的返本开新。

(一) 初识经验论美学

杜威在学术生涯的起步阶段已经了解经验论美学。他在求学期间已经对康德与黑格尔的哲学有过深入了解。杜威甚为熟悉康德哲学,其博士论文《论康德的心理学》是最好的证据。黑格尔对杜威的学术研究之路有更为重要的影响,杜威在学术生涯的早期是黑格尔的信徒。在晚期对艺术与美学的研究中,有学者依然认为杜威并未褪去黑格尔哲学的面纱。③康德和黑格尔在审美经验的研究方面都有所建树。据此推测,杜威或许对康德与黑格尔的审美经验论有所了解。

杜威在学术生涯早期已经认识到传统的经验论美学是一种主观的经验论。其认识主要体现在《心理学》与书评《评伯纳德·鲍桑奎的〈美学史〉》中。《心理学》探讨的美感仍然隶属于传统的经验论美学。《评伯纳德·鲍桑奎的〈美学史〉》则表明杜威对经验论的实质已有精准的把握与理解。

《心理学》按照知识、情感、意志的划分模式,将审美划入情感部

---

① 罗伯特·B. 塔利斯:《杜威》,彭国华译,北京:中华书局,2014年,第24页。
② 托马斯·亚历山大:《杜威的艺术、经验与自然理论》,谷红岩译,北京:北京大学出版社,2010年,第67页。
③ Stephen C. Pepper, "Some Questions on Dewey's Esthetics," in *The Philosophy of John Dewey*, by John Dewey, edited by Paul Arthur Schilpp, New York: Tudor Publishing, 1939, p. 372.

分,设专章"美感",在心理学的视域中理解美学与艺术的问题。根据
杜威的定义,美感是"伴随着对经验的观念价值的理解过程而产生的
情感"①。他进一步解释道:"理智感是美感的先决条件,因为它是对
经验的意义的情感,或者说是对事物之间相互关系的情感;而且,正如
我们在探讨认识时所看到的,意义或关系是一种彻底的观念因
素。"②通过对美感的定义,我们可以识别出杜威主张经验是理智的附
庸的观点。由于缺少达尔文主义所带来的哥白尼式革命,杜威遵守传
统经验论的立场,即"经验是一种感官的直觉"③,尚未以自然主义的
立场去理解经验,建构新的经验论美学。

　　《评伯纳德·鲍桑奎的〈美学史〉》标志着杜威对西方美学的发展
有了更为深入的把握与理解,显示出他对经验论美学的偏爱与执着,
预示了杜威美学建构的某些面孔。1893 年至 1894 年,担任密歇根大
学系主任的杜威讲授"美学"课程。④ 时值新黑格尔主义者伯纳德·
鲍桑奎(Bernard Bosanquet)在 1892 年出版《美学史》(A History of
Aesthetic),作为黑格尔主义信徒的杜威,对此书抱有极大的兴趣。杜
威对此书的评论与后来发展出的自然主义经验论有一定的联系。杜
威最重要的论断是"艺术似乎会与心理学研究在不久的未来共同引来
学者们的关注"⑤。杜威的观点无疑呼应了鲍桑奎的言论"在未来的
美学中,心理学可以起重要的作用"⑥。此后,西方美学的发展在很大
程度上验证了鲍桑奎与杜威的预言。也许杜威自己也没有意识到的

----

　　① 约翰·杜威:《杜威全集·早期著作(1882—1898):第二卷(1887)》,熊哲宏
等译,上海:华东师范大学出版社,2010 年,第 212 页。
　　② 同①。
　　③ 罗伯特·B. 塔利斯:《杜威》,彭国华译,北京:中华书局,2014 年,第 54 页。
　　④ 《文本说明》,载《杜威全集·早期著作(1882—1898):第四卷(1893—
1894)》,王新生、刘平译,上海:华东师范大学出版社,2010 年,第 347 页。
　　⑤ 约翰·杜威:《评伯纳德·鲍桑奎的〈美学史〉》,载《杜威全集·早期著作
(1882—1898):第四卷(1893—1894)》,王新生、刘平译,上海:华东师范大学出版社,
2010 年,第 189 页。
　　⑥ B. 鲍桑葵:《美学史》,张今译,桂林:广西师范大学出版社,2009 年,第
403 页。

是,他晚期建构的自然主义经验论在评论鲍桑奎中已经显出萌芽。鲍桑奎说"直到英国的自然主义天才们革新了我们的世界有机体观念之后,德国唯心主义在一般哲学中的真正价值才得以被认识,鉴于此,德国的美学精神也只有当其创立者的著作得到英国艺术界和批评界直接理解并更新后,才可能为人所欣赏"①。杜威十分欣赏鲍桑奎自述其《美学史》"阐明的核心问题是美对于人类生活的价值"②的写作志向。杜威的自然主义经验论回应了鲍桑奎的美学写作志向:"恢复作为艺术品的经验的精致与强烈的形式,与普遍承认的构成经验的日常事件、活动,以及苦难之间的连续性。"③

(二)"做"与"受"的经验观

桑塔亚纳在19世纪末出版的《美感》中已经讲出杜威美学的重要理念:艺术或美必须要在经验中探寻其本质。《美感》开篇即主张美必须要在人的经验中寻找:"一个真正规定美的定义,必须完全以美作为人生经验的一个对象,而阐明它的根源、地位和因素。"④此种理念经过杜威的革故鼎新,被修正为"艺术即经验"。

在桑塔亚纳与杜威的美学或艺术哲学之间,一个更加直接、重要的问题是杜威修正、发展、完善了桑塔亚纳的美学体系。正如前文所言,杜威1928年明确表达了对桑塔亚纳美学的不满。至1930年,杜威有意开辟艺术思想领域的研究。根据杜威书信,1930年2月,他有了"开始从事某一新研究领域的愿望",3月10日,他对自己即将从事的研究有了更清晰的看法:"我仍然感到想要进入一个我未系统探讨

① Bernard Bosanquet, *A History of Aesthetic*, London: Ruskin House, 1922, p. 440. 引文译文参见约翰·杜威:《杜威全集·早期著作(1882—1898):第四卷(1893—1894)》,王新生、刘平译,上海:华东师范大学出版社,2010年,第169页。

② 约翰·杜威:《评伯纳德·鲍桑奎的〈美学史〉》,载《杜威全集·早期著作(1882—1898):第四卷(1893—1894)》,王新生、刘平译,上海:华东师范大学出版社,2010年,第164页。

③ 约翰·杜威:《艺术即经验》,高建平译,北京:商务印书馆,2010年,第4页。

④ 乔治·桑塔耶纳:《美感》,缪灵珠译,北京:中国社会科学出版社,1982年,第10页。

过的领域中去,并突然想起了艺术和美学。理由之一,是批评疏忽了它们以及一般完成的东西。"①"批评疏忽了"的艺术和美,很可能与桑塔亚纳并未建构彻底的自然主义经验论的美学体系有所关联。杜威的美学体系,建构的始基是自然主义,体系的展开与论证也充斥着自然主义的色彩。

杜威学术生涯的中期已经确立了经验在自己学术体系中的核心地位,并且是一种与其他经验论者相区别的经验观念。《民主主义与教育》(*Democracy and Education*,1916)为杜威中期的代表作,是杜威最重要、最有影响力的代表作。在这本书中,杜威认为"经验包含一个主动的因素和一个被动的因素,这两个因素以特有形式结合着。只有注意到这一点,才能了解经验的性质。在主动方面,经验就是尝试——这个意义,用实验这个术语来表达就清楚了。在被动的方面,经验就是承受结果"②。引文表明杜威对经验形成了自己的理解,这意味着他拥有了建构哲学体系的基点。

(三)杜威经验美学的自然性、日常生活性与一元性

杜威从学术生涯伊始就已经掌握美学经验论的唯心主义属性,在学术生涯的中期建构出以"做"与"受"为特征的经验论。在学术生涯晚期,其《艺术即经验》融合自然主义与经验主义,建构出自然主义经验论。杜威的自然主义经验论,与 19 世纪末至 20 世纪初的美学相比,呈现出一些特征。

杜威的艺术与美学具有鲜明的"自然—生理"性特征。所谓"自然—生理"性特征,指杜威的艺术与美学思想既建立在自然的基础上,也建立在审美主体的生理性特征上。杜威在《经验与自然》的第九章

---

① 杜威致胡克的信,1930 年 2 月 20 日及 3 月 10 日。胡克:《杜威文集》,特别收藏,卡本代尔:南伊利诺伊大学,莫里斯图书馆。转引自约翰·杜威:《杜威全集·晚期著作(1925—1953):第十卷(1934)》,孙斌译,上海:华东师范大学出版社,2011 年,第 316 页。

② 约翰·杜威:《民主主义与教育》,王承绪译,北京:人民教育出版社,2019 年,第 153 页。

中致力于发现经验、自然与技艺(art)之中的内在联系。在论述中,杜威将技艺看作"自然界完善发展的最高峰","把经验看作孕育意义上的技艺,把技艺看作不断地导向所完成和所享受的意义的自然的过程和自然的材料"①。在此,杜威只是简单地在自然与技艺之间建立联系,尚未用生命有机体与自然相互作用的自然主义立场审视艺术与美学的问题。在《艺术即经验》中,杜威通过描述经验的起源,审美经验如何在经验中浮现、表现经验,艺术品的实质与形式等问题,捍卫、发展了自然主义的经验论。在这些描述中,杜威反复指出艺术所具有的"自然—生理"性特征。典型的例子如下:

> 对人这种生物的器官、需要和本能冲动与其动物祖先间连续性的完全认识,并非必然意味着将人降到野兽的水平。相反,这使得为人的经验勾画了一个基本的大纲,并在此基础上树立人美好而独特的经验的上层结构成为可能。②

> 人在使用自然的材料和能量时,具有扩展他自己的生命的意图,他依照他自己的机体结构——脑、感觉器官以及肌肉系统——而这么做。③

杜威艺术体系的关键词"经验"是在日常生活世界中建构的理论体系。"日常生活"是当前研究中比较重要的关键词。早在20世纪30年代,杜威在《艺术即经验》中已经敏锐地指出回到日常世界,建构理解艺术与美学的新范式。迄今为止,他对艺术、美学与日常生活世界的一些论述,仍闪耀着智慧的光芒。具体来讲,他批判了以往艺术与美学的研究模式,指出了经验美学研究的必由之路,勾勒了经由日

---

① 约翰·杜威:《杜威全集·晚期著作(1925—1853):第一卷(1925)》,傅统先、郑国玉、刘华初译,上海:华东师范大学出版社,2013年,第228页。
② 约翰·杜威:《艺术即经验》,高建平译,北京:商务印书馆,2010年,第26页。
③ 同②,第29页。

常生活世界所推导出的经验论美学的研究范围。他也批判了以往的美学研究常常具有的一种倾向：割裂审美与日常生活世界的联系，导致艺术与普罗大众之间出现无法逾越的鸿沟。杜威曾以毋庸置疑的口吻说经验的研究必须要从日常生活世界开始："经验的性质是由基本生活条件所决定的。"①有鉴于此，杜威庄严地宣告其艺术与美学研究就是要打破这种人为设置的鸿沟："恢复作为艺术品的经验的精致与强烈的形式，与普遍承认的构成经验的日常事件、活动，以及苦难之间的连续性。"②在批判以往研究模式和指出研究自然经验论美学的路径后，杜威大致勾勒了经验论美学在理论上的研究范围："理论所要关注的是发现艺术作品的生产及它们在知觉中被欣赏的性质。物体的日常要素是怎样变成真正艺术性的要素的？我们日常对景色与情境的欣赏是怎样发展成特别具有审美性的满足的？这些是理论所必须回答的问题。"③虽然杜威只是提及日常生活在建构经验论美学中的价值，但能在 20 世纪 30 年代就意识到日常生活对经验论美学具有重要性，这说明了杜威的艺术与美学所具有的穿透力。

经验具有连续性原则。连续性原则指经验是"做"与"受"的统一体，是过去的经验与现在经验的统一体。在杜威经验论美学的建构中，经验由审美经验与思维经验构成。经验所具有的特征，审美经验也具备。传统的经验论美学是二元论的美学，即欣赏美与美本身是两个过程。欣赏美是人类的心灵所具有的能力，欣赏到的美并不是美本身。这样的理解具有一个无法解释的问题：心灵欣赏的美是美自身吗？这样的问题是哲学上的二元论一直无法解决的问题。杜威在绝大多数情况下一直反对二元论，建构了以经验为基础的一元论哲学。生活于日常生活世界的人们，时刻生活在经验的世界中。杜威从众多的经验现象中，发现经验中所存在的共同模式："每一个经验都是一个

---

① 约翰·杜威：《艺术即经验》，高建平译，北京：商务印书馆，2010 年，第 14 页。
② 同①，第 4 页。
③ 同①，第 13—14 页。

活的生物与他生活在其中的世界的某个方面的相互作用的结果。"①活的生物作用于其生活的世界中的某个方面是为做,而世界的某个方面反作用于活的生物是为受。但是做并不能被理解为实践,受并不能被理解为对实践的反馈,因为这样的理解是二元论的理解,无法跨越心物之间的天堑。按照杜威的话来说,"一个经验具有模式和结构,这是因为它不仅仅是做与受的变换,而是将这种做与受组织成一种关系。将一个人的手放在火上烧掉,并不一定就得到一个经验。行动与后果必须在知觉中结合起来。"②引文所表达的核心是不能将做与受孤立起来,这是杜威所提倡、捍卫的理念。人们也许特别熟悉杜威的教育观"从做中学",这正是杜威坚持与捍卫的理念的具体化。做与受组成一种关系,并不是二元的关系,而是被知觉所统一起来的关系。这样的理解至少从逻辑上避免了传统二元论哲学所无法解释的问题。过去的经验与现在的经验如何在做与受中统一起来呢? 按照杜威的理解,活的生物通过记忆能够承载过去的经验,在做与受中影响未来。能够保存记忆是人与下等动物的区别:"人与下等动物不同,因为人保存着他的过去的经验。"③"活的生物利用其过去;该生物甚至可以正视自己过去的愚蠢行为,以此作为对现代的警示。不是努力生活在过去所取得的成就之上,该生物让过去的成功来提示现在。"④杜威的经验论美学让活的生物承载过去,作用于现在,让过去与现在处于连续的共同体中,于做与受中对未来产生影响。杜威在做与受中建构的经验论美学,避免了身心二元论导致的问题,这样就为审美经验的研究奠定了坚实的基础。

　　杜威的自然主义经验论美学是对自然主义与经验论美学的继承与发展。西方美学"从英国经验主义盛行以后,心理学日渐成为美学

---

① 　约翰·杜威:《艺术即经验》,高建平译,北京:商务印书馆,2010年,第51页。
② 　同①。
③ 　杜威:《哲学的改造》,许崇清译,北京:商务印书馆,2002年,第1页。
④ 　同①,第20页。

的主要支柱",此外,生物学对"美学也发生了一些影响"①。简而言之,心理学主导的美学被视为唯心主义的美学。这种美学在中外美学领域有极为重要的地位。杜威的美学以立足于生物学的自然主义美学为基础,又吸收了经验论美学的合理内核,从而建构出自然主义经验论美学。

---

① 朱光潜:《西方美学史》(第 2 版),北京:人民文学出版社,2008 年,第 6 页。

主要参考文献

Adams, Henry. *The Life of George Cabot Lodge.* Boston: Houghton Mifflin, 1911.

Aldington, Richard. *Ezra Pound and T. S. Eliot: A Lecture.* Reading: Peacocks Press, 1954.

American Psychiatric Association. *Diagnostic and Statistical Manual of Mental Disorders.* 3rd ed. Washington: American Psychiatric Association, 1980.

Anderson, Sherwood, and Ray Lewis White. *A Story Teller's Story: A Critical Text.* Cleveland: Press of Case Western Reserve University, 1968.

Anderson, Sherwood. "A Writer's Conception of Realism." In *The Sherwood Anderson Reader.* Edited by Paul Rosenfeld. Boston: Houghton Mifflin Harcourt, 1947, 337 – 347.

——. *Letters of Sherwood Anderson.* Edited by Howard Mumford and Walter B. Rideout. Boston: Little, Brown and Company, 1953.

——. *Sherwood Anderson's Memoirs.* New York: Harcourt, Brace and Company, 1942.

Asselineau, Roger. *Language and Style in Sherwood Anderson's Winesburg, Ohio.* New York: Viking Press, 1966.

Atkinson, Brooks. *Broadway.* New York: Macmillan, 1970.

Bakhtin, M. M. *Art and Answerability: Early Philosophical Essays.* Edited by Michael Holquist. Translated by Vadim Liapunov. New York: University of Texas Press, 1990.

Barnes, Albert C. *The Art in Painting*. New York: Harcourt, Brace and Company, 1925.

Barthes, Roland. *Image Music Text*. Translated by Stephen Heath. London: Fontana Press, 1977.

Bartlett, Robert, ed. *A Primer for the Gradual Understanding of Gertrude Stein*. Los Angeles: Black Sparrow Press, 1971.

Beach, Christopher. *The Cambridge Introduction to Twentieth-Century American Poetry*. Cambridge: Cambridge University Press, 2003.

Bendel-Simso, Mary M. "Twelve Good Men or Two Good Women: Concepts of Law and Justice in Susan Glaspell's ' A Jury of Her Peers'." *Studies in Short Fiction*, 36(1999): 291 – 297.

Benjamin, Walter. *Illuminations: Essays and Reflections*. New York: Schocken Books, 1968.

Benson, Jackson J, ed. *The Short Novels of John Steinbeck: Critical Essays with a Checklist to Steinbeck Criticism*. Durham: Duke University Press, 1990.

——. *The True Adventures of John Steinbeck Writers*. New York: Viking Press, 1984.

Ben-Zvi, Linda, and J. Ellen Gainor, eds. *Susan Glaspell: The Complete Plays*. Jefferson: McFarland and Company, 2010.

Ben-Zvi, Linda, ed. *Susan Glaspell: Essays on Her Theatre and Fiction*, Ann Arbor: University of Michigan Press, 1995.

——. *Susan Glaspell: Her Life and Times*. Oxford: Oxford University Press, 2005.

Bercovitch, Sacvan, ed. "History and Novels / Novels and History: The Example of William Faulkner." In *The Cambridge History of American Literature*. Cambridge: Cambridge University Press, 2002, 266 – 281.

Berman, Ronald. *The Great Gatsby and Fitzgerald's World of Ideas*. Tuscaloosa: University of Alabama Press, 1997.

——. *The Great Gatsby and Modern Times*. Champaign: University of Illinois Press, 1994.

Bernard, Emily, ed. *Remember Me to Harlem: The Letters of Langston*

Hughes and Carl Van Vechten, 1925 – 1964. New York: Knopf, 2001.

Besant, Walter. *The Art of Fiction.* Boston: Cuppies, Upham and Company, 1885.

Blake, Ben. *The Awakening of the American Theatre.* New York: Tomorrow Publishers, 1935.

Bloom, Clive, and Brian Docherty, eds. *American Poetry: The Modernist Ideal.* London: Palgrave Macmillan, 1995.

Bloom, Harold, ed. *F. Scott Fitzgerald: Modern Critical Views.* New York: Chelsea House Publishers, 1985.

——. *The Anatomy of Influence: Literature as a Way of Life.* New York: Yale University Press, 2012.

——, ed. *Twentieth-Century American Literature, Volume 1.* New York: Chelsea House Publishers, 1985.

——, ed. *Twentieth-Century American Literature, Volume 2.* New York: Chelsea House Publishers, 1985.

——, ed. *Twentieth-Century American Literature, Volume 3.* New York: Chelsea House Publishers, 1985.

Blotner, Joseph. *Faulkner: A Biography.* New York: Random House, 1974.

Bosanquet, Bernard. *A History of Aesthetic.* London: Ruskin House, 1922.

Bradbury, Malcolm, and David Palmer, eds. *The American Novel and the Nineteen Twenties.* London: Edward Arnold, 1971.

Bradbury, Malcolm. *The Modern American Novel.* Rev. ed. New York: Viking Adult, 1993.

Brooks, Cleanth, and Robert Penn Warren. *Understanding Poetry.* New York: Holt, Rinehart and Winston, 1960.

Brooks, Cleanth. *On the Prejudices, Predilections, and Firm Beliefs of William Faulkner.* Baton Rouge: Louisiana State University Press, 1987.

——. *William Faulkner: The Yoknapatawpha Country.* Baton Rouge: Louisiana State University Press, 1989.

Brown, James Robert. *Platonism, Naturalism, and Mathematical Knowledge*. London and New York: Routledge, 2012.

Bruccoli, Matthew J., and Jackson R. Bryer, eds. *F. Scott Fitzgerald in His Own Time: A Miscellany*. Kent: Kent State University Press, 1971.

Bruccoli, Matthew J. *New Essays on* The Great Gatsby. Cambridge: Cambridge University Press, 1985.

——. *Some Sort of Epic Grandeur: The Life of F. Scott Fitzgerald*. New York: Harcourt, Brace, Jovanovich, 1981.

Bunselmeyer, J. E. "Faulkner's Narrative Styles." *American Literature*, 53.3(1981): 424 - 442.

Calverton, Victor Francis. *The Liberation of American Literature*. New York: Charles Scribner's Sons, 1932.

Cantor, Harold. "Odet's Yinglish: The Psychology of Dialect as Dialogue." *Studies in American Jewish Literature*, 2(1982): 61 - 68.

Carpentier, Martha C., and Babara Ozieblo, eds. *Disclosing Intertextualities: The Stories, Plays, and Novels of Susan Glaspell*. Amsterdam: Rodopi, 2006.

Carpentier, Martha C., ed. *Susan Glaspell: New Directions in Critical Inquiry*. Newcastle: Cambridge Scholars Publishing, 2006.

Cassirer, Ernst. *An Essay on Man: An Introduction to a Philosophy of Human Culture*. New Haven: Yale University Press, 1972.

Cheney, Sheldon. *The Art Theater; Its Character as Differentiated from the Commercial Theater; Its Ideals and Organization; and a Record of Certain European and American Examples*. Rev. ed. New York: Alfred A. Knopf, 1925.

Childers, Joseph, and Gary Hentzi, eds. *The Columbia Dictionary of Modern Literature and Cultural Criticism*. New York: Columbia University Press, 1995.

Chinitz, David. "Literacy and Authenticity: The Blues Poems of Langston Hughes." *Callaloo*, 19.1(1996): 177 - 192.

Clurman, Harold. *The Fervent Years*. New York: Alfred A. Knopf,

1945.

——. *The Fervent Years*. New York: Harcourt, Brace, Jovanovich, 1975.

Cowley, Malcolm, ed. *After the Genteel Tradition: American Writers 1910‒1930*. Carbondale: Southern Illinois University Press, 1964.

——. *A Second Flowering: Works and Days of the Lost Generation*. New York: Viking Adult, 1973.

——. "Gertrude Stein, Writer or Word Scientist?" In *The Critical Response to Gertrude Stein*. Edited by Kirk Crunutt. Westport: Greenwood Press, 2000.

——, ed. *Writers at Work: The Paris Review Interviews, First Series*. New York: Penguin Books, 1977.

Cox, Hyde, and Edward Connery Lathem, eds. *Selected Prose of Robert Frost*. New York: Holt, Rinehart and Winston, 1968.

Crowley, John W., ed. *New Essays on* Winesburg, Ohio. Cambridge: Cambridge University Press, 2007.

Cuda, Anthony, and Ronald A. Schuchard, eds. *The Complete Prose of T. S. Eliot*. 2 vols. Baltimore: Johns Hopkins University Press, 2014.

Cummings, E. E. *A Miscellany*. Rev. ed. Edited by George J. Firmage. New York: Liveright, 2018.

——. *AnOther E. E. Cummings*. Edited by Richard Kostelanetz. New York: Liveright, 1998.

——. *E. E. Cummings: Complete Poems, 1904‒1962*. Edited by George J. Firmage. New York: Liveright, 1994.

De Campos, Haroldo, and Maria Lúcia Santaella Braga. "Poetic Function and Ideogram/The Sinological Argument." *Dispositio*, 6. 17/18(1981): 9‒39.

De Sousa, Ronald. "The Dense and the Transparent: Reconciling Opposites." In *The Philosophy of Poetry*. Edited by John Gibson. Oxford: Oxford University Press, 2015, 37‒62.

Dewey, John. "Aesthetic Experience as a Primary Phase and as an Artistic Development." *The Journal of Aesthetics and Art Criticism*, 9.1(1950): 56‒58.

——. *The Influence of Darwin on Philosophy and Other Essays in Contemporary Thought*. New York: Henry Holt and Company, 1910.

——. *The Philosophy of John Dewey*. Edited by Paul Arthur Schilpp. New York: Tudor Publishing, 1939.

——. "The St. Louis Congress of the Arts and Sciences." *Science*, 18.452(1903): 275 - 278.

Douglas, George H. *Edmund Wilson's America*. Lexington: University Press of Kentucky, 1983.

Doyle, Charles. *William Carlos William and the American Poem*. New York: Springer, 1982.

Dykhuizen, George. *The Life and Mind of John Dewey*. Carbondale: Southern Illinois University Press, 1974.

Dymkowski, Christine. "On the Edge: The Plays of Susan Glaspell." *Modern Drama*, 31.1(1988): 91 - 105.

Edkins, Jenny. "Humanitarianism, Humanity, Human." *Journal of Human Rights*, 2.2(2003): 253 - 258.

Eliot, T. S. *For Lancelot Andrewes: Essays on Style and Order*. London: Faber and Gwyer, 1928.

——. *On Poetry and Poets*. New York: Noonday Press, 1961.

——. *Selected Essays*. Rev. ed. New York: Harcourt, Brace and Company, 1950.

——. *The Complete Prose of T. S. Eliot: The Critical Edition, Volume 1*. Edited by Jewel Spears Brooker and Ronald Schuchard. Baltimore: Johns Hopkins University Press, 2014.

——. *The Complete Prose of T. S. Eliot: The Critical Edition, Volume 2*. Edited by Anthony Cuda and Ronald Schuchard. Baltimore: Johns Hopkins University Press, 2014.

——. *The Complete Prose of T. S. Eliot: The Critical Edition, Volume 4*. Edited by Jason Harding and Ronald Schuchard. Baltimore: Johns Hopkins University Press, 2015.

——. *The Letters of T. S. Eliot, Volume 1: 1898 - 1922*. Rev. ed. Edited by Valerie Eliot and Hugh Haughton. New Haven: Yale University

Press, 2011.

——. *The Letters of T. S. Eliot, Volume 2: 1923 – 1925*. Rev. ed. Edited by Valerie Eliot and Hugh Haughton. New Haven: Yale University Press, 2011.

——. *The Letters of T. S. Eliot, Volume 3: 1926 – 1927*. Rev. ed. Edited by Valerie Eliot and John Haffenden. New Haven: Yale University Press, 2012.

——. *The Letters of T. S. Eliot, Volume 5: 1930 – 1931*. Rev. ed. Edited by Valerie Eliot and John Haffenden. New Haven: Yale University Press, 2015.

Ellmann, Maud. *The Poetics of Impersonality: T. S. Eliot and Ezra Pound*. Cambridge: Harvard University Press, 1987.

Fagin, N. Bryllion. *The Phenomenon of Sherwood Anderson: A Study in American Life and Letters*. Baltimore: Rossi-Bryn, 1927.

Fahy, Thomas. *Staging Modern American Life*. London: Palgrave Macmillan, 2011.

Faulkner, William. *Selected Short Stories of William Faulkner*. New York: Modern Library, 1962.

——. "Sherwood Anderson." *Paris Review*, 1956.

——. "Sherwood Anderson." *The Princeton University Library Chronicle*, 18.3(1957): 89 – 94.

Fensch, Thomas, ed. *Conversations with John Steinbeck*. Jackson: University Press of Mississippi, 1988.

Fitzgerald, F. Scott. *Afternoon of an Author*. New York: Scribners, 1957.

——. *Flappers and Philosophers*. Cambridge: Cambridge University Press, 2011.

——. *F. Scott Fitzgerald: A Life in Letters*. Edited by Matthew J. Bruccoli. New York: Charles Scribner's Sons, 1995.

——. *The Crack-Up*. Edited by Edmund Wilson. New York: New Directions, 1962.

——. *The Last Tycoon*. Edited by Matthew J. Bruccoli. London and New York: Routledge, 1990.

——. *The Letters of F. Scott Fitzgerald.* Edited by Andrew Turnbull. New York: Charles Scribner's Sons, 1963.

——. *This Side of Paradise.* New York: Penguin Books, 2006.

Fontenrose, Joseph Eddy. *John Steinbeck: An Introduction and Interpretation.* New York: Barnes and Noble, 1963.

Ford, Ford Madox. "Introduction." In *A Farewell to Arms.* By Ernest Hemingway. New York: Modern Library, 1932, 1 – 9.

Foster, William Z. *History of the Communist Party of the United States.* New York: International Publisher, 1952.

Friedman, Norman. *E. E. Cummings: The Art of His Poetry.* Baltimore: Johns Hopkins University Press, 1967.

——. *E. E. Cummings: The Growth of a Writer.* Carbondale: South Illinois University Press, 1964.

Frost, Laura. *The Problem With Pleasure: Modernism and Its Discontents.* New York: Columbia University Press, 2013.

Frost, Robert. *Robert Frost: Collected Poems, Prose, & Plays.* Edited by Richard Poirier and Mark Richardson. New York: Literary Classics of the United States, 1995.

——. *Selected Prose of Robert Frost.* Edited by Hyde Cox and Edward Connery Lathem. New York: Macmillan, 1968.

——. *The Letters of Robert Frost, Volume 1: 1886 – 1920.* Edited by Donald Sheehy, et al. Cambridge: Belknap Press, 2014.

Gadamer, Hans-Georg. *Truth and Method.* Rev. ed. Translated by Joel Weinsheimer and Donald G. Marshall. London: Sheed and Ward, 1996 [1989].

Gainor, J. Ellen, and Jerry Dickey. "Susan Glaspell and Sophie Glaspell: Staging Feminism and Modernism, 1915 – 1941." In *A Companion to Twentieth-Century American Drama.* Edited by David Krasner. Malden: Blackwell Publishing, 2005, 34 – 52.

Gainor, J. Ellen. *Susan Glaspell in Context: American Theater, Culture, and Politics 1915 – 48.* Ann Arbor: University of Michigan Press, 2001.

Gambino, Megan. "When Gertrude Stein Toured America." https://

www. smithsonianmag. com/arts-culture/when-gertrude-stein-toured-america-105320781/, accessed May 7, 2021.

Garland, Hamlin. *Crumbling Idols: Twelve Essays on Art, Dealing Chiefly with Literature, Painting and the Drama.* Chicago: Stone and Kimball, 1894.

Gasper, Raymond Dominic. *A Study of the Group Theatre and Its Contributions to Theatrical Production in America.* Ohio State University, PhD dissertation, 1955.

Gentzler, Edwin. *Contemporary Translation Theories.* London and New York: Routledge, 1993.

George, Stephen K., ed. *The Moral Philosophy of John Steinbeck.* Lanham, Maryland: Scarecrow Press, 2005.

Gerber, Philip. *Robert Frost.* Boston: Twayne Publishers, 1982.

Glasgow, Ellen. *A Certain Measure: An Interpretation of Prose Fiction.* New York: Harcourt, Brace and Company, 1943.

Glaspell, Susan. *Plays by Susan Glaspell.* Edited by C. W. E. Bigsby. Cambridge: Cambridge University Press, 1987.

———. *Susan Glaspell: The Complete Plays.* Edited by Linda Ben-Zvi & J. Ellen Gainor. Jefferson: McFarland and Campany, 2010.

———. *The Road to the Temple.* London: Ernest Benn, 1926.

Goldberg, Isaac. *The Drama of Transition: Native and Exotic Playcraft.* Cincinnati: Stewart Kidd, 1922.

Goldring, Douglas. *South Lodge.* London: Constable and Company, 1943.

Gombar, Christina. *Great Women Writers 1900 – 1950.* New York: Facts on File, 1996.

Grant, Michael, ed. *T. S. Eliot: The Critical Heritage, Volume 1.* London and New York: Routledge, 1982.

Gregory, Horace, and Marya Zaturenska. *A History of American Poetry 1900 – 1940.* New York: Harcourt, Brace and Company, 1946.

Gwynn, Frederick L., and Joseph L. Blotner, eds. *Faulkner in the University: Class Conferences at the University of Virginia, 1957 – 1958.* New York: Vintage Books, 1965.

Hannon, Charles. *Faulkner and the Discourses of Culture*. Baton Rouge: Louisiana State University Press, 2005.

Harding, Jason, and Ronald A. Schuchard, eds. *The Complete Prose of T. S. Eliot*. 4 vols. Baltimore: Johns Hopkins University Press, 2015.

Hass, Robert Bartlett, ed. *A Primer for the Gradual Understanding of Gertrude Stein*. Los Angeles: Black Sparrow Press, 1971.

Hass, Robert Bernard. "(Re) Reading Bergson: Frost, Pound and the Legacy of Modern Poetry." *Journal of Modern Literature*, 29.1 (2005): 55 - 75.

Hassan, Ihab. *The Postmodern Turn: Essays in Postmodern Theory and Culture*. Columbus: Ohio State University Press, 1987.

Heaney, Seamus. *New Selected Poems, 1966 - 1987*. London: Faber and Faber, 1990.

Hemingway, Ernest. *Ernest Hemingway: Selected Letters, 1917 - 1961*. Edited by Carlos Baker. New York: Charles Scribner's Sons, 1981.

——. *The Complete Short Stories of Ernest Hemingway*. New York: Scribner, 1987.

Henderson, Alice Corbin. "Imagism: Secular and Esoteric." *Poetry*, 2.6 (1918): 339 - 343.

Hernando-Real, Noelia. *Self and Space in the Theatre of Susan Glaspell*. Jefferson: McFarland and Company, 2011.

Hethmon, Robert H. "Days with the Group Theatre: An Interview with Clifford Odets." *Michigan Quarterly Review*, 41.2 (2002): 174 - 200.

Hicks, Kathleen. "Steinbeck Today." *The Steinbeck Review*, 9(2012): 85 - 91.

Hinz-Bode, Kristina. *Susan Glaspell and the Anxiety of Expression: Language and Isolation in the Plays*. Jefferson: McFarland and Company, 2006.

Hoffman, Frederick J. *Freudianism and the Literary Mind*. Baton Rouge: Louisiana State University Press, 1957.

——. *William Faulkner*. Rev. ed. Boston: Twayne Publishers, 1966.

Hoffman, Frederick J., and Olga W. Vickery, eds. *William Faulkner: Three Decades of Criticism*. New York: Harcourt, 1963.

Hoffman, Michael J. *The Development of Abstractionism in the Writings of Gertrude Stein*. Philadelphia: University of Pennsylvania Press, 1965.

Holzberger, William G., ed. *The Letters of George Santayana, Book 5*. Cambridge: MIT Press, 2003.

——, ed. *The Letters of George Santayana, Book 8*. Cambridge: MIT Press, 2008.

Howe, Irving. *Sherwood Anderson*. New York: William Sloane, 1951.

——. "Sherwood Anderson: An American As Artist." *The Kenyon Review*, 13.2(1951): 193 - 203.

——. *William Faulkner: A Critical Study*. Chicago: University of Chicago Press, 1975.

Howgate, George W. "The Essential Santayana." *Mark Twain Quarterly*, 5.1(1942): 7 - 18.

Hughes, Langston. *Essays on Art, Race, Politics and World Affairs*. Edited with an introduction by Christopher C. De Santis. Columbia and London: University of Missouri Press, 2002.

——. *The Big Sea*. New York: Alfred A. Knopf, 1940.

——. *The Collected Poems of Langston Hughes*. Edited by Arnold Rampersad. New York: Vintage Books, 1995.

Humphrey, Robert. *Stream of Consciousness in the Modern Novel*. Berkeley: University of California Press, 1954.

Innes, Christopher. *Avant-Garde Theatre: 1892 - 1992*. London and New York: Routledge, 1993.

Isenberg, Arnold. "Analytical Philosophy and the Study of Art." *The Journal of Aesthetics and Art Criticism*, 46(1987): 125 - 136.

James, Barry Lee. *The Group Theatre: An Evaluation*. University of Arizona, MA dissertation, 1973.

James, Henry. "The Art of Fiction." *Longman's Magazine: 1882 - 1905*, 4.23(1884): 502 - 521.

Jelliffe, Robert A., ed. *Faulkner at Nagano*. 4th ed. Tokyo: Kenkyusha,

1966.

Jouve, Emeline. *Susan Glaspell's Poetics and Politics of Rebellion*. Iowa City: University of Iowa Press, 2017.

Kalaidjian, Walter, ed. *The Cambridge Companion to American Modernism*. Cambridge: Cambridge University Press, 2005.

Keats, John. *Selected Letters of John Keats.* Edited by Grant F. Scott. Cambridge: Harvard University Press, 2002.

Kennedy, Richard S. *Dreams in the Mirror: A Biography of E. E. Cummings*. New York: Liveright, 1980.

Kidder, Rushworth M. *E. E. Cummings: An Introduction to the Poetry*. New York: Columbia University Press, 1979.

Krasner, David, ed. *A Companion to Twentieth-Century American Drama*. Malden: Blackwell Publishing, 2005.

Kumar, Shiv Kumar. *Bergson and the Stream of Consciousness Novel*. London: Blackie, 1962.

Larsson, Stefan. *Metaphors and Norms: Understanding Copyright Law in a Digital Society*. Lund University, PhD dissertation, 2011.

Leavis, Frank Raymond. *Anna Karenina and Other Essays*. New York: Pantheon Books, 1952.

——. *New Bearings in English Poetry: A Study of the Contemporary Situation*. London: Chatto and Windus, 1932.

Leech, Geoffrey N. *A Linguistic Guide to English Poetry*. London: Longman, 1969.

Levenson, Michael, ed. *The Cambridge Companion to Modernism*. Cambridge: Cambridge University Press, 2011.

Levin, Harry. *Memories of the Moderns*. New York: New Directions, 1980.

Lewis, Sinclair. *The Man from Main Street (A Sinclair Lewis Reader: Selected Essays and Other Writings, 1904 – 1950)*. Edited by Harry E. Maule and Melville H. Cane. New York: Random House, 1953.

Lisca, Peter. *The Wide World of John Steinbeck*. New Brunswick: Rutgers University Press, 1958.

Lowney, John. *The American Avant-Garde Tradition: William Carlos*

Williams, Postmodern Poetry, and the Politics of Cultural Memory.
Lewisburg: Bucknell University Press, 1997.

Luria, Rachel. "Sherwood Anderson's Legacy to Contemporary American Writing." In *Sherwood Anderson's* Winesburg, Ohio. Edited by Precious Mckenzie. Leiden: Brill, 2016, 107 – 120.

Lynen, John F. *The Pastoral Art of Robert Frost.* New Haven: Yale University Press, 1960.

MacDiarmid, Laurie J. *T. S. Eliot's Civilized Savage: Religious Eroticism and Poetics.* London and New York: Routledge, 2003.

MacGowan, Christopher, ed. *The Cambridge Companion to William Carlos Williams.* Cambridge: Cambridge University Press, 2016.

Makowsky, Veronica. "Susan Glaspell and Modernism." *The Cambridge Companion to American Women Playwrights.* Edited by Brenda Murphy. Cambridge: Cambridge University Press, 1999, 49 – 65.

——. *The Provincetown Players and the Culture of Modernity.* Cambridge: Cambridge University Press, 2005.

Manheim, Michael, ed. *The Cambridge Companion to Eugene O'Neill.* Cambridge: Cambridge University Press, 1998.

Margo, Robert A. "Employment and Unemployment in the 1930s." *Journal of Economic Perspectives*, 17.2(1993): 41 – 59.

Markos, Donald. *Ideas in Things: The Poems of William Carlos Williams.* Madison: Fairleigh Dickinson University Press, 1994.

Masters, Roger, and Christopher Kelly, eds. *The Collected Writings of Rousseau.* 3 vols. Hanover and London: University Press of New England, 1995.

Matthews, Jean V. *The Rise of the New Woman: The Women's Movement in America, 1875 – 1930.* Chicago: Ivan R. Dee, 2003.

Maule, Harry E., and Melville H. Cane, eds. *The Man from Main Street (A Sinclair Lewis Reader: Selected Essays and Other Writings, 1904 – 1950).* New York: Random House, 1953.

Maxson, H. A. *On the Sonnets of Robert Frost: A Critical Examination of the 37 Poems.* Jefferson: McFarland and Company, 1997.

Meriwether, James B., and Michael Millgate, eds. *Lion in the Garden:*

Interviews with William Faulkner, 1926 - 1962. New York: Random House, 1968.

Meriwether, James B., ed. *Essays, Speeches & Public Lectures*. New York: Modern Library, 2004.

Meyers, Jeffrey. *Hemingway: A Biography*. Boston: Da Capo Press, 1999.

Miller, Gabriel, ed. *Critical Essays on Clifford Odets*. Boston: G. K. Hall and Company, 1991.

Millgate, Michael. *The Achievement of William Faulkner*. Lincoln: University of Georgia Press, 1978.

Minter, David L. *Faulkner's Questioning Narratives: Fiction of His Major Phase, 1929 - 1942*. Champaign: University of Illinois Press, 2001.

Mirzoeff, Nicholas. *An Introduction to Visual Culture*. London and New York: Routledge, 1999.

Moglen, Seth. *Mourning Modernity: Literary Modernism and Injuries of American Capitalism*. Stanford: Stanford University Press, 2007.

Murphy, Brenda. *The Provincetown Players and the Culture of Modernity*. Cambridge: Cambridge University Press, 2005.

Nethercot, Arthur. "The Psychoanalyzing of Eugene O'Neill: Part One." *Modern Drama*, 3(1960): 242 - 256.

Nietzsche, Friedrich. *The Will to Power*. Edited by Walter Kaufmann Translated by Walter Kaufmann and R. J. Hollingdale. New York: Random House, 1967.

NobelPrize.org. "The Nobel Prize in Literature 1949." https://www.nobelprize.org/prizes/literature/1949/summary/, accessed September 6, 2021.

Noe, Marcia. "The New Woman in the Plays of Susan Glaspell." In *Staging a Cultural Paradigm: The Political and the Personal in American Drama*. Edited by Barbara Ozieblo and Miriam López-Rodríguez. New York: Peter Lang Publishing, 2003, 149 - 162.

Odets, Clifford. "How a Playwright Triumphs." *Harper's*, 233(September, 1966): 64 - 70.

Ostrom, Alan B. *The Poetic World of William Carlos Williams.* Carbondale: Southern Illinois University Press, 1966.

Ozieblo, Barbara, and Jerry Dickey. *Susan Glaspell and Sophie Treadwell.* London and New York: Routledge, 2008.

Papineau, David. "Naturalism." *The Stanford Encyclopedia of Philosophy* (Summer 2021 Edition). Edited by Edward N. Zalta. https://plato.stanford.edu/archives/sum2021/entries/naturalism/, accessed September 21, 2021.

Parini, Jay. *John Steinbeck: A Biography.* London: William Heinemann, 1994.

Peirce, Charles Sanders. *Collected Papers of Charles Sanders Peirce, Volume 5 and 6.* Edited by Charles Hartshorne and Paul Weiss. Cambridge: Belknap Press, 1935.

Perricone, Christopher. "The Influence of Darwinism on John Dewey's Philosophy of Art." *The Journal of Speculative Philosophy*, 20.1 (2006): 20 – 41.

Pilkington, John. *The Heart of Yoknapatawpha.* Jackson: University Press of Mississippi, 1981.

Poplawski, Paul, ed. *Encyclopedia of Literary Modernism.* Westport: Greenwood Press, 2003.

Postman, Neil. *Amusing Ourselves to Death: Public Discourse in the Age of Show Business.* New York: Penguin Books, 2005.

Pound, Ezra. *ABC of Reading.* New York: New Directions, 1960.

——. "Dogmatic Statement Concerning the Game of Chess: Theme for a Series of Pictures." *Poetry*, 5(1915): 257.

——. *Gaudier-Brzeska: A Memoir.* New York: New Directions, 1974.

——. *Hugh Selwyn Mauberley: Life and Contacts.* London: Ovid Press, 1920.

——. *Impact: Essays on Ignorance and the Decline of American Civilization.* Edited with an introduction by Noel Stock. Chicago: Henry Regnery, 1960.

——. *Literary Essays of Ezra Pound.* Edited by T. S. Eliot. New York: New Directions, 1968.

——. *Selected Letters of Ezra Pound, 1907 – 1941.* Edited by D. D. Paige. New York: New Directions, 1971.

——. *The Cantos of Ezra Pound.* New York: New Directions, 1970.

——. *The Spirit of Romance.* New York: New Directions, 1968.

Pratt, William B. *Ezra Pound and the Making of Modernism.* New York: AMS Press, 2007.

Prigozy, Ruth. " ' Poor Butterfly ' : F. Scott Fitzgerald and Popular Music." *Prospects,* 2(1977) : 41 – 67.

Rabkin, Gerald. *Drama and Commitment: Politics in the American Theatre of the Thirties.* Bloomington: Indiana University Press, 1964.

Rajkowska, Bárbara Ozieblo. "The First Lady of American Drama: Susan Glaspell." *BELLS: Barcelona English Language and Literature Studies,* 1(1989) : 149 – 159.

Rampersad, Arnold, ed. *The Collected Poems of Langston Hughes.* New York: Alfred A. Knopf, 1994.

Raymond, Marcel. *From Baudelaire to Surrealism.* London: Methuen, 1970.

Rideout, Walter B. "The Simplicity of *Winesburg, Ohio.*" In Winesburg, Ohio*: Authoritative Text, Backgrounds and Contexts, Criticism.* Edited by Charles E. Modlin and Ray Lewis White. New York: W. W. Norton and Company, 1996,169 – 177.

Ross, Lillian. *Portrait of Hemingway.* New York: Simon and Schuster, 1961.

Rousseau, Jean-Jacques. *The Collected Writings of Rousseau, Volume 5.* Edited by Christopher Kelly, Roger D. Masters, and Peter G. Stillman. Translated by Christopher Kelly. Hanover: University Press of New England, 1995.

Rubenstein, Alec. *A More Rooted Togetherness: The Group Theatre and the Great Depression.* University of Illinois, B. A. dissertation, 1987.

Sand, George, and Gustave Flaubert. *The George Sand—Gustave Flaubert Letters.* Translated by A. L. McKenzie. Chicago:

Academy Chicago, 1979.

Santayana, George. *Essays in Literary Criticism*. New York: Charles Scribner's Sons, 1956.

——. *Interpretations of Poetry and Religion*. New York: Charles Scribner's Sons, 1900.

——. *Little Essays Drawn from the Writing of George Santayana*. Edited by Logan Pearsall Smith. New York: Charles Scribner's Sons, 1920.

——. *Poems*. New York: Charles Scribner's Sons, 1923.

——. *Reason in Art*. Edited by Marianne S. Wokeck and Martin A. Coleman. Cambridge: MIT Press, 2015.

——. *Reason in Common Sense*. Edited by Marianne S. Wokeck and Martin A. Coleman. Cambridge: MIT Press, 2011.

——. *Reason in Science*. New York: Charles Scribner's Sons, 1932.

——. *Scepticism and Animal Faith*. New York: Dover Publications, 1955.

——. *Some Turns of Thought in Modern Philosophy: Five Essays*. Cambridge: Cambridge University Press, 1933.

——. *The Complete Poems of George Santayana: A Critical Edition*. Edited by William G. Holzberger. London: Associated University Press, 1979.

——. *The Essential Santayana: Selected Writings*. Edited by Martin A. Coleman. Bloomington: Indiana University Press, 2009.

——. *The Letters of George Santayana, Book Eight, 1948 – 1952: The Works of George Santayana, Volume V*. Edited by William G. Holzberger et al. Cambridge: MIT Press, 2008.

——. *The Letters of George Santayana, Book Five, 1933 – 1936: The Works of George Santayana, Volume V*. Edited by William G. Holzberger et al. Cambridge: MIT Press, 2003.

——. "The Poetry of Barbarism." In *The Essential Santayana: Selected Writings*. Edited by Martin A. Coleman. Bloomington: Indiana University Press, 2009, 497 – 518.

——. *The Realm of Spirit*. New York: Charles Scribner's Sons, 1940.

——. *The Sense of Beauty: Being the Outline of Aesthetic Theory*. New York: Dover Publications, 1955.

——. *Three Philosophical Poets: Lucretius, Dante, and Goethe*. Cambridge: Harvard University Press, 1947.

Sarlos, Robert Karoly. *Jig Cook and the Provincetown Players: Theatre in Ferment*. Amherst: University of Massachusetts Press, 1982.

Schlanger, Harley. "Drama as History: Clifford Odets' *The Big Knife* and 'Trumanism'." *Schiller Institute*, 13(2004): 78 – 89.

Shusterman, Richard. "Emerson's Pragmatist Aesthetics." *Revue Internationale De Philosophie*, 53(1999): 87 – 99.

Singh, G. *Ezra Pound as Critic*. New York: St. Martin's Press, 1994.

Smidt, Kristian. *Poetry and Belief in the Work of T. S. Eliot*. London and New York: Routledge, 1961.

Sostarich, Colby. "'We Need New Forms': The Systems Influence on the Development of the Group Theatre." *Voces Novae*, 6.1(2018): 105 – 126.

Sotirova, Violeta. *Consciousness in Modernist Fiction: A Stylistic Study*. London: Palgrave Macmillan, 2013.

Sousa, Ronald de. "The Dense and The Transparent: Reconciling Opposites." In *The Philosophy of Poetry*. Edited by John Gibson. Oxford: Oxford University Press, 2015.

Steffens, Lincoln. *The Autobiography of Lincoln Steffens*. Berkeley: Heyday Books, 2005.

Stein, Gertrude, and Richard Kostelanetz. *The Yale Gertrude Stein: Selections*. New Haven: Yale University Press, 1980.

Stein, Gertrude. *Lectures in America*. New York: Random House, 1935.

——. *Paris France*. New York: Liveright, 2013.

——. *The Autobiography of Alice B. Toklas*. New York: Harcourt, Brace and Company, 1933.

——. *The Making of Americans*. New York: Vintage Books, 1972.

——. *The Yale Gertrude Stein: Selections*. New Haven: Yale University Press, 1980.

——. *Three Lives*. Norfolk: New Directions, 1933.

——. *Writings and Lectures 1909 - 1945*. Edited by Patricia Meyerowitz. Baltimore: Penguin Books, 1967.

Steinbeck, Elaine, and Robert Wallsten, eds. *John Steinbeck: A Life in Letters*. New York: Penguin Books, 1975.

Steinbeck, John. *Burning Bright*. New York: Viking Press, 1950.

——. "Critics, Critics Burning Bright." *Saturday Review*, 33.45(1950): 20 - 21.

——. *The Log from the Sea of Cortez*. London: Mandarin Paperbacks, 1990.

Stock, Noel. *The Life of Ezra Pound*. New York: Pantheon Books, 1970.

Stoltzfus, Ben. *Hemingway and French Writers*. Kent: Kent State University Press, 2009.

Stouck, David. "Anderson's Expressionist Art." *New Essays on* Winesburg, Ohio. Edited by John W. Crowley. Cambridge: Cambridge University Press, 1990, 27 - 52.

Stretch, Cynthia. "Socialist Housekeeping: *The Visioning*, Sisterhood, and Cross-Class Alliance." In *Disclosing Intertextualities: The Stories, Plays, and Novels of Susan Glaspell*. Edited by Martha C. Carpentier and Barbara Ozieblo. Amsterdam: Rodopi, 2006, 223 - 238.

Terrell, Carroll F. *William Carlos Williams: Man and Poet*. Orono: National Poetry Foundation, 1983.

The Paris Review Inc. "William Faulkner." In *Writers at Work: The Paris Review Interviews, First Series*. Edited by Malcolm Cowley. New York: Penguin Books, 1977, 122 - 141.

Towner, Theresa M. *The Cambridge Introduction to William Faulkner*. Cambridge: Cambridge University Press, 2008.

Townsend, Kim. *Sherwood Anderson*. Boston: Houghton Mifflin Harcourt, 1987.

Tracy, Steven C. *A Historical Guide to Langston Hughes*. Oxford: Oxford University Press, 2004.

Trilling, Lionel. *A Gathering of Fugitives*. Boston: Beacon Press, 1956.

——. *The Liberal Imagination: Essays on Literature and Society*. New

York: NYRB Classics, 2008.

Turnbull, Andrew. *Scott Fitzgerald.* New York: Penguin Books, 1970.

Untermeyer, Louis. *American Poetry Since 1900.* New York: Henry Holt and Company, 1942.

Vendler, Helen, ed. *Voices and Visions: The Poet in America.* New York: Random House, 1987.

Volpe, Edmond Loris. *A Reader's Guide to William Faulkner.* New York: Farrar, Straus, 1964.

Wagner, Linda Welshimer, ed. *William Faulkner: Four Decades of Criticism.* East Lansing: Michigan State University Press, 1973.

Waldhorn, Arthur. *A Reader's Guide to Ernest Hemingway.* New York: Farrar, Straus and Giroux, 1972.

Ward, David. *T.S. Eliot: Between Two Worlds.* London and New York: Routledge, 2016.

Warren, Robert Penn, ed. *Faulkner: A Collection of Critical Essays.* New Jersey: Prentice Hall, 1966.

Watts, Emily Stipes. *Ernest Hemingway and the Arts.* Champaign: University of Illinois Press, 1971.

Wees, William C. "Ezra Pound as a Vorticist." *Wisconsin Studies in Contemporary Literature*, V1.1(1965): 71-72.

Weinstein, Philip M., ed. *The Cambridge Companion to William Faulkner.* Cambridge: Cambridge University Press, 1995.

Whitaker, Thomas R. *William Carlos Williams.* Boston: Twayne Publishers, 1989.

White, Eric B. *Transatlantic Avant-Gardes: Little Magazines and Localist Modernism.* Edinburgh: Edinburgh University Press, 2013.

White, Ray Lewis, ed. *A Story Teller's Story: A Critical Text.* Cleveland: Press of Case Western Reserve University, 1968.

White, Robin J., ed. *Coleridge, Collected Works, Volume 1.* Princeton: Princeton University Press, 1972.

Wilhelm, James J. *Ezra Pound in London and Paris: 1908 - 1925.* University Park: Pennsylvania State University Press, 1990.

Williams, William Carlos. "Comment." *Contact*, 2(1921): 11 - 12.

——. *Paterson*. Alexandria: Chadwyck-Healey, 1998.

——. *Paterson*. New York: New Directions, 1992.

——. *Selected Essays of William Carlos Williams*. New York: New Directions, 1969.

——. *The Autobiography of William Carlos Williams*. New York: New Directions, 1967.

——. *The Collected Poems of William Carlos Williams, Volume 1: 1909 – 1939*. Edited by A. Walton Litz and Christopher MacGowan, New York: New Directions, 1986.

——. *The Embodiment of Knowledge*. Edited by Ron Loewinsohn. New York: New Directions, 1974.

——. *The Selected Letters of William Carlos Williams*. Edited by John C. Thirlwall. New York: New Directions, 1984.

Williamson, Joel. *William Faulkner and Southern History*. Oxford: Oxford University Press, 1995.

Wilson, Edmund. *The Shores of Light: A Literary Chronicle of the Twenties and Thirties*. New York: Farrar, Straus and Young, 1952.

——. *The Triple Thinkers: Twelve Essays on Literary Subjects*. Oxford: Oxford University Press, 1948.

——. *The Wound and the Bow: Seven Studies in Literature*. Boston: Houghton Mifflin, 1941.

Winetsky, Michael. "Historical and Performative Liberalism in Susan Glaspell's Inheritors." *The Journal of American Drama and Theatre*, 23.1(2011): 5–21.

Wintz, Cary D., ed. *The Politics and Aesthetics of "New Negro" Literature*. New York: Garland Publishing, 1996.

Wittgenstein, Ludwig. *Culture and Value*. Edited by G. H. Von Wright. Translated by Peter Winch. Chicago: University of Chicago Press, 1984.

Woolf, Virginia. *The Essays of Virginia Woolf, Volume 4: 1925–1928*. Edited by Andrew McNeillie. Boston: Mariner Books, 2008.

Yeats, William Butler. *Essays and Introductions*. London: Generic Publishing, 1961.

A. T. 鲁宾斯坦：《美国文学源流》(英文本)(全二卷)，北京：外语教学与研究出版社，1988 年。

B. 鲍桑葵：《美学史》，张今译，桂林：广西师范大学出版社，2009 年。

e. e. 卡明斯：《我：六次非演讲》，张定浩译，南京：译林出版社，2013 年。

M. H. 艾布拉姆斯：《镜与灯：浪漫主义文论及批评传统》，郦稚牛、张照进、童庆生译，北京：北京大学出版社，2015 年。

M. H. 艾布拉姆斯、杰弗里·高尔特·哈珀姆：《文学术语词典》(第 10 版)，吴松江、路雁等编译，北京：北京大学出版社，2014 年。

M. 李普曼：《当代美学》，邓鹏译，北京：光明日报出版社，1986 年。

F. S. 菲茨杰拉德：《崩溃》，黄昱宁、包慧怡译，上海：上海译文出版社，2011 年。

——：《爵士时代的故事》，裘因等译，上海：上海译文出版社，2011 年。

——：《了不起的盖茨比》，巫宁坤等译，上海：上海译文出版社，2011 年。

——：《我遗失的城市》，载《崩溃》，黄昱宁、包慧怡译，上海：上海译文社，2011 年，第 36—51 页。

——：《夜色温柔》，汤新楣译，上海：上海译文出版社，2011 年。

F. R. 利维斯：《伟大的传统》，袁伟译，北京：生活·读书·新知三联书店，2009 年。

L. 文杜里：《西方艺术批评史》，迟轲译，海口：海南人民出版社，1987 年。

R. E. 帕克、E. N. 伯吉斯、R. D. 麦肯齐：《城市社会学》，宋俊岭等译，北京：华夏出版社，1987 年。

阿道司·赫胥黎：《进化论与伦理学》，宋启林等译，北京：北京大学出版社，2010 年。

阿诺德·阿伦森：《美国先锋戏剧：一种历史》，高子文译，南京：南京大学出版社，2020 年。

阿诺德·豪塞尔：《艺术史的哲学》，陈超南、刘天华译，北京：中国社会科学出版社，1992 年。

阿瑟·林克、威廉·卡顿：《一九〇〇年以来的美国史》(上册)，刘绪贻等译，北京：中国社会科学出版社，1983 年。

埃德蒙·威尔逊：《阿克瑟尔的城堡：1870 年至 1930 年的想象文学研究》，黄念欣译，南京：江苏教育出版社，2006 年。

——：《爱国者之血》，胡曙中等译，上海：上海外语教育出版社，1996 年。

——:《文学评论精选》,蔡伸章译,台北:志文出版社,1986 年。

埃默里·埃利奥特主编:《哥伦比亚美国文学史》,朱通伯等译,成都:四川辞书出版社,1994 年。

埃兹拉·庞德、T. S. 艾略特、沃莱斯·斯蒂文斯等:《美国现代诗选》,赵毅衡译,北京:外国文学出版社,1985 年。

艾略特:《情歌·荒原·四重奏》,汤永宽译,上海:上海译文出版社,1994 年。

艾伦·布卢姆:《美国精神的封闭》,战旭英译,南京:译林出版社,2011 年。

奥尼尔:《奥尼尔文集》(第六卷),郭继德编,张子清、高黎平、刘海平译,北京:人民文学出版社,2006 年。

比尔·摩根:《金斯伯格文选——深思熟虑的散文》,文楚安等译,成都:四川文艺出版社,2005 年。

彼德·琼斯编:《意象派诗选》,裘小龙译,桂林:漓江出版社,1986 年。

伯特兰·罗素:《神秘主义与逻辑及其他论文》,贾可春译,北京:商务印书馆,2017 年。

蔡荣寿:《从荒野到丰饶——〈愤怒的葡萄〉中的母亲形象流变》,《甘肃社会科学》2011 年第 1 期。

——:《约翰·斯坦贝克女性观流变探析》,《外国语文》2011 年第 2 期。

常耀信:《美国文学简史》,天津:南开大学出版社,2008 年。

陈俊松:《论约翰·斯坦贝克小说中的女性世界》,《世界文学评论》2010 年第 1 期。

陈水媛:《卡明斯诗歌中的超验性》,《大学英语(学术版)》2012 年第 1 期。

程锡麟编选:《菲茨杰拉德研究文集》,南京:译林出版社,2014 年。

达维德·敏特:《圣殿中的情网:小说家威廉·福克纳传》,赵扬译,上海:生活·读书·新知三联书店,1991 年。

大卫·波德维尔、克莉丝汀·汤普森:《电影艺术——形式与风格》(第五版),彭吉象等译,北京:北京大学出版社,2003 年。

丹尼尔·J. 辛格:《威廉·福克纳:成为一个现代主义者》,王东兴译,哈尔滨:黑龙江教育出版社,2016 年。

丹尼尔·霍夫曼:《美国当代文学(上)》,北京:中国文艺联合出版公司,1984 年。

德雷克:《批判的实在论论文集》,郑之骧译,北京:商务印书馆,1979 年。

董衡巽编选:《海明威谈创作》,北京:生活·读书·新知三联书店,1985 年。

——:《美国文学简史》(修订本),北京:人民文学出版社,2003 年。

——:《舍伍德·安德森三题》,《外国文学评论》1993 年第 2 期。

董洪川、王庆:《"进步是一场令人舒服的疾病"——E. E. 卡明斯与审美现代性》,《外国文学研究》2012 年第 4 期。

董务刚:《美国现代主义诗人及其经典诗歌研究》,长春:吉林大学出版社,2020 年。

杜玉文:《论罗·弗洛斯特诗歌的现代主义特征》,《汕头大学学报(人文社会科学版)》2014 年第 5 期。

杜威:《哲学的改造》,许崇清译,北京:商务印书馆,2002 年。

厄内斯特·费诺罗萨:《作为诗歌手段的中国文字》,埃兹拉·庞德编,赵毅衡译,《诗探索》1994 年第 3 期。

恩格斯:《家庭、私有制和国家的起源》,载《马克思恩格斯选集》(第四卷),中共中央马克思恩格斯列宁斯大林著作编译局编译,北京:人民出版社,1995 年,第 1—179 页。

菲利普·锡德尼:《为诗辩护》,钱学熙译,北京:人民文学出版社,1964 年。

菲诺洛萨·厄尔内斯、埃兹拉·庞德:《作为诗歌手段的中国文字》,赵毅衡译,《诗探索》1994 年第 3 期。

冯巍:《美国文学与民族精神的重塑——在纽约学派文化批评视野下的审视》,《高校理论战线》2013 年第 3 期。

弗·司各特·菲茨杰拉德:《菲茨杰拉德小说选》,巫宁坤等译,上海:上海译文出版社,1983 年。

弗吉尼亚·伍尔夫:《论小说与小说家》,瞿世镜译,上海:上海译文出版社,1986 年。

弗罗斯特:《弗罗斯特集:诗全集、散文和戏剧作品》(上),理查德·普里瓦耶、马克·理查森编,曹明伦译,沈阳:辽宁教育出版社,2002 年。

福克纳:《外国中短篇小说藏本:福克纳》,李文俊等译,北京:人民文学出版社,2013 年。

——:《我弥留之际》,李文俊译,上海:上海译文出版社,2010 年。

——:《喧哗与骚动》,李文俊译,上海:上海译文出版社,2004 年。

傅景川:《二十世纪美国小说史》,长春:吉林教育出版社,1996 年。

格奥尔格·卢卡奇:《历史与阶级意识》,杜章智等译,上海:商务印书馆,1992 年。

格特鲁德·斯泰因:《软纽扣》,蒲隆、王义国译,北京:作家出版社,1997 年。

古华:《芙蓉镇》,北京:人民文学出版社,2005 年。

郭继德编:《奥尼尔文集》(第六卷),张子清、高黎平、刘海平译,北京:人民文学出版社,2006 年。

——主编:《尤金·奥尼尔戏剧研究论文集》,上海:上海外语教育出版社,2004 年。

郭英杰、赵青:《传统与现代的集大成者——E. E.卡明斯的诗歌探析》,《陕西教育学院学报》2010 年第 2 期。

海明威:《非洲的青山》,张建平译,上海:上海译文出版社,2011 年。

——:《流动的盛宴》,汤永宽译,上海:上海译文出版社,2009 年。

——:《太阳照常升起》,赵静男译,上海:上海译文出版社,2004 [2009]年。

——等:《白象似的群山》,李子叶等译,南京:江苏凤凰文艺出版社,2015 年。

海斯、穆恩、韦兰:《世界史》,冰心、吴文藻、费孝通等译,北京:世界图书出版公司,2011 年。

何政广:《毕加索》,石家庄:河北教育出版社,1998 年。

赫伯特·马尔库塞:《审美之维》,李小兵译,桂林:广西师范大学出版社,2001 年。

赫胥黎:《进化论与伦理学:附〈天演论〉》(全译本),宋启林、严复译,北京:北京大学出版社,2010 年。

洪振国:《浅谈庞德的"表意法"》,《五邑大学学报》(社会科学版)1990 年第 Z1 期。

胡天赋:《弱者的命运在心上——论斯坦贝克的生态伦理思想》,《南都学坛》2008 年第 4 期。

华明:《悲剧的奥尼尔与奥尼尔的悲剧》,南京:南京大学出版社,2014 年。

黄珊云:《卡明斯诗学中的马戏团崇拜与跨媒介性》,《外国文学研究》2020 年第 6 期。

黄文杰:《"斯坦尼体系"美国化的早期进程:美国"方法派"20 世纪 30

年代的戏剧探索》,《戏剧(中央戏剧学院学报)》2014 年第 6 期。

黄宗英:《弗罗斯特研究》,上海:上海外语教育出版社,2011 年。

惠特曼、杰克·伦敦、托马斯·沃等:《美国作家论文学》,刘保端等译,上海:生活·读书·新知三联书店,1984 年。

蒋洪新:《论艾略特后期诗风转变的动因》,《湖南师范大学社会科学学报》1997 年第 6 期。

——:《庞德研究》,上海:上海外语教育出版社,2014 年。

蒋洪新、郑燕虹:《庞德学术史研究》,南京:译林出版社,2014 年。

杰伊·帕里尼:《罗伯特·弗罗斯特和生存之诗》,雷武铃译,《上海文化》2018 年第 5 期。

凯博文:《苦痛和疾病的社会根源:现代中国的抑郁、神经衰弱和病痛》,郭金华译,上海:上海三联书店,2008 年。

克里福德·奥德茨:《奥德茨剧作选》,陈良廷、刘文澜译,上海:上海译文出版社,1982 年。

拉里·希克曼:《阅读杜威:为后现代做的阐释》,徐陶等译,北京:北京大学出版社,2010 年。

拉曼·塞尔登编:《文学批评理论:从柏拉图到现在》,刘象愚、陈永国等译,北京:北京大学出版社,2000 年。

莱昂内尔·特里林:《知性乃道德职责》,严志军、张沫译,南京:译林出版社,2011 年。

赖守忠、徐建纲:《罗伯特·福斯特诗歌风格探讨》,《时代文学》2008 年第 4 期。

兰·乌斯比:《美国小说五十讲》,肖安溥、李郊译,成都:四川人民出版社,1985 年。

兰斯顿·休斯:《大海:兰斯顿·休斯自传》,吴克明、石勤译,上海:上海译文出版社,1986 年。

——:《兰斯顿·休斯诗选》,邹仲之译,上海:上海译文出版社,2018 年。

老子:《道德经》,王晓梅、李芳芳主编,北京:中央编译出版社,2011 年。

雷娟:《约翰·斯坦贝克小说创作中的叙事策略探究》,《作家》2015 年第 16 期。

雷纳·韦勒克:《近代文学批评史》(第六卷),杨自伍译,上海:上海译文出版社,2009 年。

雷内·韦勒克:《现代文学批评史》(第五卷),章安祺、杨恒达译,北京：中国人民大学出版社,1991 年。

李常磊、王秀梅：《镜像视野下威廉·福克纳时间艺术研究》,北京：外语教学与研究出版社,2015 年。

李公昭：《20 世纪美国现实主义小说的发展与复兴》,《四川外国语学院学报》2000 年第 3 期。

李维屏：《英美意识流小说》,上海：上海外语教育出版社,1996 年。

李维屏、谌晓明：《什么是意识流小说》,上海：上海外语教育出版社,2012 年。

李维屏、张琳等：《美国文学思想史》（下卷）,上海：上海外语教育出版社,2018 年。

李文俊：《福克纳传》,北京：新世纪出版社,2003 年。

——：《福克纳画传》,重庆：重庆大学出版社,2014 年。

李文俊编选：《福克纳评论集》,北京：中国社会科学出版社,1980 年。

李小洁、王余：《论威廉·卡洛斯·威廉斯的空间化诗歌》,《外国文学研究》2009 年第 3 期。

李晓红：《一朵带刺的红玫瑰——论〈人鼠之间〉中顾利妻子悲剧命运的成因》,《名作欣赏》2015 年第 17 期。

李烨：《斯坦贝克作品中的女性形象及其全新诠释》,《新余学院学报》2015 年第 1 期。

理查德·谢帕德：《语言的危机》,载马·布雷德伯里、詹·麦克法兰编《现代主义》,胡家峦等译,上海：上海外语教育出版社,1992 年,第 296—309 页。

梁建东、章颜：《埃德蒙·威尔逊的城堡》,上海：上海三联书店,2012 年。

列夫·托尔斯泰：《列夫·托尔斯泰文集》（第十四卷）,丰陈宝等译,北京：人民文学出版社,1972 年。

刘春艳、董旭、郝亦佳：《论弗罗斯特的诗歌艺术》,《时代文学》2009 年第 4 期。

刘方：《从浪漫到写实——兰斯顿·休斯诗歌的成长》,《陕西教育（高教版）》2012 年第 4 期。

刘浉波：《南方失落的世界：福克纳小说研究》,重庆：西南师范大学出版社,1999 年。

刘伟：《从〈白桦树〉〈柴堆〉看弗罗斯特诗歌的散文化》,《辽宁师范大学学报(社会科学版)》2016 年第 5 期。

刘向东:《叫人上当的朴素》,《当代人》2019 年第 1 期。

刘易斯:《受奖演说:美国人对文学的担忧》,龚声文译,载宋兆霖主
编,赵平凡编《诺贝尔文学奖文库 8:授奖词与受奖演说卷》
(上),杭州:浙江文艺出版社,1998 年,第 206—222 页。

刘英:《现代化进程与美国现代主义文学的文化地理学阐释》,《国外
社会科学》2014 年第 2 期。

柳鸣九:《关于意识流问题的思考》,《外国文学评论》1987 年第 4 期。

龙文佩编:《尤金·奥尼尔评论集》,上海:上海外语教育出版社,
1988 年。

卢卡奇:《历史与阶级意识》,杜章智、任立、燕宏远译,北京:商务印书
馆,1992 年。

路利:《〈了不起的盖茨比〉的感性美》,《商丘职业技术学院学报》
2009 年第 6 期。

路易斯·谢弗:《尤金·奥尼尔传(上):戏剧之子》,张生珍、陈文译,
北京:商务印书馆,2018 年。

——:《尤金·奥尼尔传(下):艺术之子》,刘永杰、王艳玲译,北京:
商务印书馆,2018 年。

罗伯特·B. 塔利斯:《杜威》,彭国华译,北京:中华书局,2014 年。

罗伯特·迪莫特编:《斯坦贝克日记选》,邹蓝译,天津:百花文艺出版
社,1992 年。

罗伯特·弗罗斯特:《弗罗斯特诗选》,江枫译,北京:外语教学与研究
出版社,2012 年。

——:《罗伯特·弗罗斯特校园谈话录》,董洪川、王庆译,南京:译林
出版社,2015 年。

罗德·W. 霍顿、赫伯特·W. 爱德华兹:《美国文学思想背景》,房炜、
孟昭庆译,北京:人民文学出版社,1991 年。

罗德里克·弗雷泽·纳什:《大自然的权利》,杨通进译,青岛:青岛出
版社,2005 年。

罗兰·巴特:《流行体系:符号学与服饰符码》,敖军译,上海:上海人
民出版社,2000 年。

——:《显义与晦义》,怀宇译,天津:百花文艺出版社,2005 年。

罗良功:《艺术与政治的互动:论兰斯顿·休斯的诗歌》,华中师范大

学博士论文,2008 年。

罗森塔尔(M. L. Rosenthal):《现代诗歌评介》,北京:外语教学与研究出版社,2004 年。

马·布雷德伯里、詹·麦克法兰编:《现代主义》,胡家峦等译,上海:上海外语教育出版社,1992 年。

马克思:《〈政治经济学批判〉序言》,载《马克思恩格斯选集》(第二卷),中共中央马克思恩格斯列宁斯大林著作编译局编译,北京:人民出版社,1995 年,第 31—35 页。

马泰·卡林内斯库:《现代性的五副面孔》,顾爱彬、李瑞华译,南京:译林出版社,2015 年。

曼弗雷德·普菲斯特:《戏剧理论与戏剧分析》,周靖波、李安定译,北京:北京广播学院出版社,2004 年。

毛尖:《爵士时代的发言人》,载陆建德等《12 堂小说大师课:遇见文学的黄金年代》,北京:生活·读书·新知三联书店,2021 年,第 163—190 页。

门罗·C. 比厄斯利:《西方美学简史》,高建平译,北京:北京大学出版社,2006 年。

缪灵珠译,章安祺编订:《缪灵珠美学译文集》(第三卷),北京:中国人民大学出版社,1998 年。

——译,章安祺编订:《缪灵珠美学译文集》(第四卷),北京:中国人民大学出版社,1998 年。

莫言:《两座灼热的高炉——加西亚·马尔克斯和福克纳》,《世界文学》1986 年第 3 期。

欧金尼奥·加林:《中世纪与文艺复兴》,李玉成、李进译,北京:商务印书馆,2012 年。

欧内斯特·米勒尔·海明威:《海明威:最后的访谈》,沈悠译,北京:中信出版集团,2019 年。

欧容、李婷婷:《"超越疲倦的布鲁斯":兰斯顿·休斯的黑人城市书写》,《美育学刊》2018 年第 1 期。

潘晓燕:《论斯坦贝克生态观及其写作》,《东华理工大学学报(社会科学版)》2015 年第 1 期。

彭予:《二十世纪美国诗歌——从庞德到罗伯特·布莱》,开封:河南大学出版社,1995 年。

齐美尔:《桥与门》,涯鸿等译,上海:上海三联书店,1991 年。

乔·安·博伊兹顿编选:《杜威全集》,张国清等译,上海:华东师范大学出版社,2010—2018 年。

乔治·莱考夫、马克·约翰逊:《我们赖以生存的隐喻》,何文忠译,杭州:浙江大学出版社,2015 年。

乔治·普林顿、弗朗克·克劳瑟编:《约翰·斯坦贝克》,程红译,《文艺理论与批评》1987 年第 5 期。

乔治·桑塔亚纳:《艺术中的理性》,张旭春译,北京:北京大学出版社,2014 年。

乔治·桑塔耶纳:《美感》,缪灵珠译,北京:中国社会科学出版社,1982 年。

曲鑫:《加州底层者之梦——约翰·斯坦贝克 30 年代小说创作研究》,吉林大学博士论文,2011 年。

让·贝西埃等主编:《诗学史》(下),史忠义译,天津:百花文艺出版社,2001 年。

热拉尔·热奈特:《诗的语言,语言的诗学》,沈一民译,载赵毅衡编选《符号学文学论文集》,天津:百花文艺出版社,2004 年,第 525—549 页。

任小明:《舍伍德·安德森及其短篇小说》,《四川师范学院学报(哲学社会科学版)》1997 年第 1 期。

撒穆尔·伊诺克·斯通普夫、詹姆斯·菲泽:《西方哲学史:从苏格拉底到萨特及其后》,匡宏、邓晓芒译,北京:世界图书出版公司,2009 年。

萨克文·伯科维奇主编:《剑桥美国文学史》(第六卷),蔡坚、张占军、鲁勒译,北京:中央编译出版社,2009 年。

——主编:《剑桥美国文学史》(第三卷),马睿、陈贻彦、刘莉译,北京:中央编译出版社,2010 年。

——主编:《剑桥美国文学史》(第五卷),张宏杰、赵聪敏译,蔡坚译校,北京:中央编译出版社,2009 年。

邵珊、季海宏:《埃德蒙·威尔逊》,南京:译林出版社,2013 年。

舍伍德·安德森:《小城畸人》,吴岩译,上海:上海译文出版社,1983 年。

舒笑梅:《像驾驭画笔那样驾驭文字:评斯泰因的〈毕加索〉》,《外国文学研究》2002 年第 4 期。

斯蒂凡·马拉美:《关于文学的发展》,王道乾译,载伍蠡甫等编《西方文论选》(下卷),上海:上海译文出版社,1979 年,第 259—266 页。

斯科特·菲茨杰拉德:《重返巴比伦》,柔之、郑天恩译,北京:文化艺术出版社,2010 年。

斯坦贝克:《受奖演说》,王义国译,载宋兆霖主编,赵平凡编《诺贝尔文学奖文库 8:授奖词与受奖演说卷》(上),杭州:浙江文艺出版社,1998 年,第 425—428 页。

斯坦利·库普曼:《菲茨杰拉德的〈了不起的盖茨比〉》,王小梅译,北京:外语教学与研究出版社,1996 年。

宋兆霖主编,赵平凡编:《诺贝尔文学奖文库 8:授奖词与受奖演说卷》(上),杭州:浙江文艺出版社,1998 年。

苏珊·席琳格罗:《导读》,杜默译,载约翰·斯坦贝克《斯坦贝克俄罗斯纪行》,重庆:重庆出版社,2006 年。

苏索才:《约翰·斯坦贝克其人其作》,《外国文学》1996 年第 1 期。

特雷·伊格尔顿:《二十世纪西方文学理论》,伍晓明译,西安:陕西师范大学出版社,1987 年。

田俊武:《简论约翰·斯坦贝克小说的诗性语言》,《外国文学研究》2004 年第 4 期。

——:《约翰斯坦贝克小说的诗学追求》,北京:中国社会科学出版社,2006 年。

田俊武、李群英:《约翰·斯坦贝克和欧美文学传统》,《河南大学学报(社会科学版)》2006 年第 1 期。

托·斯·艾略特:《艾略特诗学文集》,王恩衷编译,北京:国际文化出版公司,1989 年。

——:《传统与个人才能:艾略特文集·论文》,卞之琳、李赋宁等译,上海:上海译文出版社,2012 年。

——:《荒原:艾略特文集·诗歌》,汤永宽、裘小龙等译,上海:上海译文出版社,2012 年。

——:《批评批评家:艾略特文集·论文》,李赋宁、杨自伍等译,上海:上海译文出版社,2012 年。

——:《四个四重奏》,裘小龙译,桂林:漓江出版社,1985 年。

——:《现代教育和古典文学：艾略特文集·论文》,李赋宁、王恩衷等译,上海：上海译文出版社,2012 年。

托马斯·厄内斯特·休姆：《浪漫主义与古典主义》,刘若端译,载赵毅衡编选《"新批评"文集》,北京：中国社会科学出版社,1989 年。

托马斯·亚历山大：《杜威的艺术、经验与自然理论》,谷红岩译,北京：北京大学出版社,2010 年。

汪义群：《奥尼尔创作论》,上海：中国戏剧出版社,1983 年。

王佐良：《英国诗史》,南京：译林出版社,1997 年。

威勒德·索普：《二十世纪美国文学》,濮阳翔、李成秀译,北京：北京师范大学出版社,1984 年。

威廉·弗莱明：《艺术和思想》,吴江译,上海：上海人民美术出版社,2000 年。

威廉·福克纳：《福克纳随笔》,詹姆斯·B. 梅里韦瑟编,李文俊译,上海：上海译文出版社,2008 年。

——:《喧哗与骚动》,李文俊译,桂林：漓江出版社,2019 年。

——:《要把词与句像挤牛奶一样挤得干干净净》,李文俊译,《南方周末》2008 年第 4 期。

威廉·詹姆斯：《宗教经验之种种》,尚新建译,北京：华夏出版社,2005 年。

韦勒克、沃伦：《文学理论》,刘象愚等译,北京：生活·读书·新知三联书店,1984 年。

温洁霞：《"白痴巨人"的隐喻——试论斯坦贝克的〈人鼠之间〉》,《外国文学研究》2001 年第 2 期。

文森特·里奇：《20 世纪 30 年代至 80 年代的美国文学批评》,王顺珠译,北京：北京大学出版社,2013 年。

沃伦·弗伦奇：《约翰·斯坦贝克》,王义国译,沈阳：春风文艺出版社,1995 年。

沃浓·路易·帕灵顿：《美国思想史》,陈永国、李增、郭乙瑶译,长春：吉林人民出版社,2002 年。

伍鑫甫、胡经之：《西方文艺理论名著选编》(中卷),北京：北京大学出版社,1986 年。

西奥多·德莱塞：《伟大的美国小说》,肖雨潞译,载《美国作家论文学》,刘保端等译,北京：生活·读书·新知三联书店,1984 年,第

272—282 页。

西格蒙德·弗洛伊德：《一种幻想的未来：文明及其不满》,严志军、张沫译,石家庄：河北教育出版社,2003 年。

肖明翰：《威廉·福克纳研究》,北京：外语教学与研究出版社,1997 年。

徐向英：《斯坦贝克的生态整体主义思想——以〈科特斯海〉为个案研究》,《中南大学学报》(社会科学版)2013 年第 5 期。

——：《重新认识斯坦贝克——对左翼作家、自然主义作家等问题再思考》,《暨学学报》(哲学社会科学版)2014 年第 8 期。

薛沐：《"第四堵墙"及其他》,《戏剧艺术》1982 年第 3 期。

亚里士多德：《诗学》,陈中梅译注,北京：商务印书馆,1996 年。

杨金才主撰：《新编美国文学史》(第三卷),刘海平、王守仁主编,上海：上海外语教育出版社,2002 年。

叶冬：《诗中有画的三种境界》,《湖南城市学院学报》2008 年第 6 期。

——：《先锋与恪守——20 世纪 20 至 40 年代美国文学思想研究》,《外国语言与文化》2018 年第 2 期。

伊兹拉·庞德：《庞德诗选——比萨诗章》,黄运特译,桂林：漓江出版社,1998 年。

尤金·奥尼尔：《戴面具的生活》,肖淑、高颖欣译,南京：江苏凤凰文艺出版社,2015 年。

于尔根·哈贝马斯：《现代性的哲学话语》,曹卫东等译,南京：译林出版社,2004 年。

于连·沃尔夫莱：《批评关键词：文学与文化理论》,陈永国译,北京：北京大学出版社,2015 年。

余华：《奥克斯福的威廉·福克纳》,《上海文学》2005 年第 5 期。

虞建华：《20 世纪二、三十年代美国文学断代史研究之我见》,《外国文学研究》2004 年第 5 期。

——：《美国文学的第二次繁荣》,上海：上海外语教育出版社,2004 年。

虞又铭：《不彻底的左派：威廉斯的城市书写及其对艾略特的诗学挑战》,《外国文学》2020 年第 5 期。

袁德成：《现代美国长诗中的一朵奇葩——论威廉·卡洛斯·威廉斯的长诗〈佩特森〉》,《西南民族学院学报(哲学社会科学版)》2000

年第 4 期。

袁可嘉主编:《欧美现代十大流派诗选》,上海:上海文艺出版社,
　　1991 年。

约翰·杜威:《杜威全集(1882—1953):索引卷》,朱华华翻译整理,
　　上海:华东师范大学出版社,2018 年。

——:《杜威全集·晚期著作(1925—1953):第三卷(1927—1928)》,
　　孙宁、余小明译,上海:华东师范大学出版社,2014 年。

——:《杜威全集·晚期著作(1925—1953):第十卷(1934)》,孙斌
　　译,上海:华东师范大学出版社,2011 年。

——:《杜威全集·晚期著作(1925—1953):第四卷(1929)》,傅统先
　　译,上海:华东师范大学出版社,2015 年。

——:《杜威全集·晚期著作(1925—1953):第五卷(1929—1930)》,
　　孙有中等译,上海:华东师范大学出版社,2013 年。

——:《杜威全集·晚期著作(1925—1953):第一卷(1925)》,傅统
　　先、郑国玉、刘华初译,上海:华东师范大学出版社,2013 年。

——:《杜威全集·早期著作(1882—1898):第二卷(1887)》,熊哲宏
　　等译,上海:华东师范大学出版社,2010 年。

——:《杜威全集·早期著作(1882—1898):第三卷(1889—1892)》,
　　吴新文、邵强进译,上海:华东师范大学出版社,2010 年。

——:《杜威全集·早期著作(1882—1898):第四卷(1893—1894)》,
　　王新生、刘平译,上海:华东师范大学出版社,2010 年。

——:《杜威全集·早期著作(1882—1898):第五卷(1895—1898)》,
　　杨小微、罗德红等译,上海:华东师范大学出版社,2010 年。

——:《杜威全集·中期著作(1899—1924):第二卷(1902—1903)》,
　　张留华译,上海:华东师范大学出版社,2011 年。

——:《杜威全集·中期著作(1899—1924):第六卷(1910—1911)》,
　　马路、马明辉、周小华等译,上海:华东师范大学出版社,2010 年。

——:《杜威全集·中期著作(1899—1924):第三卷(1903—1906)》,
　　徐陶译,上海:华东师范大学出版社,2010 年。

——:《杜威全集·中期著作(1899—1924):第四卷(1907—1909)》,
　　陈亚军、姬志闯译,上海:华东师范大学出版社,2010 年。

——:《经验与自然》,傅统先译,北京:商务印书馆,2014 年。

——:《民主主义与教育》,王承绪译,北京:人民教育出版社,2019 年。

——:《艺术即经验》,高建平译,北京:商务印书馆,2010 年。

约翰·克劳·兰色姆:《新批评》,王腊宝、张哲译,北京:文化艺术出版社,2010 年。

约翰·斯坦贝克:《美国与美国人》,黄湘中译,广州:花城出版社,1989 年。

——:《斯坦贝克携犬横越美国》,麦慧芬译,重庆:重庆出版社,2005 年。

——:《斯坦贝克作品精粹》,朱树飏选编,石家庄:河北教育出版社,1995 年。

——:《伊甸之东》,王永年译,上海:上海译文出版社,2004 年。

张静文:《卡明斯试验诗歌的抒情传统》,《外语教育研究》2018 年第3 期。

张强:《浓缩人生的一瞬间——舍伍德·安德森的短篇小说艺术》,《英美文学研究论丛》2002 年第1 期。

——:《舍伍德·安德森研究综论》,《外国文学研究》2003 年第1 期。

张淑媛、冷惠玲:《试论叛逆诗人卡明斯的实验主义诗歌》,《外语与外语教学》2004 年第12 期。

张晓藻:《评〈了不起的盖茨比〉的人物性格及艺术特色》,《中南民族学院学报(人文社会科学版)》1995 年第4 期。

张旭春:《桑塔亚纳及其〈艺术中的理性〉》,《文艺争鸣》2013 年第3 期。

张跃军:《美国性情——威廉·卡洛斯·威廉斯的实用主义诗学》,合肥:安徽文艺出版社,2006 年。

——:《威廉·卡洛斯·威廉斯的"地方主义"诗学》,《外国文学研究》2001 年第1 期。

——:《威廉·卡洛斯·威廉斯的实用主义诗学观》,《当代外国文学》2002 年第2 期。

张子清:《二十世纪美国诗歌史》,长春:吉林教育出版社,1995 年。

赵光育:《菲茨杰拉德的小说技巧》,《外国文学研究》1989 年第1 期。

赵一凡:《迷惘的一代文化背景透视》,《美国研究》1987 年第2 期。

赵毅衡:《诗神远游:中国如何改变了美国现代诗》,成都:四川文艺出版社,2013 年。

赵毅衡编译:《美国现代诗选》(上、下),北京:外国文学出版社,

1985 年。

郑树森:《俳句、中国诗与庞德》,载温儒敏编《中西比较文学论集》,北京:北京大学出版社,1988 年,第 307—328 页。

郑燕虹:《试论〈人鼠之间〉的戏剧特点》,《外国文学》2001 年第 3 期。

周春:《美国黑人文学批评研究》,上海:上海人民出版社,2016 年。

周佳、周昕:《“美国梦”破灭后的心灵回归——〈重访巴比伦〉的文学伦理学解读》,《海南广播电视大学学报》2009 年第 3 期。

周黎隽:《诗有画意——论现代视觉艺术对威廉·卡洛斯·威廉斯诗歌的影响》,《北京航空航天大学学报(社会科学版)》2004 年第 3 期。

周韵主编:《先锋派理论读本》,南京:南京大学出版社,2014 年。

朱光潜:《西方美学史》(第 2 版),北京:人民文学出版社,2008 年。

朱立元:《现代西方美学史》,上海:上海文艺出版社,1996 年。

朱丽田、宋涛:《跨界视域下的威廉·卡洛斯·威廉斯医学小说》,《河南理工大学(社会科学版)》2020 年第 6 期。

朱伊革:《论庞德〈诗章〉的现代主义诗学特征》,《国外文学》2014 年第 1 期。

朱振武:《福克纳的创作流变及其在中国的接受和影响》,北京:人民文学出版社,2015 年。

祝朝伟:《绝对节奏与自由诗———庞德〈华夏集〉对英语诗歌韵律的创新》,《中国比较文学》2006 年第 2 期。

庄华萍:《弗罗斯特:游离在浪漫主义与现代主义之间》,《浙江学刊》2010 年第 6 期。